KB010222

선시감상사전

한국편

선시감상사전

한국편

석지현 편저

민족사

머리말

《선시(禪詩)》를 펴낸 지 어언 이십이 년이 지났다. 그동안 나의 정신적 편력은 불교에서 탄트라 감각의 세계로, 라즈니쉬로, 구약과 신약의 세계로, 힌두 명상의 세계로 끝없이 이어졌다. 이제 그 방황은 가장 겸허한 하나의 인간으로, 나 자신에게로 되돌아오는 것으로 대강 그 윤곽이 잡혀가고 있다.

이 침묵 속에서, 아무것도 남아 있는 게 없는 이 동굴의 침묵 속에서, 나는 이십이 년 전으로 되돌아가 내 영혼을 차갑게 울리던 그 감성 앞에 다시 서게 되었다. 기존의 책 《선시(禪詩)》를 기초로 내 일생에서 가장 중요한 작업 가운데 하나인 《선시감상사전》을 계획하기에 이른 것이다. 작업이 워낙 방대하고 힘든 일이라 처음에는 어디서부터 어떻게 손을 대야 할지 도무지 감이 잡히지 않았다.

그러나 그 무슨 힘이 나로 하여금 이 일을 감당하게 한 것일까. 일단 작업을 시작하자 생각지도 않던 자료가, 내 힘으로는 구할 수 없는 희귀한 책들이 하나둘 내 손에 잡히기 시작했다. 그래서 나는 이 일에 매달리기를 사 년, 몇 번의 우여곡절 끝에 이제 이 작업을 마무리하기에 이르렀다.

그리고 이 《선시감상사전》에 실린 경봉(鏡峰) 노스님 서문은 원래 《선시(禪詩)》의 초판본(1975년)에 실렸다가 분실됐던 것인데 이번에 다시 찾은 것이다. 잘못된 곳은 공부가 익는 대로 바로 잡아나갈 생각이다.

일본측 자료를 구해 준 고바야시 아쓰시(小林敦, 小林銀淑) 부부, 중국측 희귀한 자료를 건네준 민족사 윤창화 사장님, 편집과 교정에 수고해 준 민족사 편집부 여러분, 그리고 알게 모르게 순(順)으로 역(逆)으로 도움을 준 모든 분들께 감사드린다. 이분들의 도움이 없었더라면 이 《선시감상사전》은 빛을 보지 못했을 것이다.

1997년 가을 저녁(秋夕)
나도산 아래 간운제(看雲齋)에서
석 지 현

재판에서는 초판의 오자(誤字)를 모두 바로잡았다. 이 과정에서 도움을 주신 신홍식 선생께 감사드린다.

2016. 3. 15. 석 지 현

산은 은은하고 물은 잔잔함이여

이것(이 도리)은 보여주기도 어렵고 말하기도 어렵도다.
자, 어디 한번 일러봐라.
산은 은은하고 물은 잔잔함이여.
꽃은 웃고 새들은 노래하니
이 무슨 소식인고. 하, 하, 쯧, 쯧.
삼각산 지현사리(智賢闍梨)의 성심원력으로
옛 조사들의 현묘한 송구들을 가려뽑아
현대시미(現代詩味)로써 해석(解之釋之)하여
간행 유포하니 이에 찬탄하며 고개를 끄덕이는도다.

그대 더불어 저 '정상에 오른 이(截流機)'를 가리키노니
흰구름은 다시 청산 밖에 있도다.
앗차!(이 무슨 망언이람…….)

영취산(靈鷲山) 삼소굴(三笑窟) 두타(頭陀) 경봉(鏡峰)

這箇는 難可示이며 難可說이
로다 道道이다
山陰隱隱溪溪하고 山色[illegible]野
鳥歌하니 是甚麼오 新新呀呀
三角山 智賢闍梨의 誠心顯力으로 古
祖의 玄妙頌句를 略抄하며 現代詩味로
새解之釋之하며 刊行流布하니 讚美点点
頭로다 頌曰

與君指箇截流機
白雲更在青山外

陽刹刹

靈鷲山 三昧窟 許陀 鏡峰

일 러 두 기

가. 수록인 · 수록선시 · 수록범위

이 《선시감상사전》 속에는 중국, 한국, 일본의 선자(禪者)들과 시인(詩人)들 306명의 작품 1,431편이 실려 있다. 중국 169명 260편, 한국 107명 997편, 일본 30명 174편.

나. 작품 배열 순서

① 작품배열은 국가 · 연대 · 작가별로 했다.

② 수록된 각 개인의 배열순서는 〈단 하나의 예외〉를 제외하고는 모두 출생연대순으로 했다. 출생연대가 분명치 않은 경우는 전후 사정을 참작하여 적당한 자리에 넣었다. 그래도 출생연대를 전혀 추측할 수 없는 경우는 〈연대미상〉편에 별도로 묶었다. 작자가 분명치 않은 경우와 연대가 분명치 않은 경우는 〈연대 · 작자 미상〉편에 묶었다.

〈단 하나의 예외〉 : 일본 작자 가운데 백은혜학(白隱慧鶴, 1685~1768)을 송미파초(松尾芭蕉, 1644~1694) 앞에 실었다. 왜냐면 정수혜단(正受慧端, 1642~1721, 백은혜학의 스승)과 백은혜학 사이에 송미파초를 놓기가 좀 무리이기 때문이다. 앞의 두 사람은 사제지간이요 정통 임제종 선승들이지만 송미파초는 이 두 사람과는 전혀 연관이 없는 하이쿠(俳句)의 대가이기 때문이다.

다. 수록인들의 이름 표기에 대하여

① 선자(禪者)들은 보통 본인의 의사와는 관계 없이 뒷사람들에 의하여 여러 개의 이름으로 불리는 경우가 있다. 이런 경우는 가장 무리 없는 쪽의 이름을 택했다.

보기) 西山大師 → 淸虛休靜으로.

수록인들의 이름 뒤에 붙는 존칭(국사, 왕사, 선사, 대사, 존자, 화상 등)은 모두 생략했다.

② 중국 · 일본 작자들의 이름은 모두 우리나라 한자 발음으로 표기했다. 왜냐면 특히 중국 선자들의 경우 우리에겐 오래 전부터 우리식 한자 발음이 중국의 원발음보다 더 귀에 익었기 때문이다.

일본 선자들의 경우도 표기의 일관성을 기하기 위하여 역시 우리식 한자 발음으로 표기했다.

라. 작품 선정 기준

작품 선정 기준은 일정한 분배식의 획일적인 방법을 지양하고 대신 작품성 위주로 했다. 그러므로 어느 작자의 경우는 많은 분량이 수록됐는가 하면, 또 어느 작자의 경우는 한두 편이 실린 경우도 있다.

그리고 한국 선시가 제일 많은 분량을 차지하고 있는 것은 한국 선시에 많은 비중을 두었기 때문이다.

마. 작품의 구분

중국편은 〈선자(禪者)들의 선시〉와 〈시인(詩人)들의 선시〉로 구분했으나 한국·일본편은 굳이 그런 구분을 두지 않았다.

바. 각 작품의 편집체재

① 수록작품 한 편 한 편마다 다음의 순서를 따랐다.
번역시, 원시(原詩), 주(註 : 낱말풀이), 형식(시의 형식), 출전, 감상.

② 〈번역시〉의 경우 원시의 뜻을 상하지 않는 범위 내에서 우리말의 시적인 정서와 선적(禪的)인 분위기를 살려 내는 데 최선을 다했다.

③ 〈원시의 제목(原題)〉은 번역시 제목의 (　) 안에 넣었다.
보기) 산에서 (山居)

④ 〈주(낱말풀이)〉는 되도록 간략하게 했으며 각 주마다 순서대로 일정한 약물(◆)로 표시하였다.

⑤ 〈형식(시의 형식)〉은 각 작품마다 분류해 놨으며

⑥ 〈출전〉은 되도록 상세하게 밝혔다.

⑦ 〈감상〉은 시의 핵심적인 곳만을 언급, 긴 말을 피했다.

사. 《신심명(信心銘)》·《증도가(證道歌)》·《선문염송(禪門拈頌)》

선시 가운데 가장 긴 장시 《신심명(信心銘)》과 《증도가(證道歌)》는 읽는 이의 편의를 위하여 한 단락이 끊어지는 곳마다 번역시에 우리말 임시번호를 붙였다.

즉 《신심명(信心銘)》의 경우는 〈하나〉에서 〈서른다섯〉까지,

《증도가(證道歌)》의 경우는 〈하나〉에서 〈예순〉까지의 임시번호를 붙였다.

《선문염송(禪門拈頌)》은 법보원의 간행본(法寶院 刊, 1966년, 張雪峰 懸吐)을 대본으로 사용했다. 해당 선시의 근거가 되는 공안의 번호가 한국불교전서본(韓國佛敎全書 第七冊) 등과 일치하지 않는 것은 이 때문이다.

아. 감상

작품의 〈감상〉 속에는 다음 전문용어들이 자주 나오고 있다.

① 시상(詩想) : 한 편의 시를 구성하고 있는 기본 생각.

② 시정(詩情) : 한 편의 시 속에 깃들여 있는 정서.

③ 시어(詩語) : 시에 사용된 각 낱말들.

④ 선지(禪智) : 시 속에 깃들여 있는 선적인 예지, 즉 직관력.

⑤ 선리(禪理) : 상대적인 대립차원을 초월하여 절대일원의 입장에서 모든 걸 바라보고 있는 선의 입장, 즉 선의 이치적인 측면.

자. 작자소개

부록으로 작자들의 간략한 소개를 실어 작품의 배경을 이해하는 데 도움이 되도록 하였다. 작자들의 생몰연대는 모두 《선학대사전(禪學大辭典)》(日本 東京 駒澤大學 禪學大辭典 편찬연구소)과 《한국불교인명사전(韓國佛敎人名辭典)》(李政 編, 불교시대사)의 연대를 기준으로 삼았다.

차. 찾아보기

해당 작자와 작품을 손쉽게 찾을 수 있도록 작자와 원제(原題)별로 나누어 〈찾아보기〉를 실었다.

① 작자별 찾아보기

② 원제(原題)별 찾아보기

차례

〈한국편〉

제1부 삼국시대(~917)

제2부 고려시대(918~1392)

제3부 조선시대(1393~1896)

제4부 구한말에서 현재까지(1897~1993)

선시해설

·
·
·

1. 선시란 무엇인가
2. 선시의 역사
3. 시풍(詩風)
4. 선시의 종류

1. 선시란 무엇인가

(1) 선이란 무엇인가

선(禪)이란 무엇인가?

선(禪)의 원어인 '드야나(Dhyana)'는 명상을 뜻하는 산스크리트(고대 인도어)로서, 중국인들은 '사유수(思惟修)'라 번역하고 있다. 사유수란 생각을 어느 한 곳에 집중하는 정신통일법 또는 의식(意識)의 흐름을 주시하는 수련법, 즉 자각(自覺)을 뜻한다. 이 경우 전자는 후자를 수련하기 위한 그 준비단계이다.

드야나 명상법의 기원은 B.C. 800년경 고대 우파니샤드 시대까지 거슬러 올라간다.[1] 그러나 이 드야나 명상법은 그 후 오랫동안 잊혀졌다가 지금부터 2,500년경 고타마 붓다(부처)라는 한 수행자에 의해서 재발견되고 체험되면서 다시 활기를 띠게 되었다.[2]

그로부터 한참 후대로 내려가서 이 드야나 명상법은 달마(達磨, ?~528)라는 인도 수행자를 통해 중국에 소개되었다. 달마가 소개한 이 드야나 명상은 그의 제자 혜가(慧可)로 전해지고, 혜가에게서 승찬(僧璨)→도신(道信)→홍인(弘忍)을 거쳐 신

---

1) 드야나 명상법은 고대 중기에 편찬된《슈베타 스바타라 우파니샤드》 등에 구체적으로 언급되어 있다.

2) 고타마 붓다를 따르던 이들은 그가 죽은 후 집단을 형성했는데, 이 집단은 그 후 불교라는 명상수행집단으로 확대 변모되었다.

수(神秀)와 혜능(慧能)에게 와서 노장(老莊)의 무위자연(無爲自然)과 결합, 우리가 알고 있는 오늘날의 선(禪)으로 변형・발전(?)하였다.

그러면 이 드야나 명상법의 중국적인 변형인 '선(禪)'은 구체적으로 어떤 것인가?

첫째, 선(禪)은 사고와 감정의 근원을 추적해 들어가는 수행법이다. 즉 의식의 흐름을 주시함으로써 그 의식의 흐름이 시작되는 발원지를 추적하는 것이다. 좀 더 비약적으로 말하자면 시간과 공간이 분리되기 이전의 차원을 이론이 아니라 체험적으로 추적해 들어가는 것이다.

"의식의 최초의 움직임을 주시하지 않으면 안 된다. 의식이 묵묵히 유동함에 따라 그 오고 가는 상태를 깨달아 알고 다이아몬드같이 빛나는 지혜에 의해서 그 의식의 실체를 밝혀내는 것이다(《楞伽師資記》 道信章)."

둘째, 선(禪)이란 존재의 본질을 깨닫는 깨달음, 그 자체다. 이 경우 선은 이제 단순한 수행법이 아니라 '깨달음, 그 자체'를 뜻한다. 즉 선은 관념적인 이해의 차원에서 직관적인 자각의 차원으로 옮겨가는 수련법이며, 동시에 '직관적 자각, 그 자체'다. 아니 '지금 여기' 이 삶 전체가 직관적 자각화, 즉 깨달음화되는 전환 상태를 말한다. 선에 대한 이 놀라운 발전은 중당(中唐)의 선승 마조(馬祖, 769~798)에 의해서였다. 마조에 와서 선은 비로소 삶, 이 자체로 굽이치게 된 것이다.

"깨달음이란 무엇인가. 그것은 지금 여기 있는 바로 이 평범한 마음(平常心)을 깨닫는 것이다. 아니 평범한 마음 이대로가 깨달음이요 도(道)인 것이다.

평범한 마음이란 어떤 것인가. 조작이 없고 시비가 없으며 취하고 버림이 없고 끊어짐과 항상함이 없으며 성자와 속인의 차별심이 없는 바로 '지금 여기'에 있는 이 마음이다(平常心是道 ─馬祖)."

(2) 시란 무엇인가

시(詩)란 무엇인가?

동서고금을 통해서 수많은 비평가와 시인이 시에 대한 정의를 내리고 있다. 그러나 이 많은 정의를 여기 다 소개한다는 것은 불가능한 일이며, 또한 그럴 필요도 없다. 여기서는 선시(禪詩)를 낳은 중국인들의 시에 대한 견해만을 살펴보고자 한다. 왜냐면 인도의 드야나 명상이 중국의 한자와 만나서 비로소 '선시(禪詩)'라는 아주 특이한 시를 낳았기 때문이다.

중국인들은 대체적으로 시에 대하여 다음 네 가지 견해를 가지고 있다.

첫째, 도학적인 관점(道學派).

이는 공자를 선두로 한 유가(儒家)의 입장으로서 시의 효능면에 중점을 두고 있다. 이들은 시를 도덕교육과 사회비평의 도구로 보고 있다. 이들에 의하면 시란 개인의 덕성을 기르는 도구요, 정부에 대한 국민들의 감정을 반영하고 사회악을 고발하는 것이다.

둘째, 개성주의적 관점(個性派).

이는 초기 유가의 입장으로서 주로 시의 정서적인 면에 중점을 두고 있다. 이들은 시를 자기표현의 한 수단으로 보고 있다.

"시란 마음에 바라는 바를 말로 표현하는 것이다(詩言志-舜임금)."

셋째, 기교적 관점(技巧派).

이는 송대(宋代) 시인들의 입장으로서 주로 시의 기교적인 면에 중점을 두고 있다. 송대 이후 많은 문인들은 강렬한 정서적 자극이 없이 시를 써 왔다. 이들은 정규적으로 모임을 갖고 어떤 한 주제나 글자를 미리 정해 놓고 번갈아 가며 화답 형식으로 시를 썼다. 그러므로 이런 분위기에서 개성 있는 작품은 나올 수 없었다.

넷째, 직관적 관점(直觀派).

이는 당대(唐代) 시인들의 입장으로서 주로 시의 영감적인 면을 강조하고 있다. 이들은 시를 직관이나 깨달음의 표현으로 보고 있다. 이들의 입장은 사공도(司空圖, 837~908)와 엄우(嚴羽, ?~?)에 의해서 체계화되었다.

"시의 최고 경지는 단 한 가지, 입신(入神)하는 데 있다. 만일 시가 입신하는 데 성공한다면 그 정점에 도달할 것이며 더할 나위가 없을 것이다(詩之極致有一曰入神 詩而入神 至矣盡矣 蔑以加矣-嚴羽·滄浪詩話)."

이 직관파 시인들은 현학적인 모방과 기교에 사로잡히는 것을 비판하고 대신 영감과 직관의 중요성을 강조하고 있다. 이 점에서 직관파 시인들은 개성파 시인들과 비슷한 데가 있다. 그러나 그들의 기본 태도는 개성파의 입장에서 한 걸음 더 나아가고 있다. 그들은 이렇게 말한다.

"시란 시인 자신의 개성을 표현하는 데 만족해서는 안 된다. 진정한 시란 존재와 세계에 대한 통찰을 심화시키는 데 있다."

(3) 선시

선(禪)은 언어를 부정하는 불립문자(不立文字)로부터 출발한다. 그러므로 언어에 뒤따르는 사고작용마저 선은 용납하지 않는다. 대신 선에서는 오직 자기 자신 속에서의 직관적인 깨달음만을 강조하고 있다.

그러니 여기 선(禪)을 표현하는 데 한계가 있다. 선을, 그 깨달음을 제삼자에게 알리자면 여하튼 어떤 식으로든 표현의 방법이 있어야 한다. 그래서 선승 임제는 제자들의 물음에 대한 대답 대신 크게 고함을 질렀고(臨濟喝), 덕산은 무조건 몽둥이를 휘둘러댔던 것이다(德山棒). 일반의 상식에서 벗어난 이런 식의 미치광이 짓을 통해서 그들은 솟구치는 깨달음의 희열을 어느 정도 전달할 수 있었다. 그러나 이 미치광이 짓을 통해서는 깨달음의 그 섬세한 느낌은 도저히 전달할 수 없었다.

그들은 자칫하면 저 관념의 바다 속으로 흔적도 없이 사라져 버릴지도 모르는 그 깨달음의 섬세한 느낌을 전달하기 위하여 시(詩)를 택하지 않을 수 없었다.

시란 언어의 설명적인 기능을 최대한 억제시킨 비언어적인 언어이기 때문이다. 그래서 선승들은 그들의 깨달음을 시를 통하여 표현하기 시작했는데 이것이 첫 번째 선시의 출현(以詩寓

禪)이다.

이렇게 하여 남성적인 '선'은 여성적인 '시'와 만나 더욱 활기차게 발전해 갔다. 선이 시와 결합하여 이런 식으로 발전해 가자 이번에는 시인들 사이에서 시의 분위기를 심화시키기 위하여 선에 접근하는 풍조가 일기 시작했다. 이것이 두 번째 선시의 출현(以禪入詩)이었다.

첫 번째 선시는 대통신수(大通神秀)를 위시한 중국·한국·일본 선승들의 작품인데, 깨달음의 희열을 읊은 개오시(開悟詩〔悟道頌〕)와 산생활의 서정을 노래한 산거시(山居詩〔山情詩〕)가 그 주류를 이루고 있다. 그리고 두 번째 선시는 주로 왕유(王維)를 위시한 당송 시인들의 작품인데 선적(禪的)인 분위기가 풍기는 선취시(禪趣詩)와 산사의 풍경을 읊은 선적시(禪迹詩)가 주류를 이루고 있다.

선승들과 시인들 사이에서 이런 식으로 선시를 쓰는 풍조가 일자 선과 시는 상호보충적이며 둘이 아니라는 직관파 시론가들의 선시론(禪詩論)까지 나오게 되었다.

"시는 선객(禪客)에게는 선을 장식하는 비단 위의 꽃이요, 선은 시인에게 있어서 언어를 절제하는 절옥도(切玉刀 : 옥을 자르는 칼)이다(詩爲禪客添花錦 禪是詩家切玉刀－元好問)."

"선의 핵심은 깨달음에 있다. 시의 핵심 역시 깨달음에 있다. 오직 깨달음을 통해서만 진정한 자기 자신일 수 있고 자기 자신만의 목소리를 낼 수 있다(禪道惟在妙悟 詩道亦在妙悟 惟妙悟乃爲當行 乃爲本色－嚴羽·滄浪詩話)."

직관파 시론가의 대표적 인물인 엄우의 이 묘오론(妙悟論)은 후대에 시를 지나치게 선적(禪的)으로 해석했다는 비판을 받기도 했다. 그러나 이 문제는 지금 여기서 논할 성질의 것이 아니므로 우선 접어두기로 한다.

결론적으로 말해서 선시(禪詩)란 무엇인가?

선이면서 선이 없는 것이 시요(禪而無禪便是詩),

시이면서 시가 없는 것이 선이다(詩而無詩禪儼然).

그러므로 선시란 언어를 거부하는 '선'과 언어를 전제로 하는 '시'의 가장 이상적인 만남이다. 부정이라는 남자와 긍정이라는 여자의 가장 이상적인 만남이다.

2. 선시의 역사

(1) 중국 선시

양 무제 보통원년(普通元年, 520) 달마(達磨)라는 인도 수행자가 바다를 건너 중국 광주에 들어오면서 선(禪)은 본격화되었다. 달마로부터 시작된 선은 제2조 혜가→제3조 승찬→제4조 도신→제5조 홍인(601~674)에 이르러 어느 정도 제 모습을 갖추기 시작했는데 이때가 바로 당(唐)의 건국 초였다.

홍인(弘忍)의 제자 가운데 대통신수(大通神秀, 606~706)와 혜능(慧能, 638~713)이 있었다. 이 둘은 각각 북종(北宗)과 남종(南宗)으로 특색 있게 발전해 가면서 선은 개화(開花) 직전에 이르게 되었다.

이 무렵 당은 현종(玄宗)이 즉위하면서(712) 그 황금기(盛唐期, 712~766)를 맞게 되는데 이때는 정치, 경제, 문화면에서 전례 없는 발전을 거듭했고 수도 장안은 세계 제일의 도시가 되었다. 이때 시단에서는 왕유(王維), 이백(李白), 두보(杜甫) 등이 잇달아 출현했다.

선은 원래 불립문자(不立文字)를 주장했기 때문에 언어 사용을 극도로 절제했다. 그러나 어떤 식으로든 선을 설명하지 않을 수 없었기 때문에 당시의 선승들은 언어 표현의 수단으로 시를 택하지 않을 수 없었다. 왜냐면 시는 언어 속의 설명적인 요소를 최대한 절제하고 있기 때문이다. 그리하여 시를 빌려 깨달음의 경지를 읊은 최초의 선시가 신수와 혜능에게서 나왔다. 물론 그 이전에 제3조 승찬의 〈신심명(信心銘)〉이라는 잠언시가 있긴 하지만 일반적으로 본격적인 선시의 출현을 신수와 혜능의 개오시(開悟詩)로 보려는 경향이 있다.[3)]

이 두 사람에 뒤이어 영가현각(永嘉玄覺, 675~713)이라는 선승이 출현, 〈증도가(證道歌)〉를 남겼다. 이 증도가는 깨달음의 희열을 노래한 장편시로서 깨달음의 기쁨을 참지 못하여 단 하룻밤 만에 완성했다는 작품이다. 이 뒤를 이어 석두희천(石頭希遷, 709~791)의 〈참동계(參同契)〉가 나왔다. 선승들이 시를 빌려 자신의 심정을 읊은 것(以詩寓禪)과 마찬가지로 시인들 사이에서도 시의 정취를 심화시키기 위하여 선에 접근하는 풍조가 일

---

3) 杜松柏 著, 《禪學與唐宋詩學》, pp. 207~211 참조, 臺北 : 黎明文化事業股份有限公司, 1978.

기 시작했다.[4] 그 최초의 시인은 왕유(王維, 701~761)였다.

왕유는 선의 체험을 그대로 시화(詩化)했던 시인으로서 후세에 선시의 거장으로 일컬어지고 있다. 왕유는 신회(神會, 670~762), 보적(普寂, 651~738) 등 당시 제1급 선승들과 교제가 깊었으며 시간만 나면 언제나 좌선의 실습을 게을리하지 않았다. 왕유에 이어 맹호연(孟浩然, 689~740), 이백(李白, 706~762), 두보(杜甫, 712~770), 장계(張繼, ?~?) 등 성당(盛唐)의 제1급 시인들이 다투어 선에 접근하기 시작하면서 당시(唐詩)라 일컬어지고 있는 불후의 명작이 쏟아져 나오기 시작했다.[5]

그러나 이백은 선(禪)에서 출발하여 도가(道家)의 유현한 세계로 들어갔고, 두보는 비참한 현실고(現實苦)를 시화(詩化)해 나갔다.

중당기(中唐期, 767~829)에 접어들자 마조도일(馬祖道一, 769~798)이 출현, 중국 선종은 본격적으로 발전하기 시작했다. 그는 '평상심시도(平常心是道)'를 외치며 지금까지의 상류층 중심의 선을 서민층 중심의 생활선(生活禪)으로 구체화시켰다. 마조의 제자 백장회해(百丈懷海, 749~814)에 이르러서는 본격적인 선 수행장(禪修行場)이 만들어지게 되었다.

백장은 '일일부작 일일불식(一日不作 一日不食)'의 실천을 통하여 집단농장 체제의 선 수행장을 만들었는데 이 선 수행장의 생활 지침서인 〈백장청규(百丈淸規)〉가 이때 나왔다. 말하자면

---

4) 《禪學與唐宋詩學》, p. 407. "詩至極盛之時 禪人以詩寓禪 禪極風行之後 詩家以禪入詩."

5) 韓進廉 編, 《禪詩一萬首》, p. 182, 中國 : 河北科學技術出版社, 1994.

인도의 소극적인 계율이 중국의 적극적인 윤리강령으로 바뀐 것이다. 전설적인 인물 한산(寒山, 766?~779?)이 나타난 때도 이 무렵이었다. 한산은 인생무상을 읊어 산거선시(山居禪詩)의 전형을 남겼다. 이어 한퇴지, 백낙천, 유종원, 이하 등이 등장한다. 철저한 배불론자(排佛論者)였던 한퇴지(韓退之, 768~824)는 불경의 역문체(譯文體) 영향을 받아 산문으로 시를 쓰는 산문체 시형식을 완성시켰다.[6] 그는 또한 선사상(禪思想)을 유학(儒學)으로 개조하였으며 성리(性理)를 논하는 그의 문장은 송대 성리학(性理學)의 기초가 되었다.[7]

백낙천(白樂天, 772~846)은 원화체(元和體)의 대표적인 인물이다. 원화체란 불경 속의 게송(偈頌) 번역문체의 영향을 받아 중당기(中唐期) 원화 연간(元和年間, 806~824)에 성립된 통속시문체(通俗詩文體)를 말한다. 이 원화체는 〈장한가(長恨歌)〉를 통하여 그 극치를 이루고 있다. 〈장한가〉는 안녹산의 난(755)에 얽힌 현종과 양귀비의 이야기를 다룬 작품으로서 많은 사람에게 널리 읽히고 있다.

그런데 백낙천의 이 〈장한가〉는 《잡보장경(雜寶藏經)》 환희국왕연(歡喜國王緣)의 일부가 변문(變文)되어 민간에 흘러다니던 설화를 근거로 창작되었다고 한다.[8] 백낙천은 또한 마조의 제자인 홍선유관(興善惟寬, 755~817)에게서 정식으로 선의 법맥을

---

6) 그 구체적 예가 불경 《佛所行讚(曇武讖譯)》과 韓退之의 〈南山詩〉다.
7) 柳田聖山 著, 안영길 · 추만호 옮김, 《선의 사상과 역사》, p. 215, 서울 : 民族社, 1991.
8) 앞의 책, p. 193.

이어받고 있다.[9)]

유종원(柳宗元, 773∼819)은 주로 선철학(禪哲學 : 天台學)의 심오한 철리를 시화(詩化)하려고 했다.

시의 귀재인 이하(李賀, 790∼816)는 언제나 《초사(楚辭)》와 《능가경(楞伽經)》을 손에서 놓지 않았다.[10)] 그의 비극성은 《초사》에서 유래되었으며 존재의 덧없음과 세월의 신속함을 꿰뚫어보는 그의 예지는 초기 선종의 교과서인 《능가경》에서 유래되었다. 이 무렵 선승의 작품으로는 동산양개(洞山良价, 807∼869)의 〈보경삼매가(寶鏡三昧歌)〉가 있다.

만당기(晩唐期, 827∼907)에 접어들면서 선은 더욱 발전해 갔는데 이때 조주(趙州, 778∼897), 임제(臨濟, ?∼866) 등이 출현하였다. 전통을 거부한 임제의 활기찬 선풍(禪風)은 그 후 송·원·명·청을 거쳐 지금까지 선종의 가장 큰 맥으로 흘러오고 있다.

조주는 120세를 산 선승이었는데 그의 선문답(公案)인 '무(無)'자는 그 후 송·원·명·청을 거쳐 지금까지 선문답(공안)의 전형으로 전해 온다. 조주는 또한 〈십이시가(十二時歌)〉라는 격외선시(格外禪詩)를 남겼다. 이때 시승으로 이름 있던 선월관휴(禪月貫休, 832∼912)가 있었는데 그는 호방한 산거시(山居詩)를 많이 남겼다. 제기(薺己, 862∼?)라는 시승의 활약도 대단했다.

시인으로서는 이상은, 사공도가 나왔다.

---

9) 馬祖 ┌ 百丈 — 黃壁 — 臨濟
　　　 └ 興善惟寬 — 白樂天

10) 楞伽推案前 楚辭繫肘後 — 李賀·贈陳商.

이상은(李商隱, 812~858)은 선의 영향 아래에서 무상감과 인간고를 시화했다. 사공도(司空圖, 837~908)는 주로 도피적인 산림(山林)의 정서를 읊어 나갔다.

회창(會昌)의 폐불사건(癈佛事件, 845~847)을 거쳐 오대(五代, 907~959)에 들어서자 선종은 오가(五家)로 분파되면서 더욱 발전을 거듭했다. 이때는 선승 운문문언(雲門文偃, 864~949)이 활동하던 시기다. 운문은 당(唐) 중기 이후 발전해 온 선과 시를 결합시킨 인물이다. 시작(詩作)에 능했던 그는 특히 선문답을 통하여 일자시(一字詩 : 一字關)라는 독특한 선시를 많이 남겼다. 이 무렵 선의 역사서이자 선문답집인 《조당집(祖堂集)》과 《전등록(傳燈錄)》이 간행되었다.

송대(宋代, 960~1279)에 들어서자 운문의 계열에서 설두중현(雪竇重顯, 980~1052)이 나왔다. 그는 모든 시체(詩體)에 능했던 시인이며 동시에 선(禪)의 거장으로서 《설두송고(雪竇頌古)》라는 송고선시집(頌古禪詩集)을 남겼다. 이 송고선시집은 그 후 원오극근(圜悟克勤, 1063~1135)이 주석과 비평을 덧붙여 《벽암록(碧巖錄)》으로 출간, 이 《벽암록》은 그 후 선종의 영원한 명저(宗門第一書)로 남게 되었다.

시단에서는 한산시풍(寒山詩風)을 모방한 왕안석(王安石, 1021~1086)이 나왔고,[11] 선 수행에 남다른 열성을 보인 소동파(蘇東坡, 1036~1121)가 나왔고, 선종 분파에 영향받아 생겨난 강서시파(江西詩派)의 중심인물 황산곡(黃山谷, 1045~1105)이 나왔다.[12]

---

11) 《禪詩－萬首》, p. 10. "如王安石就寫過模倣寒山的作品."

소동파는 임제문하 제7대 황룡혜남의 제자인 소각상총(昭覺常總, 1025~1091)의 선법을 정식으로 이어받았고, 황산곡 역시 황룡혜남의 제자인 회당조심(晦堂祖心, 1025~1100)의 선법을 정식으로 이어받았다.[13]

특히 소동파 이후에는 문인들 사이에서 선 수행을 하는 이가 급격히 증가하기 시작했다.[14] 그리고 이때 묵조선(默照禪)의 거장 천동정각(天童正覺, 1091~1157)의 출현을 통하여 선시의 가장 심원한 세계가 펼쳐지기 시작했다. 그는 공안선시집《송고백칙(頌古百則)》을 지어 선시의 금자탑을 쌓았다. 그의《송고백칙》은 뒷날 칭기즈칸의 행정고문관 야율초재(耶律楚材, 1190~1244)의 주선으로 만송행수(萬松行秀, 1166~1246)의 주석과 비평을 붙여《종용록(從容錄)》으로 출간되었다.

이《종용록》은 앞의《벽암록》과 쌍벽을 이루는 공안선시집(公案禪詩集)이다.《벽암록》이 직관적이며 역동적이라면《종용록》은 명상적이며 내면적이라고 할 수 있다. 이 두 권의 공안선시집은 중국 선시가 이룩한 두 개의 기념비라 할 수 있다.

천동정각과 동시대에 대혜종고(大慧宗杲, 1089~1163)가 출현, 공안선(公案禪 : 看話禪)을 제창했다. 선은, 이 간화선의 거장 대혜종고를 통해서 다시 한 번 활기를 되찾았는데 대혜종고 이

---

12)《禪學與唐宋詩學》, p. 395.

13) 臨濟 — …… 黃龍慧南 ┬ 昭覺常總 — 蘇東坡
　　　　　　　　　　　　└ 晦堂祖心 — 黃山谷

14)《禪學與唐宋詩學》, p. 379. "蘇東坡以後 以參禪之法 求法者漸多."

후에는 선이 문학의 영역을 넘어 성리학(性理學)에까지 영향을 미치기에 이르렀다.[15] 그리고 대혜종고가 제창한 공안선의 입장을 조주의 '무(無)'자 공안에 의해서 통일시킨 선의 귀재가 나왔으니 그가 바로 무문혜개(無門慧開, 1183~1260)였다. 무문혜개는 그의 공안시집 《무문관(無門關)》(1228)을 통해서 1,700여 가지 공안을 '무(無)'자 공안으로 묶어 버렸다.

이렇게 하여 인도에서 비롯된 드야나(선) 명상법은 기나긴 굴절과정을 거쳐 마침내 그 극치에 이르게 된 것이다. 이 외에 송대에 활약한 선시승(禪詩僧)에는 단하자순(丹霞子淳, 1064~1117), 야보도천(冶父道川, ~1127~) 등이 있다. 야보도천의 〈금강경선시(金剛經禪詩)〉는 직관력이 가장 뛰어난 선시로 오늘날까지 많은 이의 입에서 오르내리고 있다.

송대에는 선의 공안과 일화 등을 실은 어록(語錄) 출간이 성행했는데 이 영향을 받아 엄우(嚴羽)의 《창랑시화(滄浪詩話)》를 비롯, 많은 시화집(詩話集)이 출간되었다.[16] 시화집이란 작시법을 곁들인 일종의 시 평론집을 말한다.

이처럼 당송 시(唐宋詩)의 주류를 이루고 있는 특징은 선적(禪的)인 취향에 있었다.[17]

원대(元代, 1271~1368)에는 몽골족이 들여온 티베트 불교의 영향을 받아 문단에서는 희곡이 성행, 선시는 사람들의 기억

15) 《禪學與唐宋詩學》, p. 385.

16) 《禪學與唐宋詩學》, p. 390.

17) 杜松柏 著, 《禪與詩》, p. 163, 臺北 : 弘道書局, 1980. "唐宋詩的特質在禪趣."

속에서 점차 사라져 갔다. 그러므로 원대의 선 시인은 대부분 선승(禪僧)에 국한되었다. 수상(守常), 육당(栯堂), 조백(祖柏) 등이 그 대표적인 시인이다.

명대(明代, 1367~1644)에는 다시 선종이 활기를 띠었으나 당송의 융성에는 어림도 없었다. 이때의 이름 있는 선시승(禪詩僧)은 감산(憨山, 1546~1623), 자백(紫柏), 연지(蓮池), 우익(蕅益) 등이 고작이다.

청대(淸代, 1645~1911)에는 그 시대 조류가 유·불·선 삼교의 통합이었다. 그러므로 선시는 그 독립성(禪趣)을 상실했으며 빼어난 선시도 나오지 않았다. 이때 활약한 선시승은 창설(蒼雪), 천연(天然), 차임(借庵), 입운(笠雲), 기선(寄禪) 등이다. 그리고 이때 선화(禪畵)에 능통한 네 선승이 나왔는데 팔대산인(八大山人), 석도(石濤), 석계(石溪), 절강(浙江)이 그들이다.

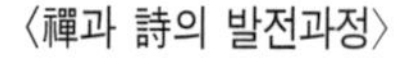

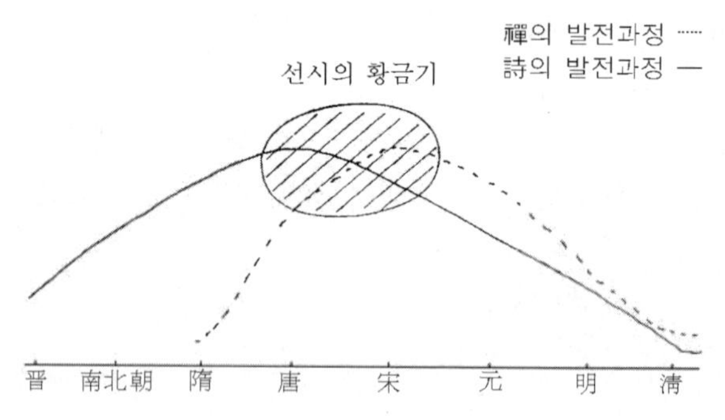

(2) 한국 선시

한국에 처음 선(禪)을 전한 이는 법랑(法郞)이다. 그는 신라 선덕여왕 때(632~647) 당(唐)에 들어가 중국 선종 제4조 도신(道信)의 선법을 받아 왔다. 그러나 본격적으로 선이 전래된 것은 신라 말에서 고려 초기(875~943)에 개설된 구산선문(九山禪門)을 통해서이다. 구산선문이란 '우리나라에 최초로 개설된 아홉 군데 선 수련장'을 말한다. 이 선문구산파의 선승들은 대부분 마조(馬祖)문하의 선법을 받아 왔는데 홍척(洪陟 : 智異山 實相寺派 開設)과 도의(道義 : 迦智山 寶林寺派의 元祖) 등이 그 주축을 이루고 있다.

그러나 지눌(知訥, 1158~1210)의 출현에 의해서 선은 완전히 한국적인 것으로 정착하게 된다. 그리고 그의 제자 진각혜심(眞覺慧諶, 1178~1234)에 이르러 본격적인 선시가 나오기 시작했다. 진각혜심은 공안, 공안시, 공안평론집의 대백과사전인 《선문염송(禪門拈頌)》(30권)을 편찬, 당송 이후의 모든 선어록을 총정리 했다. 이 《선문염송》의 출현은 확실히 선종사에 하나의 굵은 획을 긋는 작업이었다. 그것도 한국인의 손에 의해서 그 방대한 선종의 모든 문헌이 체계적으로 총정리된 것이다.

지눌과 같은 시대에 살았던 선승 일연(一然, 1206~1289)이 지은 《삼국유사(三國遺事)》는 정말 귀중한 책이다. 이 책 속에는 삼국시대부터 전해 오던 향가(鄕歌) 14수가 실려 있는데 균여(均如, 923~971)의 〈보현십원가(普賢十願歌)〉 11수와 함께 향가

문학의 극치를 이루고 있다. 이 향가의 시인들로서는 월명사(月明師, ~742~)와 충담(忠談, ~765~) 등이 있다. 그리고 구법승(求法僧) 혜초(慧超, 704~787)를 빼놓을 수 없다. 그는 717년 중국에서 인도로 불적(佛跡) 순례를 떠나, 십 년 후인 727년 중국에 돌아와 순례기행문 《왕오천축국전(往五天竺國傳)》을 썼다. 이 책 속에는 가슴을 울리는 순례시가 여러 편 실려 있는데, 이 순례시들은 동서고금의 순례시 가운데 제1급에 속하는 작품이다.

지눌→진각을 거쳐 제6대로 내려가서 원감국사 충지(圓鑑國師 冲止, 1226~1292)가 출현, 정밀하기 이를 데 없는 선시를 썼다. 그런데 지눌이 재창한 소위 보조선(普照禪)은 당의 규봉종밀(圭峰宗密)이 주장한 교선일치(敎禪一致)의 복합적인 선풍(禪風)이었다. 고려 말이 되자 백운경한(白雲景閑, 1299~1375), 태고보우(太古普愚, 1301~1382), 나옹혜근(懶翁惠勤, 1320~1376) 등에 의해서 순수한 임제선(臨濟禪)이 도입,[18] 본격적인 선시(禪詩)의 시대가 시작된다. 태고는 주로 장시풍 선시를 많이 썼고, 나옹은 직관력이 번뜩이는 단시풍 선시를 많이 남겼다. 그리고 백운은 한국 선시의 무한한 가능성을 제시해 준 인물이다.

---

18)
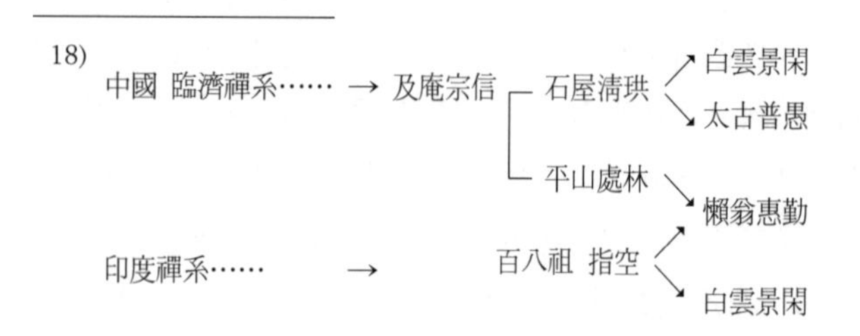

1392년 고려가 망하고 조선 왕조가 들어서면서 정치이념은 유교로 바뀌는데 이 무렵 함허득통(涵虛得通, 1376~1433)이 출현, 불후의 명작 〈금강경선시(金剛經禪詩)〉를 남겼다. 함허는 태조 이성계의 왕사(王師)인 무학(無學)의 제자였고, 무학은 고려말 임제풍 선시의 거장 나옹의 제자였다. 그러나 나옹의 임제풍 선시는 무학을 거쳐 함허에게 와서 애석하게도 그만 끊겨버리고 만다. 그래서인지 함허의 선시에서부터 체념적인 정서가 한국 선시에 스며들기 시작한다.

본격적인 배불(排佛)정책은 제3대 태종(太宗) 때(1400~1418)부터 시작되어 세종(世宗)으로 이어지는데 이때 매월당 김시습(梅月堂 金時習, 1435~1493)이 출현, 비애감 어린 선시를 남겼다. 그는 원래 생육신의 한 사람이었으나 후에 선승이 되어 우리나라 방방곡곡을 정처 없이 떠돌면서 두보(杜甫)를 능가하는 비애풍 선시를 많이 남겼다. 그러나 그는 시를 써서는 곧잘 흐르는 물에 띄워 보내곤 했기 때문에 지금 그의 문집에 남아 있는 작품보다 물에 흘러간 작품이 훨씬 더 많다고 한다.

제13대 명종(明宗) 때(1545~1567) 활약한 선승으로 허응당 보우(虛應堂 普雨, 1515~1565)가 있는데 그는 패기 넘치는 선시와 화엄시를 남겼다. 보우의 뒤를 이어 청허휴정(淸虛休靜=西山大師, 1520~1604)이 출현, 한국 선시는 그 전성기를 맞게 된다.

청허는 우리에게 임진왜란 때 활약했던 도승(道僧) 또는 승군 총사령관(僧軍總司令官) 정도로 알려졌다. 그러나 청허는 정말 도가 높은 선승이었고 이백(李白)의 영향을 받긴 했으나 이백을 능가하는 선시의 거장이었다. 청허 이전의 선시는(매월당 김시습을 제외하고는) 대부분 중국 임제풍 선시의 영향에서 크게 벗어나지 못하고 있었다. 그러나 청허에 와서 한국 선시는 비로소 임제풍에서 완전히 벗어나 한국 특유의 은둔적이며 체념적인 서정풍으로 변모해 버렸다. 《청허당집(清虛堂集)》 속에는 몇백 편을 웃도는 제1급 선시가 실려 있다. 그러므로 청허는 한국 선시의 원조라고 할 수 있다. 청허휴정에 의해서 분출된 한국 선시의 광맥은 그의 제자들에 의해서 찬란하게 꽃피었으니 그 주역들은 다음과 같다.

정관일선(靜觀一禪, 1533~1608), 사명유정(四溟惟政, 1544~1610), 청매인오(青梅印悟, 1548~1623. 그는 公案禪詩의 거장이기도 하다), 기암법견(奇巖法堅, 1552~1634), 소요태능(逍遙太能, 1562~1649), 중관해안(中觀海眼, 1567~?), 편양언기(鞭羊彦機, 1581~1644).

또한 서산과 동문수학한 부휴선수(浮休善修, 1543~1625)가 있는데 그는 우수어린 이별풍의 선시를 잘 썼다. 그의 제자 취미수초(翠微守初, 1590~1668) 역시 전원풍의 선시를 남기고 있다.

다음 두보(杜甫)의 영향을 받은 사명유정 계통에서 허백명조(虛白明照, 1593~1661)가 나왔다. 월봉책헌(月峯策憲, 1624~?), 백암성총(栢庵性聰, 1631~1700), 설암추붕(雪巖秋鵬, 1651~1706), 무용수연(無用秀演, 1651~1719), 환성지안(喚惺志安, 1664~1729) 등도 모두 뛰어난 선시를 남긴 선승이다.

서산 이후 또 한 사람의 뛰어난 선시 거장을 우리는 기억해 둘 필요가 있다. 그가 바로 정관일선 계통에서 나온 무경자수(無竟子秀, 1664~1737)이다. 그의 천변만화풍(千變萬化風) 선시는 예지로 가득 차 있으며 시상(詩想)이 단 한 군데도 막힘이 없이 동서남북, 상하좌우로, 과거 · 현재 · 미래로 마구 굽이치고 있다. 다분히 체념적인 시풍이 주류를 이루고 있던 조선조 중기 이후의 한국 선시에 무경자수는 강한 충격을 주고 있다. 무경자수 이후에는 허정법종(虛靜法宗, 1670~1733), 천경해원(天鏡海源, 1691~1770) 등이 돋보인다.

초의의순(艸衣意恂, 1786~1866)은 시승으로보다는 다승(茶僧)으로 더 알려진 인물이다. 그는 문장력이 뛰어나 추사 김정희를 비롯하여 당시의 문사(文士)들과 주고받은 화답시를 많이 남겼지만 빼어난 선시가 별로 없는 게 흠이다(이는 또한 조선조 후기 대부분의 시승들에게도 적용되는 말이다).

포의심여(浦衣心如, 1828~1875)는 짧은 생애를 통해서 섬세하고 투명하기 이를 데 없는 〈감성선시(感性禪詩)〉를 남겼다.

조선조 말기, 한 사람의 득도인이 나타났으니 그가 바로 보월거사 정관(普月居士 正觀, ~1862~)이다. 어디서 무엇을 했던 사람인지 그에 대한 기록은 전혀 없지만, 그러나 그는 당송의 선승을 능가하는 선시를 남기고 있다. 그는 어느 누구의 영향도 받지 않은 채 자신이 깨달은 경지를 거침없이 읊어내고 있다. 보월거사라는 이름으로 봐서 그는 분명 선승이 아니라 평범한 재가수행자(在家修行者)이다. 말하자면 당대의 백낙천이나 송대의 소동파 같은 인물이다. 보월거사 정관의 느닷없는 출현은 한국 선시에 하나의 불가사의한 사건이 아닐 수 없다.

그리고 이 무렵 경허성우(鏡虛惺牛, 1849~1912)가 있었는데 그 역시 느닷없이 튀어나온 선승이다. 왜냐면 그는 이렇다 할 스승이 없이 자신의 힘만으로 깨달음을 체험한 선승이기 때문이다. 그의 선시는 한국 선시 가운데 가장 다양한 색깔을 지니고 있다. 서산대사 청허휴정에게서 비롯된 한국 선시는 마침내 경허성우에 와서 선시가 아닌 인간의 시(人間詩)로 탈바꿈해 버린 것이다. 경허의 제자인 만공월면(滿空月面, 1871~1946)과 한암중원(漢岩重遠, 1876~1951) 역시 멋진 선시를 남겼지만 경허의 선시에는 전혀 미치지 못하고 있다.

이 무렵 시문(詩文)에 능했던 불경의 거장 석전정호(石顚鼎鎬, 1870~1948)가 있었지만 그의 시문 역시 선미(禪味)가 적은 게 흠이다. 《님의 침묵》이라는 현대 시집을 낸 만해 한용운(萬海 韓龍雲, 1879~1944)도 적지 않은 선시를 남겼지만 크게 주목할 만한 작품은 없다.

근래의 선승으로는 원광경봉(圓光鏡峰, 1892~1982)이 있는데 그는 조주풍(趙州風)의 선시를 잘 썼다. 그는 서도(書道)에도 능하여 적지 않은 서예 작품을 남겼다. 뛰어난 전법게(傳法偈)를 남긴 운봉성수(雲峰性粹, 1889~1947)의 제자 가운데 향곡혜림(香谷蕙林, 1912~1978)이 있는데 그는 나옹혜근의 선시풍에 이어지는 임제풍 선시를 남기고 있다.

(3) 일본 선시

일본에 처음 선(禪)을 전한 사람은 명암영서(明庵榮西, 1141~1215)이다. 그러나 본격적인 선은 영평도원(永平道元, 1200~1253)에 의해서였다. 그는 송에 들어가 조동종 계통의 천동여정(天童

如淨, 1163~1228)으로부터 선법을 받은 후 일본에 돌아와 일본 조동종의 창시자가 되었다. 그의 저서 《정법안장(正法眼藏)》(95권)은 일본 선종의 크나큰 업적이다. 그에게는 이 밖에도 적지 않은 송고선시(頌古禪詩)가 있어 시인으로서의 역량도 유감없이 발휘하고 있다.

영평도원보다 조금 앞서 송에 들어가 임제종 계통의 무준사범(無準師範, 1178~1249)으로부터 선법을 받아 온 사람으로 원이변원(圓爾辯圓, 1202~1280)이 있는데 그 역시 약간의 선시를 남겼다. 송(宋)이 멸망하는 1279년 전후로 많은 중국의 선승들이 해외로 망명하는데 이 무렵 일본에 온 선승에 난계도륭(蘭溪道隆, 1213~1278)과 요원조원(了元祖元, 1226~1286) 등이 있다. 난계도륭은 최초로 일본에 온 선승으로서 그의 제자에 남포소명(南浦紹明, 1235~1308)이 있어 그의 선시풍을 이었다. 두 번째로 일본에 온 중국 선승 요원조원은 선배인 난계도륭의 뒤를 이어 선의 순수성을 제창하면서 수준 높은 선시를 썼다. 그러나 본격적인 선문학(禪文學)인 오산문학(五山文學)의 흥기는 중국 선승 일산일녕(一山一寧, 1247~1317)의 일본 도래(1299)로부터다.

'오산문학'이란 무엇인가. 가마쿠라(鎌倉) 말기(1342) 오산십찰(五山十刹)의 관사(官寺)에 속해 있던 선승들이 중심이 되어 전개한 선문학운동을 말한다. 이들은 주로 임제종 계통의 선승들이었는데 그 주축은 호관사련(虎關師鍊, 1278~1366), 설촌우매(雪村友梅, 1290~1346), 중암원월(中巖圓月, 1300~1375), 의당주신(義堂周信, 1325~1388), 절해중진(絶海中津, 1336~1405) 등이다.

이 다섯 사람 가운데 특히 의당주신과 절해중진은 오산문학의 쌍벽으로 불리고 있다. 이 오산문학의 흥기에 결정적인 역할을 한 일산일녕은 임제종 대혜종고 계통의 선승이며 선철학자(禪哲學者 : 天台學의 권위자)였다. 그의 문하에 몽창소석(夢窓疎石, 1275~1351), 설촌우매, 호관사련 등이 있어 그의 선시풍을 이었다.

중국 선승인 축선범선(竺仙梵僊, 1292~1348)의 일본 도래는 오산문학의 비약적인 발전을 가져오는 계기가 되었다. 축선범선은 임제종 양기파(楊岐派) 고림청무(古林淸茂)의 제자로서 시(詩)·서(書)·범패·출판 등에 능했던 선승이다. 당시 중국에 들어간 일본의 유학승 대부분이 그의 스승인 고림청무의 문하에서 수학했던 것으로 봐서 그의 일본 도래와 오산문학의 흥기는 필연적인 것이었다고 할 수 있다.

고림청무는 또한 오산문학을 게송 중심(偈頌中心 : 禪詩中心)으로 정착시키는 데 결정적인 영향을 준 사람이다. 고림청무 사후(死後), 일본에 와서 오산문학을 이끌어 간 인물이 바로 축선범선이다. 이 축선범선의 문하에는 중암원월(中巖圓月)과 춘옥묘파(春屋妙葩, 1311~1388)가 있다. 축선범선의 사후 송에 있던 일본 선승 용산덕견(龍山德見, 1284~1358)의 입국(1350)으로 하여 오산문학은 그 절정기를 맞는데 이 용산덕견의 문하에는 오산문학의 쌍벽인 의당주신과 절해중진이 있다.

그리고 이 오산문학의 중심에서 비껴나 나름대로 일가를 이룬 선승에는 묵조풍 선시를 쓴 영평의운(永平義雲, 1253~1333), 역시 선시의 대가인 기타대지(祇陀大智, 1289~1366), 원(元)에 들어가(1320) 중봉명본(中峰明本)과 고림청무 등의 문하에서 수학하고 선비풍의 선시를 쓴 적실원광(寂室元光, 1290~1367), 몽창소석의 제자로서 좋은 선시를 남긴 실봉양수(實峰良秀, ?~1405), 그리고 철주덕제(鐵舟德濟, ?~1366) 등이 있다.

오산문학파의 선승들은 중세 일본문화의 발전에 막대한 공헌을 했다. 그러나 오산문학이 주축이 된 일본 선시는 중국풍 선시의 영향에서 크게 벗어나지 못했다. 아니 오산문학파 선승들의 궁극적인 목적은 중국풍 선시를 착실히 본뜨는 것이었다. 그래서 그들은 시작법(詩作法)의 교재로 엄우의 《창랑시화》를 택했다. 그들은 500쪽짜리 책 40권 이상에 달하는 엄청난 양의 작품을 남겼다. 그러나 그 많은 작품에도 불구하고 오산문학파 선시들은 크게 빼어난 작품이 적다. 이것이 바로 오산문학의 한계이다. 그러나 오산문학이 쇠퇴기에 접어들 무렵 일휴종순(一休宗純, 1394~1481)이 출현하면서 일본 선시는 중국풍에서 완전히 벗어났다. 일휴는 그의 시집 《광운집(狂雲集)》을 통해서 지금까지 전무후무한 파격풍(破格風) 선시를 보여주고 있다.

술과 여자(酒色)는 선문(禪門)에서 오랫동안 금기시되어 온 두 가지다. 그러므로 이 두 가지는 선시의 주제로 채택된 일이 드물다. 한국의 선승 경허에 의해서 술의 금기는 깨져 버렸지만, 그러나 여자에 대한 금기를 깬 사람은 지금까지 아무도 없었다. 그러나 일본 선승 일휴에 의해서 여자에의 금기는 마침내 깨져 버리고 말았다.

일휴의 선시가 택하고 있는 주제의 대부분이 여자, 그것도 여자와의 성교장면, 아니 좀 더 구체적으로 말하자면 여성의 성기에서 흐르는 애액(愛液)이다. 수선화꽃 향내가 나는 그 신비한 액체이다(美人陰有水仙花香 : 일휴 시의 제목임). 이처럼 일휴의 선시는 애액을 주제로 종횡무진 굽이치고 있어 그 시들을 접하는 순간 그만 말문이 콱 막혀 버리고 만다. 일휴, 이렇게 치열한 인간은 일찍이 없었다. 한국의 경허가 선시를 '인간의 시'로 확장시켰다면, 일본의 일휴는 경허보다 455년 전에 이 인간의 시를 '본능의 시'로 매듭지어 버렸다. 그러므로 선시는 일휴에게서 끝났다고 할 수 있다. 그러나 일휴에게는 선사풍(禪師風)의 고고한 선시도 적지 않다는 사실을 알아두기 바란다. 이렇게 하여 일휴는 그 자신의 의사와는 관계 없이 파격풍 선시의 거장이 된 것이다.

도를 깨닫게 되면 선승은 그 스승으로부터 깨달음을 인정해 주는 '전법게(傳法偈)'를 받게 된다. 이 전법게는 보통 질긴 종이에 스승이 친필로 써서 스승의 낙관을 찍어 주는데, 이를테면 재산상속증과도 같은 것이다. 그러므로 선승에게 있어서 이 '전법게'란 생명보다 더 귀중하다. 전법게는 그의 깨달음을 보증해 주는 보증수표이기 때문이다. 그러나 일휴는 그의 스승으로부터 전법게를 받는 순간 그 자리에서 불 속에 집어던져 버렸다. 그에게는 이런 식의 권위마저 통하지 않았다. 전법게를 불태운 선승은 일휴를 빼고는 중국·한국·일본을 통틀어 아마 그 유례가 드물 것이다. 전법게를 태워 버린 후 일휴는 발길 닿는 대로 떠돌면서 선(禪)에조차 얽매이지 않고 한세상을 희롱하며 살다 간 것이다.

일휴 이후에는 특방선걸(特芳禪傑, 1419~1506), 월주종호(月舟宗胡, 1618~1696), 일사문수(一絲文守, 1608~1646) 등이 있어 그

저 그런 몇 편의 선시를 남겼다.

일본 임제풍 선시의 거장이요 백은(白隱)의 스승이었던 정수혜단(正受慧端, 1642~1721)은 지독한 애주가(愛酒家)였다고 한다.

하이쿠(俳句)의 거장 송미파초(松尾芭蕉, まつおばしょう, 1644~1694)가 활동하던 시대도 바로 이때였다. 하이쿠란 하이카이렌가(俳諧連歌, 낭송용 즉흥시)의 첫 구절(發句)이 독립되어 하나의 시형식이 된 '하이카이 홋쿠(俳諧發句)'의 준말이다. 형식적이며 해학적이었던 이 하이쿠에 선(禪)의 직관을 토대로 사상적, 문학적 깊이를 준 이는 바로 파초(芭蕉)였다.

하이쿠는 세계에서 가장 짧은 시(一行詩)로서 17음률을 기본음으로 하고 있으며 간결, 즉물적, 그리고 직관적(禪的)인 표현이 특징이다.

일본 임제선의 부흥자 백은혜학(白隱慧鶴, 1685~1768) 역시 깔끔한 선시를 여러 편 남겼다.

이제 우리는 일휴와 함께 꼭 기억해 둬야 할 한 사람 앞에 섰으니 그가 바로 대우양관(大愚良寬, 1758~1831)이다. 그는 중국의 한산시풍(寒山詩風)을 이어받아 산거시(山居詩)를 완성한 사람으로서 일생 동안 일의일발(一衣一鉢)에 청빈한 수행자로 살면서 선시를 쓴 선승이다. 양관, 그는 그의 시와 삶이 완전히 하나였던 사람이다. 아무것도 소유한 게 없는 수행자, 그래서 어디에도 걸림이 없는 사람, 선(禪)의 이상을 시를 통해서 실현하고 삶을 통해서 구체화한 사람, 그가 바로 양관(良寬)이다.

3. 시풍(詩風)

(1) 중국 선시

중국 선시에는 다음 다섯 가지 특징이 있다.
첫째, 규모가 크고 호방하다.
둘째, 구사력이 뛰어나다.
셋째, 훈시적(訓示的)인 면이 강하다.
넷째, 풍류적이다.
다섯째, 도가적(道家的)인 색채가 짙다.
중요한 작가들의 시풍(詩風)을 보면 다음과 같다.

1 삼조승찬의 잠언시 〈신심명(信心銘)〉

일종의 잠언체(銘體)로 된 장시로서 유무(有無), 선악(善惡), 시비(是非), 애증(愛憎) 등 서로 상반되는 개념 40여 개가 대칭을 이루며 전개된다. 양 극단에 치우치는 편견을 버리고 그 중간에조차 머물지 않는, 살아 굽이치는 생명의 세계를 갈파한 이 잠언시는 예로부터 선승들의 좌우명으로 널리 읽히고 있다.

2 깨달음의 희열을 읊은 영가현각의 〈증도가(證道歌)〉

깨달음의 희열에 넘쳐 단 하룻밤 만에 완성했다는 이 장시는 직관력과 감성이 용암처럼 분출하고 있다. 예로부터 〈신심명〉과 함께 선승들 사이에서 널리 읽히고 있는 작품이다.

[3] 왕유의 〈선화시(禪畵詩)〉

선의 직관적 세계는 당의 시인 왕유에 의해서 최초로 선명하게 시각화되었다. 왕유는 또한 문인화인 남종화(南宗畵)의 창시자이며 비파 연주의 명인이었다고 한다.

[4] 한산의 〈무상시편(無常詩篇)〉

일생 동안 문전 걸식하며 떠돌던 수행자 한산의 시는 인생의 덧없음을 읊는 허무적인 요소가 짙다. 한산이야말로 선시에 허무적인 정서를 최초로 가미시킨 허무선시(虛無禪詩)의 창시자이다.

[5] 조주종심의 〈무위선시(無爲禪詩)〉

120년을 살았던 당의 선승 조주, 그는 〈십이시가(十二時歌)〉를 통하여 '선'이라는 이 틀마저 벗어난 무선(無禪)의 세계를 보이고 있다. 그저 평범한(사실은 비범하기 이를 데 없는) 한 시골 노인의 하루(十二時) 생활을 있는 그대로 묘사하고 있으나 이것이야말로 무르녹은 자신의 경지를 나타낸 것이다.

[6] 선월관휴의 〈산거시(山居詩)〉

그는 산중생활의 기쁨을 경쾌한 필치로 묘사하고 있다. 그러나 그의 시에는 조선조 선승들의 산거시에서 나타나는 체념적인 요소는 전혀 보이지 않는다.

[7] 설두중현의 〈공안시편(公案詩篇)〉

선문답, 즉 공안의 경지를 본격적인 시로 읊은 것은 설두중현에 의해서이다. 그러므로 그는 공안시의 창시자라 할 수 있다.

8 천동정각의 〈묵조시(默照詩)〉

심묵적조(深默寂照)의 경지를 읊은 천동정각의 시는 명상적 요소가 짙은 묵조시의 시발이 되고 있다. 고도로 응축된 시어(詩語)가 돋보인다.

9 야보도천의 〈금강경선시(金剛經禪詩)〉

원래 활잡이(弓手)였던 야보는 《금강경》의 뜻을 절묘하게 시화(詩化)함으로써 금강경선시의 제일인자가 되었다. 그의 〈금강경선시〉는 일상의 차원을 뒤집어엎는 직관력이 주조를 이루고 있다. 선의 명상적 요소가 천동정각에 의해서 〈묵조시〉로 구체화됐다면, 선의 직관적 요소는 야보도천에 의해서 〈금강경선시〉로 구체화되었다.

10 확암사원의 〈십우도시(十牛圖詩)〉

깨달음의 단계를, 잃어버린 소(牛)를 찾아가는 열 단계에 비유해 읊은 확암사원의 십우시(十牛詩)는 원래 십우도(十牛圖)라는 열 장의 선화에 덧붙인 그림시였다. 확암의 이 〈십우도시〉가 나온 후 많은 십우도시가 쏟아져 나왔다.

(2) 한국 선시

한국 선시에는 다음 다섯 가지 특징이 있다.

첫째, 은둔적이며 체념적이다.

둘째, 서정성이 강하다.

셋째, 자연과의 교감력이 뛰어나다.

넷째, 단순하고 소박한 맛이 있다.
다섯째, 시의 흐름이 너무 획일적(임제풍 일변도적)이다.

[1] 혜초의 〈순례시(巡禮詩)〉
먼 이국 땅에서 고향을 그리는 나그네의 심정이 혜초의 시 구절마다 사무치고 있다. 그는 인도순례기 《왕오천축국전(往五天竺國傳)》을 썼는데 이 책 속에 여러 편의 감명 깊은 순례시가 실려 있다. 그리하여 인도 구법승(求法僧) 혜초는 순례시의 제일인자가 되었다.

[2] 진각혜심의 〈유려선시(流麗禪詩)〉
시상(詩想)이 선명하고 문장력이 뛰어났던 그는 한국 선시 가운데 가장 유려한 작품을 남겼다.

[3] 원감충지의 〈선정시(禪情詩)〉
고려의 선승 가운데 가장 시정(詩情)이 풍부했던 원감충지의 시에서 우리는 선지(禪智)와 시정의 절묘한 조화를 볼 수 있다.

[4] 백운경한의 〈득도시(得道詩)〉
자신의 부도마저 세우기를 거부한 사람 백운경한, 그는 득도자의 여유 만만한 삶을 거침없는 필체로 읊었다.

[5] 태고보우의 〈장편시가(長篇詩歌)〉
한국 선승 가운데 태고는 장편 선시를 가장 많이 쓴 사람이다. 그의 시는 시상이 호방하고 시어가 거침없다. 중요한 장편시로 〈태고암가(太古庵歌)〉, 〈산중자락가(山中自樂歌)〉 등이 있다.

[6] 나옹혜근의 〈임제풍(臨濟風) 선시(禪詩)〉

한국 선승 가운데 선지(禪智)가 가장 밝았던 인물이다. 시마다 뇌성벽력 같은 임제풍 선지가 번뜩인다.

조선조에 들어서면서 특히 선시가 융성했는데, 그 이유는 다음 셋을 들 수 있다.

첫째, 배불정책으로 인한 승려들의 활동범위 제약.

둘째, 유가(儒家) 시문학 발달의 영향.

셋째, 서산(西山) 이후 선승들의 생활권이 아예 산중으로 제한되었기 때문.

[7] 함허득통의 〈청정시편(淸淨詩篇)〉

중국의 야보도천과는 또 다른 〈금강경선시〉를 쓴 함허득통의 시는 너무 맑고 투명하여 슬픔이 인다. 한국 선시에 체념적이며 은둔적인 정서가 깃들이기 시작한 것은 함허득통의 시에서부터이다. 역사적으로 볼 때 함허득통 때부터 본격적인 배불정책이 시작되어 선승들의 활동영역이 급속도로 위축되었다.

[8] 매월당 김시습의 〈유랑시(流浪詩)〉

생육신의 한 사람인 그는 선승이 되어 이 나라 방방곡곡을 다니며 비감(悲感)어린 유랑시를 많이 남겼다. 언어 구사력이 뛰어났던 그는 선지(禪智) 또한 예리하여 거장다운 선시를 많이 남겼다. 시상은 거침없고 언어는 절제되어 그가 남긴 시는 어느 것 하나 수작(秀作) 아닌 것이 없다.

9 허응보우의 〈회고시(懷古詩)〉

남달리 열정적이던 그는 퇴락해 가는 옛 절들을 보며 곧잘 개탄해 하는 회고시를 많이 남겼다. 《화엄경(華嚴經)》에도 조예가 깊어 빼어난 화엄시 여러 편을 남겼다.

10 청허휴정의 〈산정시(山情詩)〉

그는 서정성이 강하고 자연과의 교감력이 뛰어났던 선승이다. 산중의 정서(山情)를 읊은 본격적인 한국 선시는 청허휴정으로부터 시작되었다. 그의 시가 풍기는 도가풍(道家風)의 탈속적인 분위기는 당의 시인 이백을 능가한다. 한국 선시는 청허휴정에 와서 완전히 정착된다. 그러므로 청허휴정 이후의 한국 선시는 직접적으로든 간접적으로든 모두 청허휴정의 영향을 받고 있다.

11 정관일선의 〈도가적(道家的) 선시(禪詩)〉

정관일선의 시는 도가적인 분위기가 짙다. 차라리 고적감(孤寂感)마저 감돈다.

12 부휴선수의 〈선정시(禪淨詩)〉

그의 선시는 한국 선시 가운데 가장 서정적이며, 선지(禪智)와 서정이 절묘한 조화를 이루고 있다. 너무나 청정무구한 나머지 적막감마저 감돈다.

13 사명유정의 〈진중시(陳中詩)〉

임진왜란 때 스승 서산(西山 : 淸虛)을 이어 승군 총사령관으로 참전했던 그의 시 대부분은 진중에서 쓴 것으로, 전란으로 인한 황폐함을 읊고 있다. 인간의 비극적인 시상(詩想)을 형상화하는 데 뛰어났던 그는 당의 시인 두보와 견줄 수 있다. 스승 서산의 시가 탈속적인 이백풍이라면, 그의 시는 재속적(在俗的)인 두보풍이다.

14 청매인오의 〈공안시(公案詩)〉

서산의 제자였던 그는 특히 공안에 대한 통찰력이 뛰어나 많은 공안시를 남겼다.

15 기암법견의 〈인상파적(印象派的) 산시(山詩)〉

그의 선시는 마치 꿈꾸는 듯한 한 폭의 인상파 그림 같다. 간결한 시어와 응축된 시상, 선의 직관력이 절묘한 조화를 이루고 있다.

16 소요태능의 〈자재시편(自在詩篇)〉

그의 시에는 선지(禪智)가 물결치럼 굽이치고 있다. 지연과의 교감력과 서정성이 뛰어나고 문장의 응축력, 구사력이 자유자재하여 그는 한국 선시 가운데 가장 활기찬 선시를 남겼다.

17 중관해안의 〈평상선시(平常禪詩)〉

그의 시에는 일상의 생활감각과 예리한 직관력이 잘 조화를 이루고 있다. 그리고 여성적인 섬세함이 돋보인다.

18 운곡충휘의 〈선가풍시(仙家風詩)〉

운곡충휘의 시에는 특히 도가적인 분위기가 짙다. 이 때문에 그의 시는 선시(禪詩)라기보다는 차라리 선시(仙詩)에 가깝다.

19 영월청학의 〈훈고풍시(訓古風詩)〉

영월청학의 시는 서정성보다 사상성이 강하다. 그는 감성과 관념 사이를 곡예하듯 아슬아슬하게 넘나들고 있다.

20 편양언기의 〈산고수장시(山高水長詩)〉

편양언기의 시에는 산인(山人)의 정서가 선지(禪智)를 앞지르고 있다. 간략한 시어 속에 유유자적하는 여유감이 일품이다.

21 취미수초의 〈선적시(禪的詩)〉

그의 시는 한국 선시 가운데 가장 선적(禪的)인 분위기가 짙다. 그는 자신을 대상화하여 제삼자의 입장에서 선시를 쓰고 있다. 선시에 선(禪)의 특성을 삭제한 다음 선적인 분위기만을 남기는 선적시(禪的詩)는 그에 의해서 최초로 시도되었다.

22 허백명조의 〈절창시(絶唱詩)〉

이 책에 실린 선시 1,400여 편 가운데 최고의 수작은 허백명조에 의해서 쓰여졌다. 허백명조의 시에는 응결될 대로 응결된 선의 직관력과 압축의 극을 달리는 시구의 결합이 있다.

23 월봉책헌의 〈무위진인시(無位眞人詩)〉

월봉책헌은 마음의 부사의한 작용과 그 능력을 종횡무진하는 필치로 시화하고 있다.

24 백암성총의 〈탐미선시(耽味禪詩)〉

백암성총은 한국 선승 가운데 가장 탐미적인 선시를 썼다. 그는 타고난 섬세한 감각을 통하여 가장 세밀한 곳까지 이 자연현상을 통찰했다. 그 결과 그가 찾아낸 시정(詩情)은 탐미의 극치였다.

25 설암추붕의 〈무상시(無常詩)〉

설암추붕의 시에는 인생의 무상감이 짙게 배어 있다. 붉게 핀 꽃을 보면서, 동시에 바람에 떨어져 날아가는 꽃잎을 느끼고 있다. 장자의 허무풍(虛無風)은 그의 시작 동기에 결정적인 영향을 주고 있다. 그의 시에 자주 나오는 '빈 배(虛舟)', '나비(蝶)' 등은 모두 장자의 특허품이다.

26 무용수연의 〈유수시(流水詩)〉

무용수연의 시는 마치 잔잔히 흐르는 물처럼 조용하고 막힘이 없다. 이는 선적(禪的)인 체험과 시적인 정서, 압축된 문장, 이 세 가지의 절묘한 조화 때문이다.

27 환성지안의 〈천진시(天眞詩)〉

환성지안의 시는 마치 동화의 세계처럼 친진무구힘으로 가득 차 있다. 더러움도 씻겨 가고 깨끗함마저 사라져 버린 저 인간 본연의 세계가 그의 시를 통하여 남김없이 드러나고 있다.

28 무경자수의 〈천변만화시(千變萬化詩)〉

그의 시는 차갑게 불타고 있는 선(禪)의 예지로 가득 차 있다. 시상(詩想)은 단 한 군데도 막힘이 없이 천변만화의 형세로 굽이치고 있다. 체념적이며 은둔적인 한국 선시에 그는 세찬 활력을 불어넣고 있다.

29 허정법종의 〈좌관성패시(坐觀成敗詩)〉

허정법종의 시에는 천지만물의 흥망성쇠와 인간사 희비애락을 그윽이 관찰하는 통찰자의 안목(坐觀成敗)이 있다. 아울러 산인(山人)의 고적감이 감돌고 있다.

30 천경해원의 〈무소유시(無所有詩)〉

무소유한 은자의 삶이 천경해원의 시에 담겨 있다. 청허 휴정 이후 한국 선시의 또 하나의 전형을 우리는 그의 시에서 발견할 수 있다.

31 포의심여의 〈감성선시(感性禪詩)〉

그는 한국 선승들 가운데 시적 감성이 가장 투명했던 인물이다. 선지(禪智)와 섬세한 시정이 결합된 그의 시는 한국 선시에 한 특이한 예를 남기고 있다.

32 보월거사 정관의 〈현성공안시(現成公案詩)〉

정관의 시는 처음부터 끝까지 일상의 삶과 초월의 세계가 '하나도 아니요 둘도 아니다'는 부즉불리(不卽不離)의 경지를 종횡무진으로 읊어내고 있다. 선지(禪智)와 선기(禪氣), 그리고 시정(詩情)이 이처럼 굽이쳐 흐른 예는 지금까지 별로 없었던 일이다. 이는 정말 불가사의한 중에 더욱 부사의한 일이 아닐 수 없다. 그의 시는 시구 한 구절 한 구절이 그대로 살아 있는 공안이요, 살아 굽이치고 있는 생명의 파장(現成公案)이다.

33 경허성우의 〈야풍류시(也風流詩)〉

경허성우는 스승 없이 혼자 대오(大悟)의 경지에 이른 선승이다. 그는 문장 구사력이 뛰어났으며 남다른 시적 감성이 있었기 때문에 많은 선시를 남겼다. 그의 시에는 다음과 같은 세 가지 특징이 있다.

첫째, 외길 가는 구도자의 의지력(漢岩重遠이 계승).

둘째, 장자풍의 호방한 기개(滿空月面이 계승).

셋째, 불꽃 튀는 선지(慧月 → 雲峰을 거쳐 香谷蕙林이 계승).

34 만공월면의 〈유선시(裕禪詩)〉

경허성우의 제자였던 만공월면은 글이 짧았으나 확실한 선적(禪的) 체험을 근거로 호방한 선시를 남겼다. 음운법칙(音韻法則)과 시형식에 구애받지 않고 느끼는 대로 마구 쓴 그의 선시에서 우리는 여유 만만한 장자풍을 느낄 수 있다. 경허성우의 '호방한 기질'을 그대로 계승하고 있다.

35 한암중원의 〈유선시(唯禪詩)〉

천성이 단아하고 올곧은 선비였던 한암중원은 문장력이 뛰어났던 경허의 제자이다. 오대산 상원사에서 절문 밖에 나오지 않고 일생을 마친 그는 경허의 '외길 가는 구도자의 의지력'을 그대로 계승하고 있다.

36 운봉성수의 〈정문일침시(頂門一針詩)〉

한암과의 선문답 논쟁(法戰)으로 유명했던 운봉은 뛰어난 선지(禪智)의 소유자이기도 하다. 그의 시는 겉보기엔 그저 조용한 선승의 시 같으나 좀 더 깊이 들여다보면 시마다 정문(頂門)에 일침(一針)을 가하는 소식이 있다.

37 원광경봉의 〈선다시(禪茶詩)〉

원광경봉은 근래 한국 선승들 가운데 가장 시정(詩情)이 풍부했던 인물이다. 그의 시풍은 여유롭기 그지없는 조주풍(趙州風)이다. 자연과의 교감력과 언어감각이 뛰어났던 그는 많은 선시를 남겼다. 또한 옛 선승들의 도인풍을 보여준 이 시대의 마지막 선승이기도 하다.

38 향곡혜림의 〈일할시(一喝詩)〉

고려 말 임제풍 선시의 거장 나옹혜근에게서 보던 임제

가(臨濟家)의 기상이 향곡혜림에게서 되살아나고 있다. 향곡혜림의 '일할시'는 원광경봉의 '선다시'와 좋은 대조를 보이고 있다. 그는 혜월(慧月)→운봉(雲峰)을 거쳐 '불꽃 튀는 경허의 선지(禪智)'를 계승하고 있다.

(3) 일본 선시

일본 선시에는 다음의 다섯 가지 특징이 있다.
첫째, 섬세하고 예리하다.
둘째, 시정(詩情)의 변화가 많다.
셋째, 즉물적이며 문학적이다.
넷째, 노골적으로 성적(性的)인 희열을 표출한다.
다섯째, 시의 흐름이 다양하다.

1 영평도원의 〈공안시(公案詩)〉
영평도원의 시에는 명상적 분위기가 짙다. 그러나 너무 천동여정의 영향이 깊어 독창성이 약하다는 약점을 극복하지 못하고 있다.

2 원이변원의 〈달마시(達磨詩)〉
멋진 달마시를 남긴 원이변원의 시는 간결하면서도 끝맺음이 당찬 것이 특징이다.

3 난계도륭의 〈일장검시(一長劍詩)〉
난계도륭의 시는 부드럽기 그지없지만 그 부드러움 속에는 일장검처럼 빛을 내뿜는 선지(禪智)가 있다. 시의 구성도 치밀하기 이를 데 없다.

4 요원조원의 〈관음선시(觀音禪詩)〉

중국 선승으로 일본에 온 요원조원은 신앙적인 분위기가 강한 관음시가(觀音詩歌) 수십 편을 남겼다.

5 백운혜효의 〈태평선시(太平禪詩)〉

선 수행마저 초월한 무사태평인의 삶을 노래하고 있다.

6 남포소명의 〈성전일구시(聲前一句詩)〉

그는 티끌 한 오라기조차 용납하지 않는 직관의 세계를 고고한 필치로 읊어내고 있다.

7 일산일녕의 〈유유자적시(遊遊自適詩)〉

일산일녕은 인연 따라 넉넉하게 살아가고 있는 도인의 삶을 유려한 필치로 읊어내고 있다.

8 축선범선의 〈춘풍시(春風詩)〉

축선범선은 중국 선승으로 일본에 와서 일본 선문학(오산문학) 발전에 큰 업적을 남겼다. 그는 이 삶 자체를 멋진 풍류로 보는 낙천적인 입장에서 시를 썼다.

9 영평의운의 〈청풍명월시(淸風明月詩)〉

영평의운의 시에는 노자의 무위자연적인 색채가 짙다. 그는 묵조풍(默照風) 선시를 썼다.

10 몽창소석의 〈사통팔달시(四通八達詩)〉

몽창소석은 득도자(得道者)의 무애자재한 삶을 노래하고 있다.

11 철주덕제의 〈본원천진시(本源天眞詩)〉

철주덕제는 타고난 성품대로 살아가는 본원천진의 경지

를 읊었다.

⑫ 기타대지의 〈묵조선시(默照禪詩)〉

일본 묵조풍 선시의 거장인 기타대지는 시의 구성력과 전개력이 뛰어나며, 시의 흐름이 다양하고 규모가 크다. 그의 시에는 묵조풍, 임제풍, 노자풍, 고행풍(苦行風), 문인화풍, 은자풍(隱者風)이 한데 뒤섞여 있다.

⑬ 적실원광의 〈정법안장시(正法眼藏詩)〉

적실원광의 시에는 차갑게 빛나는 선승의 응집력이 있다. 격조 높은 서정과 음악성이 있고 단아한 선비의 품격이 있다.

⑭ 춘옥묘파의 〈무영시(無影詩)〉

춘옥묘파의 시는 군더더기가 전혀 없어 마치 그림자 없는 나무(無影樹)를 연상케 한다.

⑮ 무문원선의 〈청빈낙도시(淸貧樂道詩)〉

무소유한 선승의 삶을 노래한 무문원선의 시는 단순 소박하기 그지없다.

⑯ 실봉양수의 〈주객일여시(主客一如詩)〉

실봉양수의 시에는 묵조풍의 유현한 분위기가 감돈다. 그의 시상(詩想)은 중국 묵조풍 선시의 거장 천동정각과 동일한 흐름을 타고 있다.

⑰ 우중주급의 〈이명절상시(離名絶相詩)〉

심원한 시정(詩情)에서 출발한 우중주급의 시는 언제 어디서나 저 이명절상의 경지(불멸의 경지)를 향하고 있다.

⑱ 의당주신의 〈오산선시(五山禪詩)〉

그는 오산문학파의 대표적인 인물이었지만 시가 너무 중국적이라는 데 한계가 있다. 이는 그의 시상(詩想) 자체가 중국 선승들의 작품에 근거하여 출발하고 있기 때문이다. 만일 그가 중국적인 이 자기한계를 극복할 수만 있었다면 정말 대단한 선시를 남겼을 것이다.

19 발대득승의 〈본연시(本然詩)〉

발대득승은 타고난 성품대로 살아가는 본연의 모습을 읊었다. 시상과 시어가 아주 명쾌하다.

20 절해중진의 〈오산선시(五山禪詩)〉

역시 대표적인 오산문학파의 시승이었던 절해중진은 원(元)에 가서도 이름을 날릴 정도로 대단한 인물이었다. 시상(詩想)이 유현하고 선명한 그의 시에는 일상적인 답답함이 전혀 없다.

21 일휴종순의 〈묘적청정시(妙適淸淨詩)〉

일휴종순의 시에는 다음의 두 갈래 상반되는 흐름이 주조를 이룬다.

첫째, 준엄한 선승의 세계. 둘째, 성적(性的)인 희열을 노골적으로 읊은 에로티시즘의 세계.

애증의 감정표현이 결여되었던 선시는 일휴종순의 출현으로 하여 비로소 내시(內侍)적인 분위기에서 벗어나 생동감으로 넘치게 되었다.

22 일사문수의 〈섬섬옥수시(纖纖玉手詩)〉

그는 일본 선승들 가운데 가장 섬세한 시를 썼다. 그의 감각에 잡히는 사물은 모두 동화 속의 세계로 돌아간다.

동화 속에서 존재의 꿈을 꾸기 시작한다. 아니 사물 자체가 꿈으로 변해 버린다.

23 월주종호의 〈단도직입시(單刀直入詩)〉
그는 시정과 시상을 모두 제거해 버리고 선(禪)의 본질만 단도직입식으로 내뱉듯이 토해내고 있다.

24 정수혜단의 〈환희용약시(歡喜踊躍詩)〉
정수혜단은 일본 임제풍 선시의 대표적인 인물이다. 그의 시에는 날카로운 선지와 자유로운 시상이 돋보인다. 그리고 환희 용약하는 천진성이 도처에서 빛나고 있다.

25 백은혜학의 〈즉물선시(卽物禪詩)〉
백은혜학은 사물과 그 사물을 인식하는 자기 자신 사이의 간격을 제거해 버림으로써 '사물, 즉 그 자신'이라는 즉물적(卽物的)인 경지를 노래하고 있다. 그러면서도 시적인 분위기를 잃지 않는 것은 정말 불가사의한 일이다. 그의 시에는 또한 정처 없이 떠도는 수행자의 고독감이 배경음으로 깔리고 있다.

26 송미파초(마쓰오 바쇼)의 〈일행선시(一行禪詩)〉
하이쿠(俳句→行禪詩)의 거장 바쇼의 시는 내면적이며 구도적인 특징이 있다. 그리고 인간 본연의 고적감이 짙게 깔려 있다. 극과 극의 절묘한 결합은 그가 도달한 동양정신의 극치였다. 그는 하이쿠를 읊으며 일생 동안 방랑자로 떠돌다가 방랑길에서 숨을 거뒀다.

27 대우양관의 〈청빈무위시(淸貧無爲詩)〉
평생을 옷 한 벌, 밥그릇 하나로 살다 간 대우양관의 시에는 다음의 네 가지 특징이 있다.

첫째, 인생무상감. 둘째, 청빈한 수행자의 정서감. 셋째, 고적감을 통한 본래 자기에로의 귀환. 넷째, 천진무구한 본연의 세계.

그는 또한 선시의 가장 이상적인 모델인 한산시(寒山詩)를 계승, 완성시켰다.

4. 선시의 종류

선시에 대한 이해를 돕고자 선시를 형식과 내용에 따라 성격별, 집단별, 내용별 세 가지로 분류하였다.

(1) 성격별 분류

우선 객관적인 입장에서 선시를 편의상 색깔별로 묶어 분류하는 입장이다.

① 의선시(擬禪詩) : 선시를 모방하여 쓴 시로서, 현대 시인들이 쓰고 있는 '모방선시'를 말한다.

② 반선시(半禪詩) : 불완전한(半) 선시로서 고려와 조선시대의 시승(詩僧)들이 남긴 시가 이에 속한다.

③ 선시(禪詩) : 당송의 선 시인(禪詩人)과 선승들의 시가 이에 속한다.

④ 격외선시(格外禪詩) : 깨달음을 얻은 선(禪)의 거장들이 남

긴 시를 말한다.

(2) 집단별 분류

선을 시화(詩化)한 당송 시인들과 시를 선화(禪化)한 선승들을 그 집단별로 묶어 분류하는 입장이다. 이 집단별 분류방식은 중국 두송백(杜松栢) 선생의 견해를 참작했다.

선을 시화(詩化)한 당송 시인들의 작품

① 선전시(禪典詩) : 선의 어휘(禪語)를 사용하여 쓴 시. 왕유의 〈과향적사(過香積寺)〉는 대표적인 선전시다.

② 선적시(禪迹詩) : 선승들의 주석지(住錫地), 행적, 부도 등을 소재로 하여 쓴 시. 장계(張繼)의 〈풍교야박(楓橋夜泊)〉은 대표적인 선적시다.

③ 선리시(禪理詩) : 선의 이치를 시화한 작품으로 소동파의 〈오도송(悟道頌)〉은 대표적인 선리시다.

④ 선취시(禪趣詩) : 선미(禪味)가 깊은 시. 당송 시 가운데 수작은 대부분 이 선취시에 속하는데, 그 대표적인 예는 왕유의 〈신이오(莘荑塢)〉·〈조간명(鳥澗鳴)〉과 이백의 〈자견(自遣)〉·〈정야사(靜夜思)〉 등이다.

시를 선화(禪化)한 선승들의 작품

① 산거시(山居詩) : 산중생활의 서정을 읊은 시. 선월관휴, 한산, 청허휴정, 대우양관 등의 작품이 이에 속한다.

② 시법시(示法詩) : 스승이 제자에게 선법(禪法)을 전해 주는 전법게(傳法偈). 운봉성수 등의 작품이 있다.

③ 선기시(禪機詩) : 선의 직관력이 번뜩이는 시. 조주종심, 나옹혜근, 기타대지 등이 멋진 작품을 남겼다.

④ 파격시(破格詩) : 그야말로 파격적인 비선시적(非禪詩的) 선시. 조주종심과 일휴종순이 돋보인다.

⑤ 송고시(頌古詩) : 선문답의 내용을 읊은 공안시(公案詩). 대표적인 송고시에는 설두중현의 〈설두송고(雪竇頌古)〉와 천동정각의 〈송고백칙(頌古百則)〉이 있다.

⑥ 개오시(開悟詩) : 깨달음의 감격을 읊은 오도시(悟道詩). 영가현각의 〈증도가(證道歌)〉는 대표적인 작품이다.

⑦ 시적시(示寂詩) : 임종 직전에 읊은 임종게(臨終偈). 천동정각의 〈임종게〉는 압권이다.

(3) 내용별 분류

당송 시인과 선승을 구별하지 않고 한데 묶어 그들의 작품 속에 담겨 있는 내용과 정서에 따라 앞의 두 가지 방식을 좀 더 자세하게 분류하는 입장이다.

① 선미시(禪味詩) : 선적인 분위기가 있는 시. 선을 시화한 당송 시인들의 작품 대부분이 이에 속한다. 중요한 선미시를 남긴 시인은 맹호연, 왕유, 이백, 두보, 장계, 위응물, 한산, 한퇴지, 백낙천, 유종원, 가도, 이하, 이상은, 사공도(→唐), 왕안석, 소동파, 황산곡(→宋) 그리고 일본의 파초

(바쇼) 등이다.

② 산정시(山情詩) : 산중의 서정을 읊은 시. 한산, 청허휴정, 대우양관 등이 대표적인 산정시를 썼다.

③ 회고시(懷古詩) : 지난일을 회상하거나 폐허가 된 옛 절을 읊은 시. 허응보우의 시가 돋보인다.

④ 이별시(離別詩) : 벗 또는 제자와의 이별을 읊은 시로서 한국 선승들의 작품이 주류를 이룬다. 돋보이는 이별시를 남긴 이는 부휴선수다.

⑤ 운수시(雲水詩) : 구름처럼 물처럼 정처 없이 떠도는 선자들의 삶을 읊은 시. 매월당 김시습의 작품이 있다.

⑥ 전법시(傳法詩) : 스승이 제자에게 선법(禪法)을 전하는 시.

⑦ 달마시(達磨詩) : 달마대사에 관한 시. 원이변원을 비롯하여 일본 선승들의 시가 돋보인다.

⑧ 선지시(禪智詩) : 선의 직관적 경지를 읊은 시. 야보도천의 시가 있다.

⑨ 심전시(心田詩) : 마음의 불가사의한 작용을 읊은 시. 삼조승찬의 〈신심명(信心銘)〉과 함허득통의 〈금강경선시(金剛經禪詩)〉가 있다.

⑩ 묘적시(妙適詩) : 성적(性的)인 희열감을 읊은 시. 일휴종순의 《광운집(狂雲集)》이 있다.

⑪ 격외시(格外詩) : 깨달은 이의 삶을 읊은 시. 조주종심의 〈십이시가(十二時歌)〉 등이 있다.

⑫ 공안시(公案詩) : 선문답의 경지를 읊은 시. 《벽암록(碧巖錄)》, 《종용록(從容錄)》 등이 있다.

⑬ 오도시(悟道詩) : 깨달음의 희열을 읊은 시. 영가현각의 〈증도가(證道歌)〉가 있다.

⑭ 임종시(臨終詩) : 임종에 읊은 시. 천동정각과 만송행수 등의 임종시가 돋보인다.

〈세 가지 분류방식의 상호관계〉

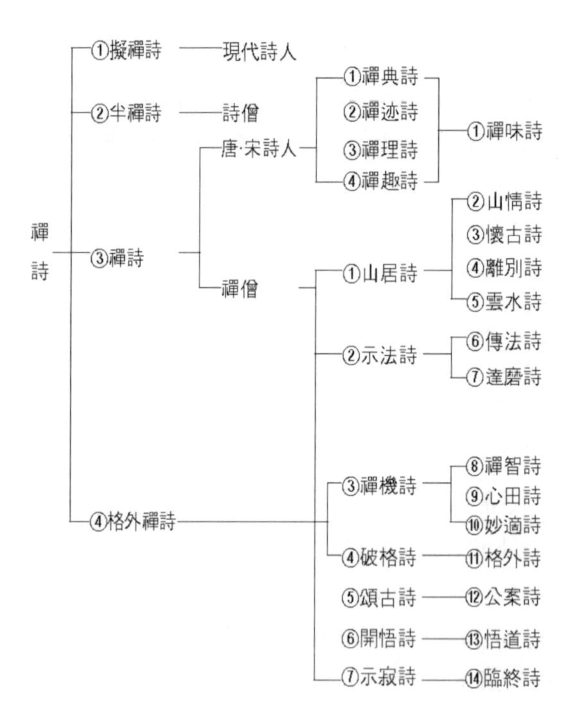

제1부

삼국시대(~917)

서동노래(薯童謠)

선화공주님
남몰래 몸바쳐 두고
서동집 밤에
몸 안겨 가네.

善化 公主主隱 他 密只 嫁良置古
薯童房乙 夜矣 卯乙 抱遣去如

㈜ ◆선화 공주주은(善化 公主主隱) : 선화공주님. ◆타 밀지(他 密只) : 남몰래. ◆가량치고(嫁良置古) : 몸바쳐 두고. 嫁良 淫之, 陵之로서 男이 어르고 女가 어름을 받는 것(양주동 박사의 說). ◆서동방을(薯童房乙) : 서동집으로. ◆야의(夜矣) : 밤에. ◆난을(卯乙) : 몸. ◆포견거여(抱遣去如) : 안겨 간다.

형식 : 향가(鄕歌)
출전 : 삼국유사(三國遺事)

감상 계집(일부러 쌍말을 쓴다. 용서하시길……) 하나 제 것으로 하지 못하는 사내는 도(道)도 통할 수 없음은 물론이다. 여자라는 과녁을 향한 남자의 화살(적극성의 형상화)은 모든 일에 대한 힘의 기본이기 때문이다.

양지(良志, ?-?) … 1편

바람결 노래(風謠)

온다 온다 온다 온다
슬픔커라 슬픔커이
무리 공덕 닦으러 온다.

來如 來如 來如 來如 哀反多羅 哀反多矣
徒良功德 修叱如良來如

주 ◆내여(來如) : 온다, 오고 있다. ◆애반다라 애반다의(哀反多羅 哀反多矣) : 슬픔이 크다. 슬픔이 커. ◆도량(徒良) : 무리(衆), 떼거리. ◆공덕(功德) : 착한 일을 하여 積善을 쌓는 것. ◆수질여량래여(修叱如良來如) : 닦으러 온다.

형식 : 향가(鄕歌)
출전 : 삼국유사(三國遺事)

감상 《삼국유사》 제6권에 다음과 같은 기록이 있다.
중 양지(良志)는 어느 집안과 어디 사람인지 모른다. 다만 선덕왕 때에 행적이 나타난다. 놋쇠 지팡이 머리에 주머니를 걸어 놓으면 지팡이가 절로 날아가 시주(施主) 집에 이르러 떨어 울었다. 시주 집에선 이를 알고 재 지낼 돈을 바쳤다. 주머니가 차면 날아 돌아갔다. 이에 그가 살던 곳을 석장사(錫杖寺)라 했다. 그의 행적의 신기함은 이루 헤아릴 수 없었다. 그는 또 글씨를 잘 썼다. 영묘사(靈廟寺)의 장육삼존(丈六三尊), 천왕상(天王像), 전탑(殿塔)의 기와, 사천왕사 탑 아래 팔부신장(현재 경주박물관에 파편이 있다), 법림사(法林寺) 주불삼존(主佛三尊) 및 좌우금강신장 등은 모두 그의 작품이다. 또 영묘사와 법림사의 현액(懸額)을 쓰고 작은 탑 하나와 삼천불을 조성했다. 이 풍요(風謠)는 그가 영묘사 장육불상을 만들 때 진흙을 나르는 백성들과 함께 불렀다 한다.

부설거사(浮雪居士, ?-?) … 1편

열반송 (涅槃頌)

보지 않으면 분별이 없고
듣지 않으면 시비가 끊어지네
분별과 시비를 다 버리고
내 마음의 부처에게 돌아가리라.

目無所見無分別 耳聽無聲絶是非
分別是非都放下 但看心佛自歸依

[주] ◆도방하(都放下) : 다 팽개쳐 버리다. ◆심불(心佛) : 마음의 부처 또는 '마음이 곧 부처'. ◆귀의(歸依) : 몸과 마음을 다 기울이다.

형식 : 칠언절구
출전 : 한국불교사화

[감상] 전설적인 인물 부설거사의 임종게. 평범한 듯하지만 그러나 시 전체에 장엄한 분위기가 감돌고 있다.

광덕아내(廣德 妻, ?-?) … 1편

가고파 노래(願往生歌)

달하, 이제
서방까지 가시리잇고
무량수불전에
다시금 많이 삷으소서
다짐 깊으신 님께 우러러
두 손 모으고 삷으소서
가고파라 가고파라
그리는 사람 있다 삷으소서
아아 이 몸 보내 주어
사십팔대원 이루소서.

月下 伊底亦 四方念丁 去賜里遣
無量壽佛前乃 惱叱古音 多可支 白遣賜立
誓音 深史隱 尊衣 希仰支 兩手 集刀 花乎 白良
願往生 願往生 慕人 有如 白遣賜立
阿耶 此身 遣也 置遣 四十八大願 成遣賜去

이 노래의 배경은 분황사다. 이 노래의 말미암음은 다음과 같다.

문무왕 때 사문 광덕(廣德)과 엄장(嚴莊)이 있었다. 가까운 벗이었다. 어느 날 저녁 서로 언약했다. "먼저 극락정토에 가는 이는 알리자"고. 광덕은 분황사 서쪽마을에 살았다. 짚신 삼아 생업을 꾸려 나갔다. 아내와 아이를 데리고 살았다. 엄장은 남악(南岳) 암자에 살며 화전(火田)을 했다. 어느 날 해노을은 곱게 물들고 솔그늘은 저물어 갔다. 창밖에서 소리 있어 일렀다. "광덕이 먼저 서방으로 가노라. 그댄 잘 있다가 빨리 날 따라오너라." 엄장이 문 열고 나가 보니 구름 밖에 하늘, 풍류(風流) 소리 있고 밝은 별이 땅에 쬐었다. 이튿날 광덕을 찾아갔다. 광덕은 가고 없었다. 이에 그 아내와 더불어 주검을 거두고 장사를 치렀다. 일은 끝났다. 광덕 아내에게 말했다. "남편이 갔으니 함께 살아 어떠리." 광덕 아내 "좋다" 했다. 드디어 함께 머물렀다. 밤에 잘새, 뚫고자 했다. 지어미 부끄러워 말했다. "스님은 정토를 얻으려 하나 산에 올라 생선을 얻으려 함이로다."

엄장은 놀라 물었다.

"광덕 이미 그대와 그랬거늘 난들 또한 어떠리."

지어미 말했다.

"광덕은 나와 열 해 남짓 살았으나 일찍이 한 번도 한 자리에 베개 하지 않았습니다. 궂은 곳을 건드리다니오. 밤마다 몸을 단정히 하고 앉아 나무아미타불을 부르거나 십육관(관무량수경의 십육관법)을 닦았습니다. 관(觀)이 이미 익어 밝은 달이 입에 들며 그 빛이 떠오르면 그 위에 가부좌하여 극진함이 이러하였습니다. 서방에 가고파한들 어델 가리요. 무릇 천리를 가는 이는 첫걸음에 알 수 있습니다. 이제 스님의 관(觀)은 동쪽은 몰라도 서방정토(西方淨土)는 갈 수 없습니다."

엄장은 부끄러워 얼굴 붉히며 물러났다. 곧바로 원효 계신 분황사에 갔다. 왕생비요(往生秘要)를 간곡히 물었다. 원효는 수관법(修觀法)을 지어 타일렀다. 이에 엄장은 몸을 깨끗이 하고 뉘우쳐 꾸짖고 오로지 관(觀)을 닦았다. 또한 '서방(西方)'에 감을 얻었다. 수관법(修觀法)은 《원효본전(元曉本傳)》과 《해동고승전(海東高僧傳)》에 있다.

광덕 아내는 곧 분황사의 사비(寺婢)였다. 대개 관음(觀音)의 제십구응신(第十九應身) 가운데 한 덕(德)이 있었다. 일찍이 다음과 같은 노래를 지었다(《三國遺事》 卷五, 廣德 嚴莊條).

㈜ ◆월하(月下) : 달하. '하'는 '아'의 존칭어. ◆이저역(伊底亦) : '이제'로 봐야 깊고 절실함이 온다. ◆서방념정(西方念丁) : 西方까지. 서쪽에는 아미타의 나라가 있다고 한다. ◆거사이견(去賜里遣) : 가시리잇고. ◆무량수불전내(無量壽佛前乃) : 무량수불전에. 무량수불은 아미타불의 譯. ◆뇌질고음(惱叱古音) : 뇌오곰, 거듭거듭. ◆다가지(多可支) : 많이. '크게'의 뜻도 들어있다. ◆백견사립(白遣賜立) : 숣으소서, 아뢰소서. ◆서음 심사은 존의(誓音深史隱 尊衣) : 다짐 깊사온 님께. ◆희앙지(希仰支) : 우러러. ◆양수 집도화호(兩手 集刀 花乎) : 두 손 모아 가지고. ◆백량(白良) : 아뢰소서. ◆원왕생(願往生) : 가고파라. ◆모인 유여(慕人 有如) : 그리는 사람 있다고, 그리워하는 사람 있다고. ◆아야(阿耶) : 감탄사. 아아. ◆차신 견야 치견(此身遣也 置遣) : 이 몸 보내 주시어. 이 몸을 (서방정토로) 보내시어서. ◆사십팔대원(四十八大願) : 아미타불이 아직 법장비구로 있을 때 自在王如來前에 세우신 四十八種의 서원. 그는 자기 나라에서 이 바람이 이뤄지지 않으면 성불하지 않겠다고 했다. 오랜 세월의 수행 끝에 法藏은 아미타여래가 되고, 그의 나라인 극락에는 사십팔대원의 바람같이 되었다. 그의 나라 四方은 영원히 괴로움이 끊어진 나라다. 많은 목숨들 가고파하는 동경의 나라다. ◆성견사거(成遣賜去) : 이루소서, 이루게 하소서.

형식 : 향가(鄕歌)
출전 : 삼국유사(三國遺事)

감상 아아, 이 얼마나 절실한 그리움인가. 가슴 골골이 짜릿한 감동이 온다. 설령 어느 이름 모를 벌판에 끌려가 헤매일지라도 아아, 이 〈가고파 노래〉 두 손 모으고 되뇌이면 가슴엔 옹달샘물이 괼 것이다. 그리운 사람, 그리운 사람, 그리움 한 줄 있기에 이 싸늘한 죽음의 계절을 나는 살아가는 것이다. 그리다가 그리다가 결국은 나도 모르는 누구의 모습을 그리다가 이 몸에 불이 꺼지는 날 나는 그리움 젖은 마음 하나만 가지고 말없이 떠나가리라. 꼭 누군가를 사랑하고 싶다.

혜초(慧超, 704-787) … 4편

나그네의 죽음(哀北天竺那揭羅馱耶寺漢僧死)

고향집 등불은 주인을 잃고
객지에서 보배나무 꺾이었네
영혼은 어디로 떠나갔는가
옥 같은 모습 이미 재가 되었으니
생각은 멀수록 애처로운 정은 더하고
그대 소원 못다 이룬 그것이 슬프네
누가 고향으로 가는 길 알 것인가
부질없이 흰구름만 흘러가네.

故里燈無主 他方寶樹摧
神靈去何處 玉貌已成灰
憶想哀情切 悲君願不隨
孰知鄉國路 空見白雲飛

㊟ ◆보수(寶樹) : 여기서는 那揭羅馱耶寺에서 입적한 中國僧. ◆옥모(玉貌) : 玉같이 고운 모습. 남의 용모를 美稱할 때 쓰는 말.(其人如玉-詩經) ◆이(已) : 이미.(王已立在莒-史記) ◆절(切) : 간절하다(切望). ◆숙지(孰知) : 누가 ~을 알 것인가. 누가 알 것인가.(孰謂子産智-孟子)

형식 : 고체시(古體詩)
출전 : 왕오천축국전(往五天竺國傳)

감상 죽음 가운데 가장 슬픈 죽음이 객사(客死)라고 나는 생각한다. 병사(病死)는 병들었으니 죽는다는 이유라도 있다지만, 노사(老死)는 늙었으니 가야 한다는 일리라도 있다지만, 객사(客死)란 아무 이유도 없다. 객지라서 서러운데 거기에 또 죽음까지 겹치다니……. 객지의 죽음은 갈 곳 없는 영혼으로 하여금 무주고혼(無主孤魂)으로 이 나라의 방방곡곡을 떠돌게 한다.
그러나 인도의 현자들은 객사를 가장 이상적인 죽음으로 보고 있다. 왜냐면 거기에는 울고불고하는 이 피붙이들의 애증이 더 이상 개입할 수 없기 때문이다. 아무도 모르는 곳에서 마치 한 장의 나뭇잎처럼 조용히 떨어지는 것…….
이것은 어쩌면 가장 초연한 죽음인지도 모른다. 어차피 빈손으로 왔다가 빈손으로 가야 할 운명이라면…….

파밀고원 넘으며(播密吟)

눈은 차가워 얼음과 겹쳐 있는데
바람은 때려 땅을 쪼개네
저 바다 얼어붙어 평평한 단이요
강물은 낭떠러지를 능멸하며 깎아먹네
용문엔 폭포조차 끊어지고
정구(井口)엔 서린 뱀같이 얼음이 엉키어 있네
횃불을 들고 땅끝에서 읊조리나니
저 파밀고원 어떻게 넘어갈까나.

冷雪牽氷合 寒風擘地烈
巨海凍墁壇 江河凌崖嚙
龍門絶瀑布 井口盤蛇結
伴火上胲歌 焉能度播密

㊟ ◆용문(龍門) : 중국 산서성 河津縣 西北과 섬서성 漢城縣 東北에 걸쳐 있는 지명. 전설에 의하면 夏의 우왕이 황하를 이곳으로 몰아 뚫어 통하게 했다 하며 황하의 물고기들이 이 아래로 몰려와 龍門의 폭포를 넘어 올라가면 용이 되고 올라가지 못하면 이마에 점이 찍히고 아가미가 햇볕에 타 죽는다 함. ◆정구(井口) : 井陘口. 중국 하북성 井陘縣 東北과 獲鹿縣과의 접경에 위치한 井陘山의 要塞地. 太行山 八險處의 하나. 정형산은 사면이 높고 평평한데 가운데가 우물같이 패었으므로 이런 이름이 생김. 하북성과

산서성을 잇는 요충지. ◆해(胲) : 엄지발가락. 발가락을 치켜들다. ◆파밀(播密) : 파밀고원의 옛 이름.

형식 : 고체시(古體詩)
출전 : 왕오천축국전(五天竺國傳)

감상 혜초(慧超)의 행로는 기적의 실현이다. 요즈음이라면 비행기와 자동차로 간다지만 혈혈단신, 오직 굳센 믿음 하나만으로 이역만리를 돌아온 우리의 혜초, 그의 쓰라림이 여기 이 시에 괴어 있다. 나그네 되어 보지 않은 사람은 일생에 한 번도 맛볼 수 없는, 그런 고독이 여기 있다. 자꾸 씹어 볼수록 코끝 찡하게 오는 것이 있다.
'횃불을 들고 땅끝에서 읊조리나니 저 파밀고원 어떻게 넘어갈까나.'
……이 얼마나 간절한 외침인가. 혜초, 그는 갔지만 그러나 그의 시는 남아 우리를 흔들고 있다.

고향 생각하며(龍樹菩薩住錫寺吟)

달 밝은 밤 고향길 바라보노니
뜬구름 바람 따라 돌아가네
편지를 봉하여 구름편에 부치려 하나
바람은 빨라 나를 돌아보지 않네
내 고향은 하늘 끝 북쪽에 있고
다른 나라는 하늘 끝 서쪽에 있네
열대지방 남쪽에는 기러기가 없거니
누가 내 고향 계림으로 이 소식 전해 주리.

月夜瞻鄕路 浮雲颯颯歸
緘書參去便 風急不聽廻
我國天岸北 他邦地角西
日南無有雁 誰爲向林飛

주 ◆타방(他邦) : 인도. ◆림(林) : 鷄林. 신라.

형식 : 오언율시, 평성미운(平聲微韻)
출전 : 왕오천축국전(往五天竺國傳)

감상 혜초, 고향을 떠날 수 없기에 영원히 고향을 등져 버린 사내. 그의 그러한 슬픔이 이 시 속에 있다. 떠도는 자의 슬픔으로…….

서역길이 먼 것을 한탄하나(遇中漢使入蕃吟)

그대는 서역길이 먼 것을 한탄하나
나는 동쪽으로 가는 길 먼 것을 원망하네
길은 거칠고 높은 눈은 산마루에 쌓였는데
험한 골짜기에는 도적떼가 우글거리네
새는 날아 깎아지른 멧부리에 놀라고
사람은 좁은 다리 건너기를 무서워하네
평생에 눈물 한 번 흘려 본 적 없건마는
오늘은 눈물이 비 오듯 하네.

君恨西蕃遠 余嗟東路長
道荒宏雪嶺 險澗賊途倡
鳥飛驚峭嶷 人去難偏樑
平生不捫淚 今日灑千行

㈜ ◆서번(西蕃) : 서쪽 오랑캐나라. 여기서는 천축. ◆창(倡) : 미쳐 날뛰다.(倡狂妄行－壯子) ◆초(峭) : 험준하다. 가파르다.(岸峭者必陁－淮南子) ◆억(嶷) : 높은 모양.(其德嶷嶷－史記) ◆문(捫) : 움켜잡고 놓지 않다. 여기서는 눈물을 뿌리다의 뜻. 不捫은 뿌리지 않다.(在外爲人所捫摸也－釋名)

형식 : 오언율시, 평성양운(平聲陽韻)
출전 : 왕오천축국전(往五天竺國傳)

감상 구도의 길은 멀고 또 험한 길이다.
인간으로는 갈 수 없는, 아니 인간이 가진 모든 것과의 이별의 길이다. 그리하여 나 홀로 이 지축 위에 서 있을 때 '나'라는 그 마음마저 이별하는 길이다. 흔히 우리는 외롭다 한다. 그러나 우리가 말하는 외로움의 대부분은 안이한 감정의 사치스러운 표현에 불과하다. 정말 인간이 외로움을 느낄 때 그것은 이 세상에 오직 자기 하나만을 발견하는 그것이다. 혜초의 가슴을 오늘은 내 것으로 하여 이 고독의 끝을 따라가 본다.

'그대는 서역길이 먼 것을 한탄하나
나는 동방으로 가는 길 먼 것을 원망한다.'
천년을 꿰뚫고 혜초, 그의 마음이 내 마음에 줄을 긋고 있다. 잠든 나를 두드려 깨우고 있다. 길을, 길을 떠나라 하며 잠든 나를 끌어내고 있다.

월명사(月明師, ?-?) … 1편

누비굿 노래(祭亡妹歌)

생사 길은
예 있어 머뭇거리고
나는 간단 말도
못다 이르고 가 버렸네
어느 가을 이른 바람에
여기저기 떨어질 잎이여
한 가지에 나고 가는 곳 모르다니
아아 서방정토에서 만날 우리
누이여, 길 닦으며 기다리거라.

生死路隱 此矣有阿 米次肸伊遣
吾隱去內如 辭叱都 毛如 云遣 去內尼叱古
於內 秋察 早隱 風未 此矣 彼矣 浮良落尸 葉如
一等隱 枝良 出古 去奴隱處 毛冬乎丁
阿也 彌陀刹良 逢乎 吾 道修良 待是古如

주 ◆생사로은(生死路隱) : 生死 길은. ◆차의유아(此矣有阿) : 여기 있어, 예 있어. ◆미차짐이견(米次肸伊遣) : 머뭇거리고. ◆오은거내여(吾隱去內如) : 나는 가노이다. 나는 갑니다. ◆사질도(辭叱都) : 말도. ◆모여 운견(毛如 云

遣) : 못다 이르고. ◆거내니질고(去內尼叱古) : 가나닛고. ◆어내 추찰(於內秋察) : 어느 가을. ◆조은 풍미(早隱 風未) : 이른 바람에. ◆차의 피의(此矣彼矣) : 여기저기. ◆부량락시 엽여(浮良落尸 葉如) : 떨어질 잎이여. ◆일등은 지량(一等隱 枝良) : 한 가지에, 같은 가지에. ◆출고(出古) : 나고. ◆거노은처(去奴隱處) : 가는 곳. ◆모동호정(毛冬乎丁) : 모르다니. ◆아야(阿也) : 감탄사. 아아. ◆미타찰량(彌陀刹良) : 미타의 나라에, 서방정토에. ◆봉호오(逢乎 吾) : 만날 우리. '逢乎'를 김선기 박사는 '만난'으로 읽었다. 양주동 박사는 '만날'로 보았다. 물론 양주동 박사를 따라야 뜻이 통한다. 그것은 미래형이기 때문이다. ◆도수량(道修良) : 도를 닦아, 도를 닦으며. ◆대시고여(待是古如) : 기다리려무나.

형식 : 향가(鄕歌)
출전 : 삼국유사(三國遺事)

감상 이 시의 작자인 월명사는 신라 경덕왕 때 사람, 사천왕사의 고승(高僧). 능준대사(能俊大師)의 문인(門人), 기파랑의 낭도로서 향가와 범패에 능했다. 특히 피리를 잘 불어서 달밤 대로에서 피리를 불면 가던 달도 그 바퀴를 멈추고 이 소리에 취했다 함. 그리하여 그 길을 월명리(月明里)라 부름. 경덕왕 십구년 사월 초 해가 둘 나타나 사라지지 아니할새 사(師)를 모셔다가 〈도솔가(兜率歌)〉를 지어 부르게 하였더니 해가 사라졌다 함. 임금은 보답으로 차와 수정염주를 내렸다. 난데없는 동자가 나타나 차와 수정염주를 받잡고 궁전 내원(內院)의 탑 속으로 들어갔다. 차와 수정염주는 미륵보살 그림 앞에 놓여 있었다. 사(師)는 이 밖에도 많은 기적을 행하였다. 그것은 미륵보살의 힘입음 때문이었다. 누이동생이 죽자 사(師)는 '누이제'를 지내며 이 노래 지어 부르자 문득 바람이 일더니 지전(紙錢)이 서쪽으로 날아갔다. 사

(師)가 '누이제'를 지낸 곳은 사천왕사다. 지금은 유적만 남았다. 그 유적지 한가운데로 철로가 깔려 나가고 있다. 그리고 사천왕사 유적지 위에는 여왕 선덕(善德)이 잠들어 있다.

충담(忠談, ?-?) … 1편

기파랑 노래(讚耆婆郎歌)

열치매
나타난 달이
흰구름 좇아 어디로 가는가
새파란 가람(강)에
님의 얼굴 비쳐 있네
빠른 내의 놀도
님의 지니심 같사온
마음의 끝을 좇고자,
아아 잣가지 높아
서리도 못 내릴 꽂사내시여.

咽嗚爾處米
露曉邪隱 月羅理
白雲音 逐于 浮去隱 安支下
沙是 八陵隱 汀理也中
耆郎矣 自史 是史藪邪
逸烏 川理叱 磧惡希
郎也 持以支 如賜烏隱
心未 際叱肹 逐內良齊

阿耶 栢史叱 枝次 高支好
雪是 毛冬乃乎尸 花判也

주 ◆기파랑(耆婆郞) : 당시의 어떤 花郞 이름. 月明師도 기파랑의 낭도였다. ◆인오이처미(咽嗚爾處米) : 열치매, (문 같은 것을) 확 열어 젖히매. ◆노효사은(露曉邪隱) : 나타난. ◆월라리(月羅理) : 달이. ◆백운음(白雲音) : 흰구름. ◆축우(逐于) : 좇아. ◆부거은 안지하(浮去隱 安支下) : 어디로 가는가. ◆사시 팔릉은(沙是 八陵隱) : 새파란. ◆정리야중(汀理也中) : 가람에, 냇물에. ◆기랑의 자사(耆郞矣 自史) : 耆婆郞의 모습이. ◆시사수사(是史藪邪) : 있다. 있더라. ◆일오 천리질(逸烏 川理叱) : 빠른 냇물에. ◆적악희(磧惡希) : 돌이. 뜻으로 보아 '돌도'라 해야 詩의 깊이가 더한다. ◆낭야 지이지(郞也 持以支) : 耆婆郞의 지니심. ◆여사오은(如賜烏隱) : 같사온, 같은. ◆심미(心未) : 마음의. ◆제질힐(際叱肹) : 끝을. ◆축내량제(逐內良齊) : 좇고자. ◆아야(阿耶) : 감탄사. 아으, 아아. ◆백사질 지차(栢史叱 枝次) : 잣가지, 잣나무 가지. ◆고지호(高支好) : 높아. ◆설시 모동내호시(雪是 毛冬乃乎尸) : 눈조차 모르실. '雪是'는 뜻으로 보아 '서리(霜)'로 해야 한결 짙은 맛이 난다. 양주동 박사는 '서리'라 풀었다. ◆화판야(花判也) : 花郞이시여, 꽃사내시여.

형식 : 향가(鄕歌)
출전 : 삼국유사(三國遺事)

감상 향가로서 가장 대표적인 작품이다. 시의 첫머리가 창문을 '열어젖히매'로 되어 있다. 이는 앞의 많은 말이 생략되었음을 뜻한다. 시의 첫머리가 이런 식으로 대담하게 나오는 예는 예이츠의 시 〈비잔티움 여행(Sailing to Byzantium)〉을 제외하고는 거의 없다.

문을 열어젖히자 갑자기 나타난 달이 흰구름 쫓아 어디론가 가고 있었다(사실은 흰구름이 가고 있는 것이다). 그래서 시인은 그 달에게 물었다. "어디를 그리 바삐 가고 있는가."
달 : 저 멀리 새파란 강물 위에 기파랑의 얼굴이 비치고 있는데 그 기파랑의 마음 끝 간 데를 따라가고 있다. 기파랑의 마음은 얼마나 깊고 넓은지 저 강물도 그의 마음 끝 간 데를 쫓아가고 있다. 나 또한 그의 마음 끝 간 데를 쫓아가고 있는 것이다.
달에게서 이 말을 듣고 난 작자 충담(忠談)은 감격해 하면서 이렇게 끝마무리를 하고 있다. '기파랑, 그의 높은 기상은 마치 저 잣나무와도 같아서 감히 서리조차도 내릴 수 없구나.'
세계의 어느 나라 시 속에 끼워 넣어도 찬란히 빛날 작품이다. 이런 경지 높은 시를 가진 우리가 지금은 왜 이렇게 되었는가. 미국의 흉내나 내고 있으니……. 너나없이 돈! 돈!에 미쳐 있으니…….
여기 예이츠의 시 〈비잔티움 여행〉의 첫머리를 옮겨 온다. 한번 비교해 보라.
"저것은 노인의 나라가 아니다(That is no country for old men)."
예이츠는 지금 물질과 정신이 가장 이상적으로 결합된 곳, 비잔티움으로 떠나면서 이 속세를 향해 외치고 있는 것이다.
'저것은 지혜 있는 자(노인)가 살 곳이 아니다'라고.

희명(希明, ?-?) … 1편

눈밝은 노래(禱千手觀音歌)

무릎을 고치와
두 손 모으고 다가가며
즈믄 손 관음보살께
빌어 사뢰옵니다
즈믄 손 즈믄 눈(千手千眼)을
그 가운데 하나를 더소서
두 눈이 먼 내라
하나쯤 주셔도 지나오리
아서라, 나에게 끼쳐 줄 것을
어디 쓰올 자비심인고.

膝肹 古召彌 二尸 掌音 毛乎 支內良
千手觀音叱 前良中 祈以支 白屋尸 置內乎多
千隱手 □叱 千隱目肹 一等 下叱於 一等肹 除惡支
二于 萬隱 吾羅 一等沙隱 賜以古 只內乎叱等邪
阿邪也 吾良 遺知支 賜尸等焉
於冬矣 用屋尸 慈悲也 根古

㊟ ◆슬흘(膝肹) : 무릎을. ◆고소미(古召彌) : 고치며, 고치와. ◆이시 장음

(二尸 掌音) : 두 손. ◆모호 지내량(毛乎 支內良) : 모두고 다가가라. '다가가라'는 '다가가며'로 해야 뜻이 살아온다. 가슴 설렘이 깊어진다. ◆천수관음질 전량중(千手觀音叱 前良中) : 千手觀音 앞에. ◆기이지(祈以支) : 빌다, 빌어. ◆백옥시 치내호다(白屋尸 置內乎多) : 사뢰 두옵니다. ◆천은수 □질 천은목힐(千隱手 □叱 千隱目肹) : 즈믄 손 즈믄 눈을. '즈믄'은 一千의 옛말. ◆일등 하질어(一等 下叱於) : 같은 것에. 一等은 '하나'란 뜻으로 '같은'이란 말이 들어 있어 신라 노래 스물다섯 수 가운데 글로서 가장 높고 애절함을 주고 있다. ◆일등힐(一等肹) : 하나를, 같은 것을. ◆제악지(除惡支) : 덜어 주소서, 더소서. ◆이우 만은 오라(二于 萬隱 吾羅) : 둘 먼(두 눈이 먼) 우리. ◆일등사은(一等沙隱) : 하나쯤. ◆사이고(賜以古) : 주이소. '주이소'는 경상도 사투리로서 '주십시오'에 해당한다. ◆지내호질등사(只內乎叱等邪) : 지내겠더라, 지낼 만하겠더라, 지낼 만하지 않습니까. ◆아사야(阿邪也) : 아서라, 아아. ◆오량 유지지 사시등언(吾良 遣知支 賜尸等焉) : 내게 베풀어 줄 것을. ◆어동의(於冬矣) : 어데, 어디다가. ◆용옥시(用屋尸) : 쓰올, 쓸(用). ◆자비야 근고(慈悲也 根古) : 자비란 말인고, 자비심인고.

형식 : 향가(鄕歌)
출전 : 삼국유사(三國遺事)

감상 《삼국유사》 권 3 〈분황사 천수대비 맹아득안(盲兒得眼)〉이란 제목 아래 다음과 같은 기록이 있다.
경덕왕 때였다. 한기리 사는 계집 희명(希明)이 있었다. 아이 나서 다섯 살인데 갑자기 눈이 멀었다. 하루는 그 어미 아이를 안고 분황사 좌전(左殿) 북벽(北壁)에 걸려 있는 천수대비관음상 앞에 나아갔다. 아이에게 노래 지어 부르게 하였더니 마침내 눈이 다시 밝았다.
또 이 노래는 애끓는 슬픔과 눈시울 뜨거운 기쁨이 섞인 노래다.

두 눈이 먼 아이를 안고 즈믄 눈을 가지신 관음보살께 하나만 달라 부른 애절함이 여기 있다.

석영재(釋永才, ?-?) … 1편

도둑 만난 노래(遇賊歌)

제 마음에
얼굴 못 알게 올 골짜기
숨은 해 머언 서산 지남 알고
이제 숨으러 가네
덤비고 숨은 파계주
무서운 일굴 사나워도 마음 돌리실 사내로다
이 흉기야 지나치고
좋은 날이 새어올 골짜기
아아, 이 메(산)의 큰 어짐은
어디 높으신 곳에 두고 숨는단 말인가.

自矣 心未
貌史 毛達只 將來呑
隱日 遠烏逸 西山 過去知遺
今呑 藪未 去遺省如
但非乎 隱焉 破戒主
次弗貌 史內於都 還於尸 郎也
此兵物叱沙 過乎
好尸日 沙也內乎 呑尼

阿耶 唯只 伊 吾音之叱 恨隱 潽陵隱
安支 尙宅 都乎 隱以多

주 ◆자의 심미(自矣 心未) : 제 마음에. ◆모사(貌史) : 얼굴. ◆모달지(毛達只) : 못 알게. ◆장래탄(將來呑) : 올 골짜기. ◆은일(隱日) : 숨은 해. ◆원오일(遠烏逸) : 머언. 《三國遺事》의 '鳥'는 '烏'의 잘못이다(김선기 박사). ◆과거지유(過去知遺) : 지남 알고. ◆금탄(今呑) : 지금, 이제. ◆수미(藪未) : 숨으러. ◆거유성여(去遺省如) : 가도소이다. 가고 있다(양주동 박사). ◆단비호(但非乎) : 덤비고. ◆은언(隱焉) : 숨은. ◆파계주(破戒主) : 여기서는 도적들을 가리킨다. ◆차불모(次弗貌) : 무서운 얼굴. ◆사내어도(史內於都) : 사나워도. ◆환어시(還於尸) : 마음을 돌리실. ◆낭야(郞也) : 사내들이로다. ◆차병물질사(此兵物叱沙) : 이 兇器야, 이 兇器쯤이야. ◆과호(過乎) : 지나가 버리고, 지나치고. ◆호시(好尸) : 좋이, 맑은. ◆사야내호(沙也內乎) : 새어올, 밝아올. ◆탄니(呑尼) : 골짜기. ◆아야(阿耶) : 감탄사. 아아. ◆유지(唯只) : 아기, 아으. 역시 감탄사. ◆이 오음지질 한은 선릉은(伊 吾音之叱 恨隱 潽陵隱) : 이 골의 큰 어짐은, 이 산에 사는 사람들의 크신 德은. ◆안지(安支) : 어디. ◆상택(尙宅) : 높은 집, 높은 곳. ◆도호(都乎) : 置의 뜻. 두고. ◆은이다(隱以多) : 숨는가, 숨는단 말인가, 숨으려 하는가.

형식 : 향가(鄕歌)
출전 : 삼국유사(三國遺事)

감상 신라의 중 영재(永才)가 지리산 어디쯤으로 들어가다가 한 무리의 도적떼를 만나서 지은 노래다. 이 노래를 들은 도적들은 모두 영재의 제자가 되었다고 한다. 노래의 내용은 대강 이런 것이다.

"세상이 시끄러워 산속으로 숨으러 가는데 도적떼를 만났구나. 그러나 도적의 마음에도 불성(佛性 : 본래 순수한 마음)이 있으니 이 어이 축복이 아니겠는가."
영재는 도적 앞에서 이 노래를 부르며 덩실덩실 춤을 추었다. 도적들은 이에 감동을 한 것이다.

최치원(崔致遠, 857-?) … 1편

가을 밤(秋夜雨中)

가을바람 외로운 이 한숨소리
이 세상에 마음 줄 이 하나 없나니
빗소리 창밖에 밤은 깊은데
등잔불 외로 앉은 만리심일레.

秋風惟苦吟 擧世少知音 窓外三更雨 燈前萬里心

주 ◆거세(擧世) : 온 세상.(擧國而與仲子爲讎-史記)

형식 : 오언절구, 평성침운(平聲侵韻)
출전 : 주원필경(柱苑筆耕)

감상 가을 밤, 창밖에는 지금 비가 오고 있다. 낙엽이 뒹구는 소리…….
나그네는 외롭다. 아니 눈을 뜬 이는 외롭다. 내 누구와 벗하여 이 밤을 지새리요. 심지 돋은 등잔불만이 나와 마주 앉을 뿐…….
등잔불 속으로 내 마음은 지금 만리, 머나먼 고향집으로 가고 있다.
지나간 날의 기억들이 하나둘 이 등잔불 속에 비치고 있다.

야, 이 녀석아, 꿈을 깨라. 지금 세상에 누가 청승맞게 등잔불을 켜고 앉아 있단 말이냐. TV에서는 멋진 연속극이 방영되는데 누가 등잔불 앞에서 청승을 떨고 있겠느냐.
……그러나 등잔불을 잃었다는 것은 슬픈 일이다.

제 2 부

고려시대 (918~1392)

대각의천(大覺義天, 1055-1101) … 1편

금석암(錦石庵)

이끼는 얼룩져 비단결 같고
바위는 마치 병풍처럼 둘렀네
거기 노승이 그림같이 기대어
긴 잠에 졸며 본성을 닦네.

老苔班似錦 瑞石列如屛
時有高僧倚 長眠養性靈

[주] ◆반(班) : 斑과 같은 글자. '얼룩지다'의 뜻. ◆성령(性靈) : 마음, 본성.

형식 : 오언절구
출전 : 동국승니록(東國僧尼錄)

[감상] 도가적(道家的)인 분위기가 짙은 작품이다. 제3구 '고승(高僧)'이 '노승(老僧)'으로만 됐더라면 정말 멋진 작품이 됐을 것이다.
'고승(高僧)'보다는 '노승(老僧)' 쪽이 훨씬 더 무위자연적인 이 시의 분위기에 어울리기 때문이다. 이 때문에 옮기는 과정에서 아예 '노승'으로 바꿔 버렸다.
정말 죄송!

대감탄연(大鑑坦然, 1070－1159) … 1편

문수사(文殊寺)

한 방은 텅 비어 넓고 넓은데
번잡한 세상인연 모두 끊겼네
길은 돌 틈으로 나 있고
샘물은 바위를 뚫고 떨어지네
낮달은 처마끝에 걸렸고
서늘한 바람은 숲골을 흔드네
아아, 그 누가 저 상인을 따라
하염없는 이 진락을 배울 것인가.

一室何廖廓 萬緣俱寂寞 路穿石罅通 泉透雲根落
皓月掛詹楹 凉風動林壑 誰從彼上人 淸坐學眞樂

㈜ ◆요학(廖廓) : 텅 비고 끝없이 넓음. ◆석하(石罅) : 돌 틈. ◆운근(雲根) : 바위. ◆상인(上人) : 승려의 존칭. ◆진락(眞樂): 영원불멸의 기쁨.

형식 : 오언율시
출전 : 동국승니록(東國僧尼錄)

감상 시상의 흐름에 무리가 없고 거슬리는 시어도 없다. 그러면서도 작품 전체의 품격을 잃지 않고 있다. 여기에서의 문수사는 아마도 삼각산 문수사일 것이다.

진각혜심(眞覺慧諶, 1178-1234) … 32편

그림자(對影)

못가에 홀로 앉았네
물밑 한 사내와 서로 만났네
둘이 보며 말없이 미소 짓는 건
그 마음과 이 마음 서로 비치는 때문.

池邊獨自坐 池底偶逢僧
默默笑相視 知君語不應

주 ◆독자좌(獨自坐) : 혼자 앉다. ◆어불응(語不應) : 말이 없다.

형식 : 오언절구, 평성증운(平聲蒸韻)
출전 : 무의자시집(無衣子詩集)

감상 못에 비치는 자기 자신의 그림자와 서로 만나 묵묵히 미소 짓고 있다. 왜 미소 짓고 있는가. 둘은 서로가 서로를 너무나 잘 알고 있기 때문이다.
'나와 그림자' ……이 얼마나 다정한 이름인가. 그러나 혜심(慧諶)이 아니고서는 아, 아, 누가 이런 경지를 읊을 수 있단 말인가.

못을 거닐며(池上偶吟)

실바람 솔잎들 깨어
깊고 머언 슬픔이 이네
이 마음 잔물결 위에 달빛 어려
바람 없이 수정물결이 이네
보이는 것, 들리는 것, 거울빛이여
시정에 젖어 홀로 배회하노니
그 흥(興)이 다하여 고요히 앉으면
마음은 식어서 불 꺼진 재와 같네.

微風引松籟 肅肅淸且哀 皎月落心波 澄澄浮無埃
見聞殊爽快 嘯咏獨徘徊 興盡却靜坐 心寒如死灰

주 ◆소영(嘯咏) : 嘯詠. 읊조리다.

형식 : 오언사율, 평성회운(平聲灰韻)
출전 : 무의자시집(無衣子詩集)

감상 작품 전반에 걸쳐 전혀 무리가 없고 고운 숨결이 흐르듯, 그렇게 예쁜 작품이다. 서릿기운 스미는 마음결 위에 동양이 가질 수 있는 최상의 적멸(寂滅)이 있다. 외로움이 뭔지, 그걸 일러주는 듯한 그런 암시가 있다.

햇바퀴 굴러서(息心偈)

세월은 물같이 흘러 흘러
귀밑머리 희끗희끗 나날이 더함이여
이 육신은 이미 내 것이 아니거니
그러나 이 육신 밖에서 구하지도 말라.

行年忽忽急如流 老色看看日上頭
只此一身非我有 休休身外更何求

주 ◆홀홀(忽忽) : 여기서는 세월이 정신 없이 가는 모양.(忽忽如狂－漢書・蘇武傳)

형식 : 칠언절구, 평성우운(平聲尤韻)
출전 : 무의자시집(無衣子詩集)

감상 세월이 흐르는 물 같아서……. 어떤 사람은 세월은 쏜 화살 같다고도 한다. 그러나 세월이 물 흐르는 것 같다는 말이 훨씬 실감이 간다. 물이란 그 지형에 따라 그 굽이가 자유자재로 휘어지기도 하고 곧바로 흐르기도 한다. 그러면서도 물은 끊임없이 흘러가고자 한다. 물에게 있어서 정지란 죽음을 뜻한다. 물을 정지시키면 물은 사수(死水)라 하여 썩어 버린다. 세월이 물이듯 흐르고 흘러서 어제의 그 사람들 오늘 보니 간 곳 없다지만,

그러나 '가고 있다'는 이 사실만은 예나 지금이나 변함이 없는 것. '가고 있음', 이야말로 흐르는 것 속에서 영원히 변질되지 않는 하나의 진실이다.

보슬비 (上堂法語)

보슬보슬 보슬비 천기를 누설하고
불어오는 맑은 바람 조사의 뜻 분명하네
따지거나 여기저기 날뛰지 말고
다만 시절 인연을 기다려라.

細雨霏微 天機已洩
淸風淡蕩 祖意全彰
但觀時節 不要商量

주 ◆비미(霏微) : 가랑비 오는 모습 또는 가랑비. ◆천기(天機) : 천지조화의 심오한 비밀. ◆담탕(淡蕩) : 바람이 부는 형용. ◆조의(祖意) : 조사의 뜻, 즉 '禪'의 참뜻.

형식 : 사언고시(四言古詩)
출전 : 무의자시집(無衣子詩集)

감상 저 실 빗줄기 한 오라기에서 가늘게 부는 바람에 이르기까지 이 누리 전체가 그대로 불멸의 가시적인 모습이다.
그러므로 바람 부는 대로 가야 한다. 물결치는 대로 흘러가야 한다.

만 권의 경전(因病示衆)

만 권의 경전도 그 중간인데
한 번의 기침소리에 그냥 전체가 드러났네
눈밝은 이 이 말 듣고 정신 차리게
전리는 이에서 모두 끝나 버렸거니…….

經書萬卷猶中半 咳嗽一聲方大全
智者聞之猛提取 如今轉法得輪圓

주 ◆해소(咳嗽) : 기침. ◆맹제취(猛提取) : 분명히 뜻을 파악함. ◆여금(如今) : 지금, 현재.

형식 : 칠언절구
출전 : 무의자시집(無衣子詩集)

감상 높은 경지에 이른 작품이다. 읽는 이는 특히 제2구에 주의하라. 전광석화처럼 깨달음을 체험할지도 모르니까…….

인적 없는 옛집에(春晩遊燕谷寺贈當頭老)

인적 없는 옛집에 봄은 깊어가는데
바람 없는 꽃잎이 뜰에 가득 쌓이네
해질 무렵 구름은 고운 빛 물들어 가고
산에는 어지러이 두견이 우네.

春深古院寂無事 風定閑花落滿階
堪愛暮天雲晴淡 亂山時有子規啼

[주] ◆정(定) : 바람이 자다. ◆감애(堪愛) : 좋아하다.

형식 : 칠언절구
출전 : 무의자시집(無衣子詩集)

[감상] 산중의 늦은 봄, 그 어느 날의 저녁 무렵을 그려낸 작품이다. 시상과 시정이 무르녹은 수작이다.

그 눈빛 (出山相讚)

그 눈빛 온 우주를 덮어 버리고
콧구멍 속에는 백억의 몸을 감췄네
우리 모두 장부라, 누구에게 굴복하리
이 푸른 하늘 아래 사람을 속이지 말라.

眼皮蓋盡三千界 鼻孔盛藏百億身
箇箇丈夫誰受屈 青天白日莫謾人

주 ◆삼천계(三千界) : 온 우주. ◆수굴(受屈) : 굴복당하다.

형식 : 칠언절구
출전 : 무의자시집(無衣子詩集)

감상 마치 저 조주(趙州)의 가풍을 보는 듯하다. 그러면서도 장중한 시상이 읽는 이를 압도하고 있다.

신령스러운 빛은(大光明藏章)

신령스러운 빛은 누리에 빛나고
헤일 수 없는 그 덕은 여기에 있네
성자와 속인은 본래 하나거니
다시 어느 곳에서 깨달음을 찾는가.

靈光無外爍虛空 德過恒沙蘊箇中
凡聖本來同一地 更於何處覓圓通

주 ◆삭(爍) : 빛나다. ◆항사(恒沙) : 恒河(갠지스 강)의 모래. 많다는 뜻. ◆온(蘊) : 五蘊. 물질과 정신을 다섯 가지로 구분한 것, 色・受・想・行・識. ◆원통(圓通) : 완벽한 깨달음의 경지.

형식 : 칠언절구
출전 : 무의자시집(無衣子詩集)

감상 역시 수작이다. 시어는 화엄의 바다 소리로 굽이치고 있다. 거장의 솜씨가 남김없이 드러난 작품이다.

물에 사는 고기는(以詩呈悟處依韻答之)

물에 사는 고기는 물을 알지 못하고
물결치는 대로 자유롭게 헤엄치네
본래 잃어버리지 않았거니
득실을 말하지 말라
미하지 않았거니
무엇 때문에 '깨달음'을 강조하는가.

魚龍在水不知水 任運隨波逐浪遊
本自不離誰得失 無迷說悟是何由

주 ◆시하유(是何由) : 이 무슨 까닭인가.

형식 : 칠언절구
출전 : 무의자시집(無衣子詩集)

감상 ……그렇다. 우린 누구나 저 불멸의 본질로부터 왔다. 그러므로 우린 누구나 불멸적인 존재이다. 여기 부족한 것은, 더 이상 깨달을 것은 이제 없다. 그런데 우린 왜 이렇게 초조해 하고 있는가.

잎사귀는 (木蓮)

잎사귀는 감잎 같고
그 꽃은 연꽃 같네
고정되지 않은 그 모습이여
이쪽에도 저쪽에도 떨어지지 않았네.

見葉初疑柿 看花又是蓮
可憐無定相 不落兩頭邊

주 ◆시(柿) : 감. 여기서는 '감잎'. ◆양두변(兩頭邊) : 선과 악, 흑과 백 등 서로 대립되는 두 차원.

형식 : 오언절구
출전 : 무의자시집(無衣子詩集)

감상 목련꽃을 보고 읊은 시다. 목련의 나뭇잎은 감잎 같고 또 꽃은 연꽃 같다. 그래서 '나무에 핀 연꽃(木蓮)'이라는 묘한 이름이 붙여진 것이다. 이런 목련을 통해서 시인은 이원적(二元的)인 대립의 차원을 넘어선 절대의 세계를 보고 있다.

마음은 언제나 새벽같이(示了默)

마음은 언제나 새벽같이, 입은 굳게 다물고
바보처럼 그렇게 가라
송곳 끝은 날카롭게, 그러나 밖으로 보이진 말라
그래야 멋진 수행자니라.

心常了了口常默 且作伴痴方始得
師侢藏錐不露尖 是名好手眞消息

주 ◆요묵(了默) : 사람 이름.

형식 : 칠언절구
출전 : 무의자시집(無衣子詩集)

감상 수행자에게 주는 교훈이다. 시로서는 너무 훈계적이지만 그러나 수행자에게 있어서는 귀감이 될 만한 구절들이다.

비 온 뒤(和天居上人雨後看山)

비 온 뒤의 봄산은 물결처럼 굽이치고
그 파란 빛 사이사이 흰구름 가네
흰구름 흩어지면 산봉우리 드러나
산 너머 산, 산이요 그 너머 또 산, 산이네.

雨後春山勢萬般 最憐蕞翠白雲閑
白雲散處頭頭露 望盡遠山山外山

주 ◆최(蕞) : 모이다. ◆취(翠) : 파란 산빛.

형식 : 칠언절구
출전 : 무의자시집(無衣子詩集)

감상 비 온 뒤에 산을 보며 읊은 시다. 제4구의 원산산외산(遠山山外山)이 무한한 여운을 남기고 있다.

옛 절에 (國師圓寂日)

옛 절에 봄은 깊어가고
남은 꽃잎 흩날려 이끼 위에 점 찍네
소림의 소식 끊겼다 말하지 말라
늦은 바람 때마침 그윽한 향기 보내오네.

春深院落淨無埃 片片殘花點綠苔
誰道少林消息絶 晩風時送暗香來

주 ◆원락(院落) : 울을 두른 집. 여기서는 절. ◆태(苔) : 이끼. ◆소림(少林) : 少林寺, 달마대사가 중국에 와서 머물며 禪을 전한 곳. 중국 하남성에 있음. ◆만풍(晩風) : 저녁바람. ◆암향(暗香) : 그윽한 향기.

형식 : 칠언절구
출전 : 무의자시집(無衣子詩集)

감상 스승 보조국사(普照國師)가 열반에 든 날, 스승을 생각하며 읊은 시다. 제4구가 이 시 전체에 유현(幽玄)한 정취를 더해 주고 있다.

나고 죽음은(爲亡靈)

나고 죽음은 끝없이 반복되는데
그 얼마나 오고 가고 오고 갔던가
여기 길을 잘못 들지 않으면
가는 곳이 그대로 열반의 세계네.

死生無盡日 來去幾多時
自有不錯路 行之卽涅槃

주 ◆망령(亡靈) : 죽은 영혼. ◆착로(錯路) : 길을 잘못 들다. ◆열반(涅槃) : 깨달음 또는 그 세계.

형식 : 오언절구
출전 : 무의자시집(無衣子詩集)

감상 망자(亡者)를 추모하여 읊은 시다.
담담한 시어가 물처럼 흐르고 있다. 그러면서도 그 사이사이에는 직관의 예지가 번개처럼 번쩍이고 있다.

관념의 동굴 속(正旦二)

관념의 동굴 속 칠흑 어둠뿐
그 속에 들어가 낭패보지 말라
지혜의 눈으로 보면 지옥이거니
산 용이 어찌 죽은 물에 머물리.

黑山鬼窟甚黷黷 切忌藏身永沒蹤
正眼看來如地獄 那堪死水着眞龍

주 ◆흑산귀굴(黑山鬼窟) : 자기관념 속에 빠져 있는 것. ◆종농(黷黷) : 어둡다. ◆착(着) : 定住하다. 살다.

형식 : 칠언절구
출전 : 무의자시집(無衣子詩集)

감상 역시 선 수행자를 경책하는 교훈적인 시다. 참신한 느낌은 없지만 그러나 귀중한 구절들이다.

단옷날에(端午日)

밝은 곳에선 그 밝기 햇빛 같고
어둔 곳에선 그 어둡기 칠흑 같네
뿌리도 가지도 없건만
꽃 피고 열매를 맺네.

明處明如日 黑處黑如漆
無根又無蔕 有花亦有實…… (後六行 略)

형식 : 오언절구
출전 : 무의자시집(無衣子詩集)

감상 우리의 마음은 한없이 밝으면서 동시에 한없이 어둡다. 왜냐면 그때그때의 상황에 따라 끊임없이 변신하고 있기 때문이다. 또한 뿌리도 없고 가지도 없으면서 꽃을 피게 하는 원동력이요, 열매를 맺게 하는 근본 힘이기도 하다.
……'신의 절대의지'라고 말해도 좋고 '마음'이라고 말해도 좋다. 결국은 같은 본질의 두 가지 다른 명칭에 불과하니까.

이 마음 본시 (中使孫元裔請鎭兵二)

이 마음 본시 한계가 없거니
어찌하여 사람들은 한계를 지어
보고 듣는 이 속에서 머뭇거리고 있는가
눈뜬 이 이걸 보고 한바탕 웃네.

此心本自離邊際 爭奈時人局限何
況著區區陰界裡 看來不免笑呵呵

주 ◆변제(邊際) : 끝, 한계, 가장자리. ◆쟁나~하(爭奈~何) : 어찌. ◆착(著) : 着. 여기서는 머뭇거리다. ◆음계(陰界) : 이 육신과 이 현상계.

형식 : 칠언절구
출전 : 무의자시집(無衣子詩集)

감상 마음은 한계가 없다. 그러나 한계가 없는 이 마음에 한계를 긋는 것은 바로 나 자신이다. 누에가 그 자신의 입에서 나온 실로 그 자신을 가두듯…….

옛 소나무 아래서(大丘郡守於觀音寺盤松下請)

억만 년 세월에 구부러진 몸이여
맑은 바람 한 잎에 차가운 한 소리여
옛 스승의 모습이 여기 있나니
마음의 눈을 씻고 분명히 보라.

太古身材獨屈蟠 淸風一葉一寒聲
先師面目今猶在 爲報時人洗眼看

주 ◆굴반(屈蟠) : 구불하다. ◆선사(先師) : 돌아가신 스승. ◆위보(爲報) : 알리다.

형식 : 칠언절구
출전 : 무의자시집(無衣子詩集)

감상 비바람과 온갖 풍상을 묵묵히 견디고 있는 노송을 보며 스승을 생각하고 있는 시다. 그리하여 노송과 스승은 이 시에서 문득 하나가 되고 있다.

천진선사에게(爲天眞禪師)

제아무리 잘 다듬고 치장해 본들
어찌 천진스러운 본래 모습만하리.

東塗西抹任千般
爭似天眞本來樣

注 ◆천진(天眞) : 人名. ◆쟁사(爭似) : 어찌 --만하겠는가.

형식 : 부정형(不定型)
출전 : 무의자시집(無衣子詩集)

감상 천진(天眞)이라는 이름을 가진 선승에게 주는 시.
이 세상에서 가장 아름다운 모습은 정형을 한 얼굴도 아니요, 도깨비처럼 화장을 한 얼굴도 아니요, 있는 그대로의 천진무구한 얼굴이다. 이 말을 새겨들어라. 여성 여러분은…….

우수수 가을 잎은(廻向日一)

우수수 가을 잎은 바람에 흩어지고
끼욱끼욱 저 기러기 구만리 하늘 울며 가네
보고 듣는 이 사이에서 문득 깨닫지 못한다면
배은망덕이다 정말 배은망덕이다.

飄飄脫葉落秋林 蕭蕭征鴻送曉音
於此見聞如不瞥 幾多辜負老婆心

주 ◆표표(飄飄) : 낙엽 지는 모양. ◆별(瞥) : 언뜻 보다. 여기서는 '깨닫다'.
◆고부(辜負) : 저버리다. ◆노파심(老婆心) : 간절한 마음.

형식 : 칠언절구
출전 : 무의자시집(無衣子詩集)

감상 가을바람에 흩어지는 나뭇잎이여, 저 하늘에 울며 가는 기러기떼여, 잠 깬 이에게는 마른 하늘에 번개치는 소식이거니……. 그러나 꿈꾸는 그대에겐 그저 쓸쓸한 늦가을의 풍경에 지나지 않거니…….

있다 없다를 박차니 (廻向日二)

있다 없다를 박차니 진짜가 드러나
한 점 외로이 밝은 것이 태양과 같네
지금 바로 깨닫는데도 한 방망이 감이거니
목에 힘주고 앉아 곰곰이 생각함이 어찌 통하리.

有無坐斷露眞常 一點孤明若太陽
直下承當猶喫棒 那堪冷坐暗思量

주 ◆유무(有無) : '있다'는 관념과 '없다'는 관념. ◆좌단(坐斷) : 끊어 버리다. ◆직하승당(直下承當) : 당장 깨닫다. ◆끽봉(喫棒) : 한 방망이 맞아야 한다. ◆냉좌(冷坐) : 잔뜩 긴장하고 앉아 있다. ◆암사량(暗思量) : 곰곰이 생각하다.

형식 : 칠언절구
출전 : 무의자시집(無衣子詩集)

감상 임제의 정통선풍이 시의 전편에 흐르고 있다. 그러나 굳이 트집을 잡는다면 독창성이 모자란다는 것이다.

비 오는 날, 하나(因雨示衆)

어제부터 줄곧 장대비가 오고 있네
걸어가려도 배를 타려도 이 모두 불편하니
저 비에 몸을 적시지 않으려거든
이 방안에 넉넉히 앉아 있게나.

昨朝今日雨連連 陸步船行總不便
要得渾身都莫濕 爭如屋裡坐安然

주 ◆연련(連連) : 연이어지다. ◆혼신(渾身) : 전신. ◆쟁여(爭如) : 어찌 ~함만 하겠는가. ◆좌안연(坐安然) : 편안히 앉아 있다.

형식 : 칠언절구
출전 : 무의자시집(無衣子詩集)

감상 진각국사 혜심의 시로서 이 시는 대표작이라 해도 과언은 아니다.
'유(有)의 차원에도 무(無)의 차원에도 집하지 말고 유무가 없는 그 중간에 넉넉히 앉아 있으라'는 구절은 대각(大覺)을 얻은 거장이 아니면 감히 내뱉을 수 없는 대목이다.

비 오는 날, 둘(因雨示衆)

감사, 감사, 천진스러운 부처님이여
자비의 비를 내려 이 누리 적시네
그 어느 곳으로도 이 빗줄 피해 갈 수 없나니
엎어 놓은 그릇조차 흠뻑 적시네.

多謝天眞佛 興慈大周洽
亘空無處逃 覆器也須濕

㈜ ◆다사(多謝) : 매우 고맙다. ◆주흡(周洽) : 두루 적시다. ◆긍공(亘空) : 온 허공. ◆복기(覆器) : 엎어 놓은 그릇.

형식 : 오언절구
출전 : 무의자시집(無衣子詩集)

감상 그 시상이 앞의 시와 연결되는 작품이다. 빗줄기가 온 누리를 적시는 그 '적심'을 무한한 자비에 견주고 있다. 자칫하면 평범한 산문으로 떨어질 내용을 시어로 되살려냈다는 것은 놀라운 일이다.

밤에 (夜坐示衆)

바람은 쓸쓸하게 솔가지에 흔들리고
물은 잔잔하게 돌부리를 울리네
저 하늘에 지다 남은 새벽달 하나
두견이 울음소리에 산빛 더욱 깊어지네.

吟風松瑟瑟 落石水潺潺
況復殘月曉 子規淸叫山

주 ◆슬슬(瑟瑟) : 바람이 쓸쓸하게 부는 소리. ◆황복(況復) : 하물며. ◆청규(淸叫) : 맑게 울다.

형식 : 오언절구
출전 : 무의자시집(無衣子詩集)

감상 시상도 시정도 무르익어 가고 있다. 선승의 시이기에 앞서 다정하기 이를 데 없는 시인의 서정시다.

선원에서(禪堂示衆)

푸른 눈이 푸른 산을 마주 대하니
이 사이엔 티끌조차 끼어들지 못하네
맑은 기운이 뼛속에까지 뻗나니
이제는 깨달음마저 망상이 되네.

碧眼對靑山 塵不容其間
自然淸到骨 何更覓泥洹

주 ◆벽안(碧眼) : 禪子의 눈. ◆니원(泥洹) : 열반, 깨달음.

형식 : 오언절구
출전 : 무의자시집(無衣子詩集)

감상 저 중국의 임제선사를 능가하는 직관력이 제1구와 제2구에서 번뜩이고 있다. 제3구와 제4구도 만만찮은 구절들이다. 그대여, 이 시를 여겨보라. 깨달음의 그 순간이 올지도 모르니까.

비 오는 밤(雨夜示衆)

주룩주룩 빗소리여
무슨 일로 천기를 누설하는가
앉았다 누웠다 듣는 듯 마는 듯
듣는 것은 귀가 아니라 이 마음이네.

無端漏泄天機 滴滴聲聲可愛
坐臥聞似不聞 不與根塵作對

주 ◆천기(天機) : 천지조화의 비밀. ◆근진(根塵) : '根'은 감각기관으로 귀, '塵'은 대상. 여기서는 '빗소리'.

형식 : 육언절구
출전 : 무의자시집(無衣子詩集)

감상 듣는 것은 귀가 아니라 내 마음이다. 듣는 것은 내 마음이 아니라 그대 마음이다. 듣는 것은 그대 마음이 아니라 '그대 마음이 된 내 마음'이다. '내 마음이 된 그대 마음'이다.

보고 들으면(小參法門)

보고 들으면 거기로 내닫게 되고
보지도 듣지도 않으면 또 그 곳에 잡히게 되네.

見色聞聲走殺汝
不見不聞縛殺汝

주 ◆주살(走殺) : 달리다. 殺은 어조사. ◆박살(縛殺) : 결박하다. 구속하다.

형식 : 부정형(不定型)
출전 : 무의자시집(無衣子詩集)

감상 보지도 말고 듣지도 말라. 그러나 '보지도 듣지도 않는' 그 곳에 머물지도 말라. 그렇다면 어찌해야 하는가. ……굽이쳐라. 머물지 말고 거침없이 흘러가라.

산에서 (遊山)

개울에 발을 씻고
산빛 보며 눈을 씻네
부질없는 부귀영화 꿈꾸지 않거니
이 밖에 다시 무얼 구하리.

臨溪濯我足 看山淸我目
不夢閑榮辱 此外更何求

주 ◆한(閑) : 등한히 하다. 여기서는 '부질없다'.

형식 : 오언절구
출전 : 무의자시집(無衣子詩集)

감상 이 시에서는 단연 제2구가 돋보인다. '산빛 보며 눈을 씻네.' 이 얼마나 멋진 구절인가. 길이 남을 명구이다.

변사형 가시다(聞辨禪師訃)

올 때도 나보다 먼저 오더니
갈 때도 나보다 먼저 가네
잘 가시오 변사형,
아득한 길 홀로 떠나가시는가
나 어찌 여기 오래 머물리
이 뜬세상 하룻밤 나그네거니
가고 머문 자취 돌이켜봐도
털끝만큼도 남은 것이 없네.

來時先我來 去時先我去 珍重辨師兄 冥冥獨遐擧
而我豈久存 浮世如逆旅 返觀去住蹤 不得絲毫許

㊟ ◆진중(珍重) : 마지막 인사말. '안녕히 가세요.' ◆명명(冥冥) : 아득하다. ◆역려(逆旅) : 여관. ◆사호허(絲毫許) : 털끝만큼.

형식 : 오언절구
출전 : 무의자시집(無衣子詩集)

감상 선배 선승의 죽음을 애도하며 읊은 시다. 절제된 슬픔이 시의 전편에 흐르고 있다. 그러면서도 시상이 넉넉한 것은 삶의 배후를 꿰뚫는 선승의 통찰력 때문이다.

못가에 나가(臨水)

못가에 나가 맑은 물 들여다보다가
머리에 가득한 서리와 눈발에 놀랐네
근심걱정이라고는 전혀 없었는데
누가 내 머리에 백발을 자라게 했는가.

偶爾來臨止水淸 滿頭霜雪使人驚
不憂世事兼身事 誰得栽培白髮生

주 ◆우이(偶爾) : 우연히.

형식 : 칠언절구
출전 : 무의자시집(無衣子詩集)

감상 이 세상의 근심걱정에서 벗어나 있는 선승에게도 역시 세월의 물살은 흐르고 있다. 인생무상의 비애감은 흐르고 있다.

관세음(夢見大悲菩薩)

관세음 관세음
간절한 그 마음에 절하나이다
손에는 글자 없는 도장을 들어
내 콧구멍 깊이 그 도장 찍으셨네
어찌 그 도장에만 글자 없으리
그 몸 또한 찾을 길 없네
그러나 언제나 여기를 떠나지 않아
맑은 바람이 대숲을 흔드네.

稽首觀世音 大悲老婆心 手提無文印 印我鼻孔深
豈惟印無文 身亦無處尋 而常不離此 淸風散竹林

주 ◆대비보살(大悲菩薩) : 관세음보살. ◆계수(稽首) : 머리 숙여 인사함.
◆무문인(無文印) : 글자 없는 도장. 여기서는 '깨달음' 또는 그 '진리'.

형식 : 칠언율시
출전 : 무의자시집(無衣子詩集)

감상 꿈에 관세음보살을 친견하고 지은 시다.
제7구와 제8구를 보라. 진각국사 혜심의 혜안(慧眼)이 얼마나 밝은가를 알 수 있을 것이다.

고뇌조차 (無題)

고뇌조차 이를 수 없는 곳
또 다른 천지가 열리나니
이곳은 어디인가
열반의 문 열리는 곳이네.

衆苦不到處 別有一乾坤
且問是何處 大寂涅槃門

주 ◆열반문(涅槃門) : 깨달음의 문.

형식 : 오언절구
출전 : 무의자시집(無衣子詩集)

감상 제1구와 제2구가 돋보인다. 제3구와 제4구는 앞의 두 구절을 받은 마무리다.

진정천책(眞靜天頙, 1206-1294) … 2편

안봉사 가는 길(安峯寺)

그윽한 길은 굽이 돌고 휘어지고
험한 산은 또 첩첩 몇만 겹인가
푸른 행전으로 옛 절 찾아가느니
행전 끝은 바람에 나부끼네
빈 누각엔 흰 달이 걸렸고
허공에는 구름 한 장 낮게 떠 있네
귀찮아서 마당은 아예 쓸지 않았는지
낙엽으로 뜰은 가득 붉은빛이네.

幽徑幾多曲 亂山千萬重 青纏訪古刹 白拂餘青風
皓月掛虛閣 閑雲低碧空 疎庸不掃地 殘葉滿庭紅

주 ◆유경(幽徑) : 그윽한 산길. ◆청전(青纏) : 行纏. 바지를 입을 때 무릎 아래에 매는 발토시. ◆백불(白拂) : 행전의 끝(纏尾). ◆여(餘) : 여기서는 '행전의 끝이 바람에 나부끼다'. ◆소용(疎庸) : 疎慵. 게으르다. ◆잔엽(殘葉) : 낙엽, 남은 잎.

형식 : 오언율시
출전 : 호산록(湖山錄) 권 3

감상 깊은 산 굽이 절을 찾아가는 풍경을 그린 듯이 읊고 있다.

손님을 기다리며(待訪庵)

한가로이 판각에 기대었나니
적막한 가운데 솔문은 닫혀 있네
잎은 져 숲에 붉게 물들고
먼 산빛 바다 건너 저리 푸르네
온다는 손님은 어이 이리 늦는가
좋은 계절은 이미 다 지나가 버리나니
만나선 다만 기뻐할 일뿐,
산중에선 예의범절 따지지 않네.

安閑依板閣 寂寞閉松扃 落葉辭林赤 遙岑度海靑
高軒何晩過 佳節恐虛經 邂逅但行樂 山中無禮刑

주 ◆고헌(高軒) : '높은 軒車'란 뜻으로 남의 수레의 존칭. ◆예형(禮刑) : 여기서는 '예의범절'.

형식 : 오언율시
출전 : 호산록(湖山錄) 권 3

감상 이 시를 읊노라면 강진 만덕산 백련사의 풍경이 선하게 떠오른다. 백련사 만경루(萬景樓)에서 바라보는 대구면 일대와 그 앞바다 풍경은 정말 절경이다. 꿈꾸는 듯 멀리 밀려 나가는 산

맥들이며 호수 같은 바다의 풍경은 제4구 '도(度)'에서 남김없이 드러나고 있다.

원감충지(圓鑑冲止, 1226－1292) … 17편

개었다가 비 뿌리다(卽事)

개었다가 비 뿌리다 하늘은 찝찝한데
따뜻한 듯 쌀쌀한 듯 이 봄 또한 심란쿠나
문 닫고 홀로 누워 황혼에 이르나니
먼 절의 쇠북 소리 창벽에 와 부딪네.

半晴半雨天陰陰 似暖似寒春寂寂
閉門憨臥到黃昏 隱隱疎鐘撼窓壁

주 ◆즉사(卽事) : 즉흥적으로 떠오르는 詩想을 통해서 詩를 읊음. ◆음음(陰陰) : 구름이 끼어 어두컴컴하다. ◆사(似) : ~한 것 같다. ◆적적(寂寂) : 쓸쓸함. 적적하다. ◆감와(憨臥) : 오랫동안 누워 있다.

형식 : 칠언절구, 입성석운(入聲錫韻)
출전 : 해동조계제육세 원감국사가송(海東曹溪第六世圓鑑國師歌頌)

감상 변덕스러운 봄날씨에 심란한 심사를 잘 표현해 내고 있다. 굳이 선시(禪時) 속에 넣을 필요가 없는 시다. 그러나 승려의 시이기에, 그것도 한 시대에 이름 있던 국사(國師)의 시이기에 여기 선시 속에 넣는 것이다. 보라. 불교냄새나 중 냄새가 전혀 나지 않는다. 적어도 선시를 쓰려면 이 정도는 써야 되지 않겠는가.

봄안개 (發西原至懷德云云)

봄안개 짙어가고 바람 부는 긴긴 날
풀잎 돋는 다리 옆 버들개지 나네
'다 꺼진 재 속에는 불기 없다' 말하지 말라
이별의 때에 돋는 눈물 막을 길 없나니…….

煙濃風澹日遲遲 細草橋邊柳絮飛
誰道死灰無復煖 臨分未免涕霑衣

주 ◆담(澹) : 움직이다. ◆지지(遲遲) : 해가 길어짐. ◆유서(柳絮) : 버들개지.

형식 : 칠언절구
출전 : 해동조계제육세 원감국사가송(海東曹溪第六世圓鑑國師歌頌)

감상 제3구의 '다 꺼진 재(死灰)'는 늙은 시인 자신을 말한다. 늙은 선승의 가슴에도 역시 눈물은, 슬픔은 남아 있다. 바로 이 점이 우리를 감동시키고 있는 것이다.

아침이면 (偶書問諸禪者)

아침이면 죽을 먹고
그 다음은 그릇을 씻네
묻노니 선객들이여
이 도리를 알겠는가.

朝來共喫粥 粥了洗鉢盂
且問諸禪客 還會云也無

주 ◆끽(喫) : 먹다. ◆선객(禪客) : 참선하는 수행자.

형식 : 오언절구
출전 : 해동조계제육세 원감국사가송(海東曹溪第六世圓鑑國師歌頌)

감상 저 중국의 선승 조주(趙州)의 선풍이 이 시 전편에 흐르고 있다.
평상심시도(平常心是道)의 경지가 이 시의 주제다.

한거(閑居)

누덕누덕 기운 옷에 밥그릇 몇 개
평생 동안 넉넉한 잠, 다시 무얼 바라리
비 듣는 깊은 집 인적 없는데
바람 부는 창에 기대어 미소 짓네.

百結霞衣五綴盂 平生睡足復何須
雨餘深院無人到 閑倚風櫺只自娛

주 ◆우(盂) : 鉢盂. 밥그릇. ◆영(櫺) : 격자창.

형식 : 칠언절구
출전 : 해동조계제육세 원감국사가송(海東曹溪第六世圓鑑國師歌頌)

감상 잠을 깊이 잘 수 있다는 것은 일종의 경지다. 소유욕의 거센 불길이 가라앉지 않고는 이건 도저히 불가능한 경지다. 제3구와 제4구를 보라. 우리는 여기에서 한 선승의 넉넉한 경지를 느낄 수 있다.

한 잎 조각배는(偶書)

한 잎 조각배는 바다 위를 떠가는데
천만 번 흔들리면서 파도는 더욱 높네
본시 이 배 안에는 아무것도 없거니
뭣 때문에 물결은 저리 사납게 일고 있는가.

飄然一葉泛風濤 萬抗千搖浪轉高
本自舟中無一物 陽候惱殺也從勞

주 ◆만항천요(萬抗千搖) : 여기서는 '파도가 사납게 이는 모습'. ◆양후(陽候) : 바다의 神. 轉하여 파도, 물결.

형식 : 칠언절구
출전 : 해동조계제육세 원감국사가송(海東曹溪第六世圓鑑國師歌頌)

감상 장자의 빈 배(虛舟)를 연상시키는 시다.
가진 것이 많을 때 거기 두려움이 있다. 그러나 그 마음속에 아무것도 가진 게 없을 때는 두려울 게 없다. 왜냐면 이제 더 이상 빼앗길 것이 없기 때문이다.

고향집 (答李公行儉)

고향집은 나날이 황폐해 가고
집 나간 나그네 돌아올 기약 없네
만일 여기에서 한번 되돌아보면
그대 서 있는 발밑이 바로 고향이네.

古園家業日荒凉 遊子迷津去路長
若何箇中廻眼覷 元來脚下示吾鄉

주 ◆유자(遊子) : 나그네.

형식 : 칠언절구
출전 : 해동조계제육세 원감국사가송(海東曹溪第六世圓鑑國師歌頌)

감상 회광반조(回光返照)의 소식을 읊은 시. ……그렇다. 목적지는 바로 그 목적지를 향해 가고 있는 그 한 걸음 한 걸음의 발자국이다.

깨닫고자 하면 (寄道安長老)

깨닫고자 하면 점점 멀어지고
편안하려 하면 불안만 더욱 가중되네
편안을 잊어야 편안하고
깨달음을 잊어야 깨닫게 되나니
이 도리는 원래 복잡하지 않네.

情存見道還迷道 心要求安轉不安
安到無安見無見 方知此事勿多般

주 ◆방지(方知) : 바야흐로 알게 되다. ◆물(勿) : 非. 不과 그 뜻이 통한다.

형식 : 칠언절구
출전 : 해동조계제육세 원감국사가송(海東曹溪第六世圓鑑國師歌頌)

감상 깨닫고자 하는 마음이 있는 한 완전한 깨달음은 불가능하다. 그것은 깨닫고자 하는 그 '기대하는 마음'이 걸림돌이 되고 있기 때문이다.

내가 널 부르면(侍者求偈書以贈之)

내가 널 부르면 너는 응답하고
네가 나에게 물어오면 나는 대답하네
이 사이에 불법(佛法) 없다 이르지 말라
실오라기 한 가닥도 가리지 않았나니…….

吾常呼汝汝斯應 汝或訊吾吾輒酬
莫道此間無佛法 從來不隔一絲頭

주 ◆첩수(輒酬) : 자주 응답하다.

형식 : 칠언절구
출전 : 해동조계제육세 원감국사가송(海東曹溪第六世圓鑑國師歌頌)

감상 시자의 간청에 의하여 시자에게 써 준 시다. 선승의 높은 경지가 남김없이 드러나 있다. 옷깃을 가다듬고 음미해야 할 작품이다.

늦은 봄(暮春卽事)

긴긴 봄날 깊어가고 찾아오는 이 없어
바람은 배꽃 날려 뜰에 가득 흰 눈이네
처마 옆 나무그림자 서로 뒤섞여
뒷짐지고 걸으면서 시흥에 젖네.

春深日永人事絶 風打梨花滿庭雪
倚檐佳木影交加 散步行吟自怡悅

[주] ◆일영(日永) : 긴 날. 날이 깊어짐. ◆기첨(倚檐) : 처마에 기대다. ◆가목(佳木) : 아름다운 나무. ◆교가(交加) : 뒤섞이다. ◆이열(怡悅) : 기뻐함.

형식 : 칠언절구
출전 : 해동조계제육세 원감국사가송(海東曹溪第六世圓鑑國師歌頌)

[감상] 저물어 가는 봄의 어느 날을 마치 한 폭의 수채화처럼 그려내고 있다. 특히 제3구는 신비롭기 그지없다. 절정의 한 순간을 포착한 구절이다.

암자는(閑中偶書)

암자는 천 봉우리 속에 아득히 숨어
골이 깊고 험하여 이름조차 알 수 없네
창을 열면 다가서는 산빛이요
문 닫으면 스며드는 개울 소리네.

庵在千峰裡 幽深未易名
開窓便山色 閉戸亦溪聲

주 ◆미이명(未易名) : 이름을 잘 알 수가 없다.

형식 : 오언절구
출전 : 해동조계제육세 원감국사가송(海東曹溪第六世圓鑑國師歌頌)

감상 보라. 제3구와 제4구를 보라. 선시의 백미라 할 수 있는 구절이다.
너무 깊이 가슴 속에 스며들어 감히 설명조차 할 수 없는 구절이다.

회덕에서(懷德旅舍雨中)

여관은 쓸쓸하여 시골집 같고
오래 된 고을이라 사람이 별로 없네
해가 머리 위에 올 때까지 푹 자고 나와
배꽃 스치며 지나는 비 앉아서 보네.

蕭條旅館似村家 縣故人稀語不譁
日永東軒春睡足 坐看疎雨打梨花

주 ◆소조(蕭條) : 쓸쓸한 모양. ◆고(故) : 오래 됨(古). ◆화(譁) : 떠들다. 소란하다. ◆소우(疎雨) : 성근 빗발.

형식 : 칠언절구
출전 : 해동조계제육세 원감국사가송(海東曹溪第六世圓鑑國師歌頌)

감상 회덕의 여인숙에서 읊은 시다. 제4구가 돋보인다.
비 오는 어느 봄날의 서정이 배꽃을 통하여 투명하게 되살아나고 있다.

절창(絶句)

숲이 무성하여 새소리 매끄럽고
골이 깊어 사람 발길 끊겼네
내 꿈은 폭포에 떨어져 돌아오고
내 눈은 날아가는 저 구름가에서 끊어지네.

林茂鳥聲樂 谷深人事稀
夢廻寒瀑落 目送斷雲飛

형식 : 오언절구
출전 : 해동조계제육세 원감국사가송(海東曹溪第六世圓鑑國師歌頌)

감상 이 시의 절정은 역시 제4구다. 제4구 중에서도 특히 '단(斷)'자가 이 시의 눈이라 할 수 있다.

창밖에는(臘月念日大風彌日飛雪間云云)

창밖에는 겨울바람 울부짖고
화로 속의 나뭇등걸 붉게 타 들어가네
밥 먹은 후 넉넉하게 한숨 자나니
어리석고 어리석은 한 늙은이 되었네.

窓外朔風號怒 爐中榾柮通紅
食罷和衣打睡 憨憨一個懶翁

주 ◆삭풍(朔風) : 北風. 겨울바람. ◆골돌(榾柮) : 나뭇등걸. ◆화의(和衣) : 옷 입은 그대로. ◆타수(打睡) : 잠자다. 졸다. ◆감감(憨憨) : 어리석은 모양. ◆나옹(懶翁) : 게으른 노인.

형식 : 육언절구
출전 : 해동조계제육세 원감국사가송(海東曹溪第六世圓鑑國師歌頌)

감상 넉넉하게 한숨 푹 잘 수 있는 그런 마음공간이 없다면, 아아, 이 삶은 그대로 고통의 덩어리일 것이다.

곳을 따라(自青岩將歸鷄峰有作)

곳을 따라 인연 따라 이 몸을 맡겼으니
바람처럼 물처럼 살아가리라
저 구름은 그 어느 곳에도 머물지 않거니
본래 이 천지간에 한 길손이네.

隨處隨緣寄此身 五峰鷄嶺孰疎親
不妨兩地雲無定 元是乾坤一旅人

주 ◆오봉(五峰) : 青岩山에 있는 다섯 봉우리. ◆계령(鷄嶺) : 鷄足山에 있는 고개.

형식 : 칠언절구
출전 : 해동조계제육세 원감국사가송(海東曹溪第六世圓鑑國師歌頌)

감상 물처럼 바람처럼 흐르는 선승의 삶이 전편을 누비고 있다. '인생은 나그네길'이라는 유행가의 가락 속에 동서고금의 모든 철학이 압축되어 있다.

발을 걷으면 (閑中雜咏)

발을 걷으면 성큼 산빛이 다가오고
홈대의 물소리 높낮이로 흐르네
왼종일 찾아오는 사람 드문데
두견이 홀로 제 이름을 부르네.

捲箔引山色 連筒分澗聲
終朝少人到 杜宇自呼名

주 ◆박(箔) : 방문 앞에 거는 발. ◆통(筒) : 물을 일정한 방향으로 흐르게 하는 홈대. ◆두우(杜宇) : 두견새.

형식 : 오언절구
출전 : 해동조계제육세 원감국사가송(海東曹溪第六世圓鑑國師歌頌)

감상 산속의 봄날 정경을 담담하게 그려낸 작품이다. 제1구와 제2구가 멋지다.

옛 가락으로(曾有擬古之作云云)

넓고넓은 저 호수
바람 자니 물결 자네
그러나 내 마음에는
언제나 천길 물결이 이네.

太湖萬頃餘 風息波亦息
人心方寸間 浪起常千尺

주 ◆태호(太湖) : 큰 호수.

형식 : 오언절구
출전 : 해동조계제육세 원감국사가송(海東曹溪第六世圓鑑國師歌頌)

감상 그러나 물결이 일지 않으면 호수는 썩어 버린다. 호수가 살아 있기 위해서는, 생명의 리듬으로 굽이치기 위해서는 여기 언어의 물결이, 사고와 감정의 물결이 쉴새없이 굽이쳐야 한다.

금강 나루터(錦江津吟)

석양빛 산그림자 모랫벌에 드리울 제
떨어진 삿갓, 지팡이 짚고 나루터에 이르렀네
강물은 유유히 흐르고 산빛은 아득한데
이 가을빛 쓸쓸함을 어이 견디리.

夕陽峰影落汀洲 破笠枯藤立渡頭
江水悠悠山杳杳 不堪秋色動人愁

주 ◆정주(汀洲) : 강의 얕은 곳에 모래가 쌓여 섬처럼 된 곳. ◆도두(渡頭) : 나루터.

형식 : 칠언절구
출전 : 해동조계제육세 원감국사가송(海東曹溪第六世圓鑑國師歌頌)

감상 금강의 어느 나루터에서 읊은 시다. 늦가을의 쓸쓸한 정경이 유감없이 잘 드러나 있다.

석선탄(釋禪坦, ?-?) … 1편

봄(早春詩)

관현의 소리 대밭 가의 개울에 부서지고
수묵화 점 찍는 안개산이네
가던 길 멈추고 보고보고 되보느니
꾀꼬리 날개 끝에 봄바람 끓기네.

管絃聲碎竹外澗 水墨畫點烟中山
立馬停鞭望亦望 鶬鶊上下春風端

주 ◆관현(管絃) : 피리와 비파 소리. ◆창경(鶬鶊) : 꾀꼬리.

형식 : 고체시(古體詩), 평성산운(平聲刪韻)
출전 : 해동 석선탄시집(海東釋禪坦詩集)

감상 흐르는 꽃잎을 보고 인생의 덧없음을 느끼는 그런 여유마저 없었다면, 아아, 산다는 것은 얼마나 지루할까…….

어지러이 산향기 길에 가득 날리네
이름 없는 꽃들이 풀숲에 흩나니
모를레라 봄바람 머언 이 뜻은
꾀꼬리 저 아니면 뉘에게 울게 하리.

백운경한(白雲景閑, 1298-1374) … 32편

지공화상께 드림, 다섯(呈似指空五)

배고프면 먹고 피곤하면 자거니
마음이 비어 있어 어딜 가나 넉넉하네
이렇듯 본래 마음 잃지 않으면
그 어느 곳인들 극락 아니리.

飢食困來眠 無心萬境閑
但依本分事 隨處守現成

㈜ ◆본분사(本分事) : 본래의 일. '내가 부처라는 본래의 입장.' ◆현성(現成) : 지금 현재(現) 이래로 완벽하다(成)는 뜻.

형식 : 오언절구
출전 : 백운화상어록(白雲和尙語錄)

감상 물 흐르듯 순리대로 살아갈 수만 있다면 더 이상 배워야 할 것도 구할 것도 없나니……. 진리는 이에서 다한 것이다.

지공화상께 드림, 여섯(呈似指空六)

내 마음 가을달 같아
어느 곳이나 마음대로 비추네
이 현상의 온갖 그림자 속에
그 빛 홀로 드러나 있네.

吾心似秋月 任運照無方
萬相影現中 交光獨露成

형식 : 오언절구
출전 : 백운화상어록(白雲和尙語錄)

감상 백운경한은 지공(指空)의 법을 이은 제자다. 인도에서 온 선승 지공은 또한 나옹의 스승이기도 하다.
백운경한은 지금 자신의 경지를 시의 형식을 빌려 지공에게 내보이고 있는 것이다.

지공화상께 드림, 여덟 (呈似指空八)

이 마음 이대로 도의 경지요
보이는 모든 것은 이대로 참(眞)이네
사물은 서로를 침범하지 않나니
산은 산이요 물은 물이네.

平常心是道 諸法覿體眞
法法不相到 山山水是水

주 ◆적체(覿體) : 눈앞에 보이는 물체, 그 자체.

형식 : 오언절구
출전 : 백운화상어록(白雲和尙語錄)

감상 이 세상의 모든 사물은 그 자신만의 독특한 개성을 가지고 있다. 각기 다른 이 개성이야말로 사물과 사물 사이의 조화를 이루는 힘인 것이다. 사물과 사물이 서로를 침해하지 않는 것은 서로에게는 독특한 개성이 있기 때문이다.

지공화상께 드림, 아홉(呈似指空九)

도, 그 자체는 형색이 없어
안과 밖, 그 중간 어디에도 있지 않네
부처의 눈으로도 감히 엿볼 수 없거니
눈멀고 어리석은 이 어찌 알 수 있으리.

道本無形色 不在內外中
佛眼覰不見 凡愚豈易明

주 ◆형색(形色) : 형체와 색깔. ◆저불견(覰不見) : 엿보지 못함.

형식 : 오언절구
출전 : 백운화상어록(白雲和尙語錄)

감상 이 형체와 소리는 진리의 가시적인 표현이지만 그러나 진리는 이 형체와 소리 속에 존재하지 않는다.
……있으면서 동시에 없다는 이 역설을 어떻게 설명해야 하는가. 여기 체험의 길밖에 없다. 목숨을 걸고 내닫는 그 수행의 길밖에 없다.

지공화상께 드림, 열하나(呈似指空十一)

돌계집이 문득 아이 낳자
나무사람은 가만히 고개를 끄덕이네
곤륜산이 무쇠말을 타자
수냐(空)가 황금 채찍을 휘두르네.

石女忽生兒 木人暗點頭
崑崙騎鐵馬 舜若着金鞭

주 ◆점두(點頭) : 머리를 끄덕이다(수긍의 표시로). ◆곤륜(崑崙) : 중국의 崑崙山. 玉의 산지. ◆순야(舜若) : 수냐(sunya), 空. 절대진리. ◆금편(金鞭) : 황금 채찍.

형식 : 오언절구
출전 : 백운화상어록(白雲和尙語錄)

감상 돌계집(石女)이나 나무사람(木人)은 흔히 쓰는 선가(禪家)의 언어로서 관념에서 벗어난 경지를 가리킬 때 쓰는 말이다. 시 전편에는 번뜩이는 선지(禪智)로 가득 차 있다. 제3구와 제4구는 일상적인 사고와 감정으로는 발도 붙일 수 없는 곳이다.

지공화상께 드림, 열둘(呈似指空十二)

두 마리 진흙소가 얽혀 싸우다
큰 소리로 울면서 바다로 달려가네
과거, 현재, 미래 어느 곳을 찾아봐도
지금껏 아무 소식이 없네.

兩個泥牛鬪 哮吼走入海
過去現未來 料掉無消息

주 ◆요도(料掉) : 이리저리 살피고 찾아보다.

형식 : 오언절구
출전 : 백운화상어록(白雲和尙語錄)

감상 선의 직관적 경지를 읊은 시로서 이 정도면 어디에 내놔도 뒤지지 않는 수작이다.
진흙으로 만든 소(泥牛)가 바닷물 속으로 들어갔다면 어디 흔적이나 남아 있겠는가.

흰구름(謝道號白雲)

저 우뚝 솟은 푸른 산이
떠가는 흰구름을 바라보며 웃고 있네
바람 따라 이곳저곳을 정처 없이 떠돌지만
마음은 언제나 여기 푸른 산에 있네.

元來卓卓青山父 下笑白雲隨處飄
跡雖隨處飄然去 心與青山常寂寥

주 ◆탁탁(卓卓) : 높고 뛰어난 모양. ◆하소(下笑) : 웃다.

형식 : 칠언절구
출전 : 백운화상어록(白雲和尙語錄)

감상 청산(青山)은 마음의 불변성(不變性)을, 그리고 백운(白雲)은 마음의 가변성(可變性)을 뜻한다.

어느 곳에서 와서(己酉正月日寓孤山庵指空眞讚頌一)

어느 곳에서 와서
어느 곳으로 가셨는가
본래 한 중생도 없거니
어느 곳에 다섯 잎의 꽃을 피우셨는가.

來也來從何所 去也去至何所
本無有一衆生 何處五葉花生

[주] ◆오엽(五葉) : 達磨로부터 중국에 전해진 禪은 육조혜능에 이르러 다섯 갈래로 퍼져 나갔다. 그 다섯 갈래의 확장(五宗分派)을 禪이라는 한 꽃송이의 다섯 잎(一花五葉)으로 본 것이다.

형식 : 육언절구
출전 : 백운화상어록(白雲和尙語錄)

[감][상] 스승 지공화상의 진영(眞影) 앞에서 읊은 시다.
지공의 본질은, 아니 우리의 본질은 온 곳도 없고 또 간 곳도 없다. 왜냐면 그것은 시간과 공간의 근원이기 때문이다.

전해 줄 것도 얻을 것도(指空眞讚頌二)

전해 줄 것도 얻을 것도 없다 말하지 말라
내 친히 전해 받고 분명히 얻었나니
기유년 달 밝은 어느 봄날
고산암의 늙은이, 달과 서로 귓속말 하네.

莫謂無傳無得 夫是親傳親得
己酉火前春月 孤山老衲話月

주 ◆노납(老衲) : 늙은 수행자, 즉 백운경한 자신.

형식 : 육언절구
출전 : 백운화상어록(白雲和尙語錄)

감상 이 시에서 우리는 득도의 확실한 체험을 경험한 선승, 백운경한의 경지를 엿볼 수 있다.

산에 살며(居山一)

꿈결같이 흘러가 버린 육십 년이여
고산암의 이 궁벽함은 오히려 내 뜻에 맞네
배고프면 먹고 피곤하면 자나니
그대들 어찌 이 소식을 알겠는가.

夢幻年光過耳順 孤山村塢也相宜
飢來喫食困來睡 李四張三都不知

주 ◆연광(年光) : 세월. ◆이순(耳順) : 사람들의 말이 귀에 거슬리지 않는 나이, 즉 60세. ◆촌오(村塢) : 궁벽한 산골마을. ◆이사장삼(李四張三) : 李氏의 넷째아들과 張氏의 셋째, 즉 평범한 사람들. 세상 사람들.

형식 : 칠언절구
출전 : 백운화상어록(白雲和尙語錄)

감상 깨달음의 절정은 가장 평범한 일상의 삶 속에서 구체화된다. 그러나 크게 한번 죽었다 살아나 보지 않은 사람에게는(깨달음을 경험해 보지 않은 사람에게는) 이 이치는 전혀 이해가 되지 않는다.

한 생각도(居山二)

한 생각도 일지 않으면 전체가 나타나니
이 본체를 어찌 비유로 설명할 수 있으리
물을 뚫는 달빛은 비어도 볼 수 있고
'무심'이라는 이 거울은 비쳐도 언제나 비어 있네.

一念不生全體現 此體如何得喩齊
透水月華虛可見 無心鑑象照常空

주 ◆유제(喩齊) : 비유로 견주어 보다. ◆월화(月華) : 달빛. ◆감상(鑑象) : 형체를 비추어 보이는 물건, 즉 거울.

형식 : 칠언절구
출전 : 백운화상어록(白雲和尙語錄)

감상 관념의 먼지가 묻지 않으면 마음이라는 이 거울은 전체가 드러난다. 거울은 그 자신이 텅 비어 있기 때문에 이 현상의 온갖 사물을 비출 수 있는 것이다.
이것이 바로 '무심지경(無心之境)'이라는 것이다.

골에 흐르는 물(居山三)

골에 흐르는 물, 남빛 물들인 것 같고
문밖의 푸른 산 그림으로도 그릴 수 없네
산빛과 물소리에서 전체가 드러났거니
그 누가 이 가운데서 무생(無生)을 깨달을 것인가.

洞中流水如藍染 門外靑山畵不成
山色水聲全體露 個中誰是悟無生

주 ◆개중(個中) : 그 가운데. ◆무생(無生) : 無生法忍, 不生不滅의 진리.

형식 : 칠언절구
출전 : 백운화상어록(白雲和尙語錄)

감상 제3구는 이 시 전체의 핵(核)이다. 잘 음미해 보라. 이 밖에 또 무엇을 찾겠다고 방황한단 말인가. 그것은 어리석은 일이다.

산은 푸르고(居山四)

산은 푸르고 물은 흐르고
새는 울고 꽃은 피네
이 모두가 줄 없는 거문고 소리거니
늙은 중은 하염없이 바라보네.

山靑靑 水綠綠 鳥喃喃 花族族
盡是無絃琴上曲 碧眼胡僧看不足

[주] ◆남남(喃喃) : 새가 지저귀는 소리. ◆족족(族族) : 꽃이 피어 있는 모습. ◆벽안호승(碧眼胡僧) : 달마대사. 여기서는 백운경한 자신.

형식 : 고체시(古體詩)
출전 : 백운화상어록(白雲和尙語錄)

[감상] 깨달은 이의 눈으로 보면 삼라만상 전체가 그대로 진리의 굽이침이다. 그러나 깨닫지 못한 그 눈으로 보면 이 세상 전체가 칠흑 같은 어둠뿐이다.

가을국화(居山五)

가을국화 푸른 대나무 다른 물건 아니며
밝은 달 맑은 바람 티끌이 아니네
이 모두가 본래부터 내 물건이니
손 닿는 대로 가져와 마음껏 쓰네.

黃花翠竹非他物　明月淸風不是塵
頭頭盡是吾家物　信手拈來用得親

주 ◆신수(信手) : 손에 잡히는 대로.

형식 : 칠언절구
출전 : 백운화상어록(白雲和尙語錄)

감상 깨닫게 되면 나와 이 현상은 하나가 된다. 내가 사물이 되고 사물이 내가 된다. 그러나 여기 아직도 나와 사물이 저만치 거리를 두고 있을 때 이것은 불가능하다.

고산 아래(居山八)

고산 아래 풀집 짓고
배고프면 먹고 피곤하면 자네
문풍지 우는 겨울 밤은 왜 이리 긴가
두세 조각 나뭇가지로 화롯불을 돋우네.

結茅於孤山山下 飢來喫食困來臥
冬夜夜寒覺夜長 煨取柴頭三兩個

주 ◆외(煨) : 꺼지지 않게 화로의 재 속에 묻어 둔 불씨. ◆시두(柴頭) : 땔나무 조각.

형식 : 칠언절구
출전 : 백운화상어록(白雲和尙語錄)

감상 긴긴 겨울 밤 문풍지 우는 소리 들으며 지새우는 겨울의 정취가 물씬 풍긴다. 행복이다. 우리가 아직도 이런 시를 감상할 수 있는 마음의 공간이 있다는 것은 분명 행복이다.

지팡이 둘러메고(居山九)

지팡이 둘러메고 암자로 돌아오나니
다년간의 객노릇 끝에 공부 다 끝냈네
산승의 친절한 곳 알고 싶은가
'전삼삼 후삼삼(前三三後三三)', 이것이라네.

橫擔楖栗入山庵 行脚多年事罷參
欲識山僧親切處 前三三與後三三

㈜ ◆즐률(楖栗) : 지팡이를 만드는 나무. 여기서는 '지팡이'. ◆파참(罷參) : 수행을 마침.

형식 : 칠언절구
출전 : 백운화상어록(白雲和尙語錄)

감상 〈전삼삼 후삼삼(前三三後三三)〉은 선의 공안(公案) 가운데 하나다.
선승 무착(無著)은 오대산으로 문수보살을 찾아갔다.
문수 : 자네가 사는 곳의 절에는 승려들이 몇 명쯤 있는가.
무착 : 대략 3백 명에서 5백 명 사이로 늘어나기도 하고 줄어들기도 합니다. 그러면 이곳 오대산의 절에는 승려들이 몇 명쯤 살고 있습니까.
문수 : 앞에도 셋셋이요 뒤에도 셋셋(前三三後三三)이라네.

송창에는(居山十)

송창에는 바람이 울고 눈은 산을 덮었는데
등불 외로 이 밤을 비추고 있네
누더기에 더벅머리, 만사를 쉬었나니
이것이 바로 산승의 '힘 얻는 때(得力時)'네.

風吼松窓雪滿山 入夜靑燈照寂寥
衲衣蒙頭休萬事 此是山僧得力時

주 ◆청등(靑燈) : 등불. ◆몽두(蒙頭) : 함부로 자란 더벅머리.

형식 : 칠언절구
출전 : 백운화상어록(白雲和尙語錄)

감상 백운경한의 선시 가운데 최고의 수작이다.
제3구와 제4구가 조화를 이루면서 시는 절정의 경지를 읊어내고 있다. 삶의 지표를 제3구에 두라. 그러면 죽을 때 미소지으며 가리니…….

배고프면 먹고(居山十一)

배고프면 먹고 피곤하면 자거니
마음은 넉넉하여 만사가 한가롭네
시비를 더 이상 가져오지 말라
지지고 볶는 일에 관심 없나니.

飢來喫食困來眠 一種平懷萬境閑
莫把是非來辨我 浮生人事不相干

주 ◆불상간(不相干) : 서로 간섭하지 않다.

형식 : 칠언절구
출전 : 백운화상어록(白雲和尙語錄)

감상 잘 먹을 수 있는 것도, 잠을 잘 잘 수 있는 것도 경지다. 경지에 이르지 않고는, 부질없는 야망의 불길을 벗어나지 않고는 이건 불가능한 일이다.

청천백일에 (居山十三)

청천백일에 강산은 빛나고
푸른 봄날에 화초는 무성하네
내 더 이상 무슨 말을 하리
만물은 이대로 완벽한 것을…….

白日江山麗 青春花草榮
何須重話會 萬物本圓成

[주] ◆중(重) : 거듭. ◆화회(話會) : 서로 모여 이야기하다.

형식 : 오언절구
출전 : 백운화상어록(白雲和尙語錄)

[감상] 아아, 제4구를 보라.
내 더 이상 무슨 말을 하리. 사물은 지금 이대로 완벽한 것을…….
잘못된 것은, 왜곡된 것은 바로 나 자신이다.

둘이 아님(居山十六)

'참'을 찾으면 '참'의 본체가 없고
'거짓'을 찾으면 '거짓'의 흔적이 없네
'참'과 '거짓'이 다르지 않음을 깨닫는다면
이 둘이 본래부터 하나인 것을 알게 되리.

推眞眞無體 窮妄妄無蹤
眞妄了無殊 平等同一體

형식 : 오언절구
출전 : 백운화상어록(白雲和尙語錄)

감상 참(眞)이 있기에 거짓(妄)이 있고 거짓이 있기에 참이 있다. 그러므로 참과 거짓은, 밤과 낮은 하나다. 한 본질의 두 가지 다른 국면이다.

해는 밤을… (居山十七)

해는 밤을 비출 수 없고
거울은 그 자신의 뒤를 비출 수 없네
그러나 이 마음은
이 누리 두루두루 안 비추는 곳이 없네.

白日不照夜 明鏡不照後
焉得如我心 圓明常寂照

주 ◆언득(焉得) : 어찌 ~만하겠는가.

형식 : 오언절구
출전 : 백운화상어록(白雲和尙語錄)

감상 써도 써도 고갈되지 않는 것, 시간과 공간에 구애받지 않고 어디든 가며 어디든 비추는 것, 그것은 무엇인가. 바로 나 자신의 마음이다. 내 마음이요 동시에 그대의 마음이다.

본래 소식(居山十八)

석가여래가 이 세상에 태어나기 전
달마대사가 중국에 아직 오기 전
불법은 이미 천하에 퍼져 나갔나니
봄바람에 꽃은 저리 흐드러지게 피고 있네.

釋迦不出世 達磨不西來
佛法遍天下 春風花滿開

형식 : 오언절구
출전 : 백운화상어록(白雲和尙語錄)

감상 깨달음을 체험한다는 것은 결국 모든 관념과 조직에서부터 해방되자는 것이다. 그리하여 깨달음, 그 자체마저도 벗어나 버리자는 것이다. 생명의 바다로 되돌아가 굽이치자는 것이다.

고산 아래(居山二十)

고산 아래 가난한 암자,
거기 사는 중 또한 별 볼일 없네
섬돌은 고르지 않아 높낮이가 다르고
띠풀을 깎지 않아 제멋대로 자라네.

孤山山下寺 居僧亦是常
土砌隨高下 茅茅任短長

주 ◆체(砌) : 섬돌. ◆모(茅) : 띠풀.

형식 : 오언절구
출전 : 백운화상어록(白雲和尙語錄)

감상 별 볼일 없는 이 모습 속에, 초라한 이 가난 속에, 아아, 내가 찾아헤매던 그것이 있다니…….
승려는 가라. 박사는 가라. 여기 더벅머리 한 사내가 미소 짓고 있나니……. 노을빛 물드는 하늘을 배경으로.

하늘이 (居山二十五)

하늘이 돌사자를 낳아
등 위에는 언제나 솔바람 부네
아아 저 '서래의 뜻'이여
그대들은 이 소리를 여겨 들으라.

天生石獅子 背上松風聲
好箇西來意 諸禪子細聽

주 ◆서래의(西來意) : 달마대사가 서쪽(인도)에서 온 뜻, 즉 '禪의 본뜻'.

형식 : 오언절구
출전 : 백운화상어록(白雲和尙語錄)

감상 선승 백운경한이 성불암(成佛庵)에 살 때 암자 주변에 사자 모양의 바위가 있었다. 그리고 그 사자바위 등 위에는 큰 소나무가 솔바람 소리를 내고 있었다. 이를 본 백운경한은 이 시를 지어 그 사자바위에 새겨 놓았다.

텅 빈 마음속에(送人洛迦山四)

텅 빈 마음속에 연민의 정 일으키고
모양 없는 빛 속에서 형체를 보임이여
자유로운 이 경지 알고 싶은가
꽃 지고 새 우는 저 봄소식이네.

無爲心內起悲心 無相光中有相身
欲識圓通眞境界 落花啼鳥一般春

주 ◆원통(圓通) : 어디에나 걸림이 없이 통하는 觀音의 경지. ◆일반(一般) : 한 가지.

형식 : 칠언절구
출전 : 백운화상어록(白雲和尙語錄)

감상 제자가 관음도량인 낙산사로 갈 때 읊어 준 시인 듯하다. 제4구가 절정이다. '꽃 지고 새 우는 이 봄소식'이여. 이 어찌 자비로운 어머니, 관음의 진면목이 아니리…….

나 보고(送人洛迦山五)

나 보고 숨긴다고 하는가
나는 아무것도 숨기지 않네
서래의 뜻 알고 싶은가
저 솔바람 들어 보라.

以我爲隱乎 吾無隱乎爾
若人欲識西來意 颯颯松風長擧示

주 ◆호이(乎爾) : 단정을 나타내는 虛詞로서 '확실하다'의 뜻. ◆삽삽(颯颯) : 바람이 쌀쌀하게 부는 모양.

형식 : 부정형(不定型)
출전 : 백운화상어록(白雲和尙語錄)

감상 우우 솔바람은 불어왔다가
우우 솔바람은 내 어린 날 속으로 사라진다.
이에서 더 바랄 게 또 있다면 참으로 염치없는 놈이다.

갈 때는(出州廻山一)

갈 때는 저 개울물이 보내 주더니
올 때는 골 가득 흰구름이 맞아 주네
이 몸 가고 옴에 본래 뜻이 없는데
무정한 두 물건은 도리어 뜻이 있네.

去時一溪流水送 來時萬谷白雲迎
一身去來本無意 二物無情却有情

형식 : 칠언절구
출전 : 백운화상어록(白雲和尙語錄)

감상 산을 나갈 때는 개울물 소리 나를 배웅하더니 산에 들어 올 때는 흰구름이 나를 반기고 있다. 잔잔한 시정이 흐르는 작품이다.

석불상 앞에서(金剛山內山石佛相)

깊은 산 불법은 이 돌이어서
큰 돌은 크게 둥글, 작은 돌은 작게 둥글,
거짓모습 새긴다고 힘만 허비했나니
푸른 벼랑을 깎고 부수어 법신을 망쳐 놨네.

深山佛法石頭是 大底大圓小底圓
假名慈眼虛費力 鑿破蒼崖喪法身

[주] ◆석두(石頭) : 돌. ◆착파(鑿破) : 쪼개고 부수다. ◆법신(法身) : 본래 있는 무위자연의 진리, 즉 진리를 인격화시켜서 '法身'이라 부름.

형식 : 칠언절구
출전 : 백운화상어록(白雲和尙語錄)

[감상] 저 험한 바위는, 그리고 깎아지른 저 벼랑은 그대로 불멸의 가시적인 모습(法身)이다. 그런데 왜 무엇 때문에 이 천진무구한 순수를 쪼개고 깎아서 불상을 조각하고 있는가.
……때문이다. 자기 식으로 해석하지 않고는 불안해서 견딜 수 없는 인간의 무지 때문이다.

시작이 없으면서(復答請法以五言示之七)

시작이 없으면서 허공에 가득 찼고
종말이 없으면서 허공에 가득 찼네
비록 허공에 가득 차 있다 하나
저 허공을 날아가는 새의 흔적과 같네.

無始塞大虛 無終塞大空
縱然塞大空 如鳥跡空中

주 ◆색(塞) : 가득 채우다. ◆종연(縱然) : 縱使. 가령, 설사.

형식 : 오언절구
출전 : 백운화상어록(白雲和尙語錄)

감상 시작과 끝이 없으면서, 이 허공에 가득 차 있으면서 전혀 흔적이 없는 것. 이것은 무엇인가.
그대 전 생애를 내던져 풀어야 할 숙제다.

물거품(悼亡人)

물거품 일었다 사라지듯 가시다니
등불은 꺼지고 대들보는 기울었네
지난날의 일들을 생각해 보니
울 수도 없고 웃을 수도 없네.

漚生漚滅一何速 法燈已滅法梁傾
因思扣請當年事 哭不成兮笑不成

주 ◆구청(扣請) : 머리 숙여 간청하다.

형식 : 칠언절구
출전 : 백운화상어록(白雲和尙語錄)

감상 그렇다. 울 수도 없고 웃을 수도 없다. 울자니 부질없고 또 웃자니 남의 일이 아니기 때문이다.
죽음, 이것은 불가사의한 수수께끼로 우리 앞에 놓여 있다.

무심의 노래(無心歌)

흰구름은 조용히 일었다 사라져 가고
물은 흘러 흘러 큰 바다로 드네
물은 곧은 곳에선 곧게 흐르고 굽은 곳에선 굽게 흐르네
구름은 또 저절로 감겼다 저절로 풀리나니
여기 어찌 좋고 싫은 감정이 끼어들겠는가
만물은 이렇듯 본래 고요하나니
'나는 푸르다 나는 누렇다' 주장하지 않건만
사람들이 여기 좋고 싫은 마음 내어 혼란을 일으키네
그 마음 구름 같고 물 같다면야
이 세상 살아가기 종횡무진이리니
굳이 이름을 붙이지 않았다면 좋고 싫음이 어찌 있으리
어리석은 이는 경계를 버리고 마음은 버리지 않지만
지혜 있는 이는 마음을 버리고 경계는 버리지 않네
마음이 비게 되면 경계 또한 고요해지고
경계가 바람 자면 마음 또한 고요하리니
이것이 바로 '무심의 경지'네.

白雲澹靜 出沒於大虛之中
流水潺湲 東注於大海之心
水也遇曲遇直 無後無此
雲也自卷自舒 何親何疎

萬物本閑 不言我靑我黃
惟人自鬧 强生是好是醜
觸境心如雲水意 在世縱橫有何事
若人心不强名 好醜從何而起
愚人忘境不忘心 智者忘心不忘境
忘心境自寂 境寂心自如
夫是之謂無心眞宗

[주] ◆담정(澹靜) : 고요함. ◆잔원(潺湲) : 물이 졸졸 흐르는 모양. ◆강생(强生) : 억지로 분별하는 마음을 일으키다.

형식 : 가체(歌體)
출전 : 백운화상어록(白雲和尙語錄)

[감상] 마음의 천변만화하는 작용을 읊은 시다.
상황, 상황에 따라 우리의 마음은 그 상황에 딱 맞게 대응한다. 그런데 여기에서 문제가 되는 것은 자기 식으로 해석하려는 우리의 취사선택이다. 비뚤린 우리의 선입견으로 하여 마음의 바다는 얼어 버리고 만다. 얼어 버리면(고체화되면) 막히게 된다. 막히면 부딪치게 된다. 부딪치면 거기 고통이 따르게 된다.
다시 굽이쳐야 한다.
어디에도 머물지 말아야 한다.

임종게(臨終偈)

인생살이 칠십 년은
예부터 드문 나이라
일흔일곱 해 전에 왔다가
일흔일곱 해 후에 가네.

人生七十歲 古來亦稀有
七十七年來 七十七年去

형식 : 오언절구
출전 : 백운화상어록(白雲和尙語錄)

감상 백운경한은 임종 직전에 제자들을 모아 놓고 이렇게 말했다.
"내 부도를 세우지도 말고 비석도 세우지 말라. 내 죽거든 즉시 화장하여 그 재를 강물에 띄워 보내고 더 이상 어떤 흔적도 남기지 말라."
백운경한, 그가 있었기에 이 땅은 내가 살 곳이다. 끝까지 살아남아야 할 곳이다.

태고보우(太古普愚, 1301－1382) … 26편

태고암가(太古庵歌)

내가 사는 이 암자, 나도 모르나니
깊고깊어 치밀하나 비좁지 않네
하늘과 땅을 싸안았으나 앞뒤가 없어
동서남북 어디에도 머물지 않네

吾住此庵吾莫識
深深密密無壅塞
函蓋乾坤沒向背
不住東西與南北

고대광실 높은 집도 비길 바 아니며
소림의 가풍도 따르지 않네
이 모든 격식에서 벗어났으니
저쪽 구름 밖엔 청산이 푸르렀네

珠樓玉殿未爲對
少室風規亦不式
爍破八萬四千門
那邊雲外靑山碧

산이마의 구름은 희고 또 흰데
산중의 물은 흘러 흘러 가고 있네
누가 저 흰구름의 모습을 볼 줄 아는가
개었다 비 뿌리다 우레 울리네
누가 이 물소리 들을 줄 아는가
천 번 돌고 만 번 굴러 쉬지 않고 흐르네

山上白雲白又白
山中流水滴又滴
誰人解看白雲容
晴雨有時如電擊
誰人解聽此泉聲
千回萬轉流不息

한 생각도 일기 전에 이미 틀렸거니
다시 입을 열면 더더욱 잘못되네
가을서리 봄비에 몇 해나 지났는가
이 모두 부질없음 오늘에야 알았네

念未生時早是訛
更擬開口成狼藉
經霜經雨幾春秋
有甚閑事知今日

맛없어도 음식이며 맛있어도 음식이니
누구든 식성 따라 먹기에 맡겨 두네
'운문의 떡'과 '조주의 차'여
이 암자의 맛없는 음식에 어이 비기리

麤也飡細也飡
任爾人人取次喫
雲門胡餠趙州茶
何似庵中無味食

본래 이 같은 오랜 가풍을
뉘 감히 기특하다 말하겠는가
한 털끝 위의 태고암이여
넓어도 넓지 않고 좁아도 좁지 않네

本來如此舊家風
誰敢與君論奇特
一毫端上太古庵
寬非寬兮搾非搾

수없는 세계가 이 속에 있고
넓고 큰 길이 하늘을 뚫고 뻗었네
삼세의 부처들도 알지 못하고

역대의 조사들도 여기서 나올 수 없네

重重刹土箇中藏
過量機路衝天直
三世如來都不會
歷代祖師出不得

어리석고 말 더듬는 주인공이여
그 행위에는 전혀 법도가 없네
다 해진 '청주의 베적삼' 입고
칡덩굴 그늘 속 절벽에 기대었네

愚愚訥訥主人公
倒行逆施無軌則
着卻靑州破布衫
藤蘿影裏倚絶壁

눈앞에는 경계도 없고 사람도 없나니
아침 저녁으로 그저 푸른 산빛을 마주하네
올연히 앉아 하릴없이 이 노래 부르나니
'서래의 가락'은 더욱 선명해지네

眼前無法亦無人

旦暮空對靑山色
兀然無事歌此曲
西來音韻愈端的

이 누리 그 누가 내 노래에 화답하리
부처와 달마는 공연히 손뼉만 치네
그 누가 태곳적의 '줄 없는 거문고'를 들고 와
지금 이 '구멍 없는 내 피리 소리'에 응답하리

徧界有誰同唱和
靈山少室謾相拍
誰將太古沒絃琴
應此今時無孔笛

그대여 보지 못했는가
태고암 속의 태곳적 일을
다만 지금 여기 밝고밝음이여
백천삼매는 모두 이 속에 있어
인연 따라 이익 주나 항상 고요하네

君不見
太古庵中太古事
只這如今明歷歷

百千三昧在其中
利物應緣常寂寂

이 암자에 비단 나만 사는 것이 아니라
저 많은 불조(佛祖)들도 여기 함께 머무네
결정코 말하노니 그대여 의심 말라
지혜로도 알기 어렵고 생각으로도 추측할 수 없네

此庵非但老僧居
塵沙佛祖同風格
決定說君莫疑
智亦難知識莫測

빛을 돌려 비춰 봐도 그저 아득하기만 하고
지금 즉시 안다 해도 그 흔적은 남네
'무엇인가' 다시 물으면 더욱 잘못되나니
여여하고 부동하기 돌덩이 같네

回光返照尙茫茫
直下承當猶滯跡
進問如何還大錯
如如不動如頑石

놓아 버려라 망상 피우지 말라
이는 곧 부처의 큰 깨달음이니
내 일찍 오랜 옛적 이 문을 나왔으나
지금 잠시 이 길에 머물고 있네

放下着莫妄想
卽是如來大圓覺
歷劫何曾出門戶
暫時落泊今時路

이 암자의 본 이름은 '태고(太古)'가 아닌데
오늘이 있으므로 '태고(太古)'라 부르네
하나 속에 모든 것 있고 모든 것 속에 하나 있나니
그 하나마저 초월하여 언제나 분명하네

此菴本非太古名
乃因今日云太古
一中一切多中一
一不得中常了了

모나기도 하고 둥글기도 하는 등
그 흐름 따라 구르는 곳 모두 그윽하나니
그대 만일 나에게 이 산속의 경계를 묻는다면

'솔바람 불고 달은 하늘에 가득 찼다' 말하리

能其方亦其圓
隨流轉處悉幽玄
君若問我山中境
松風蕭瑟月滿天

도도 닦지 않고 참선도 하지 않으니
향은 다 타서 향로에는 연기가 없네
다만 이런 식으로 살아갈 뿐이거니
내 어찌 억지로 이렇게 되길 바랐겠는가

道不修禪不參
水沈燒盡爐無煙
但伊騰騰恁麽過
何用區區求其然

뼛속까지 맑음이여 뼛속까지 가난이여
자유롭고 자재하기 천지창조 이전이네
한가롭게 태고가(太古歌)를 높이 부르며
무쇠소를 거꾸로 타고 인천에 노니네

徹骨淸兮徹骨貧

活計自有威音前
閑來浩唱太古歌
倒騎鐵牛遊人天

아이들 눈엔 이 모두가 요술놀이라
끌고 가진 못하고 바라다만 볼 뿐이네
이 암자의 누추하고 졸렬함은 이와 같거니
다시 거듭 더 말할 필요가 없네
노래와 춤은 끝나고 돌아간 다음
푸른 산은 예대로 숲과 물을 마주했네.

兒童觸目盡伎倆
曳轉不得徒勞眼皮穿
菴中醜拙只如許
可知何必更重宣
舞破三臺歸去後
青山依舊對林泉

㊟ ◆옹색(壅塞) : 막히다. ◆함개(函蓋) : 상자와 그 뚜껑. 서로 잘 맞음. ◆주루옥전(珠樓玉殿) : 화려한 집. ◆소실(少室) : 少林寺 方丈室. 달마대사가 참선하던 방. ◆풍규(風規) : 가풍과 규범. ◆삭파(爍破) : 태워 버리다. ◆나변(那邊) : 어느 곳. ◆낭자(狼藉) : 어지럽게 흩어지다. ◆한사(閑事) : 부질없는 일. ◆추(麤) : 거칠다. 맛이 없다. ◆세(細) : 가늘다. 맛이 있다.

◆임이(任爾) : 맡기다. ◆취차(取次) : 차례차례. ◆운문호병(雲門糊餠) : 공안의 한 가지. ◆조주다(趙州茶) : 喫茶去. 역시 공안의 한 가지. ◆눌눌(訥訥) : 말을 더듬다. ◆도행역시(倒行逆施) : 順理에 따르지 않다. ◆궤칙(軌則) : 법도. ◆청주포삼(靑州布衫) : 공안의 한 가지. ◆등라(藤蘿) : 등나무와 열라덩굴. ◆올연(兀然) : 우뚝 솟은 모양. ◆서래음운(西來音韻) : 禪의 뜻. ◆단적(端的) : 분명하다. ◆삼대(三臺) : 詞曲의 이름. 옛날 중국의 위나라 서울에 三臺(銅雀臺 · 金虎臺 · 氷井臺)가 있었는데 石季龍이라는 사람이 이 누각에서 즐겨 연회를 베풀었다. 그때 樂人이 이 곡(三臺曲)을 만들어 음주의 흥을 돋우었는데 그로부터 이 三臺에서 만든 詞曲을 '三臺'라고 부르게 되었다. 이 '三臺'에는 다음의 네 가지가 있다. 上皇三臺, 突厥三臺, 宮中三臺, 江南三臺(後漢書).

형식 : 가체(歌體)
출전 : 태고화상어록(太古和尙語錄)

감상 여기 태고보우의 스승이며 중국 임제종의 거장인 석옥청공(石屋淸珙) 선사의 독후감이 있다. 글은 간략하지만 그러나 가장 멋진 감상문이다.

고려(高麗) 남경(南京) 중흥만수선사(重興萬壽禪寺) 장로의 휘(諱)는 보우(普愚)요 호는 태고이다. 그는 일찍이 하나의 큰일에 뜻을 세우고 괴로이 공부한 뒤에 깨달은 바가 뛰어나, 뜻의 길이 끊어지고 생각을 벗어났으며 말로 표현할 수도 없었다. 그리하여 숨어살기 위해 삼각산에 암자를 짓고 자기의 호로써 그 현판을 붙이어 '태고(太古)'라 하였다. 그리하여 스스로 도를 즐기고 산수의 경치에 마음을 놓아 태고가(太古歌) 한 편을 지었다.
병술년 봄에 고국을 떠나 이곳 대도(大都)에 이르자, 먼 길의 고

역도 꺼리지 않고 자취를 찾아오다가, 정해년 칠월에 나의 산석암(山石庵)에 이르러서는, 쓸쓸히 서로 잊은 듯 반 달 동안 도를 이야기하였다. 그 동정을 보면 침착하고 조용하며 그 말을 들으면 분명하고 진실하였다.

이별할 때가 다달아 전에 지었던 〈태고가〉를 내어 보였다. 나는 그것을 밝은 창 앞에서 펴 보고 늙은 눈이 한층 밝아졌다. 그 노래를 외워 보면 순박하고 무거우며, 그 글귀를 음미해 보면 한가하고 맑았으니, 참으로 공겁(空劫) 이전의 소식을 얻은 것으로서 요즘의 첨신(尖新)하고 현란한 것들에 비할 것이 아니었으니 '태고'라는 이름이 틀리지 않았다. 나는 오랫동안 수응(酬應)을 끊었더니 붓이 갑자기 날뛰어 나도 모르는 길에 종이 끝에 쓴다. 그리고 다시 노래를 짓는다.

먼저 이 암자가 있은 뒤에 비로소 세계가 있었나니
세계가 무너질 때에도 이 암자는 무너지지 않으리
암자 안의 주인이야 있고 없고 관계 없이
달은 먼 허공을 비추고 바람은 온갖 소리를 내리.

지정(至正) 7년 정해 8월 1일, 호주(湖州) 하무산(霞霧山)에 사는 석옥 노납(石屋老納)은 76세 때에 쓴다.

산중자락가(山中自樂歌)

수염도 깎지 않고 머리도 다듬지 않았으니
마치 나찰귀의 모습 같네
미련하고 못나기는 저 돌과 같고
어리석고 멍청하기는 말뚝 같네

不剪鬚不剪髮 好箇鬼頭羅刹
憨憨癡癡也似石頭 愚愚魯魯也似木橛

신발이 다 닳도록 스승 찾아 다니며
악담과 빈말을 물 붓듯 토해내네
라라리리라라
홀로 이 곡조 부르며 돌아와 쉬고 있네

踏盡草鞋參祖師 惡聲虛說如機發
囉囉哩哩囉囉 獨唱此曲來休歇

대원천자는 성인 중에 성인으로
내게 이 골짜기 줘 살게 했네
산중의 이 즐거움 나와 함께 나눌 이 없어

나 홀로 이 어설프고 치졸함을 가여워하네

大元天子聖中聖 賜居岩谷消日月
無人共我山中樂 吾獨憐吾疎轉拙

차라리 저 수석과 스스로 즐거워할지언정
세상 사람에게 이 즐거움 알리지 않으리
원하오니 성수는 만만세 누리시고
만만세는 다시 만만세 즐거움이 되소서

寧同水石長自樂 不與世人知此樂
但願聖壽萬萬歲 萬歲長爲萬歲樂

그런 후에야 내게도 근심걱정 없으리니
바위 언덕과 굽이치는 시내의 쓸쓸함을 나는 즐기리
바위 틈 작은 암자 내 살기에 넉넉하니
저 흰구름에 맡겨 서로 의지하고 있네

然後可以吾無憂 岩阿澗谷甘蕭索
岩隈小庵足庇身 也任白雲相依托

그대는 보지 못했는가 늙은이의 이 노래를,

이 곡조 속에 무궁한 즐거움 있나니
스스로 기뻐하며 노래하는 것은 뭣 때문인가
주어진 운명에 감사함이 다함 없는 기쁨이네

君不見 太古老僧歌一曲
曲中還有無窮樂 自樂自歌何所爲
樂天知命無爲樂

어찌하여 스스로 노래하고 기뻐하는가
무엇 때문에 이러는지 나도 몰라라
이 가운데 숨은 뜻을 그대는 알겠는가
사람들이 나날이 쓰나 붙잡을 수는 없네

胡爲自歌還自樂 吾亦不知何樂
樂中有意君知否 人雖日用難摸着

도연명은 취하면 '줄 없는 거문고'를 뜯었고
보화는 시장 바닥에서 요령을 흔들었네
저 포대화상은 할 일이 없어
선술집의 술찌꺼기에 마구 취했네

淵明中酒弄無絃 普化入市搖鈴鐸
布袋閑僧大無事 紅塵酒肆熏糟粕

예부터 성현들의 즐거움 이러했거니
헛된 이름 남긴 이들 그 얼마나 쓸쓸했으리
이 즐거움 아는 이도 만나기 어렵거늘
이 즐거움 몸소 누리는 이를 어찌 만나리

古來聖賢之樂只如此
空留虛名聲韻何寂寞
知之好者尙難得 況其樂之行之作

그대여 보라 태고(太古), 이 속의 즐거움을
이 늙은이 취하여 춤을 추면
미친 바람은 만학천봉에서 일어나네
이 기쁨에 빠져 계절이 가는 것도 알지 못한 채
바위 틈 사이 꽃 피고 지는 걸 바라볼 뿐이네.

君看太古此中樂 頭陀醉舞
狂風生萬壑 自樂不知時序遷
但看岩花開又落

[주] ◆수(鬚) : 수염. ◆호개(好箇) : 흡사하다. ◆감감치치(憨憨癡癡) : 어리석고 못난 모양. ◆우우노노(愚愚魯魯) : 어리석고 미련한 모양. ◆목궐(木橛) : 말뚝. ◆라라리리라라(囉囉哩哩囉囉) : 흥겨운 가락. 라라리리라라……. ◆낙천지명(樂天知命) : 분수를 즐김. ◆무위락(無爲樂) : 無爲之樂. ◆모착

(摸着) : 붙잡다. ◆연명(淵明) : 陶淵明. 東普의 詩人으로서 '歸去來辭'로 유명하다. ◆보화(普化) : 禪僧. 그는 중국인으로서 일생 동안 요령을 흔들며 구걸 행각을 하다가 스스로 관 속에 들어가 죽었다. ◆포대(布袋) : 포대화상. 禪僧. 그 역시 중국인으로서 큰 포대를 짊어지고 다니며 일생을 구걸 행각으로 끝마쳤다. ◆훈(熏) : 醺. 술에 취하다. ◆조박(糟粕) : 술찌꺼기. 술을 거르고 남은 찌꺼기. ◆두타(頭陀) : 수행하는 승려. ◆시서(時序) : 계절의 차례. ◆시서천(時序遷) : 계절의 바뀜.

형식 : 가체(歌體)
출전 : 태고화상어록(太古和尙語錄)

감상 장중하고 호방한 기개가 시 전편에 흐르고 있다.
태고보우, 그는 우리나라 선승 가운데 도량이 가장 컸던 사람의 하나다.
여기 이 〈산중자락가〉는 그의 그런 도량을 유감없이 드러내고 있다.
보라. 이 멋진 구절을 보라.
'이 늙은이 취하여 춤을 추면
미친 바람은 만학천봉에서 일어나네.'

운산음(雲山吟)

구름은 산 위에 희고
산속의 물은 흘러 흘러 가고 있네
내 여기 살려 했더니
흰구름은 날 위해 산 한 자락을 열었네

山上白雲白 山中流水流
此間我欲住 白雲爲我開山區

저 흰구름에게 내 마음속 다 말하려 했더니
어떤 때는 비를 내려 오래 머물지 않네
또는 맑은 바람을 타고
온 누리 두루 돌아다니네

白雲話盡心中事 有時行雨難久留
又被淸風便 行盡三千歷四洲

나 또한 그를 따라 바람을 타고
강산의 도처에서 그를 따라 노닐었네
그를 따라 노닐면서 무얼 했는가

저 물결 위 흰 갈매기와 벗하며 노닐었네

我亦隨君馭淸風 江山處處相追遊
追遊爲何事 堪與白鷗戱波頭

돌아와 소나무 밑 달과 함께 앉으면
우우 솔바람은 쓸쓸히 부네
이 마음 뉘와 더불어 이야기하리
부처와 조사들 모두 아득히 멀기만 하네

卻來共坐松下月 松聲動啾啾
此心共誰話 恒沙佛祖盡悠悠

저 흰구름 속에 게으르게 누워 있으면
청산은 나를 보고 '걱정 말라' 웃네
나 또한 웃으면서 대답하노니
산이여 내 여기 온 까닭을 그대는 모르리
내 평생에 잠이 모자라
좋아하는 이 물과 돌로
멋진 옷과 이부자리 삼으려 하네

懶臥白雲裏 淸山笑我大無憂
我卽笑而答 汝山不識吾來由

平生睡不足 愛此水石爲衿裯

청산은 나를 보고 웃으면서 말하네
'왜 빨리 돌아와 내 벗이 되지 않았는가
그대 참으로 청산을 사랑하거든
덩굴풀 그늘 속에서 푹 쉬며 지내게'

青山亦笑我 何不早歸來吾儔
君若愛青山 藤蘿影裏大休休

나는 청산의 그 말을 따라
청산을 누각삼아 크게 누웠네
어느 때는 꿈을 꾸고 어느 때는 깨면서
꿈꾸고 깨어남에 전혀 구애를 받지 않네

我從青山語 放身大臥青山樓
有時夢有時覺 夢覺元無拘

꿈속에서 온 때의 그 길을 찾아
장안의 술집에서 나무소를 탔더니
나무소는 변하여 봄바람 되어
꽃망울 터트리고 버들잎을 안개처럼 토해내네

夢裏卻尋來時路 長安酒肆騎木牛
木牛化作春風意 綻花開柳如琳球

복사꽃 그 붉기 불타는 것 같고
버들개지 그 희기 공과 같네
그 가운데 배꽃은 희고 또 흰데
말없이 부여잡고 그윽한 말 구했네

桃花紅似火 柳絮白如毬
中有李花白又白 無言引得幽言求

이상한 새소리에 찰나의 꿈은 깨었으나
잠이 맛이 너무나 달콤하여
몸을 아직 움직이지 않고 있네.

珍禽啼 破刹那夢 睡味猶甘身不動

㊟ ◆삼천(三千) : 三千大千世界. 온 우주. ◆사주(四洲) : 四大洲. 우주 전체. ◆어(馭) : 올라타다. ◆추추(啾啾) : (풀벌레 등이) 처량하게 우는 소리. ◆항사(恒沙) : 恒河沙. 아주 많은 숫자를 말할 때 쓰는 말. ◆금주(衿裯) : 옷과 이불. ◆탄화(綻花) : 꽃망울을 터트리다. ◆임구(琳球) : 아름다운 玉 또는 그런 빛깔. ◆구(毬) : 공. 차거나 치는 球形의 용구. ◆유언(幽言) : 그 뜻이 깊은 말.

형식 : 고체시(古體詩)
출전 : 태고화상어록(太古和尙語錄)

감상 시정은 큰 강물처럼 흐르고 시어는 보석처럼 영롱하여 환상적인 분위기를 자아내고 있다. 또한 작품 전체의 구성이 거대한 왕궁을 연상시킨다.
이처럼 호흡이 긴 시인은 선시의 역사상 그리 많지 않다. 무르익은 언어들이 은빛 지느러미를 반짝이며 튀고 있다.
정말 굉장한 작품이다. 선(禪)의 경지로도, 시 자체로도 어디 트집을 잡을 데가 없다.

돌집(石庵)

센 바람에도 흔들리지 않고
겁화의 불길에도 더욱 든든하네
무위진인은 '머무는 곳 없는데' 머무나니
흰구름만 부질없이 그 문 앞을 찾아오네.

藍風吹不動 劫火洞逾堅
無爲眞人住無住 白雲徒自訪門前

[주] ◆남풍(藍風) : 센 바람. ◆겁화(劫火) : 세계의 종말에 일어나는 불. ◆통(洞) : 꿰뚫다. 여기서는 '불이 붙다'. ◆무위진인(無爲眞人) : 깨달은 사람. 無爲自然으로 되돌아간 사람.

형식 : 고체시(古體詩)
출전 : 태고화상어록(太古和尙語錄)

[감상] 돌집을 지어 놓고 돌의 견고함을 기점으로 자유롭게 시상을 전개시켜 나가고 있다.
제4구에 '흰구름'을 등장시킴으로써 시는 점입가경으로 들어가고 있다.

구름과 산(雲山)

흰구름 속에 청산은 첩첩하고
푸른 산 속에 흰구름 많네
날마다 구름과 산을 벗삼나니
이 몸이 편안하면 집 아닌 곳 없네.

白雲雲裡靑山重 靑山山中白雲多
日與雲山長作伴 安身無處不爲家

주 ◆작반(作伴) : 벗하다.

형식 : 칠언절구
출전 : 태고화상어록(太古和尙語錄)

감상 여기 '흰구름'은 번뇌에, 그리고 '청산'은 본마음에 비유된다. 번뇌란 무엇인가. 그것은 본마음에서 비롯된 본마음의 작용이다. 그러므로 본마음과 번뇌는 언제나 동시적이다. 청산과 흰구름이 언제나 같이 있듯. 이 도리를 모르면 깨달음은 영원히 불가능하다.

돌과 냇물(石溪)

하나는 흐르고 또 하나는 흐르지 않나니
소리 없는 것도 있고 소리 있는 것도 있네
목메인 소리를 내며 어디로 가는가
먼 하늘의 저 한 빛을 생각하네.

一流一不流 有默有非默
嗚咽乃歸何 憶長天一色

주 ◆억(憶) : 생각하다.

형식 : 오언절구
출전 : 태고화상어록(太古和尙語錄)

감상 냇물은 흘러가지만 그러나 돌은 흐르지 않는다. 그러나 흘러간 물은 결국 어느 날엔가는 다시 돌아온다. 구름→비의 순환과정을 통하여…….

선승 진제에게(愼齊)

녹음방초 삼월의 봄비요
단풍 물든 구월의 서리네
마음을 비우고 사물의 변화를 관찰하면
아무 일 없이 다만 이 평등일 뿐이네.

芳草三春雨 丹楓九月霜
虛心觀物變 無事但平等

주 ◆진제(愼齊) : 사람 이름인 듯.

형식 : 오언절구
출전 : 태고화상어록(太古和尙語錄)

감상 진제라는 선승에게 준 시다. 봄비와 가을단풍을 보면서 그 속에서 불멸의 도리를 깨우치라는 간곡함이 시의 전편에 흐르고 있다.

소먹이 노인(息牧叟)

지난해 소 먹이며 언덕에 앉았을 때
개울가 녹음방초 실비가 내렸네
올해는 소고삐 놓고 언덕에 누웠나니
버드나무 그늘 밑 시원한 기운 감도네

去年牧牛坡上坐 溪邊芳草雨霏霏
今年放牛坡上臥 綠楊陰下暑氣微

소 먹이는 저 늙은이 동과 서도 분간 못한 채
소고삐 놓고 한가하게 한 곡조 부르고 있네
고개 돌리니 먼 산에는 저녁놀 붉고
봄이 다한 산속에는 꽃 지는 바람이네.

牛老不知東西牧 放下繩頭閑唱無生歌一曲
回首遠山夕陽紅 春盡山中處處落花風

㈜ ◆비비(霏霏) : 비가 가늘게 오는 모양. ◆승두(繩頭) : 고삐줄.

형식 : 부정형(不定型)
출전 : 태고화상어록(太古和尙語錄)

감상 태고 자신이 소먹이 노인이 되어 봄의 정경에 취하고 있다. 여기에서의 '소(牛)'는 물론 우리의 '본성(本性)'을 뜻한다. 자신의 본성을 깨달아 넉넉하게 살아가고 있는 태고의 모습이 이 시의 주류를 이루고 있다.

설매헌 (雪梅軒)

선달 눈이 허공에 가득 내리는데
찬 매화는 마침 꽃이 활짝 피었네
흰 눈 조각 조각 조각 조각 조각 조각이
매화에 섞이매 분간할 수가 없네.

臘雪滿空來 寒梅花正開
片片片片片片 散入梅花眞不辨

주 ◆납설(臘雪) : 음력 12월. 섣달에 오는 눈. ◆정개(正開) : 활짝 피다.

형식 : 고체시(古體詩)
출전 : 태고화상어록(太古和尙語錄)

감상 흰 눈이 내릴 때 흰 매화꽃이 활짝 피었다.
작자는 펄펄 날리는 흰 눈을 보면서 그것이 흰 눈인지 흰 매화 꽃송이인지 분간하지 못하고 있다. 아니 흰 매화꽃이 흰 눈송이가 되어 펄펄 날리고 있다. 작자의 가슴 속에서…….

어은에게(漁隱)

긴 강의 맑은 거울 속에
평생의 뜻을 맡겼나니
세상사 그 많은 일이
낚싯대 한 번 휘두름에 있네.

長江明鏡裡 也任平生志
世上無窮事 釣竿一揮置

주 ◆어은(漁隱) : 당시 재상이었던 理庵의 別號.

형식 : 오언절구
출전 : 태고화상어록(太古和尙語錄)

감상 '이 모든 세상일이 낚싯대 한 번 휘두름에 있다'니.
아, 아, 그 많은 말과 몸짓이 이에서 다하는구나. 그러나 난 결코 낚시광은 될 수 없다. 난 강태공이 아니니까.

종횡무진(無範)

다 벗어 버렸으매 붙잡아 둘 곳이 없어
법도를 뛰어넘어 종횡무진 살아가네
꽃 지는 풀숲의 저 안개비 속
푸른 구름 찬 대나무의 풀집에 누워 있네
누가 와서 '서래의 뜻' 묻거든
3, 3일 뿐이요 9는 없다고 하라.

脫落無巴鼻 縱橫絶規矩
芳草落花煙雨裏 碧雲寒竹臥茆蘆
有人來問西來意 向道三三無九餘

주 ◆탈락(脫落) : 身心脫落. 모든 집착을 벗어 버리다. ◆무파비(無巴鼻) : 붙잡아 둘 수 없다. ◆규구(規矩) : 규율, 법도. ◆묘로(茆蘆) : 갈대나 풀로 엮어 지은 풀집.

형식 : 고체시(古體詩)
출전 : 태고화상어록(太古和尙語錄)

감상 일체의 규칙과 허례허식에서 벗어나 자유롭게 살아가는 사람, 그가 바로 깨달은 각자다. 따라서 그에게는 지극히 당연한 일상사가 그대로 깨달음의 역동적인 현상인 것이다.

대숲 속 암자(竹庵)

한 물건도 그 속에 없어 본래로 청정하여
그 뜰안 엿볼 사람 이 세상에 없네
봉황이 울고 용이 잠 깨어 선적(禪寂)을 깨뜨리나니
한 낚싯대에 밝은 달은 강성에 가득하네.

中無一物本來淸 擧世無人窺戶庭
鳳嘯龍吟破禪寂 一竿明月滿江城

주 ◆거세(擧世) : 온 세상. ◆선적(禪寂) : 禪定에 든 정적.

형식 : 칠언절구
출전 : 태고화상어록(太古和尙語錄)

감상 대나무는 그 속이 텅 비어 있다. 선승의 마음도 이 대나무처럼 텅 비어 있다. 이 텅 빈 대나무가, 이 텅 빈 본성이 만물의 생성변화를 있게 하는 주체다.

경계는 선명하나(了菴)

경계는 선명하나 사람 없고 새 또한 드문데
지는 꽃잎 쓸쓸히 푸른 이끼 위에 떨어지네
늙은 중 일이 없어 소나무 달을 마주하다가
이따금씩 오가는 흰구름 보며 웃고 있네.

境了人空鳥亦稀 落花寂寂委青苔
老僧無事對松月 卻笑白雲時往來

주 ◆희(稀) : 드물다. ◆위(委) : 내버리다. 여기서는 '꽃잎이 떨어지다'.
◆각소(卻笑) : 도리어 웃다.

형식 : 칠언절구
출전 : 태고화상어록(太古和尙語錄)

감상 원숙한 선의 경지를 읊은 시다.
작품 전반에 걸쳐 거스르는 데가 없다. 그러나 그 가운데에서도 제3구와 제4구가 특히 돋보인다. 우리는 이에서 득도의 경지에 이르러 유유자적하는 노승의 모습을 느낄 수 있다.

지나는 구름(過雲)

평생의 행위는 자유로워
구하는 것 없으니 어딜 가나 편안하네
천하에 가득하나 그 행위는 자취 없어
오늘도 예전처럼 푸른 산에 누워 있네.

平生行止大無端 是處無求是處安
行滿天下沒蹤跡 今日依然臥碧山

주 ◆행지(行止) : 동작, 행위. ◆무단(無端) : 처음과 끝이 없다. 단서가 없다. ◆의연(依然) : 예전과 다름없이.

형식 : 칠언절구
출전 : 태고화상어록(太古和尙語錄)

감상 저 흰구름이, 번뇌망상이 풍류가 될 수 있다면 고향 아니리. 그 어디인들 고향 아니리. 청산 아니리. 그 어디인들 청산 아니리.

고요하면 (無題)

고요하면 천 가지가 나타나고
움직이면 한 물건도 없네
무(無), 무(無), 이 무엇인가
서리 내린 후 국화가 만발하네.

靜也千般現 動也一物無
無無是什麽 霜後菊花稠

주 ◆천반(千般) : 천 가지, 갖가지. ◆시십마(是什麽) : 이것이 무엇인가. ◆조(稠) : 빽빽하다. 무성하다.

형식 : 오언절구
출전 : 태고화상어록(太古和尙語錄)

감상 여기서의 '무(無)'는 조주의 〈무(無)자공안〉을 말하는 것으로서 '불멸의 본체'를 일컫는 말이다. 불멸은 순간순간 변하는 이 현상과 분리되지 않는다. 왜냐면 변하는 이 가변성 자체가 불멸의 한 속성이기 때문이다.

조주면목(趙州眉目)

해묵은 옛 시내의 그 찬 샘물을
한 모금 마시고 곧 토하네
저 흐르는 물결 위에
조주의 면목이 드러나네.

古澗寒泉水 一口飮卽吐
却流波波上 趙州眉目露

주 ◆미목(眉目) : 눈썹과 눈, 즉 얼굴. ◆간(澗) : 산골에 흐르는 물. ◆노(露) : 드러나다.

형식 : 오언절구
출전 : 태고화상어록(太古和尙語錄)

감상 조주(趙州), 그는 곧 선(禪) 그 자체의 상징이다.
'차게 흐르는 저 물 위에 조주의 모습이 드러나다'니…….
조주의 모습은 바로 태고보우 그 자신의 모습이 아니겠는가.

임종게(臨終偈)

인간의 목숨이란 물거품이니
팔십여 년이 봄꿈 속에 지나갔네
가죽 주머니(육체)를 버리고 돌아가나니
한 덩어리 붉은 해는 서산에 지고 있네.

人生命若水泡空 八十餘年春夢中
臨終如今放皮俗 一輪紅日下西峰

주 ◆여금(如今) : 지금. ◆방(放) : 벗어 버리다. ◆피대(皮俗) : 가죽부대, 즉 육신.

형식 : 칠언절구
출전 : 태고화상어록(太古和尙語錄)

감상 남달리 도량이 컸던 선승, 태고보우.
그는 서산에 지는 해처럼 그렇게 장중하게 입멸(入滅)을 맞고 있다.
멋진 임종의 시다.

문수(文殊)

예리한 검을 높이 들었으니
그 가풍은 기묘하기 이를 데 없네
저 일천 성인의 밖에서 노니나니
달빛이 갈대꽃과 흰 눈에 비치고 있네.

提起吹毛利 家風妙奇絶
逍遙千聖外 月映蘆花雪

주 ◆취모리(吹毛利) : 예리한 검.

형식 : 오언절구
출전 : 태고화상어록(太古和尙語錄)

감상 문수(文殊)보살, 그는 예지의 화신이다. 예지는 그 결단력으로 하여 흔히 예리한 검에 비유된다. 사람을 능히 살리는 그 활인검(活人劍)에.

무극화상에게(寄無極和尙)

'서래의 한 곡조' 아는 이 없으니
백아는 있으나 자기가 없네
홀로 앉아 적적하게 밤은 깊어가는데
지는 달빛 발을 뚫고 옷자락을 적시네.

西來一曲沒人知 雖有伯牙無子期
獨坐寥寥向深夜 透簾殘月徹禪衣

[주] ◆백아(伯牙) : 거문고의 名人. ◆자기(子期) : 鍾子期. 知音의 名人.

형식 : 칠언절구
출전 : 태고화상어록(太古和尙語錄)

[감상] 거장이 줄 없는 거문고를 튕기면 그 소리 없는 소리를 들을 줄 아는 지음인(知音人)이 있어야 한다. 깨달은 사람에게는 그 감동을 주고받을 수 있는 지음인이 있어야 한다. 그래야 외롭지 않다. 지음인이 없을 때 눈뜬 이는 외로워진다. 그래서 지금 그는 지는 달빛 옷자락을 적시는 곳에 앉아 있는 것이다.

가지도 없고(古林)

가지도 없고 잎도 없으면서
봄바람에 그 뿌리가 흔들리네
푸르지도 않고 희지도 않으면서
꽃은 피지만 그러나 그 흔적 없네.

無枝無葉樹 春風動其根
非靑非白色 花發又無痕

주 ◆흔(痕) : 흔적.

형식 : 오언절구
출전 : 태고화상어록(太古和尙語錄)

감상 가지도 없으면서 봄바람에 흔들리고 꽃은 피지만 그러나 그 흔적이 없는 것, 이것은 무엇인가.
이 해답을 얻기 위하여 수행자들은 일생을 내던지는 것이다.

개울을 보며(此溪)

이쪽의 달은 흐르지 않는데
저쪽의 구름만 지나가네
천고의 짙푸름을 간직했나니
꽃잎은 어지러이 흩날리고 있네.

不流遮邊月 注過那邊雲
千古藏深碧 落花謾紛紜

주 ◆차변(遮邊) : 이쪽. ◆나변(那邊) : 저쪽. ◆분운(紛紜) : 꽃잎이 어지럽게 흩날리다.

형식 : 오언절구
출전 : 태고화상어록(太古和尙語錄)

감상 개울을 대상으로 하여 이렇게 심오한 시를 쓴다는 것은 드문 일이다.
시상은 뒤로 갈수록 깊어지고 시정은 뒤로 갈수록 부드러워지고 있다. 저 당시(唐詩)에도 이만한 시는 흔치 않다.

돌개울(石溪)

돌을 굴리며 목메는 저 소리
끝없는 이 광장설이네
누구든 이 소리 들을 수는 있으나
그 참뜻 아는 이 얼마나 되리.

轉石聲嗚咽 無偏廣長舌
雖然平等化 不爲聾者說

주 ◆광장설(廣長舌) : 부처의 설법소리. ◆농(聾) : 귀먹다. 聾者 → 귀머거리.

형식 : 오언절구
출전 : 태고화상어록(太古和尙語錄)

감상 소동파의 오도송(悟道頌)을 연상시키는 작품이다. 그러나 제3구와 제4구가 소동파적인 아류에서 벗어나는 데 결정적인 역할을 하고 있다.
과연 선시의 거장 태고의 솜씨답다.

온 누리에(證庵)

온 누리에 벽이 없고
사면에는 문이 없네
부처와 조사조차 올 수 없는 곳,
흰구름에 누워 한가로이 잠이나 자리.

十方無壁落 四面亦無門
佛祖行不到 閑眠臥白雲

주 ◆벽락(壁落) : 벽과 울타리. ◆불조(佛祖) : 부처와 祖師들.

형식 : 오언절구
출전 : 태고화상어록(太古和尙語錄)

감상 나 또한 이 시를 읊으며 부처조차 올 수 없는 이곳에서 흰 구름 대신 그대 무릎 베고 누워 낮잠이나 자리라.

이 도리(空道)

이 '공(空)'은 공이 아닌 공이요
이 '도(道)'는 도가 아닌 도네
적멸마저 다한 곳에
뚜렷이 밝고 언제나 분명하네.

是空非空空 此道非道道
寂滅滅盡處 圓明常了了

주 ◆요료(了了) : 뚜렷하다.

형식 : 오언절구
출전 : 태고화상어록(太古和尙語錄)

감상 도(道)는 침묵 속에 있다. 그러나 진정한 도는 도, 그 자체마저 벗어나야 한다. 침묵마저 버려야 한다. 그 침묵이 굽이쳐 삶의 이 기쁨으로 출렁이도록…….

형체와 소리 다한(無文)

형체와 소리 다한 '한 물건'이여
형체도 없고 또한 이름마저 없네
여기에서 만유가 비롯되나니
그 변화는 지극히 신령스럽네.

一物盡色聲 無形亦絕名
從茲興萬有 物化若神靈

주 ◆종자(從茲) : 이로부터, 이것으로부터. ◆야(若) : ~과 같다.

형식 : 오언절구
출전 : 태고화상어록(太古和尙語錄)

감상 이 현상의 모든 모습과 소리는, 소리도 없고 형체도 없는 그 진공(眞空)의 곳에서 비롯되나니 묘하다고 말할 수밖에, 그저 묘하고 신령스럽다고 말할 수밖에.

이렇게 가도(無着)

이렇게 가도 구하는 것 없고
이렇지 않게 가도 또한 자유롭네
동서남북으로 확 터진 길 위에
나날이 당당하게 가고 머무네.

恁麽行也本無求 不恁麽行亦自由
東西南北圓通路 日日騰騰任去留

[주] ◆임마(恁麽) : 이렇게. ◆등등(騰騰) : 당당하다. 자신감 있다.

형식 : 칠언절구
출전 : 태고화상어록(太古和尙語錄)

[감상] 동서남북, 그 어디에도 걸리지 않는 사람. 그를 일러 우리는 자유인이라 한다. 그러나 자유와 방종은, 자유와 무책임은 엄연히 다르다.
흉내내지 말라. 괜히 무애도인의 흉내를 내며 서울의 인사동 거리를 누비지 말라.

나옹혜근(懶翁惠勤, 1320-1376) … 43편

명선자에게 (明禪者求頌)

2, 4는 원래 8이라
의심 없는 자 누구 있느냐
이것 이외에 더 심오한 것 구하려 들면
문득 저 이류 삼류에 떨어지네.

二四元來八 無疑者是誰
更求玄妙處 卽落二三頭

㊟ ◆이삼두(二三頭) : 第二頭 第三頭, 즉 이류 삼류. 頭는 어조사.

형식 : 오언절구, 평성우운(平聲尤韻)
출전 : 나옹화상가송(懶翁和尙歌頌)

감상 가장 심오한 선의 경지를 가장 단순한 언어로 표현해 낸 수작이다.
나옹혜근(懶翁惠勤), 그는 한국이 낳은 대선승(大禪僧)이다. 그러나 그가 살았던 시대는 그를 받아들이지 않았다. 그래서 그는 57세라는 아까운 나이로 죽음을 택하고 말았던 것이다. 남한강변의 여주 신륵사에서…….

허공을 찢어서(自讚四)

허공을 찢어서 뼈다귀 꺼내 들고
번갯불 저 빛 속에 주거지를 마련하네
누군가가 내 가풍을 묻는다면
이 밖에 또다시 특별한 것은 전혀 없네.

打破虛空出骨 閃電光中作窟
有人問我家風 此外更無別物

[주] ◆자찬(自讚) : 스스로 찬탄함. 여기서는 '자기 자신의 경지를 내어 보임'의 뜻으로 쓰이고 있다. ◆타파(打破) : 때려 부수다. ◆작굴(作窟) : 굴을 만들다, 즉 주거지를 삼다. ◆가풍(家風) : 자기 자신이나 또는 어떤 수행자 집단(禪門)만이 가지고 있는 특성이나 개성.

형식 : 고체시(古體詩)
출전 : 나옹화상가송(懶翁和尙歌頌)

[감상] 허공에는 아무것도 없다. 그런데 그런 허공을 찢고서 거기에서 뼈다귀를 꺼내 온다면 이것은 비범하기 이를 데 없는 수완이다. 그리고 번갯불이 번쩍하는 바로 그 속에 주거지를 마련한다는 것 역시 일반의 상식을 훨씬 초월하고 있다. 소위 '번갯불에 콩 구워 먹는다'는 이야기가 여기 상통하고 있다. 한마디로

말해서 '허공을 찢고 뼈다귀를 꺼내 온다'든가 '번갯불 속에 주거지를 마련한다'는 것은 고도의 직관력이 응축된 깨달음의 상태를 상징적으로 말하고 있는 것이다.

구슬의 노래(翫珠歌)

신령스러운 이 구슬 지극히 영롱하여
은하계를 둘러싸고 안팎이 텅 비었네
사람마다 그 몸 속에 당당히 있어
그 작용은 써도 써도 끝이 없나니
'마니주' 또는 '신령스런 구슬' 등
그 이름은 많지만 본체는 같네
티끌마다 사물마다 밝고밝아서
가을물에 둥근 달이 비치는 것 같음이여
배고파하는 것도 목말라하는 것도 바로 저것이나
목마름과 배고픔을 아는 그것 대단치 않네
아침에는 죽 먹고 점심에는 밥 먹으며
피곤하면 잠자는 것, 단 한 치의 오차도 없네
틀린 것도 저것이요 옳은 것도 저것이니
굳이 '나무아미타불' 염불할 필요가 없네
집착이 강하면서 집착이 없음이여
이 세상을 종횡무진 누비고 있네
이 마음구슬은 잡기 어렵고
분명하고 영롱하나 얻기 어렵네
형상이 없으면서 형상으로 나타나고

가고 오는 자취 없어 추측할 방법 없네
쫓아가도 따라잡을 수 없으나 문득 스스로 와서
눈 깜짝할 사이에 지구를 몇 바퀴나 도네
펼치면 저 허공도 싸 버리고
접으면 먼지보다 더 작아 쪼갤 수 없네
굳고 강한 이 부사의여
깨달은 이, 이를 일러 '자심왕(自心王)'이라 했느니
써도 써도 그 씀씀이는 다함 없는데
사람들은 꿈에 취하여 이걸 잊어버렸네
이 구슬 가는 곳, 뉘 감히 맞서겠는가
부처도 마구니(악마)도 여기 머물지 못하네
이 누리는 온통 이것으로 가득 찼으니
이 생명의 강물이 세차게 흘러가네
눈으로 볼 수 없고 귀로 들을 수 없음이여
보지 못하고 듣지 못하는 이것이 진짜 '보고 들음'이네
그 가운데 한 개의 밝고밝은 구슬 있어
숨을 내쉴 때나 들이마실 때나 언제나 새롭네
혹은 '마음' 또는 '본성'이라 일컬으나
'심성(心性)'은 원래 이것의 그림자일 뿐,
그대 만일 여기에서 의심 없다면
자신의 신령스러운 빛 언제나 빛나게 되리
'도(道)'라거니 '선(禪)'이라거니 명칭을 붙이지만

'선도(禪道)'란 이 어거지로 가져다 붙인 명칭일 뿐,
비구니는 원래 여자인 줄 분명히 알면
걷는 수고 하지 않고도 저 곳에 도달하리
부처도 없고 마구니도 없음이여
부처와 마구니는 '눈 속의 꽃(환영)'이네
언제나 쓰면서도 아무 일 없음이여
'신령스런 구슬'이라 일컫는 이 또한 잘못이네
죽음도 없고 태어남도 없음이여
언제나 비로자나의 정상을 밟고 가네
거두거나 놓아 버리거나 그 적당한 때를 따름에
그 작용은 자유롭고 골격은 청정하네
머리도 없고 꼬리도 없음이여
서거나 앉거나 나를 떠나지 않네
아무리 쫓아도 가지 않고
있는 곳을 찾아봐도 도무지 알 수가 없네
아 하하, 이 무슨 물건인가
1, 2, 3, 4, 5, 6, 7,
아무리 세어 보고 뒤집어 봐도 그 끝이 없네
마하반야바라밀(지혜의 절정)이여.

這靈珠極玲瓏 體徧河沙內外空
人人俗裏堂堂有 弄去弄來弄莫窮
或摩尼或靈珠 名相雖多體不殊

刹刹塵塵明了了 還如朗月滿江秋
飢也他渴也他 知渴知饑不較多
晨朝喫粥齊時飯 困則打眠也不差
差也他正也他 不勞開口念彌陀
若能着着無能着 在世縱橫卽薩埵
此心珠難把捉 宛轉玲瓏難可測
無相無形現相形 往返無蹤非可測
追不及忽自來 暫到西天瞬目廻
放則虛空爲袍內 收則微塵難析開
不思議體堅剛 牟尼喚作自心王
運用無窮又無盡 時人妄作本自忘
正令行 孰當頭 斬盡佛魔不小留
從玆徧界無餘物 血滿江河急急流
眼不見耳不聞 不見不聞眞見聞
箇中一箇明珠在 吐去呑來新又新
或名心或名性 心性元來是緣影
若人於此卽無疑 自己靈光常冏冏
或爲道或爲禪 禪道由來是强宣
實知師姑女人做 不勞擡步到那邊
也無佛也無魔 魔佛無根眼裏花
常常日用了無事 喚作靈珠也被訶
也無死也無生 常踏毘盧頂上行
收來放去隨時節 倒用橫拈骨格淸
也無頭也無尾 起坐明明常不離
盡力趕他他不去 要尋知處不能知

阿呵呵是何物 一二三四五六七
數去飜來無有窮 摩訶般若波羅蜜

㈜ ◆살타(薩埵) : 보살, 구도자. ◆모니(牟尼) : 성자, 석가모니. ◆정령(正令) : 올바른 법령. ◆경경(冏冏) : 빛나다. ◆사고(師姑) : 비구니, 여승. ◆안리화(眼裏花) : 눈 속에 보이는 꽃, 즉 '실재하지 않는 환영'. ◆비로(毘盧) : 법신 비로자나불. 진리 그 자체를 인격화시킨 이름. ◆간(趕) : 쫓아 버리다.

형식 : 가체(歌體)
출전 : 나옹화상가송(懶翁和尙歌頌)

감상 마음의 부사의한 작용을 종횡무진 읊어내고 있다. 시어와 시상의 거침없음이 마치 저 박연폭포와도 같다.
나옹(懶翁), 그는 우리나라 선승 가운데 선(禪)의 직관력이 제일 날카로웠던 사람이다.
보라, 여기 이 시를 보라. 소나기처럼 쏟아지는 그의 예지를 보라.

발길 따라(山居八)

발길 따라 우연히 개울가에 이르렀네
차갑게 흐르는 물이 선을 이야기하네
물건을 만나고 인연을 만나면 참모습이 나타나거니
굳이 태어나기 전의 일을 논할 필요가 없네.

無端逐步到溪邊 流水冷冷自說禪
遇物遇緣眞體現 何論空劫未生前

주 ◆축보(逐步) : 발길 따라. ◆공겁미생전(空劫未生前) : 태어나기 전.

형식 : 칠언절구
출전 : 나옹화상가송(懶翁和尙歌頌)

감상 흐르는 저 물소리를 들으면 그것이 그대로 무진법문(無盡法門)이요, 저 푸른 산을 보면 그것이 그대로 비로자나 법신불의 진면목이거니……. 그대 이런 경지까지 왔다면 더 이상 필요치 않다. 선이고 종교고 나발이고 더 이상 필요치 않다.

토굴의 밖(寄幻菴長老山居)

토굴 밖 깊은 숲은 잠들고
누더기 중 가슴에는 번뇌망상 비었네
개울가 흐르는 물 곁에 앉아
고기떼들 노는 것 하염없이 보고 있네.

一菴外面千林靜 百衲懷中萬慮空
有意到溪臨水坐 翫魚遊戲碧波中

㈜ ◆백납(百衲) : 다 해어진 누더기 옷 또는 그런 옷을 입은 선승. ◆완(翫) : 감상하다.

형식 : 칠언절구
출전 : 나옹화상가송(懶翁和尙歌頌)

감상 득도한 선승의 삶 가운데 어느 한 순간을 쪽집게로 집어내듯 그려내고 있다. ……우리에게도 이런 수행자가 있었다. 자부심을 가져라, 한국인들이여.

가을 깊어(遊山)

가을 깊어 지팡이 짚고 산에 오르니
바윗가에 단풍은 불타는 듯하여라
'조사서래'의 분명한 저 뜻
일마다 물건마다 앞을 다퉈 밝혀 주네.

秋深投杖到山中 巖畔山楓已滿紅
祖道西來端的意 頭頭物物自先通

주 ◆암반(巖畔) : 바위.

형식 : 칠언절구
출전 : 나옹화상가송(懶翁和尙歌頌)

감상 역시 득도한 눈으로 본 가을산의 풍광이다.
불붙는 단풍잎을 보고 그 속에서 선(禪)의 참뜻을 깨달았다면 길은 이에서 끝나게 된다.

발길 따라 (月夜遊積善池)

발길 따라 예 와서 야밤에 노니나니
이 가운데 참맛을 그 누가 알리
경계는 비고 마음은 고요하여 온몸이 상쾌한데
바람은 못에 가득하고 달빛 개울 되어 흘러가네.

信步來遊半夜時 箇中眞味孰能知
境空心寂通身爽 風滿池塘月滿溪

주 ◆신보(信步) : 발길 가는 대로. 여기서의 '信'은 '맡기다'의 뜻.

형식 : 칠언절구
출전 : 나옹화상가송(懶翁和尙歌頌)

감상 아, 아, 제4구여, 너무 멋져서 현기증이 날 것만 같구나. TV여, 컴퓨터여, 그대들이 어찌 이 맛을 알리.

가을(季秋偶作)

가을바람 한 떼가 뜰안을 쓸어가고
만리에 구름 없이 푸른 하늘 드러났네
상쾌한 기운 무르녹아 사람들 기뻐하고
눈빛은 맑아져 기러기 연달아 지나가네
밝은 저 보배의 달 가늠하기 어렵고
굽이치는 산맥은 끝없이 뻗어갔네
모든 것은 본래부터 제자리에 있는데
처마 가득 가을빛, 반은 붉고 반 푸르네.

金風一陣掃庭中 萬里無雲露碧空
爽氣微濃人自快 眸光漸淡鴈連通
明明寶月分難盡 歷歷珍山數莫窮
法法本來安本位 滿軒秋色半青紅

㈜ ◆금풍(金風) : 가을바람. ◆미농(微濃) : 은밀하게 깊어지다.

형식 : 칠언율시
출전 : 나옹화상가송(懶翁和尙歌頌)

감상 가을의 정취가 이 한 편의 시에서 다하고 있다. 특히 제7·8구는 나옹의 예지가 아니면 잡아올 수 없는 그런 구절이다.

첫눈(新雪)

고목에 꽃 피는 세월 밖의 봄이여
이 산하는 한 조각 흰 눈덩이네
신광(神光)이 오래 서서 안심처를 구했지만
어찌 오늘 아침 뼈에 닿는 추위만 하랴.

枯木花開劫外春 山河一片白銀團
神光久立安心處 豈似今朝徹骨寒

주 ◆신광(神光) : 제2조 혜가대사.

형식 : 칠언절구
출전 : 나옹화상가송(懶翁和尙歌頌)

감상 흰 눈을 근거로 신광(神光)의 이미지를 떠올리고 있다. 신광은 달마대사에게 한쪽 팔을 잘라 바치고 득도한 사람이다. 그러나 신광에게는 아직도 '구도(求道)'라는 이 열망이 남아 있기에 완전한 깨달음에는 이를 수 없었다.
보라. 신광의 경지마저 뛰어넘어 흰 눈, 그 자체가 된 나옹의 경지를.

모기(蚊子)

제 힘이 원래 약한 줄도 모르고
남의 피를 많이 빨아 날지 못하네
남의 물건 너무 탐하지 말라
이 다음에 반드시 되돌려 줄 날 있으리니.

不如氣力元來少 喫血多多不自飛
勸汝莫貪他重物 他年必有却還時

주 ◆끽혈(喫血) : 피를 빨다.

형식 : 칠언절구
출전 : 나옹화상가송(懶翁和尙歌頌)

감상 남의 피만을 빨아먹는 저 모기에 비유해 인과의 도리를 설파하고 있다.

작약꽃(芍藥)

영롱한 그 자태 어느 것에 견주리
붉고 흰 꽃빛이 창에 가득 비치네
반쯤 피어 입을 열고 웃는 모습은
이 하늘과 이 땅에 짝할 것 없네.

玲瓏正體誰能比 紅白花光映滿窓
半合半開開口笑 普天匝地更無雙

주 ◆보천잡지(普天匝地) : 天地. 하늘과 땅.

형식 : 칠언절구
출전 : 나옹화상가송(懶翁和尙歌頌)

감상 작약꽃을 보고 읊은 시다. 제3구가 절창이다.

산의 샘물(谷泉)

만학천봉 소나무 사이에
영(靈)의 근원은 맑고 그윽하네
깊고깊은 골짜기에서 언제나 흘러 나오나니
마시는 자, 온몸이 뼛속까지 차갑네.

萬壑千岩松檜間 靈源皎潔體安閑
深深洞裏常流出 飮者通身徹骨寒

주 ◆통신(通身) : 全身.

형식 : 칠언절구
출전 : 나옹화상가송(懶翁和尙歌頌)

감상 곡천(谷泉)은 '골짜기의 샘물'이기보다는 '골짜기에 흐르는 개울물'일 것이다. 개울물이 하도 맑고 깨끗하여 '천(川)'자 대신 '천(泉)'자를 쓴 것일 게다.

회암에게 (會菴)

문득 뜻 맞는 이 만나 활짝 웃나니
여섯 창문 지금부터 기쁨 더하리
이제부턴 남의 우러름을 바라지 않나니
네 벽의 맑은 바람은 물건 밖의 보배네.

忽遇知音開口笑 六窓從此喜長新
如今不欲他人望 四壁淸風物外珍

주 ◆회암(會菴) : 사람 이름인 듯. ◆육창(六窓) : 여섯 감각기관(六根). 시각(眼)·청각(耳)·후각(鼻)·미각(舌)·촉각(身)·사유작용(意).

형식 : 칠언절구
출전 : 나옹화상가송(懶翁和尙歌頌)

감상 회암(會菴)이라는 어느 선승에게 주는 시다. 선(禪)의 분위기가 물씬 풍기는 작품이다.

일엽편주(孤舟)

온갖 무리 속에 홀로 나와서
순풍에 돛을 달고 달 밝은 밤에 돌아오네
갈대 깊은 곳 안개 속에 머무나니
부처와 조사 당당해도 나를 찾지 못하리.

永絶群機獨出來 順風駕起月明歸
蘆花深處和煙泊 佛祖堂堂覓不知

주 ◆군기(群機) : 무리. ◆가기(駕起) : 배를 띄우다. 배를 타고 가다.

형식 : 칠언절구
출전 : 나옹화상가송(懶翁和尙歌頌)

감상 달마대사는 한 잎 조각배(一葉片舟)를 타고 남인도에서 중국으로 건너왔다고 한다. 이 전설적인 인물은 선(禪)의 시발점이 되는데 여기 이 시에서의 고주(孤舟)는 바로 달마가 타고 온 일엽편주다. 그러므로 이 시는 달마대사를 찬탄하는 시다.

허공을 싸안고(大圓)

허공을 싸안고 형체를 초월했으나
만상을 포용하여 본체는 언제나 청정하네
눈앞의 참경계를 누가 능히 헤아리리
구름 걷힌 하늘에 가을달만 밝네.

包塞虛空絶影形 能含萬像體常淸
目前眞景誰能量 雲卷靑天秋月明

주 ◆목전진경(目前眞景) : 눈앞의 참경치. ◆양(量) : 헤아리다.

형식 : 칠언절구
출전 : 나옹화상가송(懶翁和尙歌頌)

감상 대원(大圓)이라는 이름을 가진 어느 선승에게 주는 시인 듯. '대(大)'자와 '원(圓)'자를 근거로 시상이 전개되고 있다.

절벽(絶岸)

시선이 가 닿는 하늘 끝은 검푸른데
그 가운데 어찌 중간이 있겠는가
끝없이 평평한 곳에서 한번 박차고 일어나면
그 작용은 언제나 공겁 이전이네.

極目天涯靑暗暗 箇中那肯有中邊
平無盡處飜身轉 運用常行空劫前

주 ◆암암(暗暗) : 검다. 어둡다. ◆개중(箇中) : 그 가운데. ◆공겁전(空劫前) : 천지창조 이전.

형식 : 칠언절구
출전 : 나옹화상가송(懶翁和尙歌頌)

감상 절안(絶岸)도 역시 사람 이름이 아닌지? 그 어디에도 머물지 않는 수행자의 자세를 읊고 있다.

서운(瑞雲)

한 줄기 상서로운 이 빛을 보았는가
허공을 싸안으며 말렸다 펴졌다 하네
여기에서 한번 박차고 일어나 이 빛 밟으면
바람을 일으키고 비를 몰면서 집으로 돌아가리.

祥光一道見也麽 包盡虛空卷舒多
於此飜身親踏着 逐風拖雨便還家

주 ◆답착(踏着) : 밟다. '着'은 조사. ◆타(拖) : 끌다. 끌어당기다.

형식 : 칠언절구
출전 : 나옹화상가송(懶翁和尙歌頌)

감상 역시 서운(瑞雲)도 어느 선승의 이름인 듯. '서(瑞)'자와 '우(雲)'자를 근거로 시상은 흐르고 있다.

고원에게(古源)

자취가 나타나기 이전의 한 움직임이여
맑고 고요하기 그지없네
앞도 없고 뒤도 없고 그 가도 없음이여
그 중간을 알지 못한 채 몇 해를 지났는가.

朕迹未形前一脈 澄澄湛湛體安然
無前無後無邊表 不識其中是幾年

[주] ◆고원(古源) : 여기서는 사람 이름인 듯. ◆짐(朕) : 어떤 일의 조짐, 전조.

형식 : 칠언절구
출전 : 나옹화상가송(懶翁和尙歌頌)

[감상] 옛 '고(古)'자와 근원 '원(源)'자에서 시상은 비롯되어 선(禪)의 깊은 경지를 읊고 있다.

개울(玄溪)

묘한 이치와 참을 말하는 것은 이 모두 거짓인데
그 가운데 한 흐름이 창밖에 희미하네
침침하고 적적한데 누가 능히 엿보리
한 줄기 그 소리, 달빛에 섞여 흘러오네.

說妙談眞俱是妄 箇中一脈隔軒微
沈沈寂寂誰能見 一道聲和明月來

주 ◆미(微) : 은밀하다. 희미하다. 숨겨 있다. ◆일도(一道) : 한 줄, 한 가닥.

형식 : 칠언절구
출전 : 나옹화상가송(懶翁和尙歌頌)

감상 현계(玄溪) 역시 사람 이름인 듯.
그러나 시의 내용은 선(禪)의 핵심을 관통하고 있다. 과연 예지의 제일인자 나옹선사답다.

동서남북(無餘)

동서남북이 탁 트였거니
시방세계가 또 어디 남아 있는가
허공은 손뼉치며 라라리 노래하고
돌계집은 그 소리 따라 한바탕 춤을 추네.

南北東西虛豁豁 十方世界更何遺
虛空拍手囉囉哩 石女和聲舞不休

주 ◆라라리(囉囉哩) : 노래곡조.

형식 : 칠언절구
출전 : 나옹화상가송(懶翁和尙歌頌)

감상 제3구와 제4구를 보라. 깨달은 경지를 단적으로 드러낸 구절이다.
'허공이 어찌 손뼉을 칠 수 있으며
돌계집이 어찌 춤을 출 수 있으리.'
그러나 이는 제5차원의 세계거니 그대의 컴퓨터가 어찌 이를 알겠는가.

곡난초(谷蘭)

만학천봉 깊은 골 저 바위 틈에
이상한 풀이 향기를 내뿜고 있네
첩첩이 겹친 산봉우리 속,
꽃이 피어 이 누리에 두루 퍼지네.

萬壑幽深岩石中 馨香異草繞溪松
重重疊疊千峯裏 忽地花開遍界通

주 ◆형향(馨香) : 향기 좋은 냄새. ◆홀지(忽地) : 忽然. 갑자기.

형식 : 칠언절구
출전 : 나옹화상가송(懶翁和尙歌頌)

감상 라마 크리슈나의 제자인 비베카 난다는 이렇게 말했다. "깨달음을 성취한 수행자가 아무도 없는 산속의 동굴에서 그대로 죽는다고 하자. 그러나 그가 성취한 그 깨달음의 빛은 그 동굴을 박차고 온 세상으로 퍼져 나갈 것이다."

은은하고 침침하여(藏山)

은은하고 침침하여 허공에 가득한데
험준한 멧부리들은 저 멀리 아득하네
형체와 그림자가 없는 곳에서 그것을 아나니
모든 산들이 그 발밑에 서 있네.

隱隱沈沈滿大空 峰巒嶮峻迥濛濛
無形影處知形影 五岳須彌立下風

주 ◆침침(沈沈) : 깊은 모양, 초목이 무성한 모양. ◆몽몽(濛濛) : 어두운 모양. ◆오악(五岳) : 다섯 개의 큰 산. ◆수미(須彌) : 수미산. 이 세계의 중앙에 있다는 산. 일설에 의하면 히말라야의 '카일라스 산'이라 함.

형식 : 칠언절구
출전 : 나옹화상가송(懶翁和尙歌頌)

감상 나옹의 시는 어느 작품을 봐도 예사롭지 않다. 심오한 직관과 시정이 잘 조화를 이루고 있다. 여기 이 작품도 예외는 아니다.

옛 거울(古鏡)

머나먼 예부터 지금까지 본체는 견고하여
그 차가운 빛 멀리 천지 이전을 비추네
길지도 않고 짧지도 않고 앞뒤도 없으면서
쳐부수고 돌아오매 오묘하고 오묘하네.

劫劫來來體自堅 寒光遠照地天先
非長非短無前後 打破歸來玄又玄

주 ◆지천선(地天先) : 땅과 하늘보다 먼저.

형식 : 칠언절구
출전 : 나옹화상가송(懶翁和尙歌頌)

감상 여기 '옛 거울(古鏡)'이란 우리 자신의 본마음(自性心)을 말하는 것이다.

빈 집(虛菴)

네 벽엔 원래 한 물건도 없거니
어느 곳에 문을 낼지 알 수 없네
이 가운데 작은 집은 텅 비어 있어
명월과 청풍이 흰구름을 쓸어가네.

四面元來無一物 不知何處擬安門
這間小屋空空寂 月明淸風掃白雲

주 ◆의(擬) : 곰곰이 생각하다. ◆안문(安門) : 門을 내다.

형식 : 칠언절구
출전 : 나옹화상가송(懶翁和尙歌頌)

감상 허암(虛菴) 역시 어느 선승의 이름인 듯.
'허(虛)'자와 '암(菴)'자를 놓고 시상은 종횡무진으로 펴져 나가고 있다.

깊은 골(深谷)

깊고 먼 이곳에 누가 이르리
조각구름은 한가로이 골의 입구에 걸렸네
이 가운데 숨은 경치 아는 이 없어
명월과 청풍이 푸른 물과 놀고 있네.

極遠誰能到那邊 片雲橫掛洞門前
其中勝境無人識 明月淸風弄碧川

주 ◆통문(洞門) : 골짜기의 입구.

형식 : 칠언절구
출전 : 나옹화상가송(懶翁和尙歌頌)

감상 전인미답의 산중 풍경을 읊은 작품. 그러나 그 풍경을 빌려 번뇌의 구름 저 속에 숨어 있는 우리의 본마음(本性)을 노래하고 있다.

설악(雪嶽)

하룻밤 사이 옥가루 펄펄 내려
괴이한 바위는 은덩이 위에 높이 솟았네
매화와 명월을 어찌 이에 비기리
첩첩이 거듭거듭 차갑고 다시 차갑네.

玉屑霏霏一夜間 奇嵒高聳白銀團
梅花明月何能比 疊疊重重寒更寒

㈜ ◆옥설(玉屑) : 옥가루. 여기서는 '흰 눈'을 말함. ◆암(嵒) : 岩. ◆백은단(白銀團) : 하얀 은덩어리, 즉 흰 눈덩어리.

형식 : 칠언절구
출전 : 나옹화상가송(懶翁和尙歌頌)

감상 설악산의 겨울 풍경을 읊은 시. 나옹의 시로서는 그리 수작은 아니다.

동서남북(無邊)

동서남북의 네 경계가 없거니
어느 곳이 하늘과 땅인지 알 수 없네
경계가 끊어진 곳에서 한번 박차고 일어나면
천 물결 만 물결이 한 몸에 나타나네.

南北東西沒四垠 不知何處是乾坤
絶涯畔地翻身轉 萬浪千波現一身

[주] ◆은(垠) : 가장자리. ◆번신전(翻身轉) : 몸을 뒤집어 구르다.

형식 : 칠언절구
출전 : 나옹화상가송(懶翁和尙歌頌)

[감상] 역시 선(禪) 수행의 핵심을 찌른 시. 선 수행의 핵심은 '머물지 않는 것'이다. 선, 그 자체에마저도…….

종선자 보내며(送宗禪者參方)

지팡이 거꾸로 잡고 스승 찾아 도를 물으며
천하의 총림을 누비고 다녀라
마음속에는 깊이 무가보(귀중한 보배)를 숨기고
동서남북으로 인연 따라 가거라.

烏藤倒握參方去 天下叢林自作家
心裏深藏無價寶 東西南北任緣過

주 ◆오등(烏藤) : 검은 등나무 지팡이. ◆임연과(任緣過) : 인연에 맡겨 지나가라.

형식 : 칠언절구
출전 : 나옹화상가송(懶翁和尙歌頌)

감상 이름의 끝 글자가 '종(宗)'인 어느 선승이 공부 길을 떠날 때 준 시다.
제3구가 멋지다. '마음속에는 깊이 무가보를 숨기고…….'
귀먹은 듯 눈먼 듯 살아갈 수만 있다면 아, 아, 얼마나 행복하련만…….

명상인에게(送明上人歸山)

누더기 한 벌 더벅머리로 초암에 머무나니
허공과 대지를 한 몸에 품었네
온몸은 사무쳐 다른 생각 없거니
어찌 남을 흉내내어 이류 삼류에 떨어지리.

百衲蒙頭住草菴 虛空大地一身含
通身徹體無餘念 豈逐他家落二三

주 ◆통신(通身) : 全身.

형식 : 칠언절구
출전 : 나옹화상가송(懶翁和尙歌頌)

감상 이름의 끝 글자가 '명(明)'으로 끝나는 어느 중(上人)이 산으로 돌아갈 때 준 시다.
어설피 남의 흉내를 내지 말고 철저히 자기 색깔로 살아가라는 가르침이다. 수행에 매진하면서.

경선자에게 (瓊禪者求偈)

나도 모르는 사이에 관문을 쳐서 뚫어 버리면
이 산하와 이 대지가 거꾸로 달리네
물밑에서 불이 나 허공을 태우고
저 숲의 나무들이 사자의 울음을 우네.

不知不覺忽拶透 大地山河顚倒走
水底火發燒虛空 草木叢林師子吼

주 ◆찰투(拶透) : 쳐서 뚫어 버리다. ◆사자후(師子吼) : 獅子吼. 사자의 울음소리, 진리의 소리.

형식 : 칠언절구
출전 : 나옹화상가송(懶翁和尙歌頌)

감상 제3구와 제4구는 오도(悟道)의 그 순간을 단적으로 읊어내고 있는 구절들이다. 더 이상 설명을 하면 천기누설죄가 된다.

심선자에게 (心禪者求頌)

도를 배우는 것은 별것 아니요
당사자의 굳은 결심에 있나니
이 모든 집착을 놓아 버리면
물건마다 물건마다 내 친구 되네.

學道無多子 當人決定心
忽然都放下 物物是知音

[주] ◆무다자(無多子) : 많지 않다. 복잡하지 않다. ◆도방하(都放下) : 모두 놓아 버리다. 어디에도 집착하지 않다.

형식 : 오언절구
출전 : 나옹화상가송(懶翁和尙歌頌)

[감상] 방하착(放下着)! 움켜쥐고 있지 말라. 사랑도 미움마저도……. 하나가 돼라. 저 바다로 흘러가 하나가 돼라.

진선자에게 (珍禪者求頌)

문 나서면 걸음걸음 맑은 바람 넉넉한데
동서남북 어디에도 자취가 없네
지팡이 거꾸로 쥐고 정처 없이 다니지만
본래는 다만 이 한 털끝 속이네.

出門步步足淸風 南北東西沒箇蹤
倒握烏藤遊歷遍 元來只在一毫中

주 ◆도악(倒握) : 거꾸로 쥐다. ◆오등(烏藤) : 검은 등나무 지팡이.

형식 : 칠언절구
출전 : 나옹화상가송(懶翁和尙歌頌)

감상 아무리 가 봐도 처음 출발한 그 지점이요(行行發處),
목적지라고 가 보면 그 곳은 길 떠났던 바로 그 곳이네(至至本處).

— 의상(義湘)

온 우주에 (示李侍中嵒)

온 우주에 두루해 있는 이것이여
인연 따라 굽어졌다 펴졌다 하네
호흡 따라 들어오고 나가지만 흔적 없어
성인 따라 성인 되고 속인 따라 속인 되네.

體徧河沙淨妙身 應緣能屈又能伸
面門出入無蹤跡 隨聖隨凡作主人

주 ◆하사(河沙) : 恒河沙. 무수히 많은 숫자. ◆응연(應緣) : 隨緣. 인연을 따라서.

형식 : 칠언절구
출전 : 나옹화상가송(懶翁和尙歌頌)

감상 우리의 본성은 상황에 따라 거기 알맞게 굽이친다. 성자와 함께 있으면 성인이 되고 도둑과 함께 있으면 도둑이 된다.

연선자에게(示演禪者)

묘한 도는 당당하여 어느 곳에 있는가
밖을 향해 번거롭게 치닫지 말라
어느 날 아침 문득 두 눈을 뜨고 보면
물빛 산빛 이 모두가 본마음이네.

妙道堂堂何處在 莫從外去苦追尋
一朝兩眼能開豁 水色山光是本心

주 ◆일조(一朝) : 어느 날 아침. 하루아침.

형식 : 칠언절구
출전 : 나옹화상가송(懶翁和尙歌頌)

감상 '어느 날 아침 문득…….' 깨달음의 순간은 이렇게 온다. 그러나 물빛과 산빛이 모두 내 자신이 되기 위해서는 온갖 지랄발광을 거쳐야 한다. 그 폭풍우 속을 지나가야 한다.

대지는 봄기운에 (示杏村李侍中)

대지는 봄기운에 무르녹아 가고
살구꽃 피는 마을 그윽하여라
제비는 처마끝으로 날아들고
북으로 가는 기러기 소리, 허공을 지나가네
비젖는 복사꽃 묘한 이치 보이고
바람맞는 배꽃은 깊은 뜻 드날리네
티끌마다 물건마다 '서래의 뜻' 노래하나니
어느 곳에 가 수고롭게 옛 조사를 찾는가.

大地春廻刹刹融 杏花村裏景無窮
南來燕語通閑室 北往鴻聲透靜空
雨洗桃紅宣妙理 風吹梨白振玄宗
塵塵齊唱西來意 何處勞勞覓祖翁

주 ◆서래의(西來意) : 禪의 妙意. ◆노로(勞勞) : 수고스럽게.

형식 : 칠언율시
출전 : 나옹화상가송(懶翁和尙歌頌)

감상 제5구와 제6구가 돋보인다. 작품 전체의 구성력이 뛰어나다.

안상서에게 (和高城安尙書韻)

중생과 부처가 다를 바 없거니
형상에 끌려 밖으로만 찾고 있네
파도 파도, 그림자 그림자는 '이것' 아님이 없거니
'있다' '없다'는 생각으로 찾지 말기를…….

生佛堂堂本不殊 每索外相共相需
波波影影無非是 或有或無切莫求

주 ◆수(需) : 요구하다. 바라다.

형식 : 칠언절구
출전 : 나옹화상가송(懶翁和尙歌頌)

감상 깨달은 이의 눈으로 보면 이 모두가 그 자신의 연장(延長)이다. 그러나 그렇지 못한 우리의 눈으로 보면 이 모두가 나를 구속하는 감옥이다.

그대 몸 속에 있는(警世外覓者)

그대 몸 속에 있는 이 여의주를 믿으라
세세생생 써도 써도 끝이 없나니
물건마다 물건마다 밝게 감응하고 있으나
찾아보면 원래 흔적조차 없네.

信得家中如意寶 生生世世用無窮
雖然物物明明現 覓則元來卽沒蹤

주 ◆가중(家中) : 여기서는 '身中', '몸 속'. ◆여의보(如意寶) : 如意寶珠. 마음.

형식 : 칠언절구
출전 : 나옹화상가송(懶翁和尙歌頌)

감상 믿으라. 어느 대상을 믿기에 앞서 너 자신을 믿으라. 너 자신 속에는 지옥과 천국이 지금 열렬한 정사(情事)를 벌이고 있다.

무학을 보내며(送無學)

배낭 속에 별유천지가 있음을 이미 믿었으니
발길 닿는 대로 다니며 삼현(三玄)을 쓰라
누가 참방(參方)의 뜻을 묻거든
빰이나 한 대 갈겨 주곤 다시 아무 말도 하지 말라.

已信囊中別有天 東西一任用三玄
有人問儞參方意 打倒面門更莫言

주 ◆낭(囊) : 바랑, 배낭. ◆별유천(別有天) : 別有天地. ◆삼현(三玄) : 臨濟가 제자를 가르치던 세 가지 교육방법, 즉 體中玄 · 句中玄 · 玄中玄. ◆참방의(參方意) : 스승을 찾아다니며 도를 묻는 뜻. ◆면문(面門) : 얼굴.

형식 : 칠언절구
출전 : 나옹화상가송(懶翁和尙歌頌)

감상 이성계의 스승(王師)이었던 무학대사(無學大師), 그는 바로 나옹의 수제자였다. 나옹은 지금 무학을 공부 길로 보내며 이 시를 주고 있다.
제1구와 제4구가 돋보인다. 특히 제4구에는 임제가풍의 특성이 유감없이 드러나 있다.

불탄일에 (佛誕日)

일곱 발자국 걸은 것도 당치 않은데
하늘 가리키고 땅을 가리킨 것 너무 잘못되었네
당시에 이런 실수를 저지르지 않았던들
운문의 매질은 면했을 텐데…….

七步周行猶不可 指天指地轉誵訛
當時莫作這般過 免得雲門痛棒訶

주 ◆효와(誵訛) : 잘못되다. 틀리다. ◆자반과(這般過) : 이런 식의 잘못. ◆운문(雲門) : 중국의 禪僧.

형식 : 칠언절구
출전 : 나옹화상가송(懶翁和尙歌頌)

감상 부처는 태어나자마자 일곱 발자국을 걸으며 "이 천지간에 자기 자신이 최고"라고 외쳤다. 여기에 대하여 선사 운문(雲門)은 말했다. "몽둥이로 때려 개에게 주겠다."
나옹 역시 운문을 예로 들어 부처의 이 자기과시를 호되게 비판하고 있다. 그러나 이는 '반어적인 칭찬'이라는 것을 알아야 한다.

자찬(自讚)

하나(其一)

아아 이 시골중이여
하나도 취할 게 없구나
자세히 살펴보니
수행이라곤 털끝만큼 없구나
얼굴은 자비로운 듯하나
마음은 가장 악하구나
부처와 그 가르침을 비난했나니
그 죄는 하늘에 넘치네
그대에게 보시하는 자 복받지 못할 것이며
그대에게 공양하는 자 삼악도에 떨어지리.

咄這村僧 一無可取 細細看來
行無毛分 面似慈悲 心中最毒
謗佛謗法 過犯漫天 其施汝者
不名福田 供養汝者 墮三惡道

둘(基二)

공손히 절하는 모습은 제법 사람 같으나
가슴 속에는 단 한 점의 진실도 없네
부처를 비난하고 수행자들을 헐뜯었나니
지금은 내 정체를 전부 드러낼 수 없네.

當胸措手像如人 肚裏元無一點眞
罵佛謗僧心最毒 至今不得露全身

다섯(基五)

지공을 만나
내 주장을 잃었나니
아아 이 눈먼 놈
그물 속으로 다시 들어가네.

參見指空 喪亡自宗
咄這瞎漢 反入羅籠

주 ◆돌(咄) : 쯧쯧. ◆모분(毛分) : 털끝만큼의 분량. ◆할한(瞎漢) : 눈먼 놈. ◆나롱(羅籠) : 비단그물, 즉 '속박의 굴레'.

형식 : 고체시(古體詩)
출전 : 나옹화상가송(懶翁和尙歌頌)

감상 나옹은 지금 이 자화자찬을 통하여 자기 자신을 날카롭게 꾸짖고 있다.
그 어떤 권위의식에도 사로잡히지 않았던 사람, 그가 바로 나옹이다.
내 심장의 한복판이다.

지공화상 탄신일에(指空和尙誕生之晨)

얼굴을 마주 대하여 친히 뵈오니
기세는 험준하여 모골이 서늘하네
스승의 모습을 알고 싶거든
한 가닥 향연기 이는 곳 보라.

驀面相逢親見徹 機鋒險峻毛骨寒
諸人欲識西天面 一片香煙起處看

주 ◆지공(指空) : 印度僧, 나옹의 스승. ◆맥면(驀面) : 서로 얼굴을 맞대다. ◆서천면(西天面) : 指空의 本來面目(참모습).

형식 : 칠언절구
출전 : 나옹화상가송(懶翁和尙歌頌)

감상 지공(指空), 그는 멀리 인도에서 온 선승이었고 나옹의 스승이었다. 나옹의 선지(禪智)는 이 지공을 만나 폭발했던 것이다. 여기 지공의 탄신일에 읊은 나옹의 시가 있다. 제3구와 제4구가 멋지다. 특히 제4구는 청천벽력과 같은 구절이다.

입적일(入寂之日)

나실 땐 한 줄기 맑은 바람 일더니
가시매 저 연못에 달그림자 잠겼네
나고죽고 가고옴에 걸림이 없어
중생에게 보인 그 몸 속에 참마음 있네
참마음은 길이 없어지지 않거니
이때를 놓치면 또 어디서 찾으리.

生時一陣淸風起 滅去澄潭月影沈
生滅去來無罣碍 示衆生體有眞心
有眞心休埋沒 此時蹉過更何尋

주 ◆일진(一陣) : 한바탕. ◆휴매몰(休埋沒) : 매몰되지 않다. 없어지지 않다.
◆차과(蹉過) : 시기를 놓치다.

형식 : 고체시(古體詩)
출전 : 나옹화상가송(懶翁和尙歌頌)

감상 스승 지공(指空)의 입적일에 읊은 시다. 시상은 담담하지만 그러나 구절구절마다 절제된 슬픔이 있다. 스승을 향한 제자의 간절함이 있다.

임종게(臨終偈)

칠십팔년 고향으로 돌아가나니
이 산하대지 온 우주가 다 고향이네
삼라만상 모든 것은 내가 만들었으며
이 모든 것은 본시 내 고향이네.

七十八年歸故鄕 天地山河盡十方
刹刹塵塵皆我造 頭頭物物本眞鄕

주 ◆찰찰진진(刹刹塵塵) : 온 우주, 또는 온 우주 속에 있는 티끌같이 많고 다양한 생명체들. ◆두두물물(頭頭物物) : 모든 사물, 각기 다른 모든 사물체.

형식 : 칠언절구
출전 : 나옹화상가송(懶翁和尙歌頌)

감상 나옹은 57세에 여주 신륵사에서 열반에 들었다. 그러므로 여기에서의 78세란 무엇을 뜻하는지 잘 알 수가 없다. 혹시 그의 스승인 지공(指空, 1289~1363)의 임종게인가 검토해 봤지만 지공의 임종게도 아니다. 지공은 1289년 인도에서 태어나 중국을 거쳐 한국(고려)에 와서 1363년(공민왕 12) 75세로 열반에 들었다. 아마도 후대의 편집과정에서 잘못 삽입된 누군가의 임종게가 아닌지…….

대혼자 무기(大昏子 無己, ?-?) … 1편

무주암(無住庵)

이 경계는 본시 머물 수 없나니
그 누가 이곳에 머물 집을 지었는가
오직 '자기'를 버린 이만이
가고 머무는 이 두 곳에 걸리지 않네.

此境本無住 何人起此堂
唯餘無己者 去住兩無妨

형식 : 오언절구
출전 : 동국승니록(東國僧尼錄)

감상 선지(禪智)가 돋보이는 작품이다. 지리산에 은거하면서 옷 한 벌로 30년을 살았던 그는 가는 곳마다 한산습득풍의 선시를 남겼다. 그러나 애석하게도 전해 오는 작품은 이 한 편뿐이다.

제 3 부

조선시대 (1393~1896)

함허득통(涵虛得通, 1376－1433) … 25편

바람 잔 곳(臨終偈)

바람 잔 곳 본래 사무치고 비어서
신령스런 불길이 온 누리를 비추고 있네
몸과 마음이여, 다신 생사를 받지 않을 거니
가고 오고 오고 감에 걸림이 없네.

湛然空寂本無一物 靈光爀爀洞徹十方
更無身心受彼生死 去來往復也無罣碍

주 ◆담연(湛然) : 물이 괴듯 고요한 모양. ◆혁혁(爀爀) : 불꽃 따위가 눈부시게 타거나 비치고 있는 모양. ◆가애(罣碍) : (물건 같은 것이) 걸리다. 進路를 방해하다.

형식 : 사구게(四句偈)
출전 : 함허당득통화상어록(涵虛堂得通和尙語錄)

감상 본래 우리의 마음, 그 자리는 사무치고 비어서 하나의 형체나 흔적도 없다. 오직 비고비고 비고빈 거울뿐이다. 제2구는 함허가 도달한 이 마음거울의 경지다. 오직 거울, 그 텅 빈 자리에서 불꽃도 아닌 불길(그러니까 신령스럽지)이 활활 타올라 온 누리를 비추고 있다. 함허의 마지막은 이렇게 영롱한 사무침이었다.

임진강에서(臨津船上吟)

금산황야 푸른 강 가을
만경창파에 한 잎 배로다
물에 비친 풍광은 거울 속이듯
외로운 배그림자 물 속에 누각 짓네.

錦山黃野碧江秋 萬頃波頭一葉舟
無限奇觀同鏡裏 孤帆影接水中樓

주 ◆금산(錦山) : 전라북도 錦山인 듯. ◆황야(黃野) : 벼가 익어 있는 들. 黃은 형용사.(天玄而地黃－易經) ◆만경파두(萬頃波頭) : 끝없는 파도. 頭는 접미사. 話頭, 石頭 등의 용법과 같다. ◆접(接) : 배의 그림자가 물에 닿는 모양.

형식 : 칠언절구, 평성우운(平聲尤韻)
출전 : 함허당득통화상어록(涵虛堂得通和尙語錄)

감상 전혀 군살이 없는 시다. 시로서도 완벽하고 선(禪)의 경지로서도 모자란 데가 전혀 없다.
역시 우리의 함허대사다.

비 오는 날(雨中)

무성한 구름잎들이 산집을 지나가네
나뭇가지 절로 울고 새들은 분주하네
눈 뜨자 컴컴한 속에 빗발이 지나가나니
향 사르고 단정히 앉아 저 푸름을 바라보네.

英英玉葉過山堂 樹自鳴條鳥自忙
開眼濛濛橫雨脚 焚香端坐望蒼蒼.

주 ◆영영(英英) : 구름이 피어 오르는 모양. 여기서는 나뭇잎처럼 무성한 구름이라는 뜻.(五金之英－吳越春秋) ◆옥엽(玉葉) : 구름의 美稱. ◆과(過) : 건너가다. 지나가다. ◆망(忙) : 바쁘다.(自笑平生爲口忙－蘇軾) ◆몽몽(濛濛) : 비·구름·안개 등으로 날씨가 침침하다. 시야가 흐려 분명하지 않다.(新月隔溪煙霧濛－方岳) ◆횡(橫) : 가로질러 가다. 過보다 語感이 강하다.(橫江東來－蘇軾) ◆우각(雨脚) : 雨足. 빗발.

형식 : 칠언절구, 평성양운(平聲陽韻)
출전 : 함허당득통화상어록(涵虛堂得通和尙語錄)

감상 순간적으로 잡히는 번뜩임이 있다. 특히 제2구는 평범하면서도 보통 솜씨로는 집어올 수 없는 경지이다. 비바람이 나뭇가지에 부딪혀 휘파람 소리를 내고 있는 그 모습을 그려서 '나뭇가지가 저절로 울다'라고 표현하고 있다. 얼마나 재미있는 표현인가. 제3구에 오면 '개안(開眼)'이란 말이 나온다. 이는 비바람과 작자 자신이 한 덩어리가 되었다가 비로소 작자가 자기 자신에게로 되돌아오는 그 심리상태를 말한다. '몽몽(濛濛)'은 주객의 교차를 이름이다. 마지막 구에 오면 '분향(焚香)'과 '단좌(端坐)'와 '창창(蒼蒼)'으로 끝없는 여운을 남기고 있다.

수정암다리 위에서(次俗離洞水晶橋板上韻)

삼청동을 아홉 겹 띠 둘렀더니
한 가닥 개울굽이 여덟 곳 다리라
다리 아래 물은 맑아 붉은빛 푸른빛 서로 다투고
온 산엔 물든 잎들 소나무 가지에 기대었네.

三淸洞府九重遙 一帶溪流八處橋
橋下水明紅鬪碧 四山楓葉倚松梢

주 ◆삼청동(三淸洞) : ① 道家의 三神, 玉淸元始天尊 · 上淸靈寶道君 · 太淸太上老君. ② 仙人이 사는 곳, 玉淸 · 上淸 · 太淸.(崔國輔－九月侍宴應制詩) ◆구중(九重) : 여러 겹으로 둘러싸이다. 九重宮闕. ◆일대(一帶) : 어느 지점을 정해 놓고 그 주위 전체를 말함. ◆사산(四山) : 온 산. ◆송초(松梢) : 소나무 가지.

형식 : 칠언절구, 평성소운(平聲蕭韻)
출전 : 함허당득통화상어록(涵虛堂得通和尙語錄)

감상 함허의 시는 그 맑기가 지나친 듯함을 느끼게 한다. 어느 시라도 그의 것에서 느끼는 맑음은 한결같지만 특히 이 시의 경우 제3구는 맑음의 극치라 할 수 있다. '교하수명홍투벽(橋下水明紅鬪碧)'의 '투(鬪)'자는 지금까지 어느 선승에게서도 우리가 느껴

보지 못하던 정서다. 오죽이나 그의 심경이 맑았더라면 붉은 단풍잎과 푸른 솔가지가 싸우는 그런 세밀함까지 비쳤을까.

반야가(般若歌)

마음으로 찾으면 흔적도 없지만
마음을 비워 두면 언제나 역력하네
앉고 눕고 다니는 그 가운데
무심하게 가다 보면 분명히 알리

有心求處元無迹 不擬心時常歷歷
於中坐臥及經行 不須擬心要辨的

한가할 땐 한가로우며 바쁠 땐 바쁘면서
피곤하면 두 다리 뻗고 밥이 오면 먹네
일상을 떠나지 않고 언제나 여기 있나니
한 줄기 서릿발 같은 빛은 감출 곳이 없네

閑則閑閑忙則忙 困來伸脚飯來噇
不離日用常無事 一道寒光無處藏

신령스런 한 물건 눈앞에 있어
땅과도 같고 하늘과도 같나니
눈으로 보고 귀로 듣지만 소리와 형체가 없어

가고 옴에 언제나 고요하기만 하네

長靈一物在目前 亦能同地亦同天
眼見耳聞無聲色 展去廻來常寂然

한 몸은 온 누리에 두루해 있고
한 생각은 능히 영겁에 섞이네
성인과 범부는 모두 이 속에 있어
오랜 옛적부터 이것을 떠나지 않았네

一身圓含十方空 一念能令十世融
四聖六凡都在裏 塵沙劫海不離中

깊고도 미묘한 이 경전이여
이 세상 온갖 종교의 그 모든 경전들은,
저 거룩한 성인네들의 그 말씀들은,
모두 이곳으로부터 흘러 나왔네

甚深十二諸經律 道儒百家諸子述
世與出世諸法門 盡從這裏而演出

저 허공처럼 이 누리 모두 안았고

해와 달처럼 온 누리에 두루했네
성과 속(聖俗)을, 귀천을 더 이상 묻지 말라
그 모두 이 속에서 죽고 살고 하느니

如彼大虛無不括 亦如日月遍塵刹
莫問緇素與尊卑 總向彼中同死活

형체 없고 이름 없어 허공 같거니
그저 임시로 '바라밀'이라 일컬었네
마하반야바라밀이여
분명히 보고볼 때 단 한 물건도 없네

無相無名若大虛 我師權號波羅蜜
摩訶般若波羅蜜 了了見時無一物

이 산하대지는 환영과 같고
잘난 모습, 못난 모습 물에 비친 달(水月)이네
이 모든 사물들은 이 '공' 속으로 돌아가나니
이 '공'만은 영원히 멸하지 않네

山河大地等空華 殊相劣形同水月
法法無根總歸空 獨有此空終不滅

지금 어느 곳에서 저 '눈뜬 이'를 보겠는가
달 지자 구름은 피어 산의 옷 되네
척 보면 알 것이니 더 이상은 묻지 마라
듣고도 듣지 못하는 이 귀머거리여

今於何處見眞機 月落雲生山有衣
眼辨自肯人何限 耳聽如聾數難如

얻기도 쉽진 않지만 지키긴 더욱 어려우니
움직일 때나 조용할 때나 그 본질은 그대로 있네
저 허공은 오직 한 티끌을 허락하여
저 하늘에 얼음바퀴(달)가 만고에 차갑네

得之不易守尤難 動靜須教體常安
虛空誰着一毫許 自有氷輪萬古寒

눈병이 나서 시력에 장애가 오면
허공꽃(空花)이 어지러이 날리는 것을 보네
눈 속의 이 환영만을 제거하면
허공꽃 없는 저 푸름만 끝이 없으리

祇因眼翳碍虛明 妄見空花競崢嶸
但向眼中除幻翳 空本無花廓爾淸

나그네 꿈 깨고 잔나비 울음은 그쳤나니
눈에는 가득한 맑은 바람 명월이네
몇 사람이나 이걸 샀다가 다시 팔았는가
무한한 풍류는 이로부터 비롯되었네.

客夢破猿啼歇 滿目淸風與明月
幾人買了還自賣 無限風流從玆發

주 ◆도유(道儒) : 도교와 유교. ◆치소(緇素) : 승속. ◆권(權) : 방편. ◆쟁영(崢嶸) : 험준한 모양.

감상 함허득통(涵虛得通), 그는 무학의 제자였고 무학은 또 나옹의 제자였다. 그러므로 나옹은 함허득통의 할아버지뻘이 된다. 함허의 경지는 거침없는 나옹의 선지(禪智)에서 비롯되고 있다. 여기 이 장시(長詩)는 나옹의 선풍(禪風)을 잘 드러내고 있다. 그러나 한 가지 아쉬움이 있다면 시상의 흐름이 나옹의 그것만큼 그렇게 세차지 않다는 것이다.
반야(般若)란 선지(禪智)를 일컫는 말이다.

법왕가(法王歌)

하늘이 열리기 전에 '큰임금' 있었으니
그 크기는 온 우주에 가득 차 있네
형체도 없고 소리도 없어 잡기 어려우며
이름도 없고 글자도 없어 헤아려 볼 수 없네
밝고 고요한 그 본체는 신령스러워
사물에 응하면 나타나는 공(空) 아닌 공이네
태어남은 곧 태어남이 없는 정적이요
현묘하고 현묘하여 유와 무에 속하지 않네

先天有法中王 量大恢恢滿十方
無色無聲難可得 離名離字豈能量
圓明寂照體靈通 應物現形空不空
生卽無生堂處寂 玄玄不涉有無中

신령스러워 추측할 수 없고 빨라서 머물기도 어려우니
숨고 나타나고 종횡무진 자유자재하네
석화전광(石火電光)도 여기 비하면 더디고
신의 머리, 귀신 얼굴도 그윽하지 않네
풀어 놓으면 면면하여 그 작용은 끝이 없고
거두면 치밀하여 그 본체 엿볼 수 없네

가는 털끝도 능히 용납할 공간이 없으나
이 넓은 우주가 모두 이 속에 들어오네

神莫測急難留 隱現縱橫得自由
石火電光猶是鈍 神頭鬼面未爲幽
放去綿綿用無極 收來密密體難窺
毛頭雖細容無地 法界雖寬括無遺

제일로 높고 귀한 것이여
깨달은 이들 대를 이어 이 소식 전해 갔네
기운은 힘차나 단 한푼도 없고
그 멋진 노랫소리에 천지가 들썩이네
대원각은 이 구중궁궐이요
법계의 바다는 통일천하라
법신과 보신은 좌우가 되고
삼종의 화신은 저 요새 밖의 영웅이네

最高勝更無尊 佛爲傳語相把門
穆穆曾無半文費 萬國歌謠動乾坤
大圓覺是九重宮 法界海爲寰宇中
法報二身爲左右 三種化身塞外雄

자비광명 비치는 곳, 멋진 풍류여

가는 곳마다 사물마다 이 태평성대라
정령(正令)이 시행될 때 온 누리 캄캄하고
범부와 성인은 그 흔적조차 없네
이로부터 모든 것은 바람 잤으니
마구니와 외도가 어찌 감히 고개를 들리

慈光照處最風流 大平風月是頭頭
正令行時寰區黑 掃盡凡聖總不留
從此時淸沙塞靜 更無魔外敢擡頭

언제나 여기 있으며 언제나 같은 모습이니
세월이야 가건 말건 알 바 아니네
이 누리 부서지고 다시 생성되지만
그러나 이 본질은 길이 변하지 않네

鎭常在勿換面 任他歲月常遷轉
幾經劫火焆山海 體自安然恒不變

아 하하 이 무슨 모습인가
있는 것 같지만 찾아보면 없네
언제나 마주보지만 아는 사람 없으니
깨달은 눈으로도 볼 수가 없네

阿呵呵是何容 依俙似有覓還空
常相對面無人識 佛眼雖明不見蹤

아 하하 이 무슨 물건인가
중생도 아니요 부처도 아니며
자기도 아니요 남도 아니며
여럿도 아니요 또한 하나도 아니네

阿呵呵是何物 非是衆生非是佛
亦非自己亦非他 亦非多種亦非一

아 하하 어디에 있는가
안과 밖, 중간, 그 어디에도 없네
과거 현재 미래, 그 어디에도 없고
온 누리 두루 봐도 있는 곳 없네

阿呵呵何所在 內外中間總不在
盡三際求終不得 遍十方覓亦無在

문마다 예대로 찬 빛을 놓나니
'지금 여기' 떠나지 않고 온 누리 비추네
물에 빠진 '검'을 찾고 있는 그대여

뱃전에서 찾아봐라, '검'은 거기 없는 것을

門門依舊放寒光 不動今時照四方
爲報舟移求釰客 不須廻首覓忙忙

더하지도 덜하지도 않으니 득실이 없고
성인 속에 있으나 범부 속에 있으나 마찬가지네
기쁘면 웃고 성내면 미간을 찌푸리고
더우면 그늘 찾고 추우면 햇빛 찾네
저 깊고깊은 구중궁궐 속에 있으면서
네거리 시장바닥에서 춤추고 있네

不增不減無得失 在聖在凡同一質
喜來開臉怒攢眉 熱至乘凉寒向日
獨坐深深九重宮 却來遊戲四衢中

밝기는 해와 같고 어둡기는 칠흑이니
이쪽이나 저쪽이나 길은 서로 통하네
모든 곳에 응하나 텅 비어 있고
모든 것에 두루 쓰나 그 쓰임은 다 같네
한 줄기 신령한 빛 길이 밝으며
보고 듣는 이 작용은 그 끝이 없네

明如杲日黑如漆 這邊那邊路相通
常應諸門應還空 用遍一切用還同
一道神光長不昧 六般神用用無窮

모든 부처 이곳에서 비롯되었고
중생 속에 들어가선 주인이 되네
저 마니의 구슬 속에 온갖 모습 나타남이여
인연 따라 모든 곳에 그 모습 나타나네
저 낱낱의 티끌마다 모든 티끌 들어 있고
그 낱낱의 티끌마다 이 몸이 거기 나타나네

幾度出生諸佛身 亦與衆生作主人
如淨摩尼現衆色 隨緣成立一切塵
一一塵含一切塵 一一塵現此一身

달은 일천의 강에 비치고
일천강의 달그림자는 저 하늘의 달이네
제석천의 보배그물 그 빛 서로 섞이는데
한 빛과 많은 빛이 티끌 없이 섞이네

天心月落千江水 江底影同天上輪
帝珠圓炯光相攝 一多交羅亦無雜

털끝마다 저 많은 은하계가 있으니
내 몸과 모든 부처의 몸이 서로 합하네
서로 만나 옛 거울에 얼굴을 비춰 보니
나는 비록 저가 아니나 또한 다르지도 않네

毛端各能藏刹海 我與諸佛體相合
相逢古鏡相覿面 我雖非渠非別現

자비스런 그 모습 보기 어렵다 말라
티끌마다 티끌마다 그 모습 있나니
성인과 범부와 이 몸과 이 환경은
이 모두 '이것'으로부터 비롯되었네
이 '큰임금' 어디서 왔는지 아무도 몰라
1 2 3 4 5 6 7
7 6 5 4 3 2 1.

莫謂慈容難得見 塵塵無處不相見
聖凡依正從此出 不知此王從何出
一二三四五六七 七六五四三二一

주 ◆회회(恢恢) : 큰 모양, 여유가 있는 모양. ◆면면(綿綿) : 연달아 이어져 있는 모양. ◆목목(穆穆) : 용모가 아름답고 왕성한 모양, 화창한 모양. ◆환우(寰宇) : 우주, 세계, 천하. ◆환구(寰區) : 천지간. ◆망망(忙忙) : 대단히 바쁜 모양. ◆사구(四衢) : 네거리. ◆제주(帝珠) : 제석천에 있다는 보배의 그물. ◆자용(慈容) : 본래 자기의 모습(本來面目). ◆의정(依正) : 依報와 正報. 依報는 자기가 살아가는 환경, 正報는 이 육신.

형식 : 가체(歌體)
출전 : 함허당득통화상어록(涵虛堂得通和尙語錄)

감상 법왕(法王)이란 '진리의 핵심'을 일컫는 말로서 우리의 본성(本性)을 뜻한다.
우리의 본성은 또한 이 우주의 생성원리와도 깊이 연결되어 있다. 그러기에 지금 함허는 저 티끌 한 오라기 한 오라기마다에서 그 자신을 보고 있는 것이다.

신륵사(遊神勒二)

산 아래 강은 길게 흐르고, 강물 위에 집이여
이 집의 그윽한 맛 누구에게 전하리
서성이다 어느덧 봄날은 저물어 가는데
구름 걷힌 하늘, 강의 달빛만 가득하네.

山下長江江上軒 軒中趣味孰能傳
徘徊不覺春陽晩 雲淨波澄月滿天

주 ◆헌(軒) : 처마 또는 '집'. ◆춘양(春陽) : 봄볕, 봄.

형식 : 칠언절구
출전 : 함허당득통화상어록(涵虛堂得通和尙語錄)

감상 여주 신륵사(神勒寺)에서 읊은 시다.
신륵사는 여주 남한강변에 있는 절로서 그 풍광이 아름답기로 유명하다. 또한 이곳은 함허의 할어버지뻘 되는 나옹선사의 입멸지이기도 하다.

달빛 밟다(擬山作)

달빛 밟다 우러르니 산은 우뚝 솟아 있고
바람 따라 귀를 기울이니 물은 차갑네
도인의 살림살이 다만 이러하거니
어찌 구차하게 세상인정 따르리.

步月仰看山矗矗 乘風俯耳水冷冷
道人活計只如此 何用區區順世情

㈜ ◆촉촉(矗矗) : 우뚝 솟은 모양. ◆부(俯) : 숙이다. '俯耳'는 귀를 기울이다. '仰看'과 '俯耳'는 대구. ◆구구(區區) : 구차하게 굴다. 좀스럽다. ◆세정(世情) : 세상인정.

형식 : 칠언절구
출전 : 함허당득통화상어록(涵虛堂得通和尙語錄)

감상 시상과 시정이 아주 깔끔하다. 세상의 명리와는 아예 타협하지 말고 자연의 흐름에 귀를 기울이며 살아가려는 수행자의 삶을 노래하고 있다.

천보산에서 (天寶山居)

텅 비어 밝게 비추니 두 눈은 초롱하고
다 잠든 이 밤, 바람만 울고 있네
심경은 맑아 세상일은 고요한데
이 가운데 맛을 형용하기 어렵네.

虛明自照眼惺惺 人定風聲半夜鳴
心境蕭然塵事寂 於中滋味說難形

주 ◆소연(蕭然) : 조용한 모양. ◆진사(塵事) : 티끌 일. 번잡하게 얽힌 세속의 일상. ◆난형(難形) : 형언하기 어렵다.

형식 : 칠언절구
출전 : 함허당득통화상어록(涵虛堂得通和尙語錄)

감상 천보산(天寶山)에는 회암사(檜巖寺)가 있고, 이 회암사는 선승 나옹의 주석지로 유명하다. 그러나 함허의 시대가 되면 이미 회암사는 퇴락해 가는 옛 절로 변해 버리고 만다. 함허의 이 시에서 우리는 그런 비애를 느낄 수 있다.

희양산에서(擬曦陽山居)

산은 깊고 나무 많아 묻혀 살기 좋으니
경계는 고요하고 인적은 드물어 흥이 남았네
이 가운데 맑은 뜻을 만끽한 다음
내 신세 모두 잊고 넉넉해 하네.

山深木密合幽居 境靜人稀興有餘
飽得箇中淸意味 頓忘身世自容與

주 ◆용여(容與) : 온화한 모양.

형식 : 칠언절구
출전 : 함허당득통화상어록(涵虛堂得通和尙語錄)

감상 희양산에는 저 선문구산(禪門九山) 가운데 하나인 봉암사(鳳巖寺)가 있다. 이 봉암사는 지금도 우리나라에서 제일 엄격한 선수행도량으로서 구산선문의 그 전통을 그대로 지켜오고 있다.

이별(因別晴軒子不覺過羊溪)

한 가락 젓대 소리 배회하는 곳
산 아래 개울가 그대 보내네
가고 머무는 자취, 다르다 이르지 말라
저 산 개울과 구름, 달이 내 말을 이해하리.

一聲長笛徘徊處 山下溪邊送客時
莫謂去留蹤自異 溪山雲月語須知

형식 : 칠언절구
출전 : 함허당득통화상어록(涵虛堂得通和尙語錄)

감상 담담하기 이를 데 없는 심정으로 제자와 이별하는 시다. 원래는 가고 오는 자취가 없지만 그러나 제자를 보내는 스승의 마음에는 한 가닥 허전함이 있다. 왜냐면 스승도 하나의 인간이기 때문이다.

배 위에서(乘天浦船上吟)

실바람 부는 너른 바다, 물결은 센데
해는 서산에 지고 달은 동쪽에 오르네
한 잎 조각배의 끝없는 이 의미여
흰구름 일만 리 푸른 파도 속이네.

風微海闊水溶溶 日落西峯月上東
一葉扁舟無限意 白雲萬里滄茫中

주 ◆용용(溶溶) : 물이 도도히 흐름. ◆창망(滄茫) : 물이 푸르고 넓은 모양.

형식 : 칠언절구
출전 : 함허당득통화상어록(涵虛堂得通和尙語錄)

감상 한 폭의 동양화다. 고결하기 이를 데 없는 선비의 정취가 풍기는 작품이다.

부소산에서(登扶蘇望松都)

내 눈 가득 저 만 호의 집들이여
집집마다 그 집 주인장 있었네
집주인은 가고 집은 폐허가 되었나니
푸른 산은 예대로 허공에 높이 솟아 있네.

滿目千門與萬戶 家家共有主人公
主人去後家應壞 依舊青山聳碧空

주 ◆용(聳) : 높이 솟다.

형식 : 칠언절구
출전 : 함허당득통화상어록(涵虛堂得通和尙語錄)

감상 옛 도읍지를 보며 읊은 회고의 시다.

솔집 (松堂)

삼동의 눈 속에 홀로 푸른 저 소나무들
솔집주인 마음은 더욱 푸르네
지극히 맑은 곳, 한 줄 향은 피어 오르고
언 나뭇가지 위에 달이 걸려 있네.

森森獨翠三冬雪 堂上主人心愈潔
闃寂閑淸香一爐 耐寒枝上邀明月

주 ◆삼삼(森森) : 우뚝 솟은 모양, 수목 따위가 빽빽이 들어찬 모양. ◆격적(闃寂) : 고요하다. ◆요(邀) : 맞이하다. 맞아들이다. 여기서는 '달이 떠오르다'.

형식 : 칠언절구
출전 : 함허당득통화상어록(涵虛堂得通和尙語錄)

감상 월하노선도(月下老仙圖)를 보고 있는 것 같다. 제2구가 돋보인다.
솔잎보다 더 푸른 그 마음이여,
이 그윽한 동양의 마음이여.
끝까지 이 땅을 지켜다오,
이 신비한 산의 나라를…….

산그늘 (贈別李逖)

산그늘 강에 잠겨 가을하늘 흐르는데
그대는 서쪽으로 나는 동으로
이 풍경 이날의 무한한 이 뜻
흰구름 속에 우리 만나 이야기하세.

江涵山影漾秋空 君向江西我向東
此境此時無限意 相逢相話白雲中

주 ◆양(漾) : 물위에 뜨다. 출렁거리다.

형식 : 칠언절구
출전 : 함허당득통화상어록(涵虛堂得通和尙語錄)

감상 이별의 시로서 단연 최고의 걸작 가운데 하나다.
제1구의 시정은 가히 환상적이라 할 수 있다. 이별도 이쯤 되면 하나의 경지다.

밤에 (淸夜吟)

산은 깊고 물은 멀어 나뭇잎 흔들리는 소리
달은 희고 바람은 잠들어 밤기운 서늘하네
사람들은 지금 한창 꿈속에 들었나니
맑은 밤 이 흥취를 어찌 알리.

山深水密生虛籟 月皎風微夜氣凉
却恨時人昏入夢 不知淸夜興何長

주 ◆밀(密) : 은밀하다. ◆허뢰(虛籟) : 草木이 바람에 우는 소리.

형식 : 칠언절구
출전 : 함허당득통화상어록(涵虛堂得通和尙語錄)

감상 누리 잠든 이 밤에 오직 한 사람이 샛별같이 깨어 있나니…….
그 빛으로 하여, 그 예지로 하여 내일은 또 꽃이 피고 물이 흐르리라.
바람은 불고 나뭇잎은 푸르리라.

현등사에서 (住懸燈因不煮炙感普照淸風)

우뚝우뚝 탑이 솟은 산그늘 속에
쇠북 소리 떨어져 물소리에 섞이네
발길 따라 한가로이 고개를 돌려
지난날의 보조가풍 회상해 보네.

塔立亭亭山影裏 鐘搖落落水聲中
有時散策閑回首 頻憶當年普照風

주 ◆성성(亭亭) : 우뚝 솟은 모양. ◆빈(頻) : 자주, 이따금.

형식 : 칠언절구
출전 : 함허당득통화상어록(涵虛堂得通和尙語錄)

감상 현등사는 경기도 가평의 운악산(雲岳山)에 있는 절이다. 순천 송광사에서 선풍을 드날렸던 보조국사 지눌(知訥)이 한때 이곳 현등사에 머물다 간 일이 있었다.
이 시는 보조국사 지눌을 회상하며 읊은 작품이다. 현등사에는 함허의 부도가 있다.

또 현등사에서(又)

깊은 골에 울리는 저 개울 소리
뒤돌아보니 달은 서쪽봉에 걸렸네
이때의 무한한 이 소식이여
더불어 이야기할 사람 곁에 없구나.

靜聽溪流響幽谷 回看明月掛西峰
時中無限好消息 却恨傍無可與通

주 ◆회간(回看) : 돌아보다.

형식 : 칠언절구
출전 : 함허당득통화상어록(涵虛堂得通和尙語錄)

감상 앞의 현등사 시와 연결된 작품이다.
나옹의 선맥(禪脈)은 무학을 거쳐 함허에 와서 끊어진다. 제자가 없었기 때문이다. 법을 전해 줄 제자가 없었기 때문이다. 그래서 지금 함허는 이리 쓸쓸해 하고 있는 것이다.

강 위에서(江上)

누구의 젓대 소리 강을 건너오는가
달은 물결 위에 빛나고 인적 없는데
이 몸은 어찌 예까지 흘러와
외로이 뱃전에 기대어 먼 허공 보고 있는가.

聲來江上誰家笛 月照波心人絶跡
何幸此身今到此 倚船孤坐望虛碧

주 ◆의(倚) : 기대다.

형식 : 칠언절구
출전 : 함허당득통화상어록(涵虛堂得通和尙語錄)

감상 한 득도자(得道者)의 외로운 심정을 우리는 이 시에서 느낄 수 있다. 함허가 아닌 나 자신의 심정으로서…….

구룡사 가는 길(途中作)

구룡산 아래 한 줄기 외길이여
무르녹는 봄빛이 눈에 환하네
붉고 희게 꽃 피는 산그늘 속에
땅을 보고 하늘 보며 끝없이 가네.

九龍山下一條路 無限春光煥目前
紅白花開山影裏 行行觀地復觀天

주 ◆일조로(一條路) : 길게 난 외길.

형식 : 칠언절구
출전 : 함허당득통화상어록(涵虛堂得通和尙語錄)

감상 구룡사는 원주 치악산에 있는 절이다.
작자는 지금 어느 봄날 구룡사를 찾아 엿가락같이 휘어지고 이어진 산길을 끝없이 가고 있다. 봄의 정취에 흠뻑 젖은 채…….

천리 머나먼 길(訪牛峯邑宰)

천리 머나먼 길 봄바람 따라 우봉을 찾아오니
푸른 버들 붉은 꽃이 허공 가득 물드네
초롱불 아래 풀어내는 이야기의 실마리들
부귀영화 덧없음은 예나 지금 마찬가지.

春風千里訪牛峰 柳綠花紅映滿空
一室明燈投話處 邯鄲榮辱古今同

주 ◆투화처(投話處) : 對話處. ◆한단영욕(邯鄲榮辱) : 인생무상. 부귀영화의 덧없음.

형식 : 칠언절구
출전 : 함허당득통화상어록(涵虛堂得通和尙語錄)

감상 벗을 찾아와서 인생의 덧없음을 이야기하고 있다.
세월이 흘러 두 사람은 어언 노인이 되었는가. 밤 깊도록 창문에는 등불빛이네.

지소윤에게(贈池少尹)

일년 삼백육십일을
나날이 힘써 가되 그냥은 보내지 말라
눈에 가득한 저 봄바람 복사꽃 배꽃 아래
산처럼 앉아 있는 이, 그 누군가 모를레라.

一年三百六十日 日日孜孜莫等閑
滿目春風桃李下 不知誰解坐如山

주 ◆자자(孜孜) : 부지런한 모양.

형식 : 칠언절구
출전 : 함허당득통화상어록(涵虛堂得通和尙語錄)

감상 지소윤(池少尹)은 사람 이름인 듯한데 사람 이름치고는 좀 이상하다는 느낌이 든다. 그러나 '지소윤' 앞에 '준다'는 '증(贈)' 자가 붙어 있기 때문에 사람 이름으로 본 것이다. 세상의 어떤 변화에도 거기 흔들리지 말고 오직 '자신을 찾는 공부'에 힘쓰라는 내용이다.

강서사 누각에서(次江西寺樓上韻)

산 아래 긴 강, 강 위에 누각이여
바람 달은 차가워 나그네의 시름이네
한 번 오르면 여기 무궁한 취미 있나니
이날에 놀던 기억, 먼 훗날 생각나리.

山下長江江上樓 冷含風月蕩人愁
一登自有無窮趣 他日應思此日遊

주 ◆탕인(蕩人) : 蕩子. 나그네.

형식 : 칠언절구
출전 : 함허당득통화상어록(涵虛堂得通和尙語錄)

감상 정처 없이 흐르는 나그네의 수심이 누각 위에서 달빛에 젖고 있다.
세월이 가면 오늘의 이 정취도 다시는 돌아올 수 없는 과거의 회상이 되리라. 시상은 웅대하지만 그러나 시정은 애잔하기 이를 데 없다.

마음은 물 같고(贊閑道人)

마음은 물 같고 달 같지만 그 자취는 티끌이니
칭찬해도 그저그만, 비난해도 그저그만
인연 따라 생긴 대로 살아가느니
봉두난발에 흙먼지 쓴 천진무구네.

心同水月迹同塵 讚不忻忻毁不嗔
任性隨緣閑度日 灰頭土面忘天眞

[주] ◆흔흔(忻忻) : 기뻐하다.

형식 : 칠언절구
출전 : 함허당득통화상어록(涵虛堂得通和尙語錄)

[감상] 비난하든지 욕하든지 그건 내 알 바 아니거니 생긴 대로 인연 따라 살아가리라.
봉두난발에 붉은 수염을 기른 채…….

팔십여 년(下火)

팔십여 년 꿈속의 이 몸이여
오늘 아침 이 몸 벗으니 그 자취 없네
부모에게 받은 이 몸 불에 맡기노니
한 줄기 영(靈)의 빛은 눈이 부시네.

八十餘年夢裏身 今朝脫穀了無迹
父母遺體付丙丁 一段靈光明赫赫

주 ◆병정(丙丁) : 불. ◆일단(一段) : 한 줄기. ◆혁혁(赫赫) : 빛나는 모양.

형식 : 칠언절구
출전 : 함허당득통화상어록(涵虛堂得通和尙語錄)

감상 우리의 영혼은 육체에 갇혀 그 빛을 발하지 못하고 있다. 그러나 이 육체를 벗어 버리는 날 영혼은 비로소 눈부시게 빛날 것이다. 그러나 나에겐 아직 이 육체가 필요하다.

매월당 김시습(梅月堂 金時習, 1435-1493) … 17편

구름 피어(蓮經讚)

구름은 피어 온 산의 새벽이요
바람은 높아 나무마다 가을이네
나그네 성 아래 머무나니
물결이 고기잡이 뱃전을 두드리네.

雲起千山曉 風高萬木秋
石頭城下泊 浪打釣魚舟

주 ◆연경(蓮經) : 묘법연화경, 법화경. ◆찬(讚) : 찬탄하다. ◆천산효(千山曉) : 千山의 새벽. 千山이란 '많은 산'을 뜻한다. 뒤의 구절 '萬木'과 대구를 이루고 있다. ◆만목추(萬木秋) : 萬木(일만 그루의 나무)의 가을, 즉 '나무마다 가을'. 앞의 구절 '千山'과 대구를 이루고 있다. ◆석두(石頭) : 돌. 頭는 접미사.(以百錢挂杖頭-普書) 그러나 여기서는 김시습 자신을 지칭하는 이름인 듯. '石頭'란 일반적으로 禪僧의 이름으로 많이 쓰이고 있음.

형식 : 오언절구
출전 : 매월당시 사유록(梅月堂詩四遊錄)

감상 연경(蓮經), 즉 《법화경》이란 '온갖 희비애락이 교차되는 이 세상이야말로 저 영원한 것(法)의 개화현상(開花現象)이라는 것'을

가르쳐 보인 경전이다.

여기 매월당 김시습은 그런 《법화경》을 읽으면서 산에서 구름이 피어 오르고 나무에는 가을이 물드는 등, 이 자연현상 그대로를 저 도(道)의 흐름으로 느끼고 있다. 그래서 그는 지금 늘 울분과 고독에 차 있던 그의 심정과는 달리 넉넉하고 무르익은 관조자(觀照者)의 입장에 서 있는 것이다.

떠돌이(晩意)

천봉만학 저 너머
외로운 구름 새 홀로 돌아가네
금년은 이 절에서 머문다만
내년에는 어느 산으로 갈지……
소나무 창문에 바람은 자고
향불 꺼진 선실은 한가롭네
이 생은 이미 내 몫이 아님이여
물 가는 곳 구름 따라 흘러가리라.

萬壑千峰外 孤雲獨鳥還 此年居是寺 來歲向何山
風息松窓靜 香銷禪室閑 此生吾已斷 棲迹水雲間

주 ◆소(銷) : 꺼지다. 없어지다.(虹銷雨霽－王勃) ◆이단(已斷) : 이미(已) 결단을 내리다, 즉 떠도는 나그네로 살겠다고 이미 결심했다.

형식 : 오언사율, 평성산운(平聲刪韻)
출전 : 매월당시 사유록(梅月堂詩四遊錄)

감상 선자(禪子)의 길은 바늘 하나 꽂을 만한 땅도 없는 가난이다. 바람이 부는 대로, 물결이 이는 대로 인연 따라 이곳 저곳 떠돌면서 오직 자기를 찾는 것만이 선자(禪子)가 가야 할 길이다.

바랑 하나 메고 지팡이 짚고 송락(松落)의 삿갓 쓰고 산에서 산으로 숨어 다니며 참선정진에만 몰두하는 것이 선자(禪子)의 이상적인 생활이다. 어느만큼 공부가 익어지면 또한 인연 닿는 사람들을 만나서 그들의 잠을 깨워 주는 것이 선자의 사명이다. 향기도 없는 꽃이 구태여 바람 앞에 서서 자기의 무향(無香)을 남에게 풍기는 그런 짓을 선가(禪家)는 금하고 있다. 오직 자기 자신 깊이깊이 닦아갈 것, 그리하여 그 향기가 누리에 저절로 퍼져 울리게 할 것, 그러나 마지막에는 이 향기의 흔적마저 지워 버릴 것.

그러나 요즈음은 세상인심이 험악하기 때문에 선자 노릇도 꽤 힘든 모양이다.

불타는 집 (蓮經讚譬喩品)

기둥과 대들보는 이미 기울었는데
사방에서 불이 붙어 집은 활활 타고 있네
주인장의 간절한 뜻 모르는 바 아니지만
불타는 이 집이 곧 연화대인 줄 그가 어찌 알리.

柱根欂楝半攲斜 烟焰相煎苦莫加
長者一車超本望 從知火宅是蓮花

주 ◆주근(柱根) : 기둥. ◆의(攲) : 한쪽으로 기울다. ◆연염(烟焰) : 연기와 불꽃. ◆고막가(苦莫加) : 고통이 많다.

형식 : 칠언절구
출전 : 매월당시 사유록(梅月堂詩四遊錄)

감상 《법화경》 비유품(譬喩品)에 보면 이 세상을 '불타고 있는 집(火宅)'에 견주고 있다. 욕망의 불길이 사방에서 타오르고 있는데 우리는 이 속에서 놀이에 정신이 팔려 있다는 것이다. 그러나 한 차원 더 높이 보면 불타는 이 욕망의 세상이 그대로 연화장세계(蓮華藏世界 : 극락)라고 한다. 과연 매월당다운 안목이다.

회암사(檜巖寺)

옛 소나무 칡넝쿨 서로 얽혀 있는 곳
길은 깊이깊이 골짜기로 들어가네
불전에는 깜박이는 불빛 있을 뿐
지난날의 선풍은 간 곳 없네
드높은 누각은 구름 속에 갇혀 있고
쓸쓸한 정원에는 풀만 키로 자라네
풍광이야 천축국의 나란사 같지만
지혜의 등불 밝혀 줄 스승이 없네.

古松藤蔓暗相連　一徑深深入洞天
佛殿尙留三世火　法門今絶五宗禪
崢嶸樓閣雲爲鏁　牢落庭除草作氈
勝境宛如那爛寺　恨無人導祖燈傳

㊟ ◆삼세화(三世火) : 삼세의 등불. ◆오종선(五宗禪) : 禪의 다섯 갈래. ◆쟁영(崢嶸) : 높은 모양. ◆뇌락(牢落) : 적적한 모양, 쓸쓸한 모양. ◆정제(庭除) : 정원, 뜰 안. ◆전(氈) : 솜털로 짠 옷감. ◆나란사(那爛寺) : 나란다寺. 인도 비하르 주 라즈기르에 있던 세계 최대의 불교대학이자 수도원.

형식 : 칠언율시
출전 : 매월당시 사유록(梅月堂詩四遊錄)

감상 나옹의 선풍이 찬란했던 곳 회암사, 그러나 매월당 시대에 오면 쓸쓸한 절이 되어 버린다. 여기 이 시는 그런 폐허의 회암사를 읊고 있다. 그렇다면 지금의 회암사는 어떤가. 석조물 몇 개만이 쓸쓸히 뒹구는 풀밭이다. ……세월은 이토록 덧없나니 해야 할 것은 오직 '자기 찾는 공부'뿐이다.

옥피리(月夜聞玉笛新羅舊物)

저 누가 옥피리를 부는가
가을바람 타고 온갖 감회가 이네
그 가락은 높아 구름 속에 아득하고
여유 있는 그 음절은 달빛 타고 흐르네
서리 내린 포석정에 신라의 꿈은 다하고
잎 지는 계림에 별은 빛나네
이것이 애를 끊는 단장곡인가
아니면 고향을 기리는 그 곡조인가.

誰橫玉笛暗飛聲 散入秋風百感生
詞腦調高雲渺渺 羅候歌緩月盈盈
霜粘鮑石衣冠盡 木落雞林星斗明
不是欲吹腸斷曲 故城淸夜更關情

㊟ ◆사뇌조(詞腦調) : 향가의 가락. ◆묘묘(渺渺) : 수면이 한없이 넓은 모양. ◆나후가(羅候歌) : 향가의 한 가지. ◆완(緩) : 부드럽고 여유 있다. ◆영영(盈盈) : 넘쳐흐르다. ◆점(粘) : 끈끈하다. 여기서는 서리가 내린 모양. ◆성두(星斗) : 별. ◆관정(關情) : 고향의 정.

형식 : 칠언율시
출전 : 매월당시 사유록(梅月堂詩四遊錄)

[감][상] 옥피리(玉笛)는 신라의 세 가지 보배 가운데 하나다. 이 옥피리를 기점으로 시상은 무한한 감회를 자아내고 있다.

아침햇살(遙億彌多因和其韻二)

아침햇살 창을 뚫고 쏟아지는데
단정히 앉아 말이 없네
유마는 벌써 문수의 비밀을 누설했나니
청산에 구름 가득하고 난간에는 바람이 많네.

窓透朝陽愛日暄 蕭然端坐欲無言
維摩曾漏文殊印 雲滿靑山風滿軒

주 ◆훤(暄) : 따뜻하다. ◆소연(蕭然) : 조용한 모양.

형식 : 칠언절구
출전 : 매월당시 사유록(梅月堂詩四遊錄)

감상 오도(悟道)의 경지에 이른 선승이 아니면 읊을 수 없는 시다. 제4구를 보라. 구름(雲)과 바람(風), 청산(靑山)과 난간(軒)의 기가 막힌 대칭을 보라.

창에 가득 붉은 해여(窓日)

창에 가득 붉은 해여 내 마음이여
유마의 방장에는 도력이 깊네
옷깃 여미고 말없이 앉아 있나니
저 솔바람 소리가 우우 내 뜻에 화답하네.

滿窓紅日可人心 方丈維摩道力深
不語正襟危坐處 一庭松籟始知音

주 ◆위좌(危坐) : 正座. 단정히 앉음.

형식 : 칠언절구
출전 : 매월당시 사유록(梅月堂詩四遊錄)

감상 내가 나마저 잊은 채 깊이 앉는다. 그때 가늘게 이어지는 솔바람 소리.
노송천궁(老松天宮)에서 듣던 내 어린 날의 그 바람 소리…….

준상인에게, 둘(贈峻上人二十首中其二)

지팡이 날리며 날리며 가노니
온 산에는 송홧가루 가득 날리네
문전마다 밥을 빌면서
다 떨어진 누더기 한 벌로 몸을 감쌌네
마음은 저 흐르는 물과 같고
몸은 저 조각구름에 맡겨 버렸네
이 강산을 다 누비고 마음눈이 밝아진 후에
우담발화꽃 피면 내 돌아오리.

翩翩一錫響空飛 五月松花滿翠微
盡日鉢擎千戶飯 多年衲乞幾人衣
心同流水自淸淨 身與片雲無是非
踏遍江山双眼碧 優曇花發及時歸

주 ◆편편(翩翩) : 빨리 날아가는 모양. ◆기인(幾人) : 몇 사람.

형식 : 칠언율시
출전 : 매월당시 사유록(梅月堂詩四遊錄)

감상 준상인(峻上人)에게 주는 시. 구름 따라 떠도는 납자의 모습이 눈에 선하다. 제5구와 제6구를 보라. 매월당이 아니면 쓸 수 없는 구절이다.

준상인에게, 넷(贈峻上人二十首中其四)

한 줄기 맑은 향과 한 권의 경전
외로이 뜬 저 달과 개울 소리네
한 잔의 차에 황금을 멸시하고
소나무 아래 풀집에서 명리에 관심 없네
아득히 피어나는 산안개 속에 내 마음 묻나니
물에 비치는 달그림자 내 심정이네
진종일 찾아오는 이 없어 한가로이 조나니
바람이 지나가며 대숲을 흔드네.

一炷淸香一卷經 一輪孤月一溪聲
鼎中甘茗黃金賤 松下茅齊紫綬輕
縹緲煙霞心與潔 嬋娟水月性常明
閑眠盡日無人到 自有淸風撼竹楹

주 ◆명(茗) : 차. ◆모제(茅齊) : 茅屋. ◆자완(紫緩) : 여기서는 '세속의 명리나 부귀'. ◆표묘(縹緲) : 아득한 모양. ◆선연(嬋娟) : 아름다운 모양. ◆영(楹) : 기둥.

형식 : 칠언율시
출전 : 매월당시 사유록(梅月堂詩四遊錄)

감상 여기 카프라가 말하는 무위자연적인 삶의 극치가 있다.

준상인에게, 일곱(贈峻上人二十首中其七)

팔만 봉우리에 달은 기울고
새벽기운은 안개에 섞여 뜰에 내리네
어젯밤 비에 등나무꽃은 다 시들어 가고
한 줄기 봄바람에 토란잎은 고개 드네
솔방울 창을 때리고 구름은 집에 들어오고
이끼는 섬돌에 파랗고 대나무는 돌계단을 뚫네
이 세상의 나이로는 몇 살이나 되었는가
빈 숲에는 산새만이 속절없이 울고 있네.

八萬峯頭月欲低 曙光和霧落庭除
半溪雨夜藤花老 一逕春風芋葉齊
松子打窓雲入戶 苔痕繞砌竹穿階
世間甲子知多少 唯有空林山鳥啼

주 ◆정제(庭除) : 뜰, 정원. ◆경(逕) : 좁은 길. ◆우(芋) : 토란. ◆체(砌) : 섬돌.

형식 : 칠언율시
출전 : 매월당시 사유록(梅月堂詩四遊錄)

감상 아, 아, 누가 이 맛을 알 수 있으리. '빈 숲에는 산새만이 속절없이 울고 있는' 이 정적 공간을 누가 느낄 수 있으리.

준상인에게, 열둘(贈峻上人二十首中其十二)

밤의 난간 외로운 탑에 달은 배회하고
인적 없는 봉창을 바람이 여네
나비의 꿈속에서 구름은 아득히 떠돌고
두견새 소리에 달은 더욱 높아지네
밥그릇 하나 물병 하나로 무심하게 늙어가며
만수천산 떠돌다가 뜻을 얻고 돌아오네
속인들은 이런 경지 알지 못하니
봄바람은 파랗게 이끼를 키우네.

夜蘭孤塔月徘徊 人靜蓬窓風自開
蝴蝶夢中雲縹緲 子規聲裡月崔嵬
一瓶一鉢無心老 萬水千山得意回
自怪俗人渾不到 春風養却綠莓苔

㈜ ◆난(蘭) : 난간. ◆봉창(蓬窓) : 다 부서지고 찢어진 낡은 창. ◆최외(崔嵬) : 높고 가파른 모양. ◆혼(渾) : 완전하다. 둥글다. 여기서는 '전혀 이를 수 없다'. 渾不到. ◆매태(莓苔) : 이끼.

형식 : 칠언율시
출전 : 매월당시 사유록(梅月堂詩四遊錄)

감상 매월당의 시는 거침이 없다. 언어에 앞서 시정이 폭포처럼 쏟아지고 있다. 제1구를 보라. 이 얼마나 과감한 발상인가.
'밤의 난간 외로운 탑에 달은 배회하고…….'

우상인에게 (送牛上人遊方)

등나무 지팡이 하나로
바람 따라 어디로 가는가
첩첩산 잎 지는 나무숲이요
푸른 이끼에 짚신이 다 낡았네
떡갈나무 잎은 산길에 가득하고
온갖 새소리 들려오네
해가 지면 흰구름 속 문빗장 두드리니
산의 중턱에는 쓸쓸히 비가 내리네.

手錫一介藤 飄然何處去
楓城千萬疊 碧苔濺芒履
槲葉滿山徑 幽鳥聲無數
暮扣白雲扃 蕭蕭半山雨

㈜ ◆망리(芒履) : 짚신. ◆곡(槲) : 떡갈나무. ◆구(扣) : 두드리다. ◆경(扃) : 문빗장. ◆반산(半山) : 산의 중턱.

형식 : 오언율시
출전 : 매월당시 사유록(梅月堂詩四遊錄)

[감상] 물 따라 떠도는 길손의 심정을 물 흐르듯 읊은 시다. 특히 마지막 결구(제8구)가 좋다. 무한한 여운을 남기고 있다.

들풀과 골짜기의 꽃에(習之山居一)

들풀과 골짜기의 꽃에 봄이 왔는데
십 년의 떠돌이 생활 부질없네
새 우는 한 소리에 꿈은 깨어지나니
바삐 가는 세월은 나를 슬프게 하네.

野草幽花各自春 十年行脚眼中塵
一聲啼鳥破閑夢 鼎鼎光陰惱殺人

주 ◆정정(鼎鼎) : 세월이 빨리 흐르는 모양. ◆뇌살(惱殺) : 사람을 고뇌하게 하다. 殺은 어조사.

형식 : 칠언절구
출전 : 매월당시 사유록(梅月堂詩四遊錄)

감상 인생무상을 읊은 시.
그러나 그 시상은 일상적인 차원을 멀리 벗어나 있다. 어떤 언어라도 매월당 손에 잡히기만 하면 멋진 시어가 된다. 왜냐면 그것은 매월당 자신의 삶이 파란만장한 한 편의 시였기 때문이다.

산집 (題知止師房二)

달은 밝아 그림 같은 산집의 이 밤
홀로 앉은 내 마음 가을물 같네
누가 내 노래에 화답하는가
물소리가 길게 솔바람에 섞이네.

月明如畫山家夜 獨坐澄心萬慮空
誰和無生歌一曲 水聲長是雜松風

주 ◆무생가(無生歌) : 劫外歌. 세월 밖의 노래.

형식 : 칠언절구
출전 : 매월당시 사유록(梅月堂詩四遊錄)

감상 고고(高孤)한 선승의 시인데도 애잔한 슬픔이 있는 것은 무엇 때문인가. 가슴 깊이 풀지 못한 한(恨)이 있기 때문이다. 그 한이 달빛처럼 배어 나오고 있기 때문이다.

산에 살며(山居集句其十二)

두견화꽃 피고 지는 돌난간이여
곳곳마다 내 집이라 보는 눈도 넉넉하네
진종일 꽃에게 물어 봐도 꽃은 말이 없어
반 열린 창, 실비 속에 청산을 보고 있네.

杜鵑花落石欄干 處處虛堂望眼寬
盡日問花花不語 半窓微雨看青山

[주] ◆집구(集句) : 古人의 시구를 짜맞춰 하나의 시를 만드는 시의 형식.

형식 : 칠언절구
출전 : 매월당시 사유록(梅月堂詩四遊錄)

[감상] 그 가슴에는 풀지 못할 천추의 한(恨)을 간직한 채 '반 열린 창, 실비 속에 청산을 보고 있는 사람', 그는 누구인가. 매월당이다. 매월당이 된 나 자신이다.

송림사(松林寺)

쓸쓸한 송림사
중은 어디 가고 찾는 이도 드무네
새 울어 봄은 적적하고
꽃 지는 비 가늘게 오네
외딴 곳이라 찾는 이 적고
담은 낡아 대나무가 에워쌌네
석양에 산빛은 더욱 푸르고
그 맑은 그림자 붉은 문에 비치네.

蕭洒松林寺 僧閑客到稀
鳥啼春寂寂 花落雨霏霏
地僻人寰少 垣頹竹木圍
夕陽山色翠 淸影映朱扉

㈜ ◆소쇄(蕭洒) : 蕭條. 쓸쓸한 모양. ◆인환(人寰) : 人境. 사람이 사는 곳. 이 세상. ◆퇴(頹) : 퇴락하다. 허물어지다.

형식 : 오언율시
출전 : 매월당시 사유록(梅月堂詩四遊錄)

감상 개성에 있는 송림사(松林寺)라는 절에서 읊은 시.
퇴락해 가는 옛 절의 정취가 석양빛에 젖어 꿈속과도 같이 아련하다.

나그네(山行卽事)

아이는 잠자리 잡고 노인은 울타리 고치는 곳
작은 냇가 봄물에 가마우지 목욕하네
푸른 산도 다한 곳, 돌아갈 길은 멀어
지팡이 어깨에 메고 하염없이 서 있네.

兒捕蜻蜓翁補籬 小溪春水浴鸕鶿
青山斷處歸程遠 橫擔烏藤一箇枝

주 ◆청정(蜻蜓) : 잠자리. ◆노자(鸕鶿) : 가마우지. 냇가에서 고기를 잡아먹고 사는 물새의 한 가지. ◆귀정(歸程) : 歸路(돌아갈 길). ◆오등(烏藤) : 검은 등나무 지팡이.

형식 : 칠언절구
출전 : 매월당시 사유록(梅月堂詩四遊錄)

감상 지친 나그네의 심정.
희망도 절망도 다 없어진 나그네의 외로운 심정.

벽송지엄(碧松智嚴, 1464－1534) … 11편

꽃웃음 뜰 앞에(示眞一禪子)

꽃웃음 뜰 앞에 비 뿌리듯 흩날리고
난간 밖에 소나무 바람이 우네
그대여 무엇 찾아 헤매이는가
이것 바로 그대 찾는 그것인 것을.

花笑階前雨 松鳴檻外風 何須窮妙旨 這箇是圓通

주 ◆함(檻) : 난간.(攀殿檻. 檻折－漢書)

형식 : 오언절구, 평성동운(平聲東韻)
출전 : 벽송당야노송(碧松堂野老頌)

감상 그대여, 무엇을 찾아 그리 헤매이느뇨. 인도로, 예루살렘으로, 그리고 미국에서 아프리카로.
그대여, 무엇을 찾겠다고 그리 방황하고 있느뇨. 그대가 찾고자 하는 것은, 바로 그 찾고자 하는 그대 마음속에 이미 있는 것을……. 대답은 질문 속에 있는 것을…….
'지금 그리고 여기'에서 찾는다면 모든 것을 찾을 수 있다. 그러나 '지금 그리고 여기'에서 찾지 못한다면 어디에서도 찾을 수 없다. 명심하고 명심하라. 이 간절한 한마디를…….

의선소사에게 (示義禪小師)

옷 한 벌과 한 개의 밥그릇이여
선문을 자유로이 들고 나네
저 모든 산의 눈을 다 밟은 뒤에
이제는 돌아와 흰구름에 누웠네.

一衣又一鉢 出入趙州門
踏盡千山雪 歸來臥白雲

주 ◆조주문(趙州門) : 조주선사의 공안문. 趙州 '無'字公案은 공안 중에서도 으뜸으로서 모든 선승들이 '無'자공안을 통하여 깨달음을 얻었다. 그러나 여기서는 일반적인 '禪門'의 뜻으로 쓰고 있다.

형식 : 오언절구, 평성문운(平聲文韻)・원통운(元通韻)
출전 : 벽송당야노송(碧松堂野老頌)

감상 선에서의 부정은 일체를 모두 체험한 끝에 더 이상은 체험으로 갈 수가 없는 곳이기에 일체를 털어 버리는 그런 방하착(放下着)이다. 생각하다가 생각하다가 드디어는 그 생각길이 끊어져 버리고 생각이라는 그 일념(一念)의 티끌마저 꺾어져 버릴 때 선(禪)은 그 부정을 긍정으로 바꾸어 버린다.
이 시의 작자 벽송지엄(碧松智嚴)은 그러한 부정의 정상으로서의 일체를 긍정으로 받아들이기 위해 별별 쓰라림을 다 겪은 사람이다. 이는 제3구의 '답진천산설(踏盡千山雪)'이 그것을 입증한다. 가장 큰 즐거움은 눈 뜨며 새 우는 몇 겨울 밤의 소산이다. 고뇌의 밤이 끝난 그 자리에서 돌아오는 길은 흰구름에 둥실둥실 누워 오는 풍류인 것이다.

여섯 창문(賽六空求語)

여섯 창문 비어서 드넓은 곳에
악마니 부처니 그림자도 없네
여기에서 또다시 무엇인가를 찾는다면
뜬구름은 햇빛을 가릴 것이네.

六窓虛豁豁 魔佛自亡羊
若更尋玄妙 浮雲遮日光

주 ◆육창(六窓) : 시각(眼) · 청각(耳) · 후각(鼻) · 미각(舌) · 촉각(身) · 사유 작용(意). ◆망양(亡羊) : 여기서는 악마와 부처(魔佛)가 모두 없어졌다는 뜻. ◆현묘(玄妙) : 심오한 이치.

형식 : 오언절구
출전 : 벽송당야노송(碧松堂野老頌)

감상 찾지 마라. 찾는 그 순간 병은 재발한다. 가지 마라. 너 자신 밖으로 뛰어나가지 마라. 해답은 바로 너 자신 속에 있다.

법준에게 (示法俊禪白)

그대에게 이 명검을 주노니
부디 그 칼날에 이끼가 끼지 않도록 하라
오온산에서 적을 만나거든
단칼에 모두 베어 버려라.

逢君贈與鏌鎁劒 勿使鋒鋩生綠苔
五蘊山前如見賊 一揮能斬箇箇來

주 ◆모야검(鏌鎁劒) : 名劍. ◆봉망(鋒鋩) : 칼끝. ◆오온산(五蘊山) : 五蘊의 山, 즉 '이 육체'. ◆여(如) : 만일. ◆참(斬) : 베어 죽이다.

형식 : 칠언절구
출전 : 벽송당야노송(碧松堂野老頌)

감상 여기서의 명검(名劍)은 '지혜의 결단력'을 말한다.
지혜는 머물면 녹스나니 머물지 말라. 그 어디에도 머물지 말라.

희준선덕에게(贈曦峻禪德)

도를 배우려면 먼저 경전을 익혀야 하느니
경전은 바로 내 마음속에 있네
이제 고향집으로 돌아가고 있나니
먼 하늘에는 기러기 내리는 가을이네.

學道先須究聖經 聖經只在我心頭
驀然踏著家中路 回首長空落鴈秋

주 ◆성경(聖經) : 聖人의 경전. ◆심두(心頭) : 마음. '頭'는 어조사. ◆맥연(驀然) : 즉시. ◆답착(踏著) : 여기서는 '길을 가다'. 著은 어조사.

형식 : 칠언절구
출전 : 벽송당야노송(碧松堂野老頌)

감상 내 마음속에 한 권의 경전 있나니
종이와 잉크로 만들지 않았네
펼쳐 보면 단 한 글자도 없는데
언제나 눈부신 빛을 내뿜네.
(我有一卷經 不因紙墨成 展開無一字 常放大光明)

옥륜선덕에게(贈玉崙禪德)

백설의 머리칼에 봄바람 얼굴이여
산중과 도시에서 넉넉하게 노닐고 있네
다함 없는 이 소리와 형체여
가는 곳마다 보는 곳마다 고향소식 그 아니리.

雪髮春風面 逍遙山市中
無窮聲與色 觸處自空空

주 ◆설발(雪髮) : 白髮. ◆산시(山市) : 산중과 도시.

형식 : 오언절구
출전 : 벽송당야노송(碧松堂野老頌)

감상 백발에 동안(童顔)을 하고 어느 도인이 산중과 도시를 자유롭게 넘나들고 있다. 그는 바람이 되었기 때문이다. 어딜 가도 구애받지 않는 대자유인이 되었기 때문이다.

영지소사에게 (示靈芝小師)

무성한 풀, 삼월의 봄비요
단풍 든 구월의 서리네
이를 그저 멋진 시구로만 이해한다면
저 눈밝은 이의 웃음거리가 되리.

芳草三春雨 丹楓九月霜
若將詩句會 笑殺法中王

주 ◆소살(笑殺) : 웃다. 웃기다. 殺은 어조사.

형식 : 오언절구
출전 : 벽송당야노송(碧松堂野老頌)

감상 영지(靈芝)라는 이름을 가진 소사(小師)에게 주는 시. '소사'란 그 수행력이 아직 십 년에 이르지 못한 풋내기 선승을 말한다.

목암에게 (示牧庵)

세월 밖의 이 한 곡조여
먼 산 석양빛 붉게 물드네
소잔등에 누워 돌아오는 길
꽃 지는 바람 얼굴 스치네.

無生歌一曲 遠峀夕陽紅
家山牛背臥 吹面落花風

주 ◆수(峀) : 산봉우리.

형식 : 오언절구
출전 : 벽송당야노송(碧松堂野老頌)

감상 목암(牧庵)이라는 선승에게 보인 시로서 오도(悟道) 이후의 여유자적한 심정을 깔끔하게 읊어내고 있다.

달마대사 찬(讚達磨眞)

저 높고높이 우뚝한 이여
누가 그 푸른 눈을 열겠는가
석양의 산빛 속에
봄새는 저 홀로 이름 부르네.

落落巍巍子 誰開碧眼睛
夕陽山色裏 春鳥自呼名

[주] ◆낙락외외(落落巍巍) : 높이 우뚝 솟은 모양.

형식 : 오언절구
출전 : 벽송당야노송(碧松堂野老頌)

[감상] '진(眞)'은 '진영(眞影)'의 줄인 말로서 고인의 초상화를 말한다.
달마대사의 초상화에 부치는 시다.

심인선자에게 (贈心印禪子)

산은 우뚝우뚝, 물은 차갑고
바람은 솔솔, 꽃은 만발하네
다만 이렇게 가라
어찌 구차하게 세상인정 따르리.

山矗矗 水冷冷 風習習 花冥冥
道人活計只如此 何用區區順世情

주 ◆촉촉(矗矗) : 산이 높이 솟은 모양. ◆습습(習習) : 바람이 솔솔 부는 모양. ◆명명(冥冥) : 여기서는 '꽃이 만발하게 피어난 모양'. ◆세정(世情) : 예의범절로 뒤얽힌 세상인정.

형식 : 고체시(古體詩)
출전 : 벽송당야노송(碧松堂野老頌)

감상 생긴 대로 살아가라. 남의 흉내를 내지 마라.
……이것이 깨달음으로 가는 첫번째 단계다.

일선휴옹에게(示一禪休翁)

바람은 솔솔 불고 달은 교교하게 빛나네
구름은 뭉게뭉게 피어 오르고 물은 잔잔히 흐르네
이런 이치를 알고 싶거든
조사의 관문을 열어야 하네.

風颼颼 月皎皎 雲羃羃 水潺潺
欲識這箇事 須參祖師關

주 ◆수수(颼颼) : 바람이 솔솔 부는 모양. ◆교교(皎皎) : 달빛이 비치는 모양. ◆멱멱(羃羃) : 구름이 하늘을 덮는 모양. ◆잔잔(潺潺) : 물이 잔잔하게 흐르는 모양.

형식 : 고체시(古體詩)
출전 : 벽송당야노송(碧松堂野老頌)

감상 일선휴옹(一禪休翁)에게 보인 시. 일선휴옹은 벽송지엄의 수제자이면서 동시에 서산대사 청허휴정(淸虛休靜)의 사숙뻘 되는 사람이다.
여기 조사관(祖師關)은 선의 공안을 뜻한다.

일선휴옹(一禪休翁, 1488-1568) … 1편

임종게(臨終偈)

속절없이 넘어온 이 여든 해여
지난일 모두가 환영(幻影)이네
이 문을 나가기 전에 이미 고향에 이르렀나니
옛 동산엔 지금 도리꽃 배꽃 활짝 피었네.

年逾八十似空花 往事悠悠亦眼花
脚未跨門還本國 故園桃李已開花

주 ◆과(跨) : 넘다. 어느 지점을 지나가다. ◆도리(桃李) : 복사꽃과 배꽃.

형식 : 칠언절구
출전 : 삼로행적(三老行蹟)

감상 일선휴옹(一禪休翁), 그는 이 임종게를 써 놓고는 그대로 단정히 앉은 채 열반에 들었다. 다음의 말을 남긴 채…….
"내 시체는 산에 내다버려 짐승들이 뜯어먹게 하라."
그가 죽은 후 그의 몸에서는 오색 광명이 나와 일 주일 간 비쳤다고 한다. 다비(화장)하는 날에는 인근의 백리 안에 살고 있는 모든 사람들이 모여들었는데 애도하는 소리가 골짜기 전체를 뒤흔들었다고 한다.

허응보우(虛應普雨, 1515－1565) … 21편

장안사(長安寺)

그 웅장하던 가람이
아아 반은 이미 기울었네
개울물 소리 쓸쓸하게 흘러가고
산그림자만 부질없이 서성이네
불전에는 향등이 어둡고
법당문 여는 중도 없네
높은 누각에 머언 쇠북 소리
그 감회만 더욱 가슴 저미네.

可貴金朝寺 嗚呼半已頹 澗聲空浙瀝 山影謾徘徊
有佛香燈暗 無僧堂殿開 危樓鐘獨遠 吟賞轉悠哉

㊟ ◆금조사(金朝寺) : 자세치 않다. 그저 '웅장한 절' 정도의 뜻인 듯. ◆간성(澗聲) : 개울물 소리. ◆절역(浙瀝) : 물이 흐르는 모양 또는 그 소리. ◆향등(香燈) : 향과 등불. ◆위루(危樓) : 高樓. ◆음상(吟賞) : 읊조리며 감상하다.

형식 : 오언율시
출전 : 허응당집(虛應堂集)

감상 장안사(長安寺)는 금강산에 있는 절. 부서져 가는 옛 절의 폐허를 읊은 시로서, 특히 제2구와 제3구는 절묘하기 이를 데 없다. 작품 전체에 허응당(虛應堂) 보우(普雨)다운 호방한 기백이 넘치고 있다.

사자암(師子庵)

길가의 옛 암자여
늘 비어 있어 나그네 마음 쓸쓸하네
옛 섬돌에는 등넝쿨 뻗어 있고
추운 뜰에는 풀이 키로 자랐네
금불의 얼굴에는 먼지만 자욱하고
수곽에는 낙엽이 가득하네
하늘을 보며 탄식하고 서 있나니
봉우리 산봉우리마다 노을은 붉게 물드네.

路邊舊蘭若 惱客每長空
古砌生藤蔓 寒庭長草叢
塵侵金佛面 葉滿水槽中
仰碧嗟嘘立 千峰夕照紅

[주] ◆난야(蘭若) : 절. ◆체(砌) : 섬돌. ◆수조(水槽) : 돌을 파서 만든 물 담는 그릇. ◆차허(嗟嘘) : 탄식.

형식 : 오언율시
출전 : 허응당집(虛應堂集)

[감상] 퇴락해 가는 암자의 정경을 읊은 시.

꿈 깨고 나서(夢破餘不勝自幸快味一律以示心知)

경계와 마음, 마음과 경계여 이 둘은 하나거니
누리에 가득한 이 산하는 무엇인가
적적한 가을산에 성근 빗발 지나가고
바람 앞의 풀들이 너훌너훌 춤을 추네.

境心心境境非他 滿地山河是什麽
寂寂秋岑疎雨過 風前青草舞婆娑

주 ◆잠(岑) : 산봉우리. ◆파사(婆娑) : 춤추는 모양.

형식 : 칠언절구
출전 : 허응당집(虛應堂集)

감상 득도(得道)의 순간을 읊은 시.
기백이 살아 있다. 화엄의 장중한 세계가 출렁이고 있다.

이 마음 밝기가(示小師)

이 마음 밝기가 마치 티없는 거울 같나니
집착의 안개 일면 거울은 즉시 어두워지네
지견은 지견을 따르지 않는 '견(見)'이니
새소리 산빛은 이 진실한 근원이네.

此心明若鏡無痕 不覺情生性忽昏
知見不隨知見見 鳥聲山色是眞源

주 ◆야(若) : 마치 ~과 같다. ◆흔(痕) : 흔적, 먼지 자국. ◆홀(忽) : 갑자기.

형식 : 칠언절구
출전 : 허응당집(虛應堂集)

감상 이 현상을 떠나지 않고 저 불멸의 세계가 있다는 도리를 읊고 있다.

도에 대하여(代次愼上舍韻九)

'도'는 몸에 있는 것, 산에 있지 않나니
이 세상 속에서 넉넉한 마음이면 이것이 진정한 기쁨이네
방거사는 아내와 딸이 있는 몸으로서
저 시장바닥을 선방으로 삼아 수행을 했네.

道在於身不在山 塵中無事是高閑
龐公亦有妻幷子 萬落村城獨掩關

주 ◆진중(塵中) : 이 세상 속에서. ◆방공(龐公) : 방거사. 그는 중국인으로 이 세상에 살면서(가정생활을 하면서) 깨달음을 얻었다. ◆낙(落) : 촌락, 부락. ◆엄관(掩關) : 깊은 침묵 속에서 선 수행을 계속하는 것.

형식 : 칠언절구
출전 : 허응당집(虛應堂集)

감상 이 세상을 떠나가지 말고 이 세상 속에서 구도의 길을 가라는 가르침.

잠이 깬 뒤(睡餘聞鐘卽事)

잠이 깬 뒤 한가롭게 발을 걷어 올리면
비 온 뒤 산빛은 더욱 푸르네
저 구름가 어느 곳의 절인가
저녁놀 아득히 머언 종소리.

睡餘閑捲箔 雨後轉青山
何處雲邊寺 齊鐘杳靄間

주 ◆수여(睡餘) : 잠이 깬 뒤. ◆권박(捲箔) : 발을 걷어 올리다. ◆제종(齊鐘) : 제를 지낼 때 치는 종. 여기서는 '저녁예불 때 치는 종'인 듯. ◆묘애(杳靄) : 아득한 또는 머언 저녁노을. ◆애(靄) : 노을.

형식 : 오언절구
출전 : 허응당집(虛應堂集)

감상 시정은 청아하게 울려 퍼지고 시상은 아득히 구름가를 맴돈다.

파천 가는 길(把川道中)

개울가 꽃은 피어 있고
숲속에서 새들은 지저귀네
이 좋은 봄날은 저물어 가는데
외로운 지팡이 하나 어느 산으로 가는가.

澗邊花灼灼 林下鳥喧喧
好此春將暮 孤笻何處山

주 ◆간변(澗邊) : 개울가. ◆작작(灼灼) : 꽃이 핀 모양. ◆훤훤(喧喧) : 새가 지저귀는 소리. ◆공(笻) : 지팡이.

형식 : 오언절구
출전 : 허응당집(虛應堂集)

감상 파천(把川)으로 가는 도중에 읊은 시다. 품격이 있는 시다. 그러나 아지랑이처럼 비애감이 어리는 작품이다.

가지사(次玉師題伽智寺韻)

높은 산 저 깊은 곳 옛 가람 하나
퇴락해 가는 그 모습 차마 볼 수가 없네
오직 은행나무 가지 위에 달이 있어서
과거 현재 미래를 밝게 비추네.

亂山深處古精藍 惆悵風光賞不堪
唯有杏花枝上月 皎然常照去來今

주 ◆난산(亂山) : 여기저기 솟은 높낮이가 고르지 않은 산. ◆정람(精藍) : 精舍. '절'의 다른 이름. ◆추창(惆悵) : 실망하여 탄식하다. 여기서는 '매우 황폐하다'. ◆불감(不堪) : 감당하기 어렵다. 견디기 어렵다. ◆거래금(去來今) : 과거 · 현재 · 미래.

형식 : 칠언절구
출전 : 허응당집(虛應堂集)

감상 허응당 보우, 그는 너무나 의협심이 강해서 그로 인해 순교의 길을 걷지 않을 수 없었던 선승이다. 그는 선승이기에 앞서 한 시대를 주름잡던 걸승(傑僧)이었다.
그는 그릇이 너무나 컸기에 오히려 수난을 당해야만 했던 풍운아였다.

석왕사(宿祖殿殿乃無學所居)

옛적에 석왕사를 듣더니
오늘 무학대사의 방에서 자네
배는 익어 가을 가지가 무겁고
달은 둥글어 서리 오는 밤이 차갑네
솔바람은 머언 골에서 오고
산빛이 빈 집에 드네
다만 이 참소식을
서로 공감할 사람이 없네.

昔聞釋王寺 今宿學公房 梨熟秋枝重 月圓霜夜凉
松聲來遠壑 山色入虛堂 只此眞消息 無人共度量

주 ◆석왕사(釋王寺) : 안변에 있는 절. 태조 이성계가 무학대사의 청을 받고 지은 절. ◆학공방(學公房) : 무학대사가 기거하던 방. ◆학(壑) : 골짜기. ◆도량(度量) : 서로 이야기하며 음미하다.

형식 : 오언율시
출전 : 허응당집(虛應堂集)

감상 석왕사는 무학대사의 권유로 태조 이성계가 창건한 절이다. 여기 무학대사가 거하던 방에서 자며 허응당 보우는 그 융성하던 그 날을 회상하고 있다.

금강산 가는 중에게(有僧欲向金剛以詩示之)

세상을 피하려 말고 그 마음 고요히 하라
형체와 소리는 이 모두 참된 근원이네
세상을 피하여 고요함을 찾는 것은 마음의 생멸이니
그대는 저 불이문을 찾지 못하리.

心靜何勞避世喧 色聲俱是本眞源
厭喧求靜心生滅 師必終迷不二門

[주] ◆색성(色聲) : 형체와 소리. ◆불이문(不二門) : 상대적인 대립의 차원을 넘어선 절대적 경지.

형식 : 칠언절구
출전 : 허응당집(虛應堂集)

[감상] 허응당 보우, 그는 이 세상을 회피하지 않고 이 세상과 정면대결을 했던 인물이다. 여기 이 시에는 그의 그런 기백이 잘 나타나 있다.

그 누가 나처럼(遣興)

그 누가 나처럼 이 우주를 소요하리
마음 따라 발길 마음대로 노니네
돌평상에 앉고 누워 옷깃 차갑고
꽃 핀 언덕 돌아오면 지팡이 향기롭네
바둑판 위 한가한 세월은 알고 있지만
인간사 흥망성쇠 내 어찌 알리
조촐하게 공양을 마친 뒤에
한 줄기 차 달이는 연기 석양을 물들이네.

宇宙逍遙孰我當 尋常隨意任彷徉
石床坐臥衣裳冷 花塢歸來杖屨香
局上自知閑日月 人間那識擾興亡
淸高更有常齊後 一抹茶煙染夕陽

㊟ ◆숙(孰) : 누가. ◆방양(彷徉) : 徘徊. ◆화오(花塢) : 꽃이 피어 있는 언덕. ◆오(塢) : 작은 제방, 언덕, 마을. ◆구(屨) : 신. ◆국상(局上) : 바둑판 위. ◆요(擾) : 어지럽다. ◆청고(淸高) : 청렴하고 고상함. ◆제(齊) : 여기서는 '식사', 즉 '공양'인 듯. ◆일말(一抹) : 한 줄기.

형식 : 칠언율시
출전 : 허응당집(虛應堂集)

감상 이 시의 제목인 '견흥(遣興)'은 '유흥(遺興)'의 잘못 씀이 아닌지?
세상의 잡다한 일을 저만치 밀어두고 한가하게 차를 달이는 은자의 모습이 잡힌다.

산중의 낙(有客來問山中之樂 以偈示之)

푸른 산은 높고 크고
시냇물은 깊고 맑네
누가 와서 선(禪)을 묻는다면
땅을 보고 하늘 보며 바보처럼 웃으리.

青山高且大 澗水深且淸
有客來問法 俯仰笑聾盲

주 ◆간수(澗水) : 산골의 물, 시내.

형식 : 오언절구
출전 : 허응당집(虛應堂集)

감상 허응당 보우는 도량이 컸던 선승이다. 여기 이 시에서 그의 그런 특성이 단적으로 잘 드러나 있다.

그대의 본성을(示玄化士)

그대의 본성을 알고 싶거든
잠시 동안 생각을 멈추게 하라
마음을 보되 그 본체가 없는 줄 알면
바야흐로 고향에 이른 것이네.

欲知汝本性 駐念少時間
見心無所體 方得到家山

주 ◆방득도(方得到) : 바야흐로 ~에 이르다.

형식 : 오언절구
출전 : 허응당집(虛應堂集)

감상 선(禪)의 핵심을 관통하는 시로서 어느 누구의 선시에도 뒤지지 않는 작품이다.

꽃은 스스로(奉和應中德軸韻)

환(幻)을 말한다고 어찌 환(幻)이 되며
공(空)을 말한다고 어찌 공(空)이 다하겠는가
공도 아니요 환도 아닌 곳에
꽃은 스스로 봄바람에 웃고 있네.

說幻寧爲幻 言空豈盡空
非空非幻處 花自笑春風

주 ◆영(寧) : 어찌 ~할 것인가.

형식 : 오언절구
출전 : 허응당집(虛應堂集)

감상 제3구와 제4구는 언어 밖의 도리를 나타내고 있다. 진정한 의미에서의 행복감이란 바로 이런 구절과 만나는 지금 이 순간이다.

화엄의 경지, 하나(華嚴不思議妙體頌)

화엄의 묘체여
사물마다 존재마다 분명하네
남산에는 소나무 짙푸르고
북악은 눈을 이어 그 이마 차갑네
파도 위 물오리 다리는 짧고
구름가 학의 다리는 기네
이 밖에 다시 불멸을 찾는다면
그대는 저 불멸을 잃을 것이네.

華嚴本妙體 頭頭不隱藏 南山松盖碧 北嶽雪冠凉
波上靑鳧短 雲邊白鶴長 更尋眞實相 應失法中王

주 ◆화엄(華嚴) : 화엄경의 준말. ◆화엄본묘체(華嚴本妙體) : 불생불멸의 진리. ◆두두(頭頭) : 각각, 제각기. ◆부(鳧) : 물오리. ◆법중왕(法中王) : 사물의 생성소멸을 관장하는 절대적 존재.

형식 : 오언율시
출전 : 허응당집(虛應堂集)

감상 사물의 이 각기 다른 특성은 그대로 불멸의 가시화라는 저 화엄(華嚴)의 세계가 이 시의 주제다. 시상의 흐름이 거침없다.

화엄의 경지, 둘(華嚴不思議妙用頌)

진실하고 오묘한 작용을 알고자 하는가
일상사 자연 그대로가 그것이네
물 길어 차를 끓여 마시고
침상에 누워 다리 뻗고 잠자네
연은 푸른 하늘에 날고
고기는 뛰어 깊은 물 속으로 들어가네
힘차게 약동하여 그 간격이 없나니
푸른 구름은 머언 산 이마에 이네.

欲知眞妙用 日用事天然 汲水烹茶飮 登床展脚眠
鳶飛橫碧漢 漁躍入深淵 潑潑無間斷 靑雲起遠巓

주 ◆묘용(妙用) : 불생불멸하는 도의 오묘한 작용. ◆천연(天然) : 자연 그대로의 상태. ◆급수(汲水) : 물을 긷다. ◆팽다(烹茶) : 차를 끓이다. ◆연(鳶) : 소리개. ◆벽한(碧漢) : 碧空. 푸른 하늘. ◆발발(潑潑) : 힘차게 약동하는 모양. ◆전(巓) : 산의 정상, 산꼭대기.

형식 : 오언율시
출전 : 허응당집(虛應堂集)

감상 본질은 이 현상과 분리되지 않았다는 저 화엄의 세계를 노래하고 있다. 제7·8구가 돋보인다. 제7구는 이 시의 핵심이다.

화엄의 경지, 셋(華嚴不思議妙唱頌)

저 화엄의 묘한 이치여
날마다 날마다 울려 퍼지네
시간을 알리는 북소리 둥둥 울리고
마을의 닭은 새벽마다 새벽마다 우네
집집마다 아이는 아버지를 부르고
곳곳마다 아우는 형을 부르네
삼세에 걸쳐 쉬지 않고 진리를 말하나니
솔소리는 귀에 들어와 맑고 차갑네.

華嚴眞妙唱 無日不圓成 漏鼓更更促 村鷄夜夜鳴
家家兒喚父 處處弟呼兄 三世熾然說 松聲入耳淸

주 ◆누고(漏鼓) : 시각을 알리기 위하여 치는 북. ◆삼세(三世) : 과거 · 현재 · 미래.

형식 : 오언율시
출전 : 허응당집(虛應堂集)

감상 진정한 깨달음은 이 삶과 그것이 둘이 아닌 바로 그 자리를 체험하는 것이다.
보라. 장강(長江)처럼 굽이쳐 흐르는 이 시상을 보라.

화엄의 경지, 넷(華嚴不思體用因果總頌)

저 불멸의 본체는 크고 넓어서
천지를 감싸고 큰 빛을 놓네
번뇌 속에서 만일 이 불멸의 길 간다면
이 몸은 원래가 저 '불멸의 본체'네.

毘盧眞體大方廣 括地包天用普光
若向塵勞成妙行 此身元是法中王

주 ◆비로(毘盧) : 法身. ◆괄지포천(括地包天) : 하늘과 땅을 싸서 묶다. ◆진로(塵勞) : 세속적인 직무에 시달림. 번뇌. ◆법중왕(法中王) : 진리의 왕. 사물을 지배하는 절대적인 존재.

형식 : 칠언절구
출전 : 허응당집(虛應堂集)

감상 선(禪)의 높은 경지와 동시에 저 화엄의 심오한 세계를 자기화했던 사람, 그가 바로 허응당 보우이다.
여기 이 시에서 우리는 화엄의 장중한 세계와 선의 직관이 결합하는 그 지점을 보게 된다.

달맞이 (虛樓待月)

빈 누(樓)에 홀로 앉아 달맞이하나니
개울 소리 솔바람은 이미 삼경이네
기다리고 기다리기에 지쳐 기다림마저 없는 곳
추운 빛 대낮같이 산 가득 밝아오네.

獨坐虛樓待月生 泉聲松籟正三更
待到待窮無待處 寒光如晝滿山明

주 ◆송뢰(松籟) : 바람에 소나무가 흔들리는 소리.

형식 : 칠언절구
출전 : 허응당집(虛應堂集)

감상 선시(禪詩)다. 선시 가운데서도 단연 빼어난 작품이다. 제4구가 우리의 가슴을 찌르는 것은 제3구의 든든한 뒷받침이 있기 때문이다.

임종게(臨終偈)

환인(幻人)이 환인(幻人)의 마을로 들어와서
오십여 년 동안 미친 광대짓 했네
인간의 영욕사(榮辱事), 다 놀아 마친 뒤에
꼭두각시 중의 모습 벗고 맑고 푸른 곳으로 올라가네.

幻人來入幻人鄕 五十餘年作戱狂
弄盡人間榮辱事 脫僧傀儡上蒼蒼

㈜ ◆환인(幻人) : 요술 부리는 사람. 요술쟁이. ◆희광(戱狂) : 미친 놀음. ◆영욕(榮辱) : 영화스러움과 치욕스러움. ◆괴뢰(傀儡) : 허수아비. ◆창창(蒼蒼) : 하늘이 맑고 푸름.

형식 : 칠언절구
출전 : 허응당집(虛應堂集)

감상 서산과 사명을 키워낸 허응당. 문정왕후를 쥐고 뒤흔들었던 당대의 풍운아. 그러나 그의 말년은 제주도로 유배라는 비운을 맞게 된다. 변협이라는 제주목사의 곤장에 맞아죽는 비극으로 끝나게 된다.
그러나 보라. 그의 임종게를 보라. 그는 이 세상에 와서 멋진 한 판의 광대놀이를 하고 돌아갔다. 깨달은 도인이 아니면 감히 엿볼 수 없는 경지다.

상운암(宿上雲庵)

벗 없이 홀로 봄산 깊숙이 가나니
길가의 복사꽃이 지팡이에 스치네
부슬비 내리는 상운암의 밤
선심과 시상만이 아득하여라.

春山無伴獨尋幽 狹路挑花襯杖頭
一宿上雲疎雨夜 禪心詩思兩悠悠

주 ◆친(襯) : 가까이하다.

형식 : 칠언절구
출전 : 허응당집(虛應堂集)

감상 봄의 정취가 물씬 풍기는 작품이다. 허응당 보우에게도 이런 면이 있다는 것은 참으로 반가운 일이다.
우리는 이 시에서 한 인간의 다양성을 볼 수 있다.

청허휴정(淸虛休靜, 1520-1604) … 92편

거문고 소리 들으며 (過邸舍聞琴)

눈인 듯 고운 손 어지러이 움직이니
가락은 끝났으나 정은 남았네
가을 강물 거울빛으로 열려서
푸른 산봉우리 그려내네.

白雪亂纖手 曲終情未終
秋江開鏡色 畵出數靑峯

주 ◆저사(邸舍) : 여관, 여인숙.(因留客邸-宋史) ◆섬수(纖手) : 섬섬옥수, 가냘프고 고운 여자의 손, 미인의 손. ◆경색(鏡色) : 고요한 수면. 거울에 비유함.

형식 : 오언절구, 평성동운(平聲東韻)·동통운(冬通韻)
출전 : 청허당집(淸虛堂集)

감상 이야기 한 토막이 저 먼 기억의 바다에서 깜박거리고 있다. 옛날도 오랜 옛날 호랑이 담배 먹던 시절에 강원도 어느 고을에 한 원님이 있었다. 원의 딸과 원의 머슴의 아들이 사랑이란 걸 하게 되었다. 이를 안 원은 화가 머리끝까지 뻗쳐서 산의 굴 깊숙이 이 두 연놈들을 오랏줄에 묶어 가두어 버렸다. 두 남녀는

묶인 채 둘이 하나가 되어 죽었다. 이후 이 고을에 새로 부임해 오는 원은 모조리 눈이 멀어 버리는 것이었다.

인간에게 있어서 사랑이란 먼 마음과 마음이 서로 비추임을 말한다. 이 그리움빛은 몸이라는 구체적인 모습으로 결합되어 비로소 완전한 것이 된다. 이 육신의 결합은 암컷과 수컷의 만남이다. 그러나 두 마음이 묶여진 몸의 만남은, 만남 이상의 것으로 올려진다. 이를 자각하지 못할 때 인간의 문명은 '눈먼 문명'이 된다. 육신은 사랑을 담는 그릇이지만 일단 사랑의 결합일 때 몸은 몸이기에 앞서 본질적인 것의 가장 따뜻한 표현이다. 아아 제2구를 보아라, 얼마나 멋진가.
'가락은 끝났으나 정(情)은 남았네.'
당(唐)의 시인 전기(錢起)의 시에 "곡종인불견 강상수봉화(曲終人不見 江上數峯畵)"란 구절이 있다.

옛 절 지나며(過古寺二)

꽃 지는 곳 옛 절문 깊이 닫혔고
봄 따라온 나그네 돌아갈 줄 모르네
바람은 둥우리의 학(鶴)그림자 흔들고
구름은 좌선하는 옷깃 적시네.

花落僧長閉 春尋客不歸
風搖巢鶴影 雲濕坐禪衣

주 ◆승장폐(僧長閉) : 절문이 오랫동안 닫혀 있다. ◆춘심객(春尋客) : 봄을 찾는 나그네. ◆요(搖) : 흔들다. 흔들리다.(搖者不定－管子) ◆소학(巢鶴) : 학의 둥우리. ◆습(濕) : 젖다.(猶惡濕而居下也－孟子)

형식 : 오언절구, 평성미운(平聲微韻)
출전 : 청허당집(淸虛堂集)

감상 서산대사 청허휴정의 시는 지극히 고요로움과 유리같이 어리는 선기(禪氣), 그리고 신비로움에 가까운 발상이 있다. 제1구에서는 무언지 모를, 그런 애틋하고도 짙은 여운을 가져다 준다. 제2구도 얼마나 좋은지 모르겠다. 봄을 따라(尋은 원칙적으로 '찾아'라 해야 하지만 여기서는 '따라'로 해야 그 맛이 한결 돋보인다)온 나그네 한 사람, 그 봄에 취하여 돌아갈 길을 잃었구나. 서산스님

한 번 큰절합니다. 때묻고 구겨진 이 마음절이지만 너그러이 받아 주십시오. 제3구의 '요(搖)'와 제4구의 '습(濕)'은 오랫동안의 좌선에서 닦여지고 닦여진 서산의 직관이다.

원선자 보내며(送願禪子之關東)

표표히 날아가는 외기러기듯
그대 찬 그림자 가을하늘에 지네
저문 산비에 지팡이 재촉하고
먼 강바람에 삿갓 기우네.

飄飄如隻鴈 寒影落秋空
促筇暮山雨 倚笠遠江風

주 ◆표표(飄飄) : 바람에 가볍게 나부끼는 모습. ◆척안(隻鴈) : 외기러기. ◆촉(促) : 바삐 재촉하다.(促趙兵函入關－史記) ◆공(筇) : 지팡이.(拖筇入林下－范成大) ◆의(倚) : 한쪽으로 기울다.(中立而不倚－中庸) ◆원강풍(遠江風) : 먼 강에서 불어오는 바람.

형식 : 오언절구, 평성동운(平聲東韻)
출전 : 청허당집(淸虛堂集)

감상 납자의 가고 옴은 구태여 나는 가겠습니다, 문안드립니다 따위의 군말이 필요 없다. 갈 때가 되면 가는 것이고 올 때가 되면 오는 법이다. 어젯밤에 도란도란 이야기를 나누며 자던 사람이 새벽예불을 드리고 보니 간데없다. 아마 길이 멀어서 날이 덥기 전에 새벽길을 나선 모양이다. 이처럼 납자(선승)들의 거동은 정처 없는 구름 같고 기약 없이 흐르는 물 같다. 그래서 '운수납자(雲水衲者)'란 말이 생긴 것이다.
그러나 요즈음같이 험한 세상에는 운수납자로 살아가기가 여간 힘들지 않다.

준선자에게(俊禪子)

슬픔과 기쁨은 한 베개 꿈이요
만남과 헤어짐은 십 년의 정일레
말없이 고개 돌리니
산머리엔 흰구름만 이네.

悲歡一枕夢 聚散十年情
無言却回首 山頂白雲生

주 ◆각(却) : 도리어.(若離了事物爲學 却是著空－傳習錄) ◆회수(回首) : 고개를 다른 방향으로 돌리다. ◆산정(山頂) : 산꼭대기. ◆생(生) : 흰구름이 피어 오르다.

형식 : 오언절구, 평성경운(平聲庚韻)
출전 : 청허당집(淸虛堂集)

감상 특히 제3구와 제4구는 절창이다.
'말없이 고개를 돌리니 산 위에서는 흰구름만 이네.'
……그렇다. 우리가 만나고 헤어지는 것은 저 하늘에서 흰구름이 일어났다 사라지는 거와 같다. 모든 것이 이 자연의 순리에 따라 만나야 할 사람이 만나고 헤어져야 할 사람이 떠나가는 것이다. 그렇지만 이별은 슬픈 것이다.

봉래산 오색구름(癸丑秋遊鳴沙)

봉래산 오색구름
명사십리 비로 내려
해당화꽃 지는 속에
갈 길 잃은 네 사람…….

蓬萊五色雲 下作鳴沙雨 落盡海棠花 三僧一萬戶

주 ◆봉래(蓬萊) : ① 금강산의 다른 이름. ② 신선이 산다는 산. ◆작(作) : ~이 되다. ~으로 변하다.(顔色變作－戰國策) ◆명사(鳴沙) : 명사십리. 지금은 동부휴전선 철책 안이 되었다. ◆만호(萬戶) : ① 많은 집. 萬家. ② 李朝 때 各道의 여러 鎭에 붙었던 종사품의 무관직. 여기서는 ②의 뜻.

형식 : 오언절구
출전 : 청허당집(淸虛堂集)

감상 계축년 가을 해금강의 명사십리에서 읊은 시다.
금강산의 오색구름이 명사십리에 와서 비로 내리자 명사십리에 피어 있던 해당화 꽃잎이 지고 있다. 그리고 그 꽃잎 지는 속에 세 사람의 중과 한 명의 관리가 갈 길을 잃은 채 서성이고 있다.
지금은 동부전선의 최북단 DMZ 지대가 되어 갈 수 없는 곳, 명사십리…….
아, 아, 서산의 시만이 우리 가슴에 남아 해당화처럼 피고 있다.

일정선자 보내며(送一晶禪子)

한밤중 맑은 이야기 주고받나니
일천 구슬 옥쟁반에 구르듯 하네
지팡이 가는 곳 산그림자 저물고
바람이 보내는 물소리 차갑네.

半夜開淸話 千珠落玉盤 錫飛山影晩 風送水聲寒

주 ◆반야(半夜) : 夜半. 한밤중. ◆개(開) : 입을 열어 말하다. 닫힌 것을 트다.(善用者無關鍵而不可開－老子) ◆옥반(玉盤) : 옥쟁반. ◆석(錫) : 지팡이.(杖錫東顧－柳宗元)

형식 : 오언절구, 평성한운(平聲寒韻)
출전 : 청허당집(淸虛堂集)

감상 일정(一晶)이라는 어느 중을 보내는 시다.
제1구와 제2구는 주인과 객 사이에 오가는 대화를 읊고 있는데 역시 절창이다. '일천 개의 구슬이 옥쟁반에 구르듯' 이야기는 거침없고 맑아 심금을 울리고 있다.
제3구와 제4구에서는 일정의 가는 뒷모습을 읊고 있다. 그리고 동시에 청허 자신의 심정을 표현해 내고 있다고 볼 수도 있다. 그러나 제1구의 '반야(半夜)'와 제3구의 '산영만(山影晩)'이 잘 맞지 않는다. '반야(半夜)'는 '밤중'이요, '산영만(山影晚)'은 '산그림자 저무는 저녁 무렵'이기 때문이다.

배꽃 천만 조각(人境俱奪)

배꽃 천만 조각
빈 집에 날아드네
목동의 피리 소리 앞산을 지나가건만
사람도 소도 보이지 않네.

梨花千萬片 飛入淸虛院 牧笛過前山 人牛俱不見

[주] ◆인경구탈(人境俱奪) : 밖의 경계(客觀)와 자아(主觀)를 모조리 지워 버린 眞空(허무가 아니다)의 경지(十牛圖). ◆비입(飛入) : 날려서 들어오다. 入은 飛의 방향을 말한다. ◆청허원(淸虛院) : 서산대사 休靜이 居하던 집. ◆목저(牧笛) : 목동이 부는 피리 소리.

형식 : 오언절구, 거성산운(去聲霰韻)
출전 : 청허당집(淸虛堂集)

[감상] 내가 또 무슨 말을 지껄여야 한단 말인가, 고재 고재(苦哉苦哉)로다. 친구여, 배꽃 조각 천만 개가 빈 집에 들어온다고 한다. 이런 경지에 이르자면 한 이십 년쯤은 뼈를 깎아야 한다. 이 시를 본떠서 내가 앵무새노래 하나 부를 테니 들어 주게나.
'거울 속 빈 뜰에 흰꽃 조각 날고 있다
소를 모는 피리 소리 꽃잎 사이를 가고 있다
소도 사람도 안 보이고 바람 소리만 들리고 있다.'

밤은 깊고(次蘇仙韻待友)

밤은 깊고 그대 아니 오는데
새들 잠드니 온 산이 고요하네
소나무달이 꽃숲을 비추어서
온몸엔 붉고 푸른 그림자 무늬지네.

夜深君不來 鳥宿千山靜
松月照花林 滿身紅綠影

주 ◆소선(蘇仙) : 蘇東坡의 다른 이름. ◆송월(松月) : 소나무 사이로 비치는 달(松風蘿月). ◆만신(滿身) : 몸에 가득, 全身.(戶外之履滿矣－莊子)

형식 : 오언절구, 상성경운(上聲梗韻)
출전 : 청허당집(淸虛堂集)

감상 이 시는 소동파(蘇東坡)의 시 〈대우(待友)〉를 읽고 감흥이 일어 그 시에 화답하는 형식으로 되어 있다. 앞의 제1구와 제2구는 벗이 오지 않아서 적적한 작자의 심정을 읊고 있다. 그러나 뒤의 제3구와 제4구는 현란한 아름다움으로 현기증을 느끼게 하고 있다.
왜 그럴까. 그것은 이 꽃 한 송이에서 저 돌 한 덩어리에 이르기까지 벗 아닌 것이 없기 때문이다. 그것을 문득 깨달았기 때문이다.

벗은, 친구는 도처에 있다. 문제는 내 마음이다. 내 마음의 문만 열리게 되면, 보라, 이 세상에 친구 아닌 것이 어디 있는가. 저 부는 바람이며 푸른 잎들, 그리고 이 한 덩어리 막돌에서 구름 한 장에 이르기까지 아, 친구 아닌 게 어디 있단 말인가.

백운산에 올라(登白雲山吟)

계수열매 익는 향기 달에 나부끼고
소나무 찬 그림자 구름에 스치우네
이 산중의 그윽한 일
속된 사람 듣는 것 허락지 않네.

桂熟香飄月　松寒影拂雲
山中奇特事　不許俗人聞

주 ◆표월(飄月) : 달에 나부끼다. ◆불(拂) : 떨치다. 스치다.(拂衣從之－國語) ◆불허(不許) : 허락지 않다.

형식 : 오언절구, 평성문운(平聲文韻)
출전 : 청허당집(淸虛堂集)

감상 시의 첫구가 매우 신비스러움을 자아내고 있다. 달 속에 계수나무가 있다는 생각에서 '계숙(桂熟)'을 끌어낸 것도 좋으려니와 그 계수열매의 익는 향기가 달에 나부낀다는 '표(飄)'자는 귀신을 울릴 수 있는 묘(妙)가 깃들여 있다. 제2구의 '영불운(影拂雲)'도 예사 글귀는 아니다. 한 시인이 일생을 갈고갈고 닦는다 해도 찾아낼까 말까 하는 그런 글귀다. 도대체 이런 글귀가 어떻게 예사스럽게 나올 수 있을까. 그것은 시를 쓰겠다는 의도심이 없는 무심지경(無心之境)에 들어갔기 때문이다.

봉래선자를 생각하며(哭蓬萊禪子)

내 봉래의 길손을 사랑하나니
웃는 그 가운데 마음은 한가롭네
거듭거듭 물은 다시 물로 돌아가고
첩첩한 산은 또 산에 이었네
머리 위에는 짙푸른 하늘이 있고
흰구름은 옆구리에서 피어나네
아아, 그대는 학을 타고 날아갔는가
한 번 간 후 다시는 돌아올 줄 모르네.

我愛蓬萊客 笑中心自閑
重重水歸水 疊疊山連山
碧落在頭上 白雲生脇間
因悲乘鶴去 一去不知還

주 ◆벽락(碧落) : 碧空. 푸른 하늘 또는 동쪽하늘.

형식 : 오언율시
출전 : 청허당집(淸虛堂集)

감상 서산대사 청허휴정에 와서 선시는 비로소 신선도(神仙道)의 정취를 풍기고 있다. 여기 이 시의 제7구가 그 단적인 예다.

밤 뱃전에서(南溟夜泊)

바다는 날뛰어 은산이 찢어지고
바람은 머물어 푸른 옥이 흐르네
뱃전은 천상의 집과 같나니
앉아서 달과 별을 거두네.

海躍銀山裂 風停碧玉流
船如天上屋 星月坐中收

주 ◆약(躍) : 여기서는 '파도가 세게 치다'. ◆정(停) : 여기서는 '바람이 자다'.

형식 : 오언절구
출전 : 청허당집(淸虛堂集)

감상 시어는 응축될 대로 응축되어 차라리 루비알과도 같다. 당(唐)의 이백(李白)을 능가하는 시다. 제3・4구도 좋지만 제1・2구도 멋지다.

풀집 (草屋)

풀집은 세 군데 벽이 없고
늙은 중은 대침상에서 조네
푸른 산은 반쯤 젖어 있는데
성근 빗발이 석양을 지나가네.

草屋無三壁 老僧眠竹床
青山一半濕 疎雨過殘陽

주 ◆잔양(殘陽) : 석양. 殘日.

형식 : 오언절구
출전 : 청허당집(淸虛堂集)

감상 아, 아, 내 이를 어찌 설명할 수 있단 말인가. 말이 막히고 감흥이 막혀 더 이상의 설명이 불가능한 것을…….
한 폭의 선화(禪畵)다. 기가 막힌 한 폭의 그림이다. 청산은 반쯤 젖어 있는데 성근 빗발이 석양을 지나가다니……. 서산이 아니면 누가 이런 시구를 쓸 수 있겠는가.

옛 도읍지를 지나가며(過東都)

길손은 푸른 풀을 근심스러이 보고
봄새는 지는 꽃을 원망하네
신라 천년의 흥망성쇠가
모두 이 '한 소리(一聲)' 속에 있네.

客子愁青草 春禽怨落花
新羅千古事 都入一聲中

주 ◆춘금(春禽) : 春鳥. 봄새.

형식 : 오언절구
출전 : 청허당집(清虛堂集)

감상 신라의 옛 도읍지 경주를 지나며 읊은 시다. 시정이 너무 아름다워 차라리 수심(愁心)의 기운마저 감돌고 있다.

벗 생각(憶友)

하늘가 남과 북으로 나뉘었으니
달을 보며 몇 번이나 생각했던가
한 번 간 후 다시는 소식 없으니
생사를 알 수 없는 긴 이별이네.

天涯各南北 見月幾相思
一去無消息 死生長別離

형식 : 오언절구
출전 : 청허당집(淸虛堂集)

[감상] 이별한 벗을 생각하는 시. 그 시상과 시정에 군더더기가 전혀 없다.

대나무 집(竹院)

국화에 맺힌 것이 이슬인가 눈물인가
나뭇잎 물들어 바야흐로 가을이네
새들 잠들자 온 산이 적막한데
달은 밝아 사람은 잠 못 드네.

黃花泣露日 楓葉政秋天
鳥宿群山靜 月明人未眠

형식 : 오언절구
출전 : 청허당집(淸虛堂集)

감상 서산대사 청허휴정의 시정은 그 신비롭고 맑기가 이백(李白)의 그것을 능가하고 있다.
보라. 제3구와 제4구를 보라. 이백이 와도 무릎 꿇을 구절이다.

요천을 지나가며(過蓼川)

먼 숲에 저녁연기 일고
푸른 물가 사람은 낚싯대를 거두네
외기러기 가을하늘로 날아가자
갈가마귀떼 낙조를 따라 내리네.

遠樹起村烟 碧波人捲釣
一鴈入秋空 千鴉下落照

주 ◆아(鴉) : 갈가마귀.

형식 : 오언절구
출전 : 청허당집(淸虛堂集)

감상 가을 저녁의 풍경을 스케치하듯 그려내고 있다. 시정은 결구(제4구)에서 절정을 이루고 있다.

옛 절을 지나며(過古寺)

적적한 폐허의 집
꽃잎은 져 석 자 깊이네
봄바람은 왔다 가고
달빛은 사람의 마음을 적시네.

寂寂閉虛院 落花三尺深
東風來又去 月色傷人心

형식 : 오언절구
출전 : 청허당집(淸虛堂集)

감상 옛 절을 지나며 읊은 시. 폐허가 된 옛 절을 읊었는데 이렇게 탐미적일 수가 있을까.
'꽃잎은 져 석 자 깊이요 봄바람은 스스로 왔다 간다'니 그저 한숨밖에 나오지 않는다. 이 구절이 너무 좋아서.

머언 산(送人關西)

머언 산 저녁노을 비꼈고
서녘에는 유유히 강물만 흐르네
나그네 그 심정 어떤가
저 하늘가 외기러기 나는 가을이네.

遠山橫落日 西望水空流
客子情何許 天邊一鴈秋

형식 : 오언절구
출전 : 청허당집(淸虛堂集)

감상 머언 산 노을이 비꼈는데 서녘으로 강물만 아득히 흐른다. 여기 길손의 마음은 저 하늘가 외기러기 그 심정이다.

신라 옛 서울 지나며(過東京)

만리 머나먼 길 한 나그네 와서
누각에 올라 젓대 소리 듣나니
천년의 옛 도읍지여
소나무와 달이 차갑게 서로 비추네.

萬里一僧來 登樓聞客嘯
千年故國都 松月冷相照

[주] ◆동경(東京) : 고려시대 경주의 이름.

형식 : 오언절구
출전 : 청허당집(淸虛堂集)

[감상] 신라의 옛 도읍지 경주를 지나며 읊은 시.
시상은 잔잔하지만 그러나 무궁한 여운이 감돌고 있다. 제3구와 제4구로 하여…….

옛집 (題古宅)

나그네 예 와서 지난일 슬퍼하나니
꽃은 피어 지난해의 붉음이네
옛 사람은 어디에 있는가
산은 저 푸른 허공에 기대었네.

客來傷往事 花發去年紅
古人何處在 山寄碧虛中

주 ◆기(寄) : 의지하다. 붙어 있다.

형식 : 오언절구
출전 : 청허당집(淸虛堂集)

감상 옛집을 지나가며 읊은 시.
옛 주인 간 곳 없고 꽃만이 붉게 피어 있다. 그 날의 그 빛깔로…….

길 가면서(途中卽事)

멀리멀리 물은 동쪽으로 가고
길고긴 산은 북쪽에서 오네
망망한 천하의 길손이여
그 누가 내 마음 알리.

遠遠水東去 長長山北來
茫茫天下客 誰識道人懷

형식 : 오언절구
출전 : 청허당집(淸虛堂集)

감상 누가 알리. 구름 따라 물 따라 떠도는 길손의 마음을 누가 알리. 그 누가 도인의 이 깊은 마음을 알리…….

가는 봄(傷春)

버드나무 가지 위에 꾀꼬리 소리 매끄럽고
하늘에 나부끼는 제비의 춤 비꼈네
오직 애석한 건 봄바람이니
뜰 가득 꽃잎은 비 오듯 지네.

語柳鶯聲滑 飄天燕舞斜
春風惟可惜 吹落滿園花

주 ◆상춘(傷春) : 봄이 가는 것을 안타까워하다.

형식 : 오언절구
출전 : 청허당집(淸虛堂集)

감상 봄이 가는구나, 봄이 가는구나. 뜰 가득 꽃잎 뿌리며. 아, 아, 내 젊은 날이 가는구나.

달(詠月)

슬프고 슬프고 또 기쁘고 기쁘니
예와 예와 또한 지금과 지금이네
저 하늘에 둥근 거울 있어
몇 사람 마음을 비춰 줬던가.

悲悲又喜喜 古古亦今今
天生大明鏡 照破幾人心

형식 : 오언절구
출전 : 청허당집(淸虛堂集)

감상 예나 지금이나 울고 웃는 인간사는 마찬가지. 꿈에서 깨어나라. 꿈 깨어나라. 저 바람이 대숲을 흔들고 있다.

가야산(遊伽倻)

꽃은 져 그 향기 골에 가득하고
저 숲에선 산새가 울고 있네
암자는 어디 있는가
봄산은 절반이 구름이네.

落花香滿洞 啼鳥隔林聞
僧院在何處 春山半是雲

[주] ◆가야(伽倻) : 伽倻山. ◆승원(僧院) : 중이 사는 집, 즉 '절'.

형식 : 오언절구
출전 : 청허당집(淸虛堂集)

[감상] 지는 꽃향기, 골에 가득한데 저 숲에서는 지금 산새가 울고 있다.
봄산은 절반이 구름에 가려져 암자는 어디쯤에 있는지 알 수가 없다.
저 당(唐)의 시인 가도(賈島)의 시구 "지재차산중 운심부지처(只在此山中 雲深不知處)"가 생각나는 시다.

묘향산(遊西山)

저무는 산 나그네는 길을 잃어
지팡이 소리에 자던 새가 놀라네
쇠북 소리 들리는 암자
푸른 구름 깊은 곳 송림에 있네.

暮山客迷路 筇驚宿鳥心
鐘鳴西嶽寺 松林碧雲深

주 ◆숙(宿) : 잠자다.

형식 : 오언절구
출전 : 청허당집(淸虛堂集)

감상 서산(西山)은 묘향산을 말한다. 청허는 이 묘향산에서 오랫동안 주석했기 때문에 사람들은 그를 서산대사(西山大師)라 부르게 된 것이다.

법왕봉(法王峯)

산은 허공에 반쯤 서 있고
흰구름은 있는 듯 없는 듯하네
하늘 우러러 크게 웃나니
인간사 흥망성쇠 일순간이네.

山立碧虛半 白雲能有無
仰天一大笑 萬古如須臾

주 ◆수유(須臾) : 잠깐 동안, 극히 짧은 시간.

형식 : 오언절구
출전 : 청허당집(淸虛堂集)

감상 서산의 시로서는 보기 드문 시다. 전편에 호방한 기개가 넘치고 있다. 이 시에서 우리는 자그마한 키에 호방하게 웃고 있는 서산을 만나게 된다.

가을 강가에서(秋江別友)

긴 하늘, 가는 한 기러기 외울음
저 들엔 슬피 우짖는 풀벌레 소리
가을 강가에서 그대와 이별하느니
저 산에는 지금 노을이 지고 있네.

長天一鴈怨 大野百蟲悲
別友秋江畔 牛山落日時

주 ◆원(怨) : 원망하다. 여기서는 기러기가 '슬피 울다'.

형식 : 오언절구
출전 : 청허당집(淸虛堂集)

감상 시어는 어김없이 제자리에 배치되었고 시상은 섬세하기가 마치 가는 명주실 같다.

소 잔등에서(題牧庵)

소 잔등에 피리 부는 이여
동과 서로 뜻 따라 가네
저 푸른 들 안개비 속에
비옷을 몇 벌이나 버렸는가.

吹笛騎牛子 東西任意歸
青原烟雨裏 費盡幾蓑衣

주 ◆사의(蓑衣) : 비 올 때 쓰는 도롱이, 옛날의 비옷.

형식 : 오언절구
출전 : 청허당집(淸虛堂集)

감상 아마 목암(牧庵)이라는 이름을 가진 어느 선승에게 주는 시인 듯하다. 시상은 '소를 먹이다'의 '목(牧)'자로부터 비롯되어 아득한 봄비 속을 헤매고 있다.
서산대사 청허휴정, 그는 타고난 시인이다. 득도한 선승이기에 앞서.

양양 가는 길 (襄陽途中)

봉래산이 어디쯤에 있는가
산은 멀어 흰구름 깊네
푸른색은 송죽의 잎에 돌아가고
봄은 저 연앵(燕鶯)의 마음속에 들어가네.

蓬萊何處在 山遠白雲深
青歸松竹葉 春入燕鶯心

주 ◆봉래(蓬萊) : 신선이 산다는 三神山의 하나. ◆연앵(燕鶯) : 제비와 앵무새.

형식 : 오언절구
출전 : 청허당집(淸虛堂集)

감상 양양 가는 도중에 읊은 시.
양양에는 그 유명한 낙산사 홍련암(紅蓮庵)이 있다. 그리고 멀지 않은 곳에 설악산이 있다. 여기에서 조금만 더 북쪽으로 올라가면 봉래산(금강산)이 있다.

봄을 보내며(惜春)

꽃잎은 져 천 조각 만 조각이요
산새는 울어 두세 소리네
만일 시와 술이 없었더라면
이 좋은 풍경 놓쳤으리.

落花千萬片 啼鳥兩三聲
若無詩與酒 應殺好風情

형식 : 오언절구
출전 : 청허당집(淸虛堂集)

감상 꽃잎 비 오듯 지는 봄날, 산새는 저리 울고 있다. 아, 아, 이런 풍광 앞에서 취하지 않으면 내 어이하리. 이 정경 자체가, 이 분위기 자체가 바로 시(詩)인 것을…….

소나무 침상에(次尹方佰)

소나무 침상에 밤비 소리 들리고
푸른 등 홀로 밤을 밝히네
저 하늘을 한 장 종이삼아 쓴다 해도
이 가운데 정취를 묘사하기 어렵네.

夜雨鳴松榻 靑燈獨自明
長天爲一紙 難寫此中情

주 ◆탑(榻) : 걸상, 긴의자.

형식 : 오언절구
출전 : 청허당집(淸虛堂集)

감상 마지막 결구(제4구)가 무한한 여운을 남기고 있다. 말로, 언어로 표현할 수 있는 것에는 한계가 있다.

두견이 소리(聞鵑)

만리에 떠도는 나그네
그 사이 봄가을(세월)은 얼마나 지났는가
푸른 산 두견이 소리 들으며
백발이 되어 고향으로 돌아가네.

萬里飄流客 途中換幾霜
青山聞杜宇 白髮便還鄕

㈜ ◆상(霜) : ①서리. ②수염이나 머리가 희어짐. ③지나간 세월. 여기서는 ③의 뜻.

형식 : 오언절구
출전 : 청허당집(淸虛堂集)

[감][상] 푸른 산 두견이 소리 들으며 백발이 되어 고향으로 돌아가는 나그네여. 이제야 비로소 나 자신에게로 돌아오는 사람이여. 축복 있으라. 그대에게 무한한 축복 있으라.

처영을 보내며(送處英禪子出山)

누더기 희니 구름이 무색하고
연못은 맑아 학은 쌍쌍이 있네
그대 따라 이 산을 나가노니
조각달은 빈 창을 비추리.

衲白雲無色 潭淸鶴有双
從師出山去 片月照空窓

주 ◆납(衲) : 禪을 하는 승(衲子), 또는 그가 입는 해진 옷(衲衣).

형식 : 오언절구
출전 : 청허당집(淸虛堂集)

감상 서산의 제자 가운데 한 사람인 처영(處英)을 보내며 읊은 시.
'그대 떠난 빈 창에 조각달만 비추네.'
인간적인, 너무나 인간적인 구절이다.

옛집(杏院)

봄바람 옛집에 불고
나뭇가지 흔들려 새들 나네
꽃비 오는 속에 그대를 보내노니
술잔 가에 나그네 옷깃 다 젖네.

春風吹杏院 枝動鳥双飛
斷送落花雨 樽邊客濕衣

주 ◆단송(斷送) : 헛되이 보내다(虛送). 떠나 보내다. ◆준(樽) : 술잔.

형식 : 오언절구
출전 : 청허당집(淸虛堂集)

감상 이별도 이쯤 되면 풍류 아니리.
꽃 지는 속에 이별의 술잔으로 옷깃 다 적시다니…….
이별도 이쯤 되면 멋진 풍류 아니리.

나그네(訪謫客)

봄이 가니 산꽃은 지고
두견이는 '돌아가라' 슬피 우네
하늘가 외로운 나그네여
흰구름 가는 것만 멍하니 보네.

春去山花落 子規勸人歸
天涯幾多客 空望白雲飛

주 ◆적객(謫客) : 귀양살이하는 사람.

형식 : 오언절구
출전 : 청허당집(淸虛堂集)

감상 하늘가 외로운 나그네여, 뭣 때문에 흰구름 가는 것만 멍하니 보고 있는가. ……갈 수 없기 때문이다. 너무 멀어 고향에 갈 수 없기 때문이다.

길 떠나는 제자에게(贈別慧機長老)

늙은 학은 저 하늘 밖으로 날아갔으니
구름산은 첩첩하기 몇만 겹인가
그대에게 줄 것은 별다른 것 없고
여기 오직 지팡이 한 자루 남아 있을 뿐.

老鶴飛天去 雲山幾萬重
贈君無別物 唯有一枝笻

주 ◆증별(贈別) : 이별할 때 정표로 시나 물건 따위를 주다.

형식 : 오언절구
출전 : 청허당집(淸虛堂集)

감상 스승이 제자를 보내면서 지금 소중히 간직했던 것을 내주고 있다.
지팡이 한 자루…….
물 따라 구름 따라 머물지 말고 가라는 간절한 부탁이 다 낡은 이 지팡이에 어려 있다. 아, 아, 이 얼마나 소박하고도 절실한 이별의 장면인가.
수행자라면 적어도 이쯤은 돼야 한다.

날샐녘 (有懷)

달이 지는 새벽녘
들리는 샘물 소리 서쪽에 있네
어인 일로 저 숲의 새는
밤새도록 저리 울고 있는가.

落月五更半 鳴泉一枕西
如何林外鳥 終夜盡情啼

㈜ ◆유회(有懷) : 詩情이 일다. ◆오경(五更) : 새벽 3시에서 5시 사이.

형식 : 오언절구
출전 : 청허당집(淸虛堂集)

[감상] 이렇게 짤막한 시정이 한 편의 시가 되다니……. 서산의 손이 닿으면 이 세상 모든 것이 시로 변한다.

옛집을 지나며(過尹上舍舊宅)

노래와 춤은 이제 쓸쓸하고
솔바람만 홀로 대(臺)에 있네
새는 울고 사람은 보이지 않아
괴이한 돌들만 이끼 속에 조네.

歌舞今寥落 松風獨有臺
鳥啼人不見 怪石眠蒼苔

[주] ◆요락(寥落) : 드물다. 쓸쓸하다. ◆대(臺) : 사방의 경치를 보고 감상하기 위하여 만들어 놓은 정자.

형식 : 오언절구
출전 : 청허당집(淸虛堂集)

[감상] 지난날의 노래와 춤은 어디 갔는가. 지금은 홀로 솔바람만 불고 있을 뿐, 사람은 보이지 않고 새 우는 속에 괴석들만 이끼에 묻혀 졸고 있다. 윤상사라는 이의 옛집을 지나가며 읊은 시다.

그저 밭이나 갈며(隱夫)

그저 밭이나 갈며 살아가는
이 산속의 한 늙은이네
꾀꼬리 소리에 낮잠은 문득 깨이고
남은 빗줄은 바람 따라 가늘어지네.

耕鑿無餘事 林泉一老翁
因鶯驚午夢 殘雨細隨風

주 ◆착(鑿) : 우물이나 연못 따위를 파다. 여기서는 '밭을 갈다'. ◆앵(鶯) : 꾀꼬리. ◆잔우(殘雨) : 거의 다 오고 얼마 지나지 않아 그칠 비.

형식 : 오언절구
출전 : 청허당집(淸虛堂集)

감상 숨어사는 은자의 생활을 읊은 시다.
제1구와 제2구의 무료함이 제3구로 하여 활기를 되찾고 있다. 제4구는 섬세하기 이를 데 없다. 서산이 아니고서는 그 누구도 쓸 수 없는 구절이다.

강월헌(江月軒)

왼손은 나는 번갯불 잡고
오른손은 바늘에 실을 꿰네
구름은 정안(定眼)에서 일어나고
강달은 선심에 드네.

左手捉飛電 右手能穿鍼
山雲生定眼 江月入禪心

[주] ◆착(捉) : 움켜잡다. ◆침(鍼) : 바늘. 침놓는 바늘. ◆정안(定眼) : 선정에 든 도인의 눈. ◆강월(江月) : 강물에 비치는 달그림자.

형식 : 오언절구
출전 : 청허당집(淸虛堂集)

[감상] 제1구, 제2구는 전광석화같이 빠른 직관의 세계를 읊고 있다. 제3구는 정적 공간에서 비롯되는 만상의 작용을, 그리고 제4구는 초월의 경지에 있는 그 자신의 마음상태를 읊고 있다. 시상은 강렬한 작품인데도 시정은 한없이 가늘다.

풀집 (草屋)

돌 위에는 개울 소리 어지럽고
연못가엔 푸른 풀이 자라고 있네
빈 산에는 비바람 많아
꽃잎 져도 뜰을 쓰는 사람이 없네.

石上亂溪聲 池邊生綠草
空山風雨多 花落無人掃

형식 : 오언절구
출전 : 청허당집(淸虛堂集)

감상 인적 없는 산중의 풀집 풍경이 눈에 선하다.
'꽃잎 져도 뜰을 쓰는 사람이 없네.'
무위자연적인 삶의 한 절정을 읊은 구절이다.

부휴에게(浮休子)

떠날 때 말없이 서로 보나니
계수열매 어지러이 지고 있네
소매를 날리며 문득 돌아가니
온 산엔 속절없이 흰구름만 이네.

臨行情脉脉 桂子落紛紛
拂袖忽歸去 萬山空白雲

[주] ◆맥맥(脉脉) : 서로 보는 모양, 끊이지 않는 모양. ◆만산(萬山) : 많은 산.

형식 : 오언절구
출전 : 청허당집(淸虛堂集)

[감상] 수제자 부휴선수(浮休善修)를 보내며 읊은 시다.
제자를 보내는 스승의 태도와 스승을 떠나가는 제자의 거동이 마치 하나의 선문답 같다.
전혀 군살이 없다. 감정의 표출이 없다.

태안선자에게 (贈泰安禪子)

푸른 산의 푸름을 허락지 않고
흰구름의 그 흰 것도 허락지 않네
여기 돌창가에 한 사람 있어
사방을 휘휘 보니 허공조차 비좁네.

不許靑山靑 不許白雲白
石窓有一人 四顧虛空窄

주 ◆착(窄) : 비좁다.(地窄天水寬－蘇軾)

형식 : 오언절구
출전 : 청허당집(淸虛堂集)

감상 태안(泰安)이라는 선승에게 주는 시. 고고한 선승의 기질이 잘 나타나 있다.

오도송(過鳳城聞午鷄)

백발이어도 마음은 늙지 않는다고
옛 사람은 이미 말했네
지금 대낮에 닭 우는 소리 듣나니
대장부의 할 일을 다 마쳤네.

髮白非心白 古人曾漏洩
今聽一聲鷄 丈夫能事畢

주 ◆능사(能事) : 능히 해야 할 의무.

형식 : 오언절구
출전 : 청허당집(淸虛堂集)

감상 서산의 오도송(悟道頌)으로 알려진 시다.
그는 어느 마을을 지나가다가 대낮에 닭 우는 소리를 듣고 문득 깨달음을 얻었다고 한다.

법장대사에게(法藏大師)

그림자 없는 나무 잘라다가
저 바다의 거품을 태워 다하라
우습구나 소를 탄 이여
소를 타고 다시 소를 찾고 있는가.

斫來無影樹 燒盡水中漚
可笑騎牛者 騎牛更覓牛

주 ◆작(斫) : 쪼개다.

형식 : 오언절구
출전 : 청허당집(淸虛堂集)

감상 그대가 찾아 헤매는 그것은, 찾아 헤매는 바로 그 마음속에 있다. 그대 자신이 목적지인데 어디로 가고 있는가. 어디로 그렇게 바삐 가고 있는가.

바람 자는데(古意)

바람 자는데 꽃은 오히려 지고
새 울어 산 더욱 깊네
하늘은 흰구름 더불어 새벽을 맞고
물은 달빛에 섞여 흐르네.

風定花猶落 鳥鳴山更幽
天共白雲曉 水和明月流

주 ◆화(和) : 섞이다.

형식 : 오언절구
출전 : 청허당집(淸虛堂集)

감상 서산의 시는 너무 맑아서 두드리면 쨍! 하고 엷은 금속성이 난다. 어느 작품을 봐도, 어느 구절을 봐도 고결한 품격이 있고 엷은 비애가 서린다. 그리고 산중의 적막과 신비가 이내처럼 어린다.

그대 기다리며(有約君不來)

시선은 저 멀리 기러기 따라 다하고
푸른 바다는 하늘에 닿았네
봄풀은 십리에 푸르렀고
온 산에는 쓸쓸히 노을이 지네.

眼隨歸鴈盡 碧海連天蒼
十里猶春草 萬山空夕陽

주 ◆유약(有約) : 약속을 하다.

형식 : 오언절구
출전 : 청허당집(淸虛堂集)

감상 아무리 기다려도 온다는 그대는 오지 않고 지금 온 산에는 쓸쓸히 노을이 지고 있다. 내 가슴 속에는 쓸쓸한 밤이 오고 있다.

봄빛은(洛中卽事)

봄빛은 어디로 가고 있는가
장안의 저 백만 가이네
산승이 문 닫고 앉으면
뜰의 꽃 저 홀로 지네.

春色歸何處 長安百萬家
山僧掩門坐 空落一庭花

[주] ◆엄(掩) : 문을 닫다.

형식 : 오언절구
출전 : 청허당집(淸虛堂集)

[감상] 제3구, 제4구는 절창이다. 그러나 제3구와 제4구를 각각 떼어놓으면 그저 평범한 산문에 지나지 않는다. 그런데 이 두 구절을 묶어 놓으면 멋진 시구가 되는 것은 제3구의 '엄(掩)'자와 제4구의 '낙(落)'자 때문이다. 이 두 글자가 빚어내는 상반된 느낌 때문이다.

환암(幻庵二)

몸은 흰구름 더불어 흐르고
마음은 밝은 달과 하나가 되네
이 우주간에 이렇게 노니나니
자유롭고 자재하여 벗할 이 없네.

身與白雲双 心將明月一
行行宇宙間 自在無倫匹

주 ◆윤필(倫匹) : 同輩, 즉 나이와 신분이 서로 비슷한 사람.

형식 : 오언절구
출전 : 청허당집(淸虛堂集)

감상 이 몸은 바람 부는 대로 물결치는 대로 인연에 내맡기나니, 그러나 마음은 한없이 맑은 곳으로 올라가고 있나니……. 만릿길 떠도는 나그네, 바람 난간에 기대어 저 겹겹이 싸인 산선(山線)을 보고 있네.

무위(無位)

저 드높이 빼어난 이여
개울 소리 말이 되고 산은 그 몸이 되네
'비로의 게송'을 누설했나니
돌사람이 이 소식을 세상에 전해 주네.

巍巍落落子 澗舌山爲身
漏泄毘盧偈 流通是石人

주 ◆외외(巍巍) : 혼자 드높이 서 있는 모양. ◆낙락(落落) : 뜻이 큰 모양, 우뚝 솟은 모양. ◆비로게(毘盧偈) : 제1구. 자세한 것은 '감상'을 보라.

형식 : 오언절구
출전 : 청허당집(淸虛堂集)

감상 제3구의 '비로게(毘盧偈)'란 법신 비로자나불의 게송(시구), 즉 '불멸의 진리'를 말한다.
이 만고불멸의 진리를 돌사람(石人)이 세상에 전파하고 있다.
귀 없는 귀만이 이 소식을 들을 것이다. 이 '줄 없는 거문고 소리(沒絃琴)'를…….

처마끝(答禪和問)

처마끝에 산비 듣고
창 앞엔 등불 하나 외롭네
한 번 보면 다 알 것을
구구하게 더 물을 건 없네.

簷外鳴山雨 窓前點客燈
一參相見了 何必問三乘

㈜ ◆첨(簷) : 처마. ◆삼승(三乘) : 수행의 입장을 세 갈래로 나눈 것. 小乘·中乘·大乘.

형식 : 오언절구
출전 : 청허당집(淸虛堂集)

감상 선(禪)의 본질을 단적으로 보인 작품이다. 시상의 섬세하기가 이를 데 없다.

죽은 중을 위하여(哭亡僧)

흰구름 쫓아왔다가
밝은 달 따라가네
가고 오는 한 주인은
필경 어느 곳에 있는가.

來與白雲來 去隨明月去
去來一主人 畢竟在何處

형식 : 오언절구
출전 : 청허당집(淸虛堂集)

감상 고인이 된 어느 중을 애도하는 시. 시라기보다는 차라리 선(禪)의 공안(公案) 같다.

일선암 벽에(題一禪庵壁)

산은 무심하게 푸르고
구름은 무심하게 희네
그 가운데 한 사람 있어
또한 무심한 길손이네.

山自無心碧 雲自無心白
其中一上人 亦是無心客

주 ◆상인(上人) : 승려의 존칭.

형식 : 오언절구
출전 : 청허당집(淸虛堂集)

감상 산도 무심하게 푸르고 구름도 무심하게 피어 오르고 나그네 또한 무심하나니.
종교여 철학이여, 그대들이 감히 어찌 이곳에 발붙이리.

가도(賈島)

승과 속에 몸을 던졌고
'추(推)'와 '고(敲)'의 문자에 붙잡혔으니
일생 동안 한 일이란 것은
그저 괴롭게 시만 읊었네.

黑白投身處 推敲着字時
一生功與業 可笑苦吟詩

주 ◆가도(賈島) : 唐의 시인(779~843). 자세한 것은 '감상'을 보라. ◆흑백(黑白) : 여기서는 승속을 뜻한다.

형식 : 오언절구
출전 : 청허당집(淸虛堂集)

감상 선승의 몸으로 수행은 하지 않고 시만을 짓기에 고심한 당(唐)의 시인 가도(賈島)를 비평한 시다. 가도는 '승추월하문(僧推月下門)'이란 시구를 놓고 '추(推)'자로 써야 할 것인가 '고(敲)'자로 써야 할 것인가 고심하며 가다가, 그만 한퇴지(韓退之)의 가마에 부딪혔다. 자초지종을 들은 한퇴지는 '고(敲)'자가 좋다고 말했다. 그래서 '추고(推敲)'란 말이 생겨난 것이다. 이 경우 '추(推)'자를 쓰면 '중이 달 아래 문을 민다'가 되고 '고(敲)'자를 쓰면 '중이 달 아래 문을 두드린다'가 된다.

길손을 보내며(送人之南海)

강물마다 달은 잠겨 있고
꽃은 피어 곳곳에 봄이네
하늘 비낀 고갯마루
만리에 홀로 가는 사람 있네.

月入江江水 花連處處春
橫天三竹嶺 萬里獨歸人

주 ◆연(連) : 연이어지다. ◆삼죽령(三竹嶺) : 고개 이름. 어디에 있는지 자세치 않다.

형식 : 오언절구
출전 : 청허당집(淸虛堂集)

감상 제4구가 없었더라면 이 시는 너무나 평범한 산문이 되었을 것이다. 그러나 제4구로 하여 한 폭의 그림 같은 시가 되었다. 제4구의 '만(萬)'자와 '독(獨)'자가 이 시 전체를 살려냈다.

쌍계의 방장(雙溪方丈)

흰구름 앞뒤의 고갯마루요
밝은 달 동서에 개울이네
중은 꽃비 속에 앉아 있고
나그네는 조는데 산새가 우네.

白雲前後嶺 明月東西溪
僧坐落花雨 客眠山鳥啼

주 ◆쌍계(雙溪) : 지리산 雙溪寺가 아닌지? ◆방장(方丈) : '도를 깨친 고승' 또는 그가 '거하는 방'.

형식 : 오언절구
출전 : 청허당집(淸虛堂集)

감상 보라. 제3구를 보라. 무르녹는 봄날의 정취가 있다. 보라. 제4구를 보라. 세월 밖의 세월이 있다.

가을(咏秋)

창죽은 밤비에 울고
오동잎 소리 침상에 가득하네
구름 걷히자 푸른 바다 나오고
기러기 사라지자 가을하늘 길어지네.

窓竹夜鳴雨 秋梧葉滿床
雲收碧海出 鴈沒靑天長

주 ◆창죽(窓竹) : 창에 비치는 대나무.

형식 : 오언절구
출전 : 청허당집(淸虛堂集)

감상 가을 밤의 정경을 읊은 시.
제1구와 제2구는 가을의 쓸쓸한 심사를, 그리고 제3구와 제4구는 가을의 청정한 기운을 읊고 있다.

산벗을 보내며(別山友)

산객이 산객을 전송하나니
저 흰구름을 어느 곳에 가 찾으리
솔바람 달 아래 맑고
산빛은 빗속에 깊네.

山客送山客 白雲何處尋
松聲月下苦 山色雨中深

주 ◆산객(山客) : ① 禪을 하면서 산에서 산으로 떠도는 선승. ② 산이 좋아서 산으로만 다니며 사는 나그네. ◆고(苦) : ① 맑다. 청명하다.(月色苦兮霜白－李白) ② 간절하다.(苦言藥也 甘言病也－戰國策) 여기서는 종합적인 뜻.

형식 : 오언절구
출전 : 청허당집(淸虛堂集)

감상 산벗을 보내며 읊은 시.
구름 따라 떠도는 나그네를 어디 가 찾으리. 그 어디에도 붙잡히지 않고 자유로운 나그네의 심경을 제3구를 통해 읊고 있다. 제4구는 그런 삶을 통해서 보는 심오한 정신세계다.

선장로에게 (贈禪長老)

저무는 바다 구름은 하늘에 모이고
산은 차가워 잎은 스스로 소리를 내네
빈 연못에는 앉아 있는 그림자 비치고
가을달은 저 선심을 적시네.

海暮雲空結 山寒葉自吟
虛潭描坐影 秋月照禪心

주 ◆묘(描) : 물에 비치다. ◆선심(禪心) : 참선을 하는 마음.

형식 : 오언절구
출전 : 청허당집(淸虛堂集)

감상 선장로(禪長老)에게 준 시.
장로(長老)란 원래 불교용어로서 수행자를 높여 부르는 말이다. 즉 수행자에 대한 존칭(尊稱)이다. 장로의 원어는 '테라(Thera)'다.

밤에 앉아(夜坐)

나그네 한 소리로 길게 읊으니
바람은 일만 골짜기에 일어나네
밤 깊은 제비원
달은 청량산에 비치고 있네.

有客一長嘯 風生萬壑間
夜深燕子院 月照淸凉山

주 ◆장소(長嘯) : 소리를 길게 빼어 읊음. ◆연자원(燕子院) : 안동에 있는 절 '제비원'인 듯.

형식 : 오언절구
출전 : 청허당집(淸虛堂集)

감상 여기 제비원(燕子院)은 안동에 있는 제비원인지 아니면 다른 곳에 제비원이라는 암자가 또 있는지 알 수 없다. 여하튼 청량산(淸凉山)은 안동 부근에 있다.

조실방에 앉아(祖室有感)

십 년 동안 소식이 끊겨
한 번 이별한 뒤로 생사를 모르네
가을바람 만리길 나그네
눈시울 적시며 흰구름 바라보네.

十年消息斷 一別死生分
秋風萬里客 含淚獨看雲

주 ◆조실(祖室) : '도를 깨달은 고승' 또는 그가 '거하는 방'.

형식 : 오언절구
출전 : 청허당집(淸虛堂集)

감상 이별의 감정이 수정처럼 투명하게 드러나고 있다. '눈시울 적시며 흰구름 바라보는' 이곳에서 도(道)니 선(禪)이니 따위를 거론한다는 것은 식상한 일이다. 왜냐면 슬플 때는 슬픔, 그 자체가 되지 않으면 안 되기 때문이다.

환향곡(還鄕曲)

태어나 왔다가 죽어 돌아가는 곳
그 곳은 필경 어떤 곳인가
근원은 본래 지극히 고요하니
발밑에서 맑은 바람이 이네.

生來死去處 畢竟如何是
太虛本寂寥 脚下淸風起

주 ◆환향(還鄕) : 귀향. ◆태허(太虛) : 大虛, 大虛空. 우주의 근원.(圓同太虛無缺無餘－信心銘)

형식 : 오언절구
출전 : 청허당집(淸虛堂集)

감상 제4구가 시 전체에 활기를 불어넣고 있다. 자칫하면 훈계조가 될 뻔한 작품이다.

고기잡이 노인(漁翁一)

긴 강 거울 속을
한 잎 조각배 가네
내 신세여, 백로 같나니
갈대꽃 달빛 아래 잠드네.

長江明鏡裏 一葉孤舟去
身世同鳩鷺 蘆花月下眠

주 ◆구로(鳩鷺) : 鷗鷺의 誤字인 듯. '鷗'는 갈매기, '鷺'는 백로.

형식 : 오언절구
출전 : 청허당집(淸虛堂集)

감상 우선 시상이 깔끔하고 시정에 굽이가 있다. 마치 거울 속을 들여다보는 것 같다.

교산을 애도하며(哭喬山)

저무는 가을하늘 저 멀리
서산은 몇만 겹이나 겹쳐 있는가
슬픔은 슬픔에 겹쳐 이 슬픔 끝이 없나니
외로운 봉우리에 기대어 눈시울 적시네.

日落秋天遠 西山幾萬重
哀哀哀不盡 垂淚倚孤峰

주 ◆의(倚) : 기대다.

형식 : 오언절구
출전 : 청허당집(淸虛堂集)

감상 교산(喬山)이라는 선승을 애도하는 시.
시정은 슬픔으로 굽이치고 있지만 그러나 그 음색(音色)이 장중하다.
보라. 제4구를 보라. 장엄한 이 슬픔을 보라.

박학록에게(贈朴學錄)

그대는 부귀공명을 바라고
나는 가난한 수행자로 만족하네
가난함과 부귀영화 더 이상 논하지 말라
우리 모두 함께 꿈속의 사람이니.

君戀千金富 我甘一衲貧
莫論窮與達 同是夢中人

주 ◆납(衲) : 납자. 가난한 참선수행승. ◆궁(窮) : 궁색하다. 여기서는 '깨닫지 못하다(迷)'. ◆달(達) : 榮達. 부귀영화를 누리다.

형식 : 오언절구
출전 : 청허당집(淸虛堂集)

감상 세속을 떠난 수행자든, 부귀영화를 꿈꾸는 속인이든 우리 모두는 꿈속의 사람들. 결국은 한 줌의 흙으로 돌아갈 운명들……. 친구여, 더 이상 목에 힘을 주지 말라.

가을 밤(秋夜)

비 그치자 초승달에 놀라고
밤은 깊어 혼은 더욱 맑아지네
이불을 뒤척이며 잠 못 드노니
나뭇잎은 우수수 가을소리 보내네.

雨霽驚新月 夜深魂更淸
擁衾眠不得 木葉送秋聲

주 ◆제(霽) : 비가 그치다. 안개나 구름이 걷히다. ◆옹(擁) : 품에 안다.
◆옹금(擁衾) : 이불로 몸을 덮음.

형식 : 오언절구
출전 : 청허당집(淸虛堂集)

감상 서산대사 청허휴정답지 않게 가을 밤을 뒤척이고 있다. 그러나 서산에게도 이런 사람 냄새가 있기에 우리는 그의 시정에 공감하고 있는 것이다.

홍류동(紅流洞)

동풍이 우우 지나가자
꽃잎은 흩어져 개울 가득 붉었네
산을 나온 저 흰구름 밖,
중은 석양 속에 돌아가네.

東風一吹過 花落滿溪紅
山出白雲外 僧歸夕照中

㈜ ◆석조(夕照) : 夕陽. 저녁노을.

형식 : 오언절구
출전 : 청허당집(淸虛堂集)

감상 가야산의 홍류동(紅流洞), 철쭉이 필 때면 철쭉의 그 붉은빛이 흐르는 물에 비쳐 개울이 온통 붉은 빛깔이 된다는 그 곳. 그래서 '붉은 꽃잎이 흐르는 골짜기(紅流洞)'라 부르게 되었다는 것이다.

꿈속에서(三夢詞)

주인이 길손에게 꿈 이야기 하고
길손도 주인에게 꿈 이야기 하네
지금 꿈 이야기 하고 있는 이 두 나그네
이 또한 꿈속의 사람들이네.

主人夢說客 客夢說主人
今說二夢客 亦是夢中人

주 ◆사(詞) : 詩. 詩文의 총칭.

형식 : 오언절구
출전 : 청허당집(淸虛堂集)

감상 꿈속에 꿈 이야기 하고 있는 이 역시 꿈이라면, 꿈속에 꿈이요 그 꿈속에 또 꿈이니. 이 첩첩산을 어이 넘으리. 내 어이 넘으리.

장대사에게 (賽藏大師求偈)

푸른 산그림자 속에 둘이 앉아서
저무는 저 하늘을 돌아보네
강물은 흘러 흘러 끝이 없으니
지금과 예 또한 이와 같네.

共坐靑山影 回看落日天
長江流不盡 今古亦如然

주 ◆금고(今古) : 古今. 예와 지금.

형식 : 오언절구
출전 : 청허당집(淸虛堂集)

감상 예나 지금이나 강물은 쉴새없이 흐르고 있다. 흐르는 것은 영원한 법칙이다. 흘러가면 구름이 되고 비가 되어 되돌아오는 순환법칙이다. 영원회귀의 법칙이다.
제1구의 '영(影)'자가 끝내준다. (점잖지 못한 언어를 써서 미안.)

봄맞이(賞春)

버들가지 위에 꾀꼬리 소리 매끄럽고
매화가지 위엔 눈발이 날리려 하네
산승이 보고 있는 이 풍광,
세상 사람들 알기를 허락지 않네.

柳上鶯聲滑 梅枝雪欲飛
山僧觀物眼 不許世人知

주 ◆활(滑) : 매끄럽다. 여기서는 소리가 '아름답다'.

형식 : 오언절구
출전 : 청허당집(淸虛堂集)

감상 봄을 감상하는 시. 특히 제2구가 절창이다.
이제 막 지려는 매화 꽃잎을 보고 '눈발이 날리려 한다(雪欲飛)'로 표현했다. 정말 대단한 감각이다.

연못(曲池)

맑은 연못은 비어 있어
먼 산그림자 이 거울 위에 비치네
새를 보고 또 고기를 보나니
날고 잠기는 것은 각자의 본성이네.

清潭一面虛 山影生明鏡
觀鳥又觀魚 飛潛亦本性

주 ◆비잠(飛潛) : 하늘로 날고 물에 잠기다.

형식 : 오언절구
출전 : 청허당집(淸虛堂集)

감상 특히 시상의 흐름이 절묘하다. 제1구의 '허(虛)'자와 제2구의 '생(生)'자가 멋진 대칭을 이루고 있다. 제3구의 '조(鳥)'자와 '어(魚)'자, 제4구의 '비(飛)'자와 '잠(潛)'자는 제1・2구를 근거로 자연스럽게 전개된 시상이다.

김신사에게 (謝金信士來訪二)

끝없는 이 마음속의 일
평생 동안 누구에게 말하리
거문고를 뜯으며 읊조리나니
소나무달은 창에 가득하네.

無限心中事　平生說向誰
陽春彈一曲　松月滿窓時

주 ◆양춘(陽春) : 陽春曲, 즉 '고상한 가곡'.

형식 : 오언절구
출전 : 청허당집(淸虛堂集)

감상 제1구와 제2구는 그저 그런 푸념조의 가락이다. 그러나 제3구의 변화를 받은 제4구가 이 시 전체를 살려내고 있다. 그리하여 이 시는 아주 품격 있는 작품이 되었다.

두 사람(兩人對酌一)

주인과 손은 무심하니
한 잔의 술과 한 개의 거문고네
먼 산에는 빗발 지나고
저 숲에 작은 새 우네.

主客兩無心 一盃兼一琴
遠山共好雨 幽鳥送淸音

주 ◆대작(對酌) : 마주 앉아 술을 마시다. ◆유조(幽鳥) : 조용한 곳에 사는 새.

형식 : 오언절구
출전 : 청허당집(淸虛堂集)

감상 멋지다. 유현(幽玄)한 한 폭의 동양화다. 아니 생략될 대로 생략된 한 장의 선화(禪畵)다.

오동나무(庭梧)

밤 깊어 듣는 저 산비 소리
쓸쓸히 길손의 꿈을 깨우네
창을 열고 뜰의 오동나무 보나니
잎마다 잎마다 가을소리네.

半夜鳴山雨 悽然客夢驚
開窓見庭樹 萬葉一秋聲

주 ◆처연(悽然) : 쓸쓸한 모양.

형식 : 오언절구
출전 : 청허당집(淸虛堂集)

감상 가을 밤 산비 듣는 소리, 그리고 오동잎 잎마다 내는 가을의 소리. ……이 어찌 쓸쓸하지 않으랴.
우린 모두 만리에 떠도는 나그네의 신세인데…….

달 뜨자(雜興)

달 뜨자 온 산이 고요해지고
봄이 오자 나무들 파란 잎 나네
그대 이 뜻을 안다면
대장경 읽는 것보다 훨씬 나으리.

月出千山靜 春回萬木榮
人能知此意 勝讀大藏經

[주] ◆대장경(大藏經) : 불교경전의 총칭.

형식 : 오언절구
출전 : 청허당집(淸虛堂集)

[감상] 자연의 순환법칙을 통하여 선(禪)의 핵심을 꿰뚫고 있다. 언어여, 이 세상의 모든 책이여. 이 시 앞에 무릎 꿇어라.

바람 불자(咏懷)

바람 불자 구름은 달을 토하고
나무마다 잎들은 가을소리네
목침에 누워 탄식하나니
긴 강은 흘러 흘러 다하지 않네.

風行雲吐月 樹密葉生秋
堆枕起增歎 長江不盡流

[주] ◆영회(咏懷) : 가슴 속의 회포를 시로 읊음. ◆퇴침(堆枕) : 退枕, 木枕.

형식 : 오언절구
출전 : 청허당집(淸虛堂集)

[감상] 제4구의 '장강(長江)'은 시인 자신의 가슴 속에 흐르고 있는 희로애락의 물줄기다. 제4구가 없었더라면 너무 청승맞은 시가 될 뻔했다.

서래곡(西來曲)

서래(西來)의 이 한 곡조,
천고에 아는 이 없네
그 가락 하늘 밖으로 울려가나니
바람과 구름이 이 소리에 화답하네.

西來這一曲 千古沒人知
韻出青霄外 風雲作子期

[주] ◆서래곡(西來曲) : 禪의 본질. ◆몰인지(沒人知) : 無人知. 아는 사람이 없다. ◆청소(青霄) : 푸른 하늘.

형식 : 오언절구
출전 : 청허당집(淸虛堂集)

[감상] 아, 아, 보라. 오묘한 진리가 이처럼 간략한 시구 속에 남김없이 들어가다니…….
제4구의 '풍(風)'자와 '운(雲)'자 속에 이 세상 모든 진리가 다 들어 있다면 과연 수긍할 사람이 몇이나 되겠는가. 아마 날 보고 허풍쟁이라 비웃겠지…….

영랑령에서(永郎嶺)

허공에 발소리 끊어진 뒤
형체도 생각도 모두 사라졌네
비에 씻긴 저 하늘의 달바퀴
바람은 만 골짜기 소나무 위를 달리고 있네.

步虛聲斷後 無復想形容
雨洗孤輪月 風驅萬壑松

주 ◆보허성(步虛聲) : 허공을 걷는 발소리, 즉 '바람 소리'. ◆구(驅) : 달리다. 여기서는 '바람이 불다'.

형식 : 오언절구
출전 : 청허당집(淸虛堂集)

감상 제4구가 절창이다. 특히 '구(驅)'자는 기가 막히다.
'말발굽 소리 달리듯 바람이 일만 골짜기 소나무 위를 달려가고 있다'는 뜻이다.

한강에 노닐며(遊漢江)

버들가지 푸른 속을 아침비 지나니
봄바람 잠 깨어 물은 연기와 같네
한 가락 옥피리 소리 뱃전에 들리나니
'나는 강 위의 신선이라' 어부 말하네.

楊柳靑靑朝雨過 東風微動水如烟
一聲玉笛舟中出 漁子指云江上仙

주 ◆어자(漁子) : 어부.

형식 : 칠언절구
출전 : 청허당집(淸虛堂集)

감상 서울의 젖줄 한강을 읊은 시.
신선이 노닐던 이 강물 위에 지금은 무엇이 노닐고 있는가. 꿈꾸는 날은 다 지나가고 지금은 그 날의 추억만으로 우리 살아가야 한단 말인가.

꿈에 이백의 묘를 지나며(夢過李白墓)

유유히 천고의 한을 품고 지나는 길손
산은 푸르고 구름은 희어 고개 돌리네
그 날 술잔 들던 그 사람은 어디 갔는가
아득한 저 하늘에서 달이 오네.

過客悠悠千古恨 山靑雲白首空回
當年把酒人何去 杳杳長天月自來

㈜ ◆유유(悠悠) : ① 아득하고 먼 모양. ② 가는 모양. ③ 침착하고 여유 있는 모양. ④ 흘러가는 모양. 여기서는 종합적인 뜻으로 쓰이고 있다. ◆파주(把酒) : 술잔을 잡다. 술을 마시다.

형식 : 칠언절구
출전 : 청허당집(淸虛堂集)

감상 서산대사 청허휴정의 시정은 저 당(唐)의 시인 이백(李白)의 그것과 너무나 닮았다. 여기 서산이 꿈에 이백의 묘를 지나며 시를 읊고 있다. 이백이 좋아하는 술과 달을 들고서…….

고향에 가서(還鄕)

하나(一)

삼십 년 지나 고향을 찾아오니
사람은 없고 집은 무너지고 마을은 황폐했네
청산은 말이 없고 봄하늘 저물어 가나니
멀리서 아득히 두견새 우네.

三十年來返故鄕 人亡宅廢又村荒
靑山不語春天暮 杜宇一聲來杳茫

둘(二)

한 무리의 계집아이들 창 틈으로 날 엿보고
백발이 된 이웃노인 내 이름을 묻네
어릴 적 이름을 대고 서로 잡고 우나니
하늘은 바다 같은데 달은 이미 삼경이네.

一行兒女窺窓紙 鶴髮鄰翁問姓名
乳號方通相泣下 碧天如海月三更

주 ◆두우(杜宇) : 중국 蜀나라 望帝의 이름. 죽은 후 그의 혼이 杜鵑새가 되었다는 고사에서 두견새의 다른 이름이 됨. ◆묘망(杳茫) : 그윽하고 멀다. ◆학발(鶴髮) : 白髮. ◆인옹(鄰翁) : 이웃집 노인. ◆유호(乳號) : 어릴 때의 이름.

형식 : 칠언절구
출전 : 청허당집(淸虛堂集)

감상 이 시의 앞에 다음과 같은 서산 자신의 연기문(緣起文 : 시의 동기가 되는 글)이 붙어 있다.
"나는 어려서 부모를 잃고 열여섯 살에 고향을 떠나 서른다섯 살에 고향을 찾아갔다. 옛집은 다 허물어져 보리밭이 되었고 그 보리밭에는 푸른 봄보리만이 물결처럼 출렁이고 있었다. 슬픔을 금치 못하여 나는 옛집의 남은 벽에 이 시를 써 놓고는 거기서 하룻밤을 지새 다음 산으로 돌아왔다."

통장로에게(通長老)

옷 한 벌, 표주박 하나, 그리고 한 칸 집이여
일평생 흰구름 산에 길게 누웠네
사립문 닫힌 이 풀집, 맞고 보내는 사람 없나니
명월과 청풍만이 제 왔다가 제 가네.

一衲一瓢一間屋 一生長臥白雲山
柴門草戶無迎送 明月淸風自往還

주 ◆표(瓢) : 표주박. ◆시문(柴門) : 杜門. ① 문을 닫음. ② 사립문. 여기서는 ①의 뜻.

형식 : 칠언절구
출전 : 청허당집(淸虛堂集)

감상 언뜻 보기엔 그저 평범한 듯하면서도 씹을수록 그윽한 맛이 감도는 시다. 제4구가 멋지다. 제4구의 '자왕환(自往還)'이 멋지다.

이별(別小師)

이별의 때에 아픈 심정 다 말할 수 없나니
눈시울 적시고 서로 보며 자꾸 머뭇거리네
먼 숲, 안개는 옷감 짜듯 길게 드리웠는데
학의 그림자 바람같이 홀로 가는가.

臨別匆匆說不盡 索然相顧更遲遲
平林漠漠烟如織 鶴影飄飄獨往時

주 ◆총총(匆匆) : 怱怱. 바쁜 모양. ◆삭연(索然) : 헤어지는 모양, 눈물을 흘리는 모양. ◆지지(遲遲) : 느린 모양. ◆막막(漠漠) : 아주 넓어 끝이 없는 모양, 어두운 모양. ◆직(織) : 안개가 옷잠 짜듯 길게 걸린 모양.

형식 : 칠언절구
출전 : 청허당집(淸虛堂集)

감상 제자를 보내며 읊은 시.
제4구가 멋지다. 학의 그림자처럼 바람같이 홀로 가고 있는 제자의 모습이 너무 멋지다.

박상사의 초당에서(朴上舍草堂)

뜬구름 부귀영화에 별 관심 없나니
와각공명인들 어찌 나를 잡으리
화창한 봄날에 늘어지게 자다가
산새들 온갖 소리 누워서 듣네.

浮雲富貴非留意 蝸角功名豈染情
春日快晴春睡足 臥聽山鳥百般聲

주 ◆비유의(非留意) : 마음에 두지 않다. ◆와각공명(蝸角功名) : 덧없는 功名. ◆백반성(百般聲) : 백 가지 소리.

형식 : 칠언절구
출전 : 청허당집(淸虛堂集)

감상 이처럼 호방한 기백이 있는 시는 서산의 시에서는 그리 흔치 않다. 정여립(鄭汝立) 사건에 연루되는 그 근거가 된 시 〈등향로봉(登香爐峰)〉을 제외하고는…….

환향곡(還鄕曲)

휘두르는 주장자에 마구니들 달아나니
옛길이 분명하고 틀림없구나
나고 죽고 가고 옴을 하나로 꿰었나니
라라 리리 리라라.

曝然放杖天魔走 古路分明脚不差
生死去來爲一貫 囉囉哩哩哩囉囉

㊟ ◆박연(曝然) : 몹시 분노하는 소리. ◆천마(天魔) : 악마. 사람이 착한 일을 할 때 착한 일을 하지 못하도록 방해하는 악마. ◆라라리리리라라(囉囉哩哩哩囉囉) : 노랫가락. 가사가 없이 흥겨워 부르는 노랫가락.

형식 : 칠언절구
출전 : 청허당집(淸虛堂集)

감상 서산의 시답지 않게 경쾌하다. 시어도 많이 들뜨고 있다.

가을바람(上滄海)

가을바람 옷깃에 불고
저녁 새들 다투어 돌아오네
그대는 오지 않는가
먼 산에 달이 오르네.

秋風今吹衣 夕鳥今爭還
美人兮不來 明月兮空山

주 ◆쟁환(爭還) : 다투어 둥지로 돌아오다.

형식 : 오언절구
출전 : 청허당집(淸虛堂集)

감상 누구를 기다리는 시.
그러나 쓸쓸한 분위기는 없고 맑고 상쾌하다. 제4구 때문이다.

임종게(臨終偈)

천 가지 계책과 만 가지 생각
불이 벌건 화로에 한 송이 흰 눈이네
진흙소가 물 위로 가니
대지와 허공이 찢어지네.

千計萬思量 紅爐一點雪
泥牛水上行 大地虛空裂

㈜ ◆홍로(紅爐) : 새빨갛게 불이 달은 화로.

형식 : 오언절구
출전 : 청허당집(淸虛堂集)

감상 선승의 전형적인 임종게다.
서산은 이 임종게를 써 놓고는 단정하게 앉아서 열반에 들었다.
우리는 이 임종게를 통하여 득도의 경지에 이른 고승의 넉넉한 모습을 보게 된다.

천옥선자에게(天玉禪子)

낮에는 한 잔의 차요
밤에는 한숨의 단잠이네
청산과 흰구름이
무생사를 이야기하네.

晝來一椀茶 夜來一場睡
靑山與白雲 共說無生事

주 ◆무생사(無生事) : 불생불멸의 일, 즉 '불생불멸하는 이치'.

형식 : 오언절구
출전 : 청허당집(淸虛堂集)

감상 내 삶이 이렇게만 될 수 있다면 무엇이 두려우랴. 무슨 걱정 있으랴.

성운장로에게(示性雲長老)

소리 있기 전에 이미 만났거늘
망주정에서 왜 기다리는가
한 번 웃고는 말이 없는 곳
저 하늘가에 멧부리만 연이어 푸르렀네.

聲前相見了 何必望舟亭
一笑無言處 天邊列嶽靑

주 ◆망주정(望舟亭) : 정자의 이름. 어디 있는지 자세치 않음.

형식 : 오언절구
출전 : 청허당집(淸虛堂集)

감상 그렇다. 소리 있기 이전에 이미 만났거늘 굳이 그 육체를 볼 필요가 있는가. 그래도 우리 만나야 한다면 싱긋 웃고는 그것으로 끝이다. 그 미소 뒤에 오는 침묵 속에 저 하늘 끝까지 이어지는 푸른 산선(山線)이여.

벽천선자에게(示碧泉禪子)

번갯불 속에 앉아
사람을 능히 살리고 죽이네
머리도 없고 꼬리도 없는 이 몽둥이가
허공의 뼈다귀를 부숴 버리네.

閃電光中坐 對人能殺活
無頭無尾棒 打破虛空骨

[주] ◆섬전광(閃電光) : 번쩍하는 번갯불빛.

형식 : 오언절구
출전 : 청허당집(淸虛堂集)

[감상] 선의 직관적 세계를 읊은 시.
기상이 험난하기로 유명한 임제가풍(臨濟家風)의 분위기가 물씬 풍긴다.

전법게(傳法偈贈玩虛堂)

법이여 법이여 본래 법은 없는 것이니
법이 없는 이 법 또한 법이네
지금 '법이 없는 법'을 그대에게 전해 주노니
이 법을 길이 멸하지 않게 하라.

法法本無法 無法法亦法
今付無法法 佘法永不滅

형식 : 오언절구
출전 : 청허당집(淸虛堂集)

감상 전법게(傳法偈)란 스승이, 깨달은 제자에게 자신의 가풍(家風)을 그대로 전해 주는 시다. 말하자면 영적인 부동산의 명예이전인 셈이다.
격이 높으면서 절제될 대로 절제된 시다.

일선휴옹 찬(眞贊, 一禪休翁)

처음 오실 때는
한 덩어리 밝은 구슬이더니
지금 가실 때는
다섯 개의 신주(神珠)네
불에 들어가도 변하지 않고
물에 들어가도 젖지 않음이여
언제나 고요하고 언제나 밝으니
기나긴 억겁 세월도 잠깐 사이네.

師初來也 一顆明珠
師今去也 五箇神珠
入火不變 入水不渝
常寂常照 劫石須臾

형식 : 고체시(古體詩)
출전 : 청허당집(淸虛堂集)

감상 일생 동안 선승으로 살다가 조용히 간 사람, 그리고 죽고 난 다음 칠 일 동안 그 몸에서 오색 광명을 내뿜었던 사람, 일선휴옹(一禪休翁)의 진영(眞影)에 쓴 시다.

정관일선(靜觀一禪, 1533-1608) … 18편

대둔사(題大芚寺)

우우 솔바람에 귀는 맑아지고
저 개울 소리 먼 꿈을 불러일으키네
공양을 마친 뒤 한 잔의 차여
바람과 달이 언제나 내 곁에 있네.

松韻淸人耳　溪聲惹夢魂
齊餘茶一椀　風月共朝昏

[주] ◆야(惹) : 끌어당기다.

형식 : 오언절구
출전 : 정관집(靜觀集)

[감상] 세상을 벗어나 유유자적한 삶을 노래하고 있다. 시상이 한 번 더 세차게 굽이쳤더라면 좋았을 것이다.

희상인에게(贈法師熙上人)

가을바람 가을달 단풍 든 나무 사이에서
우리는 불이법을 이야기했네
겨울 밤, 그 눈 오는 밤 남은 등불 아래 앉아
우리는 줄 없는 거문고를 뜯으며 놀았네
그대 보내는 마음에 수심은 안개처럼 피나니
어느 곳 푸른 산에서 우리 다시 만날까.

九秋風九秋月 紅樹間 共談不二法
三冬雪三冬夜 殘燈下 相弄沒絃琴
誰知此日愁難制 何處靑山又同襟

주 ◆불이법(不二法) : 상대적인 차별의 차원을 뛰어넘은 절대진리. ◆몰현금(沒絃琴) : 줄이 없는 거문고.

형식 : 고체시(古體詩)
출전 : 정관집(靜觀集)

감상 벗과의 이별이 마치 사랑하는 연인을 보내는 듯하다. 이성(異性)과의 교제가 금지된 불가(佛家)이고 보면 벗에 대한 감정에 이성의 연정까지 섞이는 것을 이해는 할 수 있다. 그러나 중성적인 이런 감정은 우리를 슬프게 한다.

본래 순수(本源自性天眞佛)

모든 것은 본래부터 완벽했으니
청황적백의 갖가지 모습이네
산은 묵묵하고 하늘은 짙푸르며
물은 맑고 달은 휘영청 밝네
봄이면 제비는 왔다 가을이면 가고
밤 깊으면 잠들어 새벽이면 깨이네
학의 다리 길고 물오리 다리 짧은 것
이것은 이대로 천진한 본체니
밭둑 위의 농부노래 이 태평가 아니리.

妙性頭頭本現成 青黃紅白萬般形
山元默默天元碧 水自澄澄月自明
春到燕來秋便去 夜深人寢曉還醒
鶴長鳧短天眞體 陌上農歌是太平

㈜ ◆만반(萬般) : 일만 가지 종류, 온갖 종류. ◆부(鳧) : 물오리. ◆맥상(陌上) : 길거리, 밭둑길.

형식 : 칠언율시
출전 : 정관집(靜觀集)

감상 이 모든 소리와 형체는 그대로 본래 부처(天眞佛)라는 이치를 읊고 있다.

임종게 (臨終偈)

평생 동안 지껄인 것 부끄러우니
지금은 모든 걸 뛰어넘었네
말이 있고 말이 없고 이 모두 틀렸으니
그대들은 부디 이를 깨달으라.

平生慚愧口喃喃 末後了然超百億
有言無言俱不是 伏請諸人須自覺

주 ◆남남(喃喃) : 함부로 지껄이는 모양.

형식 : 칠언절구
출전 : 정관집(靜觀集)

감상 그저 담담한 심정으로 읊고 있는 소박한 임종게다.

대숲집에 (偶吟)

대숲집에 봄바람 쌀쌀하나니
난간에 길게 앉아 시정에 젖네
줄 없는 거문고의 소리 누가 들으리
나 홀로 거문고 안고 달빛 아래 뜯노니.

竹院春風特地寒 沈吟長坐小欄干
沒絃琴上知音少 獨抱梧桐月下彈

주 ◆특지(特地) : 특별히. '地'는 조사. ◆오동(梧桐) : 여기서는 '오동나무로 만든 가야금' 또는 '거문고'.

형식 : 칠언절구
출전 : 정관집(靜觀集)

감상 시상은 참신한 맛이 적지만 그러나 수행자의 품격은 잃지 않았다.

앞 못 보는 선자에게(贈盲禪子)

'색(色)'을 보지 않을 때 본성을 보고
소리를 듣지 않을 때 마음을 듣네
이 눈을 쓰지 않고 우주에 통하나니
아나율의 이름이 고금에 전해 가네.

不見色時還見性 不聞聲處反聞心
不用肉眼通沙界 那律佳名播古今

주 ◆색(色) : 형체와 색깔. ◆사계(沙界) : 온 우주. ◆나율(那律) : 阿那律존자. 눈이 멀었던 그는 오히려 '心眼'이 열려 볼 수 없는 것까지 볼 수 있는 힘을 얻었다.

형식 : 칠언절구
출전 : 정관집(靜觀集)

감상 눈먼 장님 선객(禪客)에게 준 시다.
아나율은 부처의 제자 가운데 마음의 눈(心眼)이 제일 밝았던 사람이다. 그러나 그는 눈먼 소경이었다.

금강대(重上金剛臺)

높은 대(臺)에 고요히 앉으니 잠은 멀리 가고
외로운 등불만 적적하게 벽에 걸려 있네
문밖에서 바람이 지나가고 있는가
솔방울 떨어지는 소리 뜰에 있네.

高臺靜坐不成眠 寂寂孤燈壁裡懸
時有好風吹戶外 却聞松子落庭前

주 ◆송자(松子) : 솔방울.(山空松子落－韋應物)

형식 : 칠언절구
출전 : 정관집(靜觀集)

감상 적적한 산사(山寺)의 밤 정경을 읊고 있다.
제3구와 제4구가 인상적이다. 당(唐)의 시인 위응물(韋應物)의 시구가 생각난다.
"산은 비었는데 솔방울 떨어지는 소리(山空松子落)……."

시를 쓰는 중에게 (贈詩僧)

물을 감상하고 산을 보며 허송세월만 하고
바람에 읊조리고 달을 노래하기에 정신이 피곤하네
그러나 문득 '서래의 뜻' 깨닫게 되면
바야흐로 이 출세 대장부 되리.

翫水看山虛送日 吟風詠月謾勞神
豁然悟得西來意 方是各爲出世人

주 ◆완(翫) : '玩'과 같은 글자. 사랑하다. 좋아하다. ◆만(謾) : 부질없이.
◆서래의(西來意) : 祖師西來意. 禪의 참뜻.

형식 : 칠언절구
출전 : 정관집(靜觀集)

감상 수행은 게을리하고 그저 시(詩)를 짓기에 몰두하고 있는 시승(詩僧)을 경책하는 시다. 《동문선》에 보면 시승들의 시가 꽤 실려 있다. 그러나 선시(禪詩)의 탈속미(脫俗美)가 없는 것은 그들이 선 수행은 하지 않고 그저 언어의 연마에만 치중했기 때문이다. 진정한 선시는 선 수행을 통해서만 잉태되는 것이다. 요즈음 선시를 쓴다고 설쳐대는 앵무새 시인들이여, 이 말을 귀담아들어라.

길손 보내며(贈太顚書員)

서릿바람 지는 잎 빈 산에 가득한데
남녘으로 가는 길손 떠나 보내네
다른 날 어느 곳에서 우리 서로 생각하리
잔나비 우는 저 봉우리, 그 골짜기겠지.

霜風落葉滿空山 遠客南歸離別難
他日相思何處是 老猿啼在亂峯間

주 ◆원객(遠客) : 먼 곳에서 온 손님 또는 나그네.

형식 : 칠언절구
출전 : 정관집(靜觀集)

감상 평범한 이별의 시.
원숭이(猿)는 우리나라 산에 없다. 그런데 옛 시 속에 원숭이가 곧잘 등장하고 있는 것은 무엇 때문인가. 아마 중국시의 영향인 듯하다.

준도인에게 (贈俊道人)

두 눈썹 치켜뜨고 눈을 반짝이는 그것, 별거 아니요
마주 보며 기뻐하는 그것 역시 아직 멀었네
일평생 할 일을 다 마쳐 버린 사람이
봄가을 벽운암에 길게 누워 지내는 그만 같으리.

揚眉瞬目非臻妙 對面喜怡亦未堪
爭似一生無事漢 春秋長臥碧雲庵

주 ◆진(臻) : 이르다. 도달하다. ◆미(未) : 아직 ~하지 못하다. ◆감(堪) : 감당하다. 어떤 일을 능히 해낼 수 있는 능력.

형식 : 칠언절구
출전 : 정관집(靜觀集)

감상 득도한 도인의 여유로운 삶을 읊고 있다. 그러나 격외(格外)의 기백이 약하다.

밤에 앉아(夜坐)

바람은 맑고 달은 희어 밤 연못 차가우니
외로운 등불 마주 앉은 이 마음 그윽하네
한 덩어리 이 구슬은 그 빛 부신데
어느 곳에 가서 또다시 편안을 물으리.

風淸月白夜塘寒 坐對孤燈意自閑
一顆靈珠光燦爛 更於何處問心安

[주] ◆일과영주(一顆靈珠) : 신령스러운 한 개의 구슬, 즉 '그 작용을 측량할 수 없는 우리의 마음'을 일컬음. 여의주와 같은 뜻.

형식 : 칠언절구
출전 : 정관집(靜觀集)

[감상] 어딘가에서 읽은 듯한 느낌을 주는 것은 이 시의 시어들이 독창성을 결여하고 있기 때문이다.

이 세상에(不忘記)

이 세상에 무엇이 있는가
이 몸 외에는 이제 아무것도 없네
사대는 마침내 부서져 흩어지나니
상쾌하기가 창공을 나는 것 같네.

世間何所有 身外更無餘
四大終離散 快如登太虛

주 ◆사대(四大) : 우리의 육체를 구성하고 있는 네 가지 원소, 즉 흙(地)·물(水)·불(火)·바람(風).

형식 : 오언절구
출전 : 정관집(靜觀集)

감상 역시 좀 약한 느낌을 준다. 선시(禪詩)의 대열에 끼기에는 시상의 흐름이 너무 느리고 그 구성력이 입체적이지 못하다.

임종게(臨終偈)

석 자 길이 명검을
저 북두의 별 속에 숨겨 두었네
하늘에 구름이 흩어지자
비로소 그 칼날이 하얗게 드러나네.

三尺吹毛劍 多年北斗藏
太虛雲散盡 始得露鋒鋩

주 ◆취모검(吹毛劍) : 먼지를 불면 그 먼지 한 오라기까지도 끊어지는 날카로운 劍. 名劍. ◆봉망(鋒鋩) : 鋒芒. 칼의 끝.

형식 : 오언절구
출전 : 정관집(靜觀集)

감상 수준급은 되지만 그러나 빼어난 임종게는 아니다. 눈에 거슬리는 단어도 없지만 특별히 돋보이는 구절도 없다.

듣지 않는 것으로(贈盲聾禪老)

듣지 않는 것으로 듣는 것은 본성이요
보지 않는 것으로 보는 것은 참마음이네
본성과 참마음마저 잊어버린 곳
비고 밝아 저 물 속에 달이 환하네.

不聞聞自性 無見見眞心
心性都忘處 虛明水月臨

주 ◆도(都) : 모두 다. ◆수월(水月) : 물에 비친 달.

형식 : 오언절구
출전 : 정관집(靜觀集)

감상 독창성이 떨어진다. 시어는 모두 선어(禪語)인데 선시의 탈속미(脫俗美)가 적은 것은 그 시상의 흐름에 굽이가 없기 때문이다.

현묵에게(贈玄默)

현묘하고 현묘한 이 말 밖의 뜻이여
묵묵히 고요한 속에 있나니
그대 만일 밖을 향해 찾아 나서면
고개 돌리는 그 순간 눈앞은 어둠이네.

玄玄言外旨 默默靜中存
若也從他覓 回頭眼已昏

주 ◆멱(覓) : ~을 찾다.

형식 : 오언절구
출전 : 정관집(靜觀集)

감상 제4구의 '혼(昏)'자 하나 때문에 이 시가 살아났다. 현묵(玄默)이란 중에게 주는 시다.

설잠에게(贈雪岑)

그 발은 천 봉우리 눈을 밟고
지팡이는 만 골짜기 구름을 해쳤네
세상인연 말끔히 쓸어 버린 다음
물외에서 스스로 초연하네.

足踏千峯雪 笻侵萬壑烟
世緣除蕩盡 物外自超然

주 ◆설잠(雪岑) : 사람 이름. ◆물외(物外) : 사물의 밖.

형식 : 오언절구
출전 : 정관집(靜觀集)

감상 설잠(雪岑)은 매월당 김시습의 호(號)다. 그러나 매월당은 아닌 듯하다. 왜냐면 연대가 틀리기 때문이다. 그러나 그럼에도 불구하고 매월당 같다. 왜냐면 한 인간과 한 인간의 영적 교류는 시간을 멀리 뛰어넘기 때문이다.

가는 곳마다(偶吟)

가는 곳마다 가는 곳마다 고향길이요
사물마다 사물마다 이 고향집이네
본시부터 여기 아무 잘못 없었는데
무엇 때문에 이리 재고 저리 쟀던가.

處處逢歸路 頭頭是故鄕
本來成現事 何必待思量

주 ◆처처(處處) : 곳곳마다, 이 모든 곳이.

형식 : 오언절구
출전 : 정관집(靜觀集)

감상 약하다. 선(禪)적인 기지가 약하고 시상의 물굽이가 극적이지 못하다. 이유는 자기의 체험에서 배어 나온 언어가 아니기 때문이다.

은선암(留隱仙偶吟)

구름은 성문동을 가리고
저 미륵봉에는 비가 내리네
산은 깊어 세상일 멀리했나니
공 아닌 공을 고요히 관찰하네.

雲鎖聲聞洞 雨垂彌勒峯
山深塵事少 觀察不空空

형식 : 오언절구
출전 : 정관집(靜觀集)

감상 제1구와 제2구의 전개는 좋았지만 그러나 제3구에서 그 시상이 침체되다가 제4구에 오자 아예 무사안일에 빠져 버렸다. '오! 맙소사.'

영허해일(暎虛海日, 1541－1609) … 10편

대용(大用)

그 눈썹은 온 우주에 비껴 갔고
그 눈빛은 이 하늘과 이 땅을 꿰뚫었네
그 손에는 명검을 잡았으니
그 누구도 여기서 살아 남지 못하리.

眉毛横宇宙 眼睫透乾坤
手把龍泉劍 逢人斬命根

[주] ◆첩(睫) : 속눈썹. 눈을 깜빡거림. ◆용천검(龍泉劍) : 고대의 名劍 이름.

형식 : 오언절구
출전 : 영허집(暎虛集)

[감상] 선승(禪僧)의 높은 기상을 읊은 시다. 제1구와 제2구가 좋다.

흐르는 물(流水)

한 줄기 차가운 근원은 맑고 그윽하니
산을 돌고 들을 가로지르며 유유히 흐르네
물이 가는 이 기세여, 만물은 여기 뒤따르나니
예부터 지금까지 쉬지 않고 흘러가네.

一派寒源淸且幽 還山橫野等閑流
涓涓自得朝宗勢 從古于今逝不休

주 ◆환(還) : 돌다. ◆연연(涓涓) : 물이 졸졸 흐르는 모양. ◆조종(朝宗) : 여러 갈래의 강물이 바다에 흘러들어가 모임.

형식 : 칠언절구
출전 : 영허집(暎虛集)

감상 흐르는 물을 보고 읊은 시.
제1구와 제2구는 쉬지 않고 흘러가는 물의 흐름세를 노래하고 있다. 제3구는 이 모든 곳에 미치는 물의 영향력을, 그리고 제4구는 동사의 현재진행형으로서의 물의 특성을 읊고 있다.

잊음(忘機)

선문에 들어와 옛길을 잊었으니
흐름 따라 곳을 따라 분별성은 사라졌네
이 산중의 세월을 누가 기억하리
저 회나무 잎이 푸르렀다 노랗게 물들 뿐이네.

一入西門古路忘 隨流隨處沒思量
山中歲月誰能記 只見槐陰青又黃

주 ◆서문(西門) : 禪門인 듯.

형식 : 칠언절구
출전 : 영허집(暎虛集)

감상 세월 가는 것마저 잊어버린 산중의 삶을 노래하고 있다. 그러나 시상은 참신한 맛이 결여되어 있다.

눈(眼)

누가 이 쌍거울을 내 얼굴에 걸었는가
푸르고 누런 온갖 색깔 분명히 아네
시비를 가려 남과 나를 곧잘 구별하지만
자기 자신을 되돌아볼 줄 전혀 모르네.

誰將雙鏡掛於面 青白玄黃歷歷分
飜笑是非他了別 未能返照自家痕

[주] ◆역력분(歷歷分) : 역력히 분명하다. ◆번(飜) : 翻. 도리어, 반대로.

형식 : 칠언절구
출전 : 영허집(暎虛集)

[감상] 이 두 눈을 두고 읊은 작품으로서 해학적인 경쾌함이 있다. 그러면서도 '자기 자신은 볼 줄 모른다'는 따끔한 경책도 잊지 않았다.
눈은 푸르고 붉은 온갖 색깔과 형태를 보지만 그러나 눈, 그 자신은 볼 수 없다. 여기에 눈의 한계가 있다.

자유자재(赤窮新活計)

한 벌 누더기를 이 풍진세상에 맡겼으니
고요한 산속에 앉아 하는 공부 진짜가 아니네
범의 소굴, 악마의 궁전을 종횡무진 누비면서
이 천지에 노니는 나그네 되리.

一肩霞衲任風塵 定靜功夫亦不眞
虎穴魔宮隨處樂 逍遙天地作閑人

주 ◆적궁(赤窮) : 몹시 궁색하다. ◆풍진(風塵) : 바람과 티끌이 많은 이 세상, 속세. ◆마궁(魔宮) : 악마의 궁전. ◆작(作) : ~이 되다.

형식 : 칠언절구
출전 : 영허집(暎虛集)

감상 시상이 경쾌하고 시정이 자유롭다.
한 벌 누더기를 이 풍진세상에 맡기고 부딪치는 대로 헤쳐가며 살아가는 사람, 그 사람이야말로 진정한 수행자가 아니겠는가.

준대덕을 애도하며(挽俊大德)

태어남도 환영이요 죽음 또한 환영이니
죽음과 태어남은 이 모두 환영이네
이렇게 본래 이치 깨닫는다면
한 발자국도 옮기지 않고 저 언덕에 이르리.

生也幻兮死也幻 死生元是一虛幻
伊麽了達本眞空 寸步不移登彼岸

주 ◆이마(伊麽) : 이렇게, 이런 식으로. ◆피안(彼岸) : 열반, 즉 '깨달음의 저 언덕'.

형식 : 칠언절구
출전 : 영허집(暎虛集)

감상 준대덕(俊大德)의 죽음을 애도하는 시다. 대덕(大德)이란 덕이 높은 승려를 말한다.
참신한 맛은 적지만 그러나 선시(禪詩)의 기본 골격은 갖췄다.

신라를 회상하며(新羅懷古)

옛 나라의 흥망성쇠여
아득하여라 누구에게 물어 보리
왕손은 봉을 타고 날아갔고
그 날 그 노래와 춤은 먼 하늘로 돌아갔네
돌은 늙어 구름은 하늘을 가렸고
산은 푸른데 강은 저리 슬프네
그 옛적 임금님 가마 다니던 길에는
봄비에 꽃잎만 저리 지고 있네.

故國興亡事 茫茫欲問誰 王孫乘鳳去 歌舞上天歸
石老雲空鎖 山青江自悲 向來行輦路 春雨落花飛

㈜ ◆향래(向來) : 이전부터 현재까지.

형식 : 오언율시
출전 : 영허집(暎虛集)

감상 그 옛날 전성했던 왕국, 신라를 회고하는 시다.
시상과 시정에는 별 무리가 없고 구성도 수준급은 된다. 그러나 극적인 변화가 없다는 데 이 시의 약점이 있다.

번개보다 빠른(禪旨)

번개보다 빠른
이 칼날을 누가 당하리
부처도 숨을 곳이 없는데
마구니(악마) 어디에 몸을 숨기리
피는 굽이쳐 하늘에 솟고
차가운 바람은 땅을 때리네
삼십 방망이라 외쳐대지만
그대 두 눈썹은 이미 내 손에 있네.

舞釰誰當刃 活搥獨自揮 佛無藏跡處 魔豈隱身時
血浪衝天湧 寒風拂地吹 雖云三十棒 那似睹双眉

주 ◆나사(那似) : 어찌 ~함만 같겠는가.

형식 : 오언율시
출전 : 영허집(暎虛集)

감상 전광석화와 같은 직관력과 하늘을 뚫고 치솟는 기상이 있다.
가장 멋진 구절은 제8구이다.
'아무리 날고 뛰어봐야 내 손안을 벗어날 수 없다'니…….
그대여, 이곳에 어찌 발을 붙이리.

한 물건(一物)

나에게 '한 물건' 있으니
꼬리도 없고 또한 머리도 없네
들어오고 나갈 때는 나를 따르고
앉고 누울 때도 나를 떠나지 않네
찾아보면 그 흔적이 없으나
쓸 때는 물결처럼 굽이치네
마주 보면 이름도 없고 모양도 없지만
사람을 만나면 미소 짓네.

吾家有一物 無尾亦無頭 出入同來往 行藏共去留
窮尋多寂寞 動用極優游 覿面無名狀 逢人笑不休

주 ◆우유(優游) : 優遊. 한가로운 모양, 여유 있는 모양. ◆적면(覿面) : 눈앞, 目前. ◆명상(名狀) : 상태를 표현함. 형언함.

형식 : 오언율시
출전 : 영허집(暎虛集)

감상 마치 함허(涵虛)의 《금강경오가해 설의(金剛經五家解說誼)》 서문을 보는 느낌이다. 여기 '일물(一物)'이란 우리 마음자리(本性)를 말한다.

낙천가(樂天歌)

드넓고 아름다워라
본래로 천진스런 이 성품이여
종횡무진 가는 곳마다 두루 통하니
분명하고 역력하여 물들지 않네

浩浩浩 艶艶艶 無爲無作又無念
縱横處處自圓通 歷歷明明常不染

자만심을 꺾고 본래 성품 깨달으니
깨달음과 번뇌마저 모두 잊었네
종래의 말없는 한 글귀여
이것 역시 임시로 세운 거짓이네

折慢憧 證眞常 菩提煩惱自忘羊
從來一句無言說 假立虛名作道場

하늘도 돌지 않고 대지도 움직이지 않으니
이 풀집과 이 산과 내가 오히려 돌고 있네
고금의 성인들도 이 이치를 몰랐으니

몸과 마음 억눌러서 쓴 고행만 시켰네

天不回 地不轉 茅茨瓦岳我回轉
古今聖賢未能知 拘得身心辛古鍊

보배거울, 금강의 검이여
칼집을 나왔거든 도로 넣지 말라
천차만별의 교화방편, 그대 자신의 것이니
한 덩이 둥근 빛은 스스로 눈부시네

寶鏡臺金剛劍 光芒出甲勿收劍
千差萬化當人用 一顆圓明自焰焰

한 물건도 없고 삼매도 예 없으니
가풍은 냉담하여 사사로운 정이 없네
천진하고 일없는데 다시 무얼 하겠는가
배고프면 솔잎차요 피곤하면 조네

無一物 莫三昧 家風冷淡無人愛
天眞無事更何爲 飢卽松茶困卽寐

백 번 기운 누더기옷, 한 개의 표주박이여

발길 따라 곳을 따라 거침없이 노니네
가고 옴에 걸릴 것이 전혀 없으니
저 하늘 높이 나는 매의 자태여

這百衲這一瓢 騰騰任運自逍遙
逍遙去住無拘絆 闊闊靑霄一快鷂

마음에 일없거든 억지로 닦지 말고
뜻대로 이 천지에 넉넉하게 노닐거라
온갖 산천 온갖 곳을 다 밟고 돌아와도
마음의 이 본성은 언제나 변함없네

心無事勿修治 任意優游千萬里
歷盡天台與洞庭 靈臺妙性狀完爾

탄생 전의 이 얼굴이 차갑게 빛나니
이 세상 온갖 것이 바로 이것 아니리
본성은 언제나 오염되지 않으니
그러므로 이 늙은이 '무생가'를 부르네.

孃生面瑩寒冷 物物頭頭現一乘
眞性坦然無染汚 無生歌唱老山僧

주 ◆호호(浩浩) : 광대한 모양. ◆염염(艶艶) : 아름다운 모양. ◆만동(慢憧) : 거만하고 어리석다. ◆모자(茅茨) : 띠, 또는 띠로 이는 지붕. ◆갑(甲) : 여기서는 '칼집'. ◆요(鷂) : 새마. 매의 일종. ◆영대(靈臺) : 마음. ◆탄연(坦然) : 평탄한 모양.

형식 : 가체(歌體)
출전 : 영허집(暎虛集)

감상 우리의 본성은 그 어느 상황에서도 절대로 오염되거나 변질되지 않는다. 구름이 끼면 그 구름에 가려 달을 볼 수 없지만 그러나 달, 그 자체가 구름에 오염되어 자신의 빛을 잃지는 않는다. 구름 걷히면 달빛은 예나 마찬가지로 온 누리를 비춘다. 이처럼 우리의 마음자리(本性)도 희로애락의 어떤 변화에도 전혀 오염되지 않는다. 다만 희로애락의 구름에 가려 오염된 것처럼 그렇게 일시적으로 보일 뿐이다.
여기 이 시(樂天歌)는 이렇게 종횡무진 굽이치면서도 변치 않는 우리 마음자리의 오묘함을 읊고 있다.

부휴선수(浮休善修, 1543-1615) … 31편

일선에게 (一禪和求語)

이른봄 매화꽃 만발함이여
가을 깊이 들국화 홀로 피었네
매화니 들국화니 따지려 들면
뜬구름만 부질없이 오고 간다네.

春早梅花發 秋深野菊開 欲說箇中事 浮雲空去來

주 ◆일선(一禪) : 어느 한 선승에게. 여기서는 '一禪'이라는 이름을 가진 어느 선승인 듯. ◆개(開) : 꽃이 피다. ◆공(空) : 부질없이, 공연히.

형식 : 오언절구, 평성회운(平聲灰韻)
출전 : 부휴당대사집(浮休堂大師集)

감상 '꽃은 왜 피는가.' 여기에는 아무런 이유가 없다. 봄이 왔으니 꽃이 피는 것이다. 꽃은 결코 '나의 아름다움을 알아 달라'고 피는 것은 아니다. 이유를 붙이고 따지면서 이 꽃의 신비로움에 난도질을 하는 것은 사람이요, 꽃이 피면 그 향을 찾아 어디선가 날아오는 것은 벌과 나비다.
인간이여, 그대의 대갈통을 때려 부수지 않는 한, 그 잘난 지식을, 분별의식을 버리지 않는 한 그대의 고뇌는 끝나지 않을 것이다.

공림사에서(宿空林寺)

흰 눈에 달빛 어려 밤은 깊은데
고향생각 아득히 만리를 가네
맑은 바람 뼛속 깊이 파고드는데
나그네 홀로 시정에 젖네.

雪月三更夜 關山萬里心 淸風寒徹骨 遊客獨沈吟

주 ◆설월(雪月) : 눈 위에 비치는 달빛. ◆관산(關山) : 關門과 山. 고향에 있는 산, 즉 고향.(戎馬關山北－登岳陽樓 杜甫) ◆유객(遊客) : 나그네.

형식 : 오언절구, 평성침운(平聲侵韻)
출전 : 부휴당대사집(浮休堂大師集)

감상 일생을 오직 수도에만 전념한 사람, 부휴선수(浮休善修)……. 그가 살았던 시대는 임진왜란으로 이 나라의 구석구석이 술렁거리던 때였다. 당시 승려들은 모두 왜군을 맞아 전쟁터로 나가고 절간은 모두 연병장으로 변했다. 그러나 부휴선수만은 끝까지 그 싸움에 끼어들지 않고 수행자로서 일생을 마쳤던 것이다. 그는 너무 시대를 외면했다는 비판도 받고 있지만 그러나 또 한편으로 보면 그는 끝까지 구도자의 자리를 지켰다고도 볼 수 있다. 그런 그가 지금 고향을 그리는 한 나그네의 심정이 되어 이 시(詩)를 읊고 있는 것이다.

한 번 웃고(別天池)

한 번 웃고 즉시 친해진 후로
서로서로 갈고 닦기 나날이 새로웠네
어느 날 문득 구름 따라 가 버렸으니
자네 없는 이 봄, 내 가슴은 저리네.

一笑卽相親 切磋又日新 忽從雲外去 腸斷楚山春

주 ◆천지(天池) : 人名인 듯. 그러므로 여기서의 別天池란 '天池와 헤어지다'의 뜻. ◆절차(切磋) : 切磋琢磨. 朋友가 서로 격려하며 공을 쌓는 것.

형식 : 오언절구, 평성진운(平聲眞韻)
출전 : 부휴당대사집(浮休堂大師集)

감상 수행자에게 있어서 같은 길을 가는 벗(道伴)이란 너무나 귀중한 보배다. 왜냐면 서로가 서로에게 있어서 의지처요, 엄격한 스승이기 때문이다. 한 사람이 실의에 빠지게 되면 또 한 사람이 용기를 주고……. 이런 식으로 서로가 서로를 부축하면서 이 절대고독의 길을 가는 것이다. 그러나 그런 벗이 없을 때는 차라리 혼자 쓸쓸하게 가라. 그편이 훨씬 편하다. ……여기 부휴선수의 시는 벗과의 이별을 가장 잘 읊어내고 있다. 가슴이 저리도록 절실한 시다.

첫눈은 나부껴(黃昏聞喚聲)

첫눈은 나부껴 날은 이미 어두워지고
우우 찬바람이 성근 숲을 흔드네
산문 밖에서 멀리 들리는 소리
길 가던 손이 주인을 부르네.

新雪飄飄日已沈 寒風颯颯起疎林
數聲遙徹山門外 應是行人喚主音

주 ◆표표(飄飄) : 여기서는 눈발이 나부끼는 모습. ◆이(已) : 이미 '己'자와는 다른 자다. 주의하라. ◆삽삽(颯颯) : 바람이 쌀쌀하게 부는 소리.

형식 : 칠언절구, 평성침운(平聲侵韻)
출전 : 부휴당대사집(浮休堂大師集)

감상 날은 이미 어두워지고 눈발이 날리는데 잎진 나무 숲속에서는 추운 바람이 인다. 제1구와 제2구에서는 겨울 저녁의 산골 풍경을 한 폭의 그림처럼 읊어내고 있다. 그러나 제3구와 제4구가 이 산골의 겨울 저녁 풍경에 변화를 주고 있다. 자칫하면 감상에 떨어지기 쉬운 제1구와 제2구가 제3구와 제4구로 하여 활기를 되찾고 있다.

화법사에게 (贈和法師)

하늘과 땅, 저 일만 리 길이여
내 생애는 이 배낭 하나에 있네
나그네 신세 모두 잊어버리고
발길 인연 따라 계절을 만끽하네.

萬里乾坤路 生涯在一囊
都忘身世了 隨處弄青黃

주 ◆낭(囊) : 배낭. ◆청황(青黃) : 봄의 푸른빛과 가을의 누런빛. 사철의 즐거운 풍경.

형식 : 오언절구
출전 : 부휴당대사집(浮休堂大師集)

감상 물같이 구름같이 흐르는 납자의 삶을 노래하고 있다. 제2구가 돋보인다.

스승 서산의 시에 부침(次西山韻贈衍禪伯)

한가로이 높은 산봉우리에 누웠나니
세상사 흥망성쇠 예 미치지 못하리
일없이 산달(山月)을 희롱하고
가슴은 비어 저 물소리를 듣네
인연을 따르며 깨달음을 얻고
사물에 임하여 마음을 밝히네
한 번 웃고 서로 이별하나니
지는 해는 서쪽 산봉우리에 걸렸네.

閑臥高峯頂 不與世浮沈 無事弄山月 虛懷聽水琴
隨緣能悟道 卽物便明心 一笑相分手 落日掛西岑

㈜ ◆산월(山月) : 산달. 산을 배경으로 보이는 달, 깊은 산속에서 보는 달.
◆서잠(西岑) : 西峯. 서쪽 산봉우리.

형식 : 오언율시
출전 : 부휴당대사집(浮休堂大師集)

감상 '차(次)'란 남이 지은 시의 운을 따라 원시에 덧붙이는 시를 말한다. 부휴선수는 지금 그의 스승인 서산의 시에 '차운(次韻)'을 붙이고 있다.

암선자 보내며(送巖禪子)

설월이 송창에 은은한 밤
이별하는 정은 바다처럼 깊네
그대에게 묻노니 지금 가면
어느 날 다시 우리 만나리.

雪月松窓夜 離情湖海深
問君從此去 何日更相逢

주 ◆설월(雪月) : 눈 위에 비치는 달빛. ◆이정(離情) : 이별의 정.

형식 : 오언절구
출전 : 부휴당대사집(浮休堂大師集)

감상 암선자(巖禪子)를 보내며 읊은 시다.
제자와 이별하는 시가 마치 연인과의 이별시 같다. 보라. 제2구를 보라. 그 많은 언어들이 그냥 이 한 구절 속에 다 압축되어 있다.

해질 무렵 (次鐘峯韻)

해질 무렵 산비 지나가고
강과 바다에 나그네 감회가 많네
적막하여 찾는 이 없으니
소나무 창엔 달빛만 저리 희네.

夕陽山雨過 江海客多情
寂寞人誰問 松窓夜月明

주 ◆종봉(鐘峯) : 사람 이름인 듯.

형식 : 오언절구
출전 : 부휴당대사집(浮休堂大師集)

감상 산중에 숨어사는 은자의 생활을 읊은 시. 잔잔한 수심이 달빛에 은은히 젖고 있다.

신수재에게 (別申秀才)

헤어지는 마당에 할말을 잊었나니
이제 곧 봄비는 오려고 하네
그대는 동으로, 나는 서쪽으로 가나니
이제는 다시 만날 기약이 없네.

臨行沒一辭 春雨欲來時
各向東西去 相逢未有期

주 ◆임행(臨行) : 길 떠날 때. ◆몰(沒) : 없다. '無'와 같은 뜻.

형식 : 오언절구
출전 : 부휴당대사집(浮休堂大師集)

감상 한 폭의 그림같이 맑다. 더 이상 무슨 말이 필요하리. 제2구가 이 시의 분위기를 짙게 하고 있다.

벗에게(寄友)

한가로이 살기에 아무 일 없으니
왼종일 소나무 문은 닫혀 있네
만리에 봄은 모두 돌아갔는데
그윽한 이 홀로 하염없이 서성이네.

閑居無一事 終日閉松扉
萬里春歸盡 幽人歸不歸

주 ◆귀우(寄友) : 벗에게 주는 詩. ◆유인(幽人) : 隱者. 어지러운 세상을 피하여 그윽한 곳에 사는 사람. ◆귀불귀(歸不歸) : 돌아가지 못하고 머뭇거리다.

형식 : 오언절구
출전 : 부휴당대사집(浮休堂大師集)

감상 부휴선수의 시는 예외 없이 안개 같은 수심이 서려 있다. 이 시에는 특히 그런 특색이 가장 두드러지게 나타나고 있다.

환사에게(贈環師)

'도'란 본래 말로 설명할 수 없으며
모양이 없어 생각으로 헤아릴 수도 없네
바위 앞에 푸른 대는 구름에 묻혀 있고
대 위에 노란 꽃은 이슬을 머금었네.

道本忘言難指注 更無形色可思量
巖前翠竹和雲立 臺上黃花帶露香

주 ◆지주(指注) : 해석하다. 주석을 붙이다. ◆대(臺) : ① 흙을 높이 쌓아 사방을 볼 수 있도록 만든 곳. ② 사방을 볼 수 있도록 만든 정자.

형식 : 칠언절구
출전 : 부휴당대사집(浮休堂大師集)

감상 '도(道)'란 언어로 설명할 수도 없고 형상도 없기 때문에 생각으로 짐작할 수도 없다. 그러나 형상이 없고 소리 없는 '도'가 능히 이 형상과 소리를 통하여 나타나고 있나니.
보라, 바람에 흔들리는 저 푸른 댓잎을, 이슬 젖은 저 국화의 향기를…….

어느 선자에게(贈某禪子)

스승 찾아 '도' 배우는 것 별것 아니요
다만 소를 타고 집으로 가는 것이네
백척간두에서 능히 활보할 수만 있다면
저 수많은 부처들조차도 환영(幻影)에 불과하네.

尋師學道別無他 只在騎牛自到家
百尺竿頭能闊步 恒沙諸佛眼前花

주 ◆항사(恒沙) : 무수히 많은 숫자를 말할 때 비유적으로 쓰는 말.

형식 : 칠언절구
출전 : 부휴당대사집(浮休堂大師集)

감상 선의 지기(智機)가 번뜩이는 작품이다. 부휴선수의 시로서는 이런 시풍은 보기 드물다. 그러나 박차고 나아가는 힘이 좀 약하다.

한도인에게 (贈閑道人)

이 물건은 깊고깊어 설명할 수 없으니
머리도 없고 꼬리도 없고 또한 이름도 없네
그대 만일 이 가운데 참소식을 안다면
앉은 이 자리에서 생사를 뛰어넘으리.

有物希夷不可明 無頭無尾亦無名
若知箇裡眞消息 得坐披衣判死生

주 ◆희이(希夷) : 깊은 이치. 道의 본체.

형식 : 칠언절구
출전 : 부휴당대사집(浮休堂大師集)

감상 한도인(閑道人)에게 주는 시. 선지(禪智)가 넘친다. 그러나 시상이 설명적이다.

암선백에게 (贈巖禪伯)

깊은 산 홀로 앉아 만사가 가벼우니
문 닫고 왼종일 무생(無生)을 배우네
내 생애를 되돌아보니 아무것도 없고
여기 한 잔의 차와 한 권의 경전이 있네.

獨坐深山萬事輕 掩關終日學無生
生涯點檢無餘物 一椀新茶一卷經

주 ◆무생(無生) : 타고난 본래의 성품.

형식 : 칠언절구
출전 : 부휴당대사집(浮休堂大師集)

감상 아무것도 가진 게 없는 선승의 삶을 읊은 시. 제4구의 '일권경(一卷經)'을 다른 단어로 바꿨더라면 더 좋은 작품이 되었을 것이다.

꽃 지는 저 바람에(一片閑雲過碧空)

꽃 지는 저 바람에 봄은 이미 다 가고
저무는 날 구름 한 장 하늘을 지나가네
덧없는 인간살이 또한 저 구름 같으니
한 웃음 속에 세상만사를 다 잊네.

江湖春盡落花風 日暮閑雲過碧空
憑渠料得人間幻 萬事都忘一笑中

주 ◆강호(江湖) : 세상, 속세. ◆빙(憑) : ① 의지하다. ② 증거로 삼다. 여기서는 ②의 뜻. ◆요득(料得) : 추측하다.

형식 : 칠언절구
출전 : 부휴당대사집(浮休堂大師集)

감상 한 조각 뜬구름이 지나가고 있는 것을 보고 읊은 시. 인생살이의 덧없음은 저 구름 같은 것, 제4구의 '일소중(一笑中)'은 호방한 시어로서 부휴선수의 시에서는 드물게 보이는 단어다.

가을산(秋日遊山)

기러기 높이 날고 물은 흐르는데
산에는 흰구름과 붉은 나무 섞여 있네
개울가 잎 지는 곳, 돌아갈 길 잊었나니
숲속에 머언 종소리 나그네 시름을 흩네.

鴈自高飛水自流 白雲紅樹雜山頭
溪邊落葉迷歸路 林裡疎鐘散客愁

주 ◆산두(山頭) : 산. '頭'는 어조사. ◆소종(疎鐘) : 멀리서 들려오는 종소리.

형식 : 칠언절구
출전 : 부휴당대사집(浮休堂大師集)

감상 가을산을 노닐다가 읊은 시.
아련한 수심이 단풍나무 잎의 그 붉은빛 사이로 반짝이고 있다. 낙엽 지는 속에 돌아갈 길을 잃고 서성이는 작자의 귀에는 머언 절의 종소리가 꿈결인 듯 아득히 들려오고 있다.

순상인에게 (贈淳上人)

세 칸 풀집의 꿈 같은 이 몸이여
일없이 앉아 있는 사이 봄은 다 지나가네
누군가가 은거의 이 즐거움을 묻는다면
풍악의 경치는 비 온 뒤에 더 새롭다 하리.

茅屋三間一夢身 兀然無事坐經春
有人若問幽居興 楓岳奇觀雨後新

주 ◆상인(上人) : 승려의 존칭. ◆풍악(楓岳) : 금강산의 가을 이름.

형식 : 칠언절구
출전 : 부휴당대사집(浮休堂大師集)

감상 은자의 삶을 읊은 시.
제4구가 돋보인다. 언뜻 보면 평범한 구절이지만 그러나 깊은 경지에 이르지 않고는 쓸 수 없는 구절이다.

옛 노닐던 곳(訪舊遊)

가을 깊은 강물 위 생각은 끝없는데
어느 날 저녁 지팡이 날려 옛 노닐던 곳 찾아왔네
낙엽은 뜰에 가득하고 산은 적적한데
망연히 홀로 서서 시름에 젖네.

秋深江上思悠悠 一夕飛笻訪舊遊
落葉滿庭山寂寂 茫然獨立不堪愁

주 ◆망연(茫然) : 어찌할 바를 몰라 아득히 서 있는 모양.

형식 : 칠언절구
출전 : 부휴당대사집(浮休堂大師集)

감상 어느 날, 옛 살던 곳을 찾아왔다. 그러나 그 곳엔 인적은 없고 낙엽만이 어지럽게 흩날리고 있었다.
덧없는 세월이여, 나그네 시름에 젖어 망연히 서 있나니…….

한 칸 풀집(次白進士韻贈僧)

한 칸 풀집에 사는 일없는 중이
향을 사르고 또 저녁등불을 켜네
이야기 끝에 밤은 깊어 달은 산 너머 지고
몇 차례의 경쇠 소리 구름 속에서 들려오네.

一間茅屋一閑僧 日夕焚香又掛燈
話到夜深山月落 數聲淸磬出雲層

주 ◆경(磬) : 경쇠. 치면 맑고 청아한 소리가 나는 타악기의 한 가지.

형식 : 칠언절구
출전 : 부휴당대사집(浮休堂大師集)

감상 조그만 풀집에서 일없이 살아가고 있는 어느 선승의 삶을 읊고 있다. 시상은 신비로울 만큼 고요하고 시정은 마치 꿈꾸듯 아련하기만 하다.

신수재를 보내며(別申秀才)

두견화꽃 지고 봄은 이미 가는데
비 멎은 산에 개울물은 불었네
날 저물자 그대 생각, 그댄 보이지 않고
나를 향해 울고 있는 산새 소리만 있네.

杜鵑花落春將盡 雨歇空山水漲溪
日暮思君君不見 唯聞好鳥向人啼

주 ◆창(漲) : 물이 불어나다. ◆호조(好鳥) : 아름다운 새.

형식 : 칠언절구
출전 : 부휴당대사집(浮休堂大師集)

감상 신수재(申秀才)를 이별하며 읊은 시.
시정이 아주 감상적으로 흐르고 있다. 그러나 깨끗하기 이를 데 없는 것은 제4구 때문이다. 제4구의 '향(向)'자 때문이다.

사람마다 제각기(次鐘峯)

사람마다 제각기 하늘에 솟는 기운 있나니
한 생각 돌이키면 이 대장부 아니리
염화의 소식 끊겼다 이르지 말라
비 멎은 산, 산새 소리 서로 부르네.

人人自有衝天氣 一念回光是丈夫
莫道拈華消息斷 雨餘山鳥更相呼

주 ◆막도(莫道) : ~한다고 말하지 말라. ◆염화소식(拈華消息) : 부처가 靈山會上에서 꽃을 들어 큰 제자인 가섭에게 보인 소식, 즉 '以心傳心'의 소식.

형식 : 칠언절구
출전 : 부휴당대사집(浮休堂大師集)

감상 기백이 넘치는 작품이다. 제3구를 이어받아 끝을 맺는 제4구는, 말하자면, 이 시 전체의 핵(核)이다. 시정과 선지(禪智)가 멋진 조화를 이루고 있다. 이 제4구에서 우리는 부휴의 높은 경지를 느낄 수 있다.

감회(感懷二)

뜬구름 인생이여, 물은 동쪽으로 흐르나니
나도 모르는 사이 가을서리는 내 머리칼에 내렸네
뜻대로 되는 일 없이 몸은 이리 늙었으니
석양에 홀로 서서 수심에 젖네.

浮生冉冉水東流 不覺秋霜已落頭
事與心違身又老 斜陽獨立不堪愁

주 ◆염염(冉冉) : 세월이 가는 모양. ◆불감수(不堪愁) : 근심을 감당할 수 없다.

형식 : 칠언절구
출전 : 부휴당대사집(浮休堂大師集)

감상 인생무상을 읊은 시.
제4구의 '석양에 홀로 서서(斜陽獨立)'로 하여 시상은 말할 수 없이 쓸쓸한 분위기에 젖어들고 있다. 우리는 여기에서 고승이 아닌 평범한 한 노인의 뒷모습을 보고 있다. 인생무상을 느끼며 쓸쓸해 하는 한 인간의 모습을 만나고 있다. 인간적인, 너무나 인간적인 작품이다.

경륜선자에게(贈敬倫禪子)

일평생 구름을 벗삼아 떠도나니
만사에 무심하여 제 편한 대로 맡기네
어느 곳 청산이 내 땅 아니리
지팡이는 오늘도 인연 닿는 곳으로 가네.

平生放浪倚雲邊 萬事無心任自便
何處青山非我土 短笻今日又隨緣

주 ◆선자(禪子) : 참선을 하는 사람.

형식 : 칠언절구
출전 : 부휴당대사집(浮休堂大師集)

감상 보라. 제4구를 보라. 이것이야말로 구름처럼 물처럼 흐르는 납자의 삶이다.

신수재에게(次申秀才)

십 년 동안 온갖 산천 다 돌아본 뒤
내 오늘 옛 살던 곳 되돌아왔네
우리 서로 만나 활짝 웃나니
가는 구름 석양빛이 앞개울에 비치네.

十年看盡千山水 今日歸來臥舊栖
邂逅相逢開一笑 亂雲殘照映前溪

주 ◆구서(舊栖) : 옛날에 살던 곳.

형식 : 칠언절구
출전 : 부휴당대사집(浮休堂大師集)

감상 시정은 모처럼 수심어린 분위기를 헤치고 나와 석양빛에 환하게 웃고 있다.

담노인에게(贈譚老爺)

한 소리 찬 기러기 만리의 가을이여
옛 절의 등불만 홀로 나그네의 근심이네
나 또한 저 하늘가에 떠도는 길손이거니
흰구름 단풍나무 잎만 아득하여라.

一聲寒鴈萬里秋 古寺殘燈獨客愁
我亦長爲江海客 白雲紅樹共悠悠

주 ◆노야(老爺) : 老翁. 노인네. ◆장위(長爲) : 오랫동안 ~이 되다. ◆유유(悠悠) : 아득하게 먼 모양.

형식 : 칠언절구
출전 : 부휴당대사집(浮休堂大師集)

감상 떠도는 나그네의 수심이 작품 전체를 적시고 있다.

홍류동(紅流洞)

비 멎은 봄산에 풀빛은 짙고
언덕에 꽃이 피어 개울물이 붉었네
하염없이 서성이다 돌아갈 길 잊었나니
나도 없고 또한 봄마저 간데없네.

雨歇春山草色濃 花開兩岸映溪紅
徘徊吟賞忘歸路 疑是身空物亦空

주 ◆홍류동(紅流洞) : 가야산 해묘사 부근의 계곡 이름. ◆헐(歇) : 멈추다. ◆음상(吟賞) : 자연의 경치를 감상하여 詩興에 젖다.

형식 : 칠언절구
출전 : 부휴당대사집(浮休堂大師集)

감상 가야산의 홍류동(紅流洞)에서 읊은 시.
무르녹는 봄기운이 작품 전체를 에워싸고 있다. 그러나 제4구가 좀 더 시적이었더라면 좋았을 것이다.

창밖에 (次眼師韻)

창밖에 달 밝은 이 가을 밤
강가에 서리 내리고 기러기는 날아오네
그대 만일 이 가운데 뜻을 깨닫는다면
가는 곳마다 내 집처럼 편한 잠 자게 되리.

窓外月明秋夜靜 江邊霜落鴈來初
若人能得箇中意 隨處安眠樂有餘

주 ◆개중의(箇中意) : 그 가운데의 뜻.

형식 : 칠언절구
출전 : 부휴당대사집(浮休堂大師集)

감상 형상과 소리 없는 저 불멸의 것이 마침내 이 형상과 소리 속에 그 자신을 나타내 보이나니, 이 형상과 소리를 통하여 형상과 소리 없는 저 불멸을 깨닫는다면 그대여, 그 어느 곳인들 내 집 아니리.

임종게(臨終偈)

칠십여 년 동안 환영의 바다에서 노닐다가
오늘 아침 이 몸 벗고 근원으로 돌아가네
본성은 확연하여 걸릴 것이 없나니
여기 어찌 깨달음과 나고 죽음 있으리.

七十餘年遊幻海 今朝脫殼返初源
廓然眞性元無碍 那有菩提生死根

주 ◆환해(幻海) : 환영의 바다, 즉 이 세상. ◆초원(初源) : 최초의 근원. ◆확연(廓然) : 마음이 넓고 허심탄회한 모양. ◆보리(菩提) : 보디(Boddhi). 깨달음의 지혜 또는 '깨달음(正覺)' 그 자체.

형식 : 칠언절구
출전 : 부휴당대사집(浮休堂大師集)

감상 일생을 구름처럼 물처럼 흘러다니며 참선에 열중했던 사람, 부휴선수. 그의 임종게는 그저 담담한 한 폭의 선화(禪畵)라고나 할까.

산에 살며(山居雜詠四)

산빛은 옷자락에 어리고
저녁볕에는 가을빛이 눈부시네
바람은 맑아 소나무에 저절로 여운이 일고
서리 내리자 끼욱끼욱 기러기떼 나네
바람 부는 언덕에 단풍잎은 쌓이고
파란 산기운에 안개가 자주 이네
서성이며 홀로 이 경계를 감상하다가
날이 저물어 사립문 닫네.

山色映人衣 秋光淺夕輝
風淸松自響 霜落鴈初飛
錦繡堆風岸 烟霞富翠微
徘徊吟獨賞 日暮掩柴扉

㊟ ◆석휘(夕輝) : 저녁나절의 햇볕. ◆금수(錦繡) : 단풍나무 잎의 형용. ◆연하(烟霞) : 산에서 이는 안개. 산안개. ◆취미(翠微) : 파란 산기운.

형식 : 오언율시
출전 : 부휴당대사집(浮休堂大師集)

[감상] 수작에 속하는 작품이다. 산중의 삶을 무리없이 그려내고 있다. 특히 제7구와 제8구가 멋지다. 완벽에 가까운 귀결(歸結)이다.

치악산 상원암(雉岳山上院)

뜰에는 이끼 내린 옛 탑이 있고
솔바람은 우우 산골짜기 차갑네
쇠북 소리에 취한 꿈이 놀라고
등불은 밝혀 아침 저녁을 알리네
마당을 쓸어 뼛속까지 깨끗하고
향을 사르어 나그네 혼은 맑아지네
잠 못 이룬 채 이 밤은 지나가노니
창밖에는 소리 없이 눈이 내리네.

鴈塔庭中古 松風洞裡寒 鐘聲驚醉夢 燈火報晨昏
掃地淸人骨 焚香淨客魂 不眠過夜半 窓外雪紛紛

주 ◆상원(上院) : 上院寺. 강원도 원주 치악산에 있는 절. ◆안탑(鴈塔) : 탑의 별칭. ◆동리(洞裡) : 여기서는 산골짜기.

형식 : 오언율시
출전 : 부휴당대사집(浮休堂大師集)

감상 치악산 상원암에서 읊은 시.
시상은 흐르는 물처럼 차갑고 시정은 말할 수 없이 간절한 데가 있다. 제7구와 제8구가 좋다.

젓대 소리 들으며(聞笛)

찬바람은 밤시간을 재촉하는데
어디선가 구슬픈 젓대 소리
나그네 시름을 일깨우고는
다시 고향생각을 아득히 이끌어 오네
고향의 산에는 깊은 시름만 간절하고
눈 위의 달빛에 머언 정이 열리네
홀로 앉아 까닭 없이 수심에 젖나니
부는 저 바람에 매화는 지고 있네.

寒風催夜漏 何處笛聲哀 暗引客愁至 却牽鄕思來
關山幽怨切 雪月遠情開 獨坐空怊悵 飄零一樹梅

주 ◆야루(夜漏) : 밤의 시각, 밤시간. ◆관산(關山) : 고향의 산. ◆초창(怊悵) : 슬퍼하다. 수심에 젖다.

형식 : 오언율시
출전 : 부휴당대사집(浮休堂大師集)

감상 부휴선수풍의 수심기 어린 작품으로서 첫째로 꼽을 만한 시다. 부휴대사여, 왜 이렇게 감상적인가. 왜 이렇게 나약한가. 그러나 어쩌리. 이것이 부휴의 냄새인 것을…….

사명유정(四溟惟政, 1544－1610) … 24편

청학동 가을(靑鶴洞秋坐)

하늬바람 불어오자 비 처음 씻기고
만리장공엔 조각구름 간 곳 없네
빈 방에 앉아 중묘(衆妙)를 관하노니
달 속의 계수향기(달빛) 어지럽게 떨어지네.

西風吹動雨初歇 萬里長空無片雲
虛室戶居觀衆妙 天香桂子落紛紛

주 ◆허실호거(虛室戶居) : 빈 방에 앉아. ◆중묘(衆妙) : 知之一者 衆妙之門(老子). ◆계자(桂子) : 달빛. 달 속에 계수나무가 있다는 전설에서 온 말. ◆낙분분(落紛紛) : 어지럽게 떨어지다. '紛紛'은 꽃잎이 어지럽게 날리는 것.

형식 : 칠언절구, 평성문운(平聲文韻)
출전 : 사명당대사집(四溟堂大師集)

감상 청학동(靑鶴洞)이란 지리산 어디쯤엔가에 있다는(지금의 청학동은 원래의 청학동이 아니라 그 청학동을 찾아 다니던 사람들이 모여 만든 복사판 청학동이라고 한다) 불로장생(不老長生)의 이상향을 말한다.

작자는 지금 이 청학동에 가을의 이미지를 얹어 아주 빼어난 선시(禪詩)를 지었다. 제1구와 제2구에서는 비가 갠 맑은 하늘을 묘사하고 있다. 말하자면 티끌 한 점 없는 '진공(眞空)'의 세계를 읊고 있는 것이다. 그러나 제3구와 제4구에서는 시상(詩想)이 역전하여 그 '진공(眞空)'의 세계로부터 전개되는 이 현상의 천차만별을 읊고 있다.

뭐니뭐니 해도 이 시에서의 절정은 제4구다.

달빛이 누리에 비치고 있는 광경을 '달 속의 계수나무 열매가 향기를 뿜으며 어지럽게 떨어지고 있다(天香桂子落紛紛)'고 말하고 있다. 여기 '떨어지고 있다'는 말은 열매가 떨어지고 있는 것이 아니라 꽃잎이 떨어지고 있다는 말이다. 말하자면 계수나무 열매, 그 자체를 꽃잎으로 본 것이다. 그럼으로써 '달빛의 이미지'와 '청학동', 그리고 '가을'의 이미지가 맞아떨어지기 때문이다. 이런 것을 일러 '묘(妙)하고 묘(妙)하다'고 말하는 것이다.

수법사에게(贈琇法師)

창조 이전에 풍월이 밝았으니
소리 없고 냄새 없고 모습마저 없음이여
구름을 일으켰다 비를 내렸다 이 누리 뒤엎고 가되
공왕의 저 옛 성엘랑 아예 떨어지지 말게 하라.

空劫前時風月淸 無聲無臭又無形
興雲作雨傾天去 莫墮空王故國城

주 ◆공겁(空劫) : 천지창조 이전. ◆공왕(空王) : 일체가 全無하다는 無記空. 禪에서의 一切否定은 그 다음의 大肯定을 위한 준비작업이다.

형식 : 칠언절구, 평성경운(平聲庚韻)
출전 : 사명당대사집(四溟堂大師集)

감상 이 누리의 제각기 다른 차별현상은 그 근본이 아무것도 없는 공(空)에서 나온다. 이것을 진공(眞空)이라 부른다. 아무것도 없는 저 허공 같음에서 산은 산이요 물은 물이듯 제각각의 차별상이 생기나니, 그러므로 깨달은 자는 이 차별의 배후는 텅 빈 거울임을 알고 있다. 그러나 자칫하면 '정말 아무것도 없다'는 허무에 떨어진다.

복주성루에서(宿福州城樓)

밤은 깊어 화각 소리 가늘어지고
성안에는 사람자취 드물어지네
연못가 풀잎 끝에 이슬 맺히고
참선하는 중의 옷에 반딧불 날아드네
쓸쓸히 홀로 앉아 있으니
어느덧 모든 생각은 다 사라지네
별은 돌고 달은 재 넘어가고
성안의 나무에는 새벽 까마귀 나네.

夜久角聲微 千家人迹稀 露生池舘草 螢入定僧衣
悄悄坐無語 悠悠漸息機 星廻月墮嶺 城樹曙鴉飛

주 ◆각성(角聲) : 胡角聲. 군대 악기의 일종. 오색으로 그림을 그린 '畵角'. 畵角이란 뿔로 만든 아름다운 피리의 한 가지. ◆초초(悄悄) : 쓸쓸히. ◆유유(悠悠) : ① 아득하게 먼 모양. ② 조심하는 모양. ③ 침착하고 여유 있는 모양.

형식 : 오언율시
출전 : 사명당대사집(四溟堂大師集)

감상 복주성(福州城)의 누(樓)에서 자며 읊은 시. 시상에 입체감이 있다.

수양성에서 (宿首陽城)

언덕의 나무에는 이미 가을빛이요
성의 연못에는 밤비 차갑네
이 난리에 고향길은 막히고
나그네 만 갈래 생각에 밤은 깊어가네
기러기는 저 멀리 지나가고
처마끝에 어지러이 반딧불 나네
잠 못 이룬 채 향도 다 타 버렸는데
벌써 새벽이라 말안장을 재촉하네.

壟樹秋期早 城池夜雨寒 甲兵鄕路隔 羇思漏聲闌
鴈度江湖外 螢飛廊宇間 不眠香燼冷 侵曉又催鞍

주 ◆농(壟) : 언덕, 밭두둑. ◆갑병(甲兵) : 갑옷과 무기. 轉하여 '전쟁'. ◆기사(羇思) : 나그네의 생각. ◆난(闌) : 늦다. 드물다. 한창이다. ◆안(鞍) : 말안장.

형식 : 오언율시
출전 : 사명당대사집(四溟堂大師集)

감상 승군(僧軍)을 지휘하던 장군의 기풍이 작품 전편에 흐르고 있다.

두보의 가락으로(用少陵韻)

아, 가을인가 만사가 쓸쓸하니
저 남녘에서는 기러기 소리 들려오네
흰구름 저 너머 고향은 아득히 멀고
만산에 낙엽인데 서신은 오지 않네
철 늦은 연못에는 꺾인 연잎 비에 젖고
수심에 찬 나그네는 '대(臺)'에 오르네
정처 없이 흘러 다니는 이 몸, 어느 곳의 다른 날 밤에
그 등불 마주하고 앉아 한잔 술을 기울일까.

萬事逢秋已自哀 又聞天塞鴈南廻
白雲在望鄕關遠 黃葉滿山書信稀
節晩池塘荷敗雨 愁多道路客登臺
轉蓬何處他時夜 坐對燈籠倒一杯

㉾ ◆소릉(少陵) : 杜甫가 살던 고장의 이름. 여기에서는 '두보의 시풍'을 말함. ◆등롱(燈籠) : 법당 앞, 정원 등에 켜 놓는 등불.

형식 : 칠언율시
출전 : 사명당대사집(四溟堂大師集)

감상 서산의 시가 이백풍(李白風)이라면 사명의 시는 두보풍(杜甫風)이다. 여기 두보의 가락으로 읊은 시가 있다.

김해 옛 능을 지나며(金海古陵)

이 난리 속에 가을은 왔으나 성은 텅 비었으니
옛 능의 금술잔은 잿더미 속에 흩어져 있네
백골은 쌓여 잡초 속에 길은 아득하고
대숲에 이는 구름은 한스럽기만 하네
더벅머리 초동아이 옛 노래를 부르는데
초가집 석양볕에 슬픈 바람이 이네
덧없구나 지난일을 물어 볼 사람 없으니
흐르는 물 찬 연기 가는 곳마다 같구나.

兵火秋廻城郭空 故陵金盌散灰中
積骸成莽迷蘭逕 遺恨看雲惹竹叢
赤髮少厮歌古調 茅簷斜日起悲風
悠悠往事無人問 流水寒烟處處同

주 ◆망(莽) : 잡초, 잡풀. ◆야(惹) : 끌어당기다. 어떤 감정을 '불러일으키다'. ◆소사(少厮) : 하인아이. '厮'는 말을 기르거나 땔나무를 하는 하인.

형식 : 칠언율시
출전 : 사명당대사집(四溟堂大師集)

감상 두보의 비장감이 작품 전반에 흐르고 있다. 아니 두보를 훨씬 앞지르고 있다.

남원의 진영에서(在南原營)

장군의 장막에 밤은 깊은데
조두(刁斗)는 소리 없고 달은 기울려 하네
큰 뜻을 펴지 못한 채 이 해도 저물어 가는데
큰 칼 손에 잡고 귀뚜라미 소리를 듣네.

碧油帳幕夜淒淒 刁斗無聲月欲低
壯志未酬驚歲晏 手持雄劍聽莎雞

㈜ ◆벽유장막(碧油帳幕) : 장군이 거처하는 막사. 장군이 거처하는 막사는 푸른 기름으로 칠했다. ◆조두(刁斗) : 구리로 만든 솥 같은 기구. 軍中에서 낮에는 음식을 만들고 밤에는 이것을 두드려 경계하는 데 사용했다. ◆사계(莎雞) : 귀뚜라미.

형식 : 칠언절구
출전 : 사명당대사집(四溟堂大師集)

감상 이순신 장군의 시조 〈한산섬 달 밝은 밤에〉를 연상시키는 작품이다. 남원의 군영(軍營)에서 읊은 시로서 장군의 늠름한 기백이 넘친다.

함양을 지나며(過咸陽)

눈앞의 옛 산천은 어제 같건만
우거진 풀 찬 연기에 인가는 안 보이네
새벽서리 성 밑 길에 말을 세우니
언 구름 마른 나무에 까마귀 울고 있네.

眼中如昨舊山河 蔓草寒烟不見家
立馬早霜城下路 凍雲枯木有啼鴉

[주] ◆만초(蔓草) : 널리 퍼진 풀, 덩굴이 뻗는 풀, 잡풀.

형식 : 칠언절구
출전 : 사명당대사집(四溟堂大師集)

[감상] 함양(咸陽)을 지나가며 읊은 시.
임진왜란의 난리에 황폐된 함양성의 모습이 너무 애절하다. 제4구를 보라. 두보(杜甫)조차 감히 쓸 수 없는 구절이다.

산중에서(山中)

사립문에 왼종일 서성거리며
가을비 찬 연기에 고개 자주 돌리네
지척에서 서로 생각하며 보지 못하니
저무는 구름 외로운 새만 지쳐서 돌아오네.

柴門終日獨徘徊 秋雨寒烟首屢回
只天相思不相見 暮雲孤鳥倦飛來

주 ◆권(倦) : 게으르다. 고달프다. 피로하다.

형식 : 칠언절구
출전 : 사명당대사집(四溟堂大師集)

감상 사명의 시로서는 보기 드문 '산중의 시', 즉 산중의 정서를 읊은 시다.

원사미에게(贈圓沙彌求頌)

이 모든 것은 원래 환영이니
어찌 저 바다의 모래알을 세는가
다만 이 무쇠벽과 은산을 꿰뚫고 갈지언정
이럴까 저럴까 묻지 말라.

萬法由來空裏花 豈宜徒筭海中沙
但從鐵壁銀山透 不問如何又若何

주 ◆공리화(空裏花) : 空花. 눈병이 났을 때 허공에 꽃 같은 것이 떨어지는 것처럼 보임. '실재하지 않는 것'의 비유. ◆약하(若何) : 어떻게.

형식 : 칠언절구
출전 : 사명당대사집(四溟堂大師集)

감상 선(禪)의 본질을 단도직입적으로 읊은 시. 선승(禪僧)으로서의 사명의 면모를 잘 드러내고 있다.

혜응선자에게 (贈惠凝禪子一)

처음에는 감각과 사고의 영역에 머물다가
뒤에는 직관의 세계로 들어가서 다시 한 번 박차고 가라
저 허공을 산산조각 가루로 만든 다음
천 길 바다 밑에서 연기 나는 걸 보라.

初觀夢夢根塵意 後入重關更著鞭
直得虛空成粉去 千尋海底看生烟

주 ◆착편(著鞭) : 남보다 먼저 말에 채찍질을 한다는 뜻으로서 남에 앞서서 功을 이룸. 남을 앞지름. 機先을 제압함.

형식 : 칠언절구
출전 : 사명당대사집(四溟堂大師集)

감상 이 정도면 아주 훌륭한 선시다. 특히 제3구와 제4구는 어느 선승 앞에 내놔도 뒤지지 않는 선구(禪句)다.

단양전사의 밤(丹陽傳舍夜懷)

단양 성밖에 높은 누각이 있어
중천에 홀로 솟아 북두칠성에 닿았네
나는 새 하늘로 들어가 공중은 고요하고
저 나무에 늦매미 소리 벌써 가을인가
뜬구름 인생이여, 이 몸은 세상일에 매였으니
세상일 어느 때에 이 시름 다할 건가
반짝이며 밤은 깊어가고 별과 달은 기우는데
말없이 홀로 앉아 흐르는 물 굽어보네.

丹陽郭外有高樓 獨倚中天近斗牛
鳥入靑冥空宇靜 蟬鳴綠樹碧雲秋
浮生一夢身長役 世事何年恨卽休
耿耿夜深星月轉 寂寥無語俯淸流

㊟ ◆중천(中天) : 하늘의 한복판. ◆두우(斗牛) : 北斗星과 견우성. ◆선(蟬) : 매미. ◆경경(耿耿) : 불빛이 반짝거리는 모양. ◆부(俯) : 머리를 숙이다.

형식 : 칠언율시
출전 : 사명당대사집(四溟堂大師集)

[감][상] 본의 아니게 승군의 총사령관이 된 자신을 되돌아보며 수심에 잠기고 있다. 제8구는 압권이다.

가을바다 미친 물결(釜山洋中留別太然長老一)

가을바다 미친 물결 밤비는 차가운데
이별로 하여 또다시 내 마음은 괴롭네
학은 저 깊은 산으로 돌아가건만
송운(松雲)은 홀로 이 배 안에 남아 늙어가네.

秋海狂濤夜雨寒 長因別離生熟惱
柷融峯前野鶴還 松雲獨在舟中老

주 ◆숙뇌(熟惱) : 깊은 고뇌. ◆축융봉(柷融峯) : 太顚禪師가 주석하던 산의 봉우리. 여기서는 그저 '깊은 산' 정도의 뜻. ◆송운(松雲) : 사명 자신.

형식 : 칠언절구
출전 : 사명당대사집(四溟堂大師集)

감상 사명이 일본사신으로 갈 때 부산까지 따라왔던 도반 태연장로(太然長老)와 헤어질 때 읊은 시다. 제3구와 제4구가 너무나 애절하다.

선소에게(九月九日以登高意示仙巢二)

외로운 섬 아침비여
저무는 가을 나그네 시름이네
다북쑥 되어 정처 없이 굴러다니는가
슬프다 이 삶의 나그네길이여.

孤島崇朝雨 窮秋滯遠愁
轉蓬流宇宙 怊悵此生浮

주 ◆숭(崇) : 가득하다. ◆궁추(窮秋) : 저문 가을. ◆전봉(轉蓬) : ① 바람에 나부끼는 쑥. 다북쑥. ② 고향을 멀리 떠나 유랑하다. 여기서는 ②의 뜻. ◆초창(怊悵) : 몹시 슬퍼하는 모양.

형식 : 오언절구
출전 : 사명당대사집(四溟堂大師集)

감상 일본 대마도에서 읊은 시. 객지에 떠도는 나그네의 심정을 너무나 애절하게 읊어내고 있다.

동명관에서 (在東溟舘云云二)

잎바람 소리에 자던 학은 놀라고
달 높은 물가 나무 들까마귀 흩어지네
잠 못 드는 이 밤, 저 멀리 은하는 기우는데
홀로 뜰을 서성이며 국화를 매만지네.

風動葉聲驚宿鶴 月高汀樹散栖鴉
不眠夜靜天河轉 獨步中庭把菊花

주 ◆정(汀) : 물의 가. ◆서(栖) : 깃들이다. ◆아(鴉) : 까마귀. ◆천하(天河) : 銀河. ◆중정(中庭) : 한 집의 바깥채와 안채 사이에 있는 뜰. 庭中.

형식 : 칠언절구
출전 : 사명당대사집(四溟堂大師集)

감상 타국(他國)의 가을 밤, 지금 한 선승이 잠을 놓친 채 뜰을 서성이다가 국화를 매만지고 있다. 멀리 두고 온 고국을 생각하며…….

국화를 보며(在馬島舘庭菊大發感懷二)

나그네 마음 수심 많기 실타래 같으니
석양녘에 북으로 가는 까마귀떼 바라보네
중은 정이 없다, 누가 이런 말 하는가
내 꿈은 자주 한강물을 건너가네.

旅遊心緖亂如麻 落日空瞻北去鴉
誰道山僧無顧念 夢魂頻度漢江波

[주] ◆첨(瞻) : 바라보다. ◆아(鴉) : 까마귀. ◆빈(頻) : 자주.

형식 : 칠언절구
출전 : 사명당대사집(四溟堂大師集)

[감상] 대마도에 머물며 고국의 향수에 젖고 있다. ……그렇다. 중도 인간인 이상 고국이 있고 고국에 대한 향수가 있다. 사명의 꿈은 지금 한강을 건너고 있다. 한 마리 새가 되어…….

가강장자에게(家康長子有意禪學求語再勤仍示之)

저 큰 허공은 무진장이며
지혜는 냄새도 없고 소리도 없나니
지금 또다시 무엇을 묻고 있는가
구름은 하늘에 있고 물은 이 병 속에 있네.

一太空間無盡藏 寂知無臭又無聲
只今聽說何煩問 雲在靑天水在甁

주 ◆적지(寂知) : 참선수행을 통하여 얻은 직관智. ◆하번문(何煩問) : 어찌 번거롭게 묻고 있는가.

형식 : 칠언절구
출전 : 사명당대사집(四溟堂大師集)

감상 덕천가강(德川家康)의 장자에게 준 시다. 선의 도리를 읊은 작품으로서 최상급에 속하는 선시다.
제4구는 약산유엄(藥山惟儼) 선사의 공안이다.

뱃머리에서(舟中夜坐三)

남도를 지나 관동으로 내려가나니
하늘과 물은 맞닿아 아득하기 허공 같네
뱃머리에 기대어 홀로 잠 못 드나니
가련타 달빛 속에 외로운 내 그림자.

路經嵐島下關東 天水相連渺若空
獨倚艙頭無夢寐 可憐孤影月明中

주 ◆남(嵐) : 이내. 저녁나절에 멀리 보이는 산이나 샘 같은 데 떠오르는 푸르스름하고 흐릿한 기운. ◆남도(嵐島) : 여기서는 섬의 이름인 듯. ◆묘(渺) : 아득하다. ◆창두(艙頭) : 뱃머리.

형식 : 칠언절구
출전 : 사명당대사집(四溟堂大師集)

감상 밤 뱃머리에서 읊은 시. 하늘과 물은 맞닿아 아득한데 홀로 뱃머리에 기대어 잠 못 드노니 달빛 아래 외로운 내 그림자여.

섣달 그믐날 밤에(在本法寺除夜)

정처 없이 떠도는 송운노인이여
그 모습 그 뜻과는 전혀 다르네
이 한 해도 오늘 밤에 다하는데
만리 나그네길 어느 날에 돌아가리
옷깃은 오랑캐땅의 비에 젖고
시름은 옛 절의 사립문에 닫히었네
향을 사르고 앉아 잠 못 드노니
새벽눈은 소리 없이 내리고 있네.

四海松雲老 行裝與志違 一年今夜盡 萬里幾時歸
衣濕蠻河雨 愁關古寺扉 焚香坐不寐 曉雪又霏霏

[주] ◆사해(四海) : 天下. 온 누리. ◆만(蠻) : 오랑캐. 남반의 미개민족. 여기서는 日本을 가리킴. ◆비비(霏霏) : 가랑비 또는 가랑눈이 내리는 모양.

형식 : 오언율시
출전 : 사명당대사집(四溟堂大師集)

[감상] 사명은 선승이었다. 그러나 임진왜란은 그를 승군의 총사령관으로 만들었고, 조정은 그를 일본사신으로 임명했다. 사명은 지금 자신의 뜻과는 전혀 다른 자신의 모습을 보며 쓸쓸해하고 있다.

일본 중에게(有一倭僧求語)

무위진인은 그 모습이 없으나
언제나 이 호흡 속에 나가고 들어오네
그대 문득 그 한 생각의 흐름 되돌린다면
번갯불과 흐르는 물소리 밟아 끊으리.

無位眞人沒形段 尋常出入面門中
倘能一念回機了 踏斷電光流水聲

㈜ ◆무위진인(無位眞人) : 우리의 본성.

형식 : 칠언절구
출전 : 사명당대사집(四溟堂大師集)

감상 전형적인 선시다. 제4구에는 번개보다 더 빠른 선의 기지가 있다.

밤에 (夜懷一)

경쇠 소리 멎고 방문은 닫혔는데
옥로 속에는 향연기도 이미 다했네
밤은 깊고 달은 없어 온 집이 고요한데
내 꿈은 저 파도에 끊어져 돌아갈 길 머네.

鐘磬寥寥閉竹房 玉爐燒盡水忱香
夜深無月西廊靜 夢斷滄波歸路長

주 ◆경(磬) : 경쇠. 옥이나 돌 또는 쇠붙이로 만든 타악기의 한 가지. ◆죽방(竹房) : 대나무 문이 달린 방인 듯. ◆옥로(玉爐) : 玉으로 만든 향로.

형식 : 칠언절구
출전 : 사명당대사집(四溟堂大師集)

감상 시상이 장중하고 시정은 끊어질 듯 끊어질 듯 연연하다. 전편의 흐름새에 별 무리가 없다.

승형에게(贈承兄)

비 온 뒤 뜰에는 먼지 하나 없고
바람 부는 버드나무 봄빛 저리 고웁네
여기 귀 열리고 눈 열린 나그네 있어
세상 사람 다 취해 있건만 그만 홀로 깨어 있네.

雨餘庭院淨沙塵 楊柳東風別地春
中有南宗穿耳客 世間皆醉獨醒人

주 ◆남종(南宗) : 禪宗의 한 파. 六祖慧能의 선풍을 이은 禪의 한 갈래.
◆천이객(穿耳客) : 마음의 귀가 열린 사람, 깨달음을 얻은 사람.

형식 : 칠언절구
출전 : 사명당대사집(四溟堂大師集)

감상 누리 잠든 지금, 홀로 깨어 있는 이는 누구인가.
버드나무 가지에 푸른 봄빛을 보고 있는 이, 그는 누구인가.
비 온 뒤, 그 맑은 뜨락을 내리는 이, 아아 그는 누구인가.

봄은 가고(贈倭僧兼用旅情一)

봄은 가고 녹음방초 뜰에 가득한데
옛 노닐던 곳 소나무는 꿈속에 푸르렀네
저 일만이천 봉의 밤을 아득히 생각하노니
바다의 달은 전과 같이 옥병풍에 비치네.

春去芳非綠滿庭 舊遊松栢夢中靑
遙知萬二千峯夜 海月依前照玉屛

주 ◆방비(芳非) : 꽃의 향기. ◆요(遙) : 멀다. 아득하다. ◆만이천봉야(萬二千峯夜) : 金剛山之夜인 듯.

형식 : 칠언절구
출전 : 사명당대사집(四溟堂大師集)

감상 보라, 그대여 보라. 제3구를 보라. 제4구를 보라.
내 무슨 설명을 덧붙일 수 있으리. 이에서 말은 다하고 이에서 수식은 끝나 버리는 것을…….

선소와 헤어지며(別仙巢)

그대 이름 익히 들은 지 벌써 십 년인데
뜬구름인 양 모였다 흩어지니 못내 슬프네
선창(禪窓)에 빗발지나니 꽃은 싸락눈 같고
객사에 봄이 깊으니 버들은 연기와 같네
사람의 일 자주 어긋나니 참으로 이 꿈속이요
뜬구름 같은 인생, 한 번 만나는 이것도 좋은 인연이니
다른 날 우리 다시 만날 기약 있으면
흰 달 금모래 위에서 줄 없는 거문고 타세.

聞飽聲名已十年 浮雲聚散却悽然
禪窓雨過花如霰 客舍春深柳似烟
人事每違眞夢幻 浮生一會好因緣
他時倘遂重遊計 皓月金沙奏沒絃

주 ◆산(霰) : 싸라기눈. ◆당(倘) : '儻'과 같은 자. '혹시', '만일'. ◆호월(皓月) : 明月. ◆몰현(沒絃) : 沒絃琴.

형식 : 칠언율시
출전 : 사명당대사집(四溟堂大師集)

감상 일본승 선소(仙巢)와 헤어지며 읊은 시. 제8구가 멋지다.

제월경헌(霽月敬軒, 1544-1633) … 8편

대승암(遊大乘庵)

뾰족한 산봉우리 달이 반쯤 걸렸고
소나무 그늘 아래 맑은 바람 있네
대나무 창엔 무슨 소리 있는가
석양의 골짜기 새들 우짖네.

峯巒藏好月　松陰帶淸風
竹戶來何韻　斜陽谷鳥喃

주 ◆봉만(峯巒) : 뾰족뾰족한 산봉우리.

형식 : 오언절구
출전 : 제월당대사집(霽月堂大師集)

감상 대승암(大乘庵)에서 읊은 시.
기(起)·승(承)·전구(轉句), 즉 제1·2·3구의 연결에는 별 무리가 없다. 그런데 마지막의 결구(제4구)가 좀 뜨는 감이 있다. 그것은 '남(喃)'자 때문일 것이다.

칡덩굴 헤쳐 올라(幽居)

칡덩굴 헤쳐 올라 신선집에 다다르니
흐르는 물 굽이굽이 백 굽이도 더 돌았네
새벽녘 홀로 일어 차가운 꿈 깨었으니
반만 닫힌 솔문 사이 달이 방금 비쳐드네.

捫蘿攀桂到仙居 溪水盤廻百曲餘
五更獨破寒床夢 半合松門月入初

주 ◆문(捫) : 잡다. ◆반계(攀桂) : ① 계수나무에 기어 올라가다. ② 과거에 급제하다. 여기서는 ①의 뜻. ◆반합(半合) : 반쯤 닫히다.

형식 : 칠언절구
출전 : 제월당대사집(霽月堂大師集)

감상 깊이 묻혀 사는 삶을 노래하고 있다.
제4구가 좋다. '반합(半合)'과 '입초(入初)'가 멋진 조화를 빚어내고 있다.

나그네(客作吟)

눈 덮인 이 천지에 바람은 차가우니
저무는 저 구름바다 사이로 고개 돌리네
고향을 떠나와 멀리 있으니
내 꿈과 내 혼만이 부질없이 오가네.

雪滿乾坤風色寒 回頭日落海雲間
故鄉一別千山外 魂夢悠悠空去還

주 ◆천산(千山) : 수많은 산. ◆공(空) : 부질없이.

형식 : 칠언절구
출전 : 제월당대사집(霽月堂大師集)

감상 나그네의 시름을 노래하고 있다.
고향은 아득히 저 하늘 끝에 있나니, 내 꿈과 혼만이 밤마다 밤마다 부질없이 오고 가는가.
고향을 등져 보지 않은 사람은 공감하지 못하리라. 지금 이 심정을…….

눈 속의 매화(雪中訪梅)

한 가닥 봄소식이 섣달 전에 돌아오니
어느 곳의 추운 매화 눈 속에 피었는가
황혼에 홀로 서서 시정에 젖나니
달빛 아래 맑은 향기 끊겼다 이어지네.

一春消息臘前廻 何處寒梅雪裏開
黃昏獨立吟詩句 月下淸香斷復來

주 ◆납(臘) : 臘月. 음력 12월.

형식 : 칠언절구
출전 : 제월당대사집(霽月堂大師集)

감상 매화는 눈 속에 피는 꽃이라서 예로부터 사군자(四君子)의 하나로 꼽히고 있다. 매화를 두고 읊은 시는 수없이 많지만 그러나 이 시와 같은 품격을 갖춘 작품도 흔치는 않다.
제4구를 보라. '단복래(斷復來)'라는 시어가 얼마나 멋진가.

무생가를 부르며(自嘲)

무생가를 부르며 평생을 보냈으니
어느 곳의 산에서 또 봄가을 지났는가
천고의 나그네길, 백 년의 인간사여
뜬구름 피고 지고 달은 차고 기우네.

無生歌曲送平生 幾度溪山黃又靑
千古旅情百代事 浮雲起滅月虧盈

주 ◆황우청(黃又靑) : 가을(黃)과 봄(靑)인 듯. 세월. ◆휴(虧) : 달이 이지러지다. ◆영(盈) : 달이 차다.

형식 : 칠언절구
출전 : 제월당대사집(霽月堂大師集)

감상 시상에 변화가 없고 시어도 참신한 맛이 적다. 유한에 빠진 선승들이 즐겨 쓰는 구절들뿐이다. 내가 너무 혹평을 했는가?

벗에게 (送友人行脚)

아침에는 설산의 왕자(부처)를 찾고
저녁에는 총령의 왕손(달마)에게 가는가
그대여, 이 두 곳에서 허송세월 하지 말라
밝은 달 맑은 바람은 언제나 예 있나니.

早向雪山尋帝子 夜行葱嶺問王孫
君乎兩處休空過 皓月淸風萬古存

주 ◆제자(帝子) : 여기서는 석가여래. 그는 왕자였다. ◆총령(葱嶺) : 달마대사가 중국을 떠나 인도로 가던 고개 이름. ◆왕손(王孫) : 달마대사. 그 역시 王의 자손이었다.

형식 : 칠언절구
출전 : 제월당대사집(霽月堂大師集)

감상 깨달음을 얻겠다고 스승 찾아 구만리를 헤매는 길손이여, 그대 자신의 스승은 결국 그대 자신 속에 있나니 허송세월 하지 말라. 부디 허송세월 하지 말라.

송계도인에게 (示松溪道人)

어느 곳 푸른 산이 도량 아니리
왜 그리 허겁지겁 이곳저곳을 헤매는가
그대 안의 보배를 깨닫는다면
이산 저산 모든 물이 그대 고향이거니.

何處靑山不道場 勞勞身世走他方
若能信得家中宝 水水山山總故鄕

주 ◆도량(道場) : 참선 수도하는 곳. ◆노로(勞勞) : 몹시 애쓰는 모양.

형식 : 칠언절구
출전 : 제월당대사집(霽月堂大師集)

감상 송계(松溪)라는 도인에게 주는 시다.
내 안에서 얻는다면 이 누리 전체가 내 것이다. 그러나 밖에서 얻는다면 내 자신마저 빼앗기게 된다.
벗이여, 이 말은 진리다. 이 세상의 모든 말을 믿을 수 없더라도 부디 이 말만은 믿어 주기 바란다.

임종게(臨終偈)

진흙소는 바다에 들어가 소식 없으니
삼생의 큰 인연 이제 다 끝마쳤네
무슨 일로 또다시 번뇌 생각 일으켜
옛 경전의 글귀 따라 우왕좌왕하겠는가.

泥牛入海杳茫然 了達三生一大緣
何事更生煩惱念 也來齋閣乞陳篇

주 ◆삼생(三生) : 과거 · 현재 · 미래의 삶. ◆진편(陳篇) : 古書.

형식 : 칠언절구
출전 : 제월당대사집(霽月堂大師集)

감상 잔잔하기 이를 데 없는 임종의 시다. 시상은 평이하지만 그러나 무엇이 와도 움직이지 않는 부동의 경지가 있다. 이는 작자 자신의 그 득도의 체험 때문이다.

청매인오(靑梅印悟, 1548-1623) … 29편

저 높은 무쇠성에(拽下自坐)

저 높은 무쇠성에 작렬하는 포화 소리
철마(鐵馬) 타고 뛰어나오며 칼과 창 부딪는 소리
좌우의 많은 사람들이 이 광경 지켜보건만
주봉(主峯)은 드러나지 않고 구름만 차게 휘감기네.

百尺金城炮火觸 鐵騎突出刀槍鳴
左右觀人無數在 千峯不露冷雲縈

㊟ ◆포화(炮火) : 대포 같은 것에서 터져 나오는 불꽃. ◆촉(觸) : 부딪치다. (睡頭觸屛風-漢書) ◆철기(鐵騎) : 鐵馬를 타고.(坐高堂騎大馬-劉基) ◆돌출(突出) : 눌렀던 용수철이 튀듯, 그렇게 튀어나오는 形勢.(突如其來如-易經) ◆관인(觀人) : 左右에서 이 광경을 구경하고 있는 사람들. ◆운영(雲縈) : 구름이 산봉우리를 휘감다. 얽히다.

拽下自坐

臨濟陞座 麻谷問 大悲千手眼 那介是正眼. 師云 大悲千手眼 那介是正眼 速道 速道. 谷拽師下座 却自坐. 師回身云 "不審". 谷擬議. 師却拽谷下座復座. 谷便出去. (禪門拈頌 公案 卷十六)

형식 : 칠언절구, 평성경운(平聲庚韻)
출전 : 청매집(靑梅集)

감상 공안 〈예하자좌(拽下自坐)〉의 경지를 읊은 시. 공안에서의 법담은 한바탕의 싸움이다. 마곡(麻谷)은 할(喝)의 장군 임제(臨濟)에게 싸움을 청했다. 임제 장군은 마곡에게 선전포고를 받고 국경을 정비한 후 먼저 마곡의 뒤를 기습했다. 그러나 마곡은 이 기습을 미리 알고 있었다. 기습해 들어오는 임제의 병력은 보기 좋게 마곡에게 포로가 되어 버렸다. 임제는 전 군사에게 후퇴를 명령했다. 마곡은 회심의 미소를 지으며 개선가를 부를 참이었는데, 마곡의 이러한 방심을 노린 임제는 재차 마곡의 진영을 쳐들어 갔다. 그러나 어쩌랴. 이미 마곡의 군대는 가 버리고 난 후였다. 여기에서의 승부는 없다. 누가 이기고 누가 진 것이 아니라 오직 일진일퇴의 싸움만이 있을 뿐이다. 만일 여기에서 '누구는 이기고 누구는 졌다'는 식의 분별을 낸다면 남의 다리 긁는 식이다. 이걸 조심할 일이다.

서릿발 같은 칼날 휘둘러(少林斷臂)

서릿발 같은 칼날 휘둘러 봄바람 베어냄에
흰 눈 쌓인 빈 뜰에 붉은 잎 지고 있네
이 가운데 소식을 그대여 알겠는가
반 바퀴 차가운 달이 서쪽 봉우리에 걸려 있네.

一揮霜刀斬春風 雪滿空庭落葉紅
這裏是非才辨了 半輪寒月枕西峯

주 ◆소림단비(少林斷臂) : 少林寺에 주석하고 있던 달마대사를 찾아가 법(道)을 물었으나 거절당하자 왼팔을 베어 올림으로써 깨달음을 얻게 되었다는 慧可大師의 이야기. ◆휘(揮) : 휘두르다.(手揮白陽刀淸晝殺仇家－李白) ◆상도(霜刀) : 서릿기운 감도는 칼날. 霜은 刀를 수식한다. ◆설만공정(雪滿空庭) : 가득 찼는데(雪滿) 텅 비었다(空庭)……? 이는 말 밖의 이치거니 내 어찌 주둥아릴 놀려대리요. ◆저리(這裏) : 이 가운데. ◆시비재변료(是非才辨了) : 是非를 겨우 논하다. 시비를 논할 수 없는 곳에서 비비를 논하려 하기 때문에 '겨우(才)'라는 말을 쓰고 있는 것이다. 了는 '끝내다'는 동사로서 어떤 행동이나 일의 종결을 뜻한다.

少林斷臂

時有僧神光者 …… 近聞達磨大士住止少林, 至人不遙 堂造玄境, 乃往彼晨夕參承. 師常端坐面牆, 莫聞誨勵. 光自惟曰 昔人求道 敲骨取髓 刺血濟饑 布髮掩泥 投崖飼虎, 古向若此 我又何人. 其年十二月九日夜 天大雨雪,光堅立不動, 遲明 積雪過膝. 師憫而問曰 汝久立雪中 當求何事. 光悲淚曰 惟願和向慈悲 開甘露門 廣度群品. 師曰 諸佛無上妙道, 曠劫精勤, 難行能行, 非忍而忍, 豈以小德小智 輕心慢心 欲冀眞乘 徒勞勤若. 光聞師誨勵, 潛取利刀 自斷左臂 置于師前. 師知是法器, 乃曰 諸佛最初求道 爲法忘形, 汝今斷臂吾前 求亦可在. 師遂因與易名曰 慧可. 光曰 諸佛法印, 可得聞乎. 師曰 諸佛法印, 匪從人得. 光曰 我心未寧, 乞師與安. 師曰 將心來與汝安. (光)曰 覓心了不可得. 師曰 我與汝安心竟. (景德傳燈錄 卷三)

형식 : 칠언절구, 평성동운(平聲東韻) · 종통운(終通韻)
출전 : 청매집(靑梅集)

감상 지금 누가 내 옆에 있다면 나는 그를 내 힘껏 끌어안지 않고는 견딜 수 없다. 그토록 나는 지금 감동하고 있다. 보라. 이 시를 보라. 그저 한숨밖에 나오지 않는다.
우선 이 시의 배경이 되고 있는 〈소림단비(少林斷臂 : 소림사에서 왼팔을 자른 이야기)〉에 대해서 알아보자.
신광(神光)이라는 중이 있었다. 그는 소림사에 달마대사라는 도인이 있다는 말을 듣고 어느 날 저녁 달마를 찾아갔다.
달마대사는 도를 묻는 신광의 말에 아무런 대답도 하지 않고 밤새도록 벽을 향해 앉아 참선을 하고 있었다. 그 날 밤 마침 많은 눈이 내려 달마대사의 뒤에 서 있는 신광의 무릎까지 쌓였다. 이윽고 날이 새기 시작했다. 그제서야 달마대사는 측은한 듯 신광을 뒤돌아보며 물었다.
"젊은이여, 왜 밤새도록 추위에 떨며 서 있는가."
신광 : (울면서) 저에게 깨달음의 말을 들려주십시오.
달마 : 깨달음이란 깊고깊거늘 어찌 그 조그만 지혜로써 엿보려 하는가. 목숨을 바칠 각오가 없으면 불가능하다네.
달마의 이 말을 들은 신광은 차고 있던 칼을 뽑아 자신의 왼쪽

팔을 베어 달마에게 바쳤다. 이를 본 달마는 신광의 굳은 마음에 감복하여 그의 이름을 혜가(慧可)라 고쳐 줬다.
혜가 : 깨달음은 사람에게서 얻을 수 있는 것인가요.
달마 : 깨달음은 사람에게서 얻을 수 없는 것이다.
혜가 : 저의 마음이 편하지 않습니다. 제 마음을 편하게 해주십시오.
달마 : 혜가여, 그대 마음을 이리 가져오너라. 내 그대의 마음을 편토록 해줄 것이니…….
혜가 : 아무리 찾아봐도 마음이 없습니다(覓心了不可得).
달마 : 나는 이미 그대의 마음을 편하게 해줬다.

여기 제1구에서는 칼을 뽑아 왼팔을 베는 혜가의 모습이다. 제2구에서는 흰 눈 위에 떨어지는 혜가의 팔에 대한 묘사다. 이 얼마나 멋진가. '눈이 가득 쌓인 빈 뜰(雪滿空庭)'에, 피는 붉은 잎이 되어 마구 떨어지고 있다. 붉은색과 흰 눈, 그리고 가득함과 텅 빔…….
시각적으로도 아름다움의 극치요, 철학적으로도 최고의 경지(가득함과 동시에 텅 빔 : 眞空妙有)요, 또 감상적으로도 이에 더한 절정이 어디 있겠는가.
그대여, 살아 있다는 것은, 그 살아 있음이 고마운 것은 바로 이런 순간을 두고 하는 말이다.
'설만공정락엽홍(雪滿空庭落葉紅)…….' 불과 일곱 자의 시구에서 무한한 법열을 느낄 수 있는 바로 이 순간을 두고 하는 말이다.
제3구와 제4구는 제2구의 감흥을 잇는 여흥(餘興)이다.

구름 없는 가을하늘(圓相一點)

구름 없는 가을하늘 저 둥근 거울이여
찬 기러기 날아감에 그 흔적 남는구나
남양 땅의 저 노인네 이 낌새 알았으니
꽃바람 일천 리에 두 마음 맞비치네.

雲盡秋空一鏡圓 寒鴉隻去偶成痕
南陽老子通消息 千里同風不負言

주 ◆우(偶) : 우연히. ◆남양노자(南陽老子) : 南陽의 慧忠國師(碧巖錄 弟十八則 公案 忠國師無縫塔 參照).

圓相一點
馬祖劃一圓送道欽. 欽於圓相中點一點還送. 後國師聞云 欽師被馬祖惑.

형식 : 칠언절구
출전 : 청매집(青梅集)

감상 이 시의 근거는 공안 〈원상일점(圓相一點)〉이다. 공안도 멋지고 이 공안에 대한 청매인오(青梅印悟)의 송(頌)도 좋다. 공안을 살펴보면 이런 말이 된다.
마조가 어느 날 일원상(一圓相)을 그려서 도흠(道欽)에게 보냈다. 도흠은 마조가 보낸 일원상을 받아 보았다. 도흠은 그 일원상

가운데 점을 하나 찍어서 다시 마조에게 되돌려 보냈다.
후에 이 소식을 전해 들은 남양의 혜충국사는 이렇게 말했다.
"음, 도흠이 마조의 속임수에 넘어갔구먼."

마른 나무에 용의 울음(香嚴擊竹)

마른 나무에 용의 울음 기쁨은 더욱 솟고
뼈마디마다 빛이 나니 생각은 더욱 깊어지네
큰 한 소리에 허공이 산산조각 나니
달빛파도 일천 리에 조각배 떠가네.

龍吟枯木猶生喜 髑髏生光識轉幽
磊落一聲空粉碎 月波千里放孤舟

㊟ ◆음(吟) : 짐승이나 벌레가 우는 소리. ◆식(識) : 의식, 생각. ◆뇌락(磊落) : 그 뜻이 커서 작은 일에 구애받지 않다. 여기서는 '돌이 대나무에 부딪히는 소리'인 듯.(磊落奇偉之人－韓愈)

香嚴擊竹

鄧州香嚴智閑禪師, 青州人也. ……依潙山禪會. 祐和胞知其法器, 欲激發智光, 一日謂之曰, 吾不問汝平生學解及經卷冊子上記得者, 汝未出胞胎未辨東西時本分事試道 一句來, 吾要記汝. 師懵然無對, 沈吟之久, 進數語陳其所解, 祐皆不許. 師曰却請和向爲說. 祐曰 吾說得是吾之見解, 於汝眼目又何益乎. 師遂歸堂, 徧檢所集諸方語句無一言可將酬對. 乃自歎曰, "畫餅不可充飢", 於是盡焚之曰, "此生不學佛法也, 且作箇長行粥飯僧, 免役心神", 遂泣辭潙山而去. 抵南陽覩忠國師遺迹, 遂憩止焉, 一日因山中芟除草木, 以瓦礫擊竹作聲 俄失笑間, 廓然省悟, 遽歸沐浴焚香遙禮 云云.(景德傳燈錄 卷十一)

형식 : 칠언절구, 평성우운(平聲尤韻)
출전 : 청매집(青梅集)

감상 '용음고목유생희(龍吟枯木猶生喜).' 마른 나무껍질 속에서 용(龍)이 운다. 이 말에 깊은 뜻이 있다. 굳이 설명을 하자면 또 못할 바도 아니지만 어디 그 설명이 팔팔 산 고기를 집어 올 수 있겠는가. 기껏해야 고양이가 먹다 남은, 그것도 다 썩은 고깃조각밖에 집어낼 수 없는 것을……. 에라, 말 것이다. 아예 말 것이다. 무슨 깻묵덩이나 잔말이 필요하냐 말이다.
책 속에서 해답을 찾지 못한 선승 향엄(香嚴)이 어느 날 대나무에 돌이 부딪히는 소리를 듣고 큰 깨달음(大悟)을 얻게 되었다. 바로 그 순간을, 대나무에 돌멩이가 부딪히는 그 순간을, 그 깨달음의 순간을 노래한 것이 이 시의 내용이다. 이 시의 원제목 '향엄격죽(香嚴擊竹)'이란 바로 이 고사(故事)를 말하고 있는 것이다.
제1구와 제2구는 궁즉통(窮則通)의 이치를 말하고 있다.
제3구는 깨달음의 그 순간을 읊고 있다. 그리고 제4구는 깨달음 이후의 충만감을 읊고 있다.

무위진인(無位眞人)

금과 옥을 쩔렁이며 지나는가 했더니
이리 흔들 저리 흔들 바람 앞에 뼈 없는 놈
번갯불마저 그를 쫓아가지 못하지만
또 어느 땐 술 취하여 하늘 뱅뱅 비틀비틀.

金聲玉振過墻隅 草偃風行太似愚
石火電光追莫及 有時沈醉倩人扶

㈜ ◆초언풍행(草偃風行) : 君者之德은 風이요 小人之德은 草라, 草上之風이면 必偃이니라(孔子). 여기서는 物을 따라 종횡무진하는 마음의 작용을 말함이다. 때문에 겉보기에는 전혀 줏대가 없어 어리석은 것 같을 수밖에…….

無位眞人

鎭州臨濟義玄禪師 …… 一日上堂曰 汝等諸人赤肉團上, 有一無位眞人, 常向汝諸人面門出入, 未證據者看看. 時有僧問, 如何是無位眞人. 師下禪床把住云, 道道. 僧擬議. 師托開云 無位眞人 是什麽乾屎橛. 便歸方丈.(景德傳燈錄 卷十二)

형식 : 칠언절구, 평성우운(平聲虞韻)
출전 : 청매집(靑梅集)

감상 가장 고상하면서 동시에 가장 어리석고, 또 가장 빠르면서 동시에 가장 느린 우리의 본성에 대해서 읊은 시.

서릿발 돋는 우레 소리(喝)

서릿발 돋는 우레 소리 대낮을 어둡게 하고
바늘 끝 그 위에서 하늘과 땅을 희롱하네
꽃 잡고 웃을 때(拈花微笑) 일을 이미 그르친 것
또다시 허공을 잡아 두 동강을 내는구나.

磊落寒聲白日昏 針鋒頭上弄乾坤
拈花微笑家初喪 更把虛空作兩分

㊟ ◆뇌락(磊落) : 뜻이 커서 조그만 일에 구애되지 않는 것. 여기에서는 하늘을 찢을 듯이 큰 고함 소리. '寒聲'을 수식하고 있다.(磊落奇偉之人－韓愈) ◆침봉(針鋒) : 바늘의 끝. ◆농(弄) : 어떤 물건을 노리개이듯 마음대로 가지고 놀다.(高祖持御史大夫印弄之－漢書) ◆갱파(更把) : 또다시 ~을 잡아서.

喝

鎭州臨濟義玄禪師 …… 將示寂上堂云, 吾滅後 不得滅却吾正法眼藏. 三聖出云, 爭敢滅却和向正法眼藏. 師云 彼有人問儞, 向他道什麽. 三聖便喝. 師云 誰知吾正法眼藏 向這瞎驢邊滅却. 乃有頌 云云.(景德傳燈錄 卷十二)

拈花微笑

世尊在靈山說法, 天雨四花. 世尊遂拈花示衆, 迦葉微笑, 世尊云 吾有正法眼藏 付囑摩訶迦葉.(禪門拈頌 第五則 公案)

형식 : 칠언절구, 평성원운(平聲元韻)
출전 : 청매집(靑梅集)

감상 '염화미소(拈花微笑)'란 무슨 말인가.
부처가 어느 날 꽃 한 송이를 들어 제자들에게 보였다. 그러나 거기 모인 1,250여 명의 제자들은 무슨 뜻인지 몰라 어리둥절해 하고 있었다. 그때 저 멀리에 서 있던 제자 가섭(迦葉)이 미소를 짓고 있었다. 꽃을 들어 보인 부처의 마음과 가섭의 마음이 서로 통했던 것이다. 이런 것을 '마음달이 서로 비친다(心月相照)'라고 말한다.
그래서 부처는 거기 모인 제자들에게 이렇게 말했다.
"말로 전할 수 없는 진리를 가섭에게 전하노라."

이 '염화미소'의 이야기에서 우리는 선(禪)의, 선공안(禪公案)의 시발을 찾을 수 있다. 여기 그런 '염화미소'의 이야기가 청매인오의 손에 걸려 신랄한 비판을 받고 있다. 왜냐면 꽃을 들어 보였다(拈花示衆)는 그 자체가 이미 '진리를 보이고자 하는' 조작의 마음을 낸 것이기 때문이다.
보라, 청매인오의 이 무시무시한 직관력을…….

우담화 한 송이(敬次西山大師韻讚西山六首中其三)

우담화 한 송이 피어날 때
문득 떨어져 이 세상이었네
지팡이 한 자루 봄바람 속에
이 세상에 왔다 가네.

優曇花一發 從頂落懷胎
一錫春風裏 閻浮去又來

주 ◆염부(閻浮) : 이 세상.

형식 : 오언절구, 평성회운(平聲灰韻)
출전 : 청매집(靑梅集)

감상 서산대사 청허휴정을 찬탄하는 시다. '우담화'란 삼천 년 만에 한 번씩 피어난다는 푸른 연꽃으로서 성인이 이 세상에 태어날 때 이 꽃도 동시에 피어난다고 한다. 그렇기에 이 우담화(또는 우담발화)는 곧 성인을 상징하는 것이다. 여기 서산은 '우담화', 그 자체로 이 세상에 태어나 그가 할 일을 한 다음 바람 따라 왔다가 바람 따라 가 버린 것이다.

바른 법령이(南泉斬猫)

바른 법령이 마치 우레처럼 울려 퍼지니
죄 없는 무궁화꽃만 천재지변 만났네
조주가 당초에 거기 있었더라도
높이 휘두르는 흰 칼날 앞에 손을 쓸 수 없었네.

正令全提勢若雷 花奴無辜遇天災
雖然趙子當初在 雪邊高揮手不擡

주 ◆화노(花奴) : 무궁화꽃의 다른 이름. ◆무고(無辜) : 죄가 없음, 또는 '죄가 없는 사람'. ◆설변(雪邊) : 눈처럼 희고 차가운 칼날. ◆대(擡) : 손을 들다. 손을 쓰다. 일을 수습하다.

형식 : 칠언절구
출전 : 청매집(青梅集)

감상 공안 〈남전참묘(南泉斬猫)〉의 경지를 읊은 시.
어느 날 동쪽집과 서쪽집의 승려들이 한 마리의 고양이를 놓고 옥신각신하고 있었다. 이를 본 남전(南泉)은 단도직입적으로 말했다.
"어서 한 마디 일러 봐라. 만약 한 마디를 이르지 못하면 이 고양이를 베어(斬猫) 두 동강이 내어 버리겠다."

그러나 아무도 그 한 마디를 이르지 못했으므로 남전은 그 자리에서 고양이를 베어 두 동강이 내어 버렸다. 후에 그의 제자 조주(趙州)가 돌아왔다. 남전은 조주에게 물었다.
"자네가 그 자리에 있었다면 어찌하겠는가."
조주는 아무 말 없이 신고 있던 짚신을 벗어 머리에 이고 나가 버렸다.

천고의 영봉에(盤山游市)

천고의 영봉에 별처럼 눈부신 이가
아아 푸줏간에 떨어져 있는 줄 뉘 알겠는가
아침가게 시장바닥에서 아귀다툼 벌이다가
붉은 옷을 입고 옥의 땅을 걸어가네.

千古靈峯一星兒 誰知流落在鮑肆
朝行市裏爭多少 又着紅衣步玉墀

주 ◆포사(鮑肆) : 절인 어물을 파는 곳, 轉하여 악취가 나는 곳. ◆행(行) : 상점, 가게. ◆지(墀) : 臺(터) 위의 땅.

형식 : 칠언절구
출전 : 청매집(靑梅集)

감상 이 시는 〈반산유시(盤山游市)〉라는 공안의 경지를 읊은 시이다.
선사 반산이 푸줏간 앞을 지나가고 있었다. 그때 어떤 사람이 고기를 사러 와서 이렇게 말했다.
"여보게, 고기 가운데 정수를 떼어 주게."
백정 : 이 사람아, 정수 아닌 곳이 어디 있는가.
백정의 이 말을 듣는 순간 반산은 큰 깨달음을 얻었다.

……그렇다. 정수(진리) 아닌 곳이 어디 있는가. 저 풀 한 포기에서 먼지 한 오라기에 이르기까지 생명의 리듬 아닌 것이 어디 있는가.

느닷없이 내려치니(長沙翫月)

느닷없이 내려치니 누가 승부를 내겠는가
흰 꽃 위에 눈의 달빛, 지금은 봄이 한창이네
풍류는 끝나고 달은 기울려 하는데
먼 마을 닭이 울어 새벽을 알리네.

驀直呈才誰勝負 生花雪月作陽春
風流纔罷月欲落 自有遠鷄來報晨

주 ◆맥직(驀直) : 驀地. 한 눈 팔지 않고 곧장.

형식 : 칠언절구
출전 : 청매집(靑梅集)

감상 이 시는 〈장사완월(長沙翫月)〉이란 공안의 경지를 읊은 시이다.
선사 장사는 앙산과 달맞이하고 있었다. 앙산이 떠오르는 달을 보며 말했다.
"사람마다 모두 이 둥근 빛 있건만 쓸 줄을 모르네."
이 말은 들은 장사는 발로 앙산을 차 버렸다. 앙산은 넘어지면서 말했다.
"마치 호랑이처럼 사납군……."

시의 제1구는 앙산을 기습한 장사를, 그리고 제2구는 기습을 유도한 앙산과 기습을 감행한 장사의 기량을 읊고 있다. 제3구는 앙산의 심경을, 그리고 제4구는 앙산의 가락에 장단을 맞춘 장사의 기량을 읊고 있다.

곳마다(俱胝竪指)

곳마다 연(緣)을 만나 손가락 끝 세우나니
푸른 하늘 바다 같고 검(劍)의 빛은 차갑네
장안, 일만 리에 집의 서신 없으니
가을꿈만 부질없이 옥문관에 머물다 돌아오네.

在處逢緣竪指端 碧天如海釰光寒
長安萬里無家信 秋夢空回到玉關

주 ◆옥관(玉關) : 玉門關. 돈황 부근에 있는 西域으로 통하는 관문.

형식 : 칠언절구
출전 : 청매집(青梅集)

감상 공안 〈구지수지(俱胝竪指)〉의 경지를 읊은 시.
선사 구지(俱胝)는 선 도리(禪道理)를 묻는 이에게 언제나 손가락 하나를 세워 보일 뿐이었다. 어느 날 구지가 외출중 일단의 방문객들이 왔다. 구지를 시중드는 어린 소년만이 집을 지키고 있었다. 방문객들이 돌아가려고 하자 어린 소년은 말했다.
"물어 볼 게 있으면 나에게 물어 보십시오."
방문객들 : 선(禪)이란 무엇인가.
어린 소년 : 재빨리 한 손가락을 세워 보였다.

구지가 돌아와서 이 말을 듣고 소년에게 말했다.
"자, 내가 물을 테니 다시 한 번 대답해 봐라."
구지 : 선이란 무엇인가.
소년 : 재빨리 손가락 하나를 세워 보였다.
그 순간 구지는 그 손가락을 예리한 칼로 잘라 버렸다. 소년은 울면서 산으로 달아났다. 구지는 소년을 불렀다. 소년은 뒤돌아보았다. 구지는 손가락 하나를 세워 보였다. 아, 아. 그 순간 소년은 깨달음을 얻었다.

청평산 아래(令遵竹林)

청평산 아래 일천 줄기 대숲이여
잎마다 가을소리 찬비 기운 있네
두 마리 봉황이 깃드는 이곳
밤의 이 즐거움을 아는 이 없네.

淸平山下竹千竿 葉葉秋聲帶雨寒
兩箇鳳凰棲息處 無人知得夜團欒

주 ◆단란(團欒) : 친밀하게 한 곳에서 즐김.

형식 : 칠언절구
출전 : 청매집(靑梅集)

감상 〈영존죽림(令遵竹林)〉이란 공안의 경지를 읊은 시.
선사 영존은 취미에게 물었다. "선이란 무엇인가."
취미 : 사람들이 없을 때 말해 주겠네.
취미는 어느 날 영존을 데리고 대숲에 들어갔다.
취미 : 잘 보게. 이 대나무는 길고 저 대나무는 짧네.
영존은 취미의 이 말을 듣는 순간 큰 깨달음을 얻었다.

귀뚜라미 소리에(無題)

귀뚜라미 소리에 가을 이미 저무는데
창은 희고 달은 둥글게 떴네
소리와 모습이 분명한 곳에
말없이 앉아 있는 주인공이여.

蛩音秋已半 窓白月將圓
聲色分明處 頹然一主人

주 ◆공(蛩) : 귀뚜라미. ◆퇴연(頹然) : 힘없어 보이는 모양.

형식 : 오언절구
출전 : 청매집(青梅集)

감상 선의 경지를 단적으로 읊어낸 시다. 제3구와 제4구가 멋지다.

책을 덮으며(置卷)

배움은 이 '도'를 닦기 위함이요
'도'를 닦음은 이 전체로 살기 위함이니
전체로 살아 이 삶 이래로 극락이라면
굳이 옛 경전을 읽을 필요가 없네.

學本爲修道 道本爲全生
全生安樂國 何必轉千經

주 ◆전(轉) : 경을 읽다.

형식 : 오언절구
출전 : 청매집(靑梅集)

감상 그렇다. 살 때는 삶, 이 자체가 되어 전체로 살고 죽을 때는 죽음, 이 자체가 되어 전체로 죽어야 한다.

가을빛(秋色)

'나고 죽음'은 이 '실상'이 아니나
'실상'은 이 '나고 죽음' 속에 있네
봄은 가지 않고 가을은 오지 않았는데
아아, 푸른 잎은 벌써 붉게 물드네.

生滅非實相 實相是生滅
非春去又秋 靑葉染紅色

주 ◆염(染) : 물들다.

형식 : 오언절구
출전 : 청매집(靑梅集)

감상 태어나고 죽는 이 덧없는 변천의 흐름, 그 속에 저 불생불멸의 진리 있나니.
가지 마라. 이 세상을 두고 도망가지 마라.

도를 구하는 이에게(示求法人)

한 바다에 고기떼들 노니는데
한 고기마다 각각 한 개의 바다가 있네
그러나 바다는 전혀 분별심이 없으니
불멸의 진리 또한 이와 같네.

一海衆魚遊 各有一大海
海無分別心 諸佛法如是

주 ◆여시(如是) : 이와 같다.

형식 : 오언절구
출전 : 청매집(靑梅集)

감상 바다에는 수많은 고기들이 살고 있다. 고기들은 저마다 하나씩의 바다를 가지고 있다. 그러므로 하나인 저 바다는 고기의 숫자만큼 무수히 많은 바다가 된다. 이것이 바로 중중무진(重重無盡), 저 화엄의 도리다. 하나가 동시에 무수히 많은 숫자로 분화되고(一中一切), 무수히 많은 것이 하나가 되는(多卽一) 그 이치다.

의천선자에게(贈義天禪子)

책을 보는 것만으론 깨달음에 못 이르며
침묵을 지키는 이것 또한 피곤하네
가을하늘 맑기가 바다 같으니
외로운 달 하나 저 멀리 떠 있네.

看經非實悟 守默也徒勞
秋天淡如海 須是月輪孤

주 ◆야(也) : 또한.

형식 : 오언절구
출전 : 청매집(青梅集)

감상 깨달음을 향하여 나아가고 있는 이여,
언어를 거부하라. 침묵을 거부하라.
그리하여 언어에도 머물지 말고 침묵에도 머물지 말라.
아니 '머물지 말라'는 그 곳에도 머물지 말라.

깨달음에 대하여(十二覺詩)

'각(覺)'과 '비각(非覺)'은 참된 각(覺)이 아니니
참된 각(覺)은 각(覺)이 없음을 깨닫는 각(覺)이네
그러나 각(覺)과 비각(非覺)을 깨닫는 이 각(覺)을
어찌 '진각(眞覺)'이라 일컬을 수 있겠는가.

覺非覺非覺 覺無覺覺覺
覺覺非覺覺 豈獨名眞覺

주 ◆기(豈) : 어찌.

형식 : 오언절구
출전 : 청매집(靑梅集)

감상 깨달을 '각(覺)'자 열두 개를 통하여 진정한 깨달음이 무엇인지를 보이고 있다. 청매인오(靑梅印悟)의 서릿발 같은 예지가 돋보이는 작품이다.

이별(送別)

외로 난 길, 그대는 멀리 작아져 가고
온 산에는 잎진 나무 많네
어느 때 그대 생각 견디기 어려운가
해질 무렵 까마귀 울며 지나갈 때네.

一路歸人遠 千山落木多
相思何處苦 殘照過啼鴉

주 ◆천산(千山) : 많은 산. ◆잔조(殘照) : 지는 햇빛.

형식 : 오언절구
출전 : 청매집(靑梅集)

감상 이별의 시. 제4구의 극적인 변화로 하여 시 전체가 되살아나고 있다.

법흥진에서(法興陳)

강물은 깃발의 그림자로 출렁이고
산은 검의 빛을 띠어 저리 높네
내 살던 곳 되돌아 생각하노니
천봉엔 조각달이 외로이 걸려 있네.

江含旗影動 山帶釰光高
却憶曾棲息 千峯片月孤

주 ◆진(陳) : 군대가 진을 치고 머물러 있는 곳. 여기서는 僧兵의 진영인 듯.

형식 : 오언절구
출전 : 청매집(靑梅集)

감상 아마 법흥(法興)의 진영(陳營)에서 읊은 시인가 보다.
제1구와 제2구는 출병을 앞둔 승병(僧兵)들의 용맹스러움을, 제3구와 제4구는 산에 사는 선승의 쓸쓸한 심정을 읊고 있다.

나그네길(途中)

나그네길 달 밝은 밤에
서리맞은 국화는 길손의 수심이네
무슨 일로 서녘바람은
잎을 날려 개울가에 지게 하는가.

明月途中夜 黃花客裏秋
西風亦多事 吹葉落溪頭

주 ◆계두(溪頭) : 개울. 頭는 조사.

형식 : 오언절구
출전 : 청매집(靑梅集)

감상 행각(行脚 : 방랑)하는 도중에 지은 시. 짤막한 언어 속에 운수납자(雲水衲子)의 모습이 생생하게 담겨 있다. 한없이 맑고 차가운 슬픔이 이슬 맺히고 있다. 저 개울가에 인생무상의 나뭇잎이 지고 있다.

참된 지혜 (看到知知篇)

'지(知)'로서 아는 지(知)는
손으로 허공을 잡는 것 같네
참된 '지(知)'는 다만 스스로 알아야 하나니
지(知)가 없음을 아는 것이 참된 '지(知)'이네.

若以知知知 如以手掬空
知但自知已 無知更知知

주 ◆국(掬) : 손으로 움켜잡다.

형식 : 오언절구
출전 : 청매집(青梅集)

감상 진짜로 아는 것(知)은 '안다는 이것'마저 없음을 아는 것이다.
여기 지(知)는 곧 '깨달음(覺)'을 일컫는 말이다.

대규선승에게(贈大圭禪僧)

본성이 같기 때문에 취할 수도 없으며
모습이 다르지 않기 때문에 버릴 수도 없네
큰 소리로 불러 봐도 대답하지 않으나
옆에서 우우 솔바람이 화답을 하네.

同一性故法無取 絶異相故法無捨
盡力高聲喚不應 傍邊自有松風和

[주] ◆사(捨) : 버리다.

형식 : 칠언절구
출전 : 청매집(靑梅集)

[감상] 잡으려면 흔적 없고 버리면 다가오는 이건 무엇인가. 보고 듣는 이 사이에 분명하지만 움켜쥐면 빈 물뿐인, 아아, 이건 도대체 무엇인가.
우우, 솔바람이 화답하고 있다.

어느 선승에게(枯禪僧)

그대에게 참선하는 법 권하노니
마른 나무에 붙은 매미 껍질은 되지 말라
설사 유한의 굴 속을 나왔더라도
빈 산의 누더기중 면치 못하리.

勸爾參禪疑着句 莫同蟬蛻倚枯藤
縱然脫得幽閑崛 只作空山洒衲僧

주 ◆선세(蟬蛻) : 매미가 허물을 벗음. ◆종연(縱然) : 縱便. 가령, 설사. ◆유한(幽閑) : 한가롭고 그윽한 곳에 정체되어 있는 상태. ◆굴(崛) : 窟과 같은 자. ◆쇄(洒) : 灑와 같은 자. 灑落(마음에 아무 집착이 없어 상쾌함).

형식 : 칠언절구
출전 : 청매집(靑梅集)

감상 참선을 한답시고 깡마르게 산중의 암자에 앉아 있다면 이것은 분명 마른 나무에 붙은 매미 껍질이다. 그러나 이 무사안일에서 나오더라도 빈 산의 누더기중을 면치 못할 것이다.
그렇다면 어찌해야 하는가.
굽이쳐야 한다. 삶의 이 파도가 되어 굽이쳐야 한다. 저 하늘의 둥근 거울이 되어 굽이쳐야 한다. 그러나 이는 결코 쉬운 일이 아니다.

곤해선자에게 (示昆海禪子看經)

지혜의 바다, 바람은 높고 생각의 물결 이는데
진공의 달은 지고 번뇌의 구름 길게 걸렸네
그림의 떡으론 주린 배를 채울 수 없으니
보던 책을 불태운 것은 이 절실한 마음이었네.

智海風高識浪生 眞空月落妄雲橫
畵餠不可堪充腹 燒却疏抄是實情

주 ◆진공(眞空) : 不生不滅의 본질. ◆망운(妄雲) : 번뇌망상의 구름. ◆소각소초(燒却疏抄) : 德山到龍潭의 故事.

형식 : 칠언절구
출전 : 청매집(靑梅集)

감상 그림 속의 떡은 아무리 많아도 주린 배를 채울 수 없다. 아무리 많은 책을 읽는다 해도 그것이 생생한 체험으로 이어지지 않는다면 그것은 그림의 떡에 지나지 않는다. 그러나 그림의 떡마저 없다면 이 주린 배를 어이 견디리. 이 긴 밤을 어이 견디리.

산에 살며(山居)

이 산속의 빼어난 풍광은
이 세상의 즐거움보다 훨씬 앞서네
솔바람은 우우 거문고 타고
단풍 숲은 기가 막힌 비단색이네
홀로 앉아 보고 듣는 이것으로 족하나니
얻고 잃는 것은 이미 내 알 바 아니네
그대 날 찾아와 적막함을 위로하는가
나는 미소 짓는데 그대는 심각해 하네.

山間勝槩多 准擬人間樂 松風琴瑟聲 楓林綺羅色
獨坐足見聞 不要知得失 人來慰寂寥 我笑渠齪齪

주 ◆개(槩) : 景致, 風光. ◆준의(准擬) : 비기다. 견주다. ◆착착(齪齪) : 소심한 모양, 신중한 모양.

형식 : 오언율시
출전 : 청매집(青梅集)

감상 누군가가 산중에 사는 작자를 찾아와 궁핍한 생활을 걱정하자 청매는 미소지으며 이 시를 읊은 것이다.

깊고깊게(無題)

깊고 깊기 바다와 같고
넓고 넓기 저 허공 같네
적적하여 보고 듣는 것 끊기고
소란하여 같고 다름이 없네
하늘에 태어나도 즐겁지 않고
지옥에 들어가도 고통이 없네
그대에게 묻노니 이 무슨 물건인가
나도 모르는데 그대 어찌 알리.

沈沈如大海 落落等虛空 寂寂絶見聞 擾擾無異同
生天不受樂 入獄無多苦 問君是何物 我迷汝何悟

주 ◆침침(沈沈) : 깊고 조용한 모양. ◆낙락(落落) : 뜻이 큰 모양. ◆요요(擾擾) : 어지러운 모양, 소란한 모양.

형식 : 오언율시
출전 : 청매집(靑梅集)

감상 깊고 깊기 바다와 같고 넓고 넓기 저 허공 같고
좁고좁기 티끌 같은 것, 이것이 무엇인가.
'이것이 무엇인가'라고 반문하고 있는 이것은 도대체 무엇인가.

일순선자에게 (示一淳禪子在病求語)

돌계집의 꿈 돌아올 제 하늘은 동이 트고
나무아이 노래 끝나자 달은 둥실 밝아오네
관음원의 주인은 그 뜻이 넓고 굳어
마구니와 부처를 모두 불구덩에 쓸어넣네.

石女夢回天欲曙 木兒唱罷月空明
觀音院主雄而毅 魔佛都驅落火坑

주 ◆의(毅) : 의지가 강하고 굳세다.

형식 : 칠언절구
출전 : 청매집(青梅集)

감상 병상에 누워 있는 선승에게 주는 시. 선지(禪智)가 강한 작품이다.

어지러운 세상(悼世)

어떤 이 날 찾아와 이르기를
세상은 지금 어지럽기 그지없다네
마을마다 전염병이 퍼지고
굶어 죽는 송장은 길을 메웠네
전쟁은 나날이 격심해지고
인척들은 서로를 돌보지 않네
세금과 부역은 갈수록 가혹해지고
처자와 아이들은 뿔뿔이 흩어져 갔네
희비가 없는 이 산중인데도
가슴이 메어짐을 견딜 수 없네.

野人自外來 道我世煩劇
癘氣捲閭閻 餓莩滿阡陌
干戈日益尋 骨肉不相惜
賦役歲益迫 妻兒走南北
山中絶悲喜 不勝痛病膈

주 ◆도(悼) : 애도하다. 슬퍼하다. ◆번극(煩劇) : 바쁘다. ◆여(癘) : 염병, 유행병. ◆여염(閭閻) : 閭門. 민간사람. ◆아표(餓莩) : 굶어 죽은 송장. ◆천백(阡陌) : 밭 사이의 길. ◆간과(干戈) : 방패와 창. 轉하여 '전쟁'. ◆심(尋) :

계속되다. ◆부역(賦役) : 세금과 부역. 公事를 위하여 백성에게 전하는 노역. ◆격(膈) : 가슴 속.

형식 : 오언고시(五言古詩)
출전 : 청매집(青梅集)

감상 임진왜란으로 하여 이 나라는 만신창이가 되고 백성들은 뿔뿔이 흩어져 갔다. 마을마다에는 전염병이 번지고 굶어 죽고 칼에 맞아 죽은 시체가 길을 메웠다. 이 처참한 광경이, 비극적인 역사의 한 단면이 지금 선승의 시각으로 영상화되고 있다. 두보풍(杜甫風)의 비장감 어린 시로 재현되고 있다. 참으로 참으로 귀중하기 이를 데 없는 선시 아닌 선시다.

기암법견(奇巖法堅, 1552-1634) … 10편

한 조각 가을소리(初秋有感)

한 조각 가을소리 오동나무에서 떨어질 때
늙은 중 놀라 일어 서풍에 묻네
아침부터 홀로 일어나 개울가를 거니나니
칠십 평생 지난날이 거울 속에 되비치네.

一片秋聲落井桐 老僧驚起問西風
朝來獨步臨溪上 七十年光在鏡中

주 ◆조래(朝來) : 아침부터, 아침 일찍부터.

형식 : 칠언절구
출전 : 기암집(奇巖集)

감상 70년을 살아 온 한 선승이 지금 오동나무 잎이 떨어지는 걸 보면서 인생의 무상을 읊고 있다. 그러나 그의 칠십 평생은 결코 헛되지 않았다. 이제 생사해탈(生死解脫)의 경지에 와 있는 선승! 그렇기에 그의 일생은 그대로 그 자신의 거울 속에 한 줄기 바람으로 비치고 있는 것이다.

물은 산 밖으로 흐르고(輓詞)

물은 산 밖으로 흐르고
상여 소리 구름골로 가고 있네
황천은 어디메쯤 있는가
간 사람 다시는 되돌아오지 않네.

溪水流別山 挽歌入雲間
黃泉知何許 無限去不還

주 ◆만가(挽歌) : 상여 소리. ◆황천(黃泉) : 저승. ◆지하허(知何許) : 어디쯤인가.

형식 : 오언절구
출전 : 기암집(奇巖集)

감상 죽음은 슬픈 것이다. 죽음은 슬프고 두려운 것이다. 그래서 사람이 죽게 되면, 아니 가까운 사람이 죽게 되면 우리는 가슴을 치며 슬피 울게 되는 것이다. 그러나 여기 이 시에서는 죽음을 말할 수 없이 신비롭게 읊고 있다. 특히 제2구는 멋지다. 상여가 아니라 상여는 생략되고 그 상여의 만가 소리만이 구름 속으로 들어가고 있다…….
참 신비한 시다. 생사를 초월한다는 것은 바로 이런 경지를 두고 하는 말인가 보다.

내 육신에게(自我心贈身形)

내 이 세상에 태어나 그대를 의지했으니
그대와 서로 의지하며 오십 년 살아 왔네
그대와 이제 잡은 손 놓게 되면
백 년 동안 사귄 정이 하루아침에 멀어지리.

我生落地卽憑渠 渠我相將五十餘
秖恐與渠分手日 百年交道一朝疎

[주] ◆낙지(落地) : 이 세상에 태어남. ◆거(渠) : '그대', '그'. 여기서는 '육체'. ◆분수(分手) : 이별하다.

형식 : 칠언절구
출전 : 기암집(奇巖集)

[감상] 마음이 몸에게 주는 시.
가장 소중한 '님'자에 획 하나만 엎으로 그으면 가장 먼 '남'이 된다.
……이것은 유행가의 한 구절이다.
가장 소중한 이 몸인데 마음이 그 잡은 손을 놓게 되면 하루아침에 송장이 된다. 내 몸이여, 내 몸이여, 그대 운명이 너무 가련하구나.

송운을 일본으로 보내며(途松雲之日本國)

진종일 그대 생각하나 그대는 볼 수 없으니
누각에 기대어 잠 못 이룰 제 구름은 바다와 같네
어이 견디리 우수수 가을바람 잎 지는 소리
깊은 밤 머언 종소리 달 아래 듣네.

終日思君不見君 倚樓魂斷海天雲
那堪落葉秋風外 半夜踈鍾月下聞

주 ◆나감(那堪) : 어찌 견딜 수 있겠는가.

형식 : 칠언절구
출전 : 기암집(奇巖集)

감상 송운대사 사명유정(四溟惟政)을 일본으로 배웅하며 읊은 시. 제4구가 긴 여운을 남긴다. 전체적으로 시상이 깔끔하다.

오옹에게(吳翁)

돌집 사립문은 늦도록 열리지 않고
가을산 낙엽만이 뜰에 가득 쌓이네
그대여 이런 집에 더 이상 숨지 말라
명월과 청풍이 서로 오고 가고 하느니.

石室柴扉午未開 秋山落葉沒深堦
煩君莫隱渠家事 明月淸風共往來

[주] ◆미간(未開) : 열리지 않다.

형식 : 칠언절구
출전 : 기암집(奇巖集)

[감상] 무사안일에 빠져 있는 선자(禪子)의 나날을 질책하는 시. 거기 굽이치는 이 삶의 에너지가 없다면 그것은 확실히 잘못된 수행이다. 그러나 많은 사람들이 삶의 이 냉각화현상을 수행으로 잘못 알고 있다.

옛 우물(古洞寒泉)

아침에는 조각구름 희게 떠 있더니
밤이 되자 달빛이 환하게 젖어드네
마시면 오장 육부 시원해지고
정신은 맑아져 뼛속까지 가을이네.

朝浮雲片白 夜浸月華明
適口充腸冷 神淸肌骨凉

주 ◆적(適) : 마음에 들다. 알맞다.

형식 : 오언절구
출전 : 기암집(奇巖集)

감상 맑고 차가운 옛 우물을 두고 읊은 시. 시상에 큰 변화는 없지만 그러나 깊은 암시를 주고 있다.

서산대사께 드림(答西山問禪宗韻)

단칼을 비껴 잡고 하늘가에 걸터앉아
부처건 조사건 오는 대로 베어 버리네
서릿발 부신 칼날 산언덕은 무너지고
차가운 이 빛 닿는 곳마다 얼음이 꽁꽁 어네
소리 전의 고함 소리 천리에 들리고
글귀 뒤의 침묵은 만층을 뚫었네
이 경지는 줄 수도 받을 수도 없나니
그 누가 옛 부처에게 이를 전수받았는가.

單刀橫把跨天際 斬盡前來佛也僧
霜刃指山崖欲烈 寒光當處冷氷氷
聲前有喝聞千里 句後無言透萬層
箇裡商量無受授 何人傳得古燃燈

㈜ ◆과(跨) : 걸터앉다. ◆연등(燃燈) : 燃燈佛. 석가모니에게 法(깨달은 진리)을 전해 줬다는 전설상의 부처.

형식 : 칠언율시
출전 : 기암집(奇巖集)

감상 '선(禪)이란 무엇인가'라고 물은 서산의 시에 답한 화답시. 시상이 힘차다. 제5구와 제6구가 특히 돋보인다.

길 떠나는 그대에게(仍師求語作句贈之)

금년에는 작년보다 더욱 가난해졌으니
길 떠나는 그대에게 줄 물건이 없네
뜰 아래 잣나무 한 그루 있어 그대에게 주노니
때때로 마음에 묻어 두고 뼈에 새기라.

今年貧甚去年貧 無物臨行可贈君
惟付西來庭下栢 時時着意又書紳

주 ◆정하백(庭下栢) : 공안 〈庭前栢樹子〉. ◆서신(書紳) : 잊지 않기 위하여 큰 띠에 적어 두라.

형식 : 칠언절구
출전 : 기암집(奇巖集)

감상 여기 '뜰 아래 잣나무'란 조주(趙州)의 공안인 〈정전백수자(庭前栢樹子)〉를 말한다. 선승이 목숨보다 더 소중히 간직해야 할 것은 '공안'이다. 언제나 새벽같이 깨어 있는 그 자각(自覺)이다. '공안'이란 바로 이 '깨어 있음'을 뜻하는 것이다.

다시 오옹에게(吳翁)

푸른 산 벽을 삼고 물은 울타리 삼았으니
위에는 구름과 안개요 아래는 푸른 못이네
이 집에 다시 더 멋진 풍광 있으니
달 밝은 밤 배꽃이 꿈꾸듯이 피었네.

青山爲壁水爲籬 上覆雲霞下碧池
更有伊家奇勝事 梨花滿地月明時

주 ◆이(籬) : 울타리.

형식 : 칠언절구
출전 : 기암집(奇巖集)

감상 산중의 삶을 읊은 시. 시상이 대담하고 시정이 몽환적(夢幻的)이다. 제1구와 제2구는 남성적(역동적)이요 제3구와 제4구는 여성적(탐미적)이다.

읊음(偶吟)

일흔 살 늙은 중이 흰구름에 앉았으니
흰구름 방이 되고 또 문이 되었네
누군가 마음속의 일을 묻는다면
하늘과 땅, 아침저녁과는 같지 않다 말하리.

七十老僧坐白雲 白雲爲室又爲門
有人若問心中事 不似乾坤朝又昏

주 ◆불사(不似) : 같지 않다.

형식 : 칠언절구
출전 : 기암집(奇巖集)

감상 무위자연으로 돌아간 여든 살의 노승을 그리고 있다. 노승(老僧)과 흰구름(白雲)의 조화가 멋지다. 그러나 아쉬움이 있다면 제4구가 좀 더 독창적이었더라면 좋았을 것이다.

진묵일옥(震默一玉, 1561-1633) … 1편

스스로 탄식함(自嘆)

하늘은 이불이요 땅은 깔 자리, 산은 베개라
달 촛불 켜고 구름 병풍 치며 바다로 술잔삼아
마음껏 취함에 이에 일어 춤추나니
이 소맷자락에 곤륜산이 귀찮게 걸리는구나.

天衾地席山爲枕 月燭雲屛海作樽
大醉居然仍起舞 却嫌長袖掛崑崙

㊟ ◆존(樽) : 술잔. ◆거연(居然) : 사물에 動하지 않는 모양, 편안한 모양.(其勢居然也-史記, 秦始皇紀) ◆잉(仍) : 이에.(仍父子再亡國-史記) ◆각(却) : 도리어. ◆곤륜(崑崙) : 중국의 곤륜산. 여기서는 그저 '험하고 높은 산' 정도의 뜻으로 쓰이고 있다.

형식 : 칠언절구, 평성원운(平聲元韻)
출전 : 진묵조사유적고(震默祖師遺蹟考)

감상 이 조그만 나라에서 이토록 거대한 인물이 나왔다니…….
진묵(震默)대사, 이 사람만큼 숱하게 일화를 남기고 간 괴승(怪僧)도 또한 드물 것이다.

고한희언(孤閑熙彦, 1561-1647) … 1편

임종게(臨終偈)

공연히 이 세상에 와서
지옥의 찌꺼기만 만들고 가네
내 뼈와 살을 저 숲속에 버려 두어
산짐승들 먹이가 되게 하라.

空來世上 特作地獄滓矣
命布骸林麓以飼鳥獸

주 ◆공(空) : 공연히. ◆재(滓) : 찌꺼기.

형식 : 고체시(古體詩)
출전 : 고문집(古文集)

감상 고한희언, 깡마른 모습에 다 해진 옷을 입은 채 장작을 패던 수행자. 자신의 몸을 산짐승들에게 나눠 주라는 말을 남기고 조용히 열반에 든 사람. 일생 동안 오직 수행에만 전념했던 사람. 그의 임종게가 여기 있다. 읽는 이는 고개 숙여야 한다. 이 간절한 마음 앞에.

소요태능(逍遙太能, 1562-1649) … 44편

물 위에 진흙소가(宗門曲)

물 위에 진흙소가 달빛을 밭 갈고
구름 사이 나무말이 풍광을 끌고 가네
태고의 옛 곡조 허공 속의 뼈다귀라
외로운 학의 소리 하나 하늘 밖에 길게 가네.

水上泥牛耕月色 雲中木馬掣風光
威音古調虛空骨 孤鶴一聲天外長

주 ◆경(耕) : 밭 따위를 갈다. 농구로 논밭을 파 뒤집다. ◆체(掣) : 끌어당기다. 여기서는 木馬가 風光을 끌고 가다. ◆풍광(風光) : ① 景致, 風色, 風景. ② 모양, 人品. ③ 모습, 顔色. 여기서는 ①을 主로 하고 ②, ③을 곁들였다. ◆위음(威音) : 威音王佛 空劫 때에 맨 처음 성불한 부처. '한없이 오랜 옛적' 또는 '처음'이란 뜻으로도 쓰고(法華經 常不輕菩薩品), 선문에서는 本分消息, 實際理地의 뜻으로 쓴다.

형식 : 칠언절구, 평성양운(平聲陽韻)
출전 : 소요당집(逍遙堂集)

감상 종문곡(宗門曲)이란 선가의 정맥을 읊은 노래다. 선시의 대표적인 한 예로서 아주 귀중한 작품이다.

성원선자에게(贈性源禪子)

소리도 없고 냄새도 없고 이름마저 없음이여
가는 곳마다 서로 따르지만 밝혀내긴 어렵나니
그대의 본래 모습 알고 싶은가
기러기 가을빛 길게 끌며 강성(江城)을 지나가네.

無聲無臭又無名 到處相從不可明
欲識空王眞面目 鴈拖秋色過江城

㈜ ◆선자(禪子) : 참선을 하는 중(禪僧). ◆상종(相從) : 서로가 서로를 따르다(그림자가 물체를 따르듯). ◆욕식(欲識) : ~알고자 하다. ◆공왕진면목(空王眞面目) : 태어나기 이전의 본래 모습. 시공을 초월한 자아의 본래 모습. ◆타(拖) : 끌어당기다.

형식 : 칠언절구, 평성경운(平聲庚韻)
출전 : 소요당집(逍遙堂集)

감상 성원(性源)이라는 이름을 가진 중에게 주는 시로서 일종의 공안형식을 취하고 있다. 마음이란 냄새도, 소리도, 이름도 없지만 그러나 언제나 이 육체를 운전하고 있다. 마음과 육체는 마치 물체와 그림자가 서로 따르듯(엄밀하게 말하자면 '그림자가 물체를 따른다'고 해야 맞는다. 그러나 한 차원 높이 보면 물체인 자기나 그림자인 대상은 결국 같은 것이므로 서로 따른다고 해도 맞는 것이다) 서로 붙어 다니지만 그러나 '이것이 마음이다'라고 내보일 수는 없다.
순수의식인 마음(空王眞面目)이 어떤 것인지 알려면 어찌해야 하는가. 어떻게 하면 냄새도, 모습도, 소리도, 이름도 없는 '마음'을 알 수 있단 말인가.
여기 소요태능의 대답이 있다. 인생을 유유자적하게 살다가 사라진 선사, 소요태능의 대답이 있다.
'기러기 가을빛 길게 끌며 강성을 지나가네.'
아, 이 얼마나 멋진 대답인가. 무슨 말인지 알 수 없다고?
그대여, 가을 강가에 나가 보라. 기러기 행렬이 길게 지나는 것을 볼 것이다. 그 행렬을 보는 순간 아, 가을도 이젠 깊었다는 것을 느끼며 새삼 세월의 덧없음을 실감하게 될 것이다.
……그렇다면 이 마음이 우주의 본질에 닿아 있다면 계절이 가는 것도, 기러기가 우는 것도 마음이라는 이 거대한 생명의 바다에서 이는 한 개의 파도현상이 아니겠는가.
아차, 내가 실언을 했구나. 개구즉착(開口卽着)! 입 벌리는 순간 이미 빗나가 버렸나니…….

승호장로에게(贈勝浩長老)

가을 가매 잎 날아가네 그림자 없는 저 나무
오는 봄엔 싹트지 않아도 꽃이 만발할 것이네
그대 외짝 눈이여, 저 영겁을 꿰뚫어보고 있나니
달빛 젖는 난간에 기대어 소쩍새 소리 듣네.

秋去葉飛無影樹 春來花發不萌枝
儂家隻眼通塵劫 夜月憑欄聽子規

㊟ ◆무영수(無影樹) : 그림자가 없는 나무. 자기 자신의 순수한 본래 모습(本來面目)을 상징하는 말. ◆맹(萌) : 새싹이 트다. ◆농가(儂家) : ① 我家. 儂은 我의 俗語.(牙眼怖殺儂－韓愈) ② 彼家. 儂은 彼의 俗語.(勸儂莫上北高峯－楊維禎) 여기서는 ②의 뜻. ◆척안(隻眼) : 외눈. 제3의 눈. 직관의 투시력을 뜻함. ◆진겁(塵劫) : 티끌만큼 헤아릴 수 없이 많은 세월, 즉 영원무궁한 시간(永劫). ◆빙(憑) : 기대다. ◆자규(子規) : 소쩍새.

형식 : 칠언절구
출전 : 소요당집(逍遙堂集)

감상 장로(長老)란 말은 '나이 많으신 어른'이란 뜻으로서 여기에서는 승호(勝浩)라는 선승에 대한 호칭으로 쓰고 있다. 아마 소요태능보다 나이가 연장이었거나 비슷했나 보다. 결국 이 시의 내용은 깨달음을 얻은 승호장로를 칭찬하는 것이다.

감정과 사고의 구속에서 해방되어 시간과 공간을 꿰뚫는 직관력으로 서릿발 같은 선승 '승호장로', 이제 더 이상 올라갈 정상이 없어 외로운 사내, 앞을 봐도 뒤를 봐도 오직 자기 혼자뿐인 이 지혜의 절정. 그 외로움 속에서 '승호장로'는, 아니 '소요태능' 자신은 지금 '승호장로'가 되어 달빛이 젖고 있는 난간에 기대어 소쩍새 소리를 듣고 있는 것이다.

언법사에게(示彦法師)

뿔 없는 무쇠소가 허공을 올라가서
저 천상의 제석궁전을 부숴 버린 다음
몸을 돌려 이 세상에 다시 내려와서는
꼬리치고 머리 흔들며 눈보라를 날리네.

鐵牛無角陟虛空 磕破三天帝釋宮
翻身却下閻浮界 擺尾搖頭雪嶺風

㈜ ◆철우무각(鐵牛無角) : 이게 무슨 낮도깨빈가. 그러나 그대여, 千言萬語가 여기에서 꺾이는 걸……. 우리의 본래 모습, 즉 순수의식상태. ◆척(陟) : 오르다. ◆개(磕) : 돌(固體)이 서로 부딪쳐 나는 소리.(八音硼磕奏－張華) 磕破에서의 磕는 破를 강하게 한다. ◆제석궁(帝釋宮) : 제석천의 궁전. ◆염부계(閻浮界) : 우리가 사는 이 세상.

형식 : 칠언절구, 평성동운(平聲東韻)
출전 : 소요당집(逍遙堂集)

감상 '철우무각(鐵牛無角)'은 '무각철우(無角鐵牛)'의 도치이다. 무쇠소라는 말도 이상스럽거니와 소가 뿔이 없다면 이건 무엇이냐. 하나도 참구요, 둘도 참구(진지한 수행)요, 셋도 참구다. 제아무리 떠들고 날뛰더라도 한 번 크게 죽지 않고는 말짱 헛일이다. 죽어야 한다. 그리하여 죽음보다 더한 빛을 내 것으로 해야 한다.

계우법사에게(示繼雨法師)

불 속에 핀 붉은 연꽃 헌옷 위에 내리는데
나무하는 저 아이 광주리 가득 담아 돌아가네
소리 없는 이 옛 가락 뉘 감히 따라 부를 건가
저 개울가 돌계집이 실웃음을 웃고 있네.

火裏紅蓮落故衣 牧童收拾滿筐歸
古典無音誰敢和 溪邊石女笑微微

주 ◆화리홍련(火裏紅蓮) : 불 속에서 피어난 붉은 연꽃. 그 어떤 것에도 오염되거나 파괴되지 않은 우리 자신의 순수한 본래 모습(本來面目 ; 순수의식상태)을 뜻함. ◆고의(故衣) : 헌옷.(故國者 非有喬木之謂也－孟子) ◆수습(收拾) : 쓸어담다. ◆광(筐) : 광주리. ◆수감화(誰敢和) : 누가 감히 같이 따라 부를 건가. ◆계변석녀(溪邊石女) : 개울가에 서 있는 돌여자. ◆소미미(笑微微) : 가늘게 미소 짓고 있는 모습.

형식 : 칠언절구, 평성미운(平聲微韻)
출전 : 소요당집(逍遙堂集)

감상 아, 무지무지하게 좋은 시다. 기쁠진저, 그저 기쁘고 고마울진저, 이렇게 좋은 선시를 볼 수 있고 느낄 수 있다니…….
불 속에 연꽃이 피어나게 되면 물이 없어도 마르지 않고 그 누구도 꺾을 수 없으며 영원히 시들지 않는다. 아니 활활 타는 이

불 자체가 이제 한 송이 연꽃으로 소요태능이 아닌 우리 앞에 흩날리고 있다. 나 자신의 헌옷(여기 헌옷, 즉 故衣라는 이 말을 잘 주시하라. 수행자에게, 진리의 길을 가는 사람에게 물질적인 富는 장애물이다. ……그렇다. 비단옷 위에는 결코 '불 속에 핀 연꽃'이 흩날리지 않는다) 위에 마치 흰 눈송이처럼 흩날리고 있다. 이 꽃잎을 쓸어담아 갈 사람은 뉘인가. 그는 박사도, 정치가도, 위대한 성직자도 아닌 일개 나무하는 아이다. 천진무구(天眞無垢)한 아이야말로 이 영원히 시들지 않는 꽃을 가질 자격이 있다.
누가 화답할 것인가. 소리를 넘어선 이 경지에서 부르는 노래를 따라 부를 자 뉘 있는가.
이 옛 곡조의 후렴을 받아 부를 자는 누구인가. 저 개울가에 서 있는 돌덩이 하나, 계집의 모습으로 서 있는 돌 한 덩어리가 가늘게 미소 짓고 있는 것이다. 봄날의 그 따스한 햇살처럼 그녀는 가늘게 웃고 있다.
아 이놈아, 정신 번쩍 차려라. 너 지금 무슨 잠꼬대를 이렇게 지껄이고 있는 게냐.

종소리 들으며(聞鐘有感其一)

귀 가운데 밝고밝아 듣는 놈이 누구인가
소리 없고 냄새도 없어 알아볼 길 없는데도
거두어들이면 따라오다 풀어 놓으면 펴지면서
속인이었다 성인이었다 언제나 나를 따르네.

耳裏明明聽者誰 無聲無臭卒難知
收來放去任舒卷 在凡在聖長相隨

주 ◆유감(有感) : 감흥이 일다. ◆졸(卒) : 마침내.(卒爲善士－孟子) ◆수래(收來) : 거두어들이다. ◆방거(放去) : 풀어 놓다. ◆임(任) : 맡기다. ◆서(舒) : 풀어 놓다. ◆권(卷) : 말아 버리다. ◆장상수(長相隨) : 언제나 서로 따르다.

형식 : 칠언절구, 평성지운(平聲支韻)
출전 : 소요당집(逍遙堂集)

감상 듣는 것은 무엇인가. 귀가 듣는 것이 아니라 마음이 귀라는 매개체를 통해서 지금 종소리를 듣고 있는 것이다. 그렇다. 이 마음은 소리도 냄새도 없으므로 우리의 오관(五官)으로 감지할 수 없다. 그러나 그럼에도 불구하고 우리의 마음은 한없이 넓어지거나 좁아지면서 어느 때는 술 취해서 고래고래 소리를 지르다가는 또 어느 때는 고요히 앉아 명상에 젖고 있다.

개구리 소리(聞蛙有感)

봄 연못 달밤에 개구리 소리
날 퍼런 남산의 독사뱀이네
고향 등진 그대 깨워 목이 타는데
그대는 취하여 불 속을 헤매이네.

春池月夜一聲蛙 活潑南山鼈鼻蛇
年年喚起遠鄕客 不覺昏昏走火家

㊟ ◆와(蛙) : 개구리. ◆별비사(鼈鼻蛇) : 자라(鼈)의 코(鼻)를 가진 뱀(蛇). 코브라와 같은 일종의 독사로서 이 뱀에게 물리면 즉사한다고 함. 즉 죽이고 살리기를 자유자재로 구사하는 스승(師家)의 지도적 역량을 뜻함. 중국의 선승 雪峰이 이 말을 처음 사용했으므로 '雪峰鼈鼻蛇' 또는 '남산별비사'라고도 한다. ◆환기(喚起) : 불러일으키다. ◆불각(不覺) : 깨닫지 못함. ◆혼혼(昏昏) : 어둠 속을 헤매듯 제 정신 못 차리고 헤맴. ◆주화가(走火家) : 불이 난 집 속(욕망의 불이 타는 이 세상)을 뛰어다니다.

聞蛙有感

雪峰示衆云 南山有一條鼈鼻蛇 汝等諸人切須好看. 長慶云 今日堂中 大有人喪身失命. 僧擧似玄沙. 玄沙云 須是稜兄始得. 雖然如此, 我卽不恁麽. 僧云 和尙作麽生. 玄沙云 用南山作什麽. 雲門以拄杖 攛向雪峰面麽 作怕勢. (碧巖錄 第二十二則 公案)

형식 : 칠언절구, 평성마운(平聲麻韻)
출전 : 소요당집(逍遙堂集)

감상 '봄 연못 달밤에 개구리 소리…….' 여기까진 좋았다. 그런데 제2구에 들어서자 시의 물굽이는 갑자기 날 퍼런 남산의 독사뱀으로 둔갑을 한다. 제2구를 받은 전구(轉句)로서의 제3구는 제1구의 시상과 연결을 갖는다. 제4구는 탄사(嘆辭)다. '그대여 무엇 때문에 취하여 이 불집을 헤매는가.' 깊은 뜻이 괴어 있는 작품이다. 시가 아니라 시의 형식만을 빌려서 그대의 미몽(迷夢)을 두드려 깨우려는 노파심으로 쓴 것이다. 제4구는 《법화경》의 '화택장자(火宅長子)' 비유다. 이 세상은 불타고 있다. 욕망의 불길로 불타고 있다. 우리는 이 불길 속에 활활 타면서 기쁨에 현기증을 느끼고 있다. 그러나 머지않아 그대 몸은 꺼멓게 그을린 숯 한 덩이로 버려지리라. '불집을 나오너라', '불집을 나오너라', 소요태능의 외침이 들려오고 있다.

하나 됨(無位一色)

쟁반에 구슬 구름이여 구슬에 쟁반 구름이여
물과 하늘 밝은 달이 맑게 빈 빛뿐이네
바람 앞의 이 한 글귀 옥 부딪는 소리여서
안과 밖이 영롱하여 서리 기운 가득하네.

盤走珠兮珠走盤 水天明月淸虛色
當機一句玉珊珊 內外玲瓏溢寒色

[주] ◆무위일색(無位一色) : 주관과 객관이 구별 없이 하나가 된 경지. ◆반(盤) : 쟁반. ◆당기(當機) : 대상에 따라. ◆산산(珊珊) : 玉이 울리는 소리. ◆일(溢) : 가득 넘치다.

형식 : 칠언절구
출전 : 소요당집(逍遙堂集)

[감상] 옥쟁반 위에 옥구슬이 구르게 되면 그것은 옥구슬 위에 옥쟁반 구르는 것처럼 어느 것이 옥구슬이고 또 어느 것이 옥쟁반인지 구별할 수 없게 된다. 즉 보는 것(主)이 나인지 보이는 것(客)이 나인지 그 구별을 알 수 없게 된다. 주관과 객관이 하나가 된 상태, '그대가 듣는 빗소리'로 하나가 된 상태, 하늘과 물과 달이 온통 하나가 된 이 절정의 상태에서는 밥 먹고 잠자는 일

에서부터 사기치고 놀음하는 일까지가 모두 저 거룩한 진리의 곱이침(玉 부딪는 소리) 아닌 게 없는 것이다. 안(主觀)도 영롱한 직관의 빛이요 밖(客觀)도 또한 영롱한 지혜의 빛일 뿐이다.

산월이 비쳐 창은 희고(無題十)

산월이 비쳐 창은 희고
개울 소리 문에 들어와 우네
구 년의 저 침묵 알고 싶은가
다만 이 가운데 밝고밝네.

山月投窓白 溪聲入戶鳴
欲知九年默 須向此中明

주 ◆구년묵(九年默) : 달마대사가 소림굴에서 구 년 동안 참선수행을 하던 옛 고사. 즉 여기에서는 禪의 본질을 뜻함.

형식 : 오언절구, 평성경운(平聲庚韻)
출전 : 소요당집(逍遙堂集)

감상 ……그렇다. '지금 여기'를 버리고 어디로 가려는가. 진리는, 깨달음은 '지금 여기'에 있다. 아니 그대 자신이 지금 깨달음 속에서 이 진리 속에서 살아가고 있다. 공기가 없으면 단 한 순간도 살아갈 수 없다. 진리가 없으면 우리는 단 한 순간도 살아갈 수 없다. 왜냐면 이 심장이 뛰는 것도, 호흡이 들어오고 나가는 것도 이 모두가 진리의 한 역동(力動)현상이기 때문이다. '다만 이 가운데 밝고밝아라(須向此中明).' ……큰절 한 번 하고 읽어야 할 구절이다.

자네를 보내며(贈別俊少師)

거년에 우리 여산에서 이별했더니
오늘은 초숫가에서 자네를 보내네
나누이는 마음 아득히 그대와 나 말이 없는데
꽃 지고 새 울며 남은 봄이 가고 있네.

去年別我廬山頂 今日送君楚水濱
離思悠悠兩無語 落花啼鳥又殘春

주 ◆여산(廬山) : 中國 江西省 北部에 있는 산. 특히 慧遠의 住錫地로서 이름이 높다. ◆초수(楚水) : 楚나라 물. 여기서의 廬山과 楚水는 별다른 뜻보다 '멀리 떨어져 있다'는 정도로 쓰이고 있다. ◆빈(濱) : 물가.(海濱廣斥－書經) ◆유유(悠悠) : 여기서는 나누이는 마음이 물이듯 흐르는 모양.

형식 : 칠언절구, 평성진운(平聲眞韻)
출전 : 소요당집(逍遙堂集)

감상 이별은 어쩌면 가장 순수해지는 순간인지도 모른다. 그것은 떠난다는 그 자체가 일체의 수식을 배제하기 때문이다. 우리는 너무나 많은 수식 속에서 살고 있다. 일체의 수식을 뽑다 보면 현실의 관계 속에서의 패배자가 된다. 그러나 이별은 이러한 수식에서 우리를 해방시켜 준다. 그러므로 해탈을 원하는 사람은 되도록 많은 것들과의 이별을 가져야 한다. 그것은 이별의 순간이 많아질수록 의식의 거울은 투명하게 닦이어 가기 때문이다.

한 그루 그림자 없는 나무를(賽一禪和之求其二)

한 그루 그림자 없는 나무를
불 가운데 옮겨 심나니
봄비 저가 적셔 주지 않아도
붉은 꽃 어지럽게 피어나리라.

一株無影木 移就火中栽
不假三春雨 紅花爛漫開

㈜ ◆일주무영목 이취화중재(一株無影木 移就火中栽) : 이것 알면 그대는 이렇게 말하리라. '지금 죽어도 소원은 없습니다.'

형식 : 오언절구, 평성회운(平聲灰韻)
출전 : 소요당집(逍遙堂集)

감상 이 시에서 '한 그루 그림자 없는 나무(一株無影木)'란 무엇인가. 그 어떤 것에도 오염되거나 변질되지 않는 그대 자신의 순수의식을 말한다. 그러나 나의 이 설명만으로 '일주무영목(一株無影木)'을 이해시킨다는 것은 불가능한 일이다. 설명을 할수록 점점 더 '일주무영목'과는 멀어지나니……. 그대 스스로 깨달아 봐라. 내가 왜 이렇게나 횡설수설하고 있는가. 말할 수 없는 곳은 말을 하지 말아야 한다. 그 말할 수 없는 곳을 무리하게 말로 설명하려 하면 말도 추하게 되고 그것 자체(一株無影木)도 더럽혀진다.

우습구나 소를 탄 자여(賽一禪和之求其五)

우습구나 소를 탄 자여
소등에 앉아 다시 소를 찾는구나
그림자 없는 나무 베어다가
저 바다 거품을 태워 다하라.

可笑騎牛子 騎牛更覓牛
斫來無影樹 銷盡海中漚

주 ◆가소(可笑) : 가히 우습다. ◆기(騎) : 말이나 소를 타다. ◆멱(覓) : 찾다.
◆작래(斫來) : 쪼개다. '來'는 어조사.

형식 : 오언절구, 평성우운(平聲尤韻)
출전 : 소요당집(逍遙堂集)

감상 그대가 찾고 있는 것은, 찾고 있는 바로 그대 마음속에 있다.
되돌아보라, 너 자신을 보라(迴光返照)…….
여기 '그림자 없는 나무(無影樹)'는 무엇인가. 바로 그대 자신이다. 그대 자신의 본질이다.

* 이 시는 원래 청허휴정이 소요태능에게 준 시인데 《소요당집》에 실려 있으므로 그대로 실었다.

의현법사에게(賽義玄法師其二)

지팡이 한 개 누더기 한 벌 한가로운 이 몸이니
일평생이 배낭 하나 물과 바람 속이네
피곤하면 기대어 솔그늘에 잠드나니
바람은 개울 소리 보내어 드는 꿈이 차갑네.

短笻雲衲此身閑 百歲行裝萬壑間
困來獨倚松陰睡 風送溪聲入夢寒

주 ◆단공(短笻) : 짧은 지팡이. ◆운납(雲衲) : 雲水衲子. 다 해진 옷을 입고 구름같이 물같이 떠돌면서 참선을 하는 수행승. ◆행장(行裝) : 여행의 차림.

형식 : 칠언절구, 평성산운(平聲刪韻)
출전 : 소요당집(逍遙堂集)

감상 옷 한 벌과 한 개의 밥그릇(발우), 그리고 배낭 하나를 벗삼아 구름같이 물같이 떠돌면서 오직 구도에 전념하는 산사람. 그를 운수납자(雲水衲子)라 한다.
여기 이 시는 그런 운수납자의 심경을 가장 잘 읊어낸 시다. 그러나 운수납자의 시대는 지났다. 그만큼 우리가 지금 물질화되어 가고 있다. 미국화되어 가고 있다. 그러나 이 운수납자의 전통만은 지켜가야 한다. 우리의 마지막 정신유산만은 빼앗기지 말아야 한다.

순대사에게(贈淳上人)

사람사람 얼굴 앞에 보름달이 밝음이여
사람마다 발 아래 맑은 바람 불고 있네
거울마저 깨뜨림에 흔적마저 없는지라
한 소리 새울음이 꽃가지에 오르네.

箇箇面前明月白 人人脚下淸風吹
打破鏡來無影跡 一聲啼鳥上花枝

[주] ◆개개(箇箇) : 사람사람 각자마다. ◆각하(脚下) : 발 아래. ◆타파경래(打破鏡來) : 거울을 부숨에.

형식 : 칠언절구, 평성지운(平聲支韻)
출전 : 소요당집(逍遙堂集)

[감][상] 여기에서의 보름달(明月)은 '마음'을, 그리고 맑은 바람(淸風)은 '마음의 작용'을 말한다.
제1구와 제2구에서는 마음과 그 작용을 노래하고 있다. 제3구에서는 '마음이라는 이 거울'마저, 초월하여 어떤 관념의 흔적도 없는 경지를 읊고 있다. 제4구에서는 그 관념의 흔적이 없는 순수의식 차원에서 이 현상의 온갖 것이 전개됨을 읊고 있다.

병이 들어(病裡書懷)

병이 들어 오랫동안 방에만 박혔더니
찬 기운 두려워 문밖을 못 나가네
아이 녀석 이르는 말 '봄이 벌써 갑니다'
깜짝 놀라 일어나 보니 산 푸른빛 짙어가네.

抱疾經年長打坐 㤼寒惟恐出門遊
兒童忽報春光盡 警起看山綠葉稠

주 ◆장타좌(長打坐) : 오랫동안 앉아만 있다. ◆겁(㤼) : 겁나다. ◆홀보(忽報) : 문득 일러주다. ◆조(稠) : 진하게 되다. 여기서는 '연둣빛 잎들이 짙푸른 색으로 바뀌다.'

형식 : 칠언절구, 평성우운(平聲尤韻)
출전 : 소요당집(逍遙堂集)

감상 병이 들어 앓고 있는 사람의 심정을 잘 묘사한 시다. ……그렇다. 계절이 바뀌고 있는 것조차 느낄 수 없이 살고 있다면 이건 분명 불행한 일이 아닐 수 없다. 알지어다. 축복 가운데 가장 큰 축복은 '건강'이라는 것을…….

밤에 앉아(夜坐書懷)

쇠북 소리 듣는 이놈, 이것 되려 들어 봐라
녹슨 잎 펄펄 날 제 저 잎 보는 놈 다시 봐라
달빛 타고 종횡무진 굽이치나니
강물 소리 달빛이 빈 누각에 가득하네.

鍾聲起處聞聞復 黃葉飛時見見休
更向夜明簾外轉 江聲月色侵虛樓

주 ◆문문복(聞聞復) : 귀로 소리를 듣는 그것을 거슬러 들어가, 듣는 능력 자체를 듣는 것. '들음'의 근원을 되찾아 들어가는 것. 이곳에서의 '들음'은 '듣지 않음으로 듣는 것(不聞聞)'이다. ◆견견휴(見見休) : 눈이 外界의 현상을 볼 때(실은 자신의 의식에 비친 자신의 영상이지만) 수동적으로 객관계에 끌려가며 보는 것을 지양하여 보는 자(能見)와 보이는 자(所見)가 相卽相入하는 경지. 이곳에서의 '봄'은 '보지 않는 것으로 봄(不見而見)'이다. 즉 본다는 생각이 끊어진 '봄'이다.

형식 : 칠언절구, 평성우운(平聲尤韻)
출전 : 소요당집(逍遙堂集)

감상 작품 전체에 굽이치는 선기(禪氣)가 있다. 소리와 빛과 그리고 빈 공간이 있다. 평상심시도(平常心是道)란 이런 것을 말함인가. 전혀 모가 나거나 걸림이 없으면서도 상류(常流)를 멀리 벗어나서 외외(嵬嵬)로운 것, 그것을 이름하여 무애자재라 하는가.

깨달음(悟道)

이 세상은 나그네길의 하룻밤 주막
얼마나 많은 생을 나고 죽고 했는가
흰 눈 한 소리에 자던 잠이 깨었으니
밤은 깊고 밝은 달만 내 마음에 비치네.

蘧廬天地假形來 慚愧多生托累胎
玉塵一聲開活眼 夜深明月照靈臺

주 ◆거려(蘧廬) : 주막, 여관, 客舍. ◆옥진(玉塵) : '옥의 가루'라는 뜻으로 '눈(雪)'의 다른 이름. ◆영대(靈臺) : 心. '마음'

형식 : 칠언절구
출전 : 소요당집(逍遙堂集)

감상 소요대사 태능의 오도송(悟道頌)이다. 그 차갑고 맑기가 마치 옥(玉)의 소리 같다.

연곡사에서(題燕谷寺香閣)

저 경전들은 이정표에 불과하니
이 손가락이 가리키는 달은 저 하늘에 있네
달도 지고 손가락마저 없는 곳,
배고프면 밥 먹고 피곤하면 잠드네.

百千經卷如標指 因指當觀月在天
月落指忘無一事 飢來喫飯困來眠

㈜ ◆표지(標指) : 어떤 일정한 곳을 가리키는 표지판 또는 그 '표시'.

형식 : 칠언절구
출전 : 소요당집(逍遙堂集)

감상 밥 잘 먹고 잠을 편하게 잘 수 있는 이것은 정말 대단한 경지다. 평상심(平常心)이 도(道)가 될 수 있는 이것은 정말 대단한 경지다.

추울 때는(偶題)

추울 때는 춥게 가고
더울 때는 덥게 오나
춥고 덥고 가고 오는 이 가운데 불변함은
맑은 향 나부끼는 눈 속의 매화네.

寒時寒殺闍梨去 熱時熱殺闍梨來
寒熱去來惟一味 淸香飄拂雪中梅

[주] ◆사리(闍梨) : 阿闍梨. 모범이 되는 승려.

형식 : 칠언절구
출전 : 소요당집(逍遙堂集)

[감상] 겨울, 살을 에는 강추위 속에 피는 매화여, 그대 누구의 영혼인가. 이 모든 고난을 묵묵히 참고 견디며 오직 저 곳을 향하여 나아가는 구도자, 그의 영혼 아니리. 그의 그 새하얀 마음 아니리.

한 개의 문(賽印禪子之求)

한 개의 문, 두 개의 문이 열리자 천지는 밝아오고
삼라만상은 더욱 선명해지네
진흙소가 울면서 남쪽으로 달려가니
풀마다 풀잎마다 '조사의 뜻' 빛나네.

一二門開天地明 森羅萬像轉分明
泥牛哮吼向南走 百草頭邊祖意明

주 ◆조의(祖意) : 祖師의 뜻. 禪의 뜻.

형식 : 칠언절구
출전 : 소요당집(逍遙堂集)

감상 한 개의 문(一門)은 무극(無極)이요, 두 개의 문(二門)은 이 무극이 음양(陰陽)으로 나누어진 상태로 보면 어떨까. 왜냐면 이 음양의 이문(二門)에서 삼라만상이 태어나기 때문이다.
제3구와 제4구는 격외(格外)의 소식이다.

생각의 물굽이는(次閑長老韻)

생각의 물굽이는 흘러 흘러 잠은 멀리 가고
뜰의 비바람은 좀처럼 멎을 줄을 모르네
내 마음의 한스러움을 묻는 이 없이
새벽녘 차가운 쇳소리 앉아서 듣네.

客思悠悠獨不眠 一庭風雨夜如年
無人問我心中恨 坐聽寒鐘報曉天

형식 : 칠언절구
출전 : 소요당집(逍遙堂集)

감상 잠 못 이루는 나그네의 심정을 절실하게 읊고 있다. 제2구가 뛰어나다.

삼라만상 덧없이(賽義玄法師一)

삼라만상 덧없이 사라져 가나니
허공에 새 날아가나 그 흔적은 없네
저 허공마저 이젠 내 머물 곳 아니거니
바람 앞에 빗소리를 내고 있는 저 소나무 여겨 보라.

森羅萬像同歸幻 鳥過長空覓沒蹤
虛空不是藏身處 看取風前帶雨松

주 ◆멱몰종(覓沒蹤) : 자취를 찾을 수가 없다.

형식 : 칠언절구
출전 : 소요당집(逍遙堂集)

감상 '정극광통달(靜極光通達)'이란 말이 있다. '고요가 그 극에 이르면 눈부신 행위의 빛살로 터져 나온다'는 뜻이다.
여기 이 시를 보라. 허공마저 뛰어넘은 곳에서 바람 맞아 빗소리 내고 있는 저 소나무를 보라.

보라, 발밑에 (義神蘭若夜坐書懷二)

보라, 발밑에 옛길은 분명하거니
내 스스로 그걸 모르고 이곳저곳 헤매었네
천지창조 이전으로 훌쩍 뛰어넘으니
뿔 부러진 진흙소가 흰 눈 위를 달리네.

古路分明脚下通 自迷多劫轉飄蓬
翻身一擲威音外 折角泥牛走雪中

주 ◆표봉(飄蓬) : 정처 없이 떠돌아다니다.

형식 : 칠언절구
출전 : 소요당집(逍遙堂集)

감상 제1급에 속하는 선시(禪詩)다.
제3구와 제4구를 보라. 깨달은 이만이 쓸 수 있는 구절이다.

나무닭 울음소리에(題淨土寺香閣)

나무닭 울음소리에 새벽종은 은은하고
돌계집의 혼이 놀라니 밤비는 차갑네
종풍은 이 세상가락에 섞이지 않으니
이 곡조 듣는 이 없어 나 혼자 웃고 있네.

木鷄啼罷曉鐘殘 石女魂驚夜雨寒
宗風不落宮商曲 彈出無人笑破顔

주 ◆종풍(宗風) : 禪宗의 家風. ◆궁상곡(宮商曲) : 五音으로 된 가락.

형식 : 칠언절구
출전 : 소요당집(逍遙堂集)

감상 제1구, 제2구는 격외(格外)의 도리요 제3구, 제4구는 이 격외의 가락을 듣는 이 없어 쓸쓸하게 웃고 있는 작자 자신을 읊은 것이다. 역시 제1급의 선시.

집집마다(示繼雨法師二)

집집마다 문밖은 장안으로 가는 길이요
곳곳마다 굴 속에는 사자가 앉아 있네
거울마저 깨 버려서 아무것도 없으니
새소리 두서너 음이 꽃가지에 오르네.

家家門外長安路 處處窟中獅子兒
打破鏡來無一事 數聲啼鳥上花枝

형식 : 칠언절구
출전 : 소요당집(逍遙堂集)

감상 보라. 제4구를 보라. 시(詩)는 이에서 다했도다. 이백(李白)이여 두보(杜甫)여, 그대들인들 어찌 이런 시구를 쓰겠는가.
아아, 한잔 쫙 들이키고 싶다. 이 멋진 시구 앞에서.

마음속의 경전(咏一卷經)

덥고 추운 사계절이 가고 다시 오나니
그 누가 이 마음속의 경전을 알리
이 늙은이 홀로 '글자 없는 책'을 펼치나니
소나무 그늘에 앉아 이 한 생 보내리라.

四序炎凉去復來 誰人知得自心經
老僧獨把無文印 坐看松陰過一生

[주] ◆사서(四序) : 봄 · 여름 · 가을 · 겨울.

형식 : 칠언절구
출전 : 소요당집(逍遙堂集)

[감상] 경전은 많다. 그러나 진정한 경전은 바로 그대 자신 속에 있다. 그대 심장의 그 깊은 동굴 속에…….

쇠몽둥이 그림자 속(贈悅闍梨二)

쇠몽둥이 그림자 속에 허공은 찢어지니
진흙소 놀라서 동쪽바다 지나가네
산호 가지와 밝은 달이 차갑게 서로 비추나니
지금과 옛, 하늘땅이 이 한 웃음 속에 있네.

金鎚影裡裂虛空 驚得泥牛過海東
珊瑚明月冷相照 今古乾坤一笑中

주 ◆금추(金鎚) : 쇠몽둥이.

형식 : 칠언절구
출전 : 소요당집(逍遙堂集)

감상 선지(禪智)가 마치 수정처럼 투명한 시다. 시상의 흐름은 팽팽하기 이를 데 없고 시정은 또 맑고 차갑다. 정말 빼어난 선시다.

천해법사에게 (贈天海法師)

개울가 버들개지 황금새싹 돋아나고
뒤뜰 안 배꽃은 흰 눈 같은 향기 나네
틀 밖의 이 소식 알고 싶은가
풀잎마다 가지마다 이미 다 드러났네.

前溪柳色黃金嫩 後苑梨花白雪香
欲知格外傳禪妙 百草頭頭不覆藏

주 ◆눈(嫩) : 어리다. 어리고 연약하다.

형식 : 칠언절구
출전 : 소요당집(逍遙堂集)

감상 아암 그렇지 그렇고 말고.
아암 드러났지. 이미 죄다 드러났고 말고.
벗이여 눈먼 나의 벗이여, 이 벌건 대낮에 어둡다고 헛손질하지 말라.
잘못된 것은 바로 그대 자신이다.

줄 없는 이 거문고 소리(出定書懷)

줄 없는 이 거문고 소리
그 묘한 가락은 어느 하늘에서 오는가
크게 한 번 웃은 다음 묵묵히 앉아 있나니
해질녘 나무그늘 속에 매미는 울고 있네.

胡家一曲沒絃琴 淸韻如何隨五音
大笑無言良以坐 夕陽蟬咽綠槐陰

주 ◆양(良) : 良久. 잠시, 잠시 동안.

형식 : 칠언절구
출전 : 소요당집(逍遙堂集)

감상 소요대사 태능! 이 사내는 도대체 무슨 낮도깨비란 말인가. 어떻게 이럴 수 있단 말인가. 이렇게 멋진 선시를 쓸 수 있단 말인가.

흔들어도 내리쳐도(歸宗拽磨)

흔들어도 내리쳐도 끄떡없는 이 나무
그 누가 몇 사람이나 이 나무 알았는가
긍정과 부정을 말하지 말라
불이 벌건 용광로 속, 흰 눈 펄펄 날리네.

不能動着中心樹 碧眼胡僧幾幾知
把定放行君莫說 紅爐烈焰雪花飛

[주] ◆파정(把定) : 모든 것을 부정해 버리는 입장. ◆방행(放行) : 모든 것을 긍정해 버리는 입장. ◆열염(烈焰) : 맹렬하게 불타는 불길.

형식 : 칠언절구
출전 : 소요당집(逍遙堂集)

[감상] 말발굽 소리, 아우성 소리, 천지를 뒤흔드는 아우성 소리.
……그러나 보라. 티끌 한 오라기의 흔적마저 없다.
……가라. 얼음의 능선을 타고 가라.
아차! 하는 그 사이에 저 양변(긍정과 부정의 두 가장자리)으로 미끄러지나니, 조심하라. 심장의 털끝까지 곧추세우라.

불멸 (詠無生)

찰나와 영원을 뛰어넘고
이 하늘과 이 땅을 가슴 속에 넣네
시간과 공간을 박살낸 다음
누워서 개울 소리 달빛에 듣네.

了俗明眞早脫中 雙收天地納胸中
翻身撒手三千外 臥聽溪聲夜月中

주 ◆삼천(三千) : 삼천대천세계, 우주.

형식 : 칠언절구
출전 : 소요당집(逍遙堂集)

감상 제3구, 제4구를 통해서 우린 지금 소요대사 태능의 그 호방한 기백을 만나고 있다. 시상은 뒤로 갈수록 더욱더 박진감에 넘치고 있다.

문수의 얼굴(文殊面目)

흰구름 끊긴 곳, 푸른 산이요
해가 지는 하늘가 새는 홀로 돌아오네
세월 밖의 그대 모습 언제나 뵈오니
목련꽃 피는 날에 물은 흐르네.

白雲斷處是青山 日沒天邊鳥獨還
劫外慈容常觸目 木蘭花發水潺潺

[주] ◆목란(木蘭) : 목련꽃.

형식 : 칠언절구
출전 : 소요당집(逍遙堂集)

[감상] 만쥬스리(manjusri, 文殊舍利),
그는 '지혜로 이 세상을 정복한 성자'다.
아니 소요대사 태능, 그 자신이다.
'목련꽃 피는 날에 물이 흐르는', 아아, 소요대사 태능 그 자신이다.

같이 앉고 같이 가나(詠懷)

같이 앉고 같이 가나 세상은 몰라
몇 사람이나 과연 그대를 만났는가
보고 듣는 이 사이에 분명하거니
밖을 향해 그대 간 곳 물어서 무엇하리.

共坐同行世莫知 幾人當面便逢伊
俯仰視聽曾不昧 何須向外問渠歸

주 ◆거(渠) : 상대방. '저', '그', '저것' 또는 '저 사람'. 여기서는 '마음'.

형식 : 칠언절구
출전 : 소요당집(逍遙堂集)

감상 여기 나 자신의 본래 모습이 있다. '나 자신마저 뛰어넘은' 나 자신이 있다. 보고 듣는 이 사이에 분명한 나 자신의 본질이 있다. 지금 바로 여기에…….

이선사리에게(次而善闍梨韻二)

한밤에 울려오는 저 개울 소리
영롱한 그 가락이 내 잠을 흔드네
대바람 소나무 달은 내 마음의 벗이니
장대 끝에서 활보하는 나를 누가 맞서리.

半夜瑤琴萬壑泉 玲瓏淸韻攪禪眠
竹風松月爲心友 闊步竿頭孰敢前

주 ◆ 요금(瑤琴) : 玉으로 장식한 거문고.

형식 : 칠언절구
출전 : 소요당집(逍遙堂集)

감상 제4구를 보라. 뉘 감히 소요대사 태능과 맞서겠는가. 부처가 온대도, 달마대사가 온대도 소요대사 태능 앞에서는 맥도 추지 못할 것이다.

해원선자에게 (示海源禪子)

마음바다 고요하여 넓고넓은데
바람이 문득 불어 일만 파도 일어나네
파도와 물은 하나도, 둘도 아니니
푸른 하늘 구름 흩어지고 달이 떠오네.

性海淵澄浩浩來 微風一擊萬波來
波與水兮非一二 碧天雲散月初來

주 ◆호호(浩浩) : 광대한 모양.

형식 : 칠언절구
출전 : 소요당집(逍遙堂集)

감상 파도와 물은 그 성질이 같으니 둘이 아니지만 그러나 그 모습이 다르니 하나도 아니다.
이 '하나'와 '둘' 사이에서 현혹되지 않는다면, 그대여 저 하늘에 빛나는 옥의 거울(달) 되리라.

법일선자에게 (贈法一禪子)

사물은 어디서 비롯되었고 하나는 어디서 왔는가
찾아봐도 찾아봐도 찾을 수 없네
산양이 뿔을 걸어 그 흔적 없으니
세월 밖의 맑은 바람 얼굴을 스쳐오네.

法從何起一何來 覓卽知君不見來
羚羊掛角無蹤迹 劫外淸風拂面來

주 ◆법(法) : ① 사물. ② 不生不滅하는 이치. 여기서는 ①의 뜻인 듯. ◆일(一) : 사물(法)이 비롯된 그 한 가지의 근원. ◆영양(羚羊) : 山羊.

형식 : 칠언절구
출전 : 소요당집(逍遙堂集)

감상 먹어도 먹지 않고 잠자도 자지 않는 곳에서, 티끌 한 점 없는 그 직관의 거울 속에서 맑은 바람 한 줄기 불어오고 있다. 지금 여기.

혜호장로에게(酬慧湖長老)

지혜의 달 드높이 천지를 비추니
삼라만상은 그 가운데 그림자로 나타나네
고향산천 소식을 더 이상 묻지 말라
푸른 산은 흰구름 속에 높게 꽂혔네.

慧月膽空照天地 森羅萬像影於中
故國風光休問我 青山高揷白雲中

주 ◆삽(揷) : 꽂혀 있다.

형식 : 칠언절구
출전 : 소요당집(逍遙堂集)

감상 '푸른 산은 흰구름 속에 높게 꽂혔네.' ……이 소식을 알겠는가. 그대는 이 소식을 알겠는가.

텅 비어 사무치고(無位人)

텅 비어 사무치고 신령스런 옛 주인
예와 지금 이 천지에 참사람이여
바다가 뽕나무밭 되고되어도
우뚝이 홀로 솟아 늙지 않는 그대여.

虛徹靈通舊主人 古今天地一眞人
多經海岳風雲變 落落巍巍不老人

형식 : 칠언절구
출전 : 소요당집(逍遙堂集)

감상 '무위인(無位人)'은 무위진인(無位眞人)의 준말. 무위진인이란 '그 어디에도 소속되지 않은 절대자유인'을 말한다. 우리 자신의 천진무구한 본성을 말한다. 따라서 이 본성은 시간과 공간의 제약에서 멀리 벗어나 있다. 그러므로 그것은 영원불멸, 그 자체다.

이 대지와 이 산하(無位一色五)

이 대지와 이 산하가 나의 집이니
다시 또 어느 곳에 고향집을 찾으리
산을 보다 길을 잃은 이 미친 길손
왼종일 가고 또 가도 고향집에 못 이르네.

大地山河是我家 更於何處覓鄉家
見山忘道狂迷客 終日行行不到家

형식 : 칠언절구
출전 : 소요당집(逍遙堂集)

감상 길은 산속에 있고 산은 길 속에 있나니.
가지 말라. 이 길을 버리고 산으로 가지 말라.
가지 말라. 이 산을 버리고 길로 가지 말라.

보고 듣는 이것 이대로(無位一色七)

보고 듣는 이것 이대로 불멸이거니
생사의 물결 속에 지혜의 달 밝았네
그 누구도 이 길을 갈 줄 모르니
이 늙은이 가슴은 가을같이 비었네.

聞聞見見常三昧 生死波頭慧月明
擧世無人踏此路 老禪胸次自虛明

㊟ ◆흉차(胸次) : 胸中. 가슴 속, 心中.

형식 : 칠언절구
출전 : 소요당집(逍遙堂集)

감상 아, 아, 아깝도다. 제4구가 그만 다된 밥에 재를 뿌렸구나. 제4구가 좀 더 격외적(格外的)이었더라면 멋진 작품이 됐을 텐데…….

고향길 (無位一色十一)

'도'를 닦기 위해서 경전 공부 하느니
경전은 다만 이 내 마음속에 있네
문득 고향길 들어서면
고개 돌린 하늘가 외기러기 내리네.

學道先須究聖經 聖經只在我心頭
驀然踏着家中路 回首長空落鴈秋

주 ◆답착(踏着) : 밟다. 길에 들어서다. '着'은 조사.

형식 : 칠언절구
출전 : 소요당집(逍遙堂集)

감상 시상에 여유가 있다. 제1, 제2구의 상투적인 말이 제3, 제4구로 하여 생생한 시어로 되살아나고 있다.

배은망덕(無題)

달빛물결 절벽에 부딪고
솔바람 맑은 소리 보내오네
여기에서 깨닫지 못한다면
배은망덕이다 배은망덕이고말고.

月波飜石壁 松籟送淸音
於斯若不會 孤負老婆心

주 ◆고부(孤負) : 背負. 배반하다. 은혜를 등져 버리다.

형식 : 오언절구
출전 : 소요당집(逍遙堂集)

감상 깨달음은 단도직입적이다. 곰곰이 생각하거나 지레짐작으로 알 수 있는 세계가 아니다. 그러므로 척! 하면 아는 것은 깨달음이요, 곰곰이 쥐어짜서 아는 것은 이치적으로 이해한 것이다. '깨닫는 것'과 '이해하는 것', 그것은 진짜 떡과 그림의 떡의 차이다.

임종게(臨終偈)

해탈이여, 비해탈이여
열반이 어찌 고향이리
저 장검의 빛 사무치나니
입 벌리면 그대로 목이 잘리네.

解脫非解脫 涅槃豈故鄕
吹毛光爍爍 口舌犯鋒鋩

주 ◆취모(吹毛) : 古代의 名劍.

형식 : 오언절구
출전 : 소요당집(逍遙堂集)

감상 무시무시한 임종게다. 활활 타오르고 있는 직관력이 서릿발처럼 차갑다. 누가 맞서리. 이 제4구 앞에 누가 감히 맞서리.

어젯밤은(無題)

어젯밤은 가난한 마을에서 잤고
오늘은 상원암에 와 노니네
내 본래 머무는 곳 없거니
어느 곳에서 내 흔적을 찾으리.

昨夜荒村宿 今朝上院遊
本來無住處 何處覓蹤由

주 ◆상원(上院) : 오대산에 있는 上院寺 또는 치악산의 上院庵인 듯. ◆종유(蹤由) : 종적, 행방.

형식 : 오언절구
출전 : 소요당집(逍遙堂集)

감상 시상이 잔잔하기 이를 데 없다. 그러나 그냥 지나칠 시가 아니다.

중관해안(中觀海眼, 1567-?) … 11편

어느 중의 부도 앞에서(嘲爲仁僧浮屠)

푸른 절벽을 마구 헐고 깎았으니
천연스런 본성은 망가지고 말았네
숲의 새들은 자주 놀라고
내 눈 속에 티끌만 한 점 더했네
깨달음이 이 돌덩이와 무슨 관계 있으며
신령스러움이 어찌 사람에게만 국한되리
이 산하와 대지가
그대로 불멸의 가시적인 모습이네.

鑿斷蒼崖盡 天然已失心 頻驚林外鳥 添得眼中塵
寂照非干石 虛靈豈局人 山河及大地 全露法王身

㈜ ◆빈(頻) : 자주. ◆적조(寂照) : 고요하고 밝은 경지, 깨달은 경지. ◆간(干) : 상관하다. 간섭하다. ◆허령(虛靈) : 마음이 텅 비어서 여기 신령스러운 기운이 생동함.

형식 : 오언율시
출전 : 중관대사유고(中觀大師遺稿)

감상 부도(浮屠)란 승려가 죽으면 그 뼈와 사리를 봉안해 두는 일종의 둥근 석탑이다. 그러므로 고승일수록 그 모양이 장중하고 화려할 수밖에 없다. 그러나 한 차원 높이 보면 '부도를 세운다'는 이 자체가 자연의 순리에 어긋나는 짓이다. 절벽의 바위를 떼어내어 깎고 다듬었으니 푸른 절벽의 모습이 망가져 버리고 말았다. 그래서 저 백운경한(白雲景閑) 같은 선승들은 아예 '부도를 세우지 말라' 하지 않았는가. 작자는 지금 그런 '부도세우기'에 대해서 일침을 가하고 있다. 옳은 말이다. 백 번이고 천 번이고 옳은 말이다. 진정한 수행자는 흔적을 남기지 말아야 한다. '자신의 본성을 찾는 것,' 이것 이외에 무엇이 더 필요하단 말인가.

예 한 물건 있어(擬古)

예 한 물건 있어 천지에 앞섰으며
형체 없고 본래로 적요하지만
능히 만물의 주인이 되어
사계절의 변화에 따르지 않네.

有物先天地 無形本寂寥
能爲萬物主 不逐四時凋

[주] ◆적요(寂寥) : 적적하고 요요하다. 고요하다. ◆불축(不逐) : 따르지 않다.

형식 : 오언절구
출전 : 중관대사유고(中觀大師遺稿)

[감상] 선리(禪理)가 강한 반면 시정이 약한 작품이다.

향로암(金剛山彌勒峯香爐庵拜淸虛大師一)

풍진세상 떠돌던 십 년의 길손
봉래산 제일봉에 오늘 올랐네
사자의 울음 속엔 별다른 가락 없고
푸른 산 흐르는 물이 거문고 가락 타네.

風塵湖海十年笻 來打蓬萊第一峯
獅子聲中無別曲 靑山流水自琴工

㊟ ◆내타(來打) : 오다. '打'는 조사. ◆봉래(蓬萊) : 蓬萊山, 金剛山.

형식 : 칠언절구
출전 : 중관대사유고(中觀大師遺稿)

감상 금강산 미륵봉 아래 향로암에서 서산대사 청허휴정의 옛 자취를 더듬으며 읊은 시.
제3구와 제4구가 서산의 후예다운 선지(禪智)를 풍기고 있다.

나그네 마음(將向楞迦山訪長沙太守林公)

나그네 마음 외로이 밤은 멀어가는데
별빛이 스러지자 서릿발 희게 돋네
그윽한 꿈 반쯤에서 깨이나니
아아, 저 연잎 위에 새벽바람은 붐비네.

客心孤迥夜如何 星斗初稀霜有華
幽夢半成還半覺 不堪荷葉曉風多

주 ◆성두(星斗) : 별. ◆불감(不堪) : 감당하기 어렵다.

형식 : 칠언절구
출전 : 중관대사유고(中觀大師遺稿)

감상 제3구와 제4구는 그 시정이 풍만한 사십대의 중년부인을 연상시킨다. 선승의 시정으로서는 좀처럼 보기 드문 예다.

묘고산인에게(妙高山人卓靈師二)

묘고봉은 구름 위에 솟아 보일 듯 말듯
드높고 험준하여 인적은 끊겼네
구름 속의 산양(山羊)이 그 한 뿔을 더했으니
새벽의 비바람이 앞산을 지나가네.

妙高峰出有無間 卓卓巍巍絶往還
雲裡羚羊添一角 五更風雨過前山

[주] ◆탁탁외외(卓卓巍巍) : 드높고 험준한 모양.

형식 : 칠언절구
출전 : 중관대사유고(中觀大師遺稿)

[감상] 묘고산인(妙高山人)이라는 호를 가진 한 선승에게 주는 시. '묘(妙)'자와 '고(高)'자를 근거로 전개되어 나가는 시상은 준엄하게 치솟다가는 선(禪)의 핵심을 찌르며 끝나고 있다.

솔바람 창밖에(閑中雜詠)

솔바람 창밖에 밤은 깊은데
멀어졌다 다시 오는 저 물소리
'마음'을 찾아봐도 마음은 예 없으니
없는 마음 찾는 것은 이 불치의 중병이네.

松風窓外夜生凉 時有泉聲抑更揚
閑坐覓心心不得 求安心法是膏肓

㈜ ◆고망(膏肓) : 고칠 수 없는 중병.

형식 : 칠언절구
출전 : 중관대사유고(中觀大師遺稿)

감상 번갯불보다 더 빠른 직관력이 솔바람 부는 시정에 묻혀 겉으로 드러나지 않고 있다. 보드라운 솜뭉치 속에 숨어 있는 예리한 송곳처럼…….

공연히 떠도는 중에게(贈無知行脚僧)

귀머거리 반벙어리 장님뿐인데
명월과 청풍을 누구에게 말하리
나무사람 입 벌려 크게 웃을 때
그대에게 이 소식 알려 주리라.

盲聾唖者各居時 明月淸風說向誰
直到木人開口笑 許君還有一鍾期

주 ◆종기(鍾期) : 鍾子期. 춘추시대 楚나라 사람. 거문고의 名人인 '伯牙'의 소리를 잘 들었다. '知音'의 상징.

형식 : 칠언절구
출전 : 중관대사유고(中觀大師遺稿)

감상 운수납자(雲水衲者)의 길이란 공연한 방랑이 아니라 스승 찾는 방랑이다. 이 본분을 망각하고 산천유람이나 다니는 떠돌이중을 호되게 꾸짖는 시다.

하늘과 땅은(次人韻一)

하늘과 땅은 이 거울 속에 분명하니
나고 죽음 말한 것은 그 누구인가
서쪽에서 오신 그 뜻 더 이상 묻지 말라
봄새가 지저귀며 이미 누설하고 있나니.

天地都盧一鍾明 孰云生滅許多情
莫問西來端的意 春禽猶洩兩三聲

주 ◆도로(都盧) : 여기서는 '모두'. ◆설(洩) : '泄'과 같은 글자. '새다', '누설되다'.

형식 : 칠언절구
출전 : 중관대사유고(中觀大師遺稿)

감상 내가 왜 이 시 앞에서 손가락을 깨문 채 침묵하고 있는가. 물같이 흐르던 생각의 물줄기는 문득 끊기고 그저 한숨밖에 나오지 않는다.
사실 제3구와 제4구면 선시는 이에서 끝났다고 봐야 한다.

소리 없고 냄새도 없지만(擬古)

소리 없고 냄새도 없지만 홀로 아느니
이것이 바로 천지만물의 근원이네
자기 속의 무진장은 던져 버리고
문전마다 밥을 비는 가난뱅이여.

無聲無臭獨知時 此是乾坤萬有基
抛却自家無盡藏 沿門持鉢效貧兒

주 ◆기(基) : 바탕.

형식 : 칠언절구
출전 : 중관대사유고(中觀大師遺稿)

감상 우리 모두는 거지다. 자기 자신 속에 진짜가 있는데 밖으로만 밖으로만 치닫고 있으니……. 돈이며 명예며 권력을 찾아 정신 없이 날뛰고 있으니 우린 모두 알거지다. 거지에 불과하다.

충원태수 송공에게(贈忠原太守宋公)

솔 아래 의자 옮기니 달빛은 더욱 희고
바람이 우우 불면 솔그림자 춤을 추네
저 연당의 밤을 생각하노니
한 무리의 가을소리 마른 연잎 밟고 가네.

松下移床得月多 風來無數影婆娑
等閑想得蓮堂夜 一陳秋聲動敗荷

주 ◆파사(婆娑) : 춤추는 모양. ◆연당(蓮堂) : 연꽃 있는 연못 옆의 집.

형식 : 칠언절구
출전 : 중관대사유고(中觀大師遺稿)

감상 충원태수 송공(宋公)에게 주는 시. 제4구의 시정이 '쓸쓸한 충만'으로 붐비고 있다. 아니 그것은 차라리 여인의 정서에 가깝다.

임종게(臨終偈)

거북털 화살 한 개를
토끼뿔 활시위에 걸어 세 번을 쏘네
먼 산 이내 피는 곳에 아득히 앉아
곧바로 저 허공을 꿰뚫어 부수었네.

一隻龜毛箭 三彈兎角弓
嵐風吹處坐 直射破虛空

주 ◆남(嵐) : 이내. 저녁나절 먼 산에 떠오르는 푸르스름하고 흐릿한 기운.

형식 : 오언절구
출전 : 중관대사유고(中觀大師遺稿)

감상 거북털(龜毛)과 토끼뿔(兎角)은 실재하지 않는다. 그러므로 이 두 낱말은 '실재하지 않는 것' 또는 '자취를 남기지 않는 것'의 상징이다. 여기 이 시에서는 후자의 뜻으로 쓰이고 있다.
임종게의 내용은 워낙 깐깐하여 몇 마디 말로 설명할 수 없기에 아예 설명 자체를 생략해 버린다. 이해하시길…….

운곡충휘(雲谷沖徽, ?-1613) … 7편

이선생에게(謹呈錦溪明府東岳李先生一)

대낮의 관가는 고요하고
마을은 한가로운 봄풍경이네
꽃 피는 마을에 삽살개 짖는 소리
취하여 돌아가는 사람이 있네.

白日鈴齊靜 民閑一境春
花村聞犬吠 知有醉歸人

㈜ ◆영제(鈴齊) : 官家. 지방의 우두머리가 거주하는 곳.

형식 : 오언절구
출전 : 운곡집(雲谷集)

감상 무르익은 어느 봄날의 오후를 읊은 시. 시정이 아주 탐미적이다.

산기운 구름 섞여(伏龍川聞笛)

산기운 구름 섞여 그윽해지고
개울물 햇빛 받아 맑게 구르네
이 가운데 표현할 수 없는 곳 있으니
외로운 피리 가락 가을소리 일어나네.

山氣和雲密 溪流帶日淸
箇中難畵處 孤笛起秋聲

형식 : 오언절구
출전 : 운곡집(雲谷集)

감상 시상과 시정은 잔잔하기 이를 데 없고 선지는 깊은 골 안개처럼 피어 오르고 있다. 제3구와 제4구의 연결이 말할 수 없이 신비롭다. 두고두고 음미해야 할 곳이다.

도민사에게(示道敏師)

창밖의 바람은 대나무에 울고
섬돌 앞 달은 소나무에 걸렸네
기나긴 이야기에 밤은 다 가고
어느덧 새벽 종소리 들려오네.

窓外風鳴竹 階前月掛松
談空欲夜盡 童子報晨鐘

주 ◆보(報) : 여기서는 (새벽 종을) 치다.

형식 : 오언절구
출전 : 운곡집(雲谷集)

감상 지음인(知音人)을 만나 한밤을 꼴딱 세우며 읊은 시. 시정은 황홀하면서 동시에 새벽달처럼 차갑다.

민상사를 만나서(山中逢閔上舍)

산중에 서리 내려 나뭇잎 물드는데
석양 질 무렵 그대 날 찾아오네
우리 만나 중과 유생 신분을 잊어버리고
성근 빗발 지나는 소리 멀리 듣네.

山中霜薄葉初黃 仙客來時正夕陽
邂逅忽忘儒與釋 共聞疎雨響長廊

주 ◆장랑(長廊) : 긴 회랑.

형식 : 칠언절구
출전 : 운곡집(雲谷集)

감상 잔잔한 시정이 작품 전편에 흐르고 있다. 제4구가 돋보인다. 제4구의 '향(響)'자가 멋지다.

임처사 고택을 지나며(過林處士故宅)

대나무는 푸르고 국화 절로 노란데
나뭇가지 비낀 그림자 연못에 잠겨 있네
찬 구름만 골에 가득, 사람은 어디 갔나
몇 마지기 지초밭은 반쯤 폐허 되었네.

竹自青青菊自黃 交柯倒影浸池塘
寒雲滿洞人何處 數畝芝田一半荒

주 ◆묘(畝) : 밭이나 논. ◆지(芝) : 芝草, 靈芝버섯.

형식 : 칠언절구
출전 : 운곡집(雲谷集)

감상 고택(故宅)이란 '옛날에 살던 집'을 말한다. 임처사라는 사람의 옛집을 지나며 읊은 회상의 시. 쓸쓸한 시정이 전편을 누비고 있다.

현풍사(玄風寺)

암자는 높고 먼 안개 속이니
나그네 귀에 듣는 종소리는 차갑네
취한 채 소나무에 기대어 미소 짓나니
석양빛 한 조각이 봉우리에 비치네.

寺在烟露縹緲中 遊人耳聽廣寒鐘
醉來更倚松根笑 一片斜陽照數峯

주 ◆표묘(縹緲) : 높고 먼 모양.

형식 : 칠언절구
출전 : 운곡집(雲谷集)

감상 산중의 저녁 무렵 풍광을 눈부신 색채로 그려내고 있다. 현풍사(玄風寺)는 혹시 현풍(玄風)에 있는 도성암(道成庵)이 아닌지…….

적설루에서 (與兪上舍同醉積雪樓)

선가(仙家)의 소나무술 무르익으면
나그네와 마주 앉아 서너 잔을 기우네
주인은 취하고 길손은 돌아가니
산허리엔 저녁노을, 산새들은 돌아오네.

仙家一瓮松醪熟 對客頻傾三四盃
主人醉後客歸去 半嶺夕陽山鳥廻

주 ◆요(醪) : 막걸리.

형식 : 칠언절구
출전 : 운곡집(雲谷集)

감상 선시라기보다는 도가적(道家的)인 분위기가 풍기는 시다. 시정이 넘친다. 제3구에서는 은자들의 서정을, 그리고 제4구에서는 석양의 아련한 분위기를 읊고 있다.

임성충언(任性冲彦, 1567-1638) … 1편

임종게(臨終偈)

예 한 그루 나무 있어 고목이 되었으니
봄이 와도 꽃은 피어나지 않네
세월이 흐르며 비바람에 꺾이다가
이제 이 불 속으로 영원히 가네.

一條古木似寒灰 頗有逢春花不開
歲歲年深風雨折 今將都付丙丁臺

형식 : 칠언절구
출전 : 임성당대사행장(任性堂大師行狀)

감상 무리없이 쓰여진 임종의 시.
겸허한 한 인간의 마음이 우리를 감동시키고 있다.

영월청학(詠月淸學, 1570－1654) … 7편

임공에게 (和林公韻餘次他韻三十三)

육 년 동안 앉은 자리 옮기지 않고
구 년 동안 묵묵히 말이 없었네
깨달음의 길 가고자 하면
다만 이 두 가지를 깊이 새겨라.

六年坐不動 九載默無言
欲了修行路 但遵斯二門

형식 : 오언절구
출전 : 영월당대사문집(詠月堂大師文集)

감상 육 년(六年)은 부처의 육년고행. 구 년(九年)은 달마대사의 구년면벽(九年面壁)을 말한다.
선시라기보다는 선시의 형태를 빌린 훈계시라 해야 옳다.

신생원에게(次申生員餘他韻)

'참'은 무슨 모습이며 '거짓'은 무슨 모양인가
이 두 가지 허공의 저 바람과 같네
문 나서자 한 티끌도 볼 수 없으니
온갖 새들 우짖는 속에 꽃은 붉게 피어 있네.

眞何形狀妄何容 二物猶如空裡風
出門不見絲毫許 百鳥爭啼花亂紅

주 ◆허(許) : ~즉, ~정도.

형식 : 칠언절구
출전 : 영월당대사문집(詠月堂大師文集)

감상 선리(禪理)가 시정을 앞지르고 있다. 제4구의 '정(爭)'자와 '난(亂)'자로 하여 시 전체의 흐름이 되살아나고 있다.

꿈속에서 (送僧蓬來)

꿈속에서 꿈이야기 정말 웃기니
흙 위에 진흙 얹어 일은 더욱 잘못됐네
묵묵히 세월 밖에 앉아 있나니
'염화미소', 그마저 부질없네.

夢中說夢誠可笑 土上加泥事轉非
默對文殊千古正 拈花微笑一時私

형식 : 칠언절구
출전 : 영월당대사문집(詠月堂大師文集)

감상 제자를 금강산으로 보내며 읊은 시인 듯. 일종의 훈계시로서 선리가 강한 작품이다.

산술은 잔에 가득하고(山寺聞琴二)

산술은 잔에 가득하고 산열매도 많으니
고대광실 주지육림 어찌 부러워하리
풍악이 여기 없다 이르지 말라
물소리 솔소리가 세상 밖의 가락이네.

山酒盈樽山果多 朱門大爵可爭誇
莫言絲竹聲淸耳 澗瑟松琴別有歌

주 ◆사죽(絲竹) : 거문고와 퉁소. 轉하여 '音樂'을 일컬음.

형식 : 칠언절구
출전 : 영월당대사문집(詠月堂大師文集)

감상 산승(山僧)의 시로서 예외인 것은 술(山酒)이 나오기 때문이다.
시상이 좀 더 힘찼더라면 좋았을 것이다.

높은 봉우리의 달은(淸神銘)

높은 봉우리의 달은 뜰에 희고
큰 지혜의 바람 창에 차갑네
신령한 이 한 글귀,
사물과 허공 속에 살아 숨쉬네.

庭白高峰月 窓寒大惠風
靈然一句子 活活物虛中

주 ◆대혜풍(大惠風) : 大慧風.

형식 : 오언절구
출전 : 영월당대사문집(詠月堂大師文集)

감상 달(高峰月)은 직관력을, 바람(大惠風)은 지혜의 작용을 뜻한다. 저 차가운 직관력과 이 직관력의 활성화로서의 지혜의 눈부신 바람…….
이 두 가지만 있으면 깨달음의 완성은 이제 시간문제다.

가야산 취저봉에서 (吹笛峰上憶崔仙詩)

창문 틈 사이 동풍이 새어들어
봄새 우짖는 소리에 남은 꿈이 깨이네
꽃 피는 봄날, 산은 붉게 물들고
비 멎어 바람 부니 개울 소리네
까닭 없이 오늘은 취저봉에 올라
최고운 선생을 생각하네
천 년의 망주석 앞, 학은 날아오지 않고
만고의 가야산빛만 짙푸르렀네
하늘의 소식은 오래 전에 끊기고
신선의 자취마저 멀고멀어라
덧없는 인간사여
이 모든 것 부질없이 변해 가나니
천 년은 이 한 판의 바둑놀이요
누구누구 신선들은 그 이름만 전해 오네
무릉도원 자취도 이젠 재가 되었으니
저 산기슭 개울가엔 풀잎만 무성하네
옛날은 덧없이 갔다 슬퍼하지 말 것이
홍류동의 물소리만은 예나 지금 다 같네.

東風初入小窓欞 春鳥聲中殘夢醒
花開日暖山面紅 雨歇風輕溪口鳴
無端步及吹笛峰 想得孤雲多感情
千年華表鶴不來 萬古伽倻山色青
淸都消息久寂寥 閬苑仙蹤猶晦冥
風燈今古事杳茫 虛耶實耶難自明
千秋一局夢邯鄲 赤松王喬徒買名
挑源玄圃迹雖灰 依舊溪山芳草榮
莫言神物掃地空 紅流洞溪古今聲

주 ◆영(欞) : 격자창. ◆화표(華表) : 묘 앞에 세우는 문. 望柱石 따위. ◆청도(淸都) : 天帝의 궁궐. 帝都. ◆낭원(閬苑) : 신선이 산다는 곳. ◆풍등(風燈) : 인생의 덧없음에 대한 비유. ◆일국(一局) : 바둑 한 판. ◆몽한단(夢邯鄲) : 邯鄲之夢. 부귀영화의 덧없음. ◆왕교(王喬) : 漢나라 때의 신선. ◆현포(玄圃) : 곤륜산에 있다는 신선이 사는 곳.

형식 : 고체시(古體詩)
출전 : 영월당대사문집(詠月堂大師文集)

감상 고운(孤雲) 최치원(崔致遠) 선생이 노닐었다는 봉. 가야산의 취저봉(吹笛峰)에 올라 최치원 선생을 기리며 읊은 시다.
시상의 흐름에 무리가 없고 그 변화도 적절하다. 구성력도 괜찮다. 그러나 뭐니뭐니 해도 마지막 구절이 단연 압권이다.
……그렇지. 물소리만은 예나 지금이나 변할 리 있겠는가. 변해가는 가운데 변하지 않는 것, 그것은 물이다. 물소리다. 물이 흐르는 이치다.

보고 듣는 바로 이때(餘則雜次他韻)

보고 듣는 바로 이때 알지 못하니
'지금 여기'가 바로 불멸이어라
무위도를 알고자 하면
울고 웃는 이 세상인정 속으로 가라.

此時應不識 今日正無生
欲識無爲道 紛紛世上情

[주] ◆무위도(無爲道) : 무한한 道. 영원불변의 진리.

형식 : 오언절구
출전 : 영월당대사문집(詠月堂大師文集)

[감상] 지금까지 우리는 출세간(出世間)적인 선시들만을 감상해 왔다. 그러나 여기 이 선시는 예외다. 출세간적이 아니라 세간적이다. 깨달음의 꽃은 피나니, 벗이여, 이제 더 이상 산중으로만 도망가지 말라. 여기 있어라. 세균들이 바글거리는 이 인간의 냄새 속에 남아 있거라. 온상식물이 되지 말고 강인한 산야초(山野草)가 돼라.
깨달음은 번뇌 속에 있다.

편양언기(鞭羊彦機, 1581－1644) … 13편

그대 얼굴 가을달이여(奉示安禪蓮卿)

그대 얼굴 가을달이여
그 빛 온 누리 환히 비치네
이 마음 물 깊이 자면
곳곳마다 그 푸른빛이리.

金色秋天月 光明照十方
衆生水心淨 處處落淸光

㈜ ◆중생(衆生) : Sattva, 생명을 가지고 움직이는 一切. 識情이 있는 모든 것. 舊譯(鳩摩羅什譯)에서는 '衆生', 新譯(玄奘譯)에서는 '有情'이라 번역함. 우리말의 '짐승'은 중생(衆生)→즘생→짐승으로 변한 것이다.

형식 : 오언절구, 평성양운(平聲陽韻)
출전 : 편양당집(鞭羊堂集)

감상 깊은 밤 누리는 잠들었는데 나 홀로 깨어 내가 내 속을 엿본다. 이 석 자 가량의 몸에서 우주가 생성되는 소리, 온갖 것들이 태어나기도 하고 무너지기도 하고 사라지기도 하는 소리, 어지러이 웃고 있는 소리, 노한 바다의 기침소리, 밤바람에 열병을 앓고 있는 내 스무 살의 불덩이여…….

계명산인에게(偶吟一絶贈戒明山人)

쓸쓸한 산속의 옛 절
높은 누대에 홀로 지새는 사람
지난 밤 가을비 차게 내렸으니
낙엽은 뜰에 가득 젖었네.

古寺空山中 高樓人獨宿
夜來秋雨寒 落葉滿庭濕

형식 : 오언절구
출전 : 편양당집(鞭羊堂集)

[감상] 인적 없는 산사의 정서를 읊어내고 있다. 시정이 시상을 앞지르고 있다.

천은사와 이별하며(贈別天隱師)

환영의 이 몸, 집착하는 곳이 없어
가을구름같이 떠돌고 있네
봉래산 봉우리에 잠시 머물다
바람 따라 저 석문으로 가네.

幻身無着處 放浪若秋雲
暫宿蓬萊頂 隨風向石門

주 ◆석문(石門) : 중국 山東省에 있는 산이름. 李白과 杜甫가 이별한 곳.

형식 : 오언절구
출전 : 편양당집(鞭羊堂集)

감상 시정이 너무 평면적이고 독창성이 약하지만 그러나 그 시상만은 웅대하기 이를 데 없다.

바위형세는(次東陽尉韻)

바위형세는 봉우리마다 기이하나
가을의 모습은 곳곳마다 같네
나그네 만일 이 뜻을 알면
진풍을 물어 볼 필요가 없네.

石勢峯峯異 秋容處處同
遊人如得旨 不必問眞風

주 ◆유인(遊人) : 遊子. 나그네. ◆진풍(眞風) : 禪의 진실한 家風, 즉 本然의 道.

형식 : 오언절구
출전 : 편양당집(鞭羊堂集)

감상 격외구(格外句)는 격외구인데 빼어난 기상이 약하다. 그것은 체험에서 우러나온 시구가 아니라 의리(義理)로 이해한 선 도리(禪道理)이기 때문이다.

윤사에게(示允師)

여러 곳을 두루 돌아본 다음
묘향산에 와 한가로이 구름 벗하네
깊은 밤을 향해 홀로 앉으니
앞산 봉우리에 달빛 차갑네.

百城遊方畢 香岳伴雲閑
獨坐向深夜 前峯月色寒

[주] ◆백성(百城) : 일백 개의 성, 즉 '무수히 많은 마을'. ◆향악(香岳) : 妙香山.

형식 : 오언절구
출전 : 편양당집(鞭羊堂集)

[감상] 그 기상은 있으나 시상에 구르는 맛이 적다.

구름 가나 하늘은(次東林韻)

구름 가나 하늘은 움직이지 않고
배 가도 언덕은 옮겨 가지 않네
본래 한 물건도 없거니
기쁨과 슬픔은 어느 곳에 이는가.

雲走天無動 舟行岸不移
本是無一物 何處起歡悲

주 ◆불이(不移) : 옮겨 가지 않다.

형식 : 오언절구
출전 : 편양당집(鞭羊堂集)

감상 선리(禪理)가 시상과 시정을 압도하고 있다.

가을(秋意)

서리 치는 천 봉우리 나뭇잎 마르나니
이 세상 어디인들 쓸쓸하지 않으리
몸은 늙어가도 마음은 안 늙나니
만고의 하늘과 땅, 달빛은 가을이네.

霜落千峯草木愁 世間何處不悠悠
君知身老非心老 萬古乾坤月一秋

주 ◆유유(悠悠) : ① 근심하는 모양. ② 아득히 먼 모양. 여기서는 ①+②.

형식 : 칠언절구
출전 : 편양당집(鞭羊堂集)

감상 가을의 서정을 읊고 있다. 제1구와 제2구가 아주 감상적인데 비하여 제3구와 제4구는 또 이지적(理智的)이다.

굳게 잠긴 사립문은(次朴上舍長遠韻)

굳게 잠긴 사립문은 천 봉우리 끼고 앉아
인적 없는 숲길에는 흰 눈만 깊네
저 하늘에 정이 있는 무슨 물건 있기에
밤이 되면 밝은 달이 홀로 와서 엿보는가.

柴門迥世擁千岑 林逕無人雪色深
何物有情天上在 夜來明月獨窺尋

주 ◆임경(林逕) : 숲 사이의 작은 길. ◆규(窺) : 엿보다.

형식 : 칠언절구
출전 : 편양당집(鞭羊堂集)

감상 은자의 삶을 읊은 시.
제1구와 제2구는 깊은 산의 겨울풍경을 읊고 있다. 그리고 제3구와 제4구는 이 깊은 산중의 밤을 엿보는 달(月)을 의인화하여 노래하고 있다.
시정이 깨끗하고 차분하기 이를 데 없다.

한 올의 붉은 실로(彦師貫短珠韻)

한 올의 붉은 실로 염주를 꿰나니
무수히 많은 세계 이 손안에 들어오네
그대여, 부디 객과 주인 나누지 말라
하나둘 꿰어 나가며 스스로 끄덕이네.

半尺紅絲錯貫珠 重重刹海掌中收
傍人且莫分賓主 一二相參自點頭

주 ◆착(錯) : 뒤섞다. ◆관주(貫珠) : 염주를 실로 꿰다. ◆빈주(賓主) : 主와 客. 주인과 손님.

형식 : 칠언절구
출전 : 편양당집(鞭羊堂集)

감상 화엄(華嚴)의 중중무진연기(重重無盡緣起)의 세계를 염주알과 그 염주알을 꿰는 실에 비겨 읊고 있다.

꽃(庭花)

비 온 뒤 뜰의 꽃 밤새도록 피어나
그 향기 스며들어 새벽창이 새롭네
꽃은 뜻이 있어 사람 보고 웃건만
선승들 이를 모르고 봄만 보내고 있네.

雨後庭花連夜發 淸香散入曉窓新
花應有意向人笑 滿院禪僧空度春

주 ◆공도춘(空度春) : 헛되이 봄을 보내고 있다.

형식 : 칠언절구
출전 : 편양당집(鞭羊堂集)

감상 제4구를 다른 말로 바꿀 수는 없었을까. 모처럼 멋진 시가 되려다 그만 망쳐 버리고 말았다.

경엄에게(贈敬嚴)

남쪽에서 온 나그네 조사관을 묻는데
조사관은 있으나 말하기는 어렵네
오늘이 바로 중양일이니
단풍잎 노란 국화 비에 젖어 차갑네.

客自南來問祖關 祖關雖在示人難
今朝知是重陽日 紅葉黃花帶雨寒

주 ◆조관(祖關) : 祖師의 관문. 禪으로 들어가는 문, 즉 '悟道의 門'. ◆중양일(重陽日) : 음력 9월 9일.

형식 : 칠언절구
출전 : 편양당집(鞭羊堂集)

감상 품격이 있는 선시다. 제3구와 제4구의 연결이 멋지다.

욱장로에게 (示旭長老)

서산문하의 한 늙은 중,
백발이 되어 돌아와 영당에 절하네
청허의 가락은 지금도 들리나니
달빛어린 빈 산에 물은 길게 흐르네.

西山門下舊尊宿 白髮還來禮影堂
淸虛一曲今猶在 月照空山流水長

[주] ◆존숙(尊宿) : 덕이 높은 高僧. ◆영당(影堂) : 선사의 眞影(초상화)을 모신 堂. 여기서는 西山의 진영이 있는 影堂인 듯.

형식 : 칠언절구
출전 : 편양당집(鞭羊堂集)

[감상] 편양대사 언기는 서산의 문하(門下)였다. 그는 지금 서산의 영당(影堂)을 참배하고 있다. 보라. 제4구에서 서산의 가풍(家風)이 유감없이 드러나고 있다.

각지에게 (贈覺地)

흥이 나면 누대에 올라 길게 읊조리나니
밝은 달 갈대꽃 양쪽 언덕 가을이네
한 가락 고기잡이 긴 젓대 소리
밤 깊은 백구주를 아득히 지나가네.

興來長嘯上高樓　明月蘆花兩岸秋
最好一聲漁父笛　夜深吹過白鷗洲

주 ◆백구주(白鷗洲) : 흰 갈매기 나는 물가(?).

형식 : 칠언절구
출전 : 편양당집(鞭羊堂集)

감상 각지(覺地)라는 이름을 가진 승(僧)에게 주는 시. 제3구와 제4구는 당시(唐詩)의 어딘가에서 본 듯한 구절이다.

취미수초(翠微守初, 1590－1668) … 19편

산에서 (山居)

산이 날 부른 것 아니요
나 또한 산을 알지 못하니
산과 나 서로 잊은 곳에
바야흐로 세상 밖의 한가로움 있네.

山非招我住 我亦不知山
山我相忘處 方爲別有閑

주 ◆방(方) : 바야흐로.(血氣方剛－論語) ◆별유한(別有閑) : 특별한 한가로움.

형식 : 오언절구, 평성산운(平聲刪韻)
출전 : 취미대사시집(翠微大師詩集)

감상 산이 나를 오라고 부른 것도 아니요 나 또한 산을 알지 못하니, 산이 나요 내가 산이 되었기 때문이다. 보는 자와 보이는 것이 하나가 되었기 때문이다. 이렇듯 나와 상대가 하나가 되면 거기 나도 없고 상대도 없는 저 절대의 경지에 이르게 된다. 이것이야말로 이 시에서 말하고 있는 '이 세상 밖의 특별한 한가로움(別有閑)'이 아니겠는가.

산중에서(山中偶吟)

산안개 걷히는 저녁
개울바람은 불어오네
혼자서 미소지며 끄덕이노니
묘한 이치 말 밖의 곳에 있네.

山霞夕將收 溪風颯欲起
怡然自點頭 妙在難形裡

주 ◆삽(颯) : 바람이 부는 형용.

형식 : 오언절구
출전 : 취미대사시집(翠微大師詩集)

감상 시상에 좀 무리가 있는 듯하다. 제1구와 제2구는 그런대로 좋았다. 그러나 제3구에서 약간 어색한 전환이 이루어지더니 제 4 결구에 이르러서는 그만 다된 밥에 재를 뿌리고 말았다.

마포나루터에서(宿麻浦聞笛)

어느 곳에서 젓대 소리 오는가
강에 가득 저 가을달빛 차갑네
모래 위 물새들은 흩어지고
외로운 돛그림자 바람이듯 가네.

何處笛聲來 滿江秋月冷
鳴沙散水禽 倏過孤帆影

주 ◆숙(倏) : 빠르다.

형식 : 오언절구
출전 : 취미대사시집(翠微大師詩集)

감상 마포나루터에서 자다가 문득 젓대 소리를 듣고 지은 시. 눈앞에 전개되는 광경이 가히 선경(仙境)을 방불케 한다. 그러나 지금의 한강 마포나루터를 보라. 선경은커녕 반경(半境)에도 미치지 못하는 공해지역이다. 세월이 너무 지났기 때문일까…….

숲속에서 (山中迷路)

숲속에서 문득 길을 잃었나니
험한 골 여기저기 낙엽 날리네
비바람은 골짜기에 붐비어
돌아오는 길 옷은 흠뻑 젖었네.

林間忽迷路 亂岫飛黃葉
風雨峽中多 歸來衣盡濕

형식 : 오언절구
출전 : 취미대사시집(翠微大師詩集)

감상 산정(山情)의 시다. 시정이 낙엽과 비바람으로 흠뻑 젖고 있다. 산에 사는 사람에게 있어서 이 정도의 감상주의는 결코 사치가 아니다.

회상인에게(次會上人韻)

낮은 산 가을빛에 물들고
긴 냇가 석양빛을 띠었네
암자는 예서 멀지 않은지
구름 밖으로 늙은 중 돌아가네.

短嶽含秋色 長川帶夕暉
有庵知不遠 雲外老僧歸

형식 : 오언절구
출전 : 취미대사시집(翠微大師詩集)

감상 한 폭의 동양화다. 제1구의 '단악(短嶽)'과 제2구의 '장천(長川)', 제3구의 '유암(有庵)'과 제4구의 '운외(雲外)'가 멋진 대칭을 이루고 있다.

의상대(義湘臺)

절벽에 기대인 저 천 년의 나무
허공에 우뚝 솟은 저 백 척의 대여
신승은 가고 없으니
구름 밖에서 학이 배회하네.

倚壁千年樹 凌虛百尺臺
神僧去無跡 雲外鶴徘徊

주 ◆능(凌) : 업신여기다. 깔보다. ◆신승(神僧) : 여기서는 '의상대사'.

형식 : 오언절구
출전 : 취미대사시집(翠微大師詩集)

감상 강원도 양양 낙산사 바닷가에 있는 의상대를 보고 읊은 시. 제1 · 2구는 의상대의 기상을, 제3 · 4구는 의상대를 지은 의상조사(義湘祖師)의 진면목을 읊은 것이다.

가을 저녁(秋日送僧)

나무꾼 노랫소리 석양에 남아 있고
낙엽 지는 호숫가 들빛은 차갑네
저 멀리 지팡이 날리며 길손이 혼자 가나니
저녁구름 가을산에 비 오려 하네.

樵歌數曲夕陽殘 葉落湖邊野色寒
遙望一僧飛錫處 暮雲將雨裏秋山

주 ◆초가(樵歌) : 나무꾼이 부르는 노래.

형식 : 칠언절구
출전 : 취미대사시집(翠微大師詩集)

감상 어느 가을 저녁, 승(僧)을 보내며 읊은 시.
시정이 넘치고 있는 서정시다. 특히 제4구의 '장(將)'자와 '이(裏)'자로 하여 이 시는 긴 여운을 남기고 있다.

좌선승 (坐禪僧)

청산은 묵묵하고 경치 또한 그윽한데
이 속에서 비고 맑은 마음자리 얻었네
구름은 뜰에 가득, 인적은 끊겼는데
석양 무렵 성근 빗발 서쪽숲을 지나가네.

青山嘿嘿景沈沈 體得禪家宴寂心
雲自滿庭人不到 夕陽疎雨過西林

주 ◆묵묵(嘿嘿) : '默'과 같은 글자. ◆침침(沈沈) : 깊고 조용한 모양.

형식 : 칠언절구
출전 : 취미대사시집(翠微大師詩集)

감상 득도한 선승의 삶을 읊은 시.
그 시상과 시정이 넉넉하기 이를 데 없다.
그러나 한 가닥 수행자의 고적감이 거기 뒤따르고 있다.

김처사에게(示金處士)

마음은 저 뜬구름가에 맡겨 두고
언제나 변함없이 풀집에 누워 있네
소나무 창의 꿈을 누가 불러 깨우는가
산새 우는 한 소리, 봄비 속에 남아 있네.

意在浮雲閑卷舒 守眞常自臥茅廬
無端喚起松窓夢 山鳥一聲春雨餘

주 ◆모려(茅廬) : 茅居. 띠풀로 지붕을 이은 집. 누추한 집.

형식 : 칠언절구
출전 : 취미대사시집(翠微大師詩集)

감상 작품 전체에 신비로운 안개가 끼고 있다. 제3구와 제4구는 취미선사 수초(守初)가 도달한 높은 경지를 보여주고 있다. 특히 제4구의 '여(餘)'자는 그윽하기 비길 데 없다.

금강산 백운암(金剛山白雲庵有感)

구정봉 앞 저 높은 바위 틈새에
누군가 몇 칸 암자 지어 놓았네
깊은 잠에 깨어나 어디로 가는가
나뭇가지에 옷 걸어 두고 푸른 산 이내에 젖네.

九井峰前玉作岩 道人曾搆數間庵
功成一夕歸何處 掛樹袈裟自濕嵐

주 ◆남(嵐) : 이내. 아침이나 저녁 산에 어리는 흐릿한 기운.

형식 : 칠언절구
출전 : 취미대사시집(翠微大師詩集)

감상 선시(禪詩)라기보다는 차라리 선시(仙詩)라 해야 더 어울릴 작품이다. 제4구는 그대로 '송하노인도(松下老人圖)'다.

축공사를 보내며(送竺空師)

언제나 바위문 닫고 조사관문 닦더니
선심은 문득 이별의 정으로 바뀌었네
내일 아침이면 그대를 볼 수 없으니
우수수 가을비에 온 산엔 잎소리네.

常掩岩扉究祖關 禪心忽變別離間
明朝林下無相伴 秋雨蕭蕭葉滿山

주 ◆조관(祖關) : 祖師의 관문, 즉 禪의 공안 參究. ◆선심(禪心) : 참선 수도하는 마음.

형식 : 칠언절구
출전 : 취미대사시집(翠微大師詩集)

감상 도반(道伴)을 보내는 이별의 시. 도반이란 '함께 도를 닦는 친구'를 말한다. 제4구는 남은 이의 쓸쓸한 심정이다.

택행상인에게(贈擇行上人)

풀잎마다 나무마다 조사의 뜻 분명커니
이 세 치 혀 끝에서 또 무얼 찾는가
외기러기 나는 저 하늘 저문 강가
한 조각 계수향기 안팎의 가을이네.

祖意明明百草頭 何頭更向口皮求
最憐征雁江天夕 一片蟾光表裡秋

주 ◆섬광(蟾光) : 月光. 달 속에 두꺼비가 있다는 전설에서 달의 別稱이 됨.

형식 : 칠언절구
출전 : 취미대사시집(翠微大師詩集)

감상 제4구의 '표리추(表裡秋)'를 다른 말로 바꿨더라면 더 좋은 작품이 됐을 것이다.

잠에서 깨어(睡起)

햇빛 기운 발 그늘이 물가에 잠겨
발을 걷자 미풍이 티끌을 쓰네
창밖에 꽃잎 지고 사람은 적적한데
숲새의 한 소리에 봄꿈은 돌아오네.

日斜簷影轉溪濱 簾捲微風自掃塵
窓外落花人寂寂 夢回林鳥一聲春

주 ◆빈(濱) : 물가(水涯).

형식 : 칠언절구
출전 : 취미대사시집(翠微大師詩集)

감상 낮잠 자고 난 다음 문득 감흥이 일어 읊은 시다. 제1구와 제2구에서 우리는 이제 막 한숨의 잠에서 깨어난 이의 넉넉한 심정을 엿볼 수 있다. 그리고 제3구와 제4구는 그 넉넉한 심정 위에 들리는 산새 소리, 봄의 정취로 가득 차 있다.

새집(新軒)

작은 집 새로 꾸민 방이 숲 사이로 열렸고
등 뒤로는 만학천봉 푸른 병풍 둘러 있네
진종일 침상에 누워 단잠 자거니
발 사이로 들어오는 시원한 바람 있네.

小軒新傍樹陰開 背面群峰翠萬堆
終日臥床眠不起 透簾唯有好風來

㊟ ◆방(傍) : 房인 듯.

형식 : 칠언절구
출전 : 취미대사시집(翠微大師詩集)

감상 청산(青山)에 묻혀 사는 은자의 한가로운 삶이 잘 드러나 있다. 여기 유유자적하는 동양의 미(美)가 있다. 미적(美的) 생활이 있다.

산사를 찾아(訪山寺)

암자에 이르기 전 땅거미 깔리나니
자던 새 날아 나무숲 깊이 들어가네
황혼은 지금 산길을 적시나니
아득한 저 봉 너머 머언 종소리.

未及禪庵已夕陰 宿禽飛入樹雲深
黃昏尙在山前路 愁聽疎鐘隔遠岑

주 ◆소종(疎鐘) : 멀리서 들려오는 종소리.

형식 : 칠언절구
출전 : 취미대사시집(翠微大師詩集)

감상 깊은 산의 암자를 찾아가며 읊은 시. 제3구를 이어받은 제4 결구가 무한한 여운을 남기고 있다.
내 어린 날 속에 울리고 있는 머언 종소리…….

가을 밤(秋夜)

종소리도 잠든 이 밤은 삼경인데
낙엽은 바람 따라 빗소리를 내고 있네
놀라 일어 창을 열자 잠은 금세 사라지고
허공 가득 가을달만 저리도록 밝네.

寂無鐘梵夜三更 落葉隨風作雨聲
驚起拓窓淸不寐 滿空秋月正分明

주 ◆탁(拓) : 손으로 창문 등을 '밀다'.

형식 : 칠언절구
출전 : 취미대사시집(翠微大師詩集)

감상 낙엽 비 오듯 지고 있는 어느 가을 밤의 풍경.
군더더기가 전연 없다.

민종사에게(示敏宗師)

경계는 마음 밖에 있지 않으니
주인 속에서 나그네를 찾지 말라
도를 배우려 하면 도리어 거짓이 되고
깨닫고자 애를 쓰면 본심은 더러워지네
흰구름 성근 빗살 지나는 저녁
녹음방초 낙화의 봄이여
이것이 나의 일이니
누구에게 또다시 번거롭게 물어 보리.

境非心外有 休覓主中賓
學道還爲妄 攻玄已害眞
白雲疎雨夕 芳草落花春
此乃吾家業 何煩問別人

주 ◆공(攻) : 닦다. 공부하다. 연구하다.

형식 : 오언율시
출전 : 취미대사시집(翠微大師詩集)

감상 잔잔하게 이어지는 시상으로 하여 이 시는 연로(年老)하신 스승님의 간곡한 타이름이 되었다.

무염당에게(呈無染堂)

그 자취를 티끌 속에 넣고
푸른 바다 저 속에 낚싯대 드리우네
연꽃은 이 실상을 열고
패엽은 금문을 꿰뚫었네
가문 땅에 단비요
타는 하늘에 구름이네
무쇠소는 다년간 울고 있나니
주인과 나그네 구분이 없네.

跡入紅塵裡 揮竿碧海濆
蓮華開實相 貝葉貫金文
旱地淸凉雨 焰天靉靆雲
多年鐵牛吼 無復主賓分

㈜ ◆분(濆) : 물가(水邊). ◆실상(實相) : 不生不滅의 본질. ◆패엽(貝葉) : 불경. ◆금문(金文) : 佛經. ◆애체(靉靆) : 구름이 많이 끼다.

형식 : 오언절구
출전 : 취미대사시집(翠微大師詩集)

감상 제1구와 제2구의 전개가 박진감 있다.

옛 절 지나며(過古寺)

중이 살던 흔적은 퇴락하여
지나던 나그네 마음 쓸쓸하네
섬돌은 이끼로 덮여 버렸고
닫힌 문엔 대나무 그늘 푸르네
옛 탑은 구름에 젖어 있고
텅 빈 불단에는 풀이 절로 자라네
산새도 슬픈 듯
왼종일 숲에서 저리 울고 있네.

牢落居僧跡 凄凉過客情 磴封苔色潤 門閉竹陰淸
古塔雲唯濕 空壇草自生 山禽似怊悵 終日隔林鳴

주 ◆처량(凄凉) : 쓸쓸하다. 슬프다. ◆등(磴) : 돌층계, 섬돌. ◆공단(空壇) : 텅 빈 불단. ◆금(禽) : 짐승. ◆초창(怊悵) : 슬퍼하는 모양.

형식 : 오언율시
출전 : 취미대사시집(翠微大師詩集)

감상 폐허가 된 옛 절의 모습이 눈앞에 생생하게 되살아나고 있다. 시구마다 절절하게 울리는 감회의 정이 있다.

허백명조(虛白明照, 1593-1661) … 20편

봄을 보내며(送春)

티끌일에 골몰하여 만사를 그르쳤으니
되돌아보매 삼십이 년 모두 다 곁가지뿐,
서쪽뜰(西園)엔 밤바람 빗소리 급한데
도리(桃李)는 말이 없고 봄 저 홀로 가고 있네.

汨沒紅塵萬事違 回頭三十二年非
西園風雨夜來急 桃李無言春自歸

[주] ◆골몰(汨沒) : 떠 흘러감. 轉하여 時歲에 따라 변해 감.(今人言汨沒-避暑錄)

형식 : 칠언절구, 평성미운(平聲微韻)
출전 : 허백집(虛白集)

[감상] 티끌일에 골몰하여……, 산다는 것은 티끌일에 골몰하여 10원을 깎기도 하고, 지네가 나오는 방이 무서워 이사 갈까도 걱정하고, 사랑하는 사람이 다른 남자에게 갈까도 걱정하는 그런 짓이라면, 비바람에 쫓기는 봄꽃 속에 서서 나는 바람이 불어오는 그 근원을 꿰뚫겠다. 그리하여 티끌 전체가 티끌 이상의

것이 되기까지 응결하겠다. 그리하여 응결된 그 티끌 이상의 것을 가지고 울기도 하고 웃기도 하는 이 세상 깊숙이 뛰어들겠다. 그리하여 허세도 부리고 사기도 치고 이따금은 곁눈질도 하겠다. 결국 이런 것들이 모두 사는 이치가 아닌가. 이러다가 결국 사라져 갈 우리들이 아닌가. 지금도 창밖에는 바람이 분다. 꼭 누군가의 이름을 부르고 싶어진다.

길을 지나며(東街偶吟)

수양버들 웃음소리 주기(酒旗) 갸웃 걸려 있고
비단창엔 안개 낀 듯 비파 소리
저 바람은 연약한 꽃 아랑곳하지 않아
장안의 백만 가에 가득히 흩뿌리네.

紫陌垂楊酒旗斜 紗窓如霧咽箏琶
東風不管花無力 吹滿長安百萬家

주 ◆자맥(紫陌) : 도시의 市街. 帝都 또는 서울.

형식 : 칠언절구, 평성마운(平聲痲韻)
출전 : 허백집(虛白集)

감상 담판한(擔板漢)이란 말은 선서(禪書)에 자주 나오는 말이다. 이 말을 글자대로 풀어 보면 '판자를 짊어진 놈'이라는 말이다. 그러나 이 말을 뜻풀이해 보면 이런 뜻이 된다. 판자를 짊어졌으니 한쪽 밖에 볼 수가 없을 것은 뻔한 사실이다. 또 다른 한쪽이 판자에 가리워졌기 때문이다. 하나만 알고 둘은 모르는 머저리를 비꼴 때 이렇게 부르는 것이다. 화무십일홍(花無十日紅)이라, 제아무리 예쁜 꽃이라도 열흘을 넘기지 못하고 져 버리는 줄만 알았지, 봄이 오면 그 꽃 진 자리에서 다시 새 꽃 돋아남은 모르는 그런 사람을 일컬어 담판한(擔板漢)이라 한다. 덧없는 이 삶 속에서 나지도 않고 죽지도 않는 그런 것을 찾을 줄은 왜 모른단 말인가. 멀리 보면 덧없음은 불멸의 바다, 그 소리로 울려오고 있지 않는가…….

구월 구일에(丁卯重九日)

작년 가을 구월 구일
국화꽃 잡고 술잔 권했네
올 가을 그 사람 황천으로 갔으니
외로운 마을에서 나 홀로 슬퍼하네.

去年重九日 把菊勸金杯
今歲人亡廢 孤村獨自哀

형식 : 오언절구
출전 : 허백집(虛白集)

감상 인생무상을 읊은 시. 시정은 간절하고 시상은 간결하다.

산에 살며(山居)

이 산하대지와 저 둥근 달이
피차가 서로 무심하네
여기 봄이 왔으니
버들꽃 도처에 그늘이네.

山河天地月 彼此兩無心
又得春消息 楊花到處陰

주 ◆양화(楊花) : 버들꽃.

형식 : 오언절구
출전 : 허백집(虛白集)

감상 이 밤이 가면 낮이 오고 봄이 오면 도처에 꽃 피나니. 보라, 천지만물은 무심(無心)결에 왔다가 무심결에 가나니……. 나 또한 이 흐름을 따라 말없이 왔다 조용히 가리라.

정동지에게 (次鄭同知韻)

범부와 성인 생각 앉아서 끊고
미한 구름 또한 쓸어 버렸네
마음빛이 사무치게 밝아
온 우주에 아무것도 없네.

坐斷凡聖情 迷雲且掃滅
心光透澈明 沙界總無物

주 ◆사계(沙界) : 모래알 같은 세계. 우주.

형식 : 오언절구
출전 : 허백집(虛白集)

감상 이 마음빛 밝게 사무치면 온 우주에는 아무것도 없으리. 여기 오직 나 자신 아닌 나 자신밖에 또 무엇이 남아 있으리.

불정대에 올라(登佛頂臺)

구름같이 물같이 떠도는 길손
지팡이 날려 높은 대에 올랐네
눈앞에 한 물건도 없으니
저 푸른 바다조차 술잔만하네.

雲水飄然衲 扶笻上高臺
眼前無一物 滄海小於杯

형식 : 오언절구
출전 : 허백집(虛白集)

감상 산의 정상에 서면 온 누리가 이 손바닥 안에 다 들어온다. 보라. 제4구를 보라. '바다조차 술잔만하다'니……. 후련하기 이를 데 없다.

산영루에서(共坐山影樓示巡使)

누각 밖의 개울물 소리
그 소리 소리 나그네 마음 씻어가네
그윽한 이야기하며 마주 보고 웃나니
달은 단풍나무 숲에 비치네.

樓外雙溪水 聲聲洗客心
談玄開一笑 山月照楓林

형식 : 오언절구
출전 : 허백집(虛白集)

감상 썩 돋보이진 않지만 그러나 품격은 있는 시다. 제2구가 좋다. 제4구는 마주 앉은 두 사람의 심경(心境).

불영대(佛影臺)

만리길 가을빛은 저물어 가고
온 산에 나뭇잎 나네
텅 비고 한가로워 한 물건도 없으니
돌아가는 저녁구름만 하염없이 바라보네.

萬里秋光晩 千山葉正飛
虛閑無一物 看盡暮雲歸

형식 : 오언절구
출전 : 허백집(虛白集)

감상 저무는 어느 가을 저녁, 길손의 텅 빈 마음이 저녁노을을 보고 있다. 아니 저녁구름이 되어 돌아가는 그 자신의 모습을 하염없이 보고 있다.

행각승에게(賽行脚僧之求三)

도는 본래 말로 표현할 수 없거니
어찌 그리 수고스럽게 지껄이고 다니는가
이 속에서 한 번 박차고 일어나면
성색은 온 누리에 가득하리라.

道本難言說 何勞爲客宣
箇中跳一擲 聲色滿三千

주 ◆성색(聲色) : 소리와 형체.

형식 : 오언절구
출전 : 허백집(虛白集)

감상 마치 저 나옹(懶翁)의 선시를 보는 듯 생동감이 있다. 제4구는 허백대사 명조(明照)가 도달한 높은 경지다.

서로 만나 말이 없는 곳(示凜師)

서로 만나 말이 없는 곳
산새는 이미 울어 버렸네
만일 다시 거듭 누설했다간
뒷날 후회해도 소용없으리.

相見無言處 山禽已了啼
若能重漏洩 他日恨噬臍

주 ◆서제(噬臍) : 배꼽을 물어뜯으려 해도 닿지 않는다는 뜻으로서 '후회해도 이미 늦었다'는 의미.

형식 : 오언절구
출전 : 허백집(虛白集)

감상 중국, 우리나라, 일본의 선시 2천여 편 가운데 단 한 편의 선시를 뽑으라면 나는 서슴지 않고 이 시를 뽑을 것이다.
보라. 제1구도 좋지만 제1구를 이어받은 제2구에서 선(禪)의 핵심은 이미 다 드러나 버리고 말았다. 이제 더 이상 감출 것이 없다.
아아, 드디어 찾아내고야 말았구나.

지팡이 날리며(賽心師求語)

지팡이 날리며 가는 나그네
그 행장은 다만 이 우산 하나뿐
몸과 마음 모두를 놓아 버렸으니
곳을 따라 자유롭고 걸림이 없네.

飛錫天涯客 行裝只一簦
身心如放下 隨處任騰騰

[주] ◆등(簦) : 자루가 길고 큰 삿갓 비슷한 우산. ◆등등(騰騰) : 당당하다. 결점이 없다.

형식 : 오언절구
출전 : 허백집(虛白集)

[감상] 잡지 말라. 붙잡지 말라. 미련 없이 놔 버려라. 그러면 그대는 비로소 그렇게 원하던 자유를 얻게 되리라.

김거사에게(贈金居士)

인생은 이 바람 앞의 촛불 같은데
생각은 지금 황금의 산을 오르네
생각이 다하여 마음마저 없는 곳에
한가롭게 노닐며 소요하리라.

人生如風燭 時想紫金山
念到無心處 逍遙任自閑

형식 : 오언절구
출전 : 허백집(虛白集)

감상 바람 앞에 촛불 같은 인생이여. 천 년을 살 것이라고, 만 년을 살 것이라고 무슨 단꿈을 그리 꾸고 있는가.
이제 머지않아 흔적도 없이 사라져 갈 목숨이여. 아아, 이렇게도 연약한 한 줄기 풀잎이여.

임종게(臨終偈)

세월이 다하여 이 누리는 불타고
신령한 마음은 만고에 밝네
진흙소는 달빛을 밭갈이하고
나무말은 풍광을 이끌고 가네.

劫盡燒三界 靈心萬古明
泥牛耕月色 木馬掣風光

㈜ ◆삼계(三界) : 이 우주 전체.

형식 : 오언절구
출전 : 허백집(虛白集)

감상 단정하기 이를 데 없는 임종의 시다. 겸허하기 그지없는 임종의 시다.

불길 속에 서리 내려(受大興衆請作禪偈傳後代)

불길 속에 서리 내려 꽁꽁 얼었고
무쇠나무 꽃 피어 눈이 부시네
진흙소 울며 바다 속 가고
나무말 울음소리 누리에 가득 찼네.

焰裏寒露凝結滯 花開鐵樹暎輝明
泥牛哮吼海中走 木馬嘶風滿道聲

주 ◆시(嘶) : (말 따위가) 울다.

형식 : 칠언절구
출전 : 허백집(虛白集)

감상 언어와 사고(思考)마저 갈 수 없는 저 직관의 불길이 서릿발같이 타오르고 있다. 제1급 선시로서 하등의 손색이 없다.

밤을 주우며(拾栗)

허기진 창자에서 우레 소리 들리어
밤알을 주우려고 구름 속에 들었네
석양의 산빛 붉어 비단 같은데
가을비에 젖고 있는 실낱 같은 낙엽 소리.

不忍飢腸似雷鳴 經行拾栗入雲扃
夕陽山色如紅錦 秋雨霏霏落葉聲

주 ◆경(扃) : 문, 문빗장. 여기서는 '구름이 덮여 있는 곳' 정도의 뜻임.

형식 : 칠언절구
출전 : 허백집(虛白集)

감상 해학적이면서도 섬세하기 비단실 같다.
아아, 제4구여. 이렇게도 섬세할 수 있단 말인가. 여성조차 감지하지 못하는 이 섬세한 느낌의 곳을 허백대사 명조(明照)가 어떻게 갈 수 있었단 말인가. 불가사의한 일이다. 참으로 불가사의한 일이다.

마야부인 뱃속에(講罷次勒禪韻)

마야부인 뱃속에 둥근 달 밝아
사람사람 꿈의 몸에 밝게 비추네
비밀한 뜻 들어 봐도 많은 말이 없거니
종이 위에 늘어놓을 필요가 없네.

摩耶肚裏堂前月 照破人人一夢身
提撕密旨無多字 何必區區紙上伸

㊟ ◆마야(摩耶) : 摩耶夫人. 부처의 모친. ◆두리(肚裏) : ① 心中. ② 뱃속. 여기서는 ②의 뜻. ◆제시(提撕) : 제자를 가르쳐 인도함. ◆다자(多字) : 많은 글자, 많은 말.

형식 : 칠언절구
출전 : 허백집(虛白集)

감상 그윽하기 이를 데 없는 묵조풍(默照風)의 가락으로 선(禪)의 핵심을 관통하고 있다. 시정은 여유 만만하여 마치 긴 강(長江)과 같다.

청허당(內院淸虛堂)

구름숲 옛 영당에 홀로 섰으니
달빛 둥근 가을 밤은 금은(金銀)의 소리
진승의 가신 곳을 알지 못하니
서리 친 국화향이 코를 찌르네.

獨立雲林舊影堂 月明秋夜起淸凉
不知何處眞僧去 霜菊離離撲鼻香

주 ◆내원(內院) : 金剛山에 있는 암자. 內院庵인 듯. ◆진승(眞僧) : 서산대사 淸虛인 듯. ◆이리(離離) : 흩어지는 모양. ◆박(撲) : 자극하다.

형식 : 칠언절구
출전 : 허백집(虛白集)

감상 서산대사 청허휴정의 영당(影堂)을 찾아 읊은 시.
제3구를 이어받은 제4구는 허백대사 명조(明照)가 도달한 높은 경지를 보이고 있다.

정양사 가을 밤(正陽寺秋夜)

첩첩산 기이한 봉(峰), 서리 친 밤 달빛이여
우수수 잎소리는 가을바람 띠었네
고요하고 그윽하여 몸과 마음 바람 자니
삼라만상 모두는 이 거울 속에 비치네.

千疊奇峰霜夜月 蕭蕭風葉帶秋風
更深寂寞身心靜 萬像森羅影現中

주 ◆첩(疊) : 겹쳐지다.

형식 : 칠언절구
출전 : 허백집(虛白集)

감상 금강산 정양사의 가을 밤을 읊은 시. 그러나 사실은 허백대사 명조의 심경(心境)을 읊은 시.
제1구는 험난한 기백을, 제2구는 자비의 교화방편을 읊고 있다. 제3구를 이어받은 제4구는 주객(主客)이 하나가 된 무아지경(無我之境)을 읊고 있다.

가야산 취저봉(伽倻山吹笛峰)

봄산에 꽃 피니 색깔 더욱 환하고
폭포는 떨어지며 주야로 우네
아아, 최고운 선생 어느 곳으로 갔는가
대(臺)에서는 다만 젓대 소리 들리네.

春山花發色彌明 瀑水飛流晝夜鳴
可惜孤雲何處去 但聞臺上吹笛聲

주 ◆미(彌) : 더욱. ◆고운(孤雲) : 孤雲 崔致遠.

형식 : 칠언절구
출전 : 허백집(虛白集)

감상 최고운 선생이 노닐었다는 가야산의 취저봉.
그분은 가고 없지만 그러나 그 날의 그 젓대 소리는 남아 먼 하늘가 길게 흐르네. 허백대사 명조의 시정 속에서…….

환영 (幻智)

이 모두는 환영의 오고 감이니
환영은 근거 없는 줄 그 누가 알리
이 모든 것 환영인 줄 깨달아 알면
마침내 저 열반의 문 열리리.

幻去幻來俱是幻 誰知幻法本無根
縱然識得皆爲幻 滅智方登涅槃門

주 ◆종연(縱然) : 縱使. 가령, 설사.

형식 : 칠언절구
출전 : 허백집(虛白集)

감상 환영(幻影)을 환영으로 알면 그 환영의 구름 걷히고 니르바나, 저 열반의 문이 열린다. 그러나 그 문을 열기 위하여 우리는 얼마나 많은 날의 비바람 속을 헤쳐가야 하는가.

침굉현변(枕肱懸辯, 1616-1684) … 9편

금방망이 그림자 속에서(笑吟)

금방망이 그림자 속에서 허공이 부서지고
진흙소 놀라서 동쪽바다를 지나가네
산호 가지와 달이 서로 차갑게 맞비치며
예와 지금, 하늘과 땅이 온통 한 웃음 소리네.

金鎚影裏裂虛空 驚得泥牛過海東
珊瑚明月冷相照 今古乾坤一笑中

주 ◆금추(金鎚) : 황금으로 만든 방망이. ◆열(裂) : 찢어지거나 부서지다. ◆금고(今古) : 古今. 예와 지금. ◆건곤(乾坤) : 하늘과 땅, 천지, 온 우주.

형식 : 칠언절구
출전 : 침굉집(枕肱集)

감상 상식을 벗어난 직관의 세계에서 그 경지를 읊은 시.
황금은 영원히 녹슬거나 변치 않는다. 그러므로 황금은 돈이 아니라 영혼의 상징이다. 이 황금의 방망이로 허공을 내리치는 것이 아니라 그 그림자에 허공이 무너져 내리고 있다. 제1구에서 '황금의 방망이'는 직관지(直觀智)를, 그리고 허공은 '관념'을 뜻한다. 관념은 직관지의 그림자만 비춰도 그냥 녹아 없어져 버리고 만다. 제2구는 역시 직관의 세계에서나 통용될 수 있는 그런 광경이다. 진흙으로 만든 소가 바닷물 속에 들어가면 그 순간 진흙소는 흔적 없이 물에 녹아 없어져 버릴 것이다. 그런데 그 진흙소가 지금 동쪽바다를 질풍처럼 가로질러 달리고 있다. 놀라운 일이다. 참으로 놀랍고도 놀라운 일이다.

제3구는 주관(明月)과 객관(珊瑚)이 하나가 된 상태(서로 비치는 상태)를 읊은 것이다. 제4구에서는 이 직관의 지혜가 걷잡을 수 없는 웃음소리로 폭발하고 있다. 그대여, 세상살이가 아무리 복잡하더라도 제발 이마 좀 펴라. 이마의 그 주름살 좀 펴고 살아라. 죽을 상을 하고 앉아 있다고 해서 하늘에서 돈뭉치가 떨어지는 것은 결코 아니다.

일일시호일(日日是好日)! 나날이 좋은 날이다.

어제는 어제대로 좋았고 오늘은 또 오늘대로 좋고 내일은 또 내일대로 좋을 것이다.

잠도인에게(呈岑道人)

서래의 한 촛불을
어찌 괴롭게 찾아 헤매리
밤 깊어 산비 내린 뒤
맑은 달이 동쪽봉에 오르네.

西來一宝燭 何必苦推尋
夜深山雨後 凉月上東岑

주 ◆동잠(東岑) : 東峯.

형식 : 오언절구
출전 : 침굉집(枕肱集)

감상 선지(禪智)는 뚜렷하나 숨는 맛이 모자란다. 시정이 좀 더 입체적이었더라면…….

규도인에게(贈圭道人)

구름과 눈이 섞여 산빛은 희고
달이 물에 비쳐 강은 밝았네
보이는 것은 모두 살아 숨쉬니
누가 다시 이것 이상을 물으려 하나.

山白雲和雪 江明月印潭
滿看皆活物 誰更問前三

[주] ◆전삼(前三) : 前三三後三三의 공안.

형식 : 오언절구
출전 : 침굉집(枕肱集)

[감상] 시정에 입체감이 약하다. 어휘의 선택도 너무 평면적이다. 그러나 선시로서의 격조만은 잃지 않았다.

취봉에게 (次翠峯韻)

학은 중암의 달빛에 울고
쇠북은 밤바람에 우네
여래의 진묘설이여
어찌 이 유무에 떨어지리.

鶴唳中岩月 鍾鳴半夜風
如來眞妙說 寧墮有無功

주 ◆진묘설(眞妙說) : 진실하고 묘한 가르침. ◆영타(寧墮) : 어찌 ~에 떨어지겠는가.

형식 : 오언절구
출전 : 침굉집(枕肱集)

감상 제1구의 '중암월(中岩月)'과 제2구의 '반야풍(半夜風)', 제3구의 '진묘설(眞妙說)'과 제4구의 '유무공(有無功). 이 네 개의 대구(對句)가 적절한 조화를 이루고 있다.

벗을 보내며(送友人)

만수천산의 길에
쓸쓸히 외로 가는 몸이여
가고 머무는 것 논하지 말라
우린 모두 다 꿈속의 사람이네.

萬水千山路 悽然獨去身
無論去與住 俱是夢中人

주 ◆만수천산(萬水千山) : 일 만의 냇물과 천 개의 산, 즉 '많은 물과 많은 산'. ◆무론(無論) : 논하지 말라. ◆거여주(去與住) : '감'과 '머묾'.

형식 : 오언절구
출전 : 침굉집(枕肱集)

감상 벗을 보내며 읊은 시.
제1구와 제2구는 쓸쓸히 가는 나그네의 모습을, 제3구와 제4구는 벗을 보내는 주인의 심사를 읊고 있다. 이처럼 감상적인 시가 품격을 잃지 않았다는 것은 정말 희한한 일이다.

한매대사(訪寒梅大師)

골의 어귀 구름에 옷깃은 젖고
개울물에 오는 비 반쯤 걷혔네
그대는 어디쯤에 살고 있는가
사립문 닫힌 채 난산에는 가을이네.

峽口雲初濕 磎頭雨半收
眞僧何處住 門掩亂山秋

주 ◆계두(磎頭) : 개울. '頭'는 조사. ◆난산(亂山) : 여기저기 솟아올라 높낮이가 고르지 않은 산. '亂峰'.

형식 : 오언절구
출전 : 침굉집(枕肱集)

감상 한매(寒梅)대사를 찾아가 읊은 시.
이 시의 내용으로 봐서 작자는 아마도 주인(한매대사)을 만나지 못하고 허탕친 것 같다. 허탕친 그 마음에 산봉우리 봉우리마다 지금 가을빛 저리 물들고 있다.

은자의 삶(幽居偶吟)

이 생애 가난하다 웃지 말 것이
허리에는 조그만 칼을 찼다네
천지간에 당당하게 활보하나니
곳곳마다 이 모두 내 집이어라.

莫笑生涯薄 腰懸一小刀
騰騰天地內 處處盡吾家

주 ◆박(薄) : 가난하다.

형식 : 오언절구
출전 : 침굉집(枕肱集)

감상 재치가 있는 작품이다. 제3구와 제4구의 당당함을 보라.

낮달은(題金流洞逍遙堂壁上)

낮달은 창 앞에 희고
물소리 베개 위에 구르네
은거의 이 무한한 흥취
바깥 사람 더불어 말할 수 없네.

山月窓前白 溪聲枕上淸
隱居無限趣 難與外人評

형식 : 오언절구
출전 : 침굉집(枕肱集)

감상 제1구와 제2구가 멋지다. 그러나 제3구와 제4구는 너무 평면적이다.

행각승에게 (贈行脚僧)

그대 나이 이제 마흔이 넘었건만
아직도 스승 찾아 헤매고 있네
서래의 묘한 이치, 번거롭게 묻지 말라
구름 걷힌 저 가을, 달은 낚싯바늘같이 휘었네.

爾世年逾四十壽 飽參知識遍南州
西來妙旨何煩問 雲盡秋空月似鉤

주 ◆이(爾) : 너. 상대방을 지칭하는 말.

형식 : 칠언절구
출전 : 침굉집(枕肱集)

감상 나이 마흔이 넘어 아직도 스승 찾아 떠도는 행각승에게 주는 시.
제4구의 '월사구(月似鉤)'가 멋지다. 반짝! 하는 재치가 있다.

백곡처능(白谷處能, 1617-1680) … 4편

산을 나오며(出山)

걸음걸음 산문을 나오는데
꽃 진 후에 작은 새 우네
안갯골 아득히 길을 놓친 채
일천 봉 빗발 속에 홀로 서 있네.

步步出山門 鳥啼花落後
烟沙去路迷 獨立千峯雨

[주] ◆산문(山門) : 절의 바깥. 三門이라고도 한다.(擧 雲門垂語云 人人盡有光明在. 看時不見暗昏昏. 作麼生是諸人光明. 自代云廚庫三門. 又云 好事不如無-碧巖錄 第八六則 公案 雲門廚庫三門)

형식 : 오언절구
출전 : 대각등계집(大覺登階集)

[감상] 한시, 아니 시의 가장 이상적인 형태는 4행인 것 같다. 보라. 이 시 '출산(出山)'을 칠언절구나 오언율시로 바꿔놔 봐라. 김 빠진 맥주다. '보보(步步)'와 '조제(鳥啼)', '화락(花落)'과 '출산(出山)', '연사(烟沙)'와 '독립(獨立)'의 대비를 보라.

고란사(題皐蘭寺壁)

가을꽃은 뜻이 있어 강을 향해 열렸으니
천 년의 흥망땅에 나그네는 찾아오네
낙화암 절벽 밑에 암자가 있어
석양녘에 중은 조룡대를 지나가네.

秋花多意向江開 千載興亡客自來
唯有落花岩畔寺 夕陽僧過釣龍臺

[주] ◆고란사(皐蘭寺) : 충남 부여 부소산의 落花岩 옆에 있는 절. ◆조룡대(釣龍臺) : 당나라 장수 소정방이, 죽어 용이 되어 백마강을 지키던 의자왕을 낚아 올렸다는 바위. 고란사 밑 오른쪽 강기슭에 있다.

형식 : 칠언절구
출전 : 대각등계집(大覺登階集)

[감상] 잔잔하기 이를 데 없이 전개되는 회고의 시. 제3구와 제4구는 그대로 한 폭의 그림이다.

혜사를 보내며(別惠師)

나그네길 외로운 구름 밖이요
이별하는 정자는 숲속에 있네
푸른 산 누더기옷 입은 길손이
봄바람에 옷깃 날리며 날리며 가네.

客路孤雲外 離亭亂樹中
靑山一白衲 飄拂又春風

주 ◆이정(離亭) : 이별하는 정자. 정자.

형식 : 오언절구
출전 : 대각등계집(大覺登階集)

감상 바람처럼 가고 있는 길손의 모습이 눈에 잡힐 것만 같다. 이별의 시인데도 슬픔이 전연 없다.

언덕의 버드나무(出山, 又)

언덕의 버드나무 가지마다 푸르렀고
개울가 복숭아꽃 가지마다 붉었네
지팡이 울리며 홀로 돌아가는 길
산새는 봄바람에게 말을 거네.

岸柳條條綠 溪桃樹樹紅
鳴筇獨歸路 山鳥語春風

주 ◆조조(條條) : 가지마다.

형식 : 오언절구
출전 : 대각등계집(大覺登階集)

감상 산을 나오며 읊은 시. 제1구와 제2구의 대칭이 재미있다. 제4구에서 우리는 무르녹는 봄날의 정취를 마음껏 느낄 수 있다.

월봉책헌(月峯策憲, 1624-?) … 21편

오사에게(示吾師)

달 아래 개울 소리 울고
바람에 낙엽은 붉게 지고 있네
소리와 색깔 속에 분명하거니
어찌 또다시 진공을 말하리.

月下淸溪咽 風前落葉紅
分明聲色裡 何更說眞空

형식 : 오언절구
출전 : 월봉집(月峯集)

감상 진공(眞空)이란 '불멸의 진리' 또는 '사물의 본질'을 말한다. 이 현상의 온갖 형태와 소리 등은 모두 이 진공에서 전개되어 나왔다. 그러므로 형태와 소리 등은 가변적이며 순간적이다. 그러나 선의 직관으로 본다면 순간적인 것과 영원한 것(불멸적인 것)은 둘이 아니다. 같은 것의 양면성에 지나지 않는다. 일원적인 이 입장은 이론이 아니라 득도한 선승들의 직관적 체험에 의해서 입증된 것이다. 여기 이 시의 제3구와 제4구는 바로 선의 이 직관적 체험을 읊고 있다.

해선에게 (示海禪)

저 허공 움켜 안을 수 있고
이 바다 이 병 속에 담을 수 있나니
범부와 성인에 두루 통하는 이 물건,
이름도 없고 형체마저 없네.

空應皆納掬 海亦盡盛甁
有物通凡聖 難名又沒形

주 ◆납(納) : 거둬들이다. 받아들이다. ◆국(掬) : 움켜잡다.

형식 : 오언절구
출전 : 월봉집(月峯集)

감상 마음의 불가사의한 작용을 읊고 있다.
마음은 한없이 크면서도 한없이 작으며 형체와 이름의 발원지이면서도 오히려 형체도 이름도 없다. 선승들이 일생을 걸고 씨름하는 것은 바로 이 불가사의한 마음의 본질을 경험하기 위해서이다.

기선에게(示機禪)

불조의 길을 알고자 하면
벽을 향해 마주 앉아 그 마음을 관하라
보는 자는 이 누구며
찾는 이는 또 누구인가
분명하던 것은 도리어 분명치 않고
역력하던 것 또한 애매해지네
비록 형언할 수는 없으나
고요한 지혜는 예와 지금을 꿰뚫었네.

要知佛祖道 面壁返觀心 見者阿誰見 尋之孰可尋
明明還暗暗 歷歷却沉沉 名狀雖難得 寂知貫古今

주 ◆불조도(佛祖道) : 부처와 조사의 길. 禪의 길. ◆명상(名狀) : 상태를 표현하다. 형언하다.

형식 : 오언율시
출전 : 월봉집(月峯集)

감상 선시는 분명한 선시인데 차고 나가는 생동감이 적다. 시어(詩語)도 참신한 맛이 적다. 그러나 시의 구성력만은 대단하다.

천오에게(贈天悟)

내 속에 천진도가 있는데
또 무엇을 다시 깨닫고자 하는가
찾으려면 도리어 잃어버리고
배우려 하면 문득 잘못되네
성인 속에 있어도 다를 바 없고
범부 속에 있어도 때묻지 않네
비록 그러기는 하지만
닦을수록 점점점 투명해지네.

自有天眞道 何須更悟之 欲叅還失却 要學便叅差
處聖元無異 在凡本不虧 雖然如是事 修習轉淸奇

㊟ ◆천진도(天眞道) : 본래부터 있었던 천진무구한 道. ◆참차(叅差) : 어긋나다. 잘못되다. ◆범(凡) : 凡夫.

형식 : 오언율시
출전 : 월봉집(月峯集)

감상 선리는 있는데 시상이 너무 평면적이고 시정이 적다. 그렇지만 양변(兩邊)에 치우치지 않는 중도적인 태도는 이 시가 가지고 있는 장점이다.

숨어사는 까닭(幽居)

오랫동안 안개구름 속에 살았으니
산채만 먹어 기름진 맛 잊었네
침상이 차가워 안개 젖는 줄 알고
뜰이 매끄러워 이끼 끼는 줄 아네
봉우리의 달이 처마끝에 희고
산의 물소리 창에 들어와 우네
깊이 사는 이것, 비록 귀한 삶은 아니나
다만 내 이름 석 자를 숨기고자 함이네.

久住烟霞裡 噉蔬世味輕 床寒知霧濕 庭滑認苔生
峰月臨軒白 山泉入戶鳴 幽居雖不貴 只欲便韜名

주 ◆감(噉) : 씹어먹다. ◆활(滑) : 매끄럽다. ◆도명(韜名) : 이름을 숨기다.

형식 : 오언율시
출전 : 월봉집(月峯集)

감상 숨어사는 은자(隱者)의 시다. 시상의 전개가 너무 안일하다.

길손에게(示客)

이 풍진세상을 떠나
푸른 산 저 속으로 훨훨 들어가네
명예는 봄날의 꿈이요
부귀영화는 물거품이네
솔바람은 내 진정한 벗이요
덩굴에 어린 달은 좋은 이웃이네
여기 어찌 글쟁이들 찾아와
눈에 묻힌 이 사립문 두드리리.

早辭塵世道 甘向碧山巢 名利如春夢 榮華若水泡
松風眞我友 蘿月是吾交 豈意騷仙客 柴扉雪裡敲

주 ◆기(豈) : 왜, 무슨 일로. ◆소객(騷客) : 시인, 文士.

형식 : 오언율시
출전 : 월봉집(月峯集)

감상 시의 내용은 탈속적(脫俗的)이다. 그러나 시상은 너무 의도적이다.

이 도는 원래 (但於日用學眞空)

이 도는 원래 모양 없으며
모양 없는 그것마저 초월했네
크기는 이 우주 밖이요
작기는 티끌 속에도 들어가며
단단하기는 금강석 같고
분명하기는 해와 달 같네
변두리를 찾아봐도 그 끝이 없고
속을 탐색해 봐도 알 수가 없네
깊고깊기는 바다보다 더하고
높고 멀기는 하늘보다 푸르네
예와 지금에 걸쳐 시작과 종말이 없고
또한 동쪽과 서쪽도 없네
성인 속에 있으나 지혜롭지도 않으며
범부 속에 있으나 무지하지도 않네
모든 것 속에 이 도는 다 드러났고
사물마다 서로서로 잘 어울리네
가장 즐겁기는 여기 외로운 암자에서
스쳐가는 회나무바람 소리 듣는 것이니
그대 만일 이 뜻을 깨닫는다면

침묵으로도 통하고 언어로도 통하리.

此道元難狀 方之越彼空 大包沙界外 細入塵毛中
堅利金剛等 分明日月同 搜邊邊不得 深裡裡何窮
深邁滄滄海 高逾太碧穹 古今無始畢 塵刹沒西東
處聖非爲智 在凡不是蒙 頭頭皆現露 物物揔和融
最好孤庵下 時聞澗檜風 若人知此旨 宗說兩俱通

주 ◆매(邁) : 지나가다. 통과하다. ◆종설(宗說) : 이치(宗)와 언어(說).

형식 : 오언고시(五言古詩)
출전 : 월봉집(月峯集)

감상 시상은 참신한 맛이 적지만 그러나 구성력은 탄탄하다. 시정과 선지를 선리(禪理)가 압도하고 있다.
제17구와 제18구는 참신한 맛을 풍기는 구절이다.

자유자재(任運騰騰)

할 일을 모두 마친 사람이
저 허공을 훨훨 활보하네
안개와 연기에 막히지 않고
이 우주 안 어디에도 구속되지 않네
높고높아 누가 그와 견줄 것이며
멀고멀어 세상은 그를 따를 수 없네
기쁨은 그 끝이 없고
청한은 말로 다할 수 없네
기질은 호방하여 바다와 산을 누르고
마음은 드넓어 저 하늘에 치솟네
해진 누더기옷 봄 여름을 상관치 않고
한 개의 표주박은 이 산천 두루 밟았네
안에는 지혜로 눈부시지만
밖으로는 우매한 듯 보일 뿐이네
봄에는 천태산에서 노닐다가
가을이면 돌아와 축융봉에 눕네
솔가지 잡으며 골안개와 놀고
바위를 베고 누워 개울바람 즐기네
범의 굴과 마구니(악마)의 궁전을

종횡무진으로 누비고 다니네.

元來了事漢 濶步太虛空 不滯烟霞外 何拘寰宇中
高高誰得伴 逈逈世無同 快樂言無極 淸閑說不窮
氣豪輕海嶽 心廣壓靑穹 破衲經春夏 單瓢徧海東
內雖多智慧 外似甚愚蒙 春到遊台岳 秋來臥祝融
撫松嘲壑霧 枕石弄溪風 虎穴魔宮處 縱橫去路通

주 ◆임운등등(任運騰騰) : 자유자재로 걸림 없이 활동하다. ◆단표(單瓢) : 한 개의 표주박. ◆태악(台岳) : 天台山. ◆축융(祝融) : 祝融峯. ◆무(撫) : 어루만지다. ◆조(嘲) : 희롱하다.

형식 : 오언고시(五言古詩)
출전 : 월봉집(月峯集)

감상 깨달은 이의 자유로운 삶을 노래한 시.
시상의 흐름이 경쾌하고 무리한 데가 없다. 뭐니뭐니 해도 이 시에서의 절창은 마지막의 두 구절(제19 · 20구)이다.

백 척의 장대 끝에서(漸修)

백 척의 장대 끝에서 활보하며
천 길 절벽을 거침없이 거니네
그러나 또한 외다리를 건너는 것 같아
한 생각만 어긋나면 그것으로 끝장이네.

百尺竿頭能濶步 千尋峭壁善經行
又如獨木橋邊過 一念纔乖不保生

㈜ ◆선(善) : 아주 잘. ◆독목교(獨木橋) : 외나무 다리.

형식 : 칠언절구
출전 : 월봉집(月峯集)

감상 수준급에 속하는 선시다. 제1구와 제2구는 대단한 경지다. 몸소 깨달음을 체험한 사람만이 쓸 수 있는 그런 구절이다.

감도 없고 옴도 없고(沒量)

감도 없고 옴도 없고 처음 끝도 없으며
앞도 없고 뒤도 없고 또 중간도 없네
범부도 성인도 아니면서 범부와 성인 되니
여기에서 한 마음 일으키면 막혀 버리네.

無去無來無始終 非前非後亦非中
離凡離聖能凡聖 若欲奈何亦不通

형식 : 칠언절구
출전 : 월봉집(月峯集)

감상 '마음을 내지 말라'는 말은 순리를 거스르지 말라는 말이다. 깨달음이란 바로 이 순리의 흐름을 따를 줄 아는 지혜다.

무위자연 (無爲)

풀집에 홀로 앉아 적적하거니
기나긴 밤 푸른 하늘 무엇을 할 것인가
배고프면 먹고 피곤하면 잠자는 이것 이외에
나머지 삶은 그저 무위자연에 맡기리라.

寥寥獨坐茅菴靜 永夜淸霄何所爲
飢食困眠唯此外 終年竟歲任無爲

형식 : 칠언절구
출전 : 월봉집(月峯集)

감상 무위자연(無爲自然)적인 도인의 생활을 읊은 시다. 이런 유의 시로서는 어디 내놔도 손색은 없는 시다. 그러나 한 가지 개운찮은 느낌이 남는 것은 이 시의 제2구가 저 증도가(證道歌)의 한 구절이라는 점이다.

맑은 물 푸른 산을(自在)

맑은 물 푸른 산을 뜻 따라 노닐다가
어촌과 주막에서 한가롭게 누웠네
마의 궁전(魔宮) 범의 굴을 종횡무진하거니
천상과 인간에 견줄 이 없네.

綠水靑山從自適 漁村酒肆任閑遊
魔宮虎穴縱橫快 天上人間絶等流

형식 : 칠언절구
출전 : 월봉집(月峯集)

감상 기백이 펄펄 살아 있다. 시상의 변화도 좋다. 그러나 제4구가 좀 더 설명적이 아니었더라면 좋았을 것이다.

하늘은 높고높고(太平)

하늘은 높고높고 땅은 평탄하며
햇빛은 찬란하고 달빛은 맑네
이 태평소식을 그대는 아는가
만학천봉 솔바람이 빗소리를 내고 있네.

天自高高地自平 日光赫赫月光淸
太平消息君知否 萬壑松風帶雨聲

형식 : 칠언절구
출전 : 월봉집(月峯集)

감상 이 세상의 모든 것들은, 저 하루살이에서 물고기에 이르기까지 제각기 그들만이 가진 특성이 있다. 새는 하늘을 날지만 그러나 물 속에서 헤엄은 칠 수 없고, 물고기는 물 속에서 헤엄을 치지만 그러나 저 하늘을 날 수는 없다. 사물과 존재들이 가진 그 자신만의 특성, 그 특성대로 살아가는 것, 이것이야말로 무위자연적인(태평소식) 삶이 아니겠는가.

무적당 원수좌에게(寄無迹堂元首座)

나무사내 피리 불며 구름 속을 달리고
돌계집 가야금 타며 바다 위로 떠오네
이 가운데 얼굴 없는 늙은이 있어
입을 크게 벌리고 박장대소를 하네.

木人吹笛雲中走 石女彈琴海上來
箇裡有翁無面目 呵呵拊掌笑顏開

주 ◆부장(拊掌) : 拍掌. 손벽을 치다.

형식 : 칠언절구
출전 : 월봉집(月峯集)

감상 격외(格外)의 소식이 잘 드러나 있다. 제1・2구는 선(禪)의 직관적인 세계를, 제3・4구는 체험자인 작자 자신을 읊은 것이다.

이 한 구절(歎世浮譽)

내 가슴에 있는 이 한 구절
그대에게 읊어 주려 해도 불가능하네
그것이 도대체 무슨 글귀냐고 묻는다면
바람에 처마끝 풍경이 운다고 말하리.

也吾胸中有一句 爲君題詠最難形
吾師若問甚麽語 向道風搖殿角鈴

주 ◆향도(向道) : ~을 향해 말하다.

형식 : 칠언절구
출전 : 월봉집(月峯集)

감상 '내 가슴에 있는 이 한 구절' 속에서 구름이 가고 바람이 불고 봄이 오고 낙엽이 지나니……. 이것만을 소중히 간직한 채 그저 귀먹은 듯 눈먼 듯 이 한세상 살아가라.

형상 없는 물건 있어(奇元首座)

형상 없는 물건 있어 허공을 꿰뚫으니
천만 가지 것으로도 이와 견줄 수 없네
분명하고 명백하나 찾아보면 흔적 없고
아득하고 심오하나 지금 내 눈앞에 나타났네
달을 노래하고 바람을 읊조리는 이건 누군가
옷 입고 밥 먹는 이것 어찌 그가 아니리
이 가운데 일을 좀 더 듣고자 하는가
돌호랑이 울음소리에 산은 스스로 탄식하네.

有物無形貫太虛 千般萬種比難如
明明了了尋無迹 隱隱玄玄顯在余
詠月吟風何者是 着衣喫飯豈非渠
欲聞箇事喃喃說 石虎聲中山自噓

주 ◆허(噓) : 탄식하다.

형식 : 칠언율시
출전 : 월봉집(月峯集)

감상 구성력이 탄탄하고 시상에 박진감이 있다.
마지막 두 구절(제7・8구)이 묘한 감흥을 불러일으키고 있다.

오사에게(示悟師)

그대여, 불멸의 언어를 찾고 있는가
문자로 쓰면 이미 어긋나 버리나니
물밑 저 둥근 달 만지면 부서지고
거울 속 사람모습 잡아내어 올 수 없네
가고 눕는 이것은 현지(玄旨)요
먹고 입는 이것은 틀 밖의 수완이네
이것을 버리고 다시 더 깊은 뜻 찾으려는가
양지바른 곳에 앉아 아침햇살 찾지 말라.

吾師求我西來句　欲寫操孤已太違
潭底蟾光摩則失　鏡中人影捉來非
閑行困臥眞玄旨　飢食寒衣格外機
捨此更求端的意　當陽何別覓朝暉

㈜ ◆조고(操孤) : 글을 쓰다. ◆진현지(眞玄旨) : 진정한 玄旨. 玄旨는 깊은 뜻. ◆격외기(格外機) : 格外의 기틀. ◆당양(當陽) : 양지바름. ◆조휘(朝暉) : 아침햇살.

형식 : 칠언율시
출전 : 월봉집(月峯集)

감상 찾지 마라. 찾는 것은 '찾고 있는' 그 마음속에 있나니…….

할 일 끝낸 이 사람을(又)

할 일 끝낸 이 사람을 아는가 모르는가
푸른 산 저잣거리 발길 따라 노니네
성인의 초능력도 원치 않거니
삿된 마귀 독약음모인들 어찌 두려워하리
곳곳마다 서로 따르나 보기 어렵고
때때로 함께 가지만 그 흔적 없네
열반과 생사, 그 어디에도 구속되지 않고
왼종일 당당하여 가고 머무는 자취마저 없네.

了事凡夫知也否 青山紫陌任閑遊
不求聖賢神通力 豈怕邪魔敗毒謀
處處相隨難見得 時時共逐絶蹤由
涅槃生死偏何着 終日騰騰沒去留

주 ◆요사범부(了事凡夫) : 깨달음을 얻어 지극히 평범한 인간으로 되돌아온 사람. ◆종유(蹤由) : 縱跡.

형식 : 칠언율시
출전 : 월봉집(月峯集)

감상 득도한 이의 당당한 삶을 노래하고 있다.

응대사에게 (奉示膺大師)

슬프다 나고 죽음의 이 고통이여
억겁이 지나도록 멈출 기약이 없네
그러나 그대는 일찍부터
나고 죽음 벗어나는 이 공부 길 들어섰네
세상인연 산안개 피는 것 같고
목숨은 일었다 지는 물거품 같네
무명의 이 껍질 벗지 못하면
서방정토 길은 막혀 버리네
생각(분별심)의 이 장벽 뚫지 못하면
극락의 염원조차 부질없는 짓
만 권의 경전과 그 말씀들은
다만 이 그대 마음 밝히는 소리
사람마다 사람마다 '한 물건' 있어
넓고 넓어 허공을 감싸안았네
역력하고 분명히 여기 있으나
찾아보면 그 흔적은 전혀 없네
벽을 향해 마주 앉아 이 마음 보면
가에도, 중간에도, 그 어디에도 없네
모양과 형체가 없는 이것을

주인공이라 부르고 있나니
거둬들이면 이 티끌 속에 숨어 버리고
펼치면 온 우주에 가득 차네
소리 듣고 모양 보는 바로 이곳에
이것은 남김없이 드러나 있네.

哀哉生死苦 億劫孰能終 爲告膺師室 早修免死工
世緣如霧起 人命若泡空 未破無明殼 西邦路不通
禪心如未透 陀佛念無功 萬卷經論說 只言本地風
人人有一物 恢恢駕蒼穹 歷歷分明在 尋尋不見蹤
面壁回光照 無邊亦不中 沒形這箇事 喚作主人公
收則微塵隱 舒之法界充 聞聲見色處 全體現家翁

주 ◆응(膺) : 가슴. 여기서는 人名임. ◆서방로(西邦路) : 서방극락정토로. ◆타불념(陀佛念) : 阿彌陀佛 念佛. ◆본지풍(本地風) : 本地風光. ◆회회(恢恢) : 넓고 큰 모양.

형식 : 오언고시(五言古詩)
출전 : 월봉집(月峯集)

감상 제5구와 제6구가 좋다. 이 세상의 그 숱한 만남과 헤어짐은 마치 산안개 되어 오르듯 피어올랐다가는 때가 되면 흔적 없이 사라져 버린다. 그리고 이 목숨이란 저 물거품 같은 것. 꿈꾸지 마라. 부질없는 무지개의 꿈 더 이상 꾸지 말라.

나고 죽는 이 고통(述懷示衆)

나고 죽는 이 고통 벗고자 하면
그대 자신의 마음을 되돌아보라
처음엔 구름 속의 달과 같다가
나중엔 거울 속의 물체처럼 분명해지네
예와 지금 두루하거니 어찌 단절과 계속이 있으며
천지에 가득하거니 어찌 둥글고 모나기가 있으리
여섯 문(六門) 속 숨었다 나타나는 무형의 물건
깨달은 이들 그저 '본각황(本覺皇)'이라 일컬었네.

欲出四生苦趣央 切須返照自心王
初聞髣髴雲中月 終見分明鏡裡光
貫古通今何斷續 盈天塞地豈圓方
六門隱現無形物 佛祖强名本覺皇

주 ◆본각황(本覺皇) : 본래부터 깨달은 임금. '부처'를 지칭함.

형식 : 칠언율시
출전 : 월봉집(月峯集)

감상 제7구의 여섯 문(六門)이란 우리의 오관(五官)과 사유작용(思惟作用)을 말한다. 마음의 종횡무진한 작용을 읊고 있다.

무위진인(無位眞人)

여기 한 사람 있어
모습도 없고 이름도 없네
성씨조차 알 수 없거니
누구의 형제인지 어찌 알리
머무는 곳조차 일정치 않으니
고향인들 있을 리 없네
묘한 작용은 본래 갖추고
부사의한 능력도 타고났네

有人在於此 無相亦無名
不識姓氏者 誰知弟與兄
本無依住處 況有故鄕閉
妙用從來具 神功本自成

텅 빈 듯하나 분명하고
어두운 것 같으나 눈부시나니
성인도 되었다가 범부도 되었다가
더럽기도 했다가 깨끗기도 하거니
늙었다고 어찌 추할 것이며
세월이 가도 귀먹거나 눈멀지 않네

그 덕은 천지의 덕을 능가하고
그 밝기는 해와 달을 앞서 버렸네

似虛還歷歷 如暗復晶晶
能聖亦能凡 爲濁又爲淸
年深那醜陋 歲去豈聾盲
德勝乾坤德 明逾日月明

가슴에는 만법이 다 들어 있고
눈 속에는 저 하늘이 질푸르렀네
성인을 능히 친구로 삼고
사생을 자손으로 삼았나니
돌아서면 이 대지가 수축되고
손을 들면 사왕천이 잡히네
가늘어서 저 티끌 속에 숨을 수 있고
드넓어서 온 우주에 가득 넘치네

胸中藏萬法 眼裡碧瞳睛
朋友惟三聖 兒孫是四生
旋踵大地縮 擧手四天擎
細隱秋毫末 廓周刹海盈

수시로 곳을 따라 역력히 드러나며

곳곳마다 종횡무진 누비나니
천상(天上)의 기쁨에 취해 있다가
잠깐 사이 지옥의 고통에 신음하네
어느 영웅인들 그를 당할 것이며
부귀공명 그 누가 그와 견주리
땅이 갈라져도 동요하지 않고
하늘이 무너져도 눈 깜짝 않네

時時披露現 處處徧縱橫
頃刻昇天樂 須臾入獄喤
英雄獨出類 富貴孰能爭
地坼猶爲靜 天崩也不驚

소리쳐 부르면 비바람 어지러이 일고
꾸짖으면 우레와 번갯불 급히 달리네
이 우주를 마음대로 가고 오면서
깨달음의 이 성안에 넉넉히 노니나니
밝기는 거울 속의 물체와 같고
평등하긴 저울의 눈금과 같네
경계에 부딪히면 강에 비친 달이요
인연을 따름은 빈 동굴과 같네

喧呼風雨亂 叱叱疾雷轟
往復河沙界 優遊大覺城

昭然如鏡像 平等若權衡
觸境如江月 隨緣似虛鑛

부귀영화 겨자씨같이 보잘것없고
명예와 이익을 기러기털처럼 가볍게 보니
무생곡을 소리 높이 부르며
황혼녘에 구멍 없는 피리를 부네
청빈하기 모래언덕의 낚시꾼이요
피곤한 삶은 밭 가는 저 농부와 같네
곳을 따라 마음은 편안하며
때를 쫓아 그 몸은 태평하기 그지없네

榮華芥子小 聲利鴻毛輕
快唱無生曲 晚吹無孔笙
清窮沙岸釣 困苦隴頭耕
隨處心懷隱 逐時身世平

저 바위 물가에서 한 수를 읊고
높은 누에 기대어 또 한 가락을 뽑네
뿌리 없는 채소를 씹어먹고
국물 없는 국을 훌훌 마시네
이 사람의 초능력은 예측불허요
변화의 작용 또한 말할 수 없으니

이승에선 주인역을 맡다가
저세상에 가서는 하인역을 맡네

閑吟尋石泉 朗詠倚高夢
舌嚼無根菜 口呑不濕羹
神通猶不測 變化最難評
此世張三主 他生李四伻

부처와 조사가 되었다가
임금과 재상이 되었다가
능라 비단옷을 입고 으스대다가
초라한 거지모습 되었다가
수행자의 무리로 나타났다가
삽시간에 하급관리로 둔갑해 버리나니
술 취해서 이놈저놈 욕을 하다가
향을 피워 불전에 예배드리네

或爲諸佛祖 或作王候卿
能作錦衣士 能爲貧窘氓
忽爲諸釋輩 飜作庶官令
醉酒罵人惡 燒香禮佛誠

잠잠하기 물밑의 고기와 같고

움직이면 버들 위의 꾀꼬리 되네
색깔과 색깔은 청백이 분명하며
소리와 소리는 추정(麤精)이 선명하네
천 가지 일도 능히 만들어 내고
만 가지 사업도 잘 경영하니
이 속세에 빠져 있는 듯하지만
그러나 저 하늘나라에 노니는 것 같네

潛爲水底魚 動作柳枝鸎
色色分靑白 聲聲辨麤精
千盤能造作 萬種善經營
彷彿遊塵世 依俙戲玉京

멀고멀어라 아득히 멀어
높고높아라 저 높이 솟구쳐라
그 생각 드넓어 그 끝이 없고
그 의지 드높아서 엿볼 수 없네
위대하다 이 노인장이여
만겁에 그 기백은 영웅호걸 분명커니
아서라 도대체 그대는 누구인가
생각과 느낌으로는 도무지 알 수가 없네.

悠悠悠曠遠 鬱鬱崢嶸
蕩蕩思何極 巍巍憶轉宏

偉哉這老漢 萬劫氣豪英
咄咄何爲者 難容思慮情

주 ◆방(閍) : 마을입구의 門. ◆정정(晶晶) : 번쩍번쩍 빛나는 모양. ◆추루(醜陋) : 추잡하고 비루함. ◆사생(四生) : 胎卵濕化의 四生. ◆선종(旋踵) : 돌아서다. 물러나다. ◆사천(四天) : 四天王天. ◆황(喤) : 우는 소리. ◆훤호(喧呼) : 떠들며 부름. ◆질질(叱叱) : 꾸짖다. ◆권형(權衡) : 저울추와 저울대. 轉하여 그저 '저울'. ◆무공생(無孔笙) : 無孔笛. ◆농두(隴頭) : 밭두둑. '頭'는 어조사. ◆팽(伻) : 심부름꾼. ◆군(窘) : 군색하다. ◆추정(麤精) : 거친 소리와 고운 소리. ◆옥경(玉京) : 옥황상제가 사는 하늘의 궁전.

형식 : 고체시(古體詩)
출전 : 월봉집(月峯集)

감상 '무위진인(無位眞人)'이란 '우리의 본성'을 일컫는 말로서 당(唐)의 선사 임제(臨濟)가 맨 처음 이 말을 사용했다.
여기 이 시에서는 불가사의한 '무위진인'의 작용을 종횡무진으로 읊어내고 있다. 번갯불보다 더 예리한 선지(禪智)가 시구의 도처에서 번쩍이고 있다. 깨달은 이가 아니면 도저히 쓸 수 없는 시이다. 그러나 그 시상은 함허의 〈금강경오가해 설의 서문(金剛經五家解說誼序文)〉에 근거를 두고 있다.

백암성총(栢庵性聰, 1631-1700) … 26편

가을 밤(秋懷)

침상 밑 풀벌레 우짖는 소리
밤이 깊도록 끊일 줄 모르네
쓸쓸한 심정, 잠들지 못하고
창에 기대어 소나무에 걸린 달을 바라보네.

床下草忠鳴 夜深猶未歇
悲酸不得眠 倚戶看松月

[주] ◆비산(悲酸) : 쓸쓸하고 슬프다.

형식 : 오언절구
출전 : 백암집(栢庵集)

[감상] 가을 밤의 쓸쓸한 시정이 한 폭의 그림같이 떠오르고 있다.

백운산인에게(贈白雲山人)

그대 백운산에 있으니
흰구름은 정처가 없네
올 때는 흰구름 더불어 왔다가
갈 때는 흰구름 따라가네.

君在白雲山 白雲無定處
來往白雲來 去逐白雲去

형식 : 오언절구
출전 : 백암집(栢庵集)

감상 백운산인(白雲山人)에게 주는 시.
흰구름 더불어 왔다가 흰구름 따라가는 인생…….
잡지 마라, 붙잡지 마라. 그 소매 끝 더 이상 붙잡지 마라.

암자는(題暉上人房)

암자는 청계 위에 있으니
나무 사이로 안개는 피어나네
유인은 적적하여 일이 없으니
왼종일 푸른 산과 마주했네.

寺在淸溪上 烟生碧樹間
幽人寂無事 終日對靑山

주 ◆유인(幽人) : 이름을 감추고 숨어사는 사람.

형식 : 오언절구
출전 : 백암집(栢庵集)

감상 그윽한 한 폭의 동양화다. 아니 석도(石濤)의 선화(禪畵)다. 제3구와 제4구가 돋보인다.

물가에서 (幽居二)

물가에서 게으르게 채소를 삶고
낮잠 뒤에 차를 짜게 달이네
선심은 그 맑기 물과 같거니
굳이 경전을 읽을 필요가 없네.

嬾煮澗邊蔌 濃煎睡後茶
禪心淸似水 不必誦恒沙

주 ◆난(嬾) : 게으르다. ◆속(蔌) : 채소, 푸성귀. ◆농(濃) : 짙다. 맛이 진하다. ◆송항사(誦恒沙) : 여기서는 '많은 책을 읽는 것'.

형식 : 오언절구
출전 : 백암집(栢庵集)

감상 그 시상이 다소 의도적이다. 그리고 너무 깨끗한 곳에만 머물고 있어 작품은 완전성을 결여하고 있다.

화첩에 부침(題畵帖三)

회나무 울창한 숲속,
바위와 바위 사이 옛 절이 있네
호승은 선정에 들었는데
꽃비는 어지러이 바람을 따라가네.

鬱鬱千株檜 岩岩一梵宮
胡僧坐入定 花雨亂隨風

형식 : 오언절구
출전 : 백암집(栢庵集)

감상 그 내용으로 봐서 아마도 회암사(檜巖寺)의 시가 아닌가 싶다. 여기 호승(胡僧)은 인도에서 온 지공(指空)화상이 아닌지…….

봄날(春晴)

먼 산 가랑비 걷히고
높은 창엔 가는 바람 불어오네
상에 기대어 잠깐 조나니
남은 꿈은 새소리 안에 있네.

遠岫收微雨 高窓引細風
小眠仍隱几 殘夢鳥聲中

주 ◆소면(小眠) : 잠깐 자는 잠(?).

형식 : 오언절구
출전 : 백암집(栢庵集)

감상 봄날의 한 순간을 읊은 시. 시정이 절묘하기 이를 데 없다. 보라. 제4구를 보라. 기가 막히게 좋지 않은가.

가을 밤 빗소리(秋夜聽雨)

달은 지고 가을산은 비었는데
우수수 잎 지는 나뭇가지
외로운 등불만이 잠 못 드는데
개울물에 섞이는 빗소리 듣네.

月黑秋山空 蕭蕭葉下樹
孤燈照不眠 聽灑寒溪雨

형식 : 오언절구
출전 : 백암집(栢庵集)

감상 가을 밤 빗소리 들으며 읊은 시. 간결한 시어와 쓸쓸한 시정이 흐르고 있다.

암사에게 (次庵師韻一)

무성한 나무 사이 매미울음 급하고
푸른 산 저무는 비 이따금 지나가네
나그네 마음 그윽하고 고요하나니
대침상에 모로 누워 고서를 보네.

碧樹蟬鳴急 青山暮雨疎
道人幽寂意 竹榻臥看書

주 ◆탑(榻) : 걸상, 긴 의자.

형식 : 오언절구
출전 : 백암집(栢庵集)

감상 깊은 골에 숨어사는 은자(隱者)의 시.

단오절(追次機師來韻)

벌써 단오절이 되었는가
석류꽃 피는 지금은 오월이네
그대를 생각하며 누에 기대었나니
산비는 가늘기가 실낱 같네.

已屆天中節 榴花五月時
思君倚樓柱 山雨細如絲

주 ◆계(屆) : 이르다. 다다르다. ◆천중절(天中節) : 天中佳節. 오월 단오.
◆유화(榴花) : 석류꽃.

형식 : 오언절구
출전 : 백암집(栢庵集)

감상 섬세하기 이를 데 없는 시정이 전편을 적시고 있다.
제4구를 보라. 여성의 감성보다 더 섬세하다.

최생원에게(次崔生員韻)

천 봉우리 험준하게 집을 싸안고
개울 따라 한 가닥 오솔길은 깊었네
그대와 헤어질 때 다만 세 번 웃나니
어찌 다시 상심할 필요 있으리.

擁閣千峯峻 沿溪一逕深
臨分但三笑 何用更傷心

주 ◆임분(臨分) : 이별할 때.

형식 : 오언절구
출전 : 백암집(栢庵集)

감상 '삼소(三笑)'란 '호계삼소(虎溪三笑)'에서 빌려 온 말인 듯. 담담한 이별의 시.

해 뜰 무렵(卽事)

해 뜰 무렵 대나무 창문을 여니
아침 해는 차고 맑게 눈부시어라
비바람 어젯밤에 많이 쳤는지
온 산에는 꽃잎 져 흩어졌어라.

平明啓竹戶 旭日生淸暉
風雨夜來急 滿山花盡飛

주 ◆평명(平明) : 해 뜰 무렵, 새벽. ◆욱일(旭日) : 아침 해.

형식 : 오언절구
출전 : 백암집(栢庵集)

감상 봄잠이 깊어 어느덧 새벽인가
곳곳에 새 우짖는 소리
지난 밤 비바람에
꽃잎들 모두 졌네.
(春眠不覺曉 處處啼鳥聲 夜來風雨多 花落知多少)

— 맹호연(孟浩然)

산중(山中)

높고 낮은 봉우리 푸른 구름 가늘게 흘러가고
그윽한 바위, 물방울 맺혀 차고차갑네
나그네 가자 사립문은 반만 닫히어
새 우는 소리에 남은 꿈이 깨이네.

亂岫晴雲細細 幽岩滴溜冷冷
柴門客去半掩 鳥喚殘夢初醒

주 ◆유(溜) : 물방울.

형식 : 육언절구
출전 : 백암집(栢庵集)

감상 산중의 풍경을 스케치하듯 그려낸 작품. '세세(細細)'와 '냉랭(冷冷)', '반엄(半掩)'과 '초성(初醒)'의 대칭이 재미있다.

저무는 봄(途中春暮)

꽃잎은 져 천 조각 만 조각이여
버들개지 늘어져 길게 가늘게
쓸쓸히 하늘가에 떠도는 길손
애타는 이 심정 견딜 수 없네.

落花千片萬片 垂柳長條短條
怊悵天涯獨客 不堪對此魂消

주 ◆소(消) : 흩어지다.

형식 : 육언절구
출전 : 백암집(栢庵集)

감상 저무는 봄의 정취와 외로운 길손의 심정이 멋진 대칭을 이루고 있다.

가을비 (山中秋雨)

잎 진 숲 비바람은 구멍마다 울부짖고
밤의 추위에 가을은 이미 깊었네
문 닫고 누더기옷 쓴 채 향을 사르고 앉았나니
한 줄기 푸른 연기는 백호(白毫)를 감고 있네.

風雨空林萬竅號 晩寒方覺已秋高
杜門擁衲燒香坐 一縷靑烟繞白毫

주 ◆규(竅) : 구멍. ◆누(縷) : 한 줄기, 한 가닥. ◆백호(白毫) : 두 눈썹 사이에 난 길고 흰 털. 상서로움의 상징으로서 깨달은 이에게 흔히 난다는 말이 있다.

형식 : 칠언절구
출전 : 백암집(栢庵集)

감상 마치 나한도(羅漢圖)를 보는 듯하다. 흰 눈썹이 얼굴 전체를 감싸고 있는 나한님을 보는 듯하다. 시상이 깔끔하고 신비롭다.

늦가을(秋晩出山偶吟)

옷깃 날리며 지팡이 짚고 돌계단 내려가니
대숲 사이 작은 길은 개울 쪽으로 들어가네
붉은 나무 푸른 물에 어리는 걸 보다가
해가 서쪽으로 기우는 줄 미처 몰랐네.

拂衲挑筇下石梯 竹邊微進入幽溪
貪看紅樹綠潭映 緩步不知山日西

주 ◆영(映) : (물에) 비치다.

형식 : 칠언절구
출전 : 백암집(栢庵集)

감상 아주 탐미적이다. 어느 인상주의 화가의 작품을 보는 것 같다.

인사에게(寄印師)

이십 년 전에 우리 살던 곳
오늘은 내 누구 더불어 함께 걸으리
누각 아래 저 개울물 소리만이
그 날 그 소리로 잔잔하게 흐르고 있네.

二十年前捿隱地 故人誰與伴經行
只應樓下淸溪水 依舊潺湲一様聲

주 ◆고인(故人) : ① 죽은 사람. ② 벗에 대하여 자기 자신을 일컫는 말. 여기서는 ②의 뜻인 듯. ◆잔원(潺湲) : 물이 졸졸 흐르다.

형식 : 칠언절구
출전 : 백암집(栢庵集)

감상 세월이 덧없이 흘러 그 날 그 사람은 가고 없지만,
그 날의 그 성대한 풍광은 다 사라졌지만, 여기 물소리가 있네.
그 날의 그 물소리가 흐르고 있네.

범패 소리 들으며(夜聞梵音贈彩英魚山)

빈 산 고요한 밤 도심은 맑은데
만뢰는 고요하고 달만이 밝네
이 밤, 깊은 잠에 취한 사람들
허공 밟는 하늘의 소리 누가 들으리.

空山靜夜道心淸 萬籟俱沈一月明
無限世間昏睡輩 孰聆天外步虛聲

주 ◆도심(道心) : 道 닦는 수행자의 마음. 禪心. ◆만뢰(萬籟) : 온갖 소리. ◆숙(孰) : 누가. ◆영(聆) : 귀로 소리를 듣다. 깨닫다.

형식 : 칠언절구
출전 : 백암집(栢庵集)

감상 범패(梵唄) 소리를 들으며 읊은 시. 범패의 장중한 음이 제4구를 통하여 선명하게 시각화되고 있다.

산꽃은 비단 같고(上巳日溪行)

산꽃은 비단 같고 물은 쪽빛 띠었으니
오늘은 바로 이 삼월 삼짇날이네
유인은 아무 일 없다 말하지 말라
개울의 북쪽으로 남쪽으로 봄맞이에 여념 없네.

山花如錦水如藍 政是風光三月三
莫道幽人無一事 賞春溪北又溪南

주 ◆정(政) : 正. 바로 이.

형식 : 칠언절구
출전 : 백암집(栢庵集)

감상 삼월 삼짇날은 강남 갔던 제비가 돌아온다는 날로서 우리 민족 고유의 명절 가운데 하나다. 이날 사람들은 진달래꽃으로 전을 부쳐 먹으며 산으로 들로 봄맞이한다. 여기 그 봄맞이에 여념이 없는 은자의 모습이 있다.

저무는 봄(暮春)

작은 창, 그윽한 봉우리, 포단 위에 앉았나니
대숲 사이 솔문은 왼종일 닫혀 있네
오는 이 하나 없이 봄은 저물어 가나니
배꽃에 바람 일자 흰 눈 펄펄 날리네.

小窓岑寂坐蒲團 竹裡松門盡日關
客又不來春又暮 梨花風起雪漫漫

주 ◆포단(蒲團) : 좌선할 때 앉는 대나무 의자의 일종. ◆만만(漫漫) : 여기서는 배꽃이 눈발처럼 '느릿느릿 날리는 모양'.

형식 : 칠언절구
출전 : 백암집(栢庵集)

감상 저문 봄날의 정취.
사람의 발그림자 없는 산속의 어느 집 뜰, 배꽃이 눈 오듯 펄펄 내리고 있다. 집주인의 마음이 흰 눈이 되어 펄펄 날리고 있다.

어부(漁父)

고기 잡아 술과 바꾸려 저 마을에 갔다가
조각배에 돌아오며 취해 노래부르네
단풍잎 억새풀에 가을빛도 이우는데
이 강물 찬 빗발이 도롱이를 적시네.

寄魚換酒渡頭沙 歸臥扁舟醉放歌
楓葉荻花秋色老 一江寒雨滿漁蓑

주 ◆적화(荻花) : 물억새꽃. ◆사(蓑) : 도롱이. 짚 따위로 엮어 만든 비옷(雨衣).

형식 : 칠언절구
출전 : 백암집(栢庵集)

감상 어부의 태평한 삶을 그려내고 있다. 그러나 그 태평한 삶 속에도 알지 못할 수심이 있나니, 제3구와 제4구에서 우리는 어부의 수심을 느낄 수 있다. 어부가 아니라 우리 자신의 것으로…….

봄을 보내며(暮春偶吟)

위에는 청산이요 아래는 옥빛 개울
암자는 흰구름 속에 아득히 있네
봄은 이미 다 가는데 찾아오는 이 없으니
홀로 꽃을 따며 돌계단에 앉아 있네.

上是青山下碧溪　小庵分與白雲捿
一春已過無人到　獨採林花坐石梯

형식 : 칠언절구
출전 : 백암집(栢庵集)

감상 이것은 분명 임을 기다리는 한국 여인의 애절한 심정을 읊은 시다.
제4구를 보라. 홀로 꽃을 따며 돌계단에 하염없이 앉아 임을 기다리는 이 간절한 마음을 보라.

푸른 등 불빛 속에(秋夜旅懷)

푸른 등 불빛 속에 꿈은 돌아오는데
나그네 수심은 머물 줄을 모르네
뜰에는 낙엽이 져 그 깊이 한 길인데
새벽바람은 여기 불어오고 불어가네.

靑燈睒睒夢初回 客裡愁懷不自裁
黃葉落庭深一尺 曉風吹去又吹來

주 ◆섬섬(睒睒) : 번쩍번쩍 빛나다. ◆자재(自裁) : 自殺. 여기서는 '스스로 억누르다' 정도의 뜻.

형식 : 칠언절구
출전 : 백암집(栢庵集)

감상 쓸쓸하여라. 너무나 쓸쓸하여라. 낙엽은 져 그 깊이 한 길인 이 뜨락에 바람만이 불어오고 불어가는구나.

옛 친구 무덤 지나가며(過故人若堂)

옛 친구들 하나둘 사라져 가니
흐르는 세월은 잠시도 머물지 않네
내 오늘 옛 친구의 무덤 옆을 지나가노니
저녁연기 성근 빗발에 풀만 키로 푸르네.

無端故友漸凋零 却恨流光不暫停
今日獨歸墳下路 暮烟疎雨草青青

주 ◆조령(凋零) : 시들어 떨어지다. ◆유광(流光) : 흘러가는 세월.

형식 : 칠언절구
출전 : 백암집(栢庵集)

감상 옛 친구의 무덤 곁을 지나가며 읊은 시. 그냥 나오는 대로 쓴 시이지만 무리가 없다. 그것은 시어의 선택에 앞서 시정이 넘쳐흐르고 있기 때문이다.

고향을 생각하며(雨夜憶故山)

사위는 등불 밑 귀뚜라미 소리 들으며
앉은 채 새벽을 기다리건만 날은 아직 새지 않네
머나먼 고향생각 밀리나니 오늘 밤 비에
뜰에 가득 낙엽은 가을소리로 붐비네.

燈殘四壁聽蛩鳴 坐待寒霄不肯明
遙想故山今夜雨 滿庭黃葉鬧秋聲

주 ◆공(蛩) : 귀뚜라미. ◆불긍명(不肯明) : 좀처럼 날이 새려 하지 않다(?).

형식 : 칠언절구
출전 : 백암집(栢庵集)

감상 가을 밤 비 오는 소리를 들어 보라. 누군들 고향생각 나지 않겠는가.
백암대사 성총의 시는 하나같이 너무 감상적이다. 그런데 아슬아슬하게 시가 되는 것이 참 희한한 일이다.

봄(春興)

실비 갠 삼월의 어느 날
복사꽃 비단보다 더 붉고 버들은 실오라기 같네
이 봄의 무한한 정취
아아, 산새가 아니면 누구에게 말해 주리.

細雨初晴三月時 桃花勝錦柳如絲
一春無限好消息 不有幽禽說向誰

형식 : 칠언절구
출전 : 백암집(栢庵集)

감상 제4구로 하여 시 전체가 되살아나고 있다. 이 제4구가 아니었더라면 시가 되지 못했을 것이다.

회암사에서(檜巖廢寺)

백 겁의 세월은 한 순간이요
금모래 정토땅은 이미 잡풀로 무성하네
이끼 낀 회랑문 굳게 닫혔고
낙엽 쌓인 우물은 물이 말라 버렸네
나옹은 정말 위대했던 스승이요
목은(牧隱)의 문장 또한 속되지 않네
석양에 홀로 서서 이저 생각에 젖나니
찬 연기 높은 나무에 갈가마귀 우짖네.

光陰百劫一須臾 淨地全沙已草蕪
苔雜回廊門不掩 葉塡香井水還枯
懶翁功業眞開士 牧老文章非俗儒
獨立斜陽無限思 冷烟喬木有啼烏

주 ◆무(蕪) : 잡초가 우거지다. ◆전(塡) : 메우다. 채우다. ◆나옹(懶翁) : 懶翁惠勤. 회암사의 중흥조. ◆목로(牧老) : 牧隱李穡. 고려 말의 대학자. ◆속유(俗儒) : 세속의 평범한 선비. ◆교목(喬木) : 높이 우뚝 솟은 나무.

형식 : 칠언절구
출전 : 백암집(栢庵集)

감상 나옹의 선풍으로 찬란했던 시절. 회암사(檜巖寺), 그 장중하던 옛 가람은 이제 폐허가 되었다. 지금은 군대의 주둔지로 변해 버리고 말았다. 자갈 채취장으로 변해 버리고 말았다.

동계경일(東溪敬一, 1636－1695) … 3편

두륜산승 지명에게(贈頭流僧智明)

묻노니 대사는 어디 사시나
저 두륜산 제일봉이네
내일 아침이면 문득 가 버릴 거니
흰구름 겹겹 싸인 저 속으로.

笑問師何住 頭流第一峯
明朝忽歸去 白雲重復重

주 ◆두류(頭流) : 頭輪山. 이 산에 大衆寺가 있음. ◆명조(明朝) : 내일 아침.

형식 : 오언절구
출전 : 동계집(東溪集)

감상 서산풍(西山風)의 시다.
이백(李白)과 어깨를 겨눌 만큼 그 시상이 깔끔하다. 제4구 '중복중(重復重)'으로 하여 이 시는 무한한 여운을 남기고 있다.

김생에게(贈金生)

청산엔 노을빛 가득하고
옛 절엔 가을색 깊네
바람 난간에서 한잔 술을 대하나니
그대 홍진 속의 벽동객이여.

青山落日滿 古寺多秋色
一尊對風軒 紅塵碧洞客

주 ◆준(尊) : 술잔(酒器). ◆홍진(紅塵) : 어지러운 이 속세. ◆벽동(碧洞) : 푸른 산 깊은 골짜기. 여기서의 '紅塵碧洞客'이란 '이 세상에 살면서 때묻지 않은 사람', '이 속세에 숨어사는 隱者인 듯.

형식 : 오언절구
출전 : 동계집(東溪集)

감상 시정이 무르익을 대로 무르익었다.
제1구 '청산(青山)'과 제2구 '고사(古寺)', 그리고 '낙일만(落日滿)'과 '다추색(多秋色)'이 넉넉한 대칭을 이루고 있다. 제3구의 무상감(無常感)은 제4구를 통하여 힘있게 마무리짓고 있다.

임종게(臨終偈)

지혜의 눈은 언제나 열려 있으니
나고 죽음과는 전혀 상관이 없네
허공엔 맑은 바람 불고 있나니
만고에 살아 있는 이 소식이여.

常開頂門眼 不關生死路
淸風吹太虛 萬古活一道

형식 : 오언절구
출전 : 동계집(東溪集)

감상 수준 높은 임종게다.
죽음 앞에서 적어도 이 정도의 심경은 되어야 선자(禪子)답지 않겠는가.
제3구 '취(吹)'와 제4구 '활(活)'이 기가 막힌 대칭을 이루고 있다.

월저도안(月渚道安, 1638-1715) … 4편

만사(挽詞)

덧없는 이 꿈속에 들어
어언 예순 번의 가을이 지나갔네
드넓은 이 천지 밖에
지금도 예처럼 물은 길게 흐르네.

一入邯鄲夢 光陰六十秋
浩然天地外 今古水長流

주 ◆한단몽(邯鄲夢) : 邯鄲之夢. 盧生이란 사람이 邯鄲에서 道士 呂翁의 베개를 빌려 잠깐 눈을 붙인 사이에 부귀영화의 꿈을 꾼 故事. 轉하여 부귀공명의 덧없음을 비유하는 말이 됨. ◆호연(浩然) : 마음이 넓고 뜻이 큰 모양. 여기서는 그저 '크고 넓은 모양'.

형식 : 오언절구
출전 : 월저당대사집(月渚堂大師集)

감상 덧없이 지나가는 이 인생무상의 흐름이여.
그러나 물만은 변함없이 길게 흐르나니…….
변해 가는 것 속에서 길이 변하지 않는 것이여.

두견이(杜鵑)

빈 산 달 밝은 밤에
깊은 숲 가지 따라 울고 있는가
새벽창 고요한데 그 소리 다가와
가지가지 피 흘려 꽃잎은 지고 있네.

楚天明月空山夜 啼在深林第幾枝
聲送曉窓人靜處 血流春樹落花時

형식 : 칠언절구
출전 : 월저당대사집(月渚堂大師集)

감상 두견이의 울음소리, 그 피맺힌 한(恨)을 가지마다 붉게 피는 꽃송이로 승화시키고 있다. 평범한 시정에서 출발하여 비범한 시상으로 끝맺고 있다.

소나무(庭松)

그 누가 뜰가에 묘목을 심어
나무는 고목 되어 용의 비늘 돋았네
비바람 우레 치는 날 잎은 푸르고
눈서리 치는 밤 추운 가지 늘어지네
학이 발돋움하여 이슬 맺힌 가지 휘어진 뒤
중은 문을 열고 눈에 덮인 그 모습 보네
바람 부는 밤 밝은 달 아래
저것이 파도 소리인가, 거문고 소리인가.

著書誰種此庭邊 樹老龍鱗月幾年
窓葉森森雷雨日 寒枝落落雪霜天
鶴翹露滴枝飜後 僧看門開雪滿前
最好月明風拂夜 一疑溟浪一牙絃

㈜ ◆월(月) : 세월. ◆삼삼(森森) : 소나무 잎이 빽빽하게 무성한 모양. ◆교(翹) : 발돋음하다. ◆명랑(溟浪) : 물결, 파도.

형식 : 칠언율시
출전 : 월저당대사집(月渚堂大師集)

감상 온갖 풍상을 견디며 자란 저 노송(老松)의 모습을 읊고 있다. 제8구가 절창이다.

임종게(臨終偈)

뜬구름 자체는 본래 없는 것이니
본래 없는 것은 이 저 허공이네
저 허공 속에 구름은 일었다 사라지나
일었다 사라지는 이 역시 본래 없는 것이네.

浮雲自體本來空 本來空是太虛空
太虛空中雲起滅 起滅無從本來空

형식 : 칠언절구
출전 : 월저당대사집(月渚堂大師集)

감상 다소 논리적인 느낌이 드나 별 무리 없는 임종의 시다. 이 정도로 임종의 시를 남기려면 적어도 뼈아픈 수행의 날이 없고서는 불가능하다.

풍계명찰(楓溪明察, 1640-1708) … 6편

지팡이 둘러메고(次李秀才敬肅回文)

지팡이 둘러메고 바람같이 가나니
연연한 정과 뜻에 눈은 멀리를 보네
푸른색 멀리 길게 구름은 아득하고
저녁빛 추운 산 옆, 길은 까마득히 이어지네
푸른 연기 찬 그림자 산 앞의 암자여
흰 눈 남은 소리 물 위의 다리여
달빛 기울 때 꿈이 돌아오는 밤이요
마음이 향하는 곳, 향연기는 스러지네.

輕挑杖舃下飄飄 脈脈情意眼送遙
淸色遠連雲杳杳 暮光寒挾路迢迢
靑煙冷影山前寺 白雲殘聲水上橋
明月落時歸夢夜 傾心向處篆香消

㊟ ◆석(舃) : 바닥이 겹으로 된 신발. ◆맥맥(脈脈) : 끊이지 않고 이어지는 모양. ◆협로(挾路) : 산의 옆을 끼고 도는 길.

형식 : 칠언절구
출전 : 풍계집(楓溪集)

감상 벗을 보내며 읊은 시. 시상은 넘치고 시정이 깔끔하다.

한선전에게 (次韓宣傳)

청량산 빛은 장공에 뻗었고
천상의 은하는 꿈속에 드네
사오 년 간 나그네 떠돌이다가
봄바람 속에 이제 노선옹을 보네.

青凉山色亘長空 天上銀河入夢中
四五年來爲客地 春風今見老仙翁

주 ◆긍(亘) : 뻗치다. ◆노선옹(老仙翁) : 늙은 신선.

형식 : 칠언절구
출전 : 풍계집(楓溪集)

감상 선시(禪詩)면서 동시에 선시(仙詩). 제2구가 좋다.

정광암(定光庵)

불전에 향연기 끊기고
차를 달이는 사람도 없네
홀로 바위에 누웠나니
달빛 어린 숲에서 소쩍새 우네.

香龕無篆影 茶臼沒人隨
獨臥石床上 月林啼子規

주 ◆감(龕) : 감실. 불상을 안치하는 佛壇. ◆다구(茶臼) : 차를 가는 맷돌.

형식 : 오언절구
출전 : 풍계집(楓溪集)

감상 폐허의 암자, 그 쓸쓸한 정경이 성큼 다가온다.

미타사(彌陀寺)

파평동 속에 한 봄이 지나가나니
상에 기대어 읊조리다가 모자는 기울었네
십릿골 붉은 안개는 무르녹아 맺히고
온 산엔 여기저기 두견화꽃 피었네.

坡平洞裏一春過 據案吟詩衲帽斜
十里紅霞濃欲滴 滿山渾是杜鵑花

주 ◆거안(據案) : 책상에 기대다. ◆혼(渾) : 전체, 모두.

형식 : 칠언절구
출전 : 풍계집(楓溪集)

감상 탐미적인 시정이 무르녹고 있다. 제2구의 '모자(帽)'란 말이 좀 이상하다. 선승이 도대체 무슨 모자를 썼단 말인가?

묘운암(妙雲庵)

향로에는 향연기 가물거리고
바람 멎은 불전에 낮잠은 기네
꾀꼬리 울음 속 꽃은 지고 봄은 가나니
뜰은 가득 붉고 푸른데 먼 노을이 지네.

篆烟飛上慱山香 金殿風停午睡長
花落鸎啼春欲老 滿庭紅綠近斜陽

주 ◆박산(慱山) : 慱山爐. 산봉우리 모양의 향로. ◆금전(金殿) : 법당, 대웅전. ◆앵(鸎) : '鶯'과 같은 글자. 꾀꼬리.

형식 : 칠언절구
출전 : 풍계집(楓溪集)

감상 목어를 두드리다 / 졸음에 겨워
고운 상좌아이도 / 잠이 들었다
부처님은 말이 없이 / 웃으시는데
서역 만리길 / 눈부신 노을 아래
모란이 진다.

— 조지훈의 〈고사(古寺)〉

신륵사(神勒寺)

옛 탑은 바위에 우뚝 서 있고
연하(煙霞)는 처마와 누각에 깊네
저 구름가 봉우리에 학은 날아가고
달이 걸린 누대에 사람은 기대었네
피리 소리 쓸쓸한 강의 밤이요
천 산에는 잎 지는 가을이네
외로운 배여, 어느 곳의 길손인가
마름꽃 피는 물가에 닻줄을 매네.

寶塔層岩畔 煙霞梵閣幽 鶴歸雲際峀 人倚月邊樓
一笛空江夜 千山落木秋 孤舟何處客 繫纜白蘋洲

주 ◆연하(煙霞) : 연기와 안개(산이나 강에 끼는). ◆수(峀) : '岫'자와 같은 글자. 산봉우리. ◆계람(繫纜) : 닻줄을 매다. ◆백빈주(白蘋洲) : 흰 마름꽃이 피는 물가 또는 작은 섬.

형식 : 오언율시
출전 : 풍계집(楓溪集)

감상 남한강변 여주 신륵사에서 읊은 시. 서정적인 분위기가 강 안개처럼 흐르고 있다.

백우명안(百愚明眼, 1646-1710) … 2편

월송장로에게 (寄月松長老)

무심하기 수월과 같고
절개 굳기 찬 소나무 같네
찬 소나무와 수월은
예부터 서로 통하고 있네.

無心如水月 有節似寒松
寒松與水月 終古自相容

주 ◆수월(水月) : 물에 비친 달. ◆종고(終古) : 옛날, 영원. ◆상용(相容) : 서로 용납하다. 서로 받아들이다.

형식 : 오언절구
출전 : 백우수필(百愚隨筆)

감상 너무 교훈적이다. '월(月)'자와 '송(松)'자를 가지고 좀 더 좋은 작품을 썼더라면 좋았을 것을.

자찬(自讚)

일생 동안 누추한 꼴 보였으니
그대 모습 보면 부끄러움 금할 수 없네
난 자취를 감춰 몸을 숨기고자 하나
그대 어찌 억지웃음으로 아양 떠는가
하하, 허물 있으면 감추기 어렵나니
예양이 숯을 삼킨 것은 부질없는 짓이었네.

一生醜拙示人 見汝容心自愧
我欲藏踪秘身 汝何强顏自媚
呵呵有過終難掩 豫讓呑炭亦多事

주 ◆미(媚) : 아양 떨다. 아첨하다. ◆예양탄탄(豫讓呑炭) : 중국 춘추전국시대 晉나라 사람인 豫讓이 숯을 삼켜 벙어리가 되어 智伯의 원수를 갚고자 했던 고사. 희비가 엇갈리며 교차하는 인간사.

형식 : 고체시(古體詩)
출전 : 백우수필(百愚隨筆)

감상 자기 자신을 꾸짖는 시. 마음 같아서는 세상 인정을 끊어 버리고 숨어살고 싶다. 그러나 몸이 따라 주지 않는다. 여기에 우리의 슬픔이 있다.

설암추붕(雪巖秋鵬, 1651-1706) … 17편

엊저녁 바위 옆에(嘆花其一)

엊저녁 바위 옆에 몇 송이 꽃들
환한 그 얼굴빛이 무슨 말인가 하는 것만 같았네
새벽에 문득 일어 발을 걷고 내다보니
하룻밤 비바람 따라 모두들 가 버렸네.

昨夕巖邊數朶花 浮光似向幽人語
淸晨忽起卷簾看 一夜盡隨風雨去

주 ◆작석(昨夕) : 엊저녁. ◆암변(巖邊) : 岩邊. 바윗가. ◆수타화(數朶花) : 몇 송이 꽃.

형식 : 칠언절구
출전 : 설암잡저(雪巖雜著)

감상 우리에게는 시간이 그렇게 많지 않다. 사랑할 시간이 그렇게 많지 않다. 내일이 있다고 생각지 말라. 사랑을 내일로 미루지 말라. 이 꽃송이 밤 사이 부는 비바람에 모두 쓸려가 버릴지 모르나니……. 사랑은 '지금 여기'다. '지금 여기'를 잡아라. 그대에게 주어진 지금 이 순간을……. 그러나 가슴이 떨린다. 겁이 난다. 지금 이 순간을 잡기에는.

꽃에게 (嘆花其二)

가련타 가지 가득 불붙는 저 꽃들아
광풍에 다 떨어져 물 따라 가는구나
이 세상만사가 이와 같나니
뭣 땜에 정을 주고 울고불고하는가.

可憐灼灼滿枝花 落盡狂風空逐水
世間萬事盡如斯 何必人情能獨久

주 ◆작작(灼灼) : 꽃이 찬란하게 핀 모양. ◆공(空) : 속절없이. ◆진여사(盡如斯) : 모두 이와 같다.

형식 : 칠언절구
출전 : 설암잡저(雪巖雜著)

감상 노을은 너무 신비하다.
말할 수 없는 신비감이 노을을 적시고 있다. 그러나 노을은 삽시간에 어둠에 덮여 버린다. 그 신비는 간곳없고 여기 어둠이 오고 있다, 밤이. 그 젊음은 이윽고 사라진다.
사랑에는 곧 이별이 온다. 꽃은 피었다가는 곧 져 버린다. 이처럼 이 세상의 모든 것이 속절없이 흘러가고 있나니 무엇을 움켜잡으려 하는가.

제1구의 '작작(灼灼)'은 장작 등이 매우 강렬하게 불붙는 상태를 말한다. 이 '작작(灼灼)'이란 말이 '화(花)'라는 말과 연결되면, 꽃의 이미지와 불의 이미지가 엉켜서 매우 관능적인 인상을 빚어낸다. 살아간다는 것은 어떤 행위나 사상이라도 그 근원을 더듬어 가보면 '불타는' 그것에 연결되고 있다. 불타는 것은 그 근원에서 관능의 또 다른 형태라 볼 수 있다. 그러므로 살아간다는 것은 관능의 물굽이가 꿈틀거리며 기체로 승화되기도 하고 액체로 추락하기도 하는 것이다.

제2구의 '낙진광풍공축수(落盡狂風空逐水)'는 이 관능이 액체의 걷잡을 수 없는 소용돌이 속에 갈가리 파괴되는 모습을 찍어냄이라 하겠다. 작자는 제3구와 제4구에서 말하고 있다. 이 세상의 모든 짓거리 이와 같은데 뭣 땜에 움켜잡고 울고불고하느냐고. 그러나 이 작자는 가슴도 없는 쇳덩이인가 보다.

밤은 깊고 산은 비어(夜中卽事)

밤은 깊고 산은 비어 뭇 소리는 잠겼는데
적막한 등불 아래 외로 되어 읊조리네
뜰 앞의 소나무 홀로 깨어서
이 마음물결에 화답 보내네.

夜靜山空萬籟沈 寂寞燈下費孤吟
庭前唯有淸松韻 添却騷人一段心

주 ◆만뢰(萬籟) : 모든 물건의 소리. 萬象이 우는 소리(萬籟俱寂).

형식 : 칠언절구
출전 : 설암잡저(雪巖雜著)

감상 고요한 산속의 밤. 적막한 등불 아래 외로움을 씹는 한 사내. 그를 달래는 것은 오직 소나무 가지의 잔바람 소리일 뿐……. 아니 그 자신이 소나무 가지의 잔바람이 되어 우— 소리를 내고 있는 것이다. 누리 잠든 이 밤에…….

풀집 (草堂二)

세상에 묻혀 희희낙락하다가
풀집에 한가로이 홀로 누웠네
사립문 저녁을 향해 열려 있는데
노을빛은 타는 불처럼 물들고 있네.

塵世肯同遊 草堂閑獨臥
柴扉向夕開 落照紅於火

주 ◆시비(柴扉) : 사립문.

형식 : 오언절구
출전 : 설암잡저(雪巖雜著)

감상 환상적이다. 제3구와 제4구의 조화가 멋진 한 판이다.

길손에게(贈客僧)

소매 속에는 바람이 가득하고
지팡이 가에는 조각달이 기우네
조각구름이라 머무는 곳이 없거니
어느 곳이 그대의 집이리.

袖裏長風滿 笻邊片月斜
斷雲無住著 何處是君家

주 ◆장풍(長風) : 먼 데서 불어오는 거센 바람. ◆단운(斷雲) : 조각구름.

형식 : 오언절구
출전 : 설암잡저(雪巖雜著)

감상 객중(떠도는 중)을 보내며 읊은 시. 제2구가 아주 재치가 있다.
'지팡이 가에 조각달이 기운다'니……. 참 신비로운 장면이다.

옛 절(古寺)

그윽한 봉 깊은 골에 암자 있으니
계운(溪雲)은 한가로이 오고 가네
뜰에는 다시 무엇 있는가
눈발 날려 이끼 위에 하얀 점 찍네.

嶽寺甚岑寂 溪雲閑去來
庭中復何有 片雪點蒼苔

[주] ◆계운(溪雲) : 산골짜기의 구름.

형식 : 오언절구
출전 : 설암잡저(雪巖雜著)

[감상] 인적 없는 옛 절의 정경. 제4구는 섬세하기 이를 데 없다.

빗길(雨中行)

기우는 바람 얼굴을 스쳐가고
가는 빗발은 옷깃을 적시네
지팡이 휘둘러 이슬 털어내며
홀로 돌아가네 저 산속으로.

斜風時撲面 細雨又沾衣
杖拂垂林露 山中獨自歸

형식 : 오언절구
출전 : 설암잡저(雪巖雜著)

감상 빗속을 가며 읊은 시. 잔잔한 시상과 간결한 시어가 잘 조화를 이루고 있다. 제4구의 '독(獨)'자가 긴 여운을 남기고 있다.

옛 절 가을바람(秋夜看離騷)

옛 절 가을바람 차가운데
밤 깊도록 쓸쓸히 난간에 기대었네
내 마음속을 말하고자 하나 사람이 없어
부질없이 달 아래 이소(離騷)를 읊네.

古寺秋風特地寒　夜來寂寥倚欄干
裏情欲訴無人會　空把離騷月下看

[주] ◆특지(特地) : 특별히, 특히. '地'는 조사. ◆이소(離騷) : 楚나라의 屈原이 지은 詩. 자신의 과거와 번민을 읊은 詩. 楚辭의 기초가 됨.

형식 : 칠언절구
출전 : 설암잡저(雪巖雜著)

[감상] 서로 가슴을 터놓고 이야기 나눌 상대가 없어 쓸쓸한 심정. 작자는 지금 달빛 아래 굴원의 시를 읊고 있다. 굴원의 시를 읊으며 쓸쓸한 심정을 위로하고 있다.

눈 오는 산(雪後歸山)

언 가지에 눈발 날리니
저무는 하늘엔 솔바람 파도 소리
돌 위에 지팡이 머물고 고개 돌리니
옥봉은 높이 꽂혀 있고 새는 구름가를 나네.

寒枝着雪落翩翩 松韻風淸吼晩天
石上停笻回首望 玉峰高掩鳥雲邊

주 ◆편편(翩翩) : 새나 눈발이 나는 모양. ◆옥봉(玉峰) : 흰 눈이 쌓여 하얀 옥 같은 산봉우리.

형식 : 칠언절구
출전 : 설암잡저(雪巖雜著)

감상 흰 눈 내린 뒤의 산을 보라. 흰 눈을 쓰고 있는 소나무 가지들이 파도 소리를 내고 있다.
백옥(白玉)처럼 흰 봉우리들은 하늘 위로 치솟아 오르고 새들은 까마득히 저 하늘가를 날고 있다.

내 꿈은(記夢)

내 꿈은 장자의 나비가 되어
아득히 고향길을 가네
문득 꿈 깨어 돌아오는 길
매화 어린 창에 산달이 지는 새벽이네.

精神化爲蝶 飛盡鄕關路
忽地夢初廻 梅窓山月曉

형식 : 오언절구
출전 : 설암잡저(雪巖雜著)

감상 꿈에서 깨어난 작자는 지금 먼 향수에 젖어 있다. 작자의 그 간절한 마음은 제4구에서 남김없이 드러나고 있다.

복사꽃 붉고(三五七言)

복사꽃 붉고 배꽃은 희네
오묘한 이 법문이여 여래의 색깔이여
무생의 이 소식을 굳게 믿는다면
천칠백 공안은 이미 모두 다 통과했네.

桃花紅 李花白
誰非妙法門 自是如來色
若能信得此無生 公案盡翻千七百

주 ◆무생(無生) : 不生不滅. ◆천칠백(千七百) : 禪의 공안(語頭)은 대략 천칠백여 가지가 있다고 한다.

형식 : 고체시(古體詩)
출전 : 설암잡저(雪巖雜著)

감상 '복사꽃 붉고 배꽃은 희네.'
이 소식을 안다면 이제 더 이상의 공부는 없나니…….
그러나 이 소식을 알아도 아직은 멀었나니…….

불자(拂子)

세월 밖의 검은 돌거북이여
등 위에는 차가운 털이 석 자 길이네
납승이 한 가지 잡고 휘두르면
노자도 공자도 부처도 흔적 없이 사라지네.

劫空前外石烏龜 背上寒毛長三尺
衲僧取作拂一枝 掃盡大家儒老釋

주 ◆불자(拂子) : 고승들이 설법할 때 드는 法具의 일종. 원래 인도에서는 파리 등을 쫓는 도구로 쓰였음. ◆납승(衲僧) : 참선하는 수행자.

형식 : 칠언절구
출전 : 설암잡저(雪巖雜著)

감상 선(禪)의 세계에서는 어떤 권위도 용납되지 않는다. 석가도, 노자도, 예수도 여기 발붙일 곳이 없다.

봄날에(春日感興)

바위 앞 흐르는 물 그 푸르기 남빛이요
비 온 뒤 배꽃은 눈과 같이 하얗네
물건마다 스스로 대시문을 여나니
언어와 문자는 더 이상 필요치 않네.

巖前澗水碧於藍 雨後梨花白如雪
物物自開大施門 也知不費娘生舌

주 ◆대시문(大施門) : 큰 보시의 門. 불생불멸의 소식을 드러내 보이는 法施의 문. ◆낭생설(娘生舌) : 혀. 전하여 언어와 문자.

형식 : 칠언절구
출전 : 설암잡저(雪巖雜著)

감상 그러나 여기 '언어와 문자는 더 이상 필요치 않네.'라는 이것은 말이 아니고 문자가 아니고 무엇이란 말인가.

개울물 소리(聞溪)

저 개울물 소리는 이 광장설이라
팔만의 경전을 모두 누설하고 있나니
우스워라 늙은 부처여
사십구 년 동안 공연히 지껄여댔네.

溪聲自是廣長舌 八萬眞經俱漏泄
可笑西天老釋迦 徒勞四十九年說

주 ◆광장설(廣長舌) : 無盡法門을 말하는 부처의 혀. ◆서천(西天) : 서쪽에 있는 天竺國. 지금의 '인도'.

형식 : 칠언절구
출전 : 설암잡저(雪巖雜著)

감상 개울 소리는 이 광장설이요
산빛은 청정한 그 몸빛이네
어젯밤 깨달은 이 소식,
뒷사람들에게 어떻게 전해 주리.
— 소동파(蘇東坡)

새벽녘(曉坐)

하늘 가득 찬 기운 옷깃 뚫고 들어와
장풍은 다시 성낸 파도 소리를 내네
달빛 기우는 곳, 산은 동이 트나니
갈가마귀 울음소리 머언 숲에 들리네.

普天寒氣透綿袍 更有長風送怒濤
落月漸低山欲曉 早鴉時復遠林號

[주] ◆아(鴉) : 갈가마귀.

형식 : 칠언절구
출전 : 설암잡저(雪巖雜著)

[감상] 새벽의 정취를 상큼하게 읊어낸 작품이다.

이별의 때(贈道者)

이별의 때 자네에게 줄 것은 아무것도 없고
오직 여기 한 마디의 말이 있네
고락 원친 역순 사이에서
마음을 늘 빈 배처럼 가지게.

臨岐無物贈君行 惟有一言堪付囑
苦樂寃親逆順間 持心願似虛舟觸

주 ◆임기(臨岐) : 이별할 즈음에. ◆고락 원친 역순(苦樂寃親逆順) : 고통과 기쁨, 원수와 친구, 내게 싫은 것과 내게 좋은 것.

형식 : 칠언절구
출전 : 설암잡저(雪巖雜著)

감상 제4구의 '마음을 늘 빈 배처럼 가지라'는 말은 '마음을 텅 비우라'는 말이다. 그러나 이는 경지에 도달하지 않은 이에게는 거의 불가능한 일이다.

깊은 산 진종일(幽居)

깊은 산 진종일 찾는 이 없어
뜰에 쌓인 흰구름을 오랫동안 쓸지 않네
풀집은 맑고 그윽하고 다시 고요하거니
처마끝 관음조의 우짖는 소리만 들리고 있네.

深山竟日無人到　滿地白雲長不掃
蝸舍淸幽更寂寥　簷前但聽觀音鳥

[주] ◆경일(竟日) : 왼종일. ◆와사(蝸舍) : 아주 작고 궁색한 집.

형식 : 칠언절구
출전 : 설암잡저(雪巖雜著)

[감상] 깊은 골에 숨어사는 이의 마음이 선명하게 투영되고 있다. 굳이 불만이 아닌 불만이 있다면 시상이 너무나도 맑다는 것이다.

무용수연(無用秀演, 1651－1719) … 13편

해질녘 길손은(上興陽倅)

해질녘 길손은 암자에 오고
달빛 흰 뜰에서 중은 맞이하네
밤이 깊도록 이야기는 무르녹는데
등불은 눈빛과 함께 다정하네.

客到黃昏寺 僧迎白月庭
上房深夜話 燈與眼俱青

[주] ◆쉬(倅) : 고을의 장관. 지금의 郡守인 듯. ◆상방(上房) : 主持僧이 거처하는 방. ◆청(青) : '青眼'의 줄인 말. '기뻐하는 눈', '다정한 눈'. 白眼은 青眼의 반대말.

형식 : 오언절구
출전 : 무용당유고(無用堂遺稿)

[감상] 주인이 나그네를 맞아 정겨운 대화를 나누는 장면이 무척 평화롭다.

수석정에서(獨坐水石亭作三有三無詩)

네 벽이 없는 정자에
오직 하나 평상이 있네
찾는 이 없고 또한 일도 없는데
중이 있어 석양빛에 조네.

有亭無四壁 唯有一間床
無客又無事 有僧眠夕陽

형식 : 오언절구
출전 : 무용당유고(無用堂遺稿)

감상 제4구의 '면(眠)'자로 하여 이 시는 한 폭의 깔끔한 선화(禪畵)가 되었다.

칠봉암(七峯庵)

물이 넘는 앞강, 거울(수면)은 평평한데
언덕에 바람 불어 비단무늬 이루네
아득히 탐라도는 어느 곳에 있는가
구름 건힌 남녘하늘 저 아득히 푸르렀네.

水滿前江鏡面平 岸風微動錦紋成
緲茫何處耽羅島 雲掩南天一髮靑

주 ◆묘망(緲茫) : 水面이 한없이 넓은 모양. ◆일발(一髮) : 한 가닥의 머리털을 놓은 것처럼 먼 데 있는 산이 희미하게 보이는 것을 형용하는 말.

형식 : 칠언절구
출전 : 무용당유고(無用堂遺稿)

감상 멀리 제주도를 바라보며 읊은 시. 칠봉암이 어딘지는 자세치 않다.

최정언에게(謹次崔正言韻)

환한 꽃 푸른 버들 천기를 누설하고
보슬비는 보슬보슬 물가의 돌 위에 젖네
새는 높이 날고 고기는 물 위에 뛰는데
주인은 여기에서 이전의 잘못을 깨닫네.

花明柳綠洩天機 小雨霏霏灑石幾
鳥自高飛魚自躍 主人於此悟前非

주 ◆석기(石幾) : 돌이 있는 물가.

형식 : 칠언절구
출전 : 무용당유고(無用堂遺稿)

감상 제4구 '이전의 잘못(前非)'이란 무엇인가. 이 삶을 버리고 저 구름 속에서 도(道)를 찾는 잘못된 마음을 말한다.

원통암에서(題圓通庵記詩)

두 사람의 마음이 서로 같으니
부처의 문 가운데 큰 공 있었네
달마의 가르친 곳 알고자 하는가
새 울고 꽃 지고 비 온 뒤의 바람이네.

兩人心緖兩人同 佛事門中大有功
欲識達磨親指處 鳥啼花落雨餘風

주 ◆심서(心緖) : 心懷. 마음속의 회포.

형식 : 칠언절구
출전 : 무용당유고(無用堂遺稿)

감상 제3구를 이어받은 제4구로 하여 이 시는 아주 멋진 선시가 되었다. 선지(禪智)는 번갯불같이 빠른데 언어로 나타나기는 한없이 따뜻한 봄날의 정경이 되었다.

규상인에게(賽規上人之求話)

두견새 소리 속에 봄은 저물어 가나니
어지러이 산꽃 지자 풀은 푸르기 시작하네
조주는 무슨 일로 뜰 앞을 더럽히어
잣나무가 까닭 없이 비린내를 띠었는가.

杜宇聲中春欲暮 山花亂落草初青
趙州何事庭前汚 栢樹無端帶一腥

[주] ◆조주하사운운(趙州何事云云) : 趙州의 공안 〈庭前栢樹子〉. ◆성(腥) : 몹시 비린내가 나다.

형식 : 칠언절구
출전 : 무용당유고(無用堂遺稿)

[감상] 조주의 공안 〈정전백수자(庭前栢樹子)〉를 한방 내려치고 있다.
어떤 중 : 달마대사가 중국에 온 뜻은 무엇입니까?
조주 : 저 뜰 앞의 잣나무(庭前栢樹子)니라.

길손과 함께(與京客)

남은 비 부슬부슬 먼데 손님 오나니
숲은 깊고 어둔 길에 이끼는 매끄럽네
창을 열고 은근한 뜻 그려 보나니
비 갠 뒤의 봄산은 그 푸름이 만 겹이네.

餘雨踈踈遠客來 林深路黑滑蒼苔
開窓欲寫殷勤意 霽後春山翠萬堆

주 ◆제(霽) : 비가 그치고 날이 개다.

형식 : 칠언절구
출전 : 무용당유고(無用堂遺稿)

감상 은근하기 이를 데 없다. 비 갠 뒤 봄산의 그 첩첩이 겹친 산줄기는 그대로 주인의 은근한 마음을 나타낸 것이다.

새벽 종소리(普庵晨鐘)

마을에선 지저귀는 새소리
암자에는 새벽종이 장중하게 울리네
하늘바람은 인간의 꿈을 깨우려고
천층 만장봉을 내려오네.

野村喔喔呼更鳥 崖寺隆隆報曉鐘
天風欲破人間夢 引下千層萬丈峯

주 ◆악악(喔喔) : 닭이나 새가 우는 소리. 여기서는 '닭이 우는 소리'인 듯. ◆호갱(呼更) : 更은 시간. ◆융융(隆隆) : 소리가 크고 웅장한 모양.

형식 : 칠언절구
출전 : 무용당유고(無用堂遺稿)

감상 그 시상이 장중하기 이를 데 없다. 선시라기보다는 화엄시(華嚴詩)라고 해야 옳을 그런 시다.

성근 빗발 용문동에(龍門歸僧)

성근 빗발 용문동에 엷은 안개 끼는데
개울 소리 차게 밟는 모습은 그림만 같네
바람에 옷깃 나부끼며 어디로 가는가
저 치솟은 봉우리 속으로 지팡이 나는 듯 가네.

雨踈烟淡龍門洞 堪畫溪聲冷踏僧
畢竟飄然何處去 飛笻直入亂峯層

형식 : 칠언절구
출전 : 무용당유고(無用堂遺稿)

감상 용문동(어딘지 자세치 않다)으로 돌아가는 중의 모습이 그대로 한 폭이다. 제2구가 절창이다. '개울 소리를 차갑게 밟는다'니……. 이 얼마나 기찬 표현인가.

봉우리들 우뚝 솟고(偶吟)

봉우리들 우뚝 솟고 물은 졸졸 흐르나니
불조의 마음은 오직 이 가운데 있네
노행자는 무슨 일로 부질없이 입을 열어
'본래부터 한 물건도 없다' 했는가.

羣峰矗矗水淙淙 佛祖心肝只此中
盧能底事閑開口 敢道從來一物空

주 ◆촉촉(矗矗) : 우뚝 솟다. ◆종종(淙淙) : 물이 흐르는 소리. ◆노능(盧能) : 盧行者 六祖慧能.(本來無一物 何處惹塵埃－六祖의 語)

형식 : 칠언절구
출전 : 무용당유고(無用堂遺稿)

감상 부질없어, 부질없어. '본래부터 한 물건도 없다'는 육조대사의 이 말씀마저 부질없어.

낚시도인(鼇巖釣翁)

개울가에 자라 닮은 바위 있으니
자라등 타고 앉아 낚시 내리는 어느 곳의 노인인가
낚싯대 물 따라 흘러가는 줄도 모르고
양쪽 언덕에 붉게 핀 철쭉꽃을 탐스러이 바라보네.

臨溪有石狀如鼇 跨背垂釣何處翁
不覺竹竿隨水下 貪看躑躅兩岸紅

주 ◆과(跨) : 걸터앉다. ◆척촉(躑躅) : 철쭉꽃.

형식 : 칠언절구
출전 : 무용당유고(無用堂遺稿)

감상 탐미적이다. 양 언덕에 붉게 핀 철쭉꽃을 바라보며 낚싯대를 물에 흘러내려 보내는 노인의 모습은 그대로 무릉도원에 사는 신선의 모습이다.

이도사에게(上李都事)

무한한 이 산중의 경치,
그대에게 대강을 말하여 주리
바위 아래 물소리, 돌에 희게 울리고
구름 뚫고 달가에 푸르게 떠는 경쇠 소리
해질녘 골안개는 옷감을 짜고
가는 바람 연못 위에 무늬를 긋네
이것은 선가의 참소식이니
그대에게 반을 나눠 주려도 줄 수가 없네.

我將無限山中景 請向吾君大略云
巖下白飛溪射石 月邊淸落碧穿雲
日斜谷口烟猶織 風細潭心水自紋
此是禪家眞活計 欲分其半未能分

㊟ ◆연(烟) : '煙'과 같은 글자. 여기서는 물안개. ◆담심(潭心) : 연못의 중앙.

형식 : 칠언율시
출전 : 무용당유고(無用堂遺稿)

감상 이 자연은 감상할 줄 아는 이의 것이다. 자연을 보고 그 신비감을 느낄 수 있는 이 감각은, 돈으로 살 수 있는 것도 아니요 물건처럼 주고받을 수 있는 것도 아니다.

백마강에서 (次白馬江懷古韻)

백제의 폐허에 고목의 근심이여
조룡대 아래 강물은 서쪽으로 흐르네
그 고운 눈썹은 그 날의 한(恨)을 펴지 못하고
꽃다운 얼굴은 고국의 부끄러움에 더욱 붉어지네
나비의 꿈속 같은 천 년의 일이여
한단의 베개(邯鄲枕) 위에 한 순간의 수심이네
흥망을 물으려는데 사람은 어디 갔는가
백마강엔 떠가는 배 한 척 있네.

百濟遺墟古木愁　釣龍臺下水西流
柳眉未展前朝恨　花面增紅故國羞
蝴蝶夢中千載事　邯鄲枕上片時愁
興亡欲問人何處　白馬潮頭有去舟

㈜ ◆조룡대(釣龍臺) : 당나라 장군 蘇定方이 용을 낚았다는 바위. 부여 고란사에서 오른쪽 물 속에 있다. ◆유미(柳眉) : 버들잎 모양의 아름다운 눈썹. 미인의 눈썹. ◆호접몽(蝴蝶夢) : 莊子가 꿈에 나비가 되어 날아다녔다는 故事.

형식 : 칠언율시
출전 : 무용당유고(無用堂遺稿)

감상 백제의 옛 서울 부여, 그 백마강을 보며 작자는 지금 그 날의 그 슬픔을 회상하고 있다. 자기 자신의 것으로…….

환성지안(喚惺志安, 1664-1729) … 17편

봄(賞春)

지팡이 끌며 깊은 골 따라
홀로 배회하며 봄을 감상하네
오는 길 소매 가득 꽃의 향기여
나비 한 마리 나를 따라 멀리서 오네.

曳杖尋幽逕 徘徊獨賞春
歸來香滿袖 蝴蝶遠隨人

[주] ◆예(曳) : (지팡이 등을) 끌다. ◆유경(幽逕) : 깊고 그윽한 산길. ◆상춘(賞春) : 봄을 감상하다. ◆수(袖) : 옷소매. ◆원수인(遠隨人) : 멀리서 사람을 따라오다.

형식 : 오언절구
출전 : 환성시집(喚惺詩集)

[감상] 벗이여, 이처럼 무르녹은 봄을 본 일이 있는가. 옷에 가득 밴 꽃의 향기를 좇아 나비 한 마리가 사람을 따라오고 있다니…….
봄은, 봄의 정취는 이에서 다하는구나.

풀집에 앉아(偶吟)

진종일 성성하게 앉아 있나니
하늘과 땅은 이 한 눈 속이네
벗들이 풀집을 찾아오느니
밝은 달 더불어 맑은 바람이네.

盡日惺惺坐 乾坤一眼中
有朋來草屋 明月與淸風

[주] ◆성성(惺惺) : 마음의 상태가 조금도 혼미하지 않고 뚜렷한 상태.(主人公, 惺惺着－禪關策進)

형식 : 오언절구, 평성동운(平聲東韻)
출전 : 환성시집(喚惺詩集)

[감상] 시상(詩想)이 고고하다. 차라리 선시(仙詩)에 가깝다. 제4구가 없었더라면 변화 없는 시가 되었을 것이다. 그러나 제4구로 하여 이 시 전체가 되살아나고 있다. 이처럼 시에 있어서 단어 하나 문장 하나는 너무너무 중요한 것이다. 단 한 글자나 문구가 시 전체를 죽이기도 하고 또 살리기도 하기 때문이다.

계암에게 (示桂巖)

간담에 산월 비치고
촉루에 솔바람이네
조사의 진면목이여
이 두고 또 무엇 구하겠는가.

山月輝肝膽 松風貫髑髏
祖師眞面目 何必用他求

주 ◆산월(山月) : 산에 걸린 달. ◆촉루(髑髏) : 뼈. ◆조사진면목(祖師眞面目) : 옛 禪師의 참모습, 즉 '禪의 본질'.

형식 : 오언절구
출전 : 환성시집(喚惺詩集)

감상 간과 담(肝膽)에 달이 비치고 뺏속에 솔바람 일다니……. 이 얼마나 차고 맑은 경지인가. 아니 이 얼마나 사무치는 경지인가. ……그렇다. 달마(達磨)대사의 본모습은, 선(禪)의 본질은 이것 이상 그 어디에 있겠는가. 그러나 명심하라. '달마대사의 본모습' 아닌 것은 이 세상에 단 하나도 없다는 걸 명심하라. 할(喝)!

관정사에게(贈灌頂師)

손바닥에 구르는 백팔염주여
그 한알 한알마다 깨달음이네
송홧가루 어지러이 옷자락에 지는데
서편의 달을 마주하여 홀로 앉았네.

百八手中珠 南無清淨佛
松花落滿衣 獨坐西廂月

[주] ◆서상(西廂) : 집의 서쪽, 서쪽 행랑.(呂后側耳於東廂聽－史記)

형식 : 오언절구
출전 : 환성시집(喚惺詩集)

[감상] 백팔염주 한 알 한 알마다 여기 환성지안(喚惺志安)의 간절한 염원이 서리고 있다. 저 깨닫고자 하는 그의 염원이 서리고 있다.
송홧가루는 떨어져 옷을 가득히 덮고 있는데 그는 지금 서편에 걸린 달을 맞아 외롭게 앉아 있다. 왜? 깨달음은 철저히 혼자가 되는 길이기 때문이다. 그 혼자 속에서 우리 모두에게로 터져 나오는 그 분출이기 때문이다.

찬색상인에게(贈粲嗇上人)

그대 청정심이여
일만 리 가을강의 달빛이여
밤에 앉아 능가경 읽는데
잔나비 몰래 와 밤알 훔쳐 달아나네.

上人淸淨心 萬里秋江月
半夜讀楞伽 猿偸床下栗

주 ◆상인(上人) : 승려, 德이 높은 중. ◆능가(楞伽) : 楞伽經.

형식 : 오언절구, 입성월운(入聲月韻)·질통운(質通韻)
출전 : 환성시집(喚惺詩集)

감상 아주 재미있는 작품이다. 한밤중에 능가경을 읽고 있는데 원숭이란 놈이 살금살금 기어와서 경상 밑의 알밤을 훔쳐 가는 그 광경 생각해 보라(그러나 우리나라 산에는 원숭이가 없다. 그러므로 이 시에서의 원숭이 云云은 상징적으로 쓴 것임을 알아야 한다). 이런 멋에 젊은 나이를 마다하고 머리 깎고 먹물옷 입고 청승을 떠는 게 아닌가. 선자(禪子)의 생활이란 그 몸짓 그 마음짓 하나하나가 이런 장난꾸러기의 해학으로 가득 차 있다.

가을 밤에(秋夜吟)

상큼한 달이 문득 동쪽봉에 오르니
하늘은 차갑고 산기운은 쓸쓸하네
가을바람에 나뭇잎 한 장 날아가나니
외로운 나그네 창가에서 잠드네.

凉月忽東峯 天寒山氣蕭
秋風一葉飛 孤客窓間宿

주 ◆소(蕭) : 쓸쓸하다.

형식 : 오언절구
출전 : 환성시집(喚惺詩集)

감상 가을 밤, 그 쓸쓸한 정경이 작자의 외로움과 잘 조화를 이루고 있다. 그러나 대선승(大禪僧)인 환성지안답지 않게 감상적이다.

벽은 무너져(呼韻)

벽은 무너져 남북으로 통했으니
성근 처마 사이로 하늘이 가까워지네
황량한 고통을 말하지 말라
바람맞이 달맞이를 먼저 하리라.

壁破南通北 簷踈眼近天
莫謂荒凉苦 迎風得月光

형식 : 오언절구
출전 : 환성시집(喚惺詩集)

감상 청빈한 생활에서 우러나오는 멋을 마음껏 노래하고 있다. 제4구는 하나의 경지다. 경지에 오른 이가 아니면 쓸 수 없는 구절이다.

내원암(題盤龍內院壁)

동구 밖은 평야로 이어지고
누대는 작은 봉우리 뒤에 있네
중은 게을러 쓸지 않으니
꽃잎은 져 뜰에 가득하네.

洞口連平野 樓臺隱小岑
居僧懶不掃 花落滿庭心

[주] ◆나(懶) : 게으르다.

형식 : 오언절구
출전 : 환성시집(喚惺詩集)

[감상] 묻혀 사는 은자의 게으름은 미덕이다. 동양의 여백이다. 바빠서 시간이 없어 날뛰는 현대인들이여, 이 말을 좌우명으로 삼아라.

축탄사를 보내며(送竺坦師)

언어 문자 밖에 확연하여
유무에 떨어지지 않는 그 역량이여
저 허공마저 때려부수고
이 우주를 마음대로 거니네.

廓然繩墨外 不落有無機
打破虛空界 大千信步歸

주 ◆승묵(繩墨) : 文字, 언어, 책.

형식 : 오언절구
출전 : 환성시집(喚惺詩集)

감상 선(禪) 수행에 있어서 '허공'이란 아무것도 없는 무(無)의 상태에 푹 빠져 있는 무사안일을 말한다. 흔히들 수행자들은 이 무사안일을 깨달음으로 착각하고 있다. 그러나 진정한 깨달음은 이 '무(無)의 무사안일(無記空)'을 꿰뚫고 더 앞으로 나아가야 한다.

노년(偶吟)

늙은이 친구가 없어
지팡이 끌며 홀로 배회하네
장난삼아 산벌 따라 멀리 갔다가
스스로 부끄러워 웃으며 돌아오네.

老人無與友 曳杖獨徘徊
戱逐山蜂遠 自慙笑却廻

주 ◆참(慙) : 부끄러워하다.

형식 : 오언절구
출전 : 환성시집(喚惺詩集)

감상 무르녹은 노인장의 모습이, 벌 한 마리까지 친구가 될 수 있는 도인의 모습이 눈에 잡힐 것만 같다. 간결하기 이를 데 없는 작품이다.

진종일 나를 잊고(幽吟)

진종일 나를 잊고 앉아 있나니
봄은 왔지만 봄을 알지 못하네
산새는 중이 선정에 드는 것 싫어서
창밖에서 산사람(山人)을 부르고 있네.

盡日忘機坐 春來不識春
鳥嫌僧入定 窓外喚山人

주 ◆혐(嫌) : 싫어하다.

형식 : 오언절구
출전 : 환성시집(喚惺詩集)

감상 산새가 산사람(山人)을 부르는 것은 무엇 때문인가. 안타까워서겠지. 봄이 가는 것이 너무 아까워서겠지.

정암장로에게(靜菴長老)

전해 오는 이 낡은 솥 하나
그대에게 고이 전해 주노라
불조의 참다운 생활에
어찌 번거롭게 외물(外物)이 많겠는가.

傳來掘斧子 分付老禪和
佛祖眞生活 何勞外物多

주 ◆굴(掘) : 우묵하게 파이다. ◆굴부자(掘斧子) : 오래 사용해서 팬 솥.
◆외물(外物) : 일상생활에 쓰는 잡다한 생활용품들.

형식 : 오언절구
출전 : 환성시집(喚惺詩集)

감상 단순 소박, 간단 명료…….
이것이 수행자의 삶이다. 눈뜬 이의 길이다.

학청을 보내며(別鶴淸)

두세 잔 막걸리에
그대를 떠나보내노라
잔에 가득 그대여 취하게나
깨고 나면 이별의 정 견디기 어려우리.

二三盃濁酒 餞送淸禪師
滿酌爾須醉 醒時不忍離

주 ◆이(爾) : 너, 그대.

형식 : 오언절구
출전 : 환성시집(喚惺詩集)

감상 대선승의 시에 막걸리가 등장하니 모처럼의 단비를 만난 것 같다. 그러나 개구리들은 감히 환성지안의 이 막걸리를 넘겨다보지도 말라.

환선자에게(酬環禪子之求語)

그 누가 쌀 없는 밥을 지어
오지 않는 나그네를 접대하는가
소리와 형체 물결치는 이 속에서
그 불멸을 간파해야 하느니…….

孰炊無米飯 接待不來人
聲色紛紜處 要須識得眞

형식 : 오언절구
출전 : 환성시집(喚惺詩集)

감상 제1급의 선시.
참 멋있지 않은가. 제1구와 제2구가…….

순사에게(示淳師)

지금 이 마음 이대로 도(道)거니
어찌 세간의 인정을 쓰리
올연히 아무 일 없이 앉아 있나니
봄이 오면 풀은 절로 푸르네.

平常心是道 何用世間情
兀然無事坐 春來草自靑

형식 : 오언절구
출전 : 환성시집(喚惺詩集)

감상 빈 산에 사람 없고
물은 흐르고 꽃은 피네.
— 소동파(蘇東坡)의 나한송(羅漢頌)

어느 봄날(偶吟贈)

서래의 은밀한 뜻, 뉘 능히 화답하리
곳마다 분명하며 물(物)마다 드러났네
뜰에는 봄이 깊고 사람은 취하여 누웠는데
온 산에는 도리(桃李)요, 두견이 우는 소리네.

西來密旨孰能和 處處分明物物齊
小院春深人醉臥 滿山桃李子規啼

형식 : 칠언절구
출전 : 환성시집(喚惺詩集)

감상 환성대사 지안(志安), 그의 무르녹은 경지가 여기 있다. 넉넉하고 풍만하면서도 슬픔이 있는 인간의 냄새가 여기 있다.

청평사(題淸平寺)

옛 절이여, 폐허가 되었는가
적막하게 사립문은 닫혀 있네
뜰에는 풀만 키로 자랐고
길에는 이끼 끼어 인적 드무네
까마귀는 오이를 물고 날아가고
담벽은 쥐구멍으로 여기저기 뚫렸네
암주(庵主)는 선정에 들어 있는데
다람쥐가 그의 옷에 오르내리네.

幾墟千古寺 寂寞掩柴扉
庭草知僧少 逕苔認客稀
鴉偸園爪盡 鼠穴土墻依
庵主忘機坐 林鼯戱上衣

[주] ◆암주(庵主) : 암자의 주인. ◆오(鼯) : 날다람쥐(다람쥐의 일종).

형식 : 오언절구
출전 : 환성시집(喚惺詩集)

[감상] 춘천댐 옆에 있는 청평사, 그 폐허를 노래한 시. 마지막 두 구절이 아주 인상적이다.

무경자수(無竟子秀, 1664-1737) … 28편

하나, 둘, 셋, 넷(往復無際)

하나 둘 셋 넷으로 가고
넷 셋 둘 하나로 와라
숨었다 나타났다 여덟은 끝없는데
그대 눈 반만 열고 보고 보고 잘 보거라.

一二三四去 四三二一來
隱顯八無際 看看眼半開

주 ◆은(隱) : 형체나 물건이 보이는 상태에서 보이지 않는 상태로 移轉해 가는 것.(有隱而無犯-禮記) ◆현(顯) : 어떤 물질이나 현상이 보이지 않는 無形의 상태에서 보이는 상태로 浮上되는 것.(天有顯道-書經) ◆팔(八) : 一二三四와 四三二一의 여덟. 그러나 여기에서의 八은 삼라만상의 갖가지 달리 나누어지는 그 숫자를 대신하여 쓰이고 있음에 주의할 것. ◆무제(無際) : 際는 어떤 거리나 생각의 끝.(活活湯湯 橫無際涯)

형식 : 오언절구, 평성회운(平聲灰韻)
출전 : 무경집(無竟集)

감상 제목의 '왕복무제(往復無際)'란 '왕(往)'은 여기에서 저 곳으로 가는 것, '복(復)'은 갔던 곳으로부터 다시 이쪽으로 오는 것,

'무제(無際)'란 '왕(往)'과 '복(復)'이 끝없이 되풀이되는 것. 그러나 여기 주의할 것이 있다. 이 '왕복무제(往復無際)'란 일정한 규칙 아래서 진행되는 것이 아니라 '왕(往)'인가 보면 '복(復)'이요, '복(復)'인가 싶으면 '왕(往)', 이렇듯 측량할 수 없는 동사의 물결이 이 시의 이미지다.

옛 절 깊이 등불 켜며(山寺初昏)

옛 절 깊이 등불 켜며 문 닫을 적에
동녘봉에 달 오르며 황혼은 사라지네
그때 문득 개울길에 말소리 있어
알고 보니 이 산 뒤에 마을 하나 있었네.

古寺張燈欲掩門 東峰月上破黃昏
忽聞溪路歸人語 山後方知別有村

주 ◆장등(張燈) : 등불을 켜 놓다. ◆파황혼(破黃昏) : 황혼이 사라지다.
◆홀(忽) : 문득, 별안간. ◆방지(方知) : 바야흐로 알다.

형식 : 칠언절구, 평성원운(平聲元韻)
출전 : 무경집(無竟集)

감상 동(動)의 뒤에 오는 정(靜)은 동(動)이 있기 전보다 몇십 배 더 응고된 정(靜)이 된다.
……그렇다. '동'이 없는 '정'은 '죽어 있는 정'이다. '정'이 살아 있으려면 여기 '동'이 있어야 한다.
이 시의 제3구는 이 시 전체에 깔린 '정'을 살려내는 데 결정적인 역할을 하고 있다. 만약 이 제3구가 없었더라면 이 시는 졸작(拙作)이 돼 버렸을 것이다.

월계(月溪)

골짜기 아래 저 깊은 개울 속에
둥근 달이 떨어져 있네
밤 깊어 잔나비 울음 들려오는 곳
빛 한 줄기 세월 뚫고 차갑게 뻗네.

壑底深溪水 分明落月團
夜半猿啼處 淸光歷劫寒

형식 : 오언절구, 평성한운(平聲寒韻)
출전 : 무경집(無竟集)

감상 여기에서의 둥근 달(月團)은 마음의 상징(心月)이다.
마음은 마치 물과 같아서 시시각각 그 대상에 따라 천만 가지로 굽이치고 있지만 그러나 그 본질은 전혀 움직이지 않는다.
제3구는 마음의 부단한 활동력을, 그리고 제4구는 마음의 부동적인 본질을 읊은 것이다.

고인 영전에(挽)

물은 흘러 바다로 가고
달은 져도 하늘을 떠나지 않네
영혼의 간 곳을 알고 싶은가
기성(箕星)은 북두의 가에 밝았네.

水流元去海 月落不離天
欲識魂歸處 箕明北斗邊

주 ◆기(箕) : 여기서는 별의 이름(星名).

형식 : 오언절구
출전 : 무경집(無竟集)

감상 육신은 흔적도 없이 사라지지만 그러나 영혼은 언제나 여기에 있다. '지금 여기에'. 시간도 공간도 사라져 버린 이 '영원한 현재' 속에…….

구암촌에서(宿九巖村)

나그네 구암촌에서 하룻밤을 묵나니
찬 기러기 끼욱끼욱 나그네 마음 실어가네
닭 우는 창에 기대어 홀로 잠 못 드노니
달빛 속에 서리 친 잎 어지러이 지고 있네.

一筇投宿九巖村 寒鴈嗈嗈動客魂
獨倚溪窓愁不寂 月中霜葉落紛紛

주 ◆옹(嗈) : 기러기가 우는 소리의 형용, '끼욱끼욱'.

형식 : 칠언절구
출전 : 무경집(無竟集)

감상 만리길 떠도는 나그네의 신세를 읊은 시. 지나치게 감상적이다.

길 가다가(途中)

성근 빗발 지나는 석양 질 무렵이면
가을하늘 찬 기러기 울며 나네
어젯밤 자고 가는 길손 어디로 가시는가
지팡이 한 개 홀로 돌아가는 산길은 길기만 하네.

踈雨霏霏間夕陽 碧空秋冷鴈呼霜
夜來寄宿又何處 一錫獨歸山路長

형식 : 칠언절구
출전 : 무경집(無竟集)

감상 정처 없이 흘러가는 나그네의 모습이 선명하게 부각된다.
“강나루 건너서 밀밭길을
구름에 달 가듯이 가는 나그네.” (박목월의 〈나그네〉)

보임(示人)

무법의 법이 진법이며
부지의 지가 실지네
묘성이 여여한 곳에
분명히 면목은 기이하네.

無法法眞法 不知知實知
妙性如如處 分明面目奇

형식 : 오언절구
출전 : 무경집(無竟集)

감상 진정한 진리는 '진리'라는 이것마저 사라져 버린 것이요, 진정한 앎은 '알았다'는 이것마저 없어져 버린 것이어야 한다. 그리하여 진리도 없고, 진리를 깨달았다는 그것마저 없어질 때 산새는 울고 꽃은 피는 것이다. 물은 흐르고 가을은 오는 것이다.

한산(寒山)

영봉을 들어 보이는 곳
가풍은 묘하고 다시 청정하네
아아 저 일천 성인의 밖에서
달은 흰 모래 물가에 비치네.

提起靈峰處 家風妙更淸
洒然千聖外 月映白沙汀

주 ◆제기(提起) : 提出. 들어 보이다. 보여주다. ◆선연(洒然) : 놀라는 모양. ◆영(映) : 비치다.

형식 : 오언절구
출전 : 무경집(無竟集)

감상 한산(寒山), 일생 동안 남이 먹다 남은 찌꺼기밥만 먹으면서 바람처럼 살다간 선자(禪者), 그러나 그 마음은 서릿발보다 더 차갑게 불탔던 사람, 그를 찬양하는 시. 제3·4구가 좋다.

귀환(指歸)

산빛 물색깔 속에
새의 길(鳥路)은 실오리같이 곧게 뚫렸네
구름 누대 위에서 오고 가나니
이 하늘과 땅은 몇 판째의 바둑놀이인가.

山光水色裡 鳥路直穿絲
來往雲臺上 乾坤幾局碁

주 ◆국(局) : 바둑의 판국. ◆기(碁) : 바둑.

형식 : 오언절구
출전 : 무경집(無竟集)

감상 세월 밖에서 노니는 신선의 경계랄까, 아니면 아예 인간 세상을 초월한 무애도인의 경지랄까. 여하튼 대담한 가락이다.

중중무진(禪鞭)

1 2 3 4의 곳에
4 3 2 1의 때라
쇠사슬처럼 연결되어 순환한다면
면목은 충분히 기이하리라.

一二三四處 四三二一時
連環若鉤鎖 面目十分奇

주 ◆구(鉤) : 갈고리. ◆쇄(鎖) : 쇠사슬.

형식 : 오언절구
출전 : 무경집(無竟集)

감상 순환……. 태어나고 죽고 태어나고 죽기를 끝없이 반복하면서 이 반복운동 자체가 만일 하나의 풍류일 수만 있다면, 이 속에서 전혀 걸림이 없다면 이 삶 이대로가 그대로 깨달음의 급이침일지니…….
누가 알리. 이 기찬 소식을 뉘 감히 알리.

불자(拂子)

거북의 불자를 얻고
토끼뿔 지팡이를 짚었네
일상에서 들어 보이는 곳,
불조는 부끄러워 얼굴 붉히네.

已得龜毛拂 方將兎角筇
日用提撕處 慚惶佛祖容

주 ◆제시(提撕) : 손에 들다. ◆참황(慚惶) : 부끄럽다. 부끄럽게 하다.

형식 : 오언절구
출전 : 무경집(無竟集)

감상 여기 잠깐! 제3구에 주목하라.
'일상의 삶을 통해서 들어 보이는 곳.'
이 도리 앞에서는 달마대사마저도 부끄러워 고개 숙인다.
……그렇다. 도망가지 말라. 이 삶을 피해 도망가지 말라.
열쇠는, 해답은 이 삶 속에, 울고 웃는 이 삶 속에 있다.

어느 두타에게(贈示頭陀)

해 지는 서쪽의 어둑한 곳이요
달 뜨는 동쪽 산마루 때라
불조의 참소식,
분명하건만 스스로 알지 못하네.

日落西溟處 月生東嶺時
佛祖眞消息 分明自不知

형식 : 오언절구
출전 : 무경집(無竟集)

감상 저 당(唐)의 대선승 조주(趙州)의 경지다. 손 하나 까딱하지 않고 사람을 능히 죽이고 살리는 경지다.

본래 얼굴(本生顔)

안신입명처에
냄새도 없고 소리도 없네
어떤 것이 진짜 얼굴인가
꽃은 이슬 젖어 곱기만 하네.

安身立命處 無臭亦無聲
那箇眞顔色 花含曉露明

주 ◆나개(那箇) : 그, 저.

형식 : 오언절구
출전 : 무경집(無竟集)

감상 그대 태어나기 그 이전의 본모습은 어떠했는가.
냄새도 없고 소리도 없는 그 절대의 곳에서
아아, 나팔꽃은 아침이슬에 촉촉이 젖어 있다.

허암(虛庵)

사방이 비어서 한 물건도 없는데
어느 곳이 편안한 내 집인가
외로운 암자 공적한 곳에
풍월은 가을안개를 쓸어가네.

四虛無一物 何處擬安家
孤庵空寂裏 風月掃秋霞

주 ◆의(擬) : 擬議. 헤아리다. 생각해 보다.

형식 : 오언절구
출전 : 무경집(無竟集)

감상 허암(虛庵)이란 이름을 가진 중에게 주는 시인 듯. 제3구와 제4구가 멋지다.

평암(平庵)

이 일은 본래 머무는 바가 없어
인연 따라 곳마다 평등하네
이 소식을 굳게 믿으면
집에 가는 길을 물을 필요가 없네.

此事本無住 隨緣處處平
信得這消息 歸家那問程

주 ◆나문정(那問程) : 어찌 길을 묻겠는가.

형식 : 오언절구
출전 : 무경집(無竟集)

감상 평암(平庵) 역시 사람 이름인 듯. 시상이 너무 평면적이고 훈계적이다.

석계(石溪)

돌 구르는 물소리 장중하니
저 무변한 광장설이네
누구에게나 다 평등하게 들리지만
그러나 귀머거리에게는 들리지 않네.

轉石溪聲壯 無偏廣長舌
雖能平等化 不爲聾人說

형식 : 오언절구
출전 : 무경집(無竟集)

감상 석계(石溪) 역시 사람 이름인 듯.
개울물 흐르는 소리는 광장설이지만 그러나 깨닫지 않고는 이 말의 참뜻을 알 수 없다. 그러므로 그대들이여, 뼈아픈 체험이 없이는 함부로 소동파의 오도송(悟道頌)을 지껄이지 말아라.

백담(白潭)

달빛 비쳐 연못은 희고
바람 일어 수면은 맑네
불멸의 이 소식
분명치 않는 곳 없네.

月照潭心白 風生水面淸
一般端的意 無處不分明

형식 : 오언절구
출전 : 무경집(無竟集)

감상 백담(白潭) 역시 사람 이름인 듯.
분명한 경지를 가르쳐 보인 선시다.
제1·2구는 제3·4구로 하여 자연 묘사가 아닌 하나의 경지로 변하고 있다.

이 일은(箇事)

이 일은 세월 전에 벌써 드러났거니
그 어느 물건인들 나의 것이 아니리
한 웃음 고요한 저 만고의 허공,
매화와 설월은 그 빛 서로 섞이네.

箇事劫前曾露布 擧機何物不吾當
一笑寥寥空萬古 梅花雪月共交光

주 ◆노포(露布) : 露枝. 戰勝한 보도를 널리 알리기 위하여 포배에 써서 장대 위에 걸어 누구나 볼 수 있게 한 것.

형식 : 칠언절구
출전 : 무경집(無竟集)

감상 달마대사가 인도에서 오기 전에, 부처가 태어나기 그 이전에, 아니 천지창조 훨씬 이전에 이 소식은 이미 다 드러났거니. 보라. 제3구를 보라. 제4구를 보라. 이보다 더 분명한 가르침이 또 어디 있겠는가.

보임(示)

천지에 집착 없고 가진 것도 없는 길손
재주도 힘도 없고 백 가지가 무능하네
무심하게 곳을 따르고 또한 아무 일도 없으니
적막이 없는 가운데 애증도 없네.

無著乾坤無物客 無才無力百無能
無心隨處亦無事 無適莫中無愛憎

주 ◆적막(適莫) : 適은 어느 사물에 열중하는 것. 莫은 그 반대로 싫어하는 것.

형식 : 칠언절구
출전 : 무경집(無竟集)

감상 가진 것도 없고 능력도 없는 이 머저리. 아아, 이 머저리가 찾아냈나니. 그 비밀지도를 찾아냈나니. 나고 죽음이 없는 그 곳으로 가는 그 비밀지도를…….

담담한 푸른 하늘(譬說)

담담한 푸른 하늘 해와 달 앞에
청풍은 어찌 다시 인연에 의지하리
나무사람 허공을 범하지 않고
한밤중 소를 타고 옥천을 건너가네.

湛湛碧天日月前 淸風那更借因緣
木人不犯虛空性 夜半騎牛渡玉川

형식 : 칠언절구
출전 : 무경집(無竟集)

감상 제1구와 제2구는 인연의 줄에 걸리지 않는 무애도인의 삶을 읊고 있다. 제3구와 제4구는 털끝 하나 흔적을 남기지 않고 본성으로 돌아가는 선자(禪者)의 모습을 읊고 있다. 아니 이보다 더 깊은 뜻이 이 속에 있으니 보는 이는 스스로 깨닫도록…….

실설(實說)

학림의 마지막 말씀이여
한 차원 더 높이 가면 이 역시 껍데기네
당당한 이 소식을 알고 싶은가
남쪽하늘 무쇠학이 나는 걸 보라.

鶴林終說雖眞說 向上玄機夢未宣
欲識堂堂端的意 回看鐵鶴翥南天

주 ◆학림종설(鶴林終說) : 사라쌍수 숲속에서의 부처의 마지막 설법. ◆저(翥) : 하늘 높이 날다.

형식 : 칠언절구
출전 : 무경집(無竟集)

감상 '사십구 년 동안 단 한 마디 말도 하지 않았다'는 부처의 마지막 말. 그러나 여기 아직 '단 한 마디 말도 하지 않았다'는 그 '않았다'가 남아 있다. 이 '않았다'마저 벗어난 경지, 그곳은 어디인가. '남쪽하늘에 무쇠로 만든 학이 나는 곳'이다.

능지(能知)

분명치도 밝지도 않으면서 밝고 분명하거니
분명하고 밝은 것이 고요히 빛을 발하네
산하는 그림자로 나타나고 동남쪽이 터졌는데
범의 울음 잔나비 소리에 온갖 소리 뒤섞이네.

非了非明自了明 了明凝寂鑑光淸
山河影現東南豁 虎嘯猿啼百雜聲

형식 : 칠언절구
출전 : 무경집(無竟集)

감상 제1구와 제2구는 우리 본성(本性)의 불가사의한 작용을 읊은 것이다. 제3구와 제4구는 이 본성이 삼라만상 속으로 굽이쳐 가는 모습이다.

내보임(示)

색깔을 보지만 보는 이것은 색깔이 아니요
소리를 듣지만 듣는 이것은 소리 아니네
보고 듣는 이 두 곳을 모두 잊으면
격죽(擊竹)과 도화(桃花)의 뜻 분명하리라.

對色生看看不色 因聲起聽聽非聲
若窮看聽双忘處 擊竹桃花義自明

형식 : 칠언절구
출전 : 무경집(無竟集)

감상 격죽(擊竹)은 향엄이 대나무 치는 소리를 듣고 깨달은 이야기. 도화(桃花)는 선사 영운지근(靈雲志勤)이 복사꽃을 보고 깨달은 고사.

정관당(靜觀堂眞贊)

지(知)와 적(寂)을 둘 다 잊으면 이를 '정(靜)'이라 하고
적(寂)과 지(知)가 서로 비추면 이를 '관(觀)'이라 하네
'정관(靜觀)'을 초월하면 한 물건도 없거니
이 가운데 진짜 얼굴을 누가 알리.

兩亡知寂其云靜 双照寂知是曰觀
互奪靜觀無一物 箇中誰識本眞顔

형식 : 칠언절구
출전 : 무경집(無竟集)

감상 정관당(靜觀堂)의 진영(眞影 : 초상화)에 부치는 시인 듯. '정(靜)'자와 '관(觀)'자를 근거로 하여 선의 핵심을 꿰찌르고 있다. 통쾌하기 이를 데 없는 작품이다.

스스로 읊음(自吟)

단 한 번에 건너뛰어 비로의 이마를 밟으니
백억의 석가모니 발아래 떨고 있네
비로소 천지창조 이전의 일을 알았나니
다만 지금 이 스물네 시간 속에 있네.

一超直踏毘盧頂 百億牟尼立下風
始知空劫那邊事 只在今時二六中

주 ◆이륙(二六) : 하루 24시간. 2×6=12. 옛날에는 하루를 12시간(十二支)으로 나눴음.

형식 : 칠언절구
출전 : 무경집(無竟集)

감상 이 제3구와 제4구에서 선(禪)의 본체는 모두 드러나 버리고 말았다. 이후의 모든 언어는 그러므로 뱀의 발(蛇足)에 지나지 않는다.

본성 (妙心正眼)

묘명심체 금강의 눈이여
고금을 초월하고 저 허공을 꿰뚫었네
햇빛 아래 눈부시게 빛나고 있는데
다만 너무 가까이 있어 그를 알지 못하네.

妙明心體金剛眼 越古超今貫太虛
白日堂陽光赫赫 唯緣太近不知渠

주 ◆묘명심체(妙明心體) : 묘하게 밝은 마음의 본성. ◆태근(太近) : 너무 가까이 있다.

형식 : 칠언절구
출전 : 무경집(無竟集)

감상 아아, 어머니, 본 일도 없고 또 보고 싶지도 않은 나의 어머니.
자, 보십시오. 제3구를 보십시오. 제4구를 보십시오. 만일 이 두 구절에서 깨닫지 못한다면 이것이야말로 배은망덕일 것입니다. 생명을 주신 분에 대한 배은망덕일 것입니다.

수류(隨流)

불조의 자취를 모두 없애 버리고
종횡무진 검을 휘둘러 죽이고 살리네
흐름 따라 묘를 얻으며 자유롭게 가나니
백로는 천 점의 눈송이로 밭에 내리네.

祖痕佛跡掃無餘 揮劍縱橫能殺活
隨流得妙自由行 白鷺下田千點雪

형식 : 칠언절구
출전 : 무경집(無竟集)

감상 제1급의 선시. 흐름도 좋고 구성도 멋지다. 특히 제4구는 압권이다. 입이 딱 벌어진다.

임종게(臨終偈)

한 소리 외치매 삼생의 꿈 깨어지고
외지팡이 휘둘러 대적관을 여네
만고에 당당한 진면목이여
어느 때 어느 곳에서도 서로 볼 수 없네.

一星揮破三眚夢 隻杖撞開大寂關
萬古堂堂眞面目 何時何處不相看

주 ◆성(星) : '聲'자의 잘못 쓰인 듯. ◆생(眚) : '生'자의 오자인 듯. ◆당(撞) : 부딪히다. 후려치다.

형식 : 칠언절구
출전 : 무경집(無竟集)

감상 담력이 큰 임종의 시. 그 지혜의 빛이 온 누리를 꿰뚫고 뻗는다.

영해약탄(影海若坦, 1668－1754) … 3편

조생원에게 (次京城趙生員韻)

달그림자 뜰 앞의 대나무요
바람 소리 난간 밖의 소나무네
선창엔 아무 일도 없거니
한가히 종소리를 헤아리네.

有影庭前竹 風聲檻外松
禪窓無箇事 閑數上房鐘

주 ◆함(檻) : 난간.

형식 : 오언절구
출전 : 영해대사시집초(影海大師詩集抄)

감상 스케치하듯 그려 나간 작품. 깊은 뜻은 없지만 그러나 경쾌한 맛이 일품이다.

목동(題南郊牧笛)

하늘 밖 구름은 저녁에 돌아오고
남녘들 황혼이 물들어 오네
목동이 피리 부는 곳
산비 어지러이 지나가네.

天外雲歸夕 南郊日暮初
牧童橫笛處 山雨亂疎疎

형식 : 오언절구
출전 : 영해대사시집초(影海大師詩集抄)

감상 제3구와 제4구가 서로 어울려 신비롭기 그지없는 분위기를 자아내고 있다. '목동의 피리 소리'와 '어지러이 지나가는 산빗줄기'…….

북악초가(北嶽樵歌)

북악의 나무꾼 노랫소리
봄하늘 석양을 돌아
바람을 타고 산 밖으로 울리며
내 사는 풀집으로 들어오네.

北嶽樵歌發 春天夕照廻
風飄山外響 時入草堂來

형식 : 오언절구
출전 : 영해대사시집초(影海大師詩集抄)

감상 길게 울리는 메아리, 그 소리 속에 일었다 사라지는 흥망성쇠여. 봄꿈은 또 얼마나 꾸었는가, 그대 환영의 밤에…….

허정법종(虛靜法宗, 1670-1733) … 27편

서산에 해지고(悼四室)

서산에 해지고
사방은 바람 차네
달 비치는 개울가 밤은 깊은데
설암엔 등잔불만 외로이 타네.

西山日落 四溟風寒
月渚夜冷 雪庵燈殘

주 ◆사명(四溟) : 사방의 바다. 四海, 宇宙. ◆설암(雪庵) : 눈 덮인 암자.

형식 : 고체시(古體詩), 평성한운(平聲寒韻)
출전 : 허정집(虛靜集)

감상 한 폭의 동양화를 보는 듯하다. 이 시의 이미지에서 우리는 교교한 달빛과 바람, 그리고 달빛에 더욱 하얀 눈과 추위, 여기에 먼 암자에서, 눈 덮인 암자의 어느 방안에서 배어 나오는 등잔불을 느낄 수 있다. 그 꿈 같은 정서를……. 아니 우리 영혼의 안식처인 그 곳을…….

비가(長悵望)

아침에도 슬피 바라보고
저녁에도 슬피 바라보네
슬피 바라보는 곳 어디인가
흰구름 저 하늘가 아득한 산 너머
산은 첩첩하고 물은 드넓어
고기는 잠기고 기러기 날아가다 되돌아오네
이마에 손을 얹고 다시 손을 얹으며
슬피 바라보고 슬피 바라만 보네.

朝亦長悵望 暮亦長悵望
悵望在何處 白雲天外嶂
山疊水亦闊 魚沈鴈亦障
斫額更斫額 悵望復悵望

㈜ ◆창망(悵望) : 슬퍼하면서 바라보다. ◆작액(斫額) : 멀리 바라보기 위해서 이마에 손을 대어 손차양 하다.

형식 : 오언율시
출전 : 허정집(虛靜集)

감상 갈 수 없는 곳, 산이 높고 물이 막혀 갈 수 없는 저 곳. 그래서 그리 멍하니 바라만 보고 있는가, 슬픈 시인이여.

청야(淸夜)

물 위에 바람 불고
연못에 달은 잠기네
이 맑은 맛을
아아, 즐기는 사람이 없네.

水面風生 潭心月落
一般淸味 無人自樂

형식 : 사언고시(四言古詩)
출전 : 허정집(虛靜集)

감상 그러나 허정당 법종대사여, 너무 외로워 말라. 저 세월의 흐름 밖에서 누군가가 그대와 같은 심정으로 이 밤을 서성이고 있나니…….

풀집 (草堂)

풀집은 비어 고요한데
풍월은 길이 한가롭네
주인은 홀로 누워 있나니
푸른 산만 겹겹이 에워 있네.

草堂虛靜 風月長閑
主人獨臥 數重靑山

형식 : 사언고시(四言古詩)
출전 : 허정집(虛靜集)

감상 '허정(虛靜)'과 '장한(長閑)', '독와(獨臥)'와 '청산(靑山)'의 대칭이 재미있다. 그 시상과 시정에 군더더기가 전혀 없다.

유거(幽居)

바람 소리 대나무에 차갑게 울고
이슬 젖어 소나무는 짙푸르네
유인은 취하여 누워 있나니
밝은 달과 빈 산이네.

風颼竹冷 露滴松寒
幽人醉臥 明月空山

㈜ ◆수(颼) : 바람 소리. ◆유인(幽人) : 어지러운 세상을 피하여 그윽한 곳에 숨어사는 사람. 隱者.

형식 : 사언고시(四言古詩)
출전 : 허정집(虛靜集)

감상 그윽한 골에 숨어사는 이의 삶이 신비할 정도로 잘 드러나고 있다. 은자여, 명월에 취했는가. 솔바람에 취했는가. 아니면 그대 자신에 취해 있는가.

산거(山居二)

창밖에 달빛은 새하얗고
물소리 베개 위에 차게 흐르네
봄꿈이 불현듯 깨이나니
가슴 속에 새벽의 그 별이 빛나네.

月色窓前皎潔 溪聲枕上清冷
春夢遽然覺罷 胸懷快活惺惺

주 ◆거연(遽然) : 급한 모양, 허둥지둥하는 모양.

형식 : 육언절구
출전 : 허정집(虛靜集)

감상 담백한 맛이 있다. 그러나 굽이치는 기백이 약하다.

고요한 밤(夜靜)

고요한 밤 풍경은 바람에 울고
빈 산 달빛이 창에 어리네
상방은 적요하여 세속일 끊겼나니
포단에 홀로 앉아 머언 물소리 듣네.

夜靜風鳴鐸 山空月映窓
上房寂歷囂塵絶 几坐蒲團聽遠淙

주 ◆탁(鐸) : 방울. 여기서는 '추녀 끝에 매달린 풍경인 듯'. ◆상방(上房) : 德이 높은 승려가 거처하는 房. ◆효진(囂塵) : 귀찮은 세속의 일. ◆원종(遠淙) : 멀리서 들려오는 물소리, 먼 물소리.

형식 : 고체시(古體詩)
출전 : 허정집(虛靜集)

감상 선승의 밤, 홀로 앉은 이의 심정을 읊은 시. 극적인 변화는 없지만 그러나 상큼한 맛이 있다.

산거(山居)

청산은 시정(詩情) 속에 고요하고
한낮은 꿈속에 한가하네
일없이 앉아 나이마저 잊나니
봄바람은 예대로 풀잎을 흔드네.

青山吟裏靜 白日夢中閑
無事坐來忘甲子 春風依舊草斑斑

주 ◆갑자(甲子) : 나이. ◆반반(斑斑) : 여기저기 흩어져 있는 모양.

형식 : 고체시(古體詩)
출전 : 허정집(虛靜集)

감상 한가하게 살아가는 산중의 삶. 그러나 너무 무사안일에 빠져 있다.

백봉을 보내며(送白峯)

강천에 달은 이미 기울고
옛 나루터에는 어둠이 깔리고 있네
가을바람 기러기 나그네 보내나니
봄은 오지만 간 사람은 다시 오지 않네.

江天日已暮 暝色古渡濱
鴈送秋風兼送客 春歸莫作未歸人

㈜ ◆도(渡) : 나루터. ◆빈(濱) : 물가(水邊).

형식 : 고체시(古體詩)
출전 : 허정집(虛靜集)

[감상] 백봉(白峯)이란 사람을 보내며 지은 시.
허정대사여, '봄은 오지만 간 사람은 다시 오지 않는 것'이 아니라 '봄도 오고 간 사람도 다시 오고 또 온다'.

청산에 (次權叅議重經韻)

청산에 흰구름 오고
흰구름 청산으로 가네
청산은 본래 움직이지 않는데
흰구름은 정처가 없네.

青山白雲來 白雲青山去
青山本不動 白雲無定處

형식 : 오언절구
출전 : 허정집(虛靜集)

감상 그러나 흰구름 없는 청산은 풍류가 없고, 청산 없는 흰구름은 너무 싱겁다.

홍진사에게 (次洪進士韻)

문 앞의 길에서 그대를 보내나니
지는 꽃잎 쓸지를 않네
봄바람 그 심정 알고
개울가 풀잎을 흩으며 가네.

相送門前路 落花人不掃
春風便有情 吹散磎邊草

[주] ◆계(磎) : '溪'와 같은 글자.

형식 : 오언절구
출전 : 허정집(虛靜集)

[감상] 저 봄바람이 길손을 보내는 주인의 마음을 읽고 개울가 풀잎을 휩쓸고 간다. 아아, 참으로 멋진 한 판의 놀이 아닌가.

해인사 일주문(次伽耶山海印寺一柱門韻)

옛 절에 쇠북 소리 울린 다음
일주문에 황혼이 물들어 오네
배꽃 속에 봄은 저물어 가는데
바람은 잠 깨어 흰 눈발 흩네.

古寺鐘初定 空門日欲曛
梨花春又晚 風動雪紛紛

주 ◆훈(曛) : 해가 진 뒤의 어느 한때. 황혼 무렵.

형식 : 오언절구
출전 : 허정집(虛靜集)

감상 해인사 일주문을 주제로 지은 시. 제3구와 제4구가 아주 탐미적이다.

육공수좌에게(次示六空首座)

세상에 무심한 사람이
산중의 나그네로 홀로 앉았네
언제나 일만이천 저 봉과 마주하여
검어졌다 희어졌다 하는 구름만 보고 있네.

無心世上人 獨坐山中客
常對萬千峯 只看雲黑白

형식 : 오언절구
출전 : 허정집(虛靜集)

감상 구름은 끊임없이 변해 가지만 그러나 그 구름을 바라보는 이는 언제나 여기 있다. 구름의 변해 가는 그 흐름을 꿰뚫어보며…….

쾌즙대사에게(贈快楫大師)

물이 순하고 바람도 순하니
배도 흐르고 언덕도 따라 흐르네
어부의 몇 가락 피리 소리여
명월은 만강의 가을이네.

水順風兼順 舟流岸亦流
數聲漁笛裏 明月滿江秋

형식 : 오언절구
출전 : 허정집(虛靜集)

감상 넉넉하기 이를 데 없는 시상이 작품 전반에 흐르고 있다. 특히 제4구가 돋보인다. 이는 동시에 허정대사 법종이 도달한 경지이기도 하다.

송월은(松廣寺無用大師韻次)

송월은 창문에 희고
물소리 문에 들어 우네
보고 듣는 것, 이 모두 살아 있으니
새벽처럼 초롱히 홀로 앉았네.

松月當窓白 巖泉入戶鳴
見聞皆活物 獨坐意惺惺

형식 : 오언절구
출전 : 허정집(虛靜集)

[감][상] 제3구와 제4구는 참으로 멋진 선구(禪句)다. 이에 비하여 제1구와 제2구는 제3구와 제4구를 이끌어 내기 위한 정경 묘사에 지나지 않는다.

월저 대화상(敬次月渚大和尙韻)

대지는 앉을 자리가 되고
하늘은 지붕이 되네
들이마시고 내뿜는 이 호흡 속에
백천 권의 경전이 구르고 있네.

大地以爲座 長天又作廳
居常出入息 能轉百千經

주 ◆청(廳) : 廳舍(난청) 또는 대청.

형식 : 오언절구
출전 : 허정집(虛靜集)

감상 생명은 이 호흡 속에 있다. 그러므로 들이마시고 내뿜는 이 호흡 속에는 생명의 만다라가 있다. 우주의 삼라만상, 그 생성과 파멸이 있다. 불멸의 그 파도 소리가 있다.

보정장로에게(次奉萬累普淨長老)

세상 밖의 외로운 길손,
인간 만사 속절없네
아득히 바윗가에 앉았나니
꽃 지고 또 봄바람 부네.

物外孤閑客 人間萬事空
冥心坐巖畔 花落又春風

형식 : 오언절구
출전 : 허정집(虛靜集)

감상 창밖에는 봄이 오고 여름이 가고 가을이 온다. 겨울이 가고 다시 봄이 온다. 창밖에는 지금…….

민기대사에게(次示內院城谷敏機大師)

달 밝은 가을 밤은 차고
구름 흩어진 돌 누각은 비었네
만뢰는 고요하기만 한데
처마끝 풍경이 바람에 우네.

月明秋冷夜 雲散石樓空
萬籟此俱寂 簷鈴獨轉風

형식 : 오언절구
출전 : 허정집(虛靜集)

감상 "나무 찍는 도끼 소리에 산은 더욱 깊어지네.(伐木丁丁山更幽－李白)"
처마끝 풍경 소리로 하여 고요는 더욱 그 깊이를 더하고 있다.

운서거사에게(次贈同鄕人雲瑞居士)

나그네 읊조리며 지팡이는 이르고
산사람(山人)은 돌을 베고 잠드네
서로 보고 한 번 웃은 다음
홀로 저 천 봉우리 속으로 들어가네.

野客吟筇至 山人枕石眠
相看一笑後 獨入千峯前

형식 : 오언절구
출전 : 허정집(虛靜集)

감상 시정이 무한한 여운을 남기고 있다. 차라리 선시(仙詩)에 가깝다.

은자를 찾아(訪隱不遇二)

옛 절 사람은 없고
두건 하나 벽에 걸렸네
흰구름 문밖에 깊어
어느 곳에 가 그를 찾으리.

古寺寂無人 脫巾唯掛壁
白雲門外深 何處尋行跡

형식 : 오언절구
출전 : 허정집(虛靜集)

감상 소나무 아래 동자에게 물으니
스승은 약초 캐러 갔다네
다만 이 산속에 있긴 있는데
구름 깊어 어디 있는지 알 수 없다네.
(松下問童子 言師採藥去 只在此山中 雲深不知處)

— 가도(賈島)

사시가(次四時詞)

봄바람 꽃 지는 골짜기(洞)
여름비 구름 이는 봉(峰)
가을 밤 벌레 우는 달(月)
겨울산 흰 눈 덮인 소나무(松).

春風落花洞 夏雨冒雲峯
秋夜虫鳴月 冬山雪壓松

주 ◆모(冒) : ~을 덮거나 가지다.

형식 : 오언절구
출전 : 허정집(虛靜集)

감상 사계절의 정경을 읊고 있다. '춘풍(春風)'과 '하우(夏雨)', '추야(秋夜)'와 '동산(冬山)'의 대칭이 재미있다.

달(月)

매달 보름이 되면
둥근 빛무리 구름 밖을 나오네
둥근 기세는 황금의 떡이요
평평한 모양은 백옥의 쟁반이네
굽은 난간 꽃그늘 옮겨 가고
깊은 섬돌 나무그늘은 춥네
가장 좋은 건 선비의 책상에서요
겸하여 취객이 바라보는 것이네.

每當三五夜 圓暈出雲端
團勢黃金餠 平貌白玉盤
曲欄花影轉 幽砌樹陰寒
最好書生案 兼宜醉客看

주 ◆삼오야(三五夜) : 十五夜.

형식 : 오언율시
출전 : 허정집(虛靜集)

감상 '달(月)'을 소재로 하여 읊은 시는 많다. 그러나 '달', 그 자체를 주제로 하여 읊은 시는 많지 않다. 여기 이 시는 '달', 그 자체를 주제로 삼고 있다.

눈(雪)

차가운 구름 속에 어지러이 흩날리니
높은 산은 먼저 백옥의 봉우리 되네
가지 위에 쌓여 배꽃인 듯 만발하고
나비처럼 날며 봄바람에 춤추네.

紛紛飄落冷雲中 高嶽先成白玉峯
着樹疑梨花滿發 飛空如蝶舞春風

형식 : 칠언절구
출전 : 허정집(虛靜集)

감상 '눈(雪)', 그 자체를 대상으로 삼고 있는 것이 이 시의 특징이다.
제3구와 제4구의 시정이 가히 환상적이다.

안개(霞)

비 갠 먼 골짜기, 골 입구에 비꼈는데
안개와 이내 같은 모습에 붉은 기운 더했네
한 줄기 석양빛이 여기 비치자
명주실 같기도 하고 비단폭 같기도 하네.

雨晴鴻洞洞門斜 嵐霧形洞赤氣加
一抹夕陽光彩彰 如綃如錦又如紗

주 ◆홍동(鴻洞) : 깊고 먼 모양. ◆초(綃) : 명주실.

형식 : 칠언절구
출전 : 허정집(虛靜集)

감상 석양이 비친 안개를 '명주실 같기도 하고 비단폭 같기도 하다'고 느끼는 작자의 감성이 놀랍다. 섬세하기 이를 데 없다.

회고(鄴都懷古次韻)

영웅호걸은 이미 향연기에 다하고
그 우렁찬 호령소리도 간 곳이 없네
가을비 찬 연기에 옛 나루터 덮였고
서풍과 지는 햇빛 빈 성을 비추네
청산은 말없이 구름과 함께 저물어 가고
유수는 흘러 흘러 바다로 가네
아아, 세월이 흘러 사람의 일 변해 가니
외로운 달만 스스로 와 밝아지는 것 보고 있네.

雄豪已盡分香焰 武畧今消橫塑聲
秋雨寒烟迷古渡 西風落日照空城
靑山不語依雲暮 流水長喧入海平
惆悵時移人事變 只看孤月自來明

주 ◆염(焰) : 불꽃. ◆무략(武畧) : 武略. 군사상의 책략. ◆횡소성(橫塑聲) : 橫塑賦詩의 소리인 듯. '橫塑賦詩'란 전쟁터(陳中)에서 詩歌를 읊는 풍류의 멋.

형식 : 칠언율시
출전 : 허정집(虛靜集)

감상 덧없이 변해가 버린 그 옛날에 대한 회고의 시.

발연암 회고(鉢淵庵懷古)

불조의 남은 자취 물 따라 흘러갔는가
옛날의 그 감회에 생각은 끝이 없네
거북머리 비석은 비 젖어 이끼 자욱하고
산안개에 묻힌 법당, 대낮에도 컴컴하네
솔고개에 학이 날아 구름은 만고에 흐르고
돌연못에 용은 가고 세월은 천추에 아득하네
풍광이야 사람 따라 가지 않았으니
석양을 등지고 서 있는 나그네의 근심이여.

佛祖遺蹤逐水流　感今懷舊思悠悠
龜碑雨濕蒼苔沒　鵝殿烟消白日幽
松嶺鶴飛雲萬古　石潭龍去月千秋
風光不逐前人滅　一任斜陽伴客愁

㈜ ◆발연암(鉢淵庵) : 금강산에 있는 암자. ◆아전(鵝殿) : 법당(대웅전)의 미칭인 듯. ◆월(月) : 歲月.

형식 : 칠언율시
출전 : 허정집(虛靜集)

감상 암자는 세월 따라 퇴락해 갔지만 그러나 풍광은 옛날 그대로였다. 길손이 더욱 수심 겨워하는 것은 바로 이 때문이다.

임종게(臨終偈)

껍질 벗고 한계마저 초월했으니
허공이 부서짐에 그 흔적 없네
나무사람(木人) 리라라 노래부르며
돌말(石馬)을 거꾸로 타고 유유히 돌아가네.

脫穀超然出範圍 虛空撲落無蹤跡
木人唱拍哩囉囉 石馬倒騎歸自適

주 ◆범위(範圍) : 일정한 한계. ◆박락(撲落) : 때려 떨어뜨림. ◆자적(自適) : 마음이 가는 대로 유유히 생활함.

형식 : 칠언절구
출전 : 허정집(虛靜集)

감상 선지로 번뜩이는 임종의 시다.
제3구와 제4구는 언어나 문자로는 이해할 수 없는 격외(格外)의 경지다. 이는 또한 동시에 작자 자신이 도달한 득도의 경지이기도 하다.

송계나식(松桂懶湜, 1684-1765) … 5편

유거(幽居)

몸은 흰구름 있는 곳 들어왔거니
흰구름은 이제 내 마음이네
자유롭게 소요하며
경치 따라 종횡으로 가고 있네.

身入白雲處 白雲如我情
逍遙自在去 逐景縱橫行

형식 : 오언절구
출전 : 송계대선사문집(松桂大禪師文集)

감상 흰구름 속에서 흰구름이 되어 자유롭게 가고 있는 그대여, 흰구름도 저 높은 봉우리는 넘지 못하느니…….

임종게(臨終偈)

천지는 면목이 없는데
도는 형단이 있네
뜬구름 같은 이 육체와 이별하나니
외로이 밝은 것만 누리에 차네.

乾坤無面目 能道有形端
永別浮虛體 孤明渾大閑

형식 : 오언절구
출전 : 송계대선사문집(松桂大禪師文集)

감상 간단 명료하기 이를 데 없는 임종의 시다. 여기 더 이상의 설명은 필요치 않다.

이산(移山)

일발에 인연 따라 정처 없으니
발자취 바람 같고 떠가는 구름 같네
뜰의 풀꽃들 세 번 변하는 걸 보고
이 산중에 오래 머문 줄 이제 알았네.

一鉢隨緣無定處 飄然蹤跡共雲虛
庭前節物看三變 只覺此山久入居

주 ◆일발(一鉢) : 발우. 승려의 밥그릇 한 개. ◆절물(節物) : 계절에 따라 나오는 産物.

형식 : 칠언절구
출전 : 송계대선사문집(松桂大禪師文集)

감상 바람 부는 대로 물결치는 대로 인연 따라 떠도는 운수납자(雲水衲子)의 삶을 읊은 시. 한산(寒山)의 시풍과 닮은 데가 있다.

행각승(行脚僧)

인간 세상 무한근심 흩어 버리고
바람 같은 신세여 발길 따라 노니는가
백년 천지에 한 표주박의 나그네
달을 읊고 바람 맞으며 흥이 절로 넘치네.

散盡人間無限愁 飄然身世任閑遊
百年天地一瓢釋 詠月吟風興自悠

형식 : 칠언절구
출전 : 송계대선사문집(松桂大禪師文集)

감상 그러나 이제는 떠도는 나그네의 생활도 어렵게 됐다. 잠잘 데가 예전 같지 않고 밥 비는 것이 여의치 않기 때문이다. 생활이 풍부해질수록 인심이 점점 더 고약해져 가고 있다. 가지면 가질수록 점점 더 구두쇠가 돼 가고 있다.

산영루에서(山影樓)

산그늘 그윽할 때 물그림자 그윽하니
중이 한가한 곳 새 또한 한가로이 노니네
한 마리 학은 영영 소식이 없고
만 굽이 굴러가는 개울물만 예 있네.

山影幽時水影幽 僧閑遊處鳥閑遊
緱地一鶴無消息 只有淸溪萬曲流

주 ◆구지(緱地) : 地名. 中國 河南省에 있다.

형식 : 칠언절구
출전 : 송계대선사문집(松桂大禪師文集)

감상 신선이 타고 날아간 학은 영영 돌아오지 않고 그 날의 그 물굽이만 예 흐르고 있는가. 꿈 깨라. 불로장생의 환영에서 어서 깨어나거라.

회암정혜(晦庵定慧, 1685-1741) … 1편

꽃 밟는 향기(訪普聞庵主不遇)

꽃 밟는 향기 신 가득 붐비고
돌의 찬 기운, 옷자락에 젖네
마음골 울적하여 벗 찾아온 나그네
구름밭 헤치며 외로 가노니.

踏花香滿屐 捫石冷侵衣
怊悵尋朋客 披雲獨自歸

주 ◆극(屐) : 나막신.(度門闕乃納屐-宋書). ◆문(捫) : 만지다. 더듬다. ◆초창(怊悵) : 슬퍼하다. 울적하다.(怊乎若嬰兒之失其母-莊子)

형식 : 오언절구, 평성미운(平聲微韻)
출전 : 회암집(晦庵集)

감상 작자는 보문암(普聞庵)이란 암자에 기거하는 그의 친구를 찾아갔다가 만나지 못하고 돌아오는 길에 이 시를 지었다. 아마 울적한 마음을 달래 보려고 벗을 찾아갔다가 허탕쳤나 보다. 그래서 이 산사람은 더욱 외로웠나 보다. '독자귀(獨自歸)', 이 한 구절의 시구에 작자의 심정이 넉넉히 표현되고 있다.

호암체정(虎巖體淨, 1687-1748) … 1편

임종게(臨終偈)

쓸데없이 빈말을 너무 많이 지껄이고
서쪽을 물으면 동쪽으로 대답했네
오늘 아침 크게 웃고 떠나가나니
풍악산은 뭇 향기 속에 은은하네.

請法多差失 問西還答東
今朝大笑去 楓岳衆香中

주 ◆풍악(楓岳) : 金剛山.

형식 : 오언절구
출전 : 고문집(古文集)

감상 그 시정과 시상에 호방한 데가 있다.

상월새봉(霜月璽篈, 1687-1767) … 4편

홍처사에게(次洪處士軸韻)

인간에 머물지 않고
물외에 한가로이 오고 가네
개울마다 밝은 달이요
흰구름은 정처가 없네.

人間無住着 物外閑來去
明月幾千溪 白雲無定處

형식 : 오언절구
출전 : 상월대사시집(霜月大師詩集)

감상 시상이 빼어난 데가 있다. 제3구가 아니었더라면 너무 심심할 뻔했다.

물소리 거문고여(松風鳴夜絃)

물소리 거문고여, 누가 뜯는 가락인가
솔가지 가야금은 스스로 줄을 켜네
지음인은 어느 곳에 있는가
오직 저 하늘에 달이 있을 뿐.

澗瑟誰彈曲 松琴自奏絃
鍾期何處在 惟有月當天

주 ◆종기(鍾期) : 鍾子期. 知音人.

형식 : 오언절구
출전 : 상월대사시집(霜月大師詩集)

감상 솔바람 소리를 거문고 뜯는 소리로 듣고 있다. 그리고 이 거문고 소리를 알아듣는 지음인(知音人)으로서 저 하늘의 달을 가리키고 있다. 자칫하면 일상적일 뻔했던 산문이 제4구의 '월(月)'자로 하여 아슬아슬하게 시가 되고 있다.

해와 달 등불삼아(書懷)

해와 달 등불삼아 그 등불 다함 없고
하늘땅 집을 삼아 그 집은 끝이 없네
이 몸이 가는 곳마다 이 생애는 족하나니
배고프면 송홧가루요 목마르면 샘물 있네.

日月爲燈燈不盡 乾坤作屋屋無邊
此身隨處生涯足 飢食松花渴飮泉

형식 : 칠언절구
출전 : 상월대사시집(霜月大師詩集)

감상 태평이다. 무사태평이다. 그러나 이젠 물도 함부로 마실 수 없는 세월이 되었다. 신선이 산다는 이 나라의 방방곡곡. 그러나 지금은 산업공해로 하여 이 나라 방방곡곡의 샘물이 신음하고 있다.

위음의 옛 부처(次萬善丈韻)

위음의 옛 부처 태어나기 전
대도는 말이 없어 본래 자연 그대로네
가지 위에 꽃 피어 땅으로 지고
동해에 달이 떠서 서쪽으로 이우네
기러기 가을 되면 남녘으로 갈 줄 알고
제비는 봄집을 떠나 북녘으로 향하네
이것은 이 비로의 진면목이니
어찌 언어문자로 이 밖에 더 심오함을 구하는가.

威音古佛未生前　大道無言本自然
花發上林飛下地　月昇東海落西天
鴈知秋社歸南紀　燕別春巢向北邊
此是毘盧眞面目　豈將文字更求玄

주 ◆추사(秋社) : 立秋가 지난 후 다섯 번째의 戊日. ◆남기(南紀) : 남쪽지방.

형식 : 칠언율시
출전 : 상월대사시집(霜月大師詩集)

감상 깨닫고자 하는가. 계절이 가고 구름이 흐르는 이 자연현상을 보라. 언어로 쓰이지 않은 이 '글자 없는 경전'을 보라.

천경해원(天鏡海源, 1691－1770) … 13편

예로부터 끊임없이(心燈)

예로부터 끊임없이 전해 온 이 등불
심짓불 안 돋아도 그 밝음 사무쳐라
미친 바람 비 뿌림에 몸 맡기어도
새는 집 빈 창에 그림자만 맑아라.

歷劫傳傳無盡燈 不曾挑別鎭長明
任他雨灑兼風亂 漏屋虛窓影自淸

주 ◆도(挑) : 挑燈. 심지를 돋우다.(挑燈長－王君玉)

형식 : 칠언절구
출전 : 천경집(天鏡集)

감상 깨달음은 마치 등불과 같아서 마음에서 마음으로 전해 준다. 즉 이 마음에 켜진 불멸의 불을 그대 그 마음의 심지에 불붙여 주는 것이다. 그리하여 일단 이 마음의 심지에 불붙여진 '불꽃'은 그 어떤 비바람 앞에서도 꺼지거나 더러워지지 않는다. ……이것이 바로 불가사의한 일이다.

구름과 달노래(禪偈)

몸은 흰구름 더불어 이 세상에 왔노라
마음아 명월 따라 어디메로 가느냐
오고 가는 것, 오직 이 구름하고 달이라
구름 흩어지면 저 달빛 누리에 차리.

身與白雲來幻界 心隨明月向何方
生來死去惟雲月 雲自散兮月自明

주 ◆환계(幻界) : 환영같이 덧없는 이 세상. ◆향하방(向何方) : 어느 쪽을 향하느냐. ◆유(惟) : 오직, 다만. ◆자(自) : 스스로.

형식 : 칠언절구, 평성양운(平聲陽韻)
출전 : 천경집(天鏡集)

감상 이 육신을 '구름'에, 그리고 마음을 '달'에 비유하여 몸은 늙고 병들어 가지만 마음은 영원불멸하다는 것을 노래하고 있다. 아니 달빛을 가리는 게 구름이듯 마음의 빛을 가리는 게 몸이라고 제4구는 말하고 있다. 그러나 생각해 보라. 저 하늘에 덩그러니 달 한 개만 떠 있는 것과 그 달 허리에 실구름이 감긴 그것과 자, 어느 쪽이 더 신비롭게 보이는가. 물론 실구름을 허리에 감은 달 쪽이다. 몸이 없다면 이 체온이 없다면 내 그대를,

그대 영혼의 향기를 어디 가서 맡으리. 이 육신에 애착을 두지 말라. 그러나 동시에 이 육신을 함부로 내던지지 말라. 달을 가리는 것은 구름이지만 그러나 달을 신비롭게 해주는 것도 또한 구름이다.

월송대사에게 (贈月松大師)

달빛 들어 솔바람 희고
솔잎은 달빛에 물들어 차갑네
그대에게 지혜의 검(劍)을 주노니
돌아가 달빛과 소나무 사이에 누워 지내라.

月入松聲白 松含月色寒
贈君般若劍 歸臥月松間

주 ◆함(含) : 머금다. 여기서는 '물들다'. ◆반야검(般若劍) : 般若는 '지혜', 劍은 그 지혜를 수식하는 말. 즉 어떤 것도 한 번 내리치면 단칼에 두 동강이 나고야 마는 名劍 같은 지혜.

형식 : 오언절구, 평성한운(平聲寒韻) · 산통운(刪通韻)
출전 : 천경집(天鏡集)

감상 월송(月松)이란 중에게 주는 시로서 스승의 간절한 말이 은근히 배어 있다. 내용인즉 이 세상의 시시비비에 말려들지 말고 달과 소나무를 벗삼아 이 자연 속에서 조용히 살아가라는 당부다. 이 시로 보아서 아마 당시의 많은 수행자들이 세상의 이익과 시비에 말려들었을 가능성이 있다. 그래서 월송에게만은 그의 이름이 말해 주듯 '달과 소나무'를 벗삼아 지혜롭게 살아가라고 말하고 있는 것이다. 선사 천경(天鏡)은…….

벽에 표주박 하나 걸어 놓고(壁上掛一瓢)

진종일 나도 잊고 앉아 있나니
하늘이 꽃비 뿌려 흩날리네
내 생애여 무엇이 남아 있는가
표주박 하나 벽 위에 걸려 있네.

終日忘機坐 諸天花雨飄
生涯何所有 壁上掛單瓢

주 ◆표(飄) : (꽃잎 따위가) 바람에 날려 흩어지다. ◆단표(單瓢) : 표주박 하나.

형식 : 오언절구, 평성소운(平聲蕭韻)
출전 : 천경집(天鏡集)

감상 단 한 개의 표주박마저 거추장스러워 벽에 걸어 놓고 앉아 있는 사람. 무소유(無所有)란 바로 이런 걸 두고 하는 말이다. 개나 걸이나 무턱대고 '무소유', '무소유'를 외치고 다녀서야 어디 쓰겠는가. 저 하늘이 부끄럽거든 아예 이런 말을 책임 없이 함부로 외치고 다니지 말라. 개구리가 화를 낸다. 어흠!

관음굴(觀音窟)

바다 빛깔 누대 앞에 넓고
파도 소리 굴 속에 깊네
주인은 세상일 잊어버린 채
갈매기의 하얀 마음뿐이네.

海色臺前濶 波聲窟內深
主人忘世事 惟是白鷗心

주 ◆대(臺) : 여기서는 '義湘臺'를 말함인 듯. ◆백구(白鷗) : 흰 갈매기.

형식 : 오언절구
출전 : 천경집(天鏡集)

감상 낙산사 홍련암(紅蓮庵)을 읊은 시. 제2구가 실감난다.

준청사에게 (示俊淸師)

달빛 창문에 희고
솔바람 베개 위에 맑네
이 가운데의 무한한 정취여
세인들 평하기 어려우리.

月色窓間白 松聲枕上淸
此中多意趣 難與世人評

형식 : 오언절구
출전 : 천경집(天鏡集)

감상 그렇겠지. 땅 사기에, 집 사기에 바쁜 사람들에게는 달빛과 솔바람 소리 들릴 리 없지. 내 어린 날 까마득히 듣던 그 노송천궁(老松天宮)의 솔바람 소리 들릴 리 없지…….

원혜에게 (次贈圓慧)

나그네 한가로이 아무 일 없어
턱을 괴고 대방에 누워 있네
오직 들리느니 개울 옆 버들가지 위
꾀꼬리 소리 한 곡조 기네.

客榻閑無事 支頤臥竹房
惟聞溪柳上 鶯歌一曲長

[주] ◆지이(支頤) : 支頤坐. 두 손으로 턱을 괴고 앉아 있다.

형식 : 오언절구
출전 : 천경집(天鏡集)

[감상] 한가하다. 참으로 한가하다. 일본 고베(神戶)에서는 어제 (1995. 1. 17.) 7.2도의 지진이 나서 몇천 명의 사상자가 났는데, 지금 이 시간에도 불타고 있는데 한가하다. 천경대사 해원이여, 참으로 한가하다.

체우대사에게(次體愚大師)

물은 이 파도 속에 있으니
'도'를 몸 밖에서 구하지 말라
안빈은 진정한 즐거움이니
가는 곳마다 근심걱정 잊어버리게.

水是波中在 道非身外求
安貧眞汝樂 到處遂忘憂

주 ◆안빈(安貧) : 궁하면서도 편안한 마음으로 살아가는 것.

형식 : 오언절구
출전 : 천경집(天鏡集)

감상 물은 파도 속에 있듯, 도(道)는, 도를 찾는 내 마음속에 있나니 나가지 말라. 그대 몸 밖으로 나가지 말라. 가난은 죄악이 아니라 축복이다. 구도자에게 있어서는…….

혜공에게 (次慧公)

봄날이 한가하여 일이 없으니
산속에서 일어나는 흥취가 기네
곤하게 한숨 잘 자고 나니
가랑비가 평상에 차게 젖었네.

春日閑無事 山間引興長
困來打一睡 微雨冷侵床

형식 : 오언절구
출전 : 천경집(天鏡集)

감상 모든 잡다한 인연에서 벗어나 넉넉한 휴식을 취하고 있는 은자의 삶을 읊은 시. 시정은 '봄(春)'과 '봄잠(一睡)'과 '가랑비(微雨)'로 이어지고 있다.

석양길 (夕陽途中)

해는 구름산에 지려 하는데
황혼에 나그네길은 멀기만 하네
오늘 밤은 어디메서 묵으려는가
달 밝은 강마을의 서쪽편이네.

日欲雲山盡 黃昏客路迷
今宵何處宿 明月水村西

주 ◆금소(今宵) : 今夕. 오늘 밤.

형식 : 오언절구
출전 : 천경집(天鏡集)

감상 강나루 건너서 / 밀밭길을
구름에 달 가듯이 / 가는 나그네
길은 외줄기 / 남도(南道) 삼백 리(三百里)
술익는 마을마다 / 타는 저녁놀
구름에 달 가듯이 / 가는 나그네.
– 박목월(朴木月)의 〈나그네〉

낙민루 (樂民樓)

큰 들녘은 동해에서 끝나는데
층층한 산봉우리 북극은 머네
성 밑의 물을 내려다보니
사람들은 거울 속의 다리를 건너네.

大野東溟盡 層峰北極遙
俯看城下水 人渡鏡中橋

주 ◆동명(東溟) : 東海.

형식 : 오언절구
출전 : 천경집(天鏡集)

감상 제4구는 그대로 선명하기 이를 데 없는 한 장의 컬러 사진이다. 영상미가 그만이다.

한송을 보내며(送別寒松)

그대 보내는 다리에 낙엽은 쌓이고
물소리 우짖는 듯 또는 노래하는 듯
가을바람 돌길에 바람처럼 가나니
어느 곳 연하 속에 다시 만나리.

送別橋頭落葉多 水聲如訴又如歌
秋風石路飄然去 何處烟霞更接他

[주] ◆교두(橋頭) : 다리. '頭'는 어조사. ◆연하(烟霞) : 산에 끼는 연기와 안개.

형식 : 칠언절구
출전 : 천경집(天鏡集)

[감상] 감상적인 이별의 시. 좀 더 빼어난 선지(禪智)가 있었더라면…….

달밤에 제하당에 앉아(月夜坐霽霞堂)

그 발자취 찾아와서 눈물 옷깃 적시는데
본래 태어나지 않았거니 죽음 어이 있으리
오늘 밤 스승의 강당에 밝은 저 달은
옛날대로 뜰 가득 서리처럼 차갑네.

行尋遺跡漏添裳 本自無生可得亡
今夜先師講堂月 滿庭依舊冷如霜

형식 : 칠언절구
출전 : 천경집(天鏡集)

감상 작자는 지금 옛 스승의 강당(경을 배우던 집)에 찾아와서 그 날의 그 회상(回想)에 젖고 있다.
제2구에서는 선구(禪句)를 끌어와 '나고 죽음이 없다'고 억지로 태연한 체하고 있다. 그러나 제3구와 제4구에서 그만 슬픔을 이기지 못하는 작자의 심정이 남김없이 드러나 버리고 말았다.

월파태율(月波兌律, 1695-1775) … 3편

누가 둥근 거울 빚어서(月賦)

누가 둥근 거울 빚어서
저 하늘 높게 걸어 놓았나
그 빛은 끝없어
온 누리 구석구석 비추네.

誰作淸圓鏡 高縣萬丈空
光明無限量 遍照十方中

주 ◆월부(月賦) : 달에 관한 詩. ◆고현(高縣) : 높이 달아 놓다. ◆편조(遍照) : 골고루 비추다.

형식 : 오언절구, 평성동운(平聲東韻)
출전 : 월파집(月波集)

감상 군살이 전혀 없이 아주 깔끔한 시다. 그냥 달을 노래한 '시'로서 깨끗하고 선(禪)의 경지를 읊은 '선시'로서도 흠잡을 데가 없다.

다시 수국사에서(重到守國寺卽吟)

스무 해 전 이 절의 주인이었더니
오늘은 나그네 되어 다시 찾아왔네
절은 비어 사람 가고 아는 이 없으니
길손의 수심은 이 가을 더불어 깊어만 가네.

二十年前曾作主 重來此日却爲賓
寺空人散親知少 客裡愁情轉倍新

형식 : 칠언절구
출전 : 월파집(月波集)

감상 이십 년 전에 살던 곳을 찾아온 나그네. 그 날의 그 번영을 회상하며 인생무상을 실감하고 있다. '가을'의 이미지를 끌어들임으로써 수심은 더욱 깊어지고 있다.

두견이(杜鵑)

전세에 무슨 인연으로 금생에 새가 되어
무슨 한(恨)이 그리 많아 가슴앓이 하는가
이 산중에서 피 흘려 울어 본들 소용없으니
입 다물고 남은 봄만 지내는 것이 보다 나으리.

前作何緣今作鳥 含愁抱恨喪精神
血淚山中無用處 不如緘口過殘春

형식 : 칠언절구
출전 : 월파집(月波集)

감상 밤새도록 울고 있는 저 두견이. 누구의 못다 한 한(恨)이 저리 슬피 울부짖고 있는가. 울어 본들, 울부짖어 본들 소용없으니 차라리 침묵을 지키며 남은 날을 보내는 것이 나으리. 왜냐면 한(恨)은 한(恨)으로서 풀 수 없기 때문이다.

용담조관(龍潭慥冠, 1700－1762) … 3편

산비 그윽한 곳(閑居卽事)

산비 그윽이 내리는 곳
새소리 지저귀는 때네
마음물결 일고 지는 것 돌아보나니
노송의 가지에 바람이 움직이네.

山雨濛濛處 喃喃鳥語時
返觀心起滅 風動老松枝

㈜ ◆몽몽(濛濛) : 가랑비 오는 모양, 비나 안개가 끼어 침침한 모양.(零雨其濛－詩經) ◆남남(喃喃) : 새 따위가 재잘거리다.(喃喃細語－北史)

형식 : 오언절구, 평성지운(平聲支韻)
출전 : 용담집(龍潭集)

감상 선시로서 아주 격조 높은 작품이다. 특히 제3구를 이어받은 제4구는 절창이다. 작자의 마음이 그대로 노송의 가지로 가서 바람이 되어 우— 일어나고 있는 것이다. 우— 노송의 가지를 움직이고 있는 것이다.
얼른 보기에는 평범한 구절이지만 그러나 제3구와 연결지어 보면 결코 평범한 구절이 아님을 알 수 있다.

작은 냇가 풀집(次幽居韻)

작은 냇가 풀집을 새로 지었나니
소나무와 대나무 있어 별다른 천지네
굳이 복사꽃을 심어 두지 않는 까닭은
세상에 알려질까 염려해서네.

新開茅屋小溪邊 松竹依然別一天
不種桃花深有以 恐將消息世間傳

주 ◆이(以) : 까닭, 원인, 이유.

형식 : 칠언절구
출전 : 용담집(龍潭集)

감상 용담대사 조관이여. 왜 이리 소극적인가. 그래 가지고서야 누구를 구제하겠는가. 그대가 숨어 있는 그 산속인들 이 세상의 하늘이 아니리. 이 세상의 땅이 아니리. 어설픈 짓 그만 치우고 어서 나오라. 삶의 이 불꽃 튀기는 현장으로 어서 들어오라.

불을 지피며(自爇)

추위 오자 불을 지펴 그 연기 어둑하니
늙은 눈물 두 줄기 양쪽 볼에 흐르네
늘그막에 궁핍하다 말하지 말라
이 가운데 진짜 맛은 말로 다할 수 없네.

寒來爇竈竈烟昏 老淚橫成兩頰痕
休謂暮年生計薄 箇中滋味不堪言

형식 : 칠언절구
출전 : 용담집(龍潭集)

감상 멋지다. 참으로 멋진 선시다. 몸은 비록 가난하지만 그러나 마음만은 결코 그렇지 않다.(實是身貧道不貧－證道歌)

해봉유기(海峰有璣, 1707-1785) … 1편

병상에서(庚申病中作)

병들어 일 년에 머릿발 희끗희끗
배움에 게을렀음을 부끄럽게 생각하네
지난날 만 권 책은 고기잡이 그물이라
바다에 가 모래알 세기 어느 세월에 끝나리.

病臥一年頭亦白 自羞於學未專工
往時萬卷筌啼業 入海籌砂不見終

㈜ ◆자수(自羞) : 스스로 부끄럽게 생각하다. ◆전(筌) : 통발. 물고기 잡는 (대오리로 만든) 제구.(得魚而忘筌-莊子) ◆제(啼) : 토끼 따위를 잡는 올가미.(得兎而忘啼-莊子) ◆주사(籌砂) : 모래알을 세다.

형식 : 칠언절구, 평성동운(平聲東韻)
출전 : 호은집(好隱集)

감상 문자의 공부에 찌들어 몸을 망친 한 선비가 문자 밖의 드넓은 세계를 그리워하는 심정이 이 시(詩)의 내용이다.
문자는, 진리 앞에서의 문자는 마치 저 바닷가에 널린 모래알과 같다. 그 모래알을 한 알 한 알 헤아리다가는 어느 세월에 다 헤아려 볼 수 있겠는가. 자구(字句)의 해석에만 급급하다가는 어느 세월에 저 자구를 넘어선 세계에 이르겠는가.

야운시성(野雲時聖, 1710-1776) … 1편

먼 멧부리 하늘 괴어 푸르렀고(題浮石寺極樂庵壁)

먼 멧부리 푸른 하늘 떠받쳤고
긴 강은 땅을 가르며 굽이쳐 가네
간밤 남은 빗소리 들으며
바람 부는 난간에 시름없이 기대었네.

遠峀撑天碧 長江劈地喧
五更殘夜雨 愁殺倚風軒

㊟ ◆수(峀) : 岫. 산봉우리. ◆탱(撑) : 버티다. ◆벽(劈) : 쪼개다.(劈波得泉魚-錢起) ◆훤(喧) : 시끄럽다. 여기서는 흘러가는 물의 '요란한 소리'. ◆수살(愁殺) : 근심함. '殺'은 어조사.(笑殺天下人-唐書) ◆헌(軒) : 난간.(天子自臨軒檻-漢書)

형식 : 오언절구, 평성원운(平聲元韻)
출전 : 야운대선사문집(野雲大禪師文集)

감상 초여름의 어느 비 오는 날의 새벽. 머언 강물이 굽이쳐 가는 걸 보며(사실 여기에서 '굽이쳐 간다[喧]'는 표현은 무리다. 왜냐면 멀리 보이는 강은 그 동적인 느낌이 없기 때문이다) 작자는 비감(悲感)에 젖고 있다. 작자의 이 비감과 간밤의 남은 빗소리가 새벽이라는 이미지와 절묘하게 맞아떨어지고 있다.

오암의민(鰲巖毅旻, 1710-1792) … 1편

낮잠(晝眠)

낮잠에 들어
내 꿈은 서방정토를 밟네
새 우는 한 소리에 문득 깨이니
여전히 이곳은 사바세계네.

胡床白日眠 夢踏西方路
黃鳥一聲中 依前忍界土

주 ◆서방(西方) : 서방정토. ◆인계토(忍界土) : 堪忍界土. 즉 '우리가 사는 이 세상', 사바세계.

형식 : 오언절구
출전 : 오암집(鰲巖集)

감상 오암대사 의민이여. 왜 모르고 있는가. 이 사바세계가 그대로 서방정토(극락)인 줄을 왜 모르고 있는가. 이 답답한 친구여.

용암체조(龍巖體照, 1714-1779) … 1편

임종게(絶筆)

나와 친했던 그대
어느 때 다시 친해 보리
친했던 것은 이미 지난일이니
지금은 그대와 나 아무 연고가 없네
나는 지금 또 다른 벗과 친하나니
지나간 성인들과 함께 있네
오늘 아침 크게 웃고 떠나가나니
금강산 일만 봉우리 물가에 있네.

與我有親卿 何時更有親 親返前昔在 今又無緣因
我今又得在 前聖是吾親 今朝大笑去 楓岳萬峰濱

주 ◆풍악(楓岳) : 金剛山. ◆빈(濱) : 물가.

형식 : 오언율시
출전 : 용암당유고(龍巖堂遺稿)

감상 이 육신을 미련 없이 떠나 보내고 있다. 선승이라면 적어도 이 정도는 돼야 하지 않겠는가.

대원대사(大圓大師, 1714-?) … 1편

고인 영전에 (輓人)

인생 칠십 고래희라 누가 말했는가
백세광음도 새 나는 것 같네
저승길 아득히 어디로 가시는가
차가운 숲 달빛만이 홀로 밝네.

誰言七十古來稀 百歲光陰似鳥飛
冥路杳茫何處去 寒林月色獨依依

형식 : 칠언절구
출전 : 대원대사문집(大圓大師文集)

감상 고인의 영전에 드리는 시.
인생무상의 시정이 전편에 흐르고 있다.
제1구, 제2구, 제3구는 그저 평범한 산문에 지나지 않는다. 그러나 제4구로 하여, 제4구의 '한(寒)·월(月)·독(獨)'자로 하여 시 전체가 되살아나고 있다.

묵암최눌(默庵最訥, 1717-1790) … 3편

이 빛덩이(次碧谷韻)

이 빛덩이 안과 밖이 모두 없어서
풍월이 온몸에 가득함이여
모양 따라 나뉘어서 길거나 짧음이여
어느 때는 구겨지다 또 어느 땐 펴짐이여
이것 풀면 저 허공도 비좁다지만
거두고 다시 보면 티끌 속에 들어가네
'도'는 본래 피차가 없거니
어디 감히 사사로움 용납하리요.

光輝無表裡 風月滿全身 應物分長短 隨時任屈伸
放行彌六合 斂跡納纖塵 道本無彼此 何容面目親

㈜ ◆미(彌) : 널리 펴지다. 가득 차다.(彌山跨谷-漢書) ◆육합(六合) : 우주, 천하. ◆염(斂) : 거두다. 거둬들이다.(斂時五福-書經)

형식 : 오언사율(五言四律), 평성진운(平聲眞韻)
출전 : 묵암대사시초(默庵大師詩抄)

감상 양파를 원숭이에게 던져줘 봐라. 껍질을 벗기면 또 껍질이요, 그 껍질 속의 껍질을 벗기고 보면 또다시 껍질이라. 껍질 속의 껍질. 그 껍질 속의, 껍질 속의…… 껍질, 껍질로만 이어지는 양파의 정체를 알고는 화가 난 원숭이씨.

꽥꽥 소리를 지르며 두 눈을 부라리고 양파를 던진 사람에게 껍질뿐인 그 양파를 되던져 버린다. 그러나 이 원숭이씨, 하나는 알았지 둘은 몰랐다. 껍질을 다시 채곡채곡 겹쳐 놓고 보면 껍질이 모여 하나의 양파 속을 이루고 있는 것을. 안이다 밖이다 하고 따짐은 이쪽에서 보면 저쪽이 안이고 이쪽이 밖이다. 그러나 이번에는 다시 저쪽에 서서 이쪽을 보면 저쪽은 밖이 되고 이쪽은 안이 된다. 마찬가지다. 방위도 그렇고 시간도 그렇고 심지어는 도덕적 가치마저 그렇다. 그러므로 우리는 'A는 B다' 식의 관념을 어서 바삐 깨 버려야 한다.

제야음(除夜吟一)

버들눈썹 바람 일어 마음가지 흔들고
골짜기 구름 피어 마음거울에 먼지 이네
파도 이는 겉모습 쫓아 헤매지 마라
삼라만상 낱낱 것이 내 그림자 그 아니냐.

柳眉風動心搖樹 谷口雲生性起塵
莫把頭頭看外事 須知萬像屬眞人

주 ◆곡구(谷口) : 골짜기의 어귀.

형식 : 칠언절구, 평성진운(平聲眞韻)
출전 : 묵암대사시초(默庵大師詩抄)

감상 내 손짓 하나에서 발짓 하나에 이르기까지, 내 눈짓 하나에서 말 한마디에 이르기까지 그대 눈짓 하나에서 손짓 발짓에 이르기까지 진리 아닌 것이 어디 있겠느냐. 봄소식 아닌 것이 어디 있겠느냐.
자, 흘러가는 바람이나 보면서 안동소주 한잔 마셔 볼까나. 아니면 냉수 한 잔이라도…….

봄을 즐기며(玩春)

이슬 맺혀 꽃볼마다 눈물이요
바람은 깨어 대숲 휩쓰는구나
버들잎 풀언덕에
진종일 홀로 앉아 좌선하는 저 늙은이.

露泣花千朶 風鳴竹一叢
綠楊芳草岸 終日坐禪翁

주 ◆총(叢) : 숲.(叢薄之中-淮南子) ◆좌선옹(坐禪翁) : 참선을 하는 늙은이.

형식 : 오언절구, 평성동운(平聲東韻)
출전 : 묵암대사시초(默庵大師詩抄)

감상 이 시의 원제목 '완춘(玩春)'은 '봄을 감상함'이다. 꽃마다 이슬이 맺혀 있고 바람은 우우 대숲을 달린다. 언덕에는 버드나무 푸른 가지 움직이고 있는데 거기 한 노인이 앉아 있다.
굳이 뭣 땜에 앉아 있느냐고 물어 볼 필요는 없다. 여하튼 봄의 이 풍경 속에 들어가면 누구나 도인이 될 테니까…….

해붕전령(海鵬展翎, ?-1826) … 1편

가뭄에 단비(次喜雨韻)

비 뿌리는 곳마다 노랫소리요
구름 가는 곳마다 풍악이 우네
들빛은 희끗희끗 물로 넘치고
봄빛은 푸릇푸릇 밭이랑에 짙네.

雨施千城處處曲 雲行萬國家家絃
野光白白重重水 春色靑靑疊疊田

형식 : 칠언절구
출전 : 해붕집(海鵬集)

감상 오랜 가뭄에 단비가 오자 자연과 사람들이 모두 기뻐하는 모습이 눈에 선하다. 이 작품은 선시라기보다는 그냥 한 편의 상큼한 시다. '우시(雨施)'와 '운행(雲行)', '야광(野光)'과 '춘색(春色)'의 대칭이 풍성한 봄기운을 더하고 있다.

추파홍유(秋波泓宥, 1718－1774) … 2편

화장암에서 (宿華莊庵遇豐溪和贈)

자네는 어느 산에서 왔는가
나는 방금 황악산에서 오는 길일세
서로 보고 한바탕 웃는데
가을빛 뜰 아래 회나무를 적시네.

君自何山至 我從黃嶽來
相峯成一笑 秋色入庭槐

주 ◆황악(黃嶽) : 黃嶽山. 이 산에 직지사가 있다. ◆괴(槐) : 槐木. 회나무.

형식 : 오언절구, 평성회운(平聲灰韻)
출전 : 추파집(秋波集)

감상 바랑 하나를 짊어지고 산과 산으로 다니며 참선을 하는 선승(禪僧)들의 재회장면을 마치 한 폭의 석도선화(石濤禪畵)처럼 재현해 내고 있다. 그러나 이제는 TV에 밀려 자동차・컴퓨터 문화에 밀려 이런 풍경들은 사라져 가고 있다. ……슬픈 일이다. 우리의 꿈들이 하나둘 사라져 가고 있다는 것은.

일대사에게 (贈一大師偈)

이 물건 본시부터 모습 없으나
두드리면 그 영검 분명하구나
어떻게 이 물건을 따라갈 건가
이리 재고 저리 재 보는 분별 따윈 팽개쳐라.

一物本無形 扣之卽有靈
如何隨隊去 不取定盤星

[주] ◆일대사(一大師) : '一'이라는 이름을 가진 중. 아마도 '一' 앞이나 뒤의 한 글자가 생략되고 애칭으로 이렇게 불린 것일 게다. ◆게(偈) : 게송의 준말로서 '詩'란 뜻. ◆여(如) : 어떻게. ◆정반성(定盤星) : 저울 눈금. 轉하여 따지고 분별하는 것.(錯認定盤星－碧巖錄)

형식 : 오언절구, 평성청운(平聲青韻)
출전 : 추파집(秋波集)

[감상] 여기 '이 물건(一物)'이란 무엇을 말하는가. 그것은 '마음(이 미친놈이 또 잠꼬대를 하는구나)'을 뜻한다.
마음은 형체가 없지만 그러나 '아무개야' 하고 부르면 '예' 하고 대답한다. '야, 이 자식아' 하고 욕을 하면 눈이 벌겋게 화를 낸다.

그렇다면 이토록 미묘한 '마음'을 어떻게 따라갈 것인가.
우선 먼저 이론으로 따지고 분별하는 이 차별의식(差別意識)을 멀리해야 한다. 분별의식은 마음을 가리는 구름이기 때문이다.

괄허취여(括虛取如, 1720－1789) … 5편

관심 (觀心)

홀로 앉아 마음바다 관찰하노니
망망한 물은 하늘에 닿아 있네
뜬구름은 일었다 사라지지 않으니
외로운 달만 온 누리 비추고 있네.

獨坐觀心海 茫茫水接天
浮雲無起滅 孤月照三千

형식 : 오언절구
출전 : 괄허집(括虛集)

감상 번뇌망상의 구름이 걷히고 본성(本性)의 달이 비치는 경지를 읊고 있다. 그러나 시상이 너무 안일하다.

천마산 개성암(天摩山開聖庵)

암자는 비구름 위에 있으니
말소리는 공중의 중간에 있네
여기 다른 물건은 없고
뜰 앞에 한 그루 노송이 있네.

庵開雲雨上 人語半空中
活計無他物 庭前一老松

형식 : 오언절구
출전 : 괄허집(括虛集)

감상 깔끔하고 신비로운 한 폭의 선화(禪畵)다. 제1구와 제2구의 연결도 좋고 제3구의 극적인 변화와 제4구의 간결한 끝맺음도 좋다.

임귀게(臨歸偈)

환(幻)으로부터 와서 환(幻)을 좇아가나니
오고 가는 것은 환(幻) 가운데 사람이네
환(幻) 가운데 환(幻)이 아닌 것은
이 나의 본래몸(本來身)이네.

幻來從幻去 來去幻中人
幻中非幻者 是我本來身

주 ◆환(幻) : 幻影. 실체가 없는 것.

형식 : 오언절구
출전 : 괄허집(括虛集)

감상 담담한 가락으로 읊어 내려간 임종의 시. '임종게(臨終偈)'를 '임귀게(臨歸偈)'라 쓴 것이 특이하다.

샘물 속의 달(寒泉汲水)

산승은 물 속의 달을 좋아하여
달이 잠긴 찬 우물 병에 담았네
돌아와 병 속의 물 쏟아 부을 제
아무리 흔들어 봐도 달은 간 곳이 없네.

山僧偏愛水中月 和月寒泉納小缾
歸到石龕方瀉出 盡情攪水月無形

주 ◆화월한천(和月寒泉) : 달이 잠겨 있는 찬 우물.

형식 : 칠언절구
출전 : 괄허집(括虛集)

감상 반짝! 하는 재치가 있다. 멋진 선시다. 아니 굳이 선시가 아니라도 좋다. 그저 깔끔한 한 개의 순수시(이 말이 좀 어폐가 있지만)로서도 어디 흠잡을 곳이 없다.

떠남(捨衆)

오십 년 세월은 잠깐 사이요
인간의 영욕은 부질없어라
오늘 아침 크게 웃으며 떠나가나니
한 누더기의 행장은 만리의 바람이네.

五十年光石火中 人間榮辱總虛空
今朝大笑飄然去 一衲行裝萬里風

주 ◆석화중(石火中) : 石火光中. 아주 짧은 시간. ◆표연(飄然) : 바람에 가볍게 날리는 모양, 정처 없이 떠돌아다니는 모양.

형식 : 칠언절구
출전 : 괄허집(括虛集)

감상 시상은 호방하고 시정은 쾌활하다. 이에서 우리는 집착 없는 운수납자의 삶을 본다.

연담유일(蓮潭有一, 1720－1799) … 2편

밤에 (夜懷)

밤 깊어 별은 은하에 잠기고
가을은 맑아 달은 서리에 씻기네
먼 절의 중은 벌써 잠 깨었는가
경쇠 소리 그 긴 여음 앉아서 듣네.

夜永星沈漢 秋淸月洗霜
遙庵僧起寢 坐聽磬聲長

주 ◆한(漢) : 여기서는 '은하수'를 일컬음. ◆경(磬) : 경쇠.

형식 : 오언절구
출전 : 연담대사임하록(蓮潭大師林下錄)

감상 꼭두새벽, 먼 절에서 은은히 울리는 쇠북 소리 들으며 작자는 지금 시상에 젖는다. 누리 다 잠든 이 새벽에…….

비 오는 순창(滯雨淳昌縣)

어젯밤 봄비,
오늘 아침까지 줄곧 오고 있네
나그네 길 떠나지 못하고
여러 날 갇혀 있네
방은 좁아 제대로 발을 뻗을 수 없고
문은 낮아 머리가 자주 부딪네
주인장이 자꾸 술을 권하는 것은
나그네의 이 시름을 짐작하기 때문이네.

昨夜春城雨 今朝猶未休 短笻滯行李 長日歎拘囚
室狹難伸脚 門低每觸頭 主人頻勸酒 斟酌客中愁

주 ◆행리(行李) : 여행의 차림. ◆구수(拘囚) : 감금당하다. ◆짐작(斟酌) : 남의 사정을 헤아리다.

형식 : 오언율시
출전 : 연담대사임하록(蓮潭大師林下錄)

감상 이렇게 인심이 좋을 수 있을까. 비에 갇혀 길 못 떠나는 나그네를 위로하느라 주인은 연신 술잔을 권하다니……. 궁벽한 살림인데도 우리 선조들의 마음은 너무너무 부자였다. 그러나 지금은 옛날보다 잘사는데도 마음들은 여유가 없다. 슬픈 일이다.

이 산중의 맛(山中雲月)

무심하게 구름과 함께 머물고
달과 내가 기약 없이 서로 따르네
이 산중의 맛
오직 그대는 알리.

無心雲共住 不約月相隨
多少山中樂 唯應道侶知

주 ◆약(約) : 期約하다.(吾與諸君約－十八史略) ◆다소(多少) : ① 數量의 많음과 적음. ② 많음. 여기서는 ②의 뜻.

형식 : 오언절구, 평성지운(平聲支韻)
출전 : 운담임간록(雲潭林間錄)

감상 이 시는 선시(禪詩)라기보다는 선시(仙詩)라고 해야 할 것이다. 도가(道家)의 '무심도인도(無心道人圖)'를 보는 것 같다. 군더더기가 전혀 없다.

경암관식(鏡巖慣拭, 1743-1804) … 3편

쌍계사 밤(雙溪室中)

비 젖는 쌍계사,
등잔불 외로 밤은 깊은데
멀리 새 우는 저 수풀
고향생각 깨우네.

宿雨雙溪寺 燈殘夜欲深
無端林外鳥 啼起遠鄕心

주 ◆숙우(宿雨) : 간밤부터 계속 오는 비. ◆무단(無端) : 까닭 없이. ◆기(起) : (고향생각을) 불러일으키다.

형식 : 오언절구, 평성침운(平聲侵韻)
출전 : 경암집(鏡巖集)

감상 선승 경암관식(鏡巖慣拭)의 시는 하나같이 한 폭의 동양화를 보는 것 같다. 그토록 시상이 잘 다듬어져서 군더더기가 전혀 없다.
'깨달음'이니 '초월'이니 따위가 경암의 시에서는 군더더기에 불과하다.

기사를 보내며 (別玘師)

올 때는 갈 때를 알고
간 후에는 언제나 올 때가 있네
세상일 모두 이와 같거니
차를 들고 달이 뜬 누에 오르네.

來時知有去 去後幾時來
世事還如許 携茶上月臺

주 ◆여허(如許) : 이와 같다.

형식 : 오언절구
출전 : 경암집(鏡巖集)

감상 만나면 헤어지게 되고 헤어지면 다시 만나는 이것은 영원히 돌고도는 순환의 법칙이다. 경암대사 관식은 이 순환의 법칙을 꿰뚫어본 것이다. 그렇기에 그는 이별을 전혀 슬퍼하지 않고 있다. 아니 달이 뜬 누(樓)에서 한 잔의 차를 마시며 만상의 저편을 응시하고 있다.

순사를 보내며(送淳師之江東)

왼쪽에도 오른쪽에도 치우치지 말고
그 중간 정면으로 가고 오너라
불조의 안신처를 알고 싶은가
서리 친 뒤 국화는 뜰을 가득 메웠네.

勿偏於左勿偏右 正面中間歸去來
欲知佛祖安身處 霜後黃花滿院開

형식 : 칠언절구
출전 : 경암집(鏡巖集)

감상 악(惡)의 길을 가지 말라. 선(善)의 길마저 초월하라. 그리하여 선도 악도 개입해 들어올 수 없는 그 중도(中道)의 길을 가라. 꽃 피고 새 우는 소식은 이에서 비롯되나니…….

인악의첨(仁嶽義沾, 1746-1796) … 1편

산 파도 새벽빛(廢講)

산 파도 새벽빛 쇠북이 울려
그 소리 냉랭히 소나무에 걸리네
배우는 것 가르치는 짓 모두 치우고
푸른 산과 마주하여 진종일 앉아 있네.

千山曙色赴晨鐘 浮響泠泠在半松
不復朋徒來講法 終朝無語對靑山

주 ◆서색(曙色) : 새벽 동이 틀 때의 밝은 빛. ◆부(赴) : 이르다. 다다르다. ◆신종(晨鐘) : 새벽종.

형식 : 칠언절구, 평성동운(平聲冬韻)
출전 : 인악집(仁嶽集)

감상 마치 한 폭의 동양화를 보는 듯하다. 첩첩이 포개어져 나간 산의 선들, 그 위에 배는 새벽기운, 그리고 여기 섞이는 새벽 종소리……. 그 종소리의 여음(餘音)이 소나무 사이에서 울림……. 그리고 왼종일 하나의 돌이 되어 푸른 산과 마주하고 앉아 있는 사람. 정(靜)과 동(動)의 극치가 여기 있다.

삼봉지탁(三峯知濯, 1750－1839) … 1편

목련꽃(木蓮花)

가지 끝에 연꽃 피었나니
이 향기 맡을 자 뉘 있겠는가
가지 끝에서 뉘엿뉘엿 늙어가다가
바람에 실려 경상에 떨어지네.

木末蓮花發 何人來取香
任其枝上老 風吹落經床

주 ◆취향(取香) : 향기를 맡다. ◆임(任) : 맡기다. ◆경상(經床) : 경을 읽는 상.

형식 : 오언절구, 평성양운(平聲陽韻)
출전 : 삼봉집(三峯集)

감상 목련(木蓮), 글자대로 풀이해 보면 '나무 끝에 핀 연꽃'이다. 목련이 피는 날은 신비롭다. 목련의 흰색과 잿빛 하늘이 만나면 거기 머언 기억의 나라가 열린다.

설담자우(雪潭自優, 1769-1830) … 4편

빗소리 들으며(封友冒雨來訪)

잔병앓이에 친한 건 약탕관과 숯불이라
마음은 접어두고 첩첩산과 마주 앉나니
일평생이 걸망 하나 누더기여서
바람하고 비만이 번갈아 찾아오네.

多病親藥爐 無心對疊嶂
平生封上人 風雨遠相訪

㈜ ◆첩(疊) : 겹겹이 싸여 있다. ◆장(嶂) : 산봉우리. ◆상인(上人) : ① 중의 尊稱. ② 훌륭한 사람. ③ 어른, 主人. 여기서는 ①의 뜻(一然上人).

형식 : 오언절구, 평성양운(平聲漾韻)
출전 : 설담집(雪潭集)

감상 일생을 구름과 물을 따라 떠돌면서 오직 수도에만 전념하는 사람, 그 수행자도 인간인 이상 때로는 인간적인 외로움을 느낄 때가 있다. 여기 그런 그의 육신에 대한 외로움이랄까, 나약함이 이 시의 전편에 흐르고 있다. 몸은 약하여 약을 늘 옆에 두고 살아야 하고, 찾아오는 벗이란 바람과 비만 있을 뿐……. 아, 이 얼마나 외로운 신세인가.

벗에게(贈聖道友送太白山)

손 잡고 가는 길 묻는 나에게
낙수를 건너간다 그대는 대답하네
저 강물 흐름이 멎지 않는 한
우리 이 나뉨도 두고두고 깊어지리.

握手問歸路 云過洛水湄 江流若不斷 別後長相思

주 ◆낙수(洛水) : 江名. 중국 陝西省 동남의 秦嶺에서 발원하여 하남성을 흘러 황하로 들어감. 여기서는 이렇다 할 뜻은 없고 그저 빌려 와 썼을 뿐이다. ◆미(湄) : 물의 가.(水草之交 在水之湄－詩經) ◆야(若) : 만일 ~하지 않는다면, 만약 ~한다면. 假定補助語.(若也山中逢子期－釋門儀範四句偈) ◆별후(別後) : 이별한 이후.(不自我先不自我後－詩經)

형식 : 오언절구, 평성지운(平聲支韻)
출전 : 설담집(雪潭集)

감상 원래 악수란 서양에서 비롯되었다 한다. 중세의 기사들은 상대를 만나면 서로의 오른손을 잡았다. 그것은 '나는 당신에게 칼을 뽑지 않겠다'는 우정의 표시였다고 한다. 그리하여 악수는 그 출발이 아름답지 못하다 하여 야만의 짓이라 혹평한 것을 어느 신문 귀퉁이에서 읽은 일이 있다. 그런데 동양의 이 선시에

악수라는 말이 나옴은 웬일인가. 여기 이 시에서의 '악수'란 '헤어지기가 아쉬워 손을 잡았다' 정도의 뜻이다. 그러므로 서양식의 형식적인 '악수'와는 전혀 다르다.

이대아 보내며(別李大雅)

중은 눈 덮인 암자에 앉아 있고
나그네는 시골집으로 돌아가네
두 마음 꿈속에조차 서로 비침에
은은한 달빛 창에 스미네.

僧坐雙溪雪 客歸五柳烟
遙知相憶夢 微月草堂前

주 ◆쌍계설(雙溪雪) : 쌍계사의 눈. ◆오류연(五柳烟) : 晉의 도연명이 자기 집 문 앞에 다섯 그루의 버드나무를 심고 스스로 五柳先生이라 일컬으며 〈五柳先生傳〉을 쓰다.

형식 : 오언절구, 평성선운(平聲先韻)
출전 : 설담집(雪潭集)

감상 벗과의 이별을 노래한 시다. 제1구의 '승(僧)'과 제2구의 '객(客)', 제1구의 '쌍계설(雙溪雪)'과 제2구의 '오류연(五柳烟)', 제1구의 '좌(坐)'와 제2구의 '귀(歸)' 등의 대칭을 보라.
제3구의 '상억몽(相憶夢)'은 제4구의 '미월(微月)'로 객관화되고 있다. 벗과의 이별도 이쯤 되고 보면 풍류가 된다.

부용암 찾아서(訪芙蓉庵)

산은 인자의 길을 열고
물은 지인의 마음을 씻네
풍경 소리 어디서 들려오는가
암자는 수풀 속에 숨어 있네.

山開仁者路 水洗智人心
淸磬從何處 小庵隱樹林

주 ◆경(磬) : 경쇠. ①磬石으로 만든 옛날 악기. ②중이 쓰는 작은 鐘. 여기서는 ①의 뜻보다 風磬이 더 적합하다.(室如縣磬－魚語)

형식 : 오언절구, 평성침운(平聲侵韻)
출전 : 설담집(雪潭集)

감상 산속의 작은 암자를 찾아가는 선비의 조출한 심정을 잘 표현한 시다. 제1구와 제2구는 상투적이다. 그러나 제3구와 제4구가 이 상투적인 두 구절을 살려내고 있다. 특히 제3구는 격조 있는 구절이다. 자칫하면 산문으로 떨어지기 쉬운 이런 글귀에 시적인 감흥을 불어넣었다는 것은 대단한 일이다.

아암혜장(兒庵惠藏, 1772-1811) … 1편

산에 살며 (山居雜興七)

잔나비, 범이 울고 학이 깃을 치는 것
정안으로 바라보면 이 모두가 경전이네
보살의 신통은 어느 곳에 있는가
꽃잎 다 지고 난 다음 잠자리 나네.

猿啼虎嘯鶴梳翎 正眼看來總是經
菩薩神通何處在 落花飛盡舞蜻蜓

주 ◆소령(梳翎) : 학이 깃을 치다. ◆정안(正眼) : 깨달은 사람의 안목. ◆청정(蜻蜓) : 잠자리.

형식 : 칠언절구
출전 : 아암집(兒庵集)

감상 이 현상계의 모든 움직임은, 구름이 흘러가고 바람이 부는 이 모든 것은, 그것 그대로 '글자 없는 경전'이거니…….
불가사의한 초능력은 도처에 있다. 꽃 피고 새 우는 그 속에 있다. 그러나 이를 실감하기까지에는 아직도 넘어야 할 고개가 많다. (이놈아 그 주둥아릴 그만 놀려대라.)

추사 김정희(秋史 金正喜, 1786－1856) … 2편

옛 우물가 새벽에(失題其一)

옛 우물가 새벽에 세수하러 나갔더니
옛 우물 붉기가 불타는 것 같았네
복사꽃 만발함을 미처 모르고
단사천이 아닌가 의심했었네.

淸晨潄古井 古井紅如燃
不知桃花發 疑有丹砂泉

주 ◆수(潄) : 양치질하다. 세수하다.(秋潦潄其下趾－馬融長笛賦) ◆단사천(丹砂泉) : 水銀과 硫黃이 화합하여 된 赤色土. 그 赤色土로 된 샘.

형식 : 오언절구, 평성선운(平聲先韻)
출전 : 완당선생전집(阮堂先生全集) 권9의 10

감상 한 폭의 인상파 그림을 보는 듯하다. 특히 제2구는 이 시의 절정이다. 추사(秋史) 김정희(金正喜), 그는 서도(書道)에서 불멸의 경지를 개척한 사람이다. 그의 마지막 글씨(죽기 3일 전)가 저 뚝섬(지금은 섬도 아니다) 봉은사에 있다. '판전(板殿)'의 현액이 바로 그의 글씨의 절정이다. 한번 가 보라.

오솔길은 (失題其二)

오솔길은 깊고 먼 곳으로 나 있고
칡덩굴 처마에 안개구름 쌓이네
산사람 저 홀로 대작할 적에
꽃잎이 날아가다 술잔과 마주치네.

藥徑通幽窅 蘿軒積雲霧
山人獨酌時 復與飛花過

주 ◆약경(藥徑) : 약초가 우거진 소롯길. ◆요(窅) : 깊고 먼 모양.(安排窅而無悶－晉書)

형식 : 오언절구, 평성우운(平聲遇韻)
출전 : 완당선생전집(阮堂先生全集) 권9의 10

감상 참! 기가 막힌 시다. 산사람이 홀로 술잔을 드는데 마침 꽃잎이 날아가다 술잔에 마주쳐 대작을 해주다니……. 시도 이 경지에 오면 오도(悟道)의 경지다.
자, 나도 쓰던 글을 때려치우고 안동소주 한잔을 홀로 들어야겠다. 어디에선가 불현듯 어떤 꽃잎이 날아와 내 술잔에 부딪혀 줄지도 모르니까…….

초의의순(艸衣意恂, 1786－1866) … 3편

풀집노래(贈晩蘇云云)

한 칸 풀집에 반 칸은 구름
두 벗 중 한 벗은 저 달이어라
구름을 옆에 하고 저 달과 깃드나니
청풍은 때로 와서 고요함으로 두드리네
역력히 외로 밝아 모습 없는 것이여
태어날 제 그 더불어 함께했나니
맑고맑아 허공 같은 마음눈이여
티끌 한 올 바람 없는 이 누리어라
안과 밖 중간에도 찾지 못하니
없는 중에 뚜렷함, 이 무엇인가
아래 위를 갈라놓고 눈여겨보면
이 누리 낱낱 것이 내 본성이라
그대 만일 이 이치를 깨달아 오면
옳지도 않고 옳지 않음도 아닌, 그것 허락하리라.

日間茅屋半間雲 二友相尋一是月
雲隣相將月友居 淸風時來扣寂滅
歷歷孤明勿形段 生來與伊爲所依
淸灑灑空心中眼 赤條條落體上衣

內外中間覓總無 無中大有是甚麽 分手上下曾指出

物物上具獨尊我 若人理解遮般我 許君無可無不可

주 ◆적조조(赤條條) : 赤裸裸. ◆물물상구독존아(物物上具獨尊我) : 이 세상의 그 어떤 물건이라 해도 결코 같은 두 가지의 것은 없다. 말을 뒤집으면 '똑같은 것은 하나도 없다'. '그러므로 모든 개체는 그만이 가질 수 있는 개성(?)을 가지고 있다'는 뜻이 되겠다. 남과 같지 않은 자기만의 냄새, 이것이 부처의 본질(佛性)이다. 《涅槃經》의 '一切衆生皆有佛性'은 이를 두고 한 말이다.

형식 : 고체시(古體詩), 평성가운(平聲歌韻)
출전 : 초의시고(艸衣詩藁)

감상 선승 초의(艸衣)는 선승으로서보다도 다승(茶僧)으로 이름이 있다. 그는 추사(秋史)와 절친하게 지냈으며 그가 지은 《동다송(東茶頌)》과 《다신전(茶神傳)》은 우리나라 차문화(茶文化)의 역사상 길이 남을 명저다. 그러나 초의는 선승으로도 역시 뛰어났던 사람이다. 여기 〈풀집노래〉는 그의 경지를 보여주는 격조 높은 선시다.

어느 봄날(溪行)

나물 캐다 개울가에 앉아 쉬나니
개울물은 맑고 잔잔하네
비 온 뒤 등나무는 깨끗하고
옛 돌은 구름 속에 고웁네
새잎은 여기저기 돋아나고
늘어진 꽃은 시들지 않네
바위는 수놓은 병풍 같고
푸른 이끼는 비단자리 대신하네
인생에 또 무엇을 구하리
턱을 괴고 앉아 돌아갈 줄 모르네
쓸쓸하게 산은 저물어 가고
숲 끝에는 저녁연기 피어 오르네.

採蔌休溪畔 溪流淸自漣 新藤經雨淨 古石依雲娟
嫩葉嫾方展 蕤花欣未焉 靑巖當繡屛 碧蘚代紋筵
人生亦何求 支頤澹忘還 滄涼山日暮 林末起暝煙

㈜ ◆채속(採蔌) : 나물을 캐다. ◆연(漣) : 잔잔하다. ◆경우(經雨) : 비가 온 뒤. ◆연(娟) : 예쁘다. 곱다. ◆눈엽(嫩葉) : 새로 싹터 나온 잎. ◆유화(蕤花) : 늘어진 꽃. ◆언(焉) : 시들다. ◆문연(紋筵) : 비단자리. 비단으로 된

잠자리. ◆지이(支頤) : 턱을 고이다. ◆창량(滄凉) : 차갑고 서늘하다. 여기서는 마음이 '쓸쓸한 모양'.

형식 : 오언고시(五言古詩)
출전 : 초의시고(艸衣詩藁)

감상 저문 어느 봄날, 산속을 거닐다가 잠시 동안 사색에 젖고 있다. 다도(茶道)의 대가인 초의선사가.
시상은 흐르는 개울물이 되어 석양빛에 물들어 가고 작자는 지금 석양 무렵의 정취에 취해서 돌아갈 줄 모르고 있다. 저녁연기 피어 오르고 있는 넉넉한 한때에.

그대 보내고(用前韻奉呈水使沈公)

그대 보내고 고개 돌린 석양의 하늘
마음은 안개비에 아득히 젖네
오늘 아침 안개비 따라 봄마저 가고
빈 가지 쓸쓸히 꽃잎 지며 드는 잠.

離來回首夕陽天 思入濛濛烟雨邊
煙雨今朝春併去 悄然空對落花眠

주 ◆몽몽(濛濛) : 비, 구름, 안개 같은 것으로 날씨가 침침한 모양. 여기서는 주관적인 작자의 심정을 석양과 대조시켜 객관화한 것이다. ◆병(併) : 더불어. '서로 다투며'의 뜻도 들어 있다.(高皇帝與諸侯併起－賈誼 治安策) ◆초연(悄然) : 고적하고 맥이 없는 모양.

형식 : 칠언절구, 평성선운(平聲先韻)
출전 : 초의시고(艸衣詩藁)

감상 이별의 시로서는 어디에 내놔도 부끄럽지 않을 작품이다. 전편의 흐름에 무리가 없고 꽃잎인 듯한 부드러움과 가랑비인 듯한 슬픔이 온다. 특히 제2구의 '입(入)'은 기가 차다. '이별하는 그 생각이 가랑비 아득한 저 끝에 스며들어간다'는 뜻이다.

철선혜즙(鐵船惠楫, 1791-1858) … 1편

눈 오는 밤(雪夜)

한 줄기 추운 등불 아래 옛 경전을 읽나니
밤눈은 어느 사이 뜰에 가득 쌓였네
깊은 산 나무들마저 소리 죽여 잠드는데
처마끝 고드름이 섬돌 위에 떨어지네.

一穗寒燈讀佛經 不知夜雪滿空庭
深山衆木都無籟 時有檐氷墮石牀

주 ◆일수한등(一穗寒燈) : 한 줄기 찬 등불. ◆뇌(籟) : 바람이 구멍을 통과할 때 나는 모든 음향. ◆첨빙(檐氷) : 고드름. ◆석상(石牀) : 여기서는 돌계단이나 섬돌 정도의 뜻임. '階'를 쓰지 않고 '牀'자를 쓴 것은 제1구의 '經'과 제2구의 '庭'에 연이은 韻을 맞추기 위해서임.

형식 : 칠언절구
출전 : 철선소초(鐵船小艸)

감상 조용한 겨울 밤의 풍경을 그린 듯이 묘사해 내고 있다. 제3구의 정적과 제4구의 파적(破寂)이 상반된 대칭을 이루며 멋진 시를 빚어내고 있다.

영허선영(映虛善影, 1792－1880) … 6편

잣나무(題庭栢)

뜰 앞의 잣나무
그 푸름, 길이 허공을 뚫고 솟았네
그 그림자 천고의 달을 좇아가고
그 소리 소리 저 바람에 내맡기었네.

卓立庭前栢 長靑直聳空
影從千古月 聲任四時風

주 ◆정백(庭栢) : 뜰 앞에 서 있는 잣나무. 〈庭前栢樹子〉의 줄인 말. 선사 조주의 공안.

형식 : 오언절구, 평성동운(平聲東韻)
출전 : 역산집(櫟山集)

감상 제1구와 제2구에서는 저 본질의 상징인 잣나무의 기상에 대해서 읊고 있다. 제3구에서는 상대에 따라 천차만별의 다른 모습으로 나타나는 그 활동력을 달과 그 달의 그림자에 비유하여 읊고 있다. 제4구에서는 조작이나 인위적인 데가 전혀 없는 무위자연적인 그 넉넉한 모습을 읊고 있다.

청평사(春川淸平寺)

산은 한가롭고 물은 멀리 흐르나니
절은 오래 되어 흰구름만 깊네
사람은 가고 소식 없으니
쇠북은 울어 만고심이네.

山閑流水遠 寺古白雲深
人去無消息 鐘鳴萬古心

형식 : 오언절구
출전 : 역산집(櫟山集)

감상 우리나라 최고(最高)의 자연식 정원이 있다는 청평사. 허응당 보우의 주석지로 이름 있던 이 절. 그러나 지금은 유원지로 타락해 버리고 말았다. '절은 오래 되어 흰구름만 깊네'가 아니라 '절은 오래 되어 놀이꾼들만 붐비네'가 되어 버렸다. ……참 덧없는 세월이여.

철요문 선사(鐵鷂文禪師)

솔바람 옛 벽에 불고
설월은 앞개울에 비치네
만일 이 무슨 소식인가 묻는다면
돌사람이 나무닭 우는 소리 듣는다 하리.

松風吹古壁 雪月照前溪
如問何消息 石人聽木鷄

주 ◆설월(雪月) : 흰 눈 위에 비치는 달. ◆여문(如問) : 만일 ~을 묻는다면.

형식 : 오언절구
출전 : 역산집(櫟山集)

감상 선(禪)의 기백이 살아 있다. 자연의 정경 묘사로 시작된 시상은 그러나 제3구에서 돌연 삼백육십도로 회전, 선(禪)의 격외구(格外句)로 둔갑해 버리고 만다. 멋진 한 마당이다.

내원암에서(偈內院壁上)

일없고 또 일없으니
지팡이 바람에 날리며 멀어져 가네
선방에 차공양 끝났나니
온 산은 가을비에 젖고 있네.

無事又無事 短筇飄遠風
蓮房茗供罷 秋雨萬山中

주 ◆연방(蓮房) : 僧房, 禪房. ◆각공(茖供) : 茶供養. 차를 마시는 것.

형식 : 오언절구
출전 : 역산집(櫟山集)

감상 이젠 깨달음이니 도(道)니, 이런 것들마저 초월해 버리고 바람이 되어 가고 있다. 구름이 되어 가고 있다. 할 일을 끝낸 사람이…….
제3구와 제4구는 그런 사람의 넉넉한 살림살이를 읊은 것이다.

환몽청 선사(幻夢淸禪師)

틀 밖에 맑은 바람 불고
글귀 속에 흰 달이 밝네
풍월 아래 서로 만나서
바다와 산의 정을 다 말했네.

格外淸風拂 句中白月明
相逢風月下 說盡海山情

형식 : 오언절구
출전 : 역산집(櫟山集)

감상 지음인(知音人)을 만나 날이 새는 줄도 모르고 유희삼매(遊戲三昧)에 노니는 모습이 눈에 선하다. 제1구와 제2구는 그 청정하기가 마치 수정구슬과도 같다.

홀로 옛 절에 자며(獨宿古寺)

길손은 가고 벗 하나 없으니
외로운 베개와 해진 옷 한 벌 있네
벽은 무너져 개울 소리 가깝고
처마는 비어 기러기 그림자 스치네
차가운 종소리에 새벽꿈이 놀라고
밝은 달빛에 마음이 상쾌하네
묵묵히 두 손 모으고 앉아 있나니
번뇌의 바람은 잔잔해지네.

客去無一友 孤枕但寒襟
壁破溪聲近 簷虛鴈影侵
寒鐘鶴曉夢 明月爽禪心
默默擎拳坐 自除萬慮深

주 ◆경권(擎拳) : 坐禪 때의 두 손을 모으는 법(結手法).

형식 : 오언율시
출전 : 역산집(櫟山集)

감상 홀로 옛 절에 자며 읊은 시라서 그런지 고적감이 진하게 배어 나오고 있다.
구절마다 울리는 길손의 외로움이여. 동시에 너와 나의 외로움이여.

함홍치능(涵弘致能, 1805-1878) … 2편

소나기(急雨)

바람을 좇아 점 찍히듯 뿌옇더니
어느새 은(銀)죽순 산 가득 에워싸네
개울 옆 늙은 나무엔 매미 소리 그치고
누각엔 맑은 바람 그윽이 불어오네.

始逐風頭點點稀 忽看銀竹滿山圍
溪邊老樹蟬聲歇 一檻淸幽暑氣微

[주] ◆급우(急雨) : 급한 비, 소나기. ◆풍두(風頭) : 바람. ◆은죽(銀竹) : 은죽순. 빗발의 형용. ◆선(蟬) : 매미. ◆헐(歇) : 멈추다. 그치다. ◆서기미(暑氣微) : 더운 기운이 미약해지다.

형식 : 칠언절구
출전 : 함홍당집(涵弘堂集)

[감상] 여름날 소나기 한 줄 퍼부을 때의 그 심경과 정경을 절묘하게 읊고 있다.
보라. 제1구의 '점점희(點點稀)'와 제2구의 '만산위(滿山圍)', 그리고 제3구의 '선성헐(蟬聲歇)'과 제4구의 '서기미(暑氣微)'의 그 절묘한 대칭을…….

북한산에 올라(登北漢)

만리 바람 속에 삼각산 높이 솟아
골안개 흘러 석양을 물들이네
천년의 바위들은 범처럼 앉아 있고
백길 층층 봉우리엔 소나무 외로 서 있네
골짜기를 지나 구름그림자 지는 오솔길을 가나니
개울가 물소리 속에 자주 앉아 쉬고 있네
명산에는 언제나 비구름 많아
서쪽으로 올랐다가 다시 북쪽으로 내려오네.

三角山高萬里風 澗霞流落夕陽紅
千秋老石蹲蹲虎 百丈層峯立立松
度壑微行雲影裏 沿溪頻坐水聲中
曾聞陰雨備名岳 一錫西飛又北從

㈜ ◆준(蹲) : 웅크리고 앉다. ◆미행(微行) : 오솔길. ◆음우(陰雨) : 구름 끼어 비가 옴. ◆명악(名岳) : 名山.

형식 : 칠언율시
출전 : 함홍당집(涵弘堂集)

감상 여기 돌뿌리 하나에서 나뭇가지 하나에 이르기까지 북한산의 모든 것을 기억하고 있는 사람, 유방장(柳方丈) 태희(台熙)의 시 〈북한산〉이 있다.

눈을 감고 걷고 있다 / 발도 없이 (중간 생략)
한 사람은 산을 올라오고 / 한 사람은 산을 내려간다.

포의심여(浦衣心如, 1828-1875) … 6편

석옥화상의 시에 부침(謹次石屋和尙居雜詩)

옛 절의 저녁연기 해는 기울고
맑은 종소리 한 조각이 달 속의 개울이네
버들 푸른 난간 밖 꾀꼬리 소린 멎었고
꽃 불붙는 뜰엔 나비춤이 낮아지네
흰 눈 같은 매화꽃 밤비를 띠었고
바람에 밀린 새벽 대는 소롯길에 굽었네
구름문 반만 닫고 앉아 있나니
저 산새는 가질 옮겨 가며 날 향해 우네.

古寺煙生日欲西 淸鐘一片月中溪
柳靑檻外鶯歌歇 花灼園中蝶舞低
粘雪春梅承夜雨 偃風曉竹點蹊泥
雲扃半掩寒林坐 孤鳥移枝向我啼

형식 : 칠언율시
출전 : 산지록(山志錄)

감상 포의심여, 그는 한국 선승들 가운데 그 시적 감성이 가장 투명했던 사람이다. 제2구 '월중계(月中溪)'를 보라. 개울에 비친 달이 하도 맑아서 아예 '달 속의 개울'이라 하지 않았는가. 이런 식의 표현을 사용한 선승은 많지 않다. 아니 시인들에게서조차 이런 예는 극히 드물다.

은자의 삶(幽居)

푸른 숲길 하염없이 올라가거니
산새와 토끼가 내 기척에 놀라네
꽃밭의 풀을 베니 옅은 향기 움직이고
바람 잔 구름골에 작은 이슬 흔들리는 소리
나무꾼 한 가락에 서녘해는 기울고
저녁 종소리 땅에 가득 깔리며 북녘별 뜨네
이 마음엔 세상 티끌 전혀 없거니
빈 뜰엔 달빛만이 다정스레 젖네.

亂步登臨綠樹程 無心鳥兎怨吾行
花園剗艸微香動 雲谷靜風細露聲
樵曲泄邊西日暮 夜鐘滿地斗牛晴
世塵不着蓮如水 池邐空庭月亦情

㈜ ◆두우(斗牛) : 북두칠성과 견우성. ◆이이(池邐) : 비스듬히 이어진 모양.

형식 : 칠언율시
출전 : 산지록(山志錄)

감상 보라. 제4구를 보라. '바람 한 점 없는 데서 가는 이슬방울 흔들리는 소리를 듣는다'니…….
무릎을 치며 경탄할 일이다. 감성선시(感性禪詩)의 최고봉이다.

비바람 부는 날(風雨猛至庭艸有感)

비바람 산을 흔들어 나뭇잎 저리 날고
지붕 없는 버들주막에 꾀꼬리 털은 젖네
섬돌 밑 풀들은 낮게 머릴 흔들고
나뭇가지 새들은 꼼짝을 않네
저 들녘 보린 취하여 일어날 줄 모르고
강가의 나룻배는 자갈밭에 꽁꽁 매었네
마른 개울은 천 줄기 물굽이를 토해내고
돌들은 모래먼지 속으로 모두 머릴 숨겼네.

風雨撼山萬葉飛 無茅柳幕濕鶯衣
依堦生草低頭亂 投樹寒禽下足稀
野麥醉泥多不起 江帆繫磧小忘歸
涸溪吐瀉千尋水 沙石輕塵盡隱微

주 ◆앵(鶯) : 꾀꼬리 털. ◆적(磧) : 자갈밭. ◆학(涸) : 물이 마르다.

형식 : 칠언율시
출전 : 산지록(山志錄)

감상 대단히 풍자적인 작품이다. 제2구 '무모류막(無茅柳幕)'을 보라. 버드나무에 앉은 꾀꼬리를 '나그네'로 보고 버드나무를 '지붕 없는 버들주막'으로 묘사하고 있다. 그 '꾀꼬리 나그네'의 금빛 옷깃이 지금 비에 젖고 있다.

우화루(勸次雨花樓韻)

고기잡이길 나뭇길은 담 가까이 있는데
다시 청산은 또 바다 반쯤에 나가 있네
탁상 위 향연기는 물을 휘감아 푸르고
누각 옆 나뭇잎은 옷깃 가득 붉네
설창엔 언제나 봄빛이 있고
달밤에는 그윽이 만학의 정적을 듣네
이런 경지를 시인이 읊으려 든다면
저 잡소리로 청풍을 더럽히는 짓이리.

漁程樵路根墻通 更有靑山半海中
卓上香煙蟠水碧 樓邊栢樹滿襟紅
雪窓常見三春在 月夜猶聽萬壑空
欲取詩人多小意 敢將蕘說汚淸風

[주] ◆요설(蕘說) : 나무꾼이 마구 지껄이는 소리.

형식 : 칠언율시
출전 : 산지록(山志錄)

[감상] 자신의 오도(悟道) 경지를 잘 나타내고 있다.
제6구를 보라.

'달빛만이 뿌리고 있는 첩첩산중/일만 골짜기의 정적을 듣고 있다'니.
여기서 작자가 듣고 있는 것은 소리가 아니라 소리 없는 정적, 즉 소리의 근원을 듣고 있는 것이다. 귀가 아니라 마음을 통해서…….

벗을 맞으며(故人來)

구름 열린 동구 밖 그대 오느니
꽃잎에 이슥도록 앉아 한 잔을 권하네
찬 불빛 아래 우리 서로 회포를 주고받나니
산은 비고 밤은 고요한데 달은 대에 오르네.

雲開洞口故人來 晩坐花前勸一杯
懷抱相分寒燭下 山空夜靜月明臺

형식 : 칠언율시
출전 : 산지록(山志錄)

감상 벗을 맞는 심정이 물 흐르듯 흐르고 있다. 제3구의 무거운 시상은 제4구 '공(空)・정(靜)・명(明)'으로 하여 잘 극복되고 있다. 시정은 너무나 인간적이다.

침계루(謹次淸陰先生枕溪樓板上韻)

암자는 저 먼 남녘 만리 밖에 있거니
시인과 풍류객은 또 몇몇이나 예 왔는가
푸른 연기 누각 앞의 물에 엉키고
쇠북 소리 솔바람 소리 석대에 울리네.

寺關南方萬里堆 詩翁琴客幾人來
靑煙槃結樓前水 鐘落松風響石臺

주 ◆반(槃) : 멈추다, 정지하다. ◆석대(石臺) : 전망이 좋은 바위.

형식 : 칠언율시
출전 : 산지록(山志錄)

감상 시정과 시상이 잘 조화를 이루고 있다. 제3구 '청연반결(靑煙槃結)'과 제4구 '향(響)'은 여운이 긴 시어다.

화담법린(華曇法璘, 1848-1902) … 2편

자재한 길손(我以詠懷偈示錦海守坐)

해탈에도 의존치 않는 자재한 길손
때를 따라 곳을 따라 밝고밝게 나타나네
그대여 참소식을 알고자 하는가
저 연못 속에 달이 떠 있는 바로 그 정신이네.

解脫無依自在漢 隨時隨處明明現
問君欲識眞消息 碧潭空界月靜神

형식 : 칠언절구
출전 : 용묵집(龍默集)

감상 정말로 깨달은 사람은 '깨달았다'는 그 자부심마저 내던져 버린다. 그런 다음 상황상황에 따라 그 상황에 가장 알맞게 나타난다. 그러나 그의 마음은 이 모든 상황으로부터 멀리 떠나 있다. 저 하늘의 달처럼……. 상황이라는 이 연못에 비치는 달은 그러므로 '달의 그림자'일 뿐이다.

무융장로에게 (贈無融長老傳禪偈二)

움직이지 않는 것이 곧 움직이는 것이요
움직이는 것이 곧 움직이지 않는 것이니
이름도 없고 형체도 없네
이 무슨 물건인가
하하, 진인의 면전에서
지껄이지 말라, 쓸데없이 지껄이지 말라.

不動卽動 動卽不動 名不得相不得
是何一物 訶訶眞人面前 勿說休勿說休

형식 : 고체시(古體詩)
출전 : 용묵집(龍默集)

감상 입닥쳐라. 개구즉착(開口卽着)!
그러나 입닥쳐도 틀렸다. 함구즉착(緘口卽着)!
필경에는 어떤가…….
봄바람 잔가지에 꽃잎은 흰 눈발처럼 흩날리네.

보월거사 정관(普月居士 正觀, ?-?) … 20편

보운에게(降示普雲)

성불이여, 성불이여, 성불이 아니니
걸림 없는 자유자재, 이것이 부처네
마음달 지혜의 물에 고요히 비치는 곳
가장 멋진 연꽃 한 송이 피어나네.

成佛成佛非成佛 圓通無礙是名佛
心月智水寂照處 上品蓮華一朶開

주 ◆상품(上品) : 가장 좋은 품질.

형식 : 칠언절구
출전 : 관세음보살 묘응시현 제중감로(觀世音菩薩妙應示現濟衆甘露)

감상 보월거사 정관. 그가 누군지 어디서 무얼 했는지 도무지 알 수가 없다. 그러나 그가 도달한 경지는 가장 높은 정상이었다. 보라. 거침없이 쏟아져 나오는 이 언어들을…….

정념에게 (降示正念)

본래 생사와 거래가 없는데
어찌 생사와 거래가 있었는가
고통은 저절로 가고 기쁨은 저절로 오나니
온 하늘 밝은 달이 고요한 빛을 놓네.

本無生死與去來 緣何生死與去來
自然拔苦與樂地 滿空明月放寂光

형식 : 칠언절구
출전 : 관세음보살 묘응시현 제중감로(觀世音菩薩妙應示現濟衆甘露)

감상 '본래 생사와 거래가 없었는데 어찌 생사와 거래가 있었는가.'
멋진 공안이다. 조주의 공안보다 더 멋진 공안이다.
'고통은 저절로 가고 기쁨은 저절로 오나니.'
멋진 공안이다. 천칠백(1,700) 공안 전부를 가져와도 안 바꿀 그런 공안이다.

원각에게(降示圓覺)

찾고찾고 또다시 찾아보나니
찾는 곳은 과연 어디인가
더 이상 찾을 수 없는 곳에 이르게 되면
청정한 바다에 둥근 달 뜨리.

尋尋覓覓復尋尋 所尋覓處果何處
尋到無尋無覓處 淸淨大海圓明月

형식 : 칠언절구
출전 : 관세음보살 묘응시현 제중감로(觀世音菩薩妙應示現濟衆甘露)

감상 생각이 다하고 다한 곳에 이르면
감각의 문마다 금빛 발하리.
(念到念窮無念處 六門常放紫金光)

— 서산(西山)

성정에게(降示性淨)

백 척의 장대 위에서 한 걸음 더 나아가라
'나아가라'는 이 말은 나아가는 것이 아니니
어떻게 나아가느냐고 묻지 말라
백 척의 장대는 그대로 한 송이 연꽃이 되리.

百尺竿頭進步處 只說進步不進步
莫問如何須進步 百尺竿爲一朶蓮

형식 : 칠언절구
출전 : 관세음보살 묘응시현 제중감로(觀世音菩薩妙應示現濟衆甘露)

감상 묻지 마라. 여기 '어떻게'라는 방법은 없다. 그냥 내던질 일이다. 그대 전체를 내던질 일이다. 그때 어둠은 그대로 빛이 되리니…….

화부에게(降示華敷)

깨끗하고 더러운 것 둘이 아니고
그대와 나 또한 둘이 아니니
쉽다 어렵다 분별치 말고
생과 사도 또한 생각지 말라
이 만상 속에 거주하면서
이 만상과 하나가 되라
일체에 텅 비고 일체에 고요하면
이를 일러 대장부의 경지라 하느니.

元淨穢元不二 謂汝我元不二
莫分別易與難 莫思量生與死
能居住萬象裡 能圓融萬象裡
一切空一切寂 是所謂大丈夫

형식 : 육언율시
출전 : 관세음보살 묘응시현 제중감로(觀世音菩薩妙應示現濟衆甘露)

감상 '일체에 텅 빈다'는 것은 일체와 하나가 된다는 말이요, '일체에 고요하다'는 것은 일체가 곧 그대 자신이 된다는 말이다. 그러나 이것은 어디까지나 체험의 문제요 언어의 차원은 아니다.

회념에게(降示回念)

변치 않는 것 변하는 것 이 모두 불변이니
그대에게 묻노라 불변은 이 무엇인가
그저 참선수행만을 들먹인다고 될 일 아니니
천지창조 이전의 소식이니라.

無變有變示不變 問爾不變是何物
莫說物只叅只究 古佛未生前消息

주 ◆무변(無變) : 不變. 변치 않는 것(본질). ◆유변(有變) : 변하는 것(현상).
◆참구(叅究) : 참선수행을 하는 것.

형식 : 칠언절구
출전 : 관세음보살 묘응시현 제중감로(觀世音菩薩妙應示現濟衆甘露)

감상 카! 취한다. 언어에 취한다. 제1구를 보라.
그냥 이 0.5mm 수성펜을 두 동강 내고 싶은 충동이 인다.
다했도다. 이 제1구에서 언어는 다했도다. 언어로 갈 수 있는 곳은 다 갔도다.

환오에게(降示喚悟)

가고 오고 나고 죽는다지만
찾아보면 얻을 것 하나도 없네
등에 진 무거운 짐 내려 버리면
본래 아무 일 없는 허공이네.

雖去來兮雖生死 覓之求之難可得
千擔萬負都放下 本來無事一虛空

형식 : 칠언절구
출전 : 관세음보살 묘응시현 제중감로(觀世音菩薩妙應示現濟衆甘露)

감상 그렇지……. '등에 진 무거운 짐 내려 버리면 본래 아무 일 없는 허공'이겠지.
그런데 나는 왜 이 등짐을 죽어도 내려놓질 못하고 있는가. 무슨 말라죽을 미련이 있어 서울의 거리를 기웃거리고 있는가.

원명에게(降示圓明)

이 고뇌의 바다 없으면 깨달음도 없거니
이것이 바로 성인들의 뜻 얻는 때라
이 일을 절대로 명심한다면
깨달음의 달이 언제나 그대 숲을 비추리.

無苦海則佛不出 於此菩薩得意時
爾時不昧此事否 諸佛法月常照臨

형식 : 칠언절구
출전 : 관세음보살 묘응시현 제중감로(觀世音菩薩妙應示現濟衆甘露)

감상 '이 고뇌의 바다 없으면 깨달음도 없거니…….'
절 받으소서. 저의 큰절을 받으소서. 눈밝은 어르신네여.

정명에게(降示正明)

오고 가고 다시 지나가면서
한 번은 춤추고 한 번은 노래하네
구름 낀 저 하늘에 갈바람 불지 않으면
조각달의 그 빛을 어이 볼 수 있으리.

而來而去又而過 一番舞兮一番歌
雲天若無西風冷 其於片月本光何

형식 : 칠언절구
출전 : 관세음보살 묘응시현 제중감로(觀世音菩薩妙應示現濟衆甘露)

[감상] 제3구, 제4구를 수행자여, 그대 목숨보다 더 소중하게 간직하고 눈먼 듯 귀먹은 듯 이 한세상 살아가라.
이보다 더 간절한 가르침이 어디 있으리.

관성에게(降示觀性)

있는 듯 없는 듯 유무가 아니니
언어도 진리도 아무것도 소용없네
안개 걷힌 가을물, 저 끝없는 곳에
물결은 잠드는데 배 한 척 가네.

似有似無非有無 無言無說亦無法
一帶秋水無烟處 浪花初靜舟自橫

형식 : 칠언절구
출전 : 관세음보살 묘응시현 제중감로(觀世音菩薩妙應示現濟衆甘露)

감상 보월거사 정관!
그는 도대체 누구이길래 이렇게 높은 경지에 갔을까.
한국, 아니 중국과 일본까지를 합친 모든 선승들 가운데 있으면 나와 보라. 보월거사 정관과 맞설 사람 있으면 어디 한번 나와 봐라.
감사, 감사, 보월거사 정관 선지식을 친견한 것에 감사, 감사드리나이다.

대자운에게(降示大慈雲)

진실로 묘한 곳 알고 싶거든
유무, 이 두 글자에 집착하지 말라
유무는 이 삶과 죽음이거니
죽음이 없는데 어찌 삶이 있으리.

欲知眞妙處 莫著有無字
有無是生死 無死豈有生

형식 : 오언절구
출전 : 관세음보살 묘응시현 제중감로(觀世音菩薩妙應示現濟衆甘露)

감상 '있다(有)'는 긍정과 '없다(無)'는 부정은 우리의 시야를 가리는 두 개의 장애물이다. 구도의 길을 가는 그 첫걸음은 이 양극단 어디에도 치우치지 않는 것이다.

신속화에게(降示迅速華)

온 누리가 꿈이니
꿈속에서 꿈꾸지 말라
한바탕 부질없는 꿈 깨고 나면
아무 일도 없었던 이 몸이니라.

天地是夢國 莫作夢中夢
曉月始覺夢 本來無事人

형식 : 오언절구
출전 : 관세음보살 묘응시현 제중감로(觀世音菩薩妙應示現濟衆甘露)

감상 꿈꾸지 마라. 꿈속에서 꿈꾸지 말라. 꿈을 깨고 나도 그 역시 또 하나의 꿈이니라.

경덕화에게(降示敬德華)

움직이는 것, 고요한 것 이 모두 부처며
형체와 소리 또한 부처 아닌 것 없나니
이것 밖에서 부처를 찾는다면
그대는 영영 부처를 알지 못하리.

動靜皆是佛 色聲無非佛
若求此外佛 歷劫難見佛

형식 : 오언절구
출전 : 관세음보살 묘응시현 제중감로(觀世音菩薩妙應示現濟衆甘露)

감상 아, 아. 도망갈 곳이 없구나. 이 모든 소리 속에, 이 모든 형상 속에 그대는 영상으로 나타나고 있으니……. 이제 움직이는 것도 그대요 움직이지 않는 그것마저도 그대인 것을……. 아니 그대는 나 자신인 것을…….

장혜월에게(降示藏慧月)

만법은 하나요 하나는 이 만법이니
'만(萬)'자와 '일(一)'자에 걸리지 말라
이 누리에 걸릴 것은 본래부터 없었거니
그대의 본성 속에 지혜의 빛 밝아라.

萬法雖一一是萬 莫問萬字與一字
法界本來無障疑 眞如性中智日圓

형식 : 칠언절구
출전 : 관세음보살 묘응시현 제중감로(觀世音菩薩妙應示現濟衆甘露)

감상 모든 이치는 하나로 돌아가는데 그 하나는 어디로 돌아가는가(萬法歸一 一歸何處).
그 하나는 다시 모든 이치로 돌아간다(一歸萬法).
1, 2, 3, 4, 5, 6, 7,
7, 6, 5, 4, 3, 2, 1…….
그러나 이렇게 안다 해도 이것은 이해지 체험은 아니다.

정명화에게(降示淨明華)

형체와 색깔은 이 부사의한 경지요
소리와 소리는 이 부사의한 경지요
생각과 생각은 이 부사의한 경지요
부처와 부처는 이 부사의한 경지네
법성은 원래 이와 같거니
이렇게 사물의 본성을 알라.

色色不思議 聲聲不思議
念念不思議 佛佛不思議
法性元如是 如是解法性

주 ◆법성(法性) : 사물의 본성.

형식 : 오언고시(五言古詩)
출전 : 관세음보살 묘응시현 제중감로(觀世音菩薩妙應示現濟衆甘露)

감상 기적은 도처에 있다. 밥 먹고 잠자는 일에서부터 저 주정뱅이의 팔자걸음에 이르기까지 '불 속에 피는 연꽃의 소식(火中生蓮)'은 도처에 있다. 깨달음의 소식은 도처에 있다.

묘덕화에게 (降示妙德華)

거울에 먼지 덮여 있으나
거울의 반사능력은 전혀 때묻지 않네
먼지를 닦아내는 것 역시 잘못이니
본연의 이 거울을 상하게 하지 말라.

圓鏡雖沒塵 光明不曾昧
掃塵亦是妄 勿傷本然體

형식 : 오언절구
출전 : 관세음보살 묘응시현 제중감로(觀世音菩薩妙應示現濟衆甘露)

감상 깨달음의 나무는 본래 없고
거울 또한 없는 것이네
본래 아무것도 없거니
어느 곳에 먼지가 묻겠는가.
(菩提本無樹 明鏡亦非台 本來無一物 何處有塵埃)
— 육조혜능(六祖慧能)

묘보화에게(降示妙寶華)

본성은 본래 무위자연이지만
그러나 인연 따라 이 누리에 가득했네
착각과 망상의 물결은 본래부터 잤으니
마음의 달이 지혜의 바다에 비치고 있네.

佛性無爲亦無作 而能隨緣靡不周
顚倒妄想本來寂 只有心月印智海

주 ◆무위(無爲) : 전혀 인위조작이 없는 無爲自然의 경지. ◆무작(無作) : 조작이 없는 것. 앞의 無爲와 그 뜻이 같다.

형식 : 칠언절구
출전 : 관세음보살 묘응시현 제중감로(觀世音菩薩妙應示現濟衆甘露)

감상 무위자연적인 우리의 본성이 때를 따라 곳을 따라 이 누리에 가득했나니 흰 눈 내리는 소식이요 봄이 오면 산에 들에 진달래 피는 소식이네.
걱정 말라. 그대는 본래부터 깨달음 안에 있거니…….

보경혜에게(降示寶鏡慧)

본래부터 밝고 신령스러운데
'한 물건'이라 억지로 일컬었네
우습구나 우습구나 '한 물건'이여
이 누리 두루 충만해 있네.

本來昭昭本來靈 强而稱之名一物
可笑可笑一物相 徧周法界無欠餘

형식 : 칠언절구
출전 : 관세음보살 묘응시현 제중감로(觀世音菩薩妙應示現濟衆甘露)

감상 '한 물건(一物)'이란 무엇인가. 생명의 근원이요 이 우주의 근원, 그것을 일러 그저 막연하게 '한 물건(一物)'이라 부르는 것이다.
'절대진리'니, '신(神)'이니, '하느님'이니, '여호와'니, '도(道)'니 따위의 말보다 훨씬 편하지 않은가.

다시 보경혜에게(降示寶鏡慧十一)

길이 어딘가고 찾지 말라
어디로 가야 하느냐고도 묻지 말라
산에 오르고 물을 건너는 때요
꽃을 보고 새소리 듣는 때요
옷 입고 밥 먹는 때요
사람 만나고 사물에 접하는 때니
이렇듯 다만 '한 생각'이면
여래를 보기 어렵지 않으리
누가 알리, 이 '한 생각의 소리'가
이 누리 뭇 소리 속에 울려 퍼짐을
이 불가사의여, 이 굽이침이여
자연스럽고 또 자연스럽네.

莫探路若何 莫說去若何 登山渡水時 看花聽鳥時
著衣喫飯時 逢人接物時 如是但一念 何難見如來
誰知一念聲 法界淨聲裡 活用復神通 自然又自然

형식 : 오언고시(五言古詩)
출전 : 관세음보살 묘응시현 제중감로(觀世音菩薩妙應示現濟衆甘露)

[감상] 길은 도처에 있다. 아니 그대 자신이 바로 '길'이다.

잠 깬 이의 노래(轉不可說品第十偈頌)

진(眞), 진(眞), 진(眞)이여
온 누리에 봄은 왔나니
비 온 뒤의 장미요 바람 앞의 버들이라
웃어도 소리 없고 춤춰도 흔적 없네

眞眞眞 靑帝一輪萬國春
雨後薔薇風前柳 笑無聲兮舞無痕

여(如), 여(如), 여(如)여
드넓은 이 천지에 내 몸을 맡겼네
물소리 있는 곳, 산은 말이 없으니
한가한 이는 홀로 옛 책을 읽네

如如如 烣烣天地任我居
水有聲處山無語 好是閑人讀古書

연(然), 연(然), 연(然)이여
동자아이 산 아래 물 길러 오네
이 물을 길어갈까 버릴까 묻지 말라

한 표주박의 물마다 한 개의 달이 잠겼네

然然然 小童來汲山下泉
莫問水之用與棄 誰知一瓢一月全

긍(亘), 긍(亘), 긍(亘)이여
천산 만산 층층이 치솟았나니
높고 낮고 아름답고 웅장함을 논하지 말라
봉우리 봉우리마다 최고봉을 떠나지 않았네.

亘亘亘 千山萬山層層聳
高低媚雄莫爭說 峯峯不離須彌頂

[주] ◆청제(靑帝) : 봄을 관장하는 동쪽의 神. 宗君.

형식 : 고체시(古體詩)
출전 : 관세음보살 묘응시현 제중감로(觀世音菩薩妙應示現濟衆甘露)

[감상] 진(眞)! : 보라. 이 누리 전체가 그대로 봄소식이거니.
여(如)! : 곳을 따라 굽이치는 물길이어라.
연(然)! : 뒤로 가도 그 곳이요 앞으로 가도 그 곳이니 길이 멀다 투덜대지 말라.
긍(亘)! : 저 돌멩이 하나에서 지푸라기 한 올에 이르기까지 이 모두가 제각각 최고봉(最高峰 : 本性)이네.

제 4 부

구한말에서 현재까지 (1897~1993)

경허성우(鏡虛惺牛, 1849-1912) … 36편

은선동에 노닐며(遊隱仙洞)

산과 사람은 말이 없고
구름은 새를 따라 나네
물 흐르고 꽃이 피는 곳
아아 돌아가 모든 것 잊고자 하네.

山與人無語 雲隨鳥共飛
水流花發處 淡淡欲忘歸

주 ◆여(與) : 조사. '~과'에 해당.(仁與義-論語) ◆발(發) : 꽃이 피다.(花發風雨多-于武陵) ◆담담(淡淡) : 물이 고요함. 여기서는 마음에 욕심 없고 고요한 상태.(君子之道淡而不厭-中庸)

형식 : 오언절구, 평성미운(平聲微韻)
출전 : 경허집(鏡虛集)

감상 이 시에서의 절창은 제1구다.
'산과 사람은 서로 말이 없고(山與人無語)…….' 아, 이 얼마나 절제된 표현인가. 서로가 서로를 깊이 알게 될 때 거기 무슨 말이, 무슨 수식이 필요하겠는가. 거기 오직 서로의 마음이 달빛처럼 서로를 비추고 있을 뿐(心月相照).

일없는 것이(偶吟三)

일없는 것이 나의 일이니
문고리 걸고 낮잠 조네
깊은 산새가 나 홀로인 줄 알고
그림자 그림자 지면서 창 앞을 지나가네.

無事猶成事 掩關白日眠
幽禽知我獨 影影過窓前

㈜ ◆무사(無事) : 하릴없다. ◆유(猶) : 오히려.(我猶戶之－莊子) ◆엄관(掩關) : 문빗장을 지르다. 關은 문빗장.(善閉無鍵關而不可開－老子) 掩은 닫다.(席門常掩－南史) ◆백일면(白日眠) : 낮잠. ◆유금(幽禽) : 幽鳥. 조용한 곳에서 사는 새, 깊은 산에서 사는 새. ◆영영(影影) : 그림자에 그림자가 겹치는 모습. 잠에 취한 눈에 窓을 지나는 새의 그림자가 어리는 모습.

형식 : 오언절구, 평성선운(平聲先韻)
출전 : 경허집(鏡虛集)

감상 어떤 사람은 만날 때마다 바쁘다, 바쁘다를 연발하고 있다. 그러나 이런 사람은 진짜 바쁜 사람이 아니다. 바쁘다는 그것은 시간의 중심에 뛰어든 것을 이름이다. 가장 바쁜 생활을 하기 위해서는 가장 한가한 공(空)의 경지, 아니 공간의 극치에까지 올라가야 한다. 그러므로 진짜로 바쁜 사람은 오히려 겉보기에는 아무 할 일 없는 사람으로 보인다. 제1구가 바로 이런 것을 읊은 것이다.

붓을 들어(偶吟十二)

붓을 들어 빈 종이에 이르렀나니
그 종이 위를 선 하나로 끝없이 가네
선의 흐름 상기도 다하지 않았는데
어느샌가 붉은 해는 창에 비치네.

書到紙面空 盡得一線通
一線還不盡 紅日禪窓東

주 ◆서(書) : 여기서는 '글쓰다'의 動詞.(書其德行道藝－周禮) ◆선창(禪窓) : 참선하는 房의 窓.

형식 : 오언절구, 평성동운(平聲東韻)
출전 : 경허집(鏡虛集)

감상 여기에서의 '빈 종이'는 마음을, 그리고 '붓'은 갖가지 생각의 형태와 감정의 빛깔들을 상징하는 것이다. 감정의 빛깔과 생각의 형태들이 오직 하나의 '일획(一劃)'으로 몰입되어 마음이라는 이 빈 종이 위를 끝없이 지나가고 있다. 즉 선정삼매(禪定三昧)에 들고 있다. 그 선정삼매의 끝은 무엇인가. 둥근 해 같은 직관의 빛이다.

허공이 무너지고 있음이여(偶吟二十七)

허공이 무너지고 있음이여
허공에 핀 꽃이 열매를 맺네
이 또한 세월 밖의 봄빛이거니
그윽한 향이 방안으로 밀려오네.

當處殞空虛　空花方結實
知此亦春光　幽香吹我室

주 ◆공화(空花) : 눈병 앓는 사람에게 보이는 꽃과 같은 무늬. 物質로 이루어진 客觀의 세계는 그 實體가 없다 하여 空花에 비유함. ◆방(方) : 바야흐로, 이제, 한창.(血氣方剛－論語) ◆유향(幽香) : 짙은 향기. ◆취(吹) : ① 불다. ② 불어오다. 여기서는 ②의 뜻을 주로 하여 ①을 곁들여 쓰고 있다.(吹毛而求小疵－韓非子)

형식 : 오언절구, 평성질운(平聲質韻)
출전 : 경허집(鏡虛集)

감상 뿌리에서 보는 이 차별상은 파도에 불과하다. 울기도 하고 웃기도 하는 이 인간살이여. 저 바다에 일었다 사라지는 부질없는 그림자여. 결국 인간의 일백 년이란 한 장의 파도가 일어남인가. 그렇다면 파도가 사라진 그 다음은 무엇인가. 물은 파도의 어머니요 파도는 물의 자식이다. 어머니 없는 자식이 없는 것과 같이, 자식 없는 어머니도 존재할 수 없다. 이 부질없는 파도 한 장을 일어나게 하는 그 힘이 저 바다를 바다이게 하는 그 힘인 것이다. 부질없음 속에서 부질없음 이상의 것을 보아야 한다. 봄바람은 예대로 버들가지 흔드는 그걸 보아야 한다.

눈에는 강물소리 급하고(偶吟二十九)

눈에는 강물소리 급하고
귓가에 우레바퀴 번쩍이네
예와 지금의 인간 만사를
돌사람이 알았다 고개를 끄덕이네.

眼裡江聲急 耳畔電光閃
古今無限事 石人心自點

㈜ ◆이반(耳畔) : 귓가. ◆자점(自點) : 點頭. 스스로 고개를 끄덕이다. 긍정하거나 모르던 것을 알았을 때 하는 행동.

형식 : 오언절구, 평성염운(平聲琰韻)
출전 : 경허집(鏡虛集)

감상 우리는 눈을 통해서 보고 귀를 통해서 듣는다. 그런데 여기에서는 지금 '눈으로 강물이 흐르는 소리를 듣고 귀로 번갯불을 본다'고 표현하고 있다. 이게 어찌 된 일인가. 우리의 상식으로는 납득이 안 가는 차원이다. 그러나 이것은 깨달음의 경지(대오지경)다. 하늘과 땅이 뒤집어지는 그런 충격으로 하여 오관(五官)의 감각들이 그 기능을 서로 맞바꾸고 있는 그런 차원이다. 그래서 바람같이 살다 간 사내 경허(鏡虛)는 지금 그 자신이 일상적인 사고와 감정을 벗어난 저 돌사람(石人)이 되어 옛날이나 지금이나 그리고 앞으로나 거기서 거기인 인간의 삶 전체를 꿰뚫어보고 있는 것이다.

바람이 서리 묻은 잎을(偶吟二十六)

바람이 서리 묻은 잎을 떨어뜨리네
떨어지는 잎 다시 바람에 날아가네
어쩔까나 이 마음 맡길 데 없어
잎비 속에 길을 잃고 헤매이나니.

風飄霜葉落 落地便成飛
因此心難定 遊人久未歸

주 ◆표(飄) : 회오리 바람. 族風.(匪風飄兮-詩經) ◆편(便) : 한 동작이 미처 끝나기 전에 다른 동작이 이어지는 것. '다시', '문득', '즉'. '卽便'으로 連用하기도 함.(便是堯舜氣象-朱熹) ◆인차(因此) : 이로 인하여, 이것 때문에. ◆심난정(心難定) : 마음을 잡기 어렵다. ◆유인(遊人) : 遊子. 나그네.

형식 : 오언절구, 평성미운(平聲微韻)
출전 : 경허집(鏡虛集)

감상 우리를 감동시키는 것은 학식도 아니요 명성도 아니요 재물도 아니다. 우리는 지극히 인간적인 냄새를 통하여 감동을 받게 된다.
만일 성자에게서 인간적인 냄새를 맡을 수 없다면 그 성자는 이미 우리와는 먼 세계의 별종인간에 지나지 않는다. 인간에게는 결점도 많고 실수도 많다. 그러나 이 결점과 실수 때문에 우리는 공범의식(共犯意識)을 느끼는 것이다. 이 공범의식이 결국은 감동을 불러일으키게 된다.

경허(鏡虛)! 숱한 일화를 남기고 바람처럼 살다가 바람처럼 가 버린 사내. 그의 심정이, 그의 인간적인 냄새가 지금 이 시에서 가장 잘 나타나고 있다.

나는 10여 년 동안 많은 나라를 여행했다. 그러나 나는 우리나라가 제일 좋다. 결코 우리나라를 떠나지 않을 것이다.

왜? 경허가 있기 때문에…….

낙엽의 잎비 속에서 길을 잃고 서성이는 경허가 있기 때문에…….

물굽이 돌아돌아(使書童咏水自咏)

물굽이 돌아돌아 이 세상을 이루나니
산 그윽한 골에 물 또한 깊어지네
물마다 하늘의 모습 가득 참이여
그 소리 소리 바다로 갈 마음뿐이네
인간 만사 흥망이 물과 같아서
한 번 간 날은 다시 오지 않는가
저 용이 사는 굴 속에는
예나 지금이나 바람과 우레로 가득하네.

斡旋成一六 樂處智還深
影影涵天像 聲聲徹海心
市朝俄變替 歲月暗侵尋
做得魚龍窟 風雷自古今

㊟ ◆알선(斡旋) : 璇璣(宇宙生成의 本源)와 縣斡(宇宙가 生成하는 그 過程). ◆일륙(一六) : 天이 물을 냄(天一生水)에 地가 六을 이루는 까닭에 一六水라 함.(河圖) 水火木金土의 五行 가운데 물이 가장 처음 생겨남. 이것은 우주의 근원을 물이라 한 탈레스(Thales)의 說과 一致한다. ◆낙처지환심(樂處智還深) : 仁者樂山 智者樂水의 뜻.(論語) ◆성성철해심(聲聲徹海心) : 물의 흐름은 바다로 가고자 하는 물의 줄기찬 소망을 뜻한다. ◆시조아변체(市朝俄變替) : 이 세상의 興亡이 물흐름과 같다. 市朝는 市場과 朝廷, 즉

이 세상. 俄는 문득, 갑자기.(俄有群女持酒－列仙傳) ◆세월암침심(歲月暗侵尋) : 물이 한 번 흘러가면 다시 돌아오지 않음은 세월이 한 번 흘러가면 되돌아오지 않음과 같다. ◆어룡굴(魚龍窟) : 물은 고기와 龍의 窟이다. 窟은 住居의 뜻.(狡兎有三窟－戰國策) ◆풍뢰(風雷) : 易卦의 雷風恒卦 風雷는 恒의 뜻. 恒은 久의 뜻. 天地의 道는 恒常하고 오래기 때문에 끊어지는 일이 없다.(恒卦象傳)

형식 : 오언사율, 평성침운(平聲侵韻)
출전 : 경허집(鏡虛集)

감상 물을 두고 읊은 시다.
제1구와 제2구에서는 물의 변화무쌍을, 그리고 제3구와 제4구에서는 물의 드넓은 활동영역을, 그리고 제5구와 제6구에서는 '흐르다'는 성질에 역점을 두어 세월의 덧없음을 읊고 있다.
제7구와 제8구에서는 '끊임없이 움직이고 있다'는 데 역점을 두어 비바람을 일으키는 용(龍), 그 자체의 활동으로 물은 대치되고 있다.
과연 경허(鏡虛)다운 구상이다. 멋진 시다. 어느 구절 어느 문구 하나 걸리는 데가 전혀 없다.
과연 물이 흐르는 것과 같다.

금산 보석사에서(題錦山寶石寺)

비석 하나 쓸쓸히 절문 옆에 서 있네
푸른 산 그림자 속에 몇 날이나 흘렀는가
영규사의 간 자취 묻는 이 없어
석양 진 마소의 무리만 먼 촌으로 내려가네.

蕭瑟一碑傍寺門 青山影裏幾朝昏
圭師往蹟無人問 落日牛羊下遠村

주 ◆소슬(蕭瑟) : 가을바람이 쓸쓸하게 부는 모양.(蕭瑟兮草木－楚辭) ◆기(幾) : 얼마나, 몇 번이나.(上問車中幾馬－史記) ◆규사(圭師) : 임진왜란 당시의 僧將 騎虛 靈圭大師인 듯. ◆낙일(落日) : 入日, 落陽. 석양.(曉月發雲陽. 落日次朱方－廬陵王墓下作詩 謝靈運)

형식 : 칠언절구, 평성원운(平聲元韻)
출전 : 경허집(鏡虛集)

감상 이 시의 배경은 가을이다. 제1구의 '일비(一碑)'와 제2구의 '청산(青山)', 제3구의 '규사(圭師)', 그리고 제4구의 '낙일(落日)' 등이 빚어내는 것으로 하여 작품 전반에는 가을과 몰락이 괴어 있다. 비석의 '싸늘함'과 그 비석이 절의 문 옆에 '서 있다'는 말은 차라리 죽음마저 갈 수 없는 완전 고체의 상태이다. 제2구의 '청산(靑山)'에서는 이러한 고체의 상태가 어떤 조짐 같은 것, 즉 유동성 같은 걸로 변해 갈 수 있다는 그 가능성 같은 것을 비치고 있지만 '청산(靑山)'을 떠받치고 있는 '영(影)'이란 말 때문에 다시 그 가능성은 저절로 스러져 버리며 '기(幾)'자를 끌어들이고 있다. 그리하여 '푸른 산 그림자 속에 몇 날이나 흘렀는가'의 탄사(嘆辭)로 주저앉고 있다. 제3구의 '규사(圭師)'. 그는 임진왜란 때 계룡산 갑사에서 목창(木槍)을 깎아 들고 승병을 일으킨 사람이었다. 마지막 전사 때 그는 이 금산 보석사에 계시는 팔십 노모를 보러 오다가 길에서 숨을 거두었다 한다. 그의 그런 슬픔이 제4구의 '낙일(落日)'에 물들고 있다.

가야산 홍류동에서(伽倻山紅流洞)

누가 물이라 산이라 가름하는가
구름에 감긴 산이 물에 비치네
안과 밖 끝없구나 큰 빛의 덩어리(大光明體)여
가슴을 열어젖히고 물과 산을 보느니.

孰云是水孰云巒 巒入雲中水石間
大光明體無邊外 披腹點看水與山

주 ◆만(巒) : ① 둥글고 낮은 산.(登石巒以遠望兮－楚辭) ② 빙 둘러싼 산.(襟帶盡巖巒－徐排) ◆대광명체(大光明體) : 宇宙를 한 덩어리 큰 빛이라 봄. ◆피복(披腹) : 가슴을 풀어헤치다.

형식 : 칠언절구, 평성한운(平聲寒韻)
출전 : 경허집(鏡虛集)

감상 가야산 홍류동(紅流洞)은 철쭉이 만발하면 그 철쭉의 붉은 빛이 흐르는 물에 섞여 개울이 온통 붉은색을 띤다 해서 '홍류동(紅流洞)'이라 했다는데……. 여기 경허(鏡虛)는 지금 그 홍류동을 소재로 무게 있는 선시를 읊고 있다.
제1구와 제2구는 산과 물과 구름의 혼연일체를, 그리고 제3구와 제4구는 산과 물과 구름이 되어 버린 경허 그 자신을 읊고 있다.

마음뿌리 가꾸어(詠蓮隱種樹栽花一)

마음뿌리 가꾸어 가지와 잎에 이르렀으나
빠른 바람 억센 비에 어린 가지 몸살 앓네
뒷날, 푸른 구름 속에서 높게 휘날릴 때면
신선의 피리 소리 이곳을 지나가리.

培養靈根上達枝 疾風暴雨不須垂
他年高拂靑雲裏 倘有仙笛過此吹

주 ◆배양(培養) : 심고 가꾸다.(栽者培之－中庸) ◆달(達) : ～에 이르다.(達于河－書經) ◆질풍(疾風) : 속도가 빠른 바람. ◆불수수(不須垂) : 가지를 뻗지 못하다. 垂는 나뭇가지 따위가 아래로 뻗은 것을 말한다. ◆불(拂) : 휘날리다. 나부끼다. 얇게 스치다. ◆당(倘) : 아마, 혹은. 儻과 通用. ◆선적(仙笛) : 신선이 부는 피리.

형식 : 칠언절구, 평성지운(平聲支韻)
출전 : 경허집(鏡虛集)

감상 '도고마성(道高魔盛)'이라는 말이 있다. '깨달음의 경지가 높고 깊어질수록 그 깨달음을 방해하는 것이 많다'는 말이다. 여기 이 시는 그런 시련을 읊고 있다. 도(道)가 높아질수록 그 도를 꺾으려는 바람이 많으므로 이 시련을 묵묵히 참고 견디지 않으면 안 된다는 것을 읊고 있다.

용정강 지나며(偶吟八)

용정강 낚시 늘인 노인장에게
고개 돌려 길의 갈라지는 곳 묻네
노인장 말이 없고 산 더욱 저무나니
어디서 물소리만 쓸쓸히 들려오네.

龍汀江上野叟之 回首喟問路分岐
野叟無語山又晩 何處滄浪韻凄遲

주 ◆용정강(龍汀江) : 江名. 소재지는 未詳. ◆야수(野叟) : 野老. 시골 늙은이. ◆위문(喟問) : 한숨 쉬며 묻다.(喟然而歎－論語) ◆노분기(路分岐) : 길의 갈라지는 곳. ◆운처지(韻凄遲) : 물결치는 소리가 멀리서 들려오다.

형식 : 칠언절구, 평성지운(平聲支韻)
출전 : 경허집(鏡虛集)

감상 작품 전체에 깔리는 깊이가 있다. 혜초의 인도여행이 피와 살의 깎임이라면, 경허의 방랑은 바람 부는 나뭇잎이다.
제1구의 시작이 '용정강 위에 앉아서 낚싯대 늘인 노인장'으로 비롯된다. 동양화의 '독조한강도(獨釣寒江圖)'가 바로 이것이다.
경허는 이 노인에게 길이 갈린 곳을 묻고 있다. 제3구는 제1구와 2구, 그리고 종구(終句)를 살리고 있다. 그렇지. 낚시 노인은 말이 없어야 하지 않겠는가. 그가 만일 "이 길로 가면 어디어디요" 하고 입을 놀렸다면 이 시의 분위기는 산산조각이 날 것이다. 낚시 노인의 침묵 속에서 산도 또한 거기 맞춰 저무는 모습을 생각해 보라. 장엄한 깊이가 느껴진다. 마지막 구의 '하처(何處)'는 '탄조(嘆調)'다. 침묵을 침묵으로 있게 하지 않고 탄식(嘆息)의 또 다른 형태로 변형시키고 있다. 말하자면 종구(終句)는 이 시의 눈이다.

산은 스스로 푸르고(無題)

산은 스스로 푸르고 물 절로 차가움이여
맑은 바람 불고 흰구름 가네
온종일 반석 위를 서성이나니
내가 세상을 버렸노라 다시 무얼 바라리.

山自靑水自綠 淸風拂白雲歸
盡日遊盤石上 我捨世更何希

주 ◆불(拂) : 여기서는 바람이 나부끼는 모습. ◆진일(盡日) : 온종일, 하루종일. ◆반석(盤石) : 평평하고 넓은 바윗돌. ◆아사세(我捨世) : 내가 세상을 버리다. '세상이 나를 버리다'가 아님. ◆갱하희(更何希) : 다시 무엇을 바라리요.

형식 : 고체시(古體詩), 평성미운(平聲微韻)
출전 : 경허집(鏡虛集)

감상 그렇지. 아암 그렇고 말고. 누가 '산아 너 푸르거라' 하여 산이 푸르렀는가. 그렇지. 아암 그렇고 말고. 누가 '물아 너는 차가워야 한다' 하여 물이 차가운가. 물은 자신이 차가운지 더운지 전연 모른다. 그냥 흐르고 있을 뿐이다. 그 물의 흐름을 보고 사람들은 말한다. '물은 차갑다'고. 산은 푸르겠다는 마음이 전혀 없기에 오히려 푸른 것이다.

백련암에서(題通度寺白蓮庵)

호탕한 정을 가눌 길 없어
긴 소맷자락은 천 봉우리에 나부끼네
들려오는 저 두견새 소리
강산은 만고심이네.

宕情收未了 長袖拂千岑
深院聽鵑語 江山萬古心

주 ◆탕정(宕情) : '宕'은 '蕩'자와 같은 글자. 호탕한 정. ◆견(鵑) : 두견새.

형식 : 오언절구
출전 : 경허집(鏡虛集)

감상 거인(巨人) 경허. 종횡무진 이 풍진세상을 누비는 그의 모습이 제1구와 제2구를 통하여 잘 드러나고 있다.

석양(偶吟一)

석양의 쓸쓸한 암자
무릎 안고 한가로이 졸고 있네
갈바람 소리에 문득 깨어 보니
서리 맞은 잎만 뜰에 가득하네.

斜陽空寺裡 抱膝打閑眠
蕭蕭驚覺了 霜葉滿階前

주 ◆소소(蕭蕭) : 갈바람이 쓸쓸히 부는 소리.

형식 : 오언절구
출전 : 경허집(鏡虛集)

감상 석양의 쓸쓸한 암자, 그 정경이 작자의 심정과 잘 조화를 이루고 있다. 제2구의 '포슬(抱膝)'이 작자의 심정을 나타내는 단어다. 제3구와 제4구는 걷잡을 수 없이 흩날리는 작자의 외로운 심정이다. 다소 감상적이지만 그러나 제3구의 '경각료(驚覺了)'로 하여 멋진 시가 되었다.

은자의 삶(偶吟二)

시끄러움이 어찌 침묵만 하리
어지러이 수선 피우느니 잠이나 자리
긴 밤 빈 산의 달이
베갯머리에 은은히 비치고 있네.

喧喧寧似默 擾擾不如眠
永夜空山月 光明一枕前

주 ◆훤훤(喧喧) : 시끄럽게 떠들다. ◆영녕(擾擾) : 소란을 피우다.

형식 : 오언절구
출전 : 경허집(鏡虛集)

감상 세상의 시시비비에 말려들지 않고 넉넉한 잠이나 잘 수 있는 것은 정말 뛰어난 대장부가 아니면 불가능한 일이다.
경허, 너무 그릇이 커서 쓰이지 못했던 사내. 보라. 그의 마음은 지금 제3구와 제4구를 통하여 은은히 빛나고 있다.

미친 듯이(偶吟四)

그 어느 산의 그윽한 곳에
구름을 베개 삼아 내가 잠들까
이 가운데 뜻을 얻으면
네거리에서 미친 듯이 살아가리라.

那山幽寂處 寄我枕雲眠
如得其中趣 放狂十路前

주 ◆나산(那山) : 어느 곳의 산. ◆침운면(枕雲眠) : 구름을 베고 잠자다. ◆여득(如得) : 만일 ~을 얻게 되면. ◆방광(放狂) : 제멋대로, 마음가는 대로 노닐다. ◆십로(十路) : 번잡한 도시의 네거리.

형식 : 오언절구
출전 : 경허집(鏡虛集)

감상 아닌게아니라 경허는 천장암(天藏庵)의 그 침묵기간을 끝낸 다음 네거리 시장바닥에서 반미치광이로 살아갔던 것이다. 몰매를 맞기도 하고 술과 여자에 취하기도 하면서…….

이 일은(偶吟五)

이 일은 마음으로 헤아리기 어려우니
곤하면 그대로 잠이나 자리
고금에 전해 오는 이 글귀는
다만 이 문 앞에 있네.

有事心難測 困來卽打眠
古今傳底句 秖在此門前

형식 : 오언절구
출전 : 경허집(鏡虛集)

감상 무위자연(無爲自然), 그리고 순리에 따름.
이 두 가지 속에 동서고금의 모든 진리가 다 들어 있나니.
벗이여, 더 이상 소란 피우며 날뛰지 말라.

고개를 끄덕이며(偶吟六)

고개를 끄덕이며 늘 졸고 있나니
조는 일 이외에 다른 일 없네
조는 일 이외에 다른 일 없나니
고개를 끄덕이며 언제나 졸고 있네.

低頭常睡眠 睡外更無事
睡外更無事 低頭常睡眠

형식 : 오언절구
출전 : 경허집(鏡虛集)

감상 멋져! 정말 멋져! 경허, 그가 아니면 어떻게 감히 이런 시를 쓸 수 있으리.
'고개를 끄덕이며 늘 졸고 있나니
조는 일 이외에 다른 일 없네.'
에라 빌어먹을…….

저 산빛과(偶吟七)

저 산빛과 이 물빛 속에
면목은 분명하네
이 가운데 뜻을 알고자 하는가
여덟 양은 이 반 근이네.

山光水色裡 面目自端的
欲識箇中意 八兩是半斤

주 ◆면목(面目) : 本來面目. 여기서는 '不生不滅의 진리'. ◆단적(端的) : 분명하다.

형식 : 오언절구
출전 : 경허집(鏡虛集)

감상 당연한 이치다. 저 산색과 이 물빛 속에 그대의 본성은 분명하거니…….
가까이에서 찾으라. 너무 멀리 가지 말라.

서리 친 잎만(偶吟九)

잠자고 밥 먹는 일이여
이 밖에 부질없이 풍월이나 읊조리네
암자는 어이 이리 쓸쓸한가
서리 친 잎만 뜰에 가득 붐비네.

打睡粥飯事 此外夢幻吟
山庵何寥寂 霜葉滿庭心

주 ◆죽반사(粥飯事) : 죽이나 밥을 먹듯 언제나 있는 일상적인 일.

형식 : 오언절구
출전 : 경허집(鏡虛集)

감상 영혼의 깊은 잠에서 깨어난 사나이 경허.
그러나 그는 인간이었다. 그러기에 여자가 필요하고 술이 필요했던 것이다. 제1구와 제2구는 깨달은 경허요, 제3구와 제4구는 인간 경허다.

뛰어난 이는(偶吟十一)

뛰어난 이는 이 시구를 보라
나는 지금 푸른 산 층층을 가리키나니
굳게 믿어 이를 의심치 않으면
어느 곳인들 연등부처 아니리.

驥兒見此頌 我指碧山層
諦信卽無疑 何處非燃燈

주 ◆기아(驥兒) : 아주 뛰어난 사람. ◆연등(燃燈) : 燃燈佛.

형식 : 오언절구
출전 : 경허집(鏡虛集)

감상 제1구와 제2구는 경허가 체험한 세계를 단적으로 나타내 보인 곳이다. 이 전광석화와 같은 경허의 안목(眼目)을 보라. 소름이 끼친다.

노닐다 어느덧(偶吟十二)

노닐다 어느덧 돌아갈 길 잊고
돌과 숲에서 넉넉히 쉬고 있네
꽃잎은 져 아득히 물 따라 흘러가고
명월은 외로운 봉우리에 오르네.

遊翫未歸路 悠悠憩石林
落花流逝水 明月上孤岑

형식 : 오언절구
출전 : 경허집(鏡虛集)

감상 지극히 서정적이다. 그리고 탐미적이다. 제3구의 '낙화(落花)'와 제4구의 '명월(明月)', 제3구의 '유서수(流逝水)'와 제4구의 '상고잠(上孤岑)'의 상반적인 대칭이 절묘하다.

무쇠나무에 (偶吟十七)

무쇠나무에 꽃 한 송이 피었나니
뿌리와 가지는 찾을 길 없네
풀집에는 봄잠이 무르익는데
온갖 새들은 맑은 소리로 울고 있네.

鐵樹花開一 根株勿處尋
草堂春睡稔 百鳥費淸音

주 ◆염(稔) : (곡식 따위가) 무르익다.

형식 : 오언절구
출전 : 경허집(鏡虛集)

감상 제1구와 제2구는 한 소식을 한(깨달은) 경허의 내면이요, 제3구와 제4구는 한 소식을 하고 난 후 넉넉한 경허의 살림살이를 나타낸 것이다.

자유자재 (偶吟二十八)

물에 할(喝)을 하니 물소리 끊어지고
저 산을 가리키니 산그림자 지워지네
물소리와 산그림자 전신에서 되살아나니
금까마귀 한밤중에 높이 나네.

喝水和聲絶 䂨山並影非
聲影通身活 金烏夜半飛

주 ◆적(䂨) : ① ~을 가리키다. ② 어조사. 여기서는 ①의 뜻. ◆통신(通身) : 全身. ◆금오(金烏) : 해. 太陽.

형식 : 오언절구
출전 : 경허집(鏡虛集)

감상 '한 번 고함(喝)을 지르니 흐르던 물소리 뚝 끊어지고／저 산을 가리키니 산그림자 지워져 버린다.'
이 얼마나 무서운 경지인가. 그러나 그 마음속에는 또한 봄바람 같은 자비가 있나니 끊어졌던 물소리와 지워진 산그림자가 이에서 되살아나고 있다. 이런 것을 일러 '죽이고 살리기를 자유자재로 한다'라고 말하는 것이다.

해인사 구광루(海印寺九光樓)

긴긴 장경각은 신선봉을 대했는데
지나간 일은 이 모두 한밤의 꿈이었네
여기 하늘과 땅을 삼키고 토하는 나그네 있어
구광루 위에서 천산을 저울질하네.

猗猗經閣對仙巒 往事無非一夢間
適有乾坤呑吐客 九光樓上秤千山

주 ◆의의(猗猗) : 긴 모양. '依依'로 되어 있는 본(漢巖 筆寫本, 「鏡虛集」). ◆선만(仙巒) : 여기서는 장경각을 마주 보고 있는 신선봉을 말함. ◆평(秤) : 저울에 달다.

형식 : 칠언절구
출전 : 경허집(鏡虛集)

감상 제4구는 정말 대단한 시구절이다. 무수히 겹치며 높낮이로 흘러가고 있는 산의 능선을 표현하여 '천산(千山)을 저울질한다'라고 했다. 물건의 무게에 따라 저울대의 한 끝이 내려가기도 하고 올라가기도 하는 것이 마치 산의 능선이 높고 낮은 그것과 흡사하기 때문이다. 그리고 또한 '저울질한다'는 이 말 속에는 능동적인 자세가 곁들여 있다.

백운암(通度寺白雲庵)

백운암 속에 흰구름 있으니
반은 바위에 반은 허공에 걸려 있네
나뭇가지 덩굴줄기 산안개 휘감기어
바람 따라 흰구름 속에 긴 가지 흔들리네.

白雲庵裏白雲在 半掛層岩半掛空
千樹煙蘿多韻致 隨風搖曳白雲中

주 ◆나(蘿) : 여라. 나뭇가지 위에서 자라는 이끼의 일종. ◆요예(搖曳) : 여기서는 가는 줄기가 흔들리는 모습.

형식 : 칠언절구
출전 : 경허집(鏡虛集)

감상 여기 이 시에 부친 경봉노사의 백운암 시가 있다(明正 옮김).

천고의 도량에 별일이 없어
물 흐르고 산은 적적한데 새소리만 아련하네
예로부터 여기 풍경 어떠하던가
흰구름 밝은 달 속에 그림 같은 암자일세.
(千古道場無一事 水流山寂鳥聲空 從來這裡何所景 庵在白雲明月中)

허주장자에게(奇虛舟長者)

붓을 들어 이에 이르니 마음이 착잡하네
이 경계를 뉘와 더불어 함께하리
따오기 희고 까마귀 검은 것은 마음과 말 밖이니
중생과 부처는 없고 산과 물은 있네.

因筆及此心緖亂 遮箇境界共誰伊
鵠白烏黑心言外 無生佛兮有山水

형식 : 칠언절구
출전 : 경허집(鏡虛集)

감상 허주장자(虛舟長者)라는 이에게 주는 시.
제3구와 제4구가 뛰어난 격외(格外)의 가풍(家風)을 보이고 있다. 누가 쓰겠는가. 경허가 아니면 뉘 감히 이런 구절을 쓸 수 있겠는가.

마곡사에서(題麻谷寺一)

눈 가리고 귀를 막으니
온 우주가 새어 나가지 못하네
밀실이라 보는 이 없다 말하지 말라
바람조차 통하지 않는 곳이 네거리이니.

塞却眼兮塞却耳　大千沙界沒滲漏
莫言密室人無覰　不通風處即十路

주 ◆삼루(滲漏) : 액체 같은 것이 스며 나오다.

형식 : 칠언절구
출전 : 경허집(鏡虛集)

감상 철저하게 자기 자신 속으로 들어올 때 거기 이 세상 전체가 있다.
그러므로 침묵 속에서 자기 자신의 내면을 응시하는 구도의 길은 동시에 삶의 이 현장으로 뛰어들어가기 위한 자기충전 과정인 것이다.

부처니 중생이니(偶吟)

부처니 중생이니 내 알 바 없이
평생을 그저 취한 중 되고 미친 중 되리
때로는 하릴없어 한가로이 앉았나니
먼 산은 구름 밖에 층층이 푸르렀네.

佛與衆生吾不識 年來宜作醉狂僧
有時無事閑眺望 遠山雲外碧層層

주 ◆의작(宜作) : 으레 ~이 되다. ◆유시(有時) : 또 어떤 때는.

형식 : 칠언절구
출전 : 경허집(鏡虛集)

감상 부처니 중생이니 내 알 바 없이
평생을 그저 중도 아니요 속인도 아니게 살아가리
때로는 하릴없어 한가로이 앉았나니
머언 산 구름 밖에 노을이 지고 있네.

눈 오는 밤에(烏首山下雪夜有感)

오수산 눈이 깊어 길은 다시 막히니
어느 때 친지 만나 옛 정 나누리
서쪽산 달은 지고 긴 밤은 밝아오고
북풍은 나무 위에 차갑게 우네
문장은 해박하나 황금이 다했고
경략(經略)은 끝없는데 백발이 되네
관솔불은 다하고 술잔도 저무는데
문을 열고 긴 한숨 쉬니 마음은 편치 않네.

烏山深雪復停行 親戚何年話舊情
西月亂山長夜曙 北風高樹丈冬鳴
文章雖博黃金盡 經略無端白髮生
松燭已殘樽酒晩 推門長嘯意難平

㈜ ◆경략(經略) : 天下를 통치하고 사방을 공략하는 능수능란한 수완. ◆장소(長嘯) : 소리를 길게 내어 읊다.

형식 : 칠언율시
출전 : 경허집(鏡虛集)

감상 ……그래, 그래. 문장은 해박하나 황금이 없지.
……그래, 그래. 마음은 부자지만 몸은 거지신세.

운파에게 (訪雲坡林莊－雲坡妓名)

이렇게 만남 또한 인연이거니
향기로운 머릿결에 장식 또한 아름답네
양대(陽臺)의 비구름은 조석으로 내리고
낙포(落甫)의 거센 물결 아득히 가네
병든 잎 거친 수풀 여름도 이미 가고
안개 낀 물은 저 옛 성 옆을 흘러가네
이별이 아쉬워 술잔을 비웠나니
뜬구름 같은 인생이여, 이 자리 두고두고 기억하리.

邂逅一緣定亦天 香鬟隨后鶡冠前
陽臺雲雨憐朝暮 落浦鴻龍杳婉翩
病葉荒林長夏晩 淡煙逝水古城邊
惜別依依樽酒了 浮生此席感餘年

주 ◆환(鬟) : 부인의 結髮. ◆할관(鶡冠) : 할새(꿩 비슷한 새)의 꽁지깃으로 장식한 冠. 武人이나 隱士가 썼음. ◆홍룡(鴻龍) : 洪龍. 여기서는 '거세게 흐르는 강물'. ◆완(婉) : 유순하다. ◆편(翩) : 가볍게 날다. 빨리 가다.

형식 : 칠언율시
출전 : 경허집(鏡虛集)

감상 그 많은 선시 가운데 기생에게 주는 시는 이 시밖에 없다.

바둑(圍棋)

바둑 두는 즐거움 글읽기보다 낫거니
어찌 신선들만 그랬겠는가
땅을 지키는 병사들은 학처럼 한가롭고
한 귀퉁이 무너지니 활기차기 물고기 같네
손끝의 한 점 한 점은 강기러기 내림이요
판 위에 놓는 알소리는 밤비 듣는 소리네
기묘한 책략과 공격은 말도 말게나
여름의 무더위 피하기에 넉넉한 놀이거니…….

賭棋之樂勝看書　何特仙山四皓居
拓地千兵閑似鶴　潰圍一帶活如魚
指端點點江鴻下　枰上丁丁夜雨疎
掎角連環君莫道　消長夏計信紆餘

㊟ ◆위기(圍棋) : 바둑. 바둑을 두다. ◆궤(潰) : 무너지다. 둑 따위가 무너져 물이 쏟아져 나오다. ◆정정(丁丁) : 伐木하는 소리. 여기서는 '바둑알이 바둑판에 부딪히는 소리'. ◆기각(掎角) : 앞뒤에서 공격하다. ◆연환(連環) : 連環計. 간첩을 놓아 적을 교란시키고 자기는 그 동안에 승리를 얻는 계교. ◆우여(紆餘) : 재주가 뛰어나 여유 작작한 모양.

형식 : 칠언율시
출전 : 경허집(鏡虛集)

감상 좀처럼 보기 드문 '바둑시'다. 더구나 선승이 쓴 바둑시이기에, 작품성에 앞서 그 희귀성으로서 가치가 있다. 아니 시로서도 별 손색이 없다. 바둑알 놓는 소리를 '강에 점점이 내리는 기러기 모습'으로 표현한 것은 참 멋지다. 신선들이 두는 바둑판을 구경하러 갔던 나무꾼이 도끼자루 썩는 것도 몰랐다는 옛 이야기가 이해가 가는 그런 시다.

풀벌레 소리(唧唧)

사방은 온통 풀벌레 우짖는 소리
들에도 침상에도 창문 틈에도
달 밝은 집에 듣는 구슬픈 그 소리
단풍 든 갈바람이 그대를 울렸는가
백년 과부의 임 그리는 한이요
천리 나그네의 꿈인가
부질없는 이 삶에 어찌 탄식이 없겠는가
슬픈 탄식만이 여기 가눌 길 없네.

一聲唧唧亂西東 於野於床於戶通
悲語政多深院月 動機又可晚林風
百年孀婦思君裡 千里遊人做夢中
何事浮生無感歎 感歎於爾最難空

㈜ ◆직직(唧唧) : 풀벌레 우는 소리. ◆정(政) : 여기서는 '情'자와 같은 뜻으로 봐야 무리가 없다.

형식 : 칠언율시
출전 : 경허집(鏡虛集)

감상 너무 슬퍼 말라. 경허여. 슬픈 이에게 슬픔을 말하지 말라. 슬픔에 슬픔이 겹쳐 가눌 수가 없구나.

봉선화(鳳仙花)

곱디고운 꽃송이는 이끼를 벗했으니
봉(鳳)도 비범하고 선(仙) 또한 흔치 않네
규방의 깊은 곳에 가는 비 뿌리고
꽃발이 적적한데 그 맑기가 더하네
고운 마음결과 그 자태는 한 폭의 그림이요
섬섬옥수 붉게 물들어 베틀에 올랐는가
연꽃도 국화도 난초도 어여쁘지만
그대 높은 이름 물외(物外)에 드날림을 그 누가 알리.

姸姸花朶伴苔衣　鳳亦非凡仙亦稀
閨屋深深吹細雨　晝簾寂寂轉晴暉
錦心增態堪題軸　玉手成紅幾上機
愛蓮愛菊愛蘭又　誰識高名物外飛

[주] ◆태의(苔衣) : 이끼. ◆규옥(閨屋) : 閨庭. 침실, 안방. ◆전(轉) : 한층, 더욱. ◆물외(物外) : 물의 밖. 사물을 뛰어넘어선 경지.

형식 : 칠언율시
출전 : 경허집(鏡虛集)

[감상] 봉선화꽃을 통하여 애절한 여인의 모습을 읊고 있다.

오도송(悟道頌)

문득 콧구멍이 없다는 말을 들으매
온 우주가 나 자신임을 깨달았네
유월 연암산 아래 길,
하릴없는 들사람이 태평가를 부르네.

忽聞人語無鼻孔 頓覺三千是我家
六月鷰巖山下路 野人無事太平歌

주 ◆삼천(三千) : 삼천대천세계, 우주. ◆연암산(鷰巖山) : 충남 서산에 있는 山名. 이 산에 天藏庵이 있음.

형식 : 칠언절구
출전 : 경허집(鏡虛集)

감상 경허의 오도송(悟道頌).
여기 만공(滿空)과 전강(田岡)의 문답이 있다.
전강 : 경허스님 오도송의 끝 구절(제4구)이 냄새가 납니다.
만공 : 어디 자네가 한번 바로잡아 보게.
전강 : '하릴없는 들사람이 태평가를 부르네'를 이렇게 바로잡아야 합니다.(전강은 덩실덩실 춤을 추었다.)
만공 : 멋지네. 참으로 멋지네.

금강산(金剛山名句)

구름을 뚫고 세 걸음 가다 서 있나니
산은 푸르고 돌은 흰데 사이사이 꽃이네
화공(畵工)에게 이 경치 그리라 한들
숲속의 새소리를 어이 그릴까.

一杖穿雲三步立 山青石白間間花
若使畵工模此景 其於林下鳥聲何

형식 : 칠언절구
출전 : 경허집(鏡虛集)

감상 아무리 위대한 화가라 해도 저 숲속의 새소리는 그릴 수 없다.
그러나 그릴 수 있다. 그대 자신이 새가 되면 되지 않겠는가. 그 그림 속에 들어가 새가 되어 우짖으면 되지 않겠는가.

혼원세환(混元世煥, 1853-1889) … 3편

수미암(須彌庵云云)

산골짜기 한 암자를 찾아가니
뜰에 가득 낙엽일 뿐 사람 자취 비었네
선사의 가신 곳 물어 볼 사람 없어
돌아오는 길 아득히 암자만 바라보네.

躡盡雲根尋一庵 滿庭黃葉久空庵
先師往跡無人問 回路悠然更望庵

주 ◆수미암(須彌庵) : 금강산 正陽寺 부근에 있는 암자. ◆운근(雲根) : 산의 異名. '돌'의 異名. 구름은 돌에 닿아 생긴다 하여 이렇게 일컬음. ◆선사(先師) : 수미암 창건주 원효대사.

형식 : 칠언절구
출전 : 혼원집(混元集)

감상 산골짜기 암자를 찾아갔으나 암자는 텅 비어 있었다. 돌아오는 길, 아득히 암자를 바라보며 작자는 지금 먼 회상에 젖고 있다.

금강산(敬次思潁金相公韻)

누대는 높아 흰구름 속에 멀리 솟았으니
만이천 봉우리 한눈에 뵈네
소나무 바위 흐르는 물과 단풍잎이여
금강의 구석구석은 그림 속의 산이네.

樓高逈出白雲間 萬二千峰一望還
松石飛泉與楓葉 金剛片片畫中山

주 ◆금강(金剛) : 金剛山.

형식 : 칠언절구
출전 : 혼원집(混元集)

감상 금강산을 읊은 시. 금강산을 읊은 시 가운데는 뭐니뭐니 해도 매월당 김시습의 시가 제일이다.
"산을 보고 웃었고 물을 보고 울었네."
왜냐면 산은 기기묘묘한 봉우리로 솟았기에 그걸 보는 순간 웃었다. 그리고 물은 너무 맑아 그만 울어 버린 것이다.

신선루(登神仙樓)

신선루 위에서 선인을 생각하노니
구름은 아침저녁으로 하늘을 여네
어느 날 신선은 옥피리 불며 학을 타고 지나갈까
찬 종소리 은은하게 물소리에 섞여 오네.

神仙樓上憶蓬萊 雲氣暮朝空自開
何日玉簫騎鶴過 寒鐘隱隱水聲來

주 ◆봉래(蓬萊) : 蓬萊山. 신선이 산다는 산. 금강산.

형식 : 칠언절구
출전 : 혼원집(混元集)

감상 시상은 그저 그렇다. 그러나 제4구가 이 시 전체에 생명을 불어넣고 있다.

우당(藕堂, ?-?) … 1편

가을(秋日謾吟)

오늘 밤 찬바람에 산죽이 울고
새벽잠 깨이면 이불귀가 맑으리
처마끝 거미줄엔 흰 이슬 얼룩지고
가물가물 등불 밑에 풀벌레 소리 모이네.

今夜寒風山竹鳴 曉來覺夢枕衾淸
簾角蛛絲斑白露 燈光耿耿繞虫聲

주 ◆경경(耿耿) : 빛나는 모양.

형식 : 칠언절구
출전 : 우당시고(藕堂詩稿)

감상 아주 서정적이다. 제1구의 '산죽명(山竹鳴)'과 제2구의 '침금청(枕衾淸)'이 어울려 가을의 정취를 마음껏 토해내고 있다. 제3구 '반백로(斑白露)'와 제4구 '요충성(繞虫聲)'을 통하여 우린 고도로 응축된 선지와 시정을 동시에 느낄 수 있다.

동명선지(東溟善知, ?-?) … 1편

묘향산승 풍산에게(瀑布菴贈妙香山豊山)

산 그리매 물소리 속에
하늘은 한 곳을 열었으니
뜻이 있어 푸른 학은 들어오고
일없이 흰구름은 깊네
노석은 긴 세월의 자취요
고송은 한 조각 굳은 마음이네
세상만사 흥망을 보고 있나니
밤이슬 맺은 풀잎엔 풀벌레 우네.

山影水聲裡 天開一少林 有情靑鶴入 無事白雲深
老石千秋跡 孤松一片心 坐看世事午 夜露草虫音

주 ◆오(午) : 交午. 종횡으로 교차하다, 즉 '희비가 엇갈리다'.

형식 : 오언율시
출전 : 동명유고(東溟遺稿)

감상 전체적인 시상의 흐름에는 무리가 없지만 그러나 굽이치는 맛이 적다. 제8구로 하여 가까스로 시정은 되살아나고 있다.

금명보정(錦溟寶鼎, 1861－1930) … 1편

매의 그림에 부침(楓鷹圖)

백 척의 반쯤 고목나무여
빈 가지에 서리 잎은 붉었네
매 한 마리 우뚝이 앉아
깃촉을 접은 채 장공을 꿈꾸고 있네.

百尺半枯木 露枝霜葉紅
兀然秋鷂子 收翮夢長空

㊟ ◆올연(兀然) : 우뚝 솟은 모양. ◆요자(鷂子) : 새매. 매의 한 가지. ◆핵(翮) : 새의 깃촉, 깃.

형식 : 오언절구
출전 : 다송시고(茶松詩稿)

감상 작자는 일찍이 송광사의 강백을 지낸 학승으로서 당대의 승려들 가운데 가장 많은 저술을 남긴 이다. 그가 남긴 시(詩)만도 몇백 수를 웃돌고 있지만 그러나 선지와 시정이 있는 작품이 별로 없다는 게 안타까운 일이다. 겨우 이 시 한 편을 건졌을 뿐이다. 문재(文才)와 열정은 참 대단했지만 시인의 직관력과 선(禪)의 체험이 부족하다.

증곡치익(曾谷致益, 1862-1942) … 6편

비에 젖은 월계화(月桂花着雨)

비 묻어 두 볼에는 붉은 눈물이요
바람에 너울너울 자줏빛 입술 웃고 있네
사람들은 그대를 사랑하나니
눈앞의 이 봄을 그대는 알리고 있네.

泣雨含紅淚 舞風笑紫唇
深知人愛着 爲供眼前春

주 ◆착우(着雨) : 비에 젖다. 비가 묻다. ◆함(含) : 머금다(입에 물 따위를). ◆위공(爲供) : 공양하다. 바치다.

형식 : 오언절구
출전 : 증곡집(曾谷集)

감상 제1구와 제2구는 비에 젖은 월계꽃에 요염한 여인의 이미지를 겹치게 하고 있다. 제3구와 제4구에서는 월계화꽃이 왜 그렇게 요염한지 그 이유를 읊고 있다. 왜, 무슨 이유에서 봄의 꽃은 이렇듯 요염한가. 봄은 어느 날 덧없이 가 버리기 때문이다. 영원히 우리 곁에서 떠나가 버리기 때문이다.

가고 옴이(自吟)

가고 옴이 도 아닌 것 없나니
잡고 놓는 이 모두가 선(禪)이네
녹음방초 봄바람 우거진 언덕
다리 뻗고 한가로이 낮잠에 드네.

去來無非道 執放都是禪
春風芳草岸 伸脚打閑眠

형식 : 오언절구
출전 : 증곡집(曾谷集)

감상 시상이 너무 안이하다. 그리고 시어도 독창적인 맛이 적다.

무애와 무염에게 (示無碍無染二禪子)

걸림 없고 오염되지도 않는 곳
본래 하나의 둥근 모습이여
일천 강의 달로 나누어지나
계백(桂魄)은 하늘을 떠나지 않았네.

無碍無染處 本來一圓相
分作千江月 桂魄不離天

주 ◆계백(桂魄) : 계수나무의 혼. '月'의 異稱.

형식 : 오언절구
출전 : 증곡집(曾谷集)

감상 일천 강에 물이 있으니 일천 강에 달이 비치고 만리에 구름 걷히니 만리에 하늘이네.
(千江有水千江月 萬里無雲萬里天)

높은 곳에 올라(登高)

도처에 풍광이 좋아
잠시도 쉬지 않고 가고 또 가네
산은 굽이쳐 만겹으로 첩첩하고
물은 말 달리듯 천 줄기로 흐르네
대와 나무는 전면에 있고
산안개는 머리를 덮네
어느새 날은 저물어 가나니
바라보는 이 심정은 아득히 멀기만 하네.

到處風光好 行笻不暫休 來龍山萬疊 走馬水千流
竹樹皆前面 煙霞卽上頭 却忘西日下 眺望意悠悠

주 ◆내룡(來龍) : 산맥이 치달아 오는 모습. ◆주마(走馬) : 개울이 세차게 흘러가는 모습.

형식 : 오언율시
출전 : 증곡집(曾谷集)

감상 첩첩이 겹친 산등성을 오르는 시정이 별 무리 없이 잘 나타나 있다. 마지막 구절(제8구)의 끝맺음이 여유 만만하다.

전법게(傳法偈)

등불은 등불에 전하여 그 빛 다하지 않고
법과 법은 서로 전하여 생명은 다함이 없네
중생계의 업이 다한다 해도
나의 이 생명빛(命光)은 다하지 않네.

燈燈連續光無盡 法法相傳命不窮
衆生界業猶窮盡 我此命光無盡窮

형식 : 칠언절구
출전 : 증곡집(曾谷集)

감상 전법게(傳法偈)란 깨달은 스승이 제자의 깨달음을 인정하는 증거로 '법을 전하는 시'를 주는 것.
이 생명의 빛(命光) 자체를 '깨달음의 빛'으로 본 것은 참으로 놀라운 통찰력이다.

무착행에게 (示無着行)

나무에는 지는 달빛 온 산에 새벽이요
바람은 구름 걷어 바다와 산은 가을이네
닿는 곳마다 깨인 눈(活眼)이 열리나니
고향 가는 한 곡조에 거꾸로 소를 탔네.

樹含殘月千山曙 風捲迷雲海岳秋
觸處分明開活眼 還鄕一曲倒騎牛

형식 : 칠언절구
출전 : 증곡집(曾谷集)

감상 잎가지 뿌리째 태워 다하면
'불 속에 연꽃(火中蓮 : 活眼)'이 도처에 피어나리.

– 원오극근(圜悟克勤)

용성진종(龍城震鍾, 1864-1940) … 3편

낙동강 지나며(過落東江)

금오산에는 천추의 달이요
낙동강에는 만리의 파도네
고기잡이 배여 어디로 가는가
옛날처럼 갈대꽃 속에 잠드네.

金烏千秋月 洛東萬里波
漁舟何處去 依舊宿蘆花

주 ◆어주(漁舟) : 고기잡이 배.

형식 : 오언절구
출전 : 용성어록(龍城語錄)

감상 3·1 운동을 주도한 33인 중에 한 사람이며 선농일치(禪農一致)를 주장했던 대각회의 교주, 용성대선사의 오도송이다. 그 시상이 웅대하기 이를 데 없다.

자찬(自讚)

물과 물과 산과 산은 내 모습이요
꽃과 꽃과 풀과 풀은 내 뜻이네
한가로이 오고 한가로이 가나니
밝은 달 비추고 맑은 바람 불어오네.

水水山山爾形 花花草草爾意
等閑來等閑去 明月照淸風拂

형식 : 육언절구
출전 : 용성어록(龍城語錄)

감상 화엄의 세계와 선(禪)이 만나고 있다.
제1구와 제2구는 중중무진(重重無盡)한 화엄의 세계요, 제3구와 제4구는 득도한 선승의 여유 만만한 삶이다.

무제(無題)

불조도 원래 알지 못했고
나 또한 아무것도 얻은 바 없네
봄 깊어 복사꽃 피고
맑은 바람은 영산에서 불어오네.

佛祖元不會 我亦無所得
春深桃花發 淸風吹靈山

주 ◆영산(靈山) : 영축산. 《법화경》을 설하던 인도 비하르 주에 있는 라즈기르 산. 그러나 여기서는 그저 '신비로운 산' 정도임.

형식 : 오언절구
출전 : 용성어록(龍城語錄)

감상 제4구에서 조금만, 조금만 더 박차고 나아갔더라면 참으로 멋진 선시가 될 뻔했다.
하! 안타깝도다.

석전정호(石顚鼎鎬, 1870－1948) … 1편

다도해(多島海)

아름다운 다도해에 해가 저물어
안개와 구름은 섞이어 기이한 꽃과 같네
물결빛과 언덕의 그림자 배를 따라 움직이나니
쓸쓸한 내 신세 저녁노을과 같네.

多島亭亭映日斜 烟雨錯落以奇花
波光岸影隨帆轉 身世蒼凉等落霞

주 ◆정정(亭亭) : 높이 솟은 모양, 아름다운 모양. ◆착락(錯落) : ① 뒤섞이다. ② 술그릇. 여기서는 ①의 뜻. ◆창량(蒼凉) : 어딘지 쓸쓸해 보이는 모습이나 풍경.(衆鳥各自飛 喬木空蒼凉－劉基. 感懷詩) ◆낙하(落霞) : 저녁노을. 晩霞. 낮게 물든 저녁놀.(高岫留斜照 歸鴻背落霞－李咸用・江行詩)

형식 : 칠언절구
출전 : 석전시초(石顚詩抄)

감상 참한 시정이 다도해의 노을빛에 젖는다. 그러나 석전의 그 많은 작품 가운데 이 한 편의 시밖에 뽑아올 수 없었다는 것은 매우 유감스러운 일이다. 능숙한 문장이 결코 좋은 시가 될 수 없다는 것을 다시 한 번 명심하기 바란다.

만공월면(滿空月面, 1871－1946) … 15편

경허선사(聞鏡虛法師遷化吟)

착하기는 부처를, 악하기는 범을 능가하니
이 이가 바로 경허선사라
이 육신을 벗고 어디로 가셨는가
술에 취한 채 꽃얼굴로 누워 있네.

善惡過虎佛 是鏡虛禪師
遷化向甚處 酒醉花面臥

주 ◆천화(遷化) : 高僧 大德의 죽음.

형식 : 오언절구
출전 : 만공어록(滿空語錄)

감상 경허의 수제자 만공. 그러기에 경허를 누구보다도 잘 알았던 것이다. 여기 이 스무 자의 시구에서 경허의 진면목(眞面目)이 남김없이 드러나고 말았다.

경허스님 다비식에(先法師茶毘時吟)

예로부터 시비에 초연한 길손
난덕산에서 겁외가(劫外歌)를 그쳤네
나귀말도 태워 다하고 이 저문 날에
먹지도 못하는 저 두견이 '솟적다' 우네.

舊來是非如如客 難德山止劫外歌
驢馬燒盡是暮日 不食杜鵑恨小鼎

주 ◆난덕산(難德山) : 함경도 甲山郡 熊耳面에 있는 산. ◆겁외가(劫外歌) : 시공을 넘어선 깨달음의 노래.

형식 : 칠언절구
출전 : 만공어록(滿空語錄)

감상 경허는 만년이 되자 홀연히 종적을 감춰 버렸다. 장발에 유생(儒生)의 모습으로 산수갑산에 들어가서 난주선생(蘭州先生)이란 이름으로 서당의 훈장을 하다 이 세상을 떠났다.
그로부터 삼 년, 만공은 난덕산에 묻힌 난주선생(蘭州先生)의 묘를 찾아와 옛 스승의 시신을 화장하며 여기 이 시를 읊었다고 한다.

경허선사 영찬(鏡虛法師影讚)

거울이 비었으니(鏡虛) 본래 거울이 없고
소가 깨달았으니(惺牛) 이미 소가 아니네
거울도 아니요 소도 없는 도처에서
잠 깨인 눈이여, 술과 여자네.

鏡虛本無鏡 惺牛曾非牛
非無處處路 活眼酒與色

형식 : 오언절구
출전 : 만공어록(滿空語錄)

감상 경허의 초상에 부친 시.
제3구와 제4구가 거침없는 경허의 무애자재행을 잘 표현하고 있다. 제4구의 '활안(活眼)'이 없었더라면 이 시는 지리멸렬해질 뻔했다.

갱진교(題更進橋)

여기 세상을 희롱하는 나그네 있어
갱진교 다리에서 노닐고 있네
흐르는 물은 서래(西來)의 가락이요
나뭇잎은 흔들려 가섭의 춤을 추네.

適有弄世客 遊輿更進橋
流水西來曲 樹葉迦葉舞

주 ◆적(適) : 마침, 때마침. ◆갱진교(更進橋) : 만공선사가 주석하던 덕숭산의 少林草堂 계곡에 있던 다리. ◆서래곡(西來曲) : 깨달음의 곡.

형식 : 오언절구
출전 : 만공어록(滿空語錄)

감상 '세상을 희롱하는 나그네…….'
만공이여, 만공이여, 허공에 가득 찬 그대여
지금은 어디에 있는가
바람이 우우 대나무 잎을 흔들며 가고 있다.

오대산 월정사(題五臺山月精寺)

뼛속에 흐르는 오대산 물에
문수의 마음 씻겨 흐르네
그대 만일 이렇게 깨닫는다면
보는 것마다 듣는 것마다 문수사리네.

臺山骨裡水 洗去文殊心
若能如是解 頭頭文殊師

주 ◆문수사(文殊師) : 文殊師利의 준말. 즉 '문수보살', '文殊의 스승'이라 해석하는 종래의 입장은 잘못이다.

형식 : 오언절구
출전 : 만공어록(滿空語錄)

감상 만공은 글이 짧았다. 아니 글공부를 제대로 한 일조차 없다. 그러기에 작시법(作詩法)도 알았을 리 없다. 그러나 보라. 어느 누구보다 더 뛰어난 선시를 쓰고 있지 않는가. 이것은 만공이 선(禪)의 본질을 깊이 체험했기 때문이다.

팔공산 성전암(題八公山聖殿)

깊은 밤 빗속의 일이여
모든 성인들조차 깨닫지 못했네
'알지 못했고 또 알지 못했노라'고
종소리가 이르며 가네.

後夜雨中事 千聖未徹在
不識也不識 鐘聲道得去

형식 : 오언절구
출전 : 만공어록(滿空語錄)

감상 '알지 못했노라(不識)!'
이 속에 만고의 진리가 다 들어 있나니
알지 못했노라 알지 못했노라
그대도 알지 못했고 나 또한 알지 못했노라.

납월 팔일(臘八日)

부처는 샛별 보고 깨달았다 이르나
만공은 샛별 보고 깨달은 도(道) 미했네
미오를 갈파한 이 납월 팔일 밤
눈 속의 복사꽃은 조각조각 붉었네.

世尊見星云悟道 滿空見星迷悟道
迷悟喝破臘八夜 雪裡桃花片片紅

주 ◆납팔일(臘八日) : 臘月八日. 음력 12월 8일. 부처가 成道한 날. ◆미오(迷悟) : 깨닫지 못함과 깨달음. ◆갈파(喝破) : 외마디 기압 소리를 질러 부숴 버리다.

형식 : 칠언절구
출전 : 만공어록(滿空語錄)

감상 '깨달았다'는 이 깨달음의 흔적이 아직 남아 있는 한 그것은 완전한 깨달음일 수 없다. '깨달았다'는 그것마저 지워져 버릴 때 완전한 깨달음은 가능하다.

해젯날에 (解制示衆)

묶을 때는 돌계집의 꿈이요
풀 때는 나무사내의 노래네
꿈과 노래를 모두 놓아 버리면
둥근 달 밝기가 칠흑과 같네.

結時石女夢 解時木人歌
夢歌都放下 望月明如漆

형식 : 오언절구
출전 : 만공어록(滿空語錄)

감상 결제(結制)란 여름과 겨울의 각각 석 달 동안의 참선 수행 기간.
해제(解制)란 봄과 가을의 각각 석 달 동안의 방학기간.
그러나 진정한 공부인(功夫人)에게는 결제도 없고 해제도 없다. 밥 먹고 잠자는 이 일상사 전체가 그대로 공부 아님이 없기 때문이다.

보덕굴(普德窟吟)

쉬지 않고 길가는 나그네 있어
오늘은 마침 보덕굴에 이르렀네
나그네와 주인은 서로 보지 못하나
그 친하기는 마치 물과 물의 소리 같네.

短笻不休客 正當普德窟
賓主不相見 親如水水聲

주 ◆보덕굴(普德窟) : 금강산에 있는 庵子.

형식 : 오언절구
출전 : 만공어록(滿空語錄)

감상 금강산에 있는 관음의 도량 보덕굴.
많은 승(僧)들이 이 보덕굴을 찾아와 많은 시들을 남기고 돌아갔다. 그러나 여기 이 만공의 시만한 작품이 없다. 제3구와 제4구의 절묘한 연결을 보라. 깨달은 도인이 아니면 쓸 수 없는 구절이다.

부석사에서(登島飛山浮石寺一)

봄꿈에 취한 나그네 석천암에 올라
입도 없이 저 망망대해를 마셔 버렸네
누군가가 만일 '보리도'를 묻는다면
말없이 저 흰구름 속으로 돌아가리라.

春夢客上石泉庵 無口吸盡茫茫海
如人忽問菩提道 不答自歸白雲間

[주] ◆보리도(菩提道) : 깨달음을 얻는 도리 또는 '깨달은 경지'.

형식 : 칠언절구
출전 : 만공어록(滿空語錄)

[감상] 시상은 마치 꿈꾸는 듯 조용하기만 하다.
그러나 이 고요 속에서 만공의 선지(禪智)가 이따금씩 번개치듯
번쩍이고 있다.

옥룡거사에게(示日本人石井玉龍居士)

눈을 뜨면 온 누리가 태어나고
눈 감으면 온 누리가 사라지네
태어나고 사라지는 온 누리 밖에
용은 여의주를 굴리고 있네.

開眼十方起 閉眼十方滅
起滅十方外 玉龍轉意珠

형식 : 오언절구
출전 : 만공어록(滿空語錄)

감상 일본인 석정옥룡(石井玉龍) 거사에게 주는 시.
'옥룡(玉龍)'이라는 이 두 글자를 기점으로 시상은 멀리 시공을 뛰어넘어 굽이치고 있다. 멋진 선시다.

부채 (扇子吟)

종이 없는 종이여 대 없는 대여
맑은 바람은 어느 곳에서 불어오는가
종이도 없고 대도 없는 곳에서
맑은 바람은 스스로 왔다 스스로 가네.

紙無紙竹無竹 淸風何處來
紙空竹空處 淸風自往來

형식 : 부정형(不定型)
출전 : 만공어록(滿空語錄)

감상 일본 임제종의 종정이 만공에게 부채 하나를 보내며 한 수 적어 보내라고 했다. 그래서 만공은 대뜸 여기 이 시를 지어 보냈다고 한다.
이 시를 보고 일본 종정은 아마도 큰절 세 번쯤은 했을 것이다. 감히 도인(道人)이 아니면 누가 이런 시구를 쓰겠는가.

최승희의 춤(於府民館中觀舞嬉)

신출귀몰하는 최승희의 춤사위
그 온 곳을 볼 수가 없네
손끝에는 삼천의 군중을 걸었나니
그 몸은 삼월의 제비처럼 가볍네.

神出承喜舞 來處見不得
指掛三千群 搖身三月燕

형식 : 오언절구
출전 : 만공어록(滿空語錄)

감상 최승희, 한국 무용계에 혜성처럼 나타났다 사라진 별. 부채춤을 만들었고 일본인들 사이에서 신화처럼 남겨진 한국의 딸 최승희. 아아, 만공도 그녀의 춤을 보았던 것이다.

전강선자에게(示田岡禪子)

불조도 일찍이 전하지 못했고
나 또한 아무것도 얻은 바 없네
오늘 가을빛은 저물어 가나니
잔나비 울음은 뒷봉우리에 있네.

佛祖未曾傳 我亦無所得
此日秋色暮 猿嘯在後峰

형식 : 오언절구
출전 : 만공어록(滿空語錄)

감상 전강(田岡), 그 안목(眼目)이 귀신을 빰쳤던 선지식. 경허의 오도송 마지막 구절을 바로잡은 사람, 그에게 만공은 지금 시 한 편을 주고 있다. 깨달음의 증명으로…….

사득행녀에게(賜捨得行女)

얻으면 잃어버리고
잃으면 다시 얻나니
얻고 잃음을 둘 다 놓아 버리면
이 모두가 그대로 비로자나불이네.

得處便是失 失處便是得
得失放下則 頭頭毘盧師

주 ◆비로사(毘盧師) : 법신 비로자나불. 불생불멸의 본질을 인격화한 이름.

형식 : 오언절구
출전 : 만공어록(滿空語錄)

감상 얻지 말라. 잃어버리나니. 깡그리 잃어버려라. 그러면 다시 얻나니.
그러나 얻고 잃는 이 두 가지를 모두 놔 버리면 온 누리가 그대 자신이 되리.
그러나 이는 여간 어려운 일 아니다. 말은 쉽지만…….

만암종헌(曼庵宗憲, 1876-1957) … 2편

덕송당 영찬(德松堂影讚)

그 덕행을 뉘 감히 추측이나 하리
솔바람은 우우 광장설을 펴고 있네
얼굴마다 얼굴마다 봄기운은 감돌고
마음은 마음은 흰 눈보다 더 희네.

德用誰稱量 松風展廣舌
面面帶長春 心心凌白雪

주 ◆광설(廣舌) : 長廣舌. 온갖 이치가 모두 들어 있는 부처의 소리.

형식 : 오언절구
출전 : 만암집(曼庵集)

감상 그저 깔끔하고 고고한 선비의 시다. 굽이치며 번쩍이는 선지(禪智)는 없다.

취운당 영찬(翠雲堂影讚)

안개는 사라지고 구름은 간 뒤
달 밝은 밤은 더욱 깊어만 가네
붉은색 푸른빛은 이 무슨 색깔인가
드넓은 저 옛 부처의 마음이네.

烟消雲去後 明月夜深深
丹碧何曾色 坦坦古佛心

주 ◆탄탄(坦坦) : 넓은 모양.

형식 : 오언절구
출전 : 만암집(曼庵集)

감상 만암대선사. 조계종의 종정을 역임했던 백양사 문중의 대선지식. 보라. 이 원융무애한 시정.

한암중원(漢岩重遠, 1876-1951) … 7편

조각구름은(謹和原韻)

조각구름은 늦은 골에 일고
비 갠 달은 푸른 산에 내리네
이 모든 것 본래 맑고 한가하거니
사람들 스스로 그 마음 분주하네.

片雲生晚谷 霽月下青岑
物物本淸閑 而人自擾心

[주] ◆요(擾) : 어지럽히다.

형식 : 오언절구
출전 : 한암집(漢岩集)

[감상] 원운(原韻)
영취봉의 저 달이 / 일만의 봉우리에 밝았네
운림엔 사람 기척 없는데 / 송백은 봄기운을 띠었네.
(靈鷲峰頭月 圓明萬千岑 雲林人不到 松栢帶春心)

위의 경봉노사의 시에 대한 한암스님의 화답시다.
대쪽 같던 선지식 한암의 인품이 잘 나타나 있다.

원명선사에게 (以泡雲號之贈元明禪師仍示以一偈)

망망한 큰 바다 물거품이요
적적한 산중의 떠도는 구름이네
이것이 내 집의 무진보(無盡寶)이니
오늘 남김없이 그대에게 넘겨주노라.

茫茫大海水中泡 寂寂山中峰頂雲
此是吾家無盡寶 灑然今日持贈君

주 ◆원명선사(元明禪師) : 曉峰禪師. ◆무진보(無盡寶) : 너무 귀해서 값으로 따질 수 없는 보배. ◆쇄연(灑然) : 시원한 모양. 여기서는 '선뜻'의 의미.

형식 : 칠언절구
출전 : 한암집(漢岩集)

감상 원명(元明)은 효봉(曉峰)의 다른 이름이다. 효봉에게 주는 시. 효봉, 그는 우리나라 초대 판사를 지낸 선승으로서 일찍이 조계종의 종정을 역임한 바 있다. 호걸다운 기백은 없었지만 그러나 효봉은 수행자의 좋은 본보기였다.

종협사에게 (以古松號之贈宗協師)

경전도 읽지 않고 참선도 안 하면서
말없이 앉아 있는 이건 무슨 종(宗)인가
풍류가 아닌 곳에 풍류는 넘치나니
푸른 봉우리 천 년의 소나무는 빼어났네.

不讀金文不坐禪 無言相對是何宗
非風流處風流足 碧峰千年秀古松

주 ◆금문(金文) : 經文. ◆종(宗) : 宗派.

형식 : 칠언절구
출전 : 한암집(漢岩集)

감상 무르녹은 조주선(趙州禪)의 가풍이 있다. 면벽구년(面壁九年)의 소식이 있다.

희태에게(以寶鏡號之贈孫佐喜泰)

보고 듣는 것은 이 환영과 같고
감각의 대상은 본래 덧없는 것이네
텅 비어서 텅 빈 그것마저 없는 곳에
둥근 달과 맑은 바람이 있네.

見聞如幻翳 六塵本來空
空無可空處 明月與淸風

주 ◆육진(六塵) : 六境(色·聲·香·味·觸·法).

형식 : 오언절구
출전 : 한암집(漢岩集)

감상 한암중원, 그는 만공과 더불어 경허의 법을 이은 수제자였다.
만공이 경허의 호걸스러움을 이어받았다면 한암은 경허의 수행인다운 의지를 이어받았다고 할 수 있다.
한암은 오대산 상원사에서 단 한 번도 산문(山門) 밖을 나가지 않고 정진하다가 그대로 앉은 채 열반에 든 선지식이었다. 그런 그의 경지가 여기 이 시에 잘 나타나 있다.

월곡선자(示月谷禪子)

푸른 소나무 깊은 골에 말없이 앉았나니
어젯밤 둥근 달은 하늘에 가득하네
백천삼매가 여기 무슨 소용 있으리
목마르면 차 마시고 피곤하면 잠 드네.

碧松深谷坐無言 昨夜三更月滿天
百千三昧何須要 渴則煎茶困則眠

형식 : 칠언절구
출전 : 한암집(漢岩集)

감상 한암의 시는 어느 것이나 고결한 선비의 기풍이 있다. 시어 또한 압축될 대로 압축되어 있다.
보라. 물 흐르듯 흐르고 있는 이 시상을……. 정말 품격이 있는 선시다.

오도송, 하나(悟道頌一)

다리 아래 하늘 있고 머리 위에 땅 있나니
본래는 안도 밖도 그 중간도 없네
절름발이 능히 걷고 눈먼 봉사 보나니
북녘산은 말없이 남녘산을 대했네.

脚下靑天頭上巒 本無內外亦中間
跛者能行盲者見 北山無語對南山

주 ◆파자(跛者) : 절름발이.

형식 : 칠언절구
출전 : 한암집(漢岩集)

감상 한암의 첫번째 오도송(悟道頌). 한암은 스물네 살 때 청암사의 수도암(修道庵)에서 한 소식(悟道)을 체험했다. 제1구와 제2구는 오도(悟道)의 그 파격적인 순간을 읊고 있다. 제3구와 제4구는 다소 설명적이며 문학적이다.

오도송, 둘(悟道頌二)

부엌에서 불때다가 문득 눈이 밝았나니
일로부터 옛길은 인연 따라 맑아지네
누군가가 서래의 뜻을 묻는다면
바위 아래 물소리는 젖는 일 없다 말하리.

着火廚中眼忽明 從茲古路隨緣淸
若人問我西來意 岩下泉鳴不濕聲

주 ◆착화주중(着火廚中) : 부엌에서 불때는 도중.

형식 : 칠언절구
출전 : 한암집(漢岩集)

감상 한암의 두번째 오도송. 한암은 서른다섯 살 되던 해 평안도 맹산의 우두암(牛頭庵)에서 두번째로 깨달음을 체험했다.
여기 제4구를 놓고 운봉(향곡의 스승)과의 한바탕 법전(法戰)이 일품이었다.
운봉은 "단순히 문학적인 표현이라고" 한암을 인정하지 않았고 한암은 운봉을 맞받아서 "착인림하객(着認林下客 : 내가 자넬 수행자로 잘못 알았다)"이라고 말했다.

만해 한용운(萬海 韓龍雲, 1879－1944) … 2편

밤길에 (與映湖和向訪乳雲和向乘夜同歸)

둘이 보고 서로 마음이 맞아
밤이 깊은 줄을 알지 못했네
한가로이 눈길 속에 주고받은 말
물과 같이 두 마음에 서로 비치네.

相見甚相愛　無端到夜來
等閑雪裡語　如水照靈坮

주 ◆심(甚) : 몹시, 매우. ◆등한(等閑) : 한가로이. ◆설리어(雪裡語) : 눈 덮인 길에서 서로 주고받은 말. ◆영대(靈坮) : 靈臺. 마음. '坮'는 臺의 古字.

형식 : 오언절구, 평성회운(平聲灰韻)
출전 : 만해유고(萬海遺稿)

감상 마음과 마음이 통하는 벗을 갖는다는 것은 아, 인생에서 이보다 더한 축복이 어디 있단 말인가.
제4구를 보라. 이 얼마나 신비로운 구절인가.

병들어 시름하며(病愁)

푸른 산속 쓸쓸한 집
사람 가고 병만 늘어
시름만 끝없는 날
가을꽃 피어나네.

靑山一白屋 人少病何多
浩愁不可極 白日生秋花

[주] ◆병수(病愁) : 병들어 근심함. ◆백옥(白屋) : 草家, 草庵.

형식 : 부정형(不定型), 평성마운(平聲麻韻)
출전 : 만해유고(萬海遺稿)

[감][상] 만해 한용운.
그는 우리에게 〈님의 침묵〉의 시인으로서, 그리고 독립운동가로서, 또 선승(禪僧)으로서 널리 알려져 있다.
그러나 여기 그의 한문시(漢文詩)를 보라.
〈님의 침묵〉 그 이상으로 격조가 높지 않은가. 마치 허백명조(虛白明照)의 선시를 보는 것 같다.

혜암현문(惠庵玄門, 1885-1985) … 5편

본래 천연스러워(滿空法語奉香頌)

본래 천연스러워 조작이 없거니
어찌 붓을 휘둘러 사람에게 보이리
한 생각 일어나기 전에 깨닫는다면
기이한 말과 글귀는 모두 티끌이 되리.

本自天然非造作 何用揮毛妄示人
一念未形前薦得 奇言妙句盡爲塵

[주] ◆천연(天然) : 自然. 타고난 그대로의 성품.

형식 : 칠언절구
출전 : 선관법요(禪關法要)

[감상] 혜암현문, 그는 100세를 넘어 살다 간 선지식이며 만공의 수제자였다. 여인같이 단정했던 이 선지식에게는 그러나 번개보다 더 빠르고 예리한 지혜가 있었다.

오도송(悟道頌)

어묵동정의 글귀여
이 가운데 뉘 감히 머물겠는가
동정을 여읜 곳을 나에게 묻는다면
깨진 그릇이 서로 따른다 하리.

語默動靜句 箇中誰敢着
問我動靜離 卽破器相從

주 ◆어묵동정(語默動靜) : 말하고 침묵하고 움직이고 고요한 일상의 모든 행위동작.

형식 : 오언절구
출전 : 선관법요(禪關法要)

감상 고요하기 이를 데 없는 오도송이다. 그러나 고요한 이 속에 빛보다 더 빠른 직관이 숨어 있다.

이별의 시(松友比丘尼送別詩)

일천 산 만 가지 물길
하늘가에 홀로 가는 몸이여
가고 머무는 것을 묻지 말라
우리 모두 꿈속의 사람이니…….

千山萬水路 天涯獨去身
莫論去與住 都是夢中人

형식 : 오언절구
출전 : 선관법요(禪關法要)

감상 멋진 이별의 시다. 그런데 제3구와 제4구가 어딘가에서 본 듯한 구절이다.

보리암에서(菩提庵霽後吟)

비 듣는 잎 푸르게 묘한 이치 속삭이고
바람 부는 나뭇가지 깊은 진실 말하네
무슨 일이냐고 나에게 묻는다면
푸른 꽃 붉은 꽃이 불심을 토한다 하리.

雨葉靑靑談妙理 風枝綠綠說深眞
傍人若問當何事 靑紅白花吐佛心

형식 : 칠언절구
출전 : 선관법요(禪關法要)

감상 넉넉한 선승의 가풍. 이 정도의 살림살이면 어딜 가도 밥은 굶지 않을 것이다.

효봉선사(曉峰禪師輓)

태어날 땐 한 무리 맑은 바람 일어나고
가실 때는 연못에 달그림자 잠기네

生時一陳淸風起 滅時澄潭月影沈

효봉선사! 어디로 가셨는가
(향을 사르고 예배하며 말하노니)

曉峰何處去 燒香禮拜云

한 줄기 향연기가 손을 따라 일어나니
이 가운데 소식을 그 누가 알리.

一片香烟隨手起 個中消息幾人知

형식 : 고체시(古體詩)
출전 : 선관법요(禪關法要)

감상 효봉의 영전에 바치는 시다. 격외(格外)의 소식이 잘 드러나고 있다. 특히 마지막 두 구절은 생사(生死)를 초월하는 도리를 보이는 공안(公案)이다.

효봉찬형(曉峰燦亨, 1888-1966) … 6편

게송, 하나(偈頌一)

한 걸음 두 걸음 세 걸음 네 걸음
전후좌우 어디에도 떨어지지 말고 가라
산이 다하고 물이 마른 곳 만나거든
다시 한 걸음 더 나아가야 좋은 곳이네.

一步二步三四步 不落左右前後去
若逢山盡水窮時 更加一步是好處

형식 : 칠언절구
출전 : 효봉어록(曉峰語錄)

감상 부드럽기 그지없으면서도 박진감 넘치는 작품이다. 뼈 깎는 정진력이 아니면 감히 체험해 볼 수 없는 그런 경지를 읊어내고 있다.

게송, 일곱(偈頌七)

한 줄기 사는 길이 그대 위해 열렸나니
빨랐다가 느렸다가 가고 옴에 맡겨라
날은 이미 저물어 잘 곳조차 없는 곳
그때 문득 둥근 달은 구름 뚫고 나오리.

一條活路爲君開 速速遲遲任去來
日暮若無棲泊處 忽逢明月出塵埃

형식 : 칠언절구
출전 : 효봉어록(曉峰語錄)

감상 놔 버리고 놔 버려서 더 이상 놔 버릴 것이 없는 이 빈털터리…….
그러나 바로 이 순간 둥근 달은 구름 뚫고 솟아나오리.
그대의 가슴 속에서…….

오도송(悟道頌)

바다 밑 제비집에는 사슴이 알을 품고
불 속의 거미집에선 고기가 차를 달이네
이 집안의 소식을 그 누가 알리
흰구름은 서쪽으로, 달은 동쪽으로 가고 있네.

海底燕巢鹿抱卵 火中蛛室魚煎茶
此家消息誰能識 白雲西飛月東走

형식 : 칠언절구
출전 : 효봉어록(曉峰語錄)

감상 효봉의 오도송(悟道頌).
금강산 법기암의 토굴에서 네 벽을 쌓고 들어앉아 정진 끝에 큰 깨달음을 얻은 효봉. 하늘과 땅이 뒤집어지는 소식을 체험한 효봉. 이 새벽 봉우리(曉峰)로 하여 이 땅은 축복받은 곳일진저…….

김무아에게(示淸信士金無我)

사람들은 모두들 '나'라고 부르지만
그 '나'가 도대체 어느 곳에 있는가
몸 속을 찾아봐도 볼 수 없나니
볼 수 없는 이것이 바로 진짜 '나'이네.

人皆稱我言 我住何處在
覓身不可見 不見是眞我

형식 : 오언절구
출전 : 효봉어록(曉峰語錄)

감상 볼 수 없는 이것이 바로 진짜 '나'이니
'나'를 찾는 이여, '나'를 찾는 이여
더 이상 산과 들로 헤매지 말라.
그대가 찾고 있는 것은 찾는 바로 그 속에 있나니…….
그러나 그래도 역시 등잔 밑은 어둡다.

박삼매화에게(示淸信女朴三昧華)

언제나 삼매 속에 있으니
일마다 일마다 불가사의라
부처를 찾는 것도 이 병이거니
어찌 하물며 다른 생각 일으키리.

常在三昧中 事事不思議
求佛卽是病 何況別起念

형식 : 오언절구
출전 : 효봉어록(曉峰語錄)

감상 관념에서 벗어나면 보이는 것, 들리는 것이 모두 불가사의다.
그러나 관념에서 벗어나지 못하면 부처를 찾아도 소용없고 참선을 해도 소용없다.

임종게(臨終偈)

일평생 내가 말한 이 모든 것들
이 모두가 불필요한 군더더기네
오늘의 일을 묻는다면
달은 저 일천 강에 잠긴다 하리.

吾說一切法 都是早騈拇
若問今日事 月印於千江

주 ◆병무(騈拇) : 군더더기. 불필요한 것.

형식 : 오언절구
출전 : 효봉어록(曉峰語錄)

감상 담담한 임종의 시. 제3구와 제4구가 좋다. 독창성은 없지만…….

운봉성수(雲峰性粹, 1889－1947) … 10편

전법게(傳法偈)

서래의 무문인(無文印)은
전해 줄 수도 없고 받을 수도 없나니
전하고 받는 이것을 떠나 버리면
시간을 훌쩍 뛰어넘으리.

西來無文印 無傳亦無受
若離無傳受 烏兎不同行

주 ◆무문인(無文印) : 언어・문자로 표현할 수 없는 진리. ◆오토(烏兎) : 金烏. 王兎. 해와 달, 즉 '시간'.

형식 : 오언절구
출전 : 운봉선사법어(雲峰禪師法語)

감상 향곡(香谷)에게 준 전법게.
깨달음이란 물건이나 돈처럼 주고받을 수 있는 것이 아니니 이 도리를 알면 문득 시공(時空)을 벗어나리라.
제4구 '오토부동행(烏兎不同行)'이란 '시간과 공간을 초월한다'는 말이다.

오도송(白岩山雲門庵打夢)

문을 나오니 불현듯 뼛속까지 사무쳐
가슴에 걸린 것이 다 녹아 버리네
서리 치는 달밤, 나그네들 돌아간 다음
누각만이 홀로 빈 산과 물 곁에 있네.

出門驀然寒徹骨 豁然消却胸滯物
霜風月夜客散後 彩樓獨在空山水

주 ◆맥연(驀然) : 驀地. 한눈 팔지 않고 곧장.

형식 : 칠언절구
출전 : 운봉선사법어(雲峰禪師法語)

감상 백암산 운문암에서 읊은 오도송(悟道頌). 굉장히 서정적이며 고적감이 있다.

현측에게 (答玄則禪和書)

두 다리 길게 뻗고
벽에 기대어 앉았네
눈앞에는 거듭거듭 강(江)과 산이요
귓가에는 소리소리 풍경 소리네.

長伸兩脚 倚壁而坐
眼前重重江山 耳邊聲聲風磬

형식 : 고체시(古體詩)
출전 : 운봉선사법어(雲峰禪師法語)

감상 제3구와 제4구가 좋다. '안전(眼前)'과 '이변(耳邊)', '중중강산(重重江山)'과 '성성풍경(聲聲風磬)'의 대칭이 재미있다.

해제송(解制頌)

오늘의 일을 밝히고자 한다면
말머리에 소뿔이 나리
왜 그러냐고 묻는다면
비구니는 원래 여자라고 말하리
조각구름은 늦은 골짜기에서 일어나고
바람달은 찬 연못에 잠겼나니
구름도 달도 모두 다한 곳에
금까마귀는 하늘 깊이 날으리.

欲明今日事 馬頭生牛角
若人問如何 師姑元是女
片雲生晩谷 風月落寒潭
雲月俱盡處 金烏徹天飛

주 ◆사고(師姑) : 尼僧. 여승.

형식 : 오언율시
출전 : 운봉선사법어(雲峰禪師法語)

감상 참선공부가 끝나는 해젯날에 읊은 시. 한암마저 혀를 내둘렀던 운봉의 안목이 여실히 드러나고 있다.

다시 해젯날에(解制吟)

청풍이 칡덩굴에 걸리지 않는데
명월이 어찌 흰구름을 푼단 말인가
걸린다(結), 푼다(解)는 이 두 마음 버리게 되면
가는 곳마다 사람들의 노랫소리네.

淸風不碍靑蘿結 明月那有白雲解
若能放下二邊心 到處張三李四歌

형식 : 칠언절구
출전 : 운봉선사법어(雲峰禪師法語)

감상 결제의 '결(結 : 묶는다)'자와 해제의 '해(解 : 푼다)'자를 근거로 선 도리(禪道理)의 핵심을 읊어내고 있다.

옛 가락으로(借古韻一)

산도 아니요 들도 아닌 곳
소나무 대밭 속에 암자는 숨어 있네
중은 졸고 참새는 지저귀니
일러라 이것이 무슨 마음인가.

非山又非野 庵隱松竹岑
僧睡雀復啼 且道是何心

주 ◆잠(岑) : ① 산봉우리. ② 언덕. 여기서는 ②의 뜻인 듯.

형식 : 오언절구
출전 : 운봉선사법어(雲峰禪師法語)

감상 비산비야(非山非野)에 숨어사는 득도자의 삶을 읊고 있다. 제1구와 제2구는 정경 묘사요, 제3구는 득도자의 초연한 삶을, 그리고 제4구는 이 시를 읽은 이를 향한 반문이다. 정신이 번쩍 드는 작품이다.

백련암(白蓮庵吟)

다 해진 누더기옷 풀집에 걸어 놓고
구름처럼 물처럼 걸림 없이 살아가네
대장부의 가슴 속을 누구에게 말하리
봄비에 새순 돋아나고 두견새 우네.

百孔破衲掛山楹 白雲流水一世輕
丈夫胸感與誰論 細雨春樹杜宇聲

주 ◆영(楹) : 둥글고 큰 기둥. ◆두우(杜宇) : 두견새.

형식 : 칠언절구
출전 : 운봉선사법어(雲峰禪師法語)

감상 가진 것 하나 없이 구름처럼 물처럼 살아가는 선승의 생활이 눈에 잡힌다. 제4구는 단순한 풍경의 묘사가 아니라 작자 자신의 내면을 가시화(可視化)한 구절이다.

도리사(桃李寺吟)

삼매의 꽃이라 모양 없거니
졌다가 다시 필 일 전혀 없네
복사꽃 붉고 배꽃은 희니
꽃 지고 나면 저절로 열매 맺으리.

三昧花無相 何壞後何成
桃紅更李白 花落自成果

형식 : 오언절구
출전 : 운봉선사법어(雲峰禪師法語)

감상 선산의 도리사는 아도화상이 창건한 우리나라 최초의 절이요 동시에 운봉의 주석지다. 그러나 어느 권력가의 정치적인 쇼로 하여 지금은 만신창이가 돼 버렸다.
낙동강과 금오산이 한눈에 보이는 이 작은 절……. 참 아까운 도량이다.

청천백일에(上堂吟)

청천백일에 사람을 속이지 말라
사람마다 눈은 옆으로 있고 코는 아래로 있나니
누가 만일 어떤 것이냐고 묻는다면
달 밝은 창 앞 갈꽃은 희다 말하리.

靑天白日莫瞞人 箇箇眼橫與鼻直
有人若問又如何 明月窓前蘆花白

형식 : 칠언절구
출전 : 운봉선사법어(雲峰禪師法語)

감상 진리는 도처에 있다. 새로울 것도 없고 새삼스러울 것도 없다. 그러나 진리! 진리! 외치며 뛰어다니기 때문에 그대 눈엔 안 잡히는 것이다.

오랜 동안(回首吟)

오랜 동안 티끌세상 떠돌던 길손
오늘 아침 문득 고개 돌렸네
강산 저 천만 리에
한 줄기 명월은 희네.

久遊塵勞客 今朝忽回首
江山千萬里 一條明月白

형식 : 오언절구
출전 : 운봉선사법어(雲峰禪師法語)

감상 근세의 대선지식 운봉.
한암(漢岩)이 혼줄났던 사람. 유난히 음성이 아름다웠던 그는 다음의 노래를 부른 다음 조용히 열반에 들었다.
"저 건너 갈미봉에 / 비가 묻어 오는구나
우장 삿갓 두르고서 / 김을 매러 갈까나."

원광경봉(圓光鏡峰, 1892－1982) … 7편

흰 눈(對雪)

바람기운 허공 가득 누리에 두루하니
봄빛은 아닌데 가지마다 꽃 피었네
백은(白銀)천지 광명 속에
진흙소 거꾸로 타고 꽃 한 송이 들었네.

風氣呑虛徧法界 不依春色萬枝花
白銀天地光明裏 倒騎泥牛把一花

형식 : 칠언절구
출전 : 삼소굴일지(三笑窟日誌)

감상 근래의 선지식들 가운데 가장 시정이 풍부했던 선승 경봉 노사. 그의 진면목을 잘 나타낸 시이다.
제1구와 제2구는 눈(雪)의 아름다움을, 제3구와 제4구는 격외(格外)의 도리를 읊고 있다.

지난 밤비에(無口片話)

지난 밤비에 꽃은 졌는데
새는 춘정을 못 이겨 우네
가고 옴이 본래 없는데
흰 달만이 홀로 와 비추고 있네.

夜雨花落城 鳥未盡春情
去來本空寂 白月唯照明

형식 : 오언절구
출전 : 삼소굴일지(三笑窟日誌)

감상 제1구의 '화락성(花落城)'은 '화락성(花落聲)'이 아닌지……. 서정성이 풍부한 시다.

옥류정 (玉流亭韻)

옛 절에 천추의 달은 비치는데
산의 정자에 나그네 지팡이 머무네
환(幻)과 같고 또 거울 같나니
옥은 흘러가고 물은 흐르지 않네.

古寺月千秋 山亭客杖留
如幻又如鏡 玉流水不流

주 ◆옥류정(玉流亭) : 가야산 해인사 부근에 있는 정자.

형식 : 오언절구
출전 : 삼소굴일지(三笑窟日誌)

감상 옥류정(玉流亭)에 올라 읊은 시. 흐르는 물이 얼마나 맑았으면 옥류정이라 했겠는가.
제3구와 제4구는 절창이다. 특히 제4구는 노사(老師)의 감성이 아니면 쓸 수 없는 구절이다.

사리굴에 올라(登邪離窟韻)

고개 돌려 하늘을 보니
허공에 달은 만년이네
고금의 많고 적은 인간사를
저 물소리에 모두 실려 보내네.

回首看靑天 碧空月萬年
古今多小事 付與水聲邊

주 ◆사리굴(邪離窟) : 경북 청도군 운문산에 있는 암자. 기도처로 유명하다.

형식 : 오언절구
출전 : 삼소굴일지(三笑窟日誌)

감상 슬프고 기뻤던 이 인생살이를 모두 저 흐르는 물소리에 실려 보내자. 그리움도 아름다움마저 미련 없이 흘려 보내자. 그런 다음 저 하늘에 둥근 달이 되어 차갑게 빛을 발하자.
그러나 아직은 슬픔이 남아 있다.
"……아니다. 슬픔이 있어야 한다."(칼릴 지브란)

연꽃(蓮花韻)

비바람 속에 꽃은 피었다가
비바람 속에 꽃은 져가네
피고 지는 건 자연의 이치거니
여기에서 열매 맺는 때를 보네.

花開風雨日　還落雨風時
開落天然理　此看結實時

형식 : 오언절구
출전 : 삼소굴일지(三笑窟日誌)

감상 '비바람 속에 꽃은 피었다 져간다.'
……이 얼마나 멋진 시구인가.
여기 이 멋진 시에 필자의 감흥을 '차운(次韻)'으로 부친다.

비바람 속에 꽃은 피었다가 / 비바람 속에 꽃은 지네
피었다 지고 피었다 져가는데 / 저 비바람 속에 산새가 우네.
(花開風雨日　還落雨風時　花開又還落　風雨鳥喃喃)

해제일(解制日)

영취봉의 달이여
그 빛 옛 누각에 어리네
오늘의 일을 알고자 하는가
부디 말끝을 쫓지 말라.

靈鷲峰頭月 光明照古樓
欲知今日事 莫向舌頭收

주 ◆영취봉(靈鷲峰) : 경남 양산군 하북면에 있는 靈鷲山峰. 이 산자락 양지바른 곳에 老師가 계시던 極樂庵이 있다. 그리고 그 유명한 통도사가 이 산 초입에 있다.

형식 : 오언절구
출전 : 삼소굴일지(三笑窟日誌)

감상 제1구와 제2구는 '만고광명장불멸(萬古光明長不滅)' 하는 우리 본성을 읊은 것이다. 그리고 제3구와 제4구는 체구미언(滯口迷言)을 경책한 것이다. 즉 언어와 말에 놀아나는 것을 경계한 구절이다.

아침에 (朝吟)

사람 같으나 사람이 아니고
물건 같으나 물건이 아니네
해는 산을 비추고
밤은 물에 흘러오네
천 번 변해도 변하지 않고
만 번 변해도 이와 같네
강남은 지척이지만 삼천리거니
자, 모든 걸 놓아 버리고 차 한 잔 들게. (미소)

如人非人 似物非物
日照靑山 夜來流水
千變不變 萬化如是
江南只尺 三千里
更喫休休一椀茶 哂

주 ◆끽(喫) : 마시다(차나 물을 마시다). ◆신(哂) : 미소하다.

형식 : 고체시(古體詩)
출전 : 삼소굴일지(三笑窟日誌)

감상 우리의 본성(本性), 그 다양한 작용과 모습을 읊은 시. 시정의 넉넉하기가 조주의 가풍(家風)을 다시 보는 것 같다.

해안봉수(海眼鳳秀, 1901－1974) … 3편

오도송(悟道頌)

목탁 소리 울리자 종소리 멎고 또 죽비 소리에
봉황은 이미 은산철벽 밖으로 날아갔네
누군가 이 기쁜 소식 묻는다면
'회승당' 안의 만발공양이라 말하리.

鐸鳴鐘落又竹篦 鳳飛銀山鐵壁外
若人聞我喜消息 會僧堂裡滿鉢供

[주] ◆탁(鐸) : 木鐸. ◆죽비(竹篦) : 선방에서 入禪과 破定, 破禪 때 치는 대나무 기구. ◆발(鉢) : 승려들의 밥그릇인 '鉢盂'. ◆공(供) : 供養. ◆만발공(滿鉢供) : 滿鉢供養, 즉 승려들에게 푸짐하게 음식을 대접하는 것.

형식 : 칠언절구
출전 : 내소사 해안대종사 비문(來蘇寺海眼大宗師碑文)

[감상] 시상은 넉넉하고 시정은 차분하다. 그러나 선지(禪智)의 예리함이 약하다. 이 작품은 그러므로 오도송이라기보다는 그냥 시로서 멋있는 작품이다.

무애거사에게(示無碍)

막히는 곳은 담벽이 아니며
통하는 곳은 허공이 아니거니
만일 이런 이치 깨닫는다면
마음과 형상이 본래 같나니라.

碍處非墻壁 通處勿虛空
若人如是會 心色本來同

[주] ◆무애(無碍) : 서울대 법대 학장과 동국대 총장을 지낸 바 있는 법학자 서돈각 박사의 居士號. ◆심색(心色) : 마음과 형상, 즉 '정신과 물질'.

형식 : 오언절구
출전 : 내소사 해안대종사 비문(來蘇寺海眼大宗師碑文)

[감상] 과연 《금강경(金剛經)》의 거장다운 솜씨다. 시상에 무리가 없고 시정도 만만찮다. 제1 · 2구는 전형적인 선가풍(禪家風)이요, 제3 · 4구는 다소 설명적이다.

열반송(涅槃頌)

생사 이르지 못하는 곳에
또 하나의 세계가 있네
더러워진 옷 이제 벗나니
마음달은 휘영청 밝기만 하네.

生死不到處 別有一世界
垢衣方落盡 正是月明時

주 ◆구의(垢衣) : 더러워진 옷, 즉 '늙고 병든 육신'.

형식 : 오언절구
출전 : 내소사 해안대종사 비문(來蘇寺海眼大宗師碑文)

감상 선승(禪僧)으로서의 면모가 돋보인다. 그러나 시상의 당당함에 비해서 독창성이 뒤진다.

향곡혜림(香谷蕙林, 1912-1978) … 14편

타파건곤(打破乾坤)

천지를 부수는 이 한 글귀에서
백억의 화신이 쏟아져 나오네
하나하나 낱낱이 살펴보니
앞에도 3 3이요, 뒤에도 3 3이네.

打破乾坤句 放出百億身
一一看得來 前三後三三

형식 : 오언절구
출전 : 향곡선사법어집(香谷禪師法語集)

감상 운봉의 법(法)을 이은 향곡, 근세의 선승들 가운데 제일 눈이 밝았던 선지식 가운데 한 사람이다. 시구마다 불꽃 튀는 선지(禪智)가 있다.

오대산 적멸보궁(五臺寶宮)

우연히 오대산에 들어와
이 몸은 적멸궁에 올랐네
일할(一喝)에 적멸궁은 무너지고
한 발길에 비로의 바다는 뒤집어졌네
온 우주를 손끝에 튕기고
입으로는 백억의 화신을 토해내네.

偶然入五臺　身登宝峰頂
喝倒寂滅宮　蹋翻毘盧海
彈指三千界　口吐百億身

주 ◆오대보궁(五臺寶宮) : 오대산 적멸보궁(부처의 사리를 모신 곳). ◆답번(蹋翻) : 발로 차서 뒤집어 버리다. ◆할(喝) : 기압을 넣는 고함 소리.

형식 : 오언고시(五言古詩)
출전 : 향곡선사법어집(香谷禪師法語集)

감상 오대산 적멸보궁은 부처의 사리(舍利)가 봉안된 성지(聖地). 이 성지에 올라 향곡은 지금 사자후(獅子吼)를 토해내고 있다. 제5구와 제6구를 보라. 향곡의 험난한 가풍(家風)이 여지없이 드러나고 있다.

도리사 사리(桃李舍利)

와도 오는 곳 없으니
복사꽃 배꽃이 천추에 희네
가도 가는 곳이 없으니
낙동강은 만년에 푸르렀네
무쇠나무에 꽃이 피니
나무말은 세 번 울음을 우네.

來無所來 桃李千秋白
去無所去 洛東萬年靑
鐵樹開花 木馬三聲

형식 : 고체시(古體詩)
출전 : 향곡선사법어집(香谷禪師法語集)

감상 도리사(桃李寺)에서 한때 불사리(佛舍利)가 나왔다고 왁자지껄했던 일이 있었다. 그때 읊은 향곡의 선시. 후일담이지만 그때의 불사리 사건은 어느 정치가의 계산된 책략이었다고 한다.

백조 장강(白鳥長江)

흰 새는 긴 강에 내리고
붉은 안개 먼 하늘에 이네
손으로 둥근 달을 잡고
하늘가에 나는 학을 보네.

白鳥下長江 紅霞生遠天
手把明月頭 遠看天邊鶴

형식 : 오언절구
출전 : 향곡선사법어집(香谷禪師法語集)

감상 향곡의 시답지 않게 여유가 있다.
제1구와 제2구는 자신의 넉넉한 심경이요, 제3구와 제4구는 고고한 선승의 기상이다.

오도송(忽見兩手)

문득 두 손을 바라보자 전체가 되살아나니
삼세의 모든 부처 내 눈 속의 환영이네
천경만론은 이 무슨 물건인가
이제부터 불조는 뼈다귀도 못 추리네.

忽見兩手全體活 三世諸佛眼中花
千經萬論是何物 從此佛祖總喪身

주 ◆삼세(三世) : 과거 · 현재 · 미래. ◆천경만론(千經萬論) : 모든 경전과, 그 경전을 이론적으로 체계화한 수많은 논리서들.

형식 : 칠언절구
출전 : 향곡선사법어집(香谷禪師法語集)

감상 향곡은 문경 봉암사(鳳巖寺)에서 깨달음을 체험했다. 문득 자신의 두 손바닥을 보다가…….
여기 그런 향곡의 선지(禪智)가 매우 험난한 기상으로 굽이치고 있다.

허공은 부서지고(虛空粉碎)

허공은 부서지고 땅은 잠겨 버렸으니
저 무수한 온갖 세계, 이 눈 속의 환영이네
한 글귀는 밝고 밝아 천지창조 이전이니
유(有)와 무(無)에 떨어지지 않고 길이 빛나리.

虛空粉碎大地沈 無盡世界眼中幻
一句明明威音前 不落有無永不昧

주 ◆위음전(威音前) : 空劫前. 천지창조 이전.

형식 : 칠언절구
출전 : 향곡선사법어집(香谷禪師法語集)

감상 향곡의 선시는 하나같이 험악한 기상만 있지 훈훈한 봄기운은 전혀 없다. 여기 이 시도 예외는 아니다. 보라. 첫 구(제1구)부터가 막무가내로 험악하기만 하다. 향곡이여, 향곡이여, 선지식이라면 조금쯤은 봄기운이 있어야 하지 않겠는가.

허공의 뼈다귀 속(虛空骨中)

허공의 뼈다귀 속, 돌사람이 장작 패고
활활 타는 불길 속에 나무여자 물 긷네
수미산 동쪽기슭, 늙은 잔나비 울고
바다 밑 푸른 소나무에 학이 달을 물고 있네.

虛空骨中石人剖木 大紅焰裡木女汲水
須彌東畔老猿嘯 海底青松鶴銜月

주 ◆부목(剖木) : 장작을 패다. ◆함(銜) : ~을 입에 물다.

형식 : 고체시(古體詩)
출전 : 향곡선사법어집(香谷禪師法語集)

감상 언어도단(言語道斷) 심행처멸(心行處滅)의 경지.
향곡의 선시 중에 최고의 걸작.

한 자루의 주장자(一條拄杖)

한 자루 지팡이를 청산에 걸어 두었나니
마음도 아니요 부처도 아니요 또한 물건도 아니네
그대 이 속을 뚫고 지나간다면
기나긴 세월 가도 언제나 깨어 있으리.

一條拄杖掛靑山 非心非佛亦非物
有人這裡透得過 塵劫圓明長不昧

주 ◆진겁(塵劫) : 티끌같이 헤아릴 수 없이 많은 세월.

형식 : 칠언절구
출전 : 향곡선사법어집(香谷禪師法語集)

감상 이 시는 차라리 하나의 공안(公案)이라고 해야 옳다. 향곡은 지금 '마음도 부처도 물건도 아닌 한 자루의 주장자를 걸어 놓고' 눈밝은 이를 점검하고 있다. 그러나 세 개의 눈을 가진 이가 온다면 향곡의 주장자는 뼈도 못 추릴 것이다.

깨달음(忽然打破)

만 겹의 가시덤불 뚫고 지나간 다음
두 눈썹 치켜뜨고 어디로 가시는가
한 개의 지팡이를 청산에 걸어 놓고
흰구름 깊은 골에 이 한세상 보내리라.

萬重荊棘透過後 剔起眉毛何處去
一條拄杖掛青山 白雲深谷一世經

주 ◆경(經) : 세월을 보내다.

형식 : 칠언절구
출전 : 향곡선사법어집(香谷禪師法語集)

감상 향곡 자신의 자서전적인 시.
제1구는 깨닫기 위한 고행시절. 제2구는 깨달은 다음의 자신만만. 제3구와 제4구는 인연 따라 살아가는 도인의 삶.

꽃은 붉고(花紅柳綠)

꽃은 붉고 버들 푸른 가장 좋은 이 계절
꾀꼬리 가지 위에서 분명히 말해 주네
벽옥루에 걸터앉아 금피리를 부나니
강바람 오월에 지는 꽃잎 나네.

花紅柳綠最佳節 黃鸎枝上分明道
碧玉樓前吹金笛 江風五月落花飛

형식 : 칠언절구
출전 : 향곡선사법어집(香谷禪師法語集)

감상 향곡의 시로서는 보기 드문 봄기운 충만한 시. 그러나 이 봄기운 속에도 역시 그의 험난한 기상은 잠복해 있다. 눈밝은 이는 보라.

도리감회(桃李感懷)

아도화상 눈 속에 도리(桃李)꽃 피우셨고
운봉스님 도리사에 참선인연 보이셨네
두 어른 계시다가 떠나신 다음
그분네들 마음은 저 복사꽃에 붉었고 배꽃에 희네.

阿度雪中現桃李 雲峰桃李示禪機
兩尊嚴然化去後 桃紅李白祖師意

주 ◆아도(阿度) : 아도화상. 신라에 처음으로 불교를 전한 사람. 선산 桃李寺를 창건했다. ◆운봉(雲峰) : 香谷스님의 법사 雲峰禪師. ◆도리(桃李) : 복사꽃과 배꽃.

형식 : 칠언절구
출전 : 향곡선사법어집(香谷禪師法語集)

감상 도리사(桃李寺), 아도화상이 창건했고 운봉스님이 주석했던 곳. 두 분은 어디로 가셨는가.
'복사꽃 저리 붉고 배꽃은 희네.'
시정과 선지(禪智)가 넘치는 작품이다.
제4구는 그대로 불멸의 소식을 알리는 격외구(格外句)다. 공부하는 이는 눈여겨보길…….

한 구절은 당당하여(一句當當)

한 구절은 당당하여 백억을 넘었나니
기나긴 세월 가도 언제나 홀로 드러났네
산호 가지 위에 금까마귀 날고
마노보석 층계 아래 옥토끼 달아나네.

一句當當超百億 塵劫如如常獨露
珊瑚枝上飛金烏 瑪瑙階下走玉兎

형식 : 칠언절구
출전 : 향곡선사법어집(香谷禪師法語集)

감상 선지(禪智)와 기백이 분수처럼 치솟아 오르고 있다. 제3구와 제4구를 보라. 임제의 선풍이 되살아나고 있다.

세눈박이 돌사람(三目石人)

세눈박이 돌사람이 무쇠소 타고
해와 달을 휘어잡고 수미산을 돌고 있네
구름 속의 나무여자는 돌호랑이를 끌고
천길 바다 속에서 묘한 가락을 부르네
그대 만일 이 소식을 알아 버리면
홀로 저 하늘 거닐며 자유자재하리라.

三目石人騎鐵牛 手把日月繞須彌
雲中木女牽石虎 千尋海底唱妙歌
若人會得這個意 獨步丹霄任自在

주 ◆수미(須彌) : 須彌山. ◆단소(丹霄) : 저녁노을 무렵과 같은 붉은 하늘.

형식 : 칠언고시(七言古詩)
출전 : 향곡선사법어집(香谷禪師法語集)

감상 향곡의 진면목(眞面目)은 무엇인가. 무쇠소를 탄 저 '세눈박이 돌사람'이다.
보라. 해와 달조차도 그의 손아귀에서 벗어나지 못하고 새파랗게 질려 있다.

운봉노사 가신 곳(雲老行處)

오늘은 이월 그믐날
가실 길을 떠나가신 운봉노사님
범부니 성인이니 아랑곳없이
비로정상, 저 밖으로 자유자재하셨네.

今朝二月二十九 踏到雲老行路處
是凡是聖都不著 毘盧頂外任東西

형식 : 칠언절구
출전 : 향곡선사법어집(香谷禪師法語集)

감상 운봉선사의 기일(忌日)날에 읊은 시.
운봉의 서릿발 같은 예지와 향곡의 우레 같은 기백이 절묘하게 조화를 이루고 있다. 제3구와 제4구를 통하여…….

퇴옹성철(退翁性徹, 1912－1993) … 3편

향곡을 보내며(哭香谷兄)

슬프다 이 종문에 흉악한 도적놈아
천상천하에 너 같은 놈 몇이나 되리
인연이 다하여 손을 털고 떠났으니
동쪽집에 말이 되었는가 서쪽집에 소가 되었는가
쯧쯧! 갑을병정무기경.

哀哀宗門大惡賊 天上天下能幾人
業緣已盡撒手去 東家作馬西舍牛
咄咄 甲乙丙丁戊己庚

주 ◆향곡(香谷) : 香谷스님. ◆종문(宗門) : 禪宗. ◆돌돌(咄咄) : 쯧쯧 혀를 차는 소리.

형식 : 부정형(不定型)
출전 : 향곡선사법어집(香谷禪師法語集)

감상 성철(性徹)과 향곡(香谷)은 둘도 없는 도반(道伴)이었다. 여기 향곡을 애도하는 성철의 지독한 애도시가 있다. 독설도 독설도 이만저만이 아니다. 그러나 이것이 또한 성철의 가풍(家風)이다.

오도송(悟道頌)

황하는 역류하여 곤륜산을 후려치니
해와 달 빛을 잃고 대지는 잠기네
넉넉히 웃으며 고개 돌리고 서 있나니
청산은 옛날 그대로 흰구름 속에 있네.

黃河西流崑崙頂 日月無光大地沈
遽然一笑回首立 靑山依舊白雲中

주 ◆거연(遽然) : 급한 모양, 허둥지둥하는 모양.

형식 : 칠언절구
출전 : 백련불교논집(白蓮佛教論集) 3

감상 성철스님의 오도송(悟道頌). 그 기백과 담력이 항곡을 빰치고 있다.
제3구의 '거연(遽然)'은 '의연(依然)'으로 고쳐야 한다. 거연(遽然)은 '허둥대는 모양'이요, 의연(依然)은 '태연한 모양'이기 때문이다. 그래서 아예 '의연(依然)'으로 옮겨 버렸다.

열반송(涅槃頌)

한평생 사람들을 속였으니
그 죄업은 하늘에 넘치네
산 채로 지옥에 떨어져 그 한이 만 갈래니
한 덩이 붉은 해는 푸른 산에 걸려 있네.

生平欺狂男女群 彌天罪業過須彌
活陷阿鼻恨萬端 一輪吐紅掛碧山

주 ◆아비(阿鼻) : 阿鼻地獄.

형식 : 칠언절구
출전 : 백련불교논집(白蓮佛敎論集) 3

감상 장좌불와(長坐不臥) 이십 년으로 우리나라 전체를 뒤흔들며 열반에 든 성철스님의 열반송.
시상 · 시어 · 시정, 이 세 가지가 하나같이 역설적이다. 때문에 어설픈 이해는 금물!

부 록

⋮

작자소개

작자별 찾아보기

원제(原題)별 찾아보기

작자소개

경암관식(鏡巖慣拭, 1743~1804)

조선 후기의 승려. 1757년 15세에 출가하였다. 추파홍유(秋波泓宥)의 문하에서 공부를 마친 다음 28세에 강의를 열고 20여 년 동안 제자들을 가르쳤다. 문득 깨달은 바가 있어 환암(喚庵)을 찾아 선지(禪旨)를 받고 두륜산 꼭대기에 작은 암자를 짓고 정진에 몰두하였다. 1804년(순조 4) 1월 13일 62세로 입적.

경허성우(鏡虛惺牛, 1849~1912)

구한말(舊韓末)의 선승(禪僧). 1849년(헌종 15) 전주에서 출생하여 9세에 경기도 광주(廣州) 청계사(淸溪寺)의 계허(桂虛)에게 출가하였다. 동학사(東鶴寺) 만화(萬華)에게 경을 배우고 23세에 만화의 뒤를 이어 동학사의 강백(講伯)이 되었다. 31세 때 전염병이 퍼진 어느 마을을 지나다 발심(發心), 동학사에 돌아와 강(講)을 폐지(廢止)하고 문을 걸어 잠그고 3개월간 정진 끝에 대오(大悟)하였다. 바람이 부는 대로 물이 흐르는 대로 각지를 떠돌면서 숱한 이야기를 남겼다. 이 나라에 단발령(斷髮令)이 내리자 56세 때 갑산(甲山) 강계(江界)로 들어가 장발(長髮)에 유관(儒冠)을 하고 난주(蘭州)라 개명(改名) 하고는 서당 훈장(訓長)을 하다가 64세 때 갑산(甲山)의 웅이방(雄耳坊)에서 좌적(坐寂). 그의 문하에 만공(滿空), 혜월(慧月), 수월(水月), 방한암(方漢岩) 등 근세의 선승이 거의 다 배출되었다. 선시 300여 편이 남아 있다. 저서 : 《경허집(鏡虛集)》.

고한희언(孤閑熙彦, 1561～1647)

1561년 함경북도 명천(明川)에서 출생. 1572년 12세에 칠보산(七寶山) 운주사(雲主寺)에 입산하였다. 18년 동안 운주사에 머물며 불경공부를 하다가 덕유산의 부휴선수(浮休善修)를 찾아가 선 수행(禪修行)을 시작. 언제나 궂은 일은 도맡아 하면서 일생 동안 가진 것 없는 수행자로 살았기에 그는 선 수행자의 본보기가 되었다. 그의 모습은 더벅머리에 초라하기 이를 데 없었으며 존경받는 걸 제일 꺼려 했다. 1647년 11월 22일 속리산에서 87세로 입적. 입적할 때 그는 제자들에게 다음과 같은 유언을 남겼다. “내 육신을 불에 태우지 말고 그냥 산이나 들에 버려 짐승들의 밥이 되게 하라.”

괄허취여(括虛取如, 1720～1789)

1720년(숙종 46) 경상도 의령에서 태어났다. 1732년 13세에 사불산(四佛山) 대승사(大乘寺)에서 출가. 영남의 여러 절을 다니며 법을 가르치고 절을 중수하기에 힘썼다. 1789년(정조 13) 경북 운봉사 양진암(養眞庵)에서 나이 70세에 입적. 저서 : 《괄허집(括虛集)》.

광덕아내(廣德 妻, ?～?)

신라 문무왕 때(661～681) 사람으로 경주 분황사 서쪽에서 광덕과 함께 살면서 정토(淨土) 수행에 전념하였다. 저 유명한 향가 〈원왕생가(願往生歌)〉를 지었다.

금명보정(錦溟寶鼎, 1861~1930)

1861년(철종 12) 전남 승주군 송광사 부근에서 태어났다. 17세에 송광사에 출가하여 금련(錦蓮)의 법을 잇고 송광사의 대강백(大講伯)이 되었다. 1930년 나이 70세로 송광사에서 입적. 문재(文才)가 뛰어났던 그는 《다송시고(茶松詩稿)》를 비롯하여 엄청난 양의 저술을 남겼다.

기암법견(奇巖法堅, 1552~1634)

서산(西山)의 뛰어난 제자 가운데 한 사람으로 지리산과 금강산 등지에서 주로 수도를 하였다. 1634년(인조 12) 83세로 입적. 저서에는 《기암집(奇巖集)》이 있다.

나옹혜근(懶翁惠勤, 1320~1376)

20세에 이웃 동무가 죽는 것을 보고 "죽으면 어디로 가느냐"고 어른들에게 물었으나 아는 이가 없으므로 비통한 생각을 품고 공덕산(功德山) 묘적암(妙寂庵)에 가서 요연(了然)에게 출가하였다. 요연과의 문답 후 제방(諸方)을 행각(行脚)하다가 1334년 양주(楊州) 회암사(檜岩寺)에서 4년 동안 좌선하여 얻은 바가 있었다. 중국 북경에서 지공(指空)을 친견, 계오(契悟)한 바가 있어서 여기서 2년 동안 공부하였다. 다시 남방으로 가서 평산처림(平山處林)에게 법좌(法座)와 불자(拂子)를 받았다. 중국 천지의 여러 선지식을 친견한 후 다시 지공에게 돌아와 법좌와 불자를 받았다. 1376년(우왕 2) 왕명으로 밀양의 영원사(靈源寺)로 가다가 여주 신륵사(神勒寺)에서 입적. 세수

57, 법랍 38. 그의 비와 부도가 회암사지에 있다. 저서 : 《나옹화상어록(懶翁和尙語錄)》.

대각의천(大覺義天, 1055~1101)

고려 문종의 넷째 아들. 1065년 11세에 영통사(靈通寺)의 난원(爛圓)에게 출가하여 1085년 중국(宋)에 가서 14개월 동안 수학하였다. 고승 50여 명을 친견하고 불경주석서 3천여 권을 가지고 귀국. 흥왕사(興王寺)에 교장도감(敎藏都監)을 설치하여 1,010부 4,740권의 고려속장경을 간행하였다. 고려 천태종의 창시자. 1101년 나이 47세로 입적하였다. 저서에는 《대각국사문집(大覺國師文集)》(전 23권)을 비롯해 많은 양이 있다.

대감탄연(大鑑坦然, 1070~1159)

경남 밀양에서 태어났다. 8세 때부터 시(詩)와 서예에 능했으며 13세에 이미 육경(六經)의 대의에 통달하였다. 19세에 안적사(安寂寺)에 출가, 혜소국사(慧炤國師)의 법을 이었다. 나라의 큰일 때마다 왕은 반드시 글로써 그에게 물었으며 고려 선종(禪宗)을 중흥시킨 인물이다. 1159년 나이 90세로 입적. 시호는 대감국사(大鑑國師). 《동문선(東文選)》 등에 그의 시가 전해 온다.

대원대사(大圓大師, 1714~?)

조선 후기의 승(僧)으로서 자세한 행적은 알 수 없다. 그의 저서에는 설악산 신흥사(新興寺) 판본(版本)인 《대원대사문집(大圓大師文集)》(1권)이 있다.

대혼자 무기(大昏子 無己, ?~?)

고려 말의 승(僧)인 듯. 지리산에 은거하면서 30년 동안 누더기 한 벌로 지냈으며 한번 입정(入定)을 하고 앉으면 10여 일씩 일어나지 않았으며 하루에 녁 되의 밥을 먹었다 한다. 가는 곳마다 한산습득풍의 선시를 썼으나 전해 오는 것은 거의 없다.

동계경일(東溪敬一, 1636~1695)

세조의 후손. 일곱 살 때 모친을 여의고 지리산 승려 신해(信海)를 따라 금강산 유점사에 출가하였다. 호는 동계(東溪). 벽암(碧巖)의 문하에서 수학하였다. 나이 20세경에 이미 모든 불경에 통달, 해인사로 가서 후학을 가르쳤다. 나이 60세 때 한 편의 임종게를 써 놓은 다음 단정히 앉아서 입적하였다. 화장할 때는 서광(瑞光)이 주변을 덮고 산천이 진동하였다. 저서에는 《동계집(東溪集)》이 있다.

동명선지(東溟善知, ?~?)

조선 말의 승(僧)인 듯. 나머지 자세한 것은 알 수 없다. 저서에는 《동명유고(東溟遺稿)》(1권)가 있다.

만공월면(滿空月面, 1871~1946)

1871년(고종 8) 전북 태인에서 출생. 1884년 나이 14세에 충남 서산의 천장사(天藏寺)로 출가하였다. 근대의 대선지식 경허선사(鏡虛禪師)를 모시고 공주 마곡사(麻谷寺) 토굴, 서산 부석사(浮石寺), 동래 범어사의 계명암(鷄鳴庵) 등지에서 선 수행을 하여 깨달음을 얻었다. 1904년 천장사에서 경허로부터 전법게(傳法偈)를 받고 그의 법을 이었다. 근대의 명안종사(明眼宗師)였던 그는 주로 충남 예산의 덕숭산 수덕사에 머물러 제자들을 지도했다. 1937년 2월 조선총독부 주최로 31본산

(本山) 주지회의가 열렸을 때 총독을 혼내 준 얘기는 너무도 유명하다. 말년에는 수덕사 부근에 토굴 전월사(轉月舍)를 짓고 유유자적하다가 1946년 10월 20일 나이 76세로 입적. 전강(田岡), 고봉(高峰) 등 근대의 이름 있는 선승들은 거의 대부분 그의 제자거나 아니면 그의 문하를 거쳐간 사람들이다.

만암종헌(曼庵宗憲, 1876~1957)

1876년(고종 13) 전북 고창 출생. 1886년 11세에 장성 백양사(白羊寺)로 입산하여 1891년 석전(石顚) 박한영(朴漢永)에게서 불경을 배우고(7년 간), 좌선에 몰두하기도 했다. 1954년 비구승전국대회에서 종정으로 추대되었다. 불교정화운동이 일어나자 비구·대처 사이의 이견(異見)을 조정하려다 실패하였다. 1957년 1월 10일 나이 82세로 입적. 제자에는 서옹(西翁) 등이 있다.

만해 한용운(萬海 韓龍雲, 1879~1944)

1879년(고종 16) 충남 홍성 출생. 시인이며 독립운동가이다. 승려. 28세에 설악산 백담사(百潭寺)로 입산. 3·1운동에 불교대표로 참가하였으며 3년 간 감옥살이를 하였다. 1925년 시집 《님의 침묵》 발간. 1944년 서울 성북동 심우장(尋牛莊)에서 입적.

매월당 김시습(梅月堂 金時習, 1435~1493)

세종 17년 한양(漢陽) 출생. 생육신(生六臣)의 한 사람이다. 자는 열경(悅卿)·설잠(雪岑), 호는 매월당·동봉(東峰)·청한자(淸寒子)·벽산청은(碧山淸隱)·췌세옹(贅世翁)이다. 3세에 시문(詩文)에 능통하고 5세에 대학(大學)에 출입하였다. 단종 3

년 삼각산 중흥사(重興寺)에서 독서중 세조(世祖)가 단종(端宗)을 폐했음을 듣고 미쳐, 불문(佛門)에 귀의하였다. 수차 세조가 불렀으나 목을 걸고 불응. 성종 12년 나이 47세 때 장발(長髮), 안씨의 딸과 결혼했으나 오래지 않아 처가 죽자 다시 산으로 돌아와 성종 24년 홍산(鴻山) 무량사(無量寺)에서 59세로 입적하였다. 저서 : 《매월당시 사유록(梅月堂詩四遊錄)》.

무경자수(無竟子秀, 1664~1737)

어머니 김씨의 꿈에 석불(石佛)이 와서 안기는 것을 보고 사(師)를 잉태, 1664년(현종 5) 2월 13일 출생하였다. 16세에 서줄산 운문사(雲門寺) 추계유문(秋溪有文)에게 출가하였다. 부용영관(芙蓉靈觀)의 6세가 되었다(芙蓉靈觀 → 淸虛休靜 → 靜觀一禪 → 任性冲彦 → 圓應智根 → 秋溪有文 → 無竟子秀). 여러 곳에서 납자의 제접(提接)과 사우중수(寺宇重修), 저서에 힘쓰다가 쌍계사에 이르러 미소를 보인 후 그 다음날 대중을 모아놓고 부지런히 공부할 것을 당부, 1737년(영조 13) 입적하였다. 세수 74, 법랍 58. 가물던 하늘에 번개가 울면서 서기가 서리고 사후에서 다비 때까지 이적이 연달아 일어났다. 그의 부도가 전주 송광사 추계화상지탑(秋溪和尙之塔) 우측에 있다. 저서 : 《무경집(無竟集)》.

무용수연(無用秀演, 1651~1719)

고려태위(高麗太尉) 문양공(文襄公) 연총(延寵)의 후예이다. 1651년(효종 2) 3월 13일 출생. 평소 말이 적었다. 유년에 이미 제가(諸家)의 서(書)를 탐독하고, 19세에 출가하였다. 곳곳에서 종풍(宗風)을 드날리다가 1719년(숙종 45) 나이 69세에 서방을 향하여 염불하며 입적. 다비시 오색구름이 인근 숲을 물들였다. 그의 유저 《무용당유고(無用堂遺稿)》는 송광사판이다.

묵암최눌(默庵最訥, 1717~1790)

1717년(숙종 43) 출생. 18세에 징광사(澄光寺)에 입산하여 19세에 조계의 풍암(楓巖)에게 경을 배우고 제방(諸方)의 종사들을 역참(歷參)했다. 27세에 대광사(大光寺) 영천난야(靈泉蘭若)에서 개법(開法). 선·교 양 종문(宗門)에서 전인미발(前人未發)의 입장을 주장했다. 1790년(정조 14) 조계산 보조암(普照庵)에서 목욕한 후 조용히 입적. 세수 74. 고금의 전적(典籍), 시서(詩書), 백가(百家)의 어(語), 통(通)하지 않음이 없었다. 저서 : 《묵암대사시초(默庵大師詩抄)》.

백곡처능(白谷處能, 1617~1680)

12세에 입산, 신익성(申翊星)에게 외전(外典)을 배워 시(詩)와 문(文)에 능하였다. 지리산 쌍계사 벽암(碧巖)에게 가서 23년 동안 사법(嗣法)하고 속리산 청룡사(靑龍寺), 성주사(聖住寺), 계룡산 등지에서 법석(法席)을 열고 안심암(安心庵)에 오랫동안 주석하였다. 숙종 6년 금산사(金山寺)에서 대법회를 열고 7월 입적하였다.

백암성총(栢庵性聰, 1631~1700)

1631년(인조 9) 11월 15일 남원에서 출생하여 1646년 16세에 순창(順昌)의 취암(鷲岩)에게 출가하였다. 1648년 지리산으로 가서 취미수초(翠微守初)에게 9년 동안 사사(師事)하고 이후 전남 순천 송광사, 하동 쌍계사 등지에서 제자들을 가르쳤다. 그는 불전 이외에 외전(外典)과 시문(詩文)에도 능하여 당시의 명사(名士)들과 교유가 많았다. 1700년 7월 25일 쌍계사 신흥암(神興庵)에서 나이 70세에 입적. 문하에는 무용수연(無用秀演) 등의 뛰어난 제자가 있었다.

백우명안(百愚明眼, 1646~1710)

1646년 경남 진주에서 태어났다. 1657년 12세에 지리산 덕산사(德山寺)의 성각(性覺)에게 출가, 1672년 백암성총(栢庵性聰)의 문하에서 화엄종지(華嚴宗旨)의 깊은 이치를 깨닫고 방장산(方丈山) 불장암(佛藏庵)에서 제자들을 가르치기 시작, 승려들이 구름처럼 모여들었다. 그 뒤 지리산, 오대산, 화엄사, 연곡사 등지에서 머물면서 선 수행에 몰두했다. 1710년 회계의 왕산사(王山寺)에서 나이 65세로 입적하였다.

백운경한(白雲景閑, 1298~1374)

고려 후기의 승려. 호남 고부 사람이다. 어려서 출가하여 원나라 호주(湖州)에 가서 임제 18대손인 석옥청공(石屋淸珙)에게서 심법(心法)을 전해 받고, 지공(指空)에게도 법을 물었다. 1353년(공민왕 2) 크게 깨우친 바가 있었으며, 이듬해 청공의 제자 법안(法眼)이 청공의 사세게(辭世偈)를 갖고 와서 그에게 전했다. 나옹혜근(懶翁惠勤)의 추천으로 1355년(공민왕 4) 해주 신광사(神光寺) 주지가 되었고, 1370년(공민왕 19) 공부선(功夫選)의 시관(試官)이 되었다. 그는 태고보우(太古普愚)와 마찬가지로 청공의 법을 받았지만, 보우가 주로 간화선을 중시한 데 비해 그는 무심무념(無心無念)을 궁극으로 삼는 묵조선으로 선풍을 드날렸다. 1374년(공민왕 23) 여주 취암사(鷲岩寺)에서 나이 77세로 입적했다. 저술로는 현존하는 《불조직지심체요절(佛祖直指心體要節)》(2권)와 《백운화상어록(白雲和尙語錄)》(2권)이 있다. 이 중 《불조직지심체요절》 권하(卷下)는 세계에서 가장 오래 된 주자본(鑄字本)이라는 점에서도 그 가치가 인정되고 있다.

벽송지엄(碧松智嚴, 1464~1534)

태고보우(太古普愚)의 5세손. 속성은 송씨(宋氏). 부안(扶安) 사람이다. 세조 10년(1464) 탄생. 전공(戰功)을 세우고 돌아오다가 느낀 바 있어 계룡산(鷄龍山) 조징대사(祖澄大師)에게 입산하였다. 벽계정심(碧溪正心)에게 전등(傳燈)의 밀지(密旨)를 연구. 중종 3년 금강산 묘길상암(妙吉祥庵)에서 《대혜어록(大慧語錄)》을 보다 불성무(佛性無)의 이야기에서 깨달음. 온갖 산(山)을 유화(遊化)하였으며 중종 29년(1534) 겨울 문인들을 수국암(壽國庵)에 모이게 한 후 《법화경(法華經)》을 강하다가 방편품(方便品)에 이르러 탄식, 게송을 읊은 다음 시자를 불러 차 한 잔을 부탁, 입적하였다. 춘추 71세.

보월거사 정관(普月居士 正觀, ?~?)

대략 1862년 전후에 서울 부근에서 살았던 재가 수행자로서 자세한 것은 알 수 없다. 그러나 그의 선시(禪詩)는 차라리 서산(西山)이나 경허(鏡虛)와 맞비길 수 있을 정도로 그 경지가 깊고 분명하다. 저서 : 《관세음보살 묘응시현 제중감로(觀世音菩薩妙應示現濟衆甘露)》(4권).

부설거사(浮雪居士, ?~?)

신라 후기의 승(僧)으로 선덕여왕 때 오대산으로 참배가던 도중 지금의 전북 만경 구무원(仇無寃)의 집에서 묵다가 구무원의 딸 묘화(妙花)와 결혼, 이름을 부설거사로 바꾸고 일생(一生)을 재가 수도에 전념하여 큰 깨달음을 얻었다. 영조(靈照), 영희(靈熙)라는 두 도반이 그를 찾아오자 그는 그들 앞에서 임종게(臨終偈)를 써 놓고 조용히 앉아 열반에 들었다.

부휴선수(浮休善修, 1543~1615)

17세에 지리산 신명(信明)에게 출가. 부용영관(芙蓉靈觀)의 법을 이었다. 특히 글씨를 잘 썼으며, 임진란 당시 덕유산 바위굴에 은거하였다. 무주(茂州) 구천동(九泉洞)에서 《원각경(圓覺經)》을 읽다가 큰 구렁이를 제도, 1614년(광해군 6) 송광사를 거쳐 칠불암(七佛庵)에 갔다가 다음해에 입적하였다. 세수 73. 저서 : 《부휴당대사집(浮休堂大師集)》(5권).

사명유정(四溟惟政, 1544~1610)

서산(西山)의 고제(高弟). 밀양 출생. 황악산(黃嶽山) 직지사(直指寺)의 신묵(信默)에게 입산하였다. 그 후 묘향산에 들어가 청허(淸虛)로부터 사법(嗣法). 1592년 임진란이 나자 승병을 모집하여 청허와 합세하여 참전하였다. 각처에서 왜적을 물리치다가 1604년 일본에 사신으로 가서 강화조약을 맺고 포로 3,500명을 데리고 왔다. 광해군 2년 8월 26일 해인사 홍제암(弘濟庵)에서 입적. 세수 67, 법랍 55. 해인사 홍제암에 허리 잘린(일본인의 손에 의하여) 그의 비가 있다. 저서 : 《사명당대사집(四溟堂大師集)》.

삼봉지탁(三峯知濯, 1750~1839)

1750년(영조 26) 출생. 어려서 견불암(見佛庵) 강서사(江西寺)

성붕선사(性鵬禪師)에게 득도하였다.《수능엄경(首楞嚴經)》을 만독(萬讀)하였다. 주로 설악산 신흥사(新興寺), 금강산 영원암(靈源庵) 등지에 주석하였다. 금강산 장안사 지장암에서 90세에 입적(1839). 저서 :《삼봉집(三峯集)》.

상월새봉(霜月璽篈, 1687~1767)

1687년(숙종 13) 1월 18일 전남 순천에서 태어났다. 1697년 11세에 조계산 선암사(仙巖寺)에서 출가, 1704년 월저도안(月渚道安)의 큰 제자인 설암추붕(雪巖秋鵬)에게서 공부하고 그의 법을 이어받았다. 1754년 3월 16일 선암사에서 화엄경강회(華嚴經講會)를 열자 1,287명의 청중이 모였다. 그는 일생 동안 잠시도 한눈 팔지 않고 오직 선 수행과 후학 지도에 온 힘을 기울였다. 1767년(영조 43) 10월 81세로 입적. 순천 선암사에 그의 비가 있다.

석선탄(釋禪坦, ?~?)

고려 후기의 승려. 호는 환옹(幻翁). 시에 능했으며 익재(益齋) 이제현(李齊賢, 1287~1367)과 교유가 깊었다.

석영재(釋永才, ?~?)

성덕왕(聖德王), 효성왕(孝成王), 경덕왕(景德王), 혜공왕(惠恭王), 선덕왕(宣德王), 원성왕(元聖王)의 여섯 임금에 걸쳐 90세나 살았던 신라 말의 고승. 물욕이 없어 재물을 쌓지 않았고 향가를 잘 지었다. 남악(南嶽 : 지리산)으로 숨으러 가다가 대현령(大峴嶺)에 이르러 산도적 무리 60여 명이 해를 입히고자 했으나 영재는 조금도 두려운 빛이 없었다. 도적들은 기이하여 이름을 물으니 영재라 했다. 도적들은 이에 향가 짓기를 청하니 영재는 〈우적가(遇賊歌)〉를 지었다. 이에 도적들이 감복하여 재물을 주었는데 영재는 웃으며 사양하였다. 도적들은 칼을 버리고 영재를 따라 지리산 깊이 숨어 수도로 일생을 보내고 다시는 험한 세상에 나오지 않았다 한다.

석전정호(石顚鼎鎬, 1870~1948)

영호정호(映湖鼎鎬). 1870년(고종 7) 7월 18일 전북 전주에서 출생. 1888년 19세에 전주 태조암(太祖庵)으로 출가했다. 불경공부에 남달리 조예가 깊었던 그는 1909년 40세에 상경, 만해 한용운과 더불어 불교유신운동을 전개했다. 혜화전문불교학교 교장(현 동국대학교) 등을 역임. 1948년 2월 나이 79세로 입적. 시문(詩文)에 능했던 그는 문하에 운허(耘虛), 청담(淸潭), 미당 서정주(未堂 徐廷柱), 신석정(申石汀) 등이 있다. 저서 : 《석전시초(石顚詩抄)》 외 다수.

설담자우(雪潭自優, 1769~1830)

그의 어머니 꿈에 동승(童僧)이 와서 하룻밤 재워 줄 것을 청함을 보고 사(師)를 잉태. 속리산 복천암(福泉庵) 서곡장로(瑞谷長老)에게 출가하였다. 해인사에 가서 여러 해 동안 박혀서 일대시교(一大時敎)를 열람하였으며 그의 학덕이 사방에 두루 퍼졌다. 모은(暮隱)이 입적 후 강석(講席)을 열 것을 권했으나 사양, 남방으로 내려가 설봉선사(雪峯禪師)를 참(參)하고 여기서 깨침을 얻었다. 선·교의 대종주(大宗主)이며 삼장(三藏)에 통하지 않음이 없었고 아울러 제자백가의 서(書)에도 통달하여 그의 가르침을 받고자 오는 자가 구름 같았다. 복천암에 돌아와 입적, 복천암에 그의 부도가 있다.

설암추붕(雪巖秋鵬, 1651~1706)

1651년(효종 2) 출생. 종안(宗眼)에게 출가하여 벽계구이(碧溪九二)에게 경론(經論)을 배워 통달하고 월저도안(月渚道安)으로부터 사법(嗣法)하였다. 계행(戒行)이 엄정하고 언변이 유창하여 많은 학인들이 모였다. 1706년(숙종 32) 입적.

소요태능(逍遙太能, 1562~1649)

전남 담양인(潭陽人). 어머님이 꿈에 신승(神僧)을 보고 그를 잉태하였다. 명종(明宗) 17년에 출생하였다. 13세에 백양사(白羊寺)에 입산하여 부휴대사(浮休大師)에게 경(經)을 배우고 묘향산에 들어가 서산대사(西山大師)를 친견하였다. 공안참구(公案參究) 20년 만에 깨달음. 인조(仁祖) 27년 11월 21일 담담히 앉아서 입적하였다. 서산(西山), 경허(鏡虛), 그리고 청매인오(青梅印悟)와 더불어 한국 선시(禪詩)의 국보(國寶)적 존재이다. 저서 : 《소요당집(逍遙堂集)》.

송계나식(松桂懶湜, 1684~1765)

자세한 것은 알 수 없는데 그는 백암성총(栢庵性聰), 환성지안(喚惺志安) 등 당대의 고승들 밑에서 수행을 했다. 저서에는 《송계대선사문집(松桂大禪師文集)》(3권)이 있다.

아암혜장(兒庵惠藏, 1772~1811)

어린 나이에 해남 두륜산 대흥사에 출가. 연담유일(蓮潭有一)과 설담정일(雪潭鼎馹)에게서 불경을 배웠다. 1801년 이후 대흥사에서 강주(講主)를 맡아 후학을 지도하였다. 1805년(순조 5) 가을 유배중인 다산 정약용에게 다도(茶道)를 가르쳤다. 1811년(순조 11) 9월 16일 40세의 젊은 나이로 입적. 저서 :

《아암집(兒庵集)》.

야운시성(野雲時聖, 1710～1776)

1710년(숙종 36) 출생. 어머니가 꿈에 상운(祥雲)이 땅에 어림을 보고 그 구름을 치마에 안고 사(師)를 잉태. 소명(小名)을 취운(取雲)이라 하였다. 계묘(癸卯) 4월 청량산(淸涼山) 연대사(蓮臺寺)에 출가하였다. 와운선사(臥雲禪師)에게 입실(入室)하여 심인(心印)을 받았다. 환성(喚惺)의 적손(嫡孫)이며 서산(西山)의 7세손이다. 운달산(雲達山), 봉암사(鳳巖寺) 등지에서 머물며 제자들을 가르치다가 1776년(영조 52) 6월 6일 용문산 창기사(昌基寺)에서 입적하였다. 나이 67, 법랍 59.

양지(良志, ?～?)

신라 후기의 승려조각가. 선덕여왕 때(632～647) 사람으로 특히 조각과 서예에 뛰어났다.

연담유일(蓮潭有一, 1720～1799)

1720년(숙종 46) 전남 화순 출생. 18세에 출가. 1739년 해남 대흥사의 벽하대우(碧霞大愚)에게 《능엄경》을 배움. 1741년 해인사의 호암체정(虎巖體淨)에게 선을 배우고 그의 법을 이음. 1750년(영조 26)부터 30여 년 간 각지에서 불경을 강의, 이 분야의 진흥에 크게 기여함. 1799년 전남 장흥 보림사(寶林寺)에서 입적. 저서 : 《능엄경사기(楞嚴經私記)》 외 다수.

영월청학(詠月淸學, 1570～1654)

1570년 전남 장흥에서 태어나 13세에 가지산 보림사에 입산하였다. 그 후 고행 정진하여 청허휴정(淸虛休靜)의 법을 이어받았다. 1654년 나이 85세로 입적. 저서 : 《영월당대사문집

(詠月堂大師文集)》.

영해약탄(影海若坦, 1668~1754)

1668년(현종 9) 전남 고흥에서 출생. 1677년 10세에 능가사(楞伽寺)에 출가, 무용수연(無用秀演)에게서 사사(師事)하였다. 그는 주로 호남지방에서 선과 교의 거장으로 이름을 떨쳤다. 1754년 1월 3일 나이 87세로 입적, 송광사에 그의 부도가 있다. 저서에는 《영해대사문집(影海大師文集)》이 있다.

영허선영(映虛善影, 1792~1880)

1792년(정조 16) 출생. 12세에 수락산(水落山) 학림암(鶴林庵)에 출가하여 21세에 인봉덕준(仁峰德俊)에게 가서 오도(悟道). 만년은 안변 석왕사(釋王寺) 내원암(內院庵)에 주석하였다. 사람들은 그를 일컬어 조계종사화엄강백(曹溪宗師華嚴講伯)이라 하였다. 1880년(고종 17) 입적. 세수 89.

영허해일(暎虛海日, 1541~1609)

1541년 호남 만경현에서 태어났다. 1559년(명종 14) 19세에 능가산 실상사에 입산. 지리산의 부용영관(芙蓉靈觀)에게서 3년 동안 지낸 뒤 곧이어 묘향산의 청허휴정(淸虛休靜)에게로 가 수도한 뒤 그의 법을 이어받았다. 1609년 2월 5일 69세로 남원 실상사에서 입적. 저서에는 1635년 개간된 《영허집(暎虛集)》(4권)이 있다.

오암의민(鰲巖毅旻, 1710~1792)

1731년(영조 7) 어머니가 병환으로 돌아가시자 22세에 인생무상을 느끼고 경북 청하 보경사(寶鏡寺)의 각신(覺信)에게 출가하였다. 그는 특히 《화엄경》과 《전등록》, 《염송(拈頌)》 등에 조예가 깊었다. 1741년 보경사의 강주(講主)가 되어 평생 동안 후학들을 가르쳤다. 또한 그는 아버지를 절 가까이 모시고 지극한 효성으로 봉양했다. 1792년(정조 16) 9월 나이 83세로 입적. 보경사 서운암(瑞雲庵)에 그의 부도탑이 있다.

용담조관(龍潭慥冠, 1700~1762)

자는 무회(無懷), 성은 김씨(金氏)이며 1700년(숙종 26)에 출생하였다. 19세에 감로사(甘露寺) 상흡(尙洽)에게 출가. 선과 교에 통달하였다. 견성암(見性庵)에서 《기신론(起信論)》을 읽다가 깨달음(33세). 여러 번 강(講)을 폐했으나 문도(門徒)들의 청에 못 이겨 다시 개강(開講). 1762년(영조 38) 입적. 세수 63, 법랍 44. 저서 : 《용담집(龍潭集)》.

용성진종(龍城震鍾, 1864~1940)

1864년(고종 1) 전북 장수군 하심암면 죽림리에서 출생. 1879년 16세에 해인사에 출가하였다. 송광사 삼일암에서 여름안거중 《전등록(傳燈錄)》을 읽다가 크게 깨닫고 스스로 환성지안(喚惺志安)의 법을 이었다. 1911년 서울 종로구 봉익동에 대각사(大覺寺)를 창건하고 안국동에 선학원을 세워 불교대중포교에 힘썼다. 1919년 3·1 운동 때 민족대표 33인 중 한 사람으로 참가, 감옥에 갇혔다. 1921년 대각교(大覺教)를 창립하고 삼장역회(三藏譯會)라는 불경번역단체를 만들어 많은 불경들을 번역했다. 그는 평소에 선농일치(禪農一致)를 주장하여 북간도에 농장을 두고 손수 농사를 지으며 참선수행에 전념했다. 그리고 여기에서 나오는 수입을 독립군에게 지원하기도 했다. 1940년 2월 24일 나이 77세로 입적.

용암체조(龍巖體照, 1714~1779)

1714년 전남 장성에서 태어났다. 어려서 부모를 잃고 설악산에 들어가 일암정이(日庵精頤) 밑에서 내외의 모든 교전(敎典)을 공부했다. 내원암(內院庵)에서 후학들을 지도하다가 말년에는 제자들을 다른 곳으로 보내고 오직 참선수도에만 전념했다. 시문(詩文)을 잘하여 약간의 시편(詩篇)들이 남아 있다. 1779년 나이 66세로 입적. 설악산 내원암에 그의 비가 있다. 저서 : 《용암당유고(龍巖堂遺稿)》.

우당(藕堂, ?~?)

혼원세환(混元世煥)의 제자. 자세한 것은 알 수 없다. 저서에는 《우당시고(藕堂詩稿)》(1권)가 있다.

운곡충휘(雲谷冲徽, ?~1613)

정관일선(靜觀一禪)의 제자로 시문(詩文)에 능했다. 당대의 문장가인 이안눌(李安訥), 이수광(李晬光) 등과 교유하며 해인사, 백련사(白蓮社) 등지에서 오래 머물렀다. 저서에는 1663년 적멸암에서 간행된 《운곡집(雲谷集)》(1권)이 있다.

운담정일(雲潭鼎馹, 1741~1804)

영남 상주(尙州) 사람. 1741년(영조 17)에 출생하여 7세에 아버지를 여의고 12세에 광덕산(廣德山)으로 출가하였다. 21세에 나암(懶菴)에게 《화엄경(華嚴經)》을 배우고 52세에 연담(蓮潭)에게 선(禪)을 인가받았다. 53세에 대둔사(大芚寺)에서 화엄대회(華嚴大會)를 열었다. 저서 : 《운담임간록(雲潭林間錄)》(1권).

운봉성수(雲峰性粹, 1889~1947)

1889년(고종 26) 12월 7일 경북 안동에서 출생. 1902년 13세에 경북 영천 은해사(銀海寺)로 출가하였다. 1914년 25세 때부터 금강산, 오대산, 묘향산, 지리산 등을 다니며 참선수행을 시작하여 1923년(35세) 12월 15일 새벽 백암산(白岩山) 운문암(雲門庵)에서 깨달음을 얻었다. 부산 선암사의 혜월(慧月)스님을 찾아가 인가를 받았다. 이후 통도사, 범어사, 도리사, 내원사 등지에서 20여 년 간 조실로 있으면서 후학들을 지도하였다. 경허(鏡虛) → 혜월(慧月) → 운봉(雲峰)으로 전해 오는 그의 법맥을 향곡(香谷)에게 전하고 1947년 59세에 일광의 묘관음사(妙觀音寺)에서 입적. 임종시 그는 다음과 같은 노래를 불렀다.

"저 건너 갈미봉에 / 비가 묻어 오는구나
우장 삿갓 두르고서 / 김을 매러 갈까나."

그의 비석이 선산 도리사에 있다.

원감충지(圓鑑冲止, 1226~1292)

고려시대 승려. 19세에 문과(文科)에 장원, 한림학사(翰林學士)가 되고 일본에 사신(使臣)으로 갔다 왔다. 선원사 원오(圓悟)에게 법을 받고 41세에 김해(金海) 감로사(甘露寺)에 있다가 원오국사가 입적하매 그의 뒤를 이어 조계(曹溪) 제6세가 되었다. 원(元)나라 세조(世祖)가 북경(北京)으로 청하여 빈주(賓主)의 예로 맞고 금란가사(金襴袈裟)와 백불(白拂)을 선사하기도 했다. 고려 충렬왕(忠烈王) 18년 입적. 세수 67.

원광경봉(圓光鏡峰, 1892~1982)

1892년(고종 29) 경남 밀양에서 출생. 1907년 16세에 양산 통도사로 출가하여 이후 여러 곳을 다니며 불경공부와 참선에 힘쓰다가 1927년 11월 20일 새벽에 깨달음을 얻었다. 그는 주로 오대산 상원사의 한암(漢岩)과 서신으로 문법(問法)을 하며 정진했다. 1953년 이후 통도사 극락암에서 30여 년 간 머물며 후학들을 지도했다. 그는 특히 선시(禪詩)와 서예(書藝)에 능했는데 필자는 경봉선사로부터 직접 이 《선시감상사전》의 서문을 받은 바 있다. 1982년 7월 17일 세수 91세로 극락암 삼소굴에서 입적. 저서에는 《원광법어(圓光法語)》 등 수권이 있다.

원효(元曉, 617~686)

신라 진평왕 39년(617) 지금의 경북 경산 자인면 불지촌(佛地村)에서 태어남. 648년(진덕여왕 2) 32세에 황룡사(皇龍寺)에 출가. 661년 동료인 의상(義相)과 당(唐)나라로 유학가던 도중 날이 저물어 무덤 근처에서 하룻밤을 잠. 밤에 목이 말라 바가지에 고여 있는 물을 먹으니 물맛이 너무 좋았다. 새벽에 보니 그 바가지는 해골이었고, 물은 그 해골 속에 고인 빗물이었다. 여기에서 그는 '모든 것은 마음에서 비롯된다'는 것을 깨닫고 당의 유학길을 포기하고 돌아옴. 그 후 숱한 일화와 무애행(無碍行)으로 일생을 보내며 240여 권의 방대한 저술을 남겼는데 현재 23권 정도가 전해 오고 있다. 686년(신문왕 6) 3월 30일 혈사(穴寺)에서 나이 70세로 입적.

월명사(月明師, ?~?)

신라 후기의 승(僧). 특히 피리를 잘 불어 그가 피리를 불면 가던 달도 멈추고 그의 피리소리를 들었다 한다. 그는 또한 향가(鄕歌)도 잘 지었는데 〈도솔가(兜率歌)〉와 〈제망매가(祭

亡妹歌)〉는 유명하다.

월봉책헌(月峯策憲, 1624~?)

1624년 경상도 성주에서 태어났다. 1634년(인조 12) 11세에 가야산 해인사로 입산하여 1639년 송파(松坡)에게서 불경공부를 했고, 1652년 금강산의 풍담의심(楓潭義諶)에게서 선을 수행했다. 이후 성주의 불영사(佛靈寺)를 비롯, 전국의 명산대찰을 편력하면서 후학들을 지도했다. 그는 특히 '마음이 곧 부처'라는 자성불(自性佛)을 강조했으며 선과 아울러 염불을 권장했다.

월저도안(月渚道安, 1638~1715)

1638년 12월 19일 평양에서 태어났다. 1646년 9세에 소종산(小鍾山)의 천신(天信)에게 출가하여 뒤에 금강산에 들어가 풍담의심(楓潭義諶)의 법을 이었다. 그는 당대에 손꼽히는 화엄대종사(華嚴大宗師)로서 청정한 산승생활을 하다가 나이 78세에 묘향산의 진불암(眞佛庵)에서 입적했다. 저서에는 1717년(숙종 43) 묘향산 내원암(內院庵)에서 판각한 《월저당대사집(月渚堂大師集)》(2권)이 있다.

월파태율(月波兌律, 1695~1775)

1695년(숙종 21) 출생. 15세에 묘향산 불지암(佛智庵)에 들어가 삼변(三卞)을 은사로 사서(史書)를 배우기 1년 반, 부(父)의 상을 당하고 출가하였다. 《화엄경》, 《원각경》, 《능엄경》, 《염송(拈頌)》에 능통하였으며 호암(虎岩)에게 가서 대오(大悟)하였다. 향산(香山)의 불지사(佛智寺), 송악(松嶽)의 반룡사(盤龍寺), 용문(龍門)의 내원(內院) 등에서 법당(法幢)을 세우기 30여

년. 나이 60세에 이르자 강(講)을 폐하였다. 81세에 입적.

인악의첨(仁嶽義沾, 1746~1796)

1746년(영조 22) 9월 9일 경북 달성(達城)에서 출생하였다. 15세에 사서삼경(四書三經)을 마쳤으며 18세에 친구들과 같이 용연사(龍淵寺)에 독서하러 갔다가 승도(僧徒)들의 고요한 생활을 보고 입산하였다. 벽송(碧松)에게 구족계를 받았다. 23세 때 이미 일대시교(一大時敎 : 八萬大藏經)를 독파(讀破), 학인을 제접(提接)하였으며 《화엄경》·《원각경》·《금강경》·《기신론》의 사기(私記)를 지었다. 이것이 우리나라 강원용의 비본(秘本)이 되었다. 1796년(정조 20) 5월 5일 입적. 세수 51, 법랍 34. 저서 : 《인악집(仁嶽集)》.

일선휴옹(一禪休翁, 1488~1568)

성종 19년(1488) 경남 울산에서 태어났다. 1503년 16세에 출가. 벽송지엄(碧松智嚴)의 법을 받았다. 도력(道力)과 인품이 비범하여 가는 곳마다 사람들이 구름처럼 모여들었다. 1568년(선조 1) 나이 81세로 입적. 청허휴정(淸虛休靜)과 쌍벽을 이룬 부용영관(芙蓉靈觀)의 제자이다.

임성충언(任性冲彦, 1567~1638)

1567년(명종 22) 12월 19일 전북 전주에서 출생하여 1584년 18세에 입산하였다. 1590년 정관일선(靜觀一禪)의 법을 이어받았다. 1638년(인조 16) 3월 29일 나이 72세로 입적. 지리산 무주 구천동에 그의 부도탑이 있다.

정관일선(靜觀一禪, 1533~1608)

가정(嘉靖) 계사(癸巳)에 출생. 15세에 출가하여 묘향산에 개당(開堂)하였다. 만년에는 속리산에 주석하였다. 덕유산 백련사(白蓮寺)에서 만력(萬曆), 술신(戌申) 가을 가벼운 병세를 보이다가 어느 날 대중을 모아놓고 말했다. "어젯밤 꿈에 명월(明月)이 나의 옷자락에 떠오르더라." 이어 차 한 잔을 청한 후 목욕하고 앉아서 입적(선조 41년). 덕유산과 속리산에 그의 부도가 있다. 저서 : 《정관집(靜觀集)》.

제월경헌(霽月敬軒, 1544～1633)

1544년 전남 장흥에서 출생하였다. 1556년 13세에 지제산(支提山) 천관사(天冠寺)의 옥주(玉珠)에게 출가. 1570년 청허휴정에게로 가서 선지(禪旨)를 듣고 크게 깨달았다. 1592년 임진왜란 당시 승병장(僧兵長)으로 참전했다가 곧 산으로 들어가 금강산, 오대산, 치악산 등지에서 참선을 하며 제자들을 가르쳤다. 1633년 12월 26일 보개산에서 나이 90세로 입적. 수많은 이적(異蹟)을 남겼다. 저서에 1637년 천관사(天冠寺) 판본(版本)인 《제월당대사집(霽月堂大師集)》(2권)이 있다.

중관해안(中觀海眼, 1567～?)

1567년 전남 무안에서 출생. 어려서부터 남달리 총명하여 신동(神童)이라 불렀다. 서산(西山)의 문하에서 선 수행(禪修行)을 하며 일생을 보냈다.

증곡치익(曾谷致益, 1862～1942)

일제(日帝) 때 승(僧)으로서 모(母)의 꿈에 소사미(小沙彌)가 와서 절함을 보고 잉태. 태어나서 6일 간 눈을 뜨지 않았고 눈 주위에 미광(微光)이 있어 밤에는 빛을 발하였다. 유년(幼年)에 경사(經史)와 외전(外典)을 수료(修了). 통도사(通度寺) 춘담

장로(春潭長老)에게 출가. 어려서부터 잔병이 많았으나 관음의 명호를 불러 완치. 평소 계율이 엄하여 통도사 금강계단(金剛戒壇)에서 이적(異蹟)이 일어났다. 40여 회의 대법회(大法會)를 가졌다. 저서에는 1934년 지리산 대원사(大願寺)에서 간행된 《증곡집(曾谷集)》(1권)이 있다.

진각혜심(眞覺慧諶, 1178~1234)

호는 무의자(無衣子). 나주(羅州) 화순(和順) 사람. 1201년 진사(進士)에 급제, 태학(太學)에 들어갔으나 모환(母患)으로 고향에 돌아갔다. 이듬해 어머니가 돌아가시자 조계산(曹溪山) 송광사(松廣寺) 보조국사(普照國師)에게 입산. 큰 바위에 앉아 밤낮으로 참선하면서 밤이 되면 게송을 읊으니 그 소리가 십 리까지 들렸다. 지리산 금대암(金臺庵)에서는 대 위에서 좌선할 적에 눈이 내려 이마까지 묻히도록 움직이지 않았다. 아무리 흔들어도 대답이 없더니 마침내 깊은 뜻을 깨달았다. 1208년 보조국사가 법석(法席)을 물려주려 했으나 사양, 지리산에 들어가 자취를 감추었다. 1210년 보조국사가 입적, 칙명(勅命)으로 법석을 이어받고 개당(開堂). 납자(衲子)들이 구름같이 모여들었다. 1234년 월등사에서 입적했다. 세수 57, 법랍 32. 전남 순천 송광사에 그의 비가 있다. 저서 : 《선문염송(禪門拈頌)》(전 30권).

진묵일옥(震默一玉, 1561~1633)

사명유정(四溟惟政)과 동시대인으로 법계(法系)는 미상이다. 전남 만경(萬頃) 불거촌(佛居村) 사람. 7세에 전주(全州) 봉서사(鳳棲寺)에 출가하였으며, 이적(異蹟)이 많다. 평소 술을 즐겼으며, 그러나 주(酒)라 하면 마시지 않고 곡차(穀茶)라 하면 마셨다 한다. 절에서 술을 곡차라 함은 이에서 비롯되었다. 인조 11년 입적. 세수 72세.

진정천책(眞靜天頙, 1206~1294)

고려 개국 공신 신염달(申厭達)의 11대손. 20세에 문과에 급제, 문장으로 이름을 떨치다가 23세 때 만덕산 백련사에 출가. 원묘요세(圓妙了世)의 법을 이어 만덕산 백련사 8국사 가운데 제4대 국사(眞靜國師)가 됨. 저서 : 《호산록(湖山錄)》 등이 있음.

천경해원(天鏡海源, 1691~1770)

1691년(숙종 17) 1월 23일 함흥에서 출생. 1704년 14세에 문천(文川) 도창사(道昌寺)의 추단(秋丹)에게 출가하여 여러 고승들을 찾아 공부하다가 환성지안(喚惺志安)을 만나 그의 밑에서 6년 동안 공부한 다음 그의 법을 이었다. 40여 년 동안 불전교수(佛典敎授)로서 전국에 이름을 떨쳤으며 언제나 병자들을 잘 돌봐 줬다. 그리고 옷 없는 자에게는 옷을 주고 밥 없는 자에게는 밥을 주는 등 많은 보살행을 행했다. 1770년(영조 46) 12월 13일 나이 80세로 입적. 안변 석왕사에 탑이 있고 해남 대흥사에 비석이 있다. 저서 : 《천경집(天鏡集)》.

철선혜즙(鐵船惠楫, 1791~1858)

조선 후기의 스님. 성은 김씨(金氏), 본관은 영암. 1804년(순조 4) 14세에 해남 두륜산 대흥사의 성일(性一)에게 스님이 되어 1809년(순조 9) 완호윤우(玩虎倫佑)에게서 배웠다. 그 뒤 연암(蓮庵)에게서 사집(四集)을, 철경응언(掣鯨應彦)에게서 오교(五

敎)를 각각 수강하고, 수룡색성(袖龍賾性)에게서 법을 받았다. 20년 동안 제자들을 가르치고, 그 뒤 20년은 좌선했다. 문장과 글씨에 뛰어났다. 1858년(철종 9) 1월 25일 상원암(上院庵)에서 세수 68세, 법랍 54년으로 입적했다. 저서에는 《철선소초(鐵船小艸)》 1권이 전한다.

청매인오(青梅印悟, 1548~1623)

서산(西山)의 고제(高弟). 묘향산에서 청허휴정을 모시고 있다가 지리산 천왕봉(天王峯) 아래 연곡사(燕谷寺)에서 입적했다. 그의 선적(禪的) 경지는 중국의 설두중현(雪竇重顯)과 천동정각(天童正覺)을 능가하고 있다. 어느 날 누군가가 그의 방문을 열었다. 임종이 가까워지자 그는 벽의 사방에 똥칠을 하고 앉아 있었다. 이 소식이 사람들의 귀에 흘러들어갔다. 사람들이 다시 가서 문을 열었을 때 그는 이미 육신을 벗고 어딘가로 떠나 버렸으며 그가 사방 벽에 칠해 놓은 똥은 금빛 서기로 눈부시게 빛나고 있었다. 숭정(崇禎) 6년(1633)에 간행된 그의 문집 《청매집(青梅集)》이 있다.

청허휴정(淸虛休靜, 1520~1604)

묘향산(妙香山)에 오래 주석했으므로 서산대사(西山大師)라 하였다. 9세에 어머니를, 10세에 아버지를 여의었다. 서울 성균관(成均館)에 들어가 공부하던 중 벗들과 지리산 유람을 갔다가 여기에서 숭인(崇仁)을 만나 머리를 깎았다. 21세에 부용영관(芙蓉靈觀)에게 인가를 받고 어느 마을을 지나다 낮닭 우는 소리를 듣고 대오(大悟). 30세에 선과(禪科)에 급제하여 대선(大選)으로부터 선교양종판사(禪敎兩宗判事)가 되었다. 임진란(壬辰亂)이 일어나자 전국 사찰에 서신을 보내어 승병(僧兵)을 일으켰으며 서울 환복(還復) 후 제자 사명(四溟)과 영규(靈圭)에게 승군을 맡기고 묘향산으로 돌아갔다. 선조 37년 1월 묘향산 원적암(圓寂庵)에서 입적. 제자로는 편양(鞭羊), 사명(四溟), 영규(靈圭), 뇌묵(雷默) 등이 유명하며 이 외에도 세상에 이름난 제자가 70여 명이나 된다. 저서 : 《선가귀감(禪家龜鑑)》, 《청허당집(淸虛堂集)》 외 다수.

초의의순(艸衣意恂, 1786～1866)

1786년(정조 10) 출생. 15세에 나주 운흥사(雲興寺) 벽봉민성(碧峰敏性)에게 출가하였다. 19세에 월출산을 지나다가 그 기수(奇秀)함에 취하여 앉아 있다가 만월(滿月)이 해출(海出)함을 보고 유성(有省), 널리 선지식을 참(參)하였다. 완호(玩虎)에게 경학(經學)을 염향(拈香), 금담(金潭)에게 수선(受禪), 범자(梵字)에도 능통하였다. 특히 추사 김정희와는 절친했으며 시(詩)·선(禪)·다승(茶僧)으로 일세를 드날렸다. 두륜산정에 일소암(一小庵)을 짓고 독처지관(獨處止觀) 40여 년, 일지(一枝)라 호(號)하였다. 당시의 대선승(大禪僧) 백파긍선(白坡亘旋)의 오류를 통격(痛擊)하기 위해 《사변만어(四辯漫語)》를 지었다. 1866년(고종 3) 입적. 세수 81, 법랍 66. 저서 : 《초의집(艸衣集)》 외 다수.

최치원(崔致遠, 857～?)

신라의 문호(文豪). 신라 명승(名僧)의 비문(碑文) 대부분이 그의 손에 의해 작성되었다. 12세에 입당(入唐)하여 18세에 진사(進士)에 급제, 28세에 신라로 돌아왔다. 헌강왕(憲康王)은 그를 시독(侍讀) 겸 한림학사 병부시랑 지단서감사(翰林學士兵部侍郎知端書監事)로 임명, 대산군(大山郡 : 현 전북 태인)의 태수(太守)가 되었다. 난세를 만남을 한탄, 심산유곡에 은거(隱居)하였다. 진성왕(眞聖王) 8년 가야산 해인사(海印寺)에 은거한 후 여기서 그의 노년을 마쳤다. 해인사에 《최치원문집(崔致遠文集)》(3권)이 있다.

추사 김정희(秋史 金正喜, 1786~1856)

문인(文人). 동시에 금석학자(金石學者)이며 서화가(書畵家)이다. 자는 원춘(元春), 호는 완당(阮堂). 판서(判書) 노경(魯敬)의 아들. 1809년 생원(生員)이 되고 1819년 문과(文科)에 병과(丙科)로 급제하여 설서(說書), 검열(檢閱)을 거쳐 1823년 규장각 시교(奎章閣侍敎)가 되었다. 충청우도암행어사(忠淸右道暗行御史), 검상(檢詳)을 거쳐 1836년 대사성(大司成)을 역임하였다. 추사체(秋史體)를 대성한 명필이며, 죽란(竹蘭)과 산수도(山水圖)에도 능통하였다. 당시의 시(詩)·선(禪)·다(茶)의 승(僧) 초의(艸衣)와 절친한 사이였다.

추파홍유(秋波泓宥, 1718~1774)

1718년(숙종 44) 출생하여 고창 방장산(方丈山)에 입산하였다. 용담조관(龍潭慥冠)에게서 공부하고 성안(性眼)의 법을 이었다. 호를 경암(鏡巖)이라 하였다. 강경(講經)과 좌선을 30여 년간 행했다. 1774년(영조 50) 입적. 저서 : 《추파집(秋波集)》.

충담(忠談, ?~?)

신라 후기의 승(僧), 경덕왕 때(742~765) 사람으로 향가를 잘 지었다. 왕사(王師)로 책봉하려 했으나 굳이 사양한 일이 있을 정도로 소박한 삶을 살았다. 그가 지은 향가인 〈안민가(安民歌)〉와 〈찬기파랑가(讚耆婆郎歌)〉는 지금도 전해 오고 있다.

취미수초(翠微守初, 1590～1668)

선조 23년 서울 출생. 성삼문(成三問)의 외손자다. 어려서 설악(雪嶽)의 기숙경헌(耆宿敬軒)에게 출가하여 경(經)과 선(禪)을 익히며 제방(諸方)을 순력하였다. 인조 7년 옥천(玉川)의 영취사(靈鷲寺)에서 개당(開堂)하였으며 현종 9년 6월 무량수불을 염(念)하며 서쪽을 향하여 좌서(坐逝)하였다.

침굉현변(枕肱懸辯, 1616～1684)

전남 나주인. 광해군 8년에 출생하였으며 어려서 신동이라 불렀다. 9세에 아버지를 여의고 어머니에게 효성이 지극했다. 천봉산(天鳳山) 탑암(塔庵)으로 입산하여 내전(內典)과 외전(外典)에 해박하였다. 주로 송광사(松廣寺), 선암사(仙巖寺) 등 전남의 대찰에 주석하였으며 말년에는 금화산(金華山)에 머물렀다. 평생 목욕을 하지 않았는데도 때가 없었다 한다. 성품이 온화하여 그 음성이 풍경의 울림과 같았다. 염불과 선을 겸하여 수행하였다. 숙종 10년(1684) 4월 12일 서쪽을 보고 앉아 입적하였다.

태고보우(太古普愚, 1301～1382)

고려 말 스님. 13세에 양주(楊州) 회암사(檜岩寺)의 광지(廣智)에게 출가. 26세에 승과(僧科) 화엄선(華嚴禪)에 합격했다. 36세 때 송도 전단원(栴壇園)에서 정진하다가 대오(大悟). 삼각산에서 태고암(太古庵)을 짓고 살며 〈태고암가(太古庵歌)〉를 지었다. 45세 때 중국에 가서 석옥청공(石屋淸珙)으로부터 사법(嗣法), 우리나라 임제종(臨濟宗)의 초조(初祖)가 되었다. 돌아와 용문산에 주석, 공민왕(恭愍王)의 왕사(王師)가 되었다. 이듬해 왕사를 사직, 신돈(辛旽)의 미움을 사서 속리산(俗離山)에 금고(禁錮), 신돈이 죽은 뒤에 국사(國師)가 되었다. 우왕 8년 12월 24일 용문산 소설암에서 입적하였다. 세수 82, 법랍 69. 비가 삼각산 태고사지에 있다. 저서 :《태고화상어록(太古和尙語錄)》.

퇴옹성철(退翁性徹, 1912~1993)

1912년 경상도 지리산 밑 산청에서 출생. 1936년 25세 때 해인사에서 하동산(河東山) 스님을 은사로 득도하였다. 1937년(26세) 범어사 원효암에서 여름안거 이후 1966년(55세)까지 각지의 암자에서 참선수행에 열중하였다. 1967년(56세) 해인사 해인총림의 방장에 추대되었으며 1981년(70세) 조계종 제7대 종정으로 추대되었다. 1986년 이후 선림고경총서(禪林古鏡叢書)를 출간하였다. 1993년 11월 10일 해인사 퇴설당(堆雪堂)에서 입적.

편양언기(鞭羊彦機, 1581~1644)

사명(四溟)과 더불어 서산 문하의 쌍벽(雙璧). 속성은 장씨(張氏). 어머니 이씨가 꿈에 일월(日月)을 품는 꿈을 꾸고 사(師)를 잉태, 선조 14년 출생하였다. 11세에 출가하여 선(禪)과 교(敎)에 통달하였다. 임진왜란 당시 전국의 승려들이 승군으로 참전했을 때 그만은 오직 은거하면서 수도와 도제양성에 힘썼다. 인조 22년 5월 10일 묘향산 내원암(內院庵)에서 입적.

세수 64, 법랍 53. 저서 :《편양당집(鞭羊堂集)》.

포의심여(浦衣心如, 1828~1875)

1828년(순조 28) 전남 강진에서 태어남. 16세에 두륜산 대흥사에 입산하여 철선혜즙(鐵船惠楫)의 법을 잇고 20여 년 동안 후학을 지도하였다. 금강산, 태백산, 지리산 등을 참배하면서 감성어린 선시를 남겼다. 호는 포의(浦衣)이며 1875년(고종 12) 48세로 두륜산 상원암(上院庵)에서 입적. 저서에는《산지록(山志錄)》 등이 있다.

풍계명찰(楓溪明察, 1640~1708)

1640년(인조 18) 6월 3일 서울에서 태어났다. 1650년 11세에 춘천의 청평사에 출가, 1652년 금강산의 풍담의심(楓潭義諶) 문하에서 10년 간 불경공부를 하고 그의 법을 이었다. 이후 여러 절을 편력하며 제자들을 가르치고 수행에 힘쓰다가 1708년 6월 8일 해인사 백련암에서 나이 69세로 입적하였다.

한암중원(漢岩重遠, 1876~1951)

1876년(고종 13) 3월 27일 강원도 화천 금화 출생. 인생의 근본 문제를 해결하기 위하여 그는 22세까지 10년 간 모든 유서(儒書)와 제자백가(諸子百家)를 두루 읽었다. 그러나 해답을 얻지 못하자 1897년 22세에 금강산 장안사(長安寺)에 놀러갔다가 그 길로 출가하였다. 1899년 청암사(靑巖寺) 수도암(修道庵)에서 경허(鏡虛)를 만난 뒤부터 선의 깊은 경지를 깨달았다. 30세에 양산 통도사 내원선원(內院禪院)의 조실이 되었으며 1914년에 만공(滿空), 혜월(慧月) 등과 함께 경허의 법을 이어받았다. 1925년 서울 봉은사의 조실이 되었다가 이듬해인 1926년 조실직을 내놓고 오대산 상원사로 들어가 입적할 때까지 27년 동안 상원사의 동구 밖을 한 번도 나오지 않고 오직 참선수도에 전념하였다. 1941년 조계종 초대 종정을 역임하였다. 1951년 2월 14일 나이 76세로 상원사에서 입적. 그의 제자에는 탄허(呑虛), 보문(普門) 등이 있다.

함허득통(涵虛得通, 1376～1433)

속성(俗姓)은 유씨(劉氏), 충주(忠州) 사람. 21세에 관악산(冠岳山) 의상암(義相庵)에 입산하였다. 이듬해 회암사(檜岩寺)에 가서 무학왕사(無學王師)를 친견하고 제방(諸方)을 행각(行脚)하였다. 다시 회암사에 가서 정진하다가 대오(大悟). 공덕산(功德山) 대승사(大乘寺), 천마산(天磨山) 관음굴(觀音窟), 불희사(佛喜寺)에서 납자(衲子)를 제접(提接)하였다. 문경(聞慶) 봉암사(鳳巖寺)에서 《금강경오가해 함허설의(金剛經五家解涵虛說誼)》를 지어 법당 뒤에 묻었더니, 밤에 방광(放光)하여 설의가 진설(眞說)임을 증명하였다. 1431년 회양산 봉암사(鳳巖寺)에 들어가 주석하다가 입적. 저서 : 《함허당득통화상어록(涵虛堂得通和尙語錄)》.

함홍치능(涵弘致能, 1805～1878)

1805년(순조 5) 출생. 13세 때 고운사(孤雲寺)의 송암(松庵)에게 출가하였다. 선·교의 중흥조이다. 한국불교계에 있어서 근간에까지 선과 교를 같이함은 그의 영향이 크다. 등운산(騰雲山) 귀적암(歸寂庵)에서 1878년(고종 15) 입적.

해봉유기(海峰有璣, 1707～1785)

청주(淸州) 안촌(岸村) 사람으로 1707년(숙종 33) 출생하였다. 9

세에 속리산에 들어가 15세에 삭발하고 28세에 가야산 낙암(洛岩)에게 경(經)을 배웠다. 《화엄경》에 통달. 1785년(정조 9) 해인사에서 입적. 세수 79, 법랍 64.

해붕전령(海鵬展翎, ?~1826)

전남 순천에서 태어나 선암사(仙岩寺)에 출가, 묵암최눌(默庵最訥)의 법을 이었다. 선과 교에 능통했으며 문장이 뛰어났다. 1826년(순조 26) 10월 1일 선암사에서 입적. 호는 해붕(海鵬). 저서 : 《장유대방록(壯遊大方錄)》.

해안봉수(海眼鳳秀, 1901~1974)

1901년(광무 5) 3월 7일 전북 부안군 산내면 격포리에서 출생. 1918년 18세에 백양사(白羊寺)로 입산하여 당시 백양사 조실이었던 백학명(白鶴鳴) 스님으로부터 "은산철벽(銀山鐵壁)을 뚫으라"는 화두를 받고 7일 만에 깨달았다. 1920년 백양사에서 대교육과를 수료하고 불교중앙학재(동국대 전신)를 졸업하였다. 1922년 중국 북경대학에서 불교철학을 전공하였으며 1927년 부안 변산의 내소사(來蘇寺) 주지로 취임하여 백학명 스님을 내소사의 월명암(月明庵)에 모시고 내소사에서 호남 제일의 선원(禪院)을 개설하였다. 1950년 이후 내소사 지장암(地藏庵)에서 두문불출 선 수행에 전념하였다. 그를 따르던 제자들이 모여 '불교전등회'를 창립하여 그를 대종사로 추대. 이후 이 회의 지도·육성에 전념했다. 특히 그는 근세 금강경 강의의 독보적인 인물이었다. 1974년 3월 9일 제자들을 불러 하직을 한 다음 임종게를 남기고 조용히 입적.

향곡혜림(香谷蕙林, 1912~1978)

1912년 1월 8일 경북 영일군 신광면 토성리에서 출생. 1927년 16세에 천성산(千聖山) 내원암(內院庵)으로 출가하였다. 1931년 이후 운봉(雲峰) 문하에서 참선정진을 하다가 어느 늦가을 바람이 창을 두드리는 소리를 듣고 깨달음을 얻었다. 운봉의 법을 이은 다음 각지를 두루 편력하며 납자(衲子)들을 제접했다. 1958년경 부산 일광에 묘관음사선원(妙觀音寺禪院)을 열자 납자들이 구름처럼 몰려들었다. 이후 20여 년 동안 주로 묘관음사에서 선풍을 드날리다가 1978년 12월 18일 부산 해운대 해운정사(海雲精舍)에서 세수 67세로 입적. 그의 선맥은 경허(鏡虛) → 혜월(慧月) → 운봉(雲峰) → 향곡(香谷)으로 이어진다.

허백명조(虛白明照, 1593～1661)

13세에 출가. 양육사(養育師) 보영(普英)을 따르다가 사명(四溟)에게 입문하였다. 사명이 서울에 들어간 뒤 현빈인영(玄賓印映)으로부터 양종(兩宗)을 연구, 완허(阮虛)·송월(松月)·무염(無染)에게 사사(師事)하였다. 묘향산에 갔다가 팔도의승대장(八道義僧大將)의 호를 받았다(1626). 승군 4천을 거느리고 안주(安州)를 수비하였고, 1636년 병자호란에도 의병장이 되어 활약하였다. 묘향산 불영대(佛影台)에서 입적. 세수 69세. 저서 : 《허백집(虛白集)》.

허응보우(虛應普雨, 1515～1565)

조선 중기의 승려. 1530년(중종 25) 16세에 금강산 마하연에 입산. 1538년 강원감사 정만종(鄭萬鍾)의 천거로 명종의 어머니인 문정왕후의 신임을 얻어 봉은사 주지가 되었다. 1550년 문정왕후의 도움으로 선교양종제(禪敎兩宗制)를 부활시켜 승과(僧科)를 실시했는데 이때 서산(西山)과 사명(四溟)이 각각 선종과 교종의 승과에 장원으로 뽑혔다. 1565년 문정왕후가 죽자 유생들의 상소로 승직을 박탈당하고 제주도에 귀양, 제주목사인 변협(邊協)에게 피살당하였다. 저술로는 《허응당집(虛應堂集)》(3권)이 있으며 양주 회암사지에 그의 부도로 추정되는 무명의 부도가 있다.

허정법종(虛靜法宗, 1670~1733)

13세에 옥잠(玉岑)에게 출가. 도정(道正)의 법을 듣고 오도(悟道). 20세에 월저(月渚)에게 경을 배우고 설암추붕(雪巖秋鵬)에게 현지(玄旨)를 깨달아 인가받았다. 진상(眞常), 내원(內院), 조원(祖院)에 머물 적마다 법려(法侶)들이 많이 모여오매 낮에는 경전을 강의하고 밤에는 참선하여 학자를 제접(提接)하였다. 1733년(영조 9) 남정사에서 입적. 세수 64, 법랍 52.

혜암현문(惠庵玄門, 1885~1985)

1885년(고종 22) 황해도 백천군 해월면 해암리 출생. 1895년 11세에 경기도 양주 수락산 흥국사(興國寺)로 출가하였다. 1908년부터 통도사 내원선원(內院禪院)에서 참선수행을 시작, 만공(滿空)・혜월(慧月) 등을 모시고 6년 간 정진 끝에 깨달음을 얻었다. 1929년 만공의 전법게(傳法偈)를 받고 그의 법을 이었다. 1956년 덕숭산 수덕사의 조실로 추대된 이후 30년 동안 후학을 지도하였다. 평생을 오직 참선수도에만 힘썼던 그는 1985년 5월 19일 수덕사 염화실에서 나이 101세로 입적.

혜초(慧超, 704~787)

신라 성덕왕(聖德王) 2년(704) 출생. 16세 때 중국 광주(廣州)에서 인도승 금강지(金剛智, 671~741)와 불공(不空, 705~774)을 만나 사사(師事). 천축(天竺 : 인도)의 구도 길에 오름. 광주에서 출발, 해로(海路)로 동천축으로 들어가 중천축·남천축·서천축·북천축을 경유, 지금의 카슈미르로 해서 파키스탄, 아프가니스탄의 북부를 지나 소련 영토인 중앙아시아 지방, 파밀고원을 넘어 중국 신강성(新疆省)으로 들어와 727년 11월 안서도호부(安西都護府)가 있는 구자국(龜茲國)에 도착하였다. 장안(長安)에 머무르며 불공(不空)과 금강지(金剛智)를 도와 밀교경전 번역. 이때 그의 인도기행문 《왕오천축국전(往五天竺國傳)》을 저술. 중국 밀교의 법맥은 개조(開祖) 금강지→불공→혜초로 이어졌다. 787년 중국 오대산 보리사(菩提寺)에서 입적.

호암체정(虎巖體淨, 1687~1748)

1687년(숙종 13) 전북 고창군 흥양에서 태어났다. 1701년 15세에 출가한 후 환성지안(喚惺志安)의 법을 이어받았다. 그는 주로 합천 해인사, 양산 통도사 등지에서 수행을 했는데 그를 따르는 제자들이 언제나 수백여 명에 이르렀다고 한다. 1748년 나이 62세로 입적.

혼원세환(混元世煥, 1853~1889)

1853년(철종 4) 경북 청도에서 태어났다. 1868년(고종 5) 16세에 팔공산의 극암사성(克庵師誠)에게 출가. 그는 배움을 좋아하여 불경은 물론 제자백가(諸子百家)에도 조예가 깊었다. 김천의 청암사(靑巖寺)와 팔공산(八公山)의 여러 사찰 등지에서 후학들을 지도하다가 1889년(고종 26) 가을, 나이 37세로 입적했다. 그는 천재적인 불경지도교수(佛經指導敎授)로 평가받고 있다. 저서 : 《혼원집(混元集)》.

화담법린(華曇法璘, 1848~1902)

1848년(헌종 14) 전북 덕흥(德興) 출생. 1866년(고종 3) 19세에 정읍의 내장산 내장사(內藏寺)에 출가하였다. 그는 불경공부와 참선수행, 그리고 계율과 관음주력 등에 두루 조예가 깊었다. 1892년(고종 29) 큰 깨달음을 얻고 백암산(白巖山)에 들어가 관음암(觀音庵)을 창건하여 후학들을 지도하다가 여기에서 1902년(광무 6) 나이 55세로 입적하였다.

환성지안(喚惺志安, 1664~1729)

속성은 정씨(鄭氏), 춘천 사람으로 강희(康熙) 3년에 출생하였다. 15세에 미지산(彌智山) 용문사(龍門寺)에 입산하여 상봉정원(霜峯淨源)에게 구족계를 받았다. 직지사에서 종풍을 크게 드날렸으며 대둔산(大芚山)에서 정공(淨供)을 베풀 때 공중으로부터 세 번 부르는 소리가 났다. 이에 세 번 응답했다. 이것이 계기가 되어 그의 자를 삼약(三若), 호를 환성(喚惺)이라 하였다. 지리산, 금강산의 정양사(正陽寺) 등지에서 이적을 나타냈다. 영조 1년 금산사(金山寺)에서 화엄대법회(華嚴大法會)를 열자 모이는 대중이 구름과 같았다. 관에서는 혹세무민(惑世誣民)이라 하여 체포, 제주도로 유배되었다. 7일 후 입적. 세수 66, 법랍 51. 저서 : 《선문오종강요(禪門五宗綱要)》, 《환성시집(喚惺詩集)》.

회암정혜(晦庵定慧, 1685~1741)

1685년(숙종 11) 5월 2일 경남 창원에서 출생하여 1693년 9세에 출가했다. 설암추붕(雪巖秋鵬)과 원민(圓旻)의 문하에서 불경공부를 한 다음 금강산으로 들어가 좌선에 몰두했다. 안변 석왕사(釋王寺), 수도산 청암사(靑巖寺) 등지에서 후학들을 지도하다가 1741년(영조 17) 청암사에서 나이 57세에 입적했다.

효봉찬형(曉峰燦亨, 1888~1966)

1888년(고종 25) 평남 양덕군 쌍룡면 반석리에서 출생. 1914년 일본의 와세다대학 법학부를 졸업하고 귀국하여 10년 간 서울, 평양 등지에서 고등법원 판사를 역임한 우리나라 최초의 판사이다. 1923년 판사로서는 처음으로 사형선고를 내린 후 판사직을 그만두고 3년 간 전국을 방랑, 엿장사를 하기도 했다. 1925년 금강산 신계사(神溪寺)로 출가. 1929년 이후 금강산 법기암(法起庵) 옆에 토굴을 짓고 1년 반 동안 밤낮없이 용맹 정진하여 깨달음을 얻었다. 1962년 대처·비구 통합종단의 초대 종정을 역임하였다. 1966년 10월 15일 나이 79세로 밀양 표충사(表忠寺) 서래각(西來閣)에서 입적.

희명(希明, ?~?)

신라 후기의 향가시인(鄕歌詩人). 경덕왕 때(742~765) 한기리(漢岐里)에 살던 여인으로 그가 지은 향가인 〈천수대비가(千手大悲歌)〉가 지금도 전해 오고 있다.

작자별 찾아보기

원제(原題)별 찾아보기

ㄴ

㉦

ㅈ

ⓒ

ⓔ

ⓟ

ⓗ

선시감상사전 / **한국편**

제1판 1쇄 발행 · 1997년 10월 30일
제1판 2쇄 발행 · 2016년 4월 10일

편저자 · 석지현
펴낸이 · 윤재승
펴낸곳 · 도서출판 민족사
등록 · 1980년 5월 9일 등록 제1-149호

주소 · (110-858) 서울 종로구 삼봉로 81 두산위브파빌리온 1131호
전화 · (02) 732-2403~4 / 팩스 · (02) 739-7565
홈페이지 · www.minjoksa.org / Email · minjoksabook@naver.com

값 58,000원

ISBN 978-89-7009-608-7(04800)
ISBN 978-89-7009-607-0 (세트)

* 지은이와 협의에 의해 인지를 생략합니다.
* 잘못된 책은 바꾸어 드립니다.